번화

繁花 (BLOSSOMS)
by 金宇澄 (JIN YUCHENG)

繁花

번화 2

진위청 장편소설

김태성 옮김

문학동네

일러두기

1. 주석은 모두 옮긴이주다.
2. 중국어 인명, 지명 등 고유명사 표기는 국립국어원의 외래어표기법에 따랐으나 관용적으로 쓰이는 일부 표현은 한자음으로 표기하였다.
3. 본문 중 고딕체는 원서에서 궁서체로 강조한 부분이다.
4. 장편문학·기타 단행본은 『 』, 시·단편문학은 「 」, 연속간행물명·영화명·곡명 등은 〈 〉로 구분했다.

차례

십칠장

일

샤오마오 엄마는 만나는 사람마다 모든 것을 영수님의 보살핌에 의지하고 있다고 말했다. 그러지 않았다면, 샤오마오가 눈 세 개 달린 양전楊戩*이 되어 끊임없이 변하는 바람에, 시계 공장에 배정되어 일하게 되는 일도 없었을 것이라고 했다. 영수님께 의존하는 정도가 너무 심했다. 샤오마오 아빠가 말했다. 샤오마오는 앞으로 나비재봉틀 공장에 배정되면 봉황 자전거 공장의 여공을 아내로 맞도록 해라. 일 년만 일하면 손목시계 배급표와 재봉틀 배급표, 자전거 배급표를 전부 받을 수 있을 테니까. 미용실 왕 사부가 쑤베이 사투리로 말했다. 정말 대단하군. 샤오마오는 작업장에

---

* 중국의 민간전설에 나오는 물을 다스리는 신으로 '이랑신'이라 불리기도 한다.

서 일등을 하면 마누라를 두 명 얻어도 될 것 같네. 샤오마오가 쑤베이 사투리로 말했다. 입에서 나온다고 다 말이 아니에요! 왕 사부가 말했다. 재봉틀과 자전거에 마누라 둘이면 정말 살맛날 거야. 샤오마오 아빠가 왕 사부에게 눈을 흘기며 말했다. 하, 이 사람은 여자만 생각하면 넋이 나가버리네. 매일 여자들 머리칼을 만지고 아침부터 저녁까지 여자들 얼굴을 만지는 것으로도 부족해서 그래요? 왕 사부는 아무 말도 하지 않았다. 일요일 이른아침이었다. 샤오마오는 미용실 안으로 들어서다가 부모님이 미용 사부에게 하는 말 몇 마디를 들었다. 결국 엄마의 채소 바구니를 받고 작은 가방 두 개를 건넸다. 엄마 아빠가 돌아가면서 출근하기 때문에 샤오마오가 바구니를 받아 위층으로 들고 올라가야 했다. 황매천이라 유난히 무덥고 축축했다. 인평은 방문을 열고 냉수를 마시면서 부들부채를 부치고 있었다. 샤오마오가 3층으로 올라가자 인평이 따라 올라오며 말했다. 내가 청대콩 까는 것 좀 도와줄게. 두 사람은 서로 마주보고 앉았다. 샤오마오가 물었다. 하이더 형님은 아프리카 어느 곳으로 가신 거예요? 인평이 말했다. 아프리카로 갔다는 것밖에 몰라. 샤오마오가 물었다. 아기는요? 인평이 말했다. 외할머니 댁에 며칠 맡겼어. 우리집이 너무 더워서. 좀 민망한 말로 표현하자면 대자리를 깔아도 더워. 밤에는 알몸으로 있는 수밖에 없지. 샤오마오는 아무 말도 하지 않았다. 인평이 말했다. 몰래 훔쳐보면 안 돼! 샤오마오가 말했다. 알았어요. 인평이 낮은 목소리로 말했다. 청대콩을 다 깐 다음에 우리집에 들러 잠깐 앉았다 가지 않을래? 샤오마오가 물었다. 무슨 일 있어요? 인평이 말했다. 꼭 무슨 일이 있어야 해? 샤오마오는 말이 없었다. 인평이 말했다. 난 하이더가 제일 못마땅해. 줄곧 일제 선풍기를 가져오겠다고 약속만 하고 매번 빈손으로 오잖아. 샤오마오는 아무 말도 하지 않았다. 두 사람은 청대콩을 까기 시작했다. 인평의 손가락은 눈처럼 희고 청대콩은 벽옥처럼 진한 초록빛이었다. 깐 콩을 도자기 그릇에 담다가 서로 손이 마주치자 인평이 샤오마오의 손을 쥐면서 말했다. 상처가 있네. 아프겠다. 샤오마오가 말했다. 망치에 찧인 거예요. 인평이 입김을 불어주면서 말했다. 기계기름이 피부에 스며들어갈 수 있어. 하이더도 그랬거든. 샤오마오는 손을 빼내고 싶었지만 인평이 더 꼭 쥐면서 말했다. 2층 아저씨는 출근했어. 그 순간, 요란하게 계단을 오르는 소리가 들렸다. 따메이메이와 란란이 쿵쾅거리며 뛰어올라왔다. 샤오마오가 문가로 달려가보니 두 사람은 이미 방안으로 들어서고 있었다. 샤오마오가 물었다. 뭐하는 거야? 따메이메이가 말했다. 꺼내봐. 란란이 등뒤에 감추고 있던 신문지 한 장을 앞으로 내밀었다. 그 안에는 오래된 레코드판이 한 장 끼워져 있었다. 따메이메이가 말했다. 언니한테서 축음기를 좀 빌릴 수 있는지 물어보려고 왔어. 인평이 말했다. 오래된 일본 물건인데 쓸모가 있네. 란란이 말했다. 써도 되는 거죠? 이건 호극 〈벽락황천〉판이에요. 인평이 말했다. 어머, 왕판성王盤聲*이네. 따메이메이가 말했다. 쉿! 남들이 알면 파출소에 가게 된다고요. 골치 아파진단 말이에요. 인평이 잠시 뭔가 생각해보고는 말했다. 차라리 3층

* 중국 국가급 무형문화재 항목의 대표적인 전수자다.

으로 자리를 옮겨서 듣는 게 어때? 그러면 아래층 미용실 사부에게 들키는 일도 없을 테니까 말이야. 인평이 내려가서 전축을 들고 왔다. 일본 제품으로 110볼트 전압을 사용하기 때문에 휴대용 변압기도 가져와야 했다. 샤오마오가 남쪽과 북쪽의 지붕창을 굳게 닫자 방안은 더 더워졌다. 따메이메이와 란란은 이미 유행을 타는 청소년이 되어 있었고 인평은 젊은 주부였다. 어찌됐든 1970년대 상하이 보통 농탕의 여자들은 왕판성의 노래를 들으면 푹 빠지지 않는 사람이 없었다. 세 여자는 테이블을 둘러싸고 에스피반을 틀었다. 먼저 〈편지를 읽는 즈차오〉를 들었다. 가볍지만 빛나는 목소리가 심금을 울렸다. 왕판성이 노래했다. 즈차오 즈차오/ 당신을 축하해주러 왔어요/ 위루의 인상을/ 당신은, 잊지 말아주세요/ 저랑 당신은 함께 공부하면서/ 책을 읽었었지요/ 아주 오래 같은 강의실을 지켰어요/ 당신이 자주 찾아와줘서 정말 고마웠어요/ 내게 많은 걸 가르쳐주기도 했지요/ 즈차오, 당신은 나의 가장 소중한 지기예요/ 즈차오, 아아아아아/ 나의 유일한 희이이이망.

상하이 신식 농탕의 서양식 주택은 창문틀이 강철로 되어 있고 마룻바닥에는 양초를 먹이기 때문에 발이 백 개 달린 벌레가 죽어도 몸이 뻣뻣해지지 않았다. 서양 음악에 잘 어울리는 환경이었다. 보통 중국식 농탕은 밖에 줄에 꿴 고추나 새장을 걸어놓고 대나무 피리를 불거나 호금을 켜는 것이 더 어울렸다. 황혼 무렵부터 깊은 밤까지 지방극 창이나 연주를 할 수도 있었다. 오래된 농탕에서는 무엇보다도 본탄을 중시했다. 겨울이든 여름이든 축축한 황매천이든 가리지 않고 호극의 창과 연주가 끊어지지 않고 이어지면서 희미하게 이곳까지 들려왔다. 샤오마오네 집 지붕에서 한 겹 한 겹 논두렁처럼 이어진 검정 기와집들이 빼곡하게 길을 덮으면서 저 멀리까지 이어졌다. 은은한 창 소리가 복잡하고 길게 이어진 무수한 지붕의 흐름을 따라 상하이 서쪽 구역에서 동쪽으로 곧장 양수푸로楊樹浦路 끝까지 도달할 수 있었다. 샤오마오는 호극을 즐겨 듣진 않았지만 그다지 싫어하지도 않았다. 지금 그의 눈앞에서 세 여자가 다락방에 틀어박혀 호극의 대사를 들으며 제각기 그 맛과 정취에 취하고 있었다. 이는 상하이 농탕의 여인들만이 제대로 느끼고 즐길 수 있는 맛이었다. 특히 항구도시인 상하이의 가난한 집에서 곱게 키운 딸들은 뼛속 깊이 이런 음색과 기질이 박혀 있어 언제 어디서든지 호극의 영혼과 소리, 정취를 느낄 수 있었다. 호극의 창은 약간 처량하면서도 애교와 고통, 부드러움과 유창함이 번갈아 이어지면서 굽이굽이 상하이 역사의 마음과 운율을 토해냈다. 단지 날이 너무 덥고 축음기의 음량을 아주 작게 해야 한다는 게 문제였다. 문과 창문을 전부 닫아건 상태에서 축음기가 천천히 돌기 시작하자 남자 목소리와 여자 목소리가 차례로 등장하면서 창이 이어졌다. 아아앙- 이야아- 높은 기온과 습도에 노랫소리가 버무려졌다. 너무 덥다보니 모두 쉬지 않고 부채질을 해댔다. 따메이메이와 란란은 땀이 비 오듯 흘러 치맛자락이 젖자 상의 단추를 하나 풀고 쉴새없이 땀을 닦았다. 인평은 집에서만 입는 백죽포白竹布 민소매 내의가 축축하게 젖어 있었다. 방안이 코를 찌르는 땀 냄새로 가득했다. 땀냄새가 검정 플라스틱으로 된 레코드판의 가는 줄무늬 안에도 스며들었다. 돌면서 땀냄새를 빨아들인 탓인지

소리가 더 끈적끈적하고 조밀했다. 세 여자는 한 남자의 목소리로 인해 처음에는 차분한 모습을 보이더니 점차 더워지자 좌불안석이었다. 시종 테이블을 둘러싸고 앉아 레코드판을 가운데 놓고 서로의 쾌감을 전달하면서 자유롭게 상상의 나래를 펼쳤다. 레코드판은 현기증의 우물이었다. 그 안에는 그늘의 서늘함이 있었다. 뜨거운 땀방울이 두 뺨을 타고 흘러 아래턱에 모였다가 자작나무로 된 테이블 위로 떨어졌다. 일부는 목을 타고 가슴으로 흘러내려갔다. 레코드판 속의 왕판성은 오래된 고약 같기도 하고 한 잔의 산매탕酸梅湯* 같기도 해서 여자들의 배를 뜨겁게 하고 마음을 시원하게 해주었다. 음악에 귀기울이지 않고 눈앞에서 돌고 있는 레코드판만 보면서 샤오마오는 문득 1971년에 차우셰스쿠가 내방했을 때, 8월 23일 루마니아 국경절에 맞춰 상하이 여러 곳에서 〈도나우강의 물결〉을 방영했던 것이 생각났다. 샤오마오는 후성, 인펑, 따메이메이와 함께 그 영화를 보러 갔었다. 눈앞의 다락방은 그 영화에 나오는 선창의 밤과 같았다. 짜증나게 덥고 바람도 없는 항로에서 안나는 무더위를 참지 못했다. 레코드판이 천천히 돌아갔다. 안나는 쓸쓸하고 초조한 마음에 두 손으로 머리칼을 헤치며 땀을 닦았다. 애타게 남자를 그리워하는 장면이 너무나 감동적이었다. 화면 한가운데서 레코드판이 천천히 돌면서 노래가 시작되었다. 선장 미하일을 상하이 사람들은 거친 사나이라고 말했다. 수염이 얼굴에 가득하고 땀이 등을 적셨다. 사실은 이미 실패한 사나이였다.

* 더위를 식혀주는 중국의 전통 음료.

남자가 아무리 강하고 수염이 아무리 거칠어도 여자 앞에서는 결국 무력한 존재가 되고 말았다. 결국 선장은 축축하게 젖은 안나를 껴안고 울고 싶었지만 눈물이 나오지 않았다. 당시에 인펑이 말했었다. 선장이 꼭 껴안아준다 한들 그게 무슨 소용이야? 안나에게는 일찌감치 딴마음이 생겼는데. 후성이 말했다. 천바이루는 마지막으로 딱 한마디만 남겼지. 날이 밝으려고 해, 난 자야겠어. 안나는, 아무 말도 하지 않았다. 레코드판은 천천히 돌아갔다. 이 순간, 샤오마오는 하이더를 생각했다. 아프리카로 가는 선창 안은 똑같이 덥지 않을까? 하이더는 미하일처럼 가로 줄무늬가 있는 세일러 셔츠를 입고 있을까, 아니면 웃통을 다 벗고 바람도 없고 파도도 없는 바다 위에서 작열하는 태양과 싸우고 있을까? 하이더는 아내 인펑이 지금 더워서 혼절하기 직전이라는 사실을 절대 모르고 있을 것이다. 3층 다락방에 틀어박혀 야한 레코드판을 듣고 있다는 것을, 상하이의 한 낯설고 나이든 남자가 노래로 인펑의 마음을 흠씬 적시고 있다는 것을 생각지도 못할 것이다. 인펑은 옷이 땀에 젖어 등뒤에 살이 다 드러나고 있고 중간에 옆으로 난 눈처럼 새하얀 띠를 머리칼이 반쯤 가려주고 있었다. 두 팔도 완전히 땀에 젖어 있고 어깨도 땀 때문에 반짝거렸다. 몸매가 아주 날씬하고 키도 큰 따메이메이는 바로 옆에서 테이블에 몸을 바싹 붙이고 있었다. 란란이 부채질을 하자 세 여자의 머리칼이 동시에 움직였다. 레코드판을 뒤집는 동안 샤오마오는 얼굴이 뜨거워지면서 가슴이 마구 뛰었다. 정말로 더는 견딜 수 없을 정도로 더워 과감하게 북쪽으로 난 지붕창을 열었다. 세 여자가 동시에 놀란 표정을 지었다.

따메이메이가 다가와 다시 창문 손잡이를 잡아당겼다. 샤오마오가 말했다. 더 들으면 안 돼. 끝났어. 란란이 말했다. 금방 끝나. 시간이 없단 말이야. 빌리자마자 돌려줘야 한다고. 샤오마오가 남쪽 창문으로 다가가 문고리를 풀고 밖을 향해 확 밀어젖혔다. 세 여자는 흥이 싹 가셔버렸다. 인펑이 말했다. 죽고 싶어서 그래? 란란이 축음기 바늘을 올리며 말했다. 멍청이, 어울리는 직업이 노동자밖에 없겠군! 샤오마오가 말했다. 너무 더워서 그래. 인펑이 말했다. 난 바람이 좀 시원해진 것 같은데. 샤오마오가 말했다. 왕판성은 노래를 죽은 사람처럼 불러요. 음음음, 에이에이에이, 완전히 죽음의 소리야. 모두 말이 없었다. 따메이메이가 말했다. 난 하자는 대로 하는 수밖에 없네. 됐어. 란란이 말했다. 잠깐 기다려. 란란이 몸을 돌려 벽 쪽에 있는 커튼을 당기고는 화장실로 들어갔다. 따메이메이가 말했다. 샤오마오는 너무 쩨쩨해. 축음기가 전기를 얼마나 먹는다고. 말을 마친 따메이메이가 손을 뻗어 찬장을 열려고 했다. 샤오마오가 막으면서 물었다. 뭐하려고 그래? 따메이메이가 말했다. 정말 쩨쩨하네! 말린 갈치 한 조각 집어먹으려고 그래. 그게 몇 푼이나 한다고? 샤오마오가 찬장 문을 꼭 닫으면서 말했다. 빨리 내려가! 가라고! 란란이 커튼을 들추고 나와 레코드판을 챙기고는 샤오마오를 뚫어지게 쳐다보면서 말했다. 쓰레기! 두 사람은 우당탕탕 요란한 소리를 내면서 아래로 뛰어내려갔다. 샤오마오는 아무 말도 하지 않았다. 인펑이 말했다. 장난꾸러기 계집애들 같으니! 계단이 무너지겠네. 샤오마오는 아무 말도 하지 않았다. 인펑이 축음기를 챙기면서 말했다. 샤오마오, 내려가서 따뜻한 물 좀 떠다줘. 샤오마오는 대답하지 않았다. 인펑이 말했다. 내려가자.

두 사람은 아래층으로 내려왔다. 2층 옆집에 사는 아저씨는 문을 꼭 닫고 있었다. 인펑이 보온병 두 개와 대나무 산가지 두 개를 들고 왔다. 이를 받아들고 내려가 뒷문을 나선 샤오마오는 앞에 있는 농탕으로 가서 따뜻한 물을 받아 인펑의 집으로 돌아왔다. 침대 앞 커다란 대야에는 이미 차가운 물이 담겨 있었다. 인펑이 문을 닫자 샤오마오는 돌아가려고 했지만 인펑이 그를 다시 꼭 붙잡고는 낮은 목소리로 말했다. 뭘 그렇게 놀라? 모처럼 조용해졌으니까 안에 들어가서 좀 앉았다 가. 창가에서 바람도 좀 쐬고 시원한 물도 마시고 말이야. 탁 하고 방문이 닫혔다. 샤오마오는 속으로 떨고 있었다. 창가에 앉으니 바로 등뒤에서 인펑이 옷 벗는 소리가 들렸다. 이때 하늘은 몹시 어두워져 있었다. 곧 비가 쏟아질 것 같았다. 뜨거운 수증기가 피어오르더니 등뒤에서 땀냄새가 섞인 바람과 함께 열기가 밀려왔다. 샤오마오는 냉수를 마셨다. 물컵이 얼굴에 달라붙도록 한 방울도 남기지 않고 다 털어 마셨다. 큰비가 쏟아지기 시작했다. 따뜻한 물이 대야 안에 쏟아졌다. 인펑이 말했다. 샤오마오, 긴장하지 말고 자기 집이라 생각하고 편하게 앉아 있어. 누나가 목욕 다 하고 나서 밑에 내려가 서양 고추를 얹은 고기냉면 사줄 테니까 같이 먹자. 샤오마오가 말했다. 전 볼일이 좀 있어요. 인펑이 약간 떨리는 목소리로 말했다. 걱정하지 마. 옆집 아저씨는 외출했어. 모처럼 누나 집에 왔으니 누나랑 이런저런 얘기 좀 하자. 비 오는 소리가 요란했다. 빗줄기는 갈수록 굵어졌다. 눈앞에는 축축하고 더운 비가 내리고 등뒤에서는 차가운 물에 따뜻한 물을 섞는 소리가 들렸다. 인펑이 물속에 들어가 앉는 소리가 들렸다. 으음 하는 가벼운 신음소리도 들렸다. 날은 정말 무더웠다. 물속에서 나는 소리는 아주 매끄럽게 들렸다. 피부를 스치거나 어깨를 지나 허리쯤으로 흘러내리는 소리 같았다. 인펑이 샤오마오를 불렀다. 샤오마오! 샤오마오는 대꾸하지 않았다. 물이 피부 위를 흘러 미끄러졌다. 수건을 들어올리는 소리가 들리고 몸이 이동했다. 인펑이 말했다. 누나 좀 도와줘. 샤오마오가 물었다. 뭘 해달라는 거예요? 비눗갑 좀 가져다줘. 샤오마오는 아무 말도 하지 않았다. 인펑이 말했다. 이리 와, 긴장하지 말고. 샤오마오는 말이 없었다. 인펑이 말했다. 내가 가지러 가기가 불편해서 그래. 너무 긴장하지 마. 누나는 인생 경험이 많은 사람이잖아. 샤오마오는 여전히 말이 없었다. 인펑이 탄식하듯 한숨을 내쉬었다. 잠시 물소리가 났다. 비눗갑은 아주 멀찌감치 떨어져 있는 게 아니었다. 갑이 열리고 비누가 피부 위를 미끄러지기 시작했다. 인펑이 말했다. 샤오마오, 긴장하지 마. 결국 언젠가는 몸을 돌려 누나를 보게 될 거야. 샤오마오는 줄곧 창밖을 바라보았다. 창문에서 멀지 않은 곳 바로 옆은 513농 건물의 산장山牆*이었다. 창문 하나 없이 바로 밑이 농탕이라 왕 사부가 물을 버리거나 기침하는 소리를 다 들을 수 있었다. 장맛비가 주룩주룩 내리는데도 샤오마오는 온몸에서 땀이 났다. 눈앞의 청벽돌 산장이 서서히 흐릿해지면서 하얀빛으로 변해갔다. 비는 완전히 뜨거워졌다. 방은 작고 방문은 굳게 닫

* '人'자형 지붕 가옥의 양측면의 높은 벽.

혀 있었다. 비눗물과 여인의 열기가 샤오마오를 휘감으면서 뜨거운 빛속에 피어올랐다. 높은 온도와 습도가 모든 것을 뒤덮고 있었다. 처음에 들었을 때는 인평이 커다란 나무 대야에 들어앉아 가만히 있는 것 같았는데 얼마 후에는 물뱀이 몸을 휘감아 숨을 못 쉬게 하는 것 같았다. 갑자기 인평이 낮은 목소리로 말했다. 누나를 좀 봐. 괜찮아. 남자가 좀 용감해야지. 이 말을 들은 샤오마오가 찻잔을 내려놓고 천천히 고개를 돌려 인평을 바라보았다. 앞가슴이 눈처럼 희었다. 옥산玉山이 갑자기 기울어져 하얀빛 속에서 움직이는 것 같았다. 핑크빛 기류와 뜨거운 바람이 밀려와 몸을 덮쳤다. 샤오마오는 질식할 것만 같았다. 눈앞에서 강철 케이블이 곧 붕괴될 것 같았다. 판 사부가 천정 크레인 기사를 향해 소리를 질렀다. 천천히, 천천히! 좀 천천히 하라고! 샤오마오의 호흡이 거칠어졌다. 두 눈을 꽉 감았다. 정말로 긴장하고 있었다. 인평이 일어섰다. 방은 너무 작았다. 인평이 손을 내밀어 샤오마오를 끌어당겼다. 목욕통 바로 옆에 침대가 있고 침대 위에는 대자리와 대나무 베개가 놓여 있었다. 인평이 젖은 몸으로 침대 위에 앉아 떨리는 목소리로 말했다. 긴장할 것 없어. 누나는 인생 경험이 많은 사람이야. 걱정할 것 없다고. 인평의 이 몇 마디가 삼오표 탁상시계 소리처럼 계속 메아리쳤다. 소리는 갈수록 작아지고 가늘어지면서 똑딱똑딱 똑딱똑딱 물방울처럼 샤오마오의 머릿속으로 새어들어왔다. 샤오마오의 몸이 휘청거리면서 뭔가에 홀린 듯이 앞으로 다가가 바닥이 없는 솜 창고 속으로 미끄러져들어갔다. 거대한 찹쌀 덩어리 속으로 빠져들어갔다. 몸부림조차 칠 수 없었다. 인평이 말했다. 샤오마오, 좀 천천히 해. 야생마가 되진 말아줘. 달려들지 말고 뛰어오르지도 말고 도망치지도 마. 긴장하지 마. 두려워할 것 없어. 인평네 삼오표 탁상시계가 계속 같은 소리를 반복했다. 긴장하지 마. 두려워할 것 없어. 인평이 샤오마오를 꼭 안았다. 갑자기 뚜둑 강철 케이블이 끊어져버렸다. 판 사부가 말했다. 천천히, 천천히 하라고! 스위스에서 수입된 시계 가공 선반이 탕 하는 소리와 함께 기울어졌다. 외국어가 인쇄된 포장상자가 기울어졌다. 부피는 작아 보이는데 무척이나 무거웠는지 수문 쪽으로 미끄러져가더니 흠뻑 젖어버렸다. 중대한 사고였다. 강철 케이블이 한 가닥 한 가닥 전부 끊어져버렸다. 조심해, 조심하라고! 허공에서 브레이크를 밟으라는 소리가 나더니 이어서 쾅 하고 기계 하부가 땅바닥으로 떨어지고 말았다. 뚝, 뚜둑. 나무판이 갈라지면서 사방에서 메아리가 들렸다. 그러고는 이내 조용해졌다. 모든 것이 해탈되었다. 갑자기 세상이 조용해지면서 공기도 상쾌해졌다. 빗소리가 잦아들었다. 인평이 몸을 웅크렸다. 몸 밑의 대자리가 금빛으로 젖어 있었다. 인평이 말했다. 움직이지 마. 누나가 도와줄게. 인생의 첫 경험이라 좀 쉬어야 할 거야. 누나가 샤오마오에게 시중을 들어줄게. 여러 해 동안 생각하면서 마음속에 담아둔 말을 결국 하게 되는구나. 누나가 너 좋아해. 샤오마오는 아무 말도 하지 않았다. 인평의 빛나는 몸이 다시 대야 속으로 들어가 수건을 건져올렸다. 인평이 그를 불렀다. 샤오마오! 샤오마오가 고개를 돌렸지만 인평은 그를 쳐다보지 않았다.

비는 그칠 생각이 없는 것 같았다. 끝없이 내렸다. 샤오마오가 일어나보니 인평이 이미 냉면을 사다놓았다. 두 사람은 함께 냉면을 먹었다. 샤오마오가 문을 열고 위층으로 올라가려고 하는 순간, 갑자기 옆방에서 기침소리가 들렸다. 두 사람은 놀라지 않을 수 없었다. 2층 아저씨가 돌아온 것이었다. 우산 두 개가 문 앞에 걸려 있고 방문은 열려 있었다. 2층 아저씨는 라디오를 틀고 창문을 연 다음, 드르륵 소리를 내면서 의자를 문 앞으로 끌어다놓고는 철퍼덕 의자 위에 앉아 파닥파닥 부채질을 하기 시작했다. 인평은 완전히 다른 사람이 된 것 같았다. 몸을 잔뜩 움츠리더니 샤오마오의 귀에 대고 낮은 목소리로 말했다. 큰일났다, 못 나가게 됐어. 샤오마오가 속삭이듯 말했다. 난 돌아가고 싶단 말이에요. 인평이 샤오마오를 잡아끌면서 말했다. 쉿! 문이 열렸다 하면 아저씨가 의심하게 된단 말이야. 이렇게 무더운 날 두 사람이 왜 방문을 꼭 처닫고 있었을까 하고 말이야. 샤오마오는 할말이 없었다. 인평이 말했다. 인내심을 갖고 좀 기다려보자. 누나랑 좀더 쉬자고. 두 사람은 침대 위로 돌아갔다. 옆방에서 라디오 소리가 요란하게 들렸다. 두 사람은 머리를 나란히 하고 앉아 있었다. 인평이 가볍게 부채질을 하면서 물었다. 두렵지 않아? 샤오마오는 말이 없었다. 인평이 샤오마오의 귀에 대고 낮은 목소리로 말했다. 누나도 두려워. 샤오마오는 여전히 말이 없었다. 인평이 온몸을 떨고 있는 것이 느껴졌다. 인평이 물었다. 누나 좋지? 샤오마오는 대답하지 않았다. 인평이 허리를 움직이면서 가볍게 탄식하듯 말했다. 선원의 가족이 된다는 게 어떤 건지 남들은 잘 모르겠지만 사실 가장 고통스러운 게 선원 가족이야. 샤오마오가 낮은 목소리로 말했다. 하이더 형님은 누나가 체면을 아주 중시하는 사람이라고 하던데요. 그런데 상하이에서는 뭐든지 표가 있어야 사지만 외국에서는 뭐든지 공짜로 얻는대요. 인평이 낮은 목소리로 말했다. 됐다 그래. 당당한 선원이라면서 밖에 나갔다 하면 이것저것 가리지 않고 전부 훔쳐 배 안으로 가져온다니까. 일단 동양의 부두에 내리면 보는 것마다 다 훔쳐오지. 자전거도 훔치고 밭에 있는 채소도 훔치고, 쓰레기통을 뒤져 낡은 전자제품도 들고 오고 말이야. 일본의 음란한 화보나 낡은 옷, 남들이 신던 신발까지 들고 온다니까. 샤오마오는 말이 없었다. 인평이 말했다. 동양 사람들은 중국 기선을 보면 해적선이 왔다고 그런대. 샤오마오가 말했다. 그럴 리가요. 인평이 말했다. 자전거는 훔쳐다 동남아 지역이나 필리핀에 가서 팔고 일본의 구형 전자제품은 인도네시아로 가져가면 좋은 값을 받을 수 있대. 샤오마오가 말했다. 믿을 수가 없네요. 인평이 말했다. 하이더 동료가 하나 있는데, 집에 별의별 물건들이 다 있어. 구식 전기선풍기를 비롯해서 구식 환풍기, 전기밥솥, 전기 화로 같은 물건이 집안에 가득 쌓여 있지. 전부 훔쳐온 거야. 110볼트를 220볼트로 바꾸는 변압기도 한두 개가 아니더라고. 우습기도 하고 한심하기도 하지. 샤오마오가 물었다. 산 건 하나도 없고 전부 다 훔친 거래요? 인평은 대답하지 않다가 잠시 후 고개를 숙이면서 말했다. 하이더가 돈 주고 산 건 하나뿐이야. 남에게 보여줄 수 없는 물건이긴 하지만. 샤오마오가 물었다. 동양 검劍인가요? 인평은 대답하지 않았다. 샤오마오가 다시 물었다. 일본 게다로군요? 인평은 여전히 대답이 없었다. 샤오마오가 말했다. 도저히 못 알아맞히겠어요. 인평이 물었다. 뭔지 보고 싶지? 다른 사람들에게 절대 얘기하면 안 돼! 샤오마오가 그러겠다고 약속했다. 인평이 베개 밑에서 플라스틱 장난감을 하나 꺼내면서 물었다. 이게 뭔지 알아? 샤오마오는 멍한 표정을 지었다. 인평이 전기 스위치를 켜자 완구가 마구 진동하기 시작했다. 인평이 물었다. 이게 뭔지 알겠어? 샤오마오가 빙긋이 웃었다. 인평이 말했다. 일본에 가서 돈 주고 산 게 이것 하나뿐이라니까. 정말 저질이야. 하이더 말로는 자기가 배를 타고 떠나면 이 보물이 자신을 대신한다나. 나는 거들떠보지도 않았어. 난 이게 하이더라고 인정할 수 없다고. 흉측하게 생겼잖아. 난 정말 너무 괴로워! 줄곧 어떤 남자에게 속고 놀림만 당하고 있으니 말이야! 샤오마오가 말했다. 그게 누군데요? 인평이 목소리를 낮춰 말했다. 그건 말할 수 없어! 에이! 나는 살아 있지만 죽은 사람이나 마찬가지야. 〈홍색낭자군〉과 다를 바 없지. 샤오마오가 물었다. 그게 무슨 뜻이에요? 인평이 말했다. 한 여자가 군에 입대하려고 하자 우치옹화가 물었어. 왜 입대하려고 하나요? 여자가 침대 휘장을 걷었어. 침대 위에는 나무로 만든 남자가 누워 있었지. 나는 그 영화를 처음 본 뒤로 이 장면이 절대 잊히지 않아. 매일 밤 나무 인형이나 플라스틱으로 된 사람과 함께 보내야 한다면 무슨 재미가 있겠어! 샤오마오가 말했다. 왕 사부 말로는 낭자군 안에 남자가 둘 있었대요. 매일 밤 수십 명의 여인들이 추는 허벅지 춤을 구경했다더군요. 황제나 재상이 된 것이다 다름없었던 거죠. 인평이 낮은 목소리로 말했다. 여자의 삶은 정말 고달파. 샤오마오는 아무 말도 하지 않았다. 인평이 떨리는 몸을 샤오마오에게 바싹 다가가 붙이면서 낮은 목소리로 말했다. 예전에는 2층 아저씨가 걸핏하면 내게 음탕한 이야기를 하곤 했어. 한번은 평생 재가하지 않은 옛날 과부 얘기를 하더라고. 황제가 이 과부에게 패루牌樓*를 하나 지어주면서 정절을 칭송했대. 이 늙은 과부는 열여섯에 남편이 죽은 뒤로 여든넷이 되도록 수절한 거였어. 지나가는 닭이나 개도 수컷이면 얼른 눈길을 거둬들였대. 황제가 패루를 내려주기만을 기대했던 거지. 샤오마오가 말했다. 패방을 말하는 거로군요. 인평이 말했다. 이 늙은 과부가 세상을 떠난 뒤 베개 밑에서 한 가지 물건이 나왔대. 그게 뭐였는지 알아맞혀봐. 샤오마오가 말했다. 도저히 모르겠어요. 인평이 말했다. 마음대로 추측해보라고. 샤오마오가 말했다. 좋은 물건은 아니었을 것 같네요. 인평이 말했다. 아무거나 말해보라니까. 샤오마오가 아까 그 완구를 가리켰다. 인평이 말했다. 바보야, 옛날에 건전지가 어디 있었다고 그래? 샤오마오가 말했다. 제 친구인 젠궈는 재래시장에 가지를 사러 갔다가 어떤 이상한 여자를 보았대요. 그 여자는 채소를 눌러보기만 하더래요. 채소 노점에서는 흰 무를 희고 길다는 뜻으로 '백조白條'라고 부르는데 이 여자는 무는 눌러보지 않고 가지만 하나하나 눌러보더래요. 가지는 자주색이고 길기 때문에 '자조紫條'라고 부르지요. 빛나고 매끈매끈하면서 너무 딱딱하지도 않고 너무 말랑말랑하지도 않은

* 차양이 있고 돌 장식 또는 네 개의 기둥이 있는 고대의 장식용 건축물로 주로 열녀들을 기리기 위해 세워졌다. 패방(牌坊)이라고도 한다.

가지를 찾는 거였어요. 이상하죠? 이것저것 마구 집어서 눌러보고 다시 내려놓았다가 이번에는 좀 굵을 걸로 집어 눌러보고, 긴 것도 집어 눌러보고 하더래요. 채소 노점에는 사람도 많고 손도 많다보니 모두들 그 여자의 동태에 관심을 갖지 않았어요. 여자는 그렇게 계속 가지를 눌러보다가 마지막으로 가장 그럴듯한 가지를 하나 사 가더래요. 가지 하나로는 홍소로 요리하든 기름에 튀기든, 아니면 양념간장에 버무리든 부족할 텐데 달랑 하나만 사 가는 것이 젠궈는 정말 이상하더래요. 인펑이 말했다. 꼭 그렇지도 않아. 가지를 얇게 잘라서 그 사이에 양념을 뿌린 다진 고기를 넣고 밀가루 옷을 입힌 다음에 기름에 살짝 데치면 한 접시 푸짐한 음식이 된다고. 가지는 아니야. 다시 잘 맞혀봐. 샤오마오가 말했다. 젠궈가 또 다른 얘기를 해줬어요. 어떤 여자의 남편이 외국 방직 공장에 지원해서 해외근무를 하다가 이삼년 만에 돌아왔대요. 그녀는 집 채소밭에 오이를 심었는데 침대 베개 밑에도 오이를 하나 놓아두었대요. 인펑이 말했다. 틀렸어. 오이도 아니야. 샤오마오가 얘기를 계속했다. 이웃집 아이 하나가 침대 휘장 안으로 들어왔다가 그 오이를 발견하고는 뚝 잘라서 반쪽을 먹었대요. 인펑이 말했다. 됐어, 그만해. 샤오마오는 얘기를 계속했다. 그런데 맛이 아주 이상하더래요. 인펑이 말했다. 그런 저질 얘긴 그만 좀 하라고! 그건 못된 사내 녀석들이 멋대로 지어낸 얘기야. 샤오마오는 인펑의 반응에 아랑곳하지 않고 얘기를 이어갔다. 나중에 오이를 먹은 일 때문에 큰 문제가 생겼대요. 인펑이 말했다. 듣고 싶지 않아. 결국 남편 그것이 반으로 잘라져서 병원에 가서 응급처치를 받았다는 거겠지.

처음부터 거짓말이라는 것 다 알았어. 젠궈는 질이 안 좋은 애로구나. 어쨌든 틀렸어. 가지도 아니고 오이도 아니야. 수세미도 아니고, 여주도 아니고, 호리병박도 아니야. 어쨌든 베개 밑에 그런 모양의 물건은 없었어. 잘 알아맞혀봐. 샤오마오가 말했다. 도저히 못 맞히겠어요. 인펑이 한숨을 내쉬며 말했다. 사실은 말이야, 동전 한 꿰미였어. 동판銅板이라고 부르기도 하지. 글자가 보이지 않을 정도로 빛나게, 거울 같아지도록 열심히 동전을 문지른 거야. 샤오마오는 아무 말도 하지 않았다. 인펑이 낮은 목소리로 말했다. 위층 아저씨가 내게 그러더군. 인펑, 그런 생각 해봤지? 수천수만의 밤을 여인들은 근질근질한 몸으로 고통스럽게 보내지. 온몸에 개미가 기어다니는 것 같을 거야. 이리저리 뒤척거리면서 잠을 이루지 못하지. 상을 받기 위해, 패루 하나를 하사받기 위해 밤마다 고통스러워하면서 기껏해야 동전 꿰미나 문지르고 있지. 날이 밝을 때까지 1, 2, 3, 4, 5 수를 세는 거야. 여자로 산다는 건 정말 괴로운 것 같아.

샤오마오에게는 이것이 인생에서 가장 깊이 있는 최초의 접촉이었다. 며칠 후 샤오마오는 판 사부에게 인펑과의 일을 얘기했다. 작업장 안에서는 환풍기가 윙윙 요란한 소리를 내면서 돌아가고 있었다. 판 사부는 다섯 개의 홍당무 같은 손가락 끝으로 수건을 집어 땀을 닦으면서 샤오마오의 얘기를 들었다. 눈물도 함께 닦았다. 판 사부가 말했다. 가슴 아픈 얘기로군. 인펑은 정말 좋은 여자야. 하지만 샤오마오가 이용당한 거야. 앞으로 명심해. 남자의 삶은 평생 길을 가는 것과 같아. 낮이든 밤이든 앞만 보고 걸어야 해. 뒤를 돌아보면 안 돼. 일단 뒤를 돌아보면 인평 같은 여자를 만날 수도 있지만 재수없는 일을 당할 수도 있어. 샤오마오는 말이 없었다. 판 사부가 말했다. 이번에 뒤를 돌아본 것은 크게 문제될 게 없어. 다 큰 여자가 영계를 잡아먹은 꼴이니까. 샤오마오는 말이 없었다. 판 사부가 말했다. 예전에 밤중에 길을 가다가 어느 농탕을 가로지르게 되었어. 누군가 다가와 허리춤을 잡아당기더라고. 나이든 여자와 젊은 남자였어. 뒤에서 또 누가 말을 거는데 알고 보니 밤거리 매춘부였어. 샤오마오가 말했다. 인평은 매춘부가 아니잖아요. 판 사부가 말했다. 밤거리 매춘부도 여자고 인평도 여자잖아. 샤오마오는 말이 없었다. 판 사부가 말했다. 어떤 여자는 겉으로 보기에는 양갓집 규수 같은데 자세히 보면 옷소매 안에 손수건이 하나 끼워져 있었어. 몸에서 꽃향기가 나고 머리는 흐트러져 있었지. 팔에 바구니를 하나 끼고 있어 꼭 채소를 파는 사람 같았어. 내가 가까이 다가가자 여자가 묻더라고. 아우님, 땅에 돈이 떨어져 있는데, 아우님이 흘린 것 아닌가요? 나는 뒤돌아보지 않았어. 나이든 창녀들은 몸을 팔기 위해 이런 식으로 수작을 걸거든. 집을 갖고 몸을 파는 여자들을 상하이에서는 반개문半開門*이라 하고 홍콩에서는 집 한 채에 봉황이 한 마리 산다는 뜻으로 일루일봉一樓一鳳이라고 불러. 샤오마오가 말했다. 구사회의 얘기는 하지 마세요. 판 사부가 말했다. 난 너를 일깨워주려는 거야. 고생을 했으면 그

* '문이 반만 열려 있다'는 뜻으로 청나라 때부터 유행한 사창(私娼)을 말한다.

걸 기억할 줄 알아야 해. 우리 사부님은 여자 점쟁이들을 참 좋아했어. 담벼락에 붙어 있는 분홍색 전단지에는 직접 찾아가 점을 쳐드립니다. 출장비는 받지 않습니다라고 쓰여 있었지. 말하자면 집에 찾아와서 점을 쳐준다는 거야. 좀 안 좋게 표현하자면 집에 찾아와 몸을 파는 거지. '점 한 번 보는 데 3위안입니다. 앞길을 알고 싶으면 언제든지 찾아주세요'라는 광고를 보고 전화하면 여자가 애교 넘치는 모습으로 달려와서 몸을 팔지. 이에 대해 신문에서는 이런 곳에 가면 절개를 망치고, 몸을 망치고, 돈도 잃고 목숨도 상하게 된다고 말하곤 했지. 물론 사람을 직업으로 차별해선 안 돼. 이 바닥에는 좋은 여자들도 적지 않았거든. 중화민국 시기의 원로 지식인이었던 위유런於右任*은 돈 한푼 없이 상하이 반개문인 샤오쥐안小娟의 집에 얹혀살면서 어려운 시절을 넘겼지. 석 달을 빌붙어 살면서 동전 한 닢 내지 않았지만 샤오쥐안은 그를 변함없이 잘 보살펴주면서 한마디 원망도 하지 않았어. 의리를 중시한 거지. 양갓집 규수들에게선 이런 모습을 찾아볼 수 없을 거야. 샤오마오가 물었다. 그 어르신이 아주 유명한 분이셨겠네요? 판 사부가 말했다. 샤오쥐안은 몸을 팔아 먹고살면서 글은 애당초 깨우치지도 못했는데 그가 유명한 사람이란 걸 어떻게 알았겠어. 그저 강호의 의리를 발휘한 거지. 이것이 바로 좋은 여자의 의리라는 거야. 천하가 태평해지자 위 선생은 상하이에 와서 신문에 샤오쥐안을 찾는 광고를 냈어. 하지만 끝내 그녀를 찾지 못했지. 그 때문에 몹시 상심했어.

* 중화민국 시기의 유명한 교육자이자 서예가.

판 사부는 여기까지 얘기하고는 손수건을 꺼내 땀을 닦고 눈물을 훔쳤다. 샤오마오는 아무 말도 하지 않았다.

다음날, 샤오마오는 예자자이에 갔다. 권법 사부가 말했다. 판 뚱보가 뭘 안다고 그래? 영계가 뭔지도 모르면서. 여자는 나이를 따져선 안 되는 법이야. 남자한테 잘하면 그것으로 충분하다고. 사람이 왜 뒤를 돌아보면 안 된다는 거야? 고개를 돌리는 것이 얼마나 재미있는데 그래. 힘이 들긴 하지만 말이야. 나는 여태까지 우리 할아버지가 하던 잔소리는 절대 믿지 않았어. 사람 구실 하는 것과 관련해서 우리 할아버지가 가장 많이 했던 잔소리는 "용감하게 앞만 보고 나아가라" 아니면 "깨달으면 극락, 뉘우치면 구원을 받는다" "뒤로 한 걸음 물러서면 바다와 하늘이 열린다" "좋은 말은 고개를 돌려 자기가 밟고 온 풀을 먹지 않는다" 같은 것들이었지. 모든 걸 자신이 판단하고 결정해야 하는데 손자인 내가 뭘 믿을 수 있었겠어? "대장부는 죽는 한이 있어도 굴복해선 안 된다"는 말이 있는가 하면 "대장부는 실의했을 때는 잘 참고, 득의했을 때는 자신의 포부를 펼치면서 환경에 잘 적응해야 한다"는 말도 있었으니까 말이야. 이런 것들이 전부 멀쩡한 대낮에 나온 어지러운 말들이었어. 다들 엉터리 이야기만 늘어놓았던 거지. 샤오마오는 아무 말도 하지 않았다. 사부가 말했다. 인펑 같은 이웃의 젊은 부녀자나 아기 엄마들은 감정을 가장 중시하지. 진메이가 말했다. 닭살 돋네요. 사부가 말했다. 예컨대 여자를 속여 이득을 얻는 것을 상하이 사람들은 기름을 문지른다는 뜻으로 '개유揩油'라고 하고 북방에서는 털복숭아를 문지른다는 뜻으로 '층모도蹭毛桃'라고 하지만 의미는 같아. 이건 걱정할 것 없어. 하지만 조상들로부터 전해내려오는 쓸데없는 소리들은 종종 고무줄 당기는 것과 같지. 혓바닥 안에 스프링이 달려서 밥을 두 그릇 먹을 수 있는 것과 마찬가지로 두 가지 서로 다른 한담을 어지럽게 늘어놓는단 말이야. 사오싱의 사야師爺*들은 군중을 말하는 '군群'자를 쓸 때 '양羊'자를 오른쪽에 놓기도 하고 왼쪽에 놓기도 하지. 군중은 좌우 어느 쪽에 있어도 어렵다는 뜻이야. 모든 걸 감당해낼 수 있다는 거지. "토끼는 굴 주변의 풀을 먹지 않는다"라든가 "물에 가까운 누대가 먼저 달을 차지한다" 같은 말들을 내가 어떻게 알아듣고 행동에 반영하겠어? 나는 그냥 아무 일 없으면 그만이었어. 대충 내 나름대로 이해하고 넘어갔지. 그리고 이런 조목들을 한데 모아 체계적인 무술 동작으로 엮은 것이 바로 태극권이야. 세계 제일이지. 샤오마오가 물었다. 생활이 진지하지 못해 갖은 핑계를 대고 회피하거나 마구잡이로 어지럽게 대충 해치우는 것이 바로 태극권 아닌가요? 사부가 말했다. 그래, 알았으면 됐다. 샤오마오는 말을 받지 않았다. 사부가 말했다. 샤오마오는 여자가 목욕하는 걸 보면서 아주 달콤했겠구나. 그런 경험이 있으니 이제 남자로 쳐줘야 할 것 같네. 사부가 샤오마오를 칭찬하지 않을 수 없구나. 진메이가 말했다. 이렇게 영특한 제자는 나중에 엉뚱한 걸 퍼뜨릴 수도 있어요. 샤오마오는 아무 말도 하지 않았다.

* 옛날 지방관의 개인 고문으로 근무한 서기관이나 모사(謀士)를 지칭한다.

한 남자와 한 여자가 마루판을 사이에 두고 아주 가깝게 붙어 있었다. 하지만 샤오마오가 슬그머니 인평의 방으로 숨어들어가는 것이 그렇게 쉽지만은 않았다. 열 개나 되는 방마다 문이 있고 사람들의 눈도 백 개가 넘었기 때문에 항상 기회를 기다려야 했다. 두 사람의 직장 근무시간에도 수시로 변동이 있었기 때문에 시간이 맞아야 했다. 샤오마오 또래의 형제자매들이 수시로 건물을 오르내렸고 부모님들의 근무도 오전조와 오후조가 수시로 바뀌었다. 이불솜가게 점원인 2층 아저씨는 집에 돌아오면 항상 문을 활짝 열어놓고 습관적으로 문 앞에 나와 앉았다. 인평이 가장 싫어하는 일이었다. 아저씨의 아내는 음식점에 3교대로 나가 일을 했다. 이렇게 온갖 문제들이 두 사람을 방해했다. 아래층 미용실은 계산에 넣지도 않은 상황이 이랬다. 때문에 건물 전체의 사람들이 들락거리는 모든 활동의 규칙을 잘 기억해야 했다. 이전에는 이런 것들을 전혀 염두에 두지 않았지만 두 사람이 정을 통하기 시작하면서부터는 시간약속과 계획에 세심한 관찰이 선행되어야 하고 적당한 틈새를 찾아야 했다. 정확하고 철저하고 긴밀하고 민첩해야 했던 것이다. 요컨대 기회는 준비된 사람들의 몫이었다. 눈들이 아무리 많고 복잡하다 해도 기회는 영원히 존재하는 법이었다. 세시, 세시 이십오분, 네시 십오분, 또는 오전 여덟시 삼십분, 열한시 오분 등 조각난 기회들이 흩어져 있었다. 이 낡은 농탕 건물은 여전히 사람들의 왕래가 많았다. 문을 여닫는 것만으로도 문제가 늘어났다. 집이 가장 큰 장애물이긴 하지만 모든 것을 포용할 수 있는 공간이기

전형적인 상하이의 옛 농탕 주택의 모습이다. 천정도 없고 수세식 변기도 없다. 배우 저우쉬안周璇과 자오단趙丹이 웃으면서 떠드는 가운데 새장이 걸려 있는 무대 세트 같다. 1990년에 분쇄식 변기가 출시되었다. 바닥에 분쇄기가 달려 있어 모든 것을 잘게 부순 다음, 하수도로 흘려보냈다. 주요 관측 대상은 이런 주택에 사는 주민들이었다.

도 했다. 두 사람의 은밀한 정이 아무리 뜨겁게 오가도 집은 여전히 침묵하고 있었다. 두 사람의 밀회로 인해 집이 팽창하거나 균열이 가고 무너지는 일은 절대로 없었다. 한번은 인평이 샤오마오를 꼭 껴안고 말했다. 나는 다 생각해두었어. 시어머니한테 아기를 이 주만 맡아달라고 부탁하고 친정에 다녀올 생각이야. 한 달 뒤에 또 시어머니한테 아기를 이 주 맡기면 샤오마오도 잠시 숨을 돌릴 수 있겠지. 샤오마오는 아무 말도 하지 않았다. 인평이 말했다. 나에 대해 너무 부담 갖지 않았으면 좋겠어. 샤오마오는 아무 말도 하지 않았다. 인평이 말했다. 샤오마오가 따메이메이를 좋아한다는 건 나도 알아. 샤오마오가 말했다. 그럴 리가요. 인평이 탄식하듯이 말했다. 젊은 사람들이니까 그건 당연한 일이지. 샤오마오는 아무 말도 하지 않았다. 인평이 말했다. 샤오마오도 앞으로 여자친구를 사귀어야 하고 결혼도 해야 하잖아. 하지만 그래도 한 달에 한 번은 꼭 누나를 찾아와주면 좋겠어. 가장 좋은 건 한 달에 두세 번 찾아오는 거지만. 샤오마오는 여전히 말이 없었다. 이때 방안은 아주 캄캄했다. 샤오마오가 오후조 근무를 마치고 몰래 인평의 방에 들어온 지 이미 한 시간이 다 되어가고 있었다. 한 시간 늦게 퇴근한 것과 마찬가지였다. 샤오마오 엄마는 잠에서 깼다 하면 샤오마오가 돌아오기를 기다렸다. 인평이 샤오마오를 놓아주었다. 살그머니 문이 열리자 샤오마오는 호흡을 멈추고 맨발로 살금살금 벽을 더듬어 아래층으로 내려갔다. 좁고 기다란 형태의 미용실은 극도로 조용했다. 창밖에서 가로등 불빛이 새어들어왔다. 네 개의 이발용 회전의자가 누렇게 빛나고 바닥에는 전지剪紙* 같은 그림자들이 희미하게 깔려 있었다. 샤오마오는 문 앞에서 신발을 신고 문을 열었다가 다시 쾅 닫았다. 그런 다음 한 걸음 한 걸음 소리를 내면서 다시 계단을 올랐다. 2층 방문은 반쯤 열려 있었다. 인평이 문 뒤로 옷깃을 가리고 샤오마오가 올라오는 모습을 조용히 바라보고 있었다. 작은 등불이 희미하게 빛났다. 샤오마오의 눈길이 한 걸음 한 걸음 위로 올라오면서 먼저 인평의 발과 무릎을 훑고 나서 허벅지와 허리를 거쳐 동글동글한 어깨로 향했다. 2층을 지나는 순간 인평의 가슴이 완전히 어둠에 묻히면서 특별한 냄새가 났다. 샤오마오는 눈길을 돌려 3층으로 계단을 올랐다. 인평의 방 문이 천천히 닫히는 것이 느껴졌다. 찰칵 하는 소리가 샤오마오의 발소리에 묻혔다.

두 사람의 이런 관계는 어떤 결과가 아니라 이제 막 시작이었다. 서로 만나면 자유롭지 못했고, 심지어 상당히 가혹하고 긴장되기도 했다. 서로의 흥분과 권태의 주기가 달라 보조를 맞추기가 쉽지 않았다. 샤오마오는 오후조 근무라 늦게 집에 오는 게 불편했고 인평도 마찬가지로 갖가지 어려움이 있었다. 항상 옆방의 동정을 살펴 임기응변으로 밀회 시간을 바꿔야 했고, 때로는 갑자기 아기가 돌아와 주사를 맞거나 약을 먹느라 우는 통에 밤새 잠을 자지 못하기도 했다. 이런 돌발적인 변화를 이해하지 못할 경우에는 서로가 점차 냉담해지다가 헤어지는 수밖에 없었다. 묵계가 이루어

* 종이를 오려서 다양한 형상을 만드는 중국의 민간공예.

지면 초기의 비등 상태에서 상황에 따라 완급과 온도를 조절하는 상태로 물러설 수 있을 것이고, 그래야 관계를 오래 지속할 수 있을 것이었다. 인평의 특별한 신호는 한밤중인 열두시에 전등을 켜는 것이었다. 3층 바닥에 틈이 벌어져 있기 때문에 몇 가닥 빛이 새어들어왔다. 아래층의 인평은 옆으로 얼굴을 돌리고 위를 향하지 않았다. 하지만 샤오마오가 볼 수 있을 것이라고 짐작했다. 깊은 밤 사방이 극도로 어두울 때, 바닥에 얼굴을 대고 내려다보면 아래층 침대보가 환하게 눈에 들어왔다. 인평이 이불을 들추고 두 눈을 살짝 뜬 채 잠자는 자세를 취하면 가리는 것 없이 모든 걸 볼 수 있었다. 인평은 부끄러워하지도 않았다. 기분이 좋지 않은 단계로 접어들면 샤오마오는 밤늦게 퇴근하여 잔뜩 풀이 죽은 모습으로 미용실로 들어가 이발용 의자에 앉아 옆에 달린 손잡이를 당겼다. 의자가 점점 낮아지면서 평평해졌다. 이때 천장에 몇 줄기 빛이 나타났다. 인평이 슬리퍼를 끌고 이동하는 것이다. 칠흑같이 어두운 가운데 아무 소리도 나지 않을 때도 있었다. 어쨌든 샤오마오는 자신이 미용실로 들어오기만 하면 인평이 바닥 나무판 틈새로 밑을 내려다보는 것을 감지하게 됐다. 눈빛은 전기 같아서 일단 위에서 그를 덮쳐오면 피할 방법이 없었다. 마찬가지로 창밖의 가로등 불빛도 미용실 안으로 새어들어와 거울에 얼룩처럼 어두운 그림자를 만들었다. 한낮의 모든 풍경은 경대 밑에 있는 서랍과 작은 장식장 속으로 들어가버린 것 같았다. 이발 도구와 고객들의 얼굴, 대화, 왕 사부의 킥킥대는 웃음소리, 장화이희의 음조, 가성소다 냄새, 비눗물 냄새, 분말 땀띠약 냄새, 진강金剛 포마드의 달콤하면서도 통속적인 냄새, 파마용 쇠 집게의 머리털 타는 냄새 등이 전부 어둠 속으로 사라지고 이상하리만치 고요하기만 했다. 샤오마오가 각도를 조절하는 손잡이를 움직이자 이발용 등받이 의자가 뒤로 완전히 눕혀지면서 주철 발판이 위로 올라와 몸과 평형을 이루었다. 이발용 의자 전체가 요란한 마찰음을 내면서 거울이 점점 위로 솟아올라 건너편 벽에 붙은 퇴색한 가격표와 고동색 지구표 전자시계의 오차 없이 움직이는 초침을 비췄다. 이 순간에는 모든 남녀 고객들의 숨결을 포함하여 미용실 전체가 완전히 사라지고 인평의 숨결만이 위층에서 흘러내려와 허공을 떠다니면서 곳곳에 가득 뱄다. 안개처럼 세밀하게 빈 공간을 채우면서 눈꽃처럼 소리 없이 내려앉았다. 맑고 상쾌하면서도 진하고 뜨거운 맛이었다. 이와 동시에 인평 전신의 에너지가 참지 못하고 새어나왔다. 나무판 틈새로 증기가 복사되어 내려와 그의 몸을 덮는 것 같았다. 2층 아저씨가 자다가 깨서 타구를 끄는 소리가 들렸다. 창밖에서는 누군가 기침을 해댔다. 인평의 열기는 직선으로 복사되어 내려와 뜨겁게 샤오마오의 몸을 덮었다. 베개처럼 푹신푹신한 앞가슴과 실처럼 부드럽고 연약한 호흡이 느껴졌다. 샤오마오가 고개를 들었다. 눈에 들어오는 것이라고는 미용실 사방의 거울과 등받이 의자, 복도뿐이었다. 때로는 계단 입구에 아무 소리도 없이 희미하게 흰 그림자가 스쳐지나가기도 했다. 거울 속에서도 하얀 구름이 떠가듯이 그림자가 이동했다. 사실은 실재하는 몸과 풀어헤친 단추, 눈앞으로 다가오는 온도, 양쪽 겨드랑이의 따스한 바람, 땀냄새가 이어지는 것이었다. 머리칼이 천천히 흐트러지면서 샤오마오를 향해 가까이 밀려와서는 마침내 그의 얼굴을 완전히 덮어버렸다. 의자의 칠은 이미 오래되어 다 벗겨지고 금속 부품들도 무게를 이기지 못하고 온갖 마찰음을 냈다. 샤오마오가 다시 고개를 들고 몸을 평평하게 해서 눕자 바람과 달의 그림자는 연기처럼 물러가고 없었다. 완전히 사라져버려 아무런 소리도 나지 않았다. 의자는 여전히 수십 년 전의 주철재질이라 내시처럼 순순히 복종했다. 하얗던 색이 누렇게 변해버려 밤중에는 노인네 같은 회색으로 변했다. 때로는 창문 유리창이 흔들리면서 은방울 같은 웃음소리가 들렸다. 밖에서 누군가 들어왔다. 따메이메이와 란란이었다. 샤오마오가 미용실 문을 열었다. 두 어린 아가씨는 한동안 깔깔대며 웃어대다가 창문 앞에 있는 장의자에 앉았다. 이와 동시에 천장에서 몇 가닥 빛줄기가 나타났다가 금세 꺼졌다. 열기는 물러가고 더이상의 파란은 없었다. 샤오마오는 께느른하게 눈을 감고 따메이메이와 란란이 하는 이야기를 들었다. 두 아가씨는 재잘재잘 의론이 그치지 않았다. 방금 난징시로와 화이하이로에서 돌아오는 길 내내 남자들이 미행한 얘기를 하고 있었다. 너무나 무료하면서 고민도 되고 우습기도 하고 긴장도 됐다는 얘기였다.

이

1970년대의 상하이에서는 열여섯 살에서 스무 살 사이의 남녀들이 이른바 거리게임을 하곤 했다. 다름아니라 뒤를 쫓아가는 것이다. 통상적인 풍경에서는 여자 둘이 손을 잡고 길을 걸어간다. 자극적인 치장을 하진 않는다. 단지 지나가는 행인들의 눈에 선명하게 들어올 뿐이다. 따메이메이와 란란은 두 마리 암나비인 셈이었다. 거리 위를 날았다 하면 어디선가 수나비 두 마리가 따라왔다. 상하이 남자들이었다. 청춘의 동반자가 되고 싶어 가는 길 내내 줄곧 바짝 뒤를 쫓는다. 이렇게 몇 정거장을 쫓아온다. 때로는 열 정거장 넘게 쫓아오기도 한다. 가는 길 내내 암수 두 무리가 스무 걸음 정도의 거리를 유지하면서 도중에 서로 말은 한 마디도 주고받지 않는다. 하지만 쌍방 사이에는 이미 깊이 있는 감응과 이해가 진행되고 있다. 란란은 일관되게 고개를 숙이고 걷지만 뒤에 따라오는 두 남자가 뜻밖에도 영재들인지 아니면 역시 나쁜 놈들인지 알 수 있다. 결국 사귈 것인가 말 것인가는 따메이메이가 결정하게 된다. 따메이메이는 절대로 고개를 돌리진 않지만 뒤통수에 눈이 달려 있다. 겉으로는 란란과 자연스럽게 웃으면서 얘기하지만 걷는 내내 힐끔힐끔 뒤를 돌아보지도 않고 마음속으로 천천히 결정을 내리게 된다. 이것이 요조숙녀들의 미묘한 부분이다. 일반적으로 길은 남쪽으로 향해 베이징시로의 화이언당懷恩堂*에 이른다. 따메이메이가 정말로 호감을 갖고 발걸음을 늦추면 뒤에 따라오는 남자들은 웃으면서 다가와 어색한 표정으로 말을 건다. 걸음이 빨라지면 이는 란란에게 거절의 신호를 보내는 것이다. 이날 저녁, 따메이메이는 결국 걸음을 빨리하기로 결정했다. 걸음이 갈수

* 1910년에 상하이시 산시난로 375호에 건립된 기독교 교회당.

록 빨라졌다. 뒤따라오는 두 남자는 따메이메이의 그런 결정을 전혀 의식하지 못하고 빠른 걸음으로 난양로南陽路를 지나 산시로의 채소시장까지 따라왔다. 타이캉泰康 식품점에서 왼쪽으로 모퉁이를 돌면 길이 난징시로와 장닝로江寧路로 이어졌다. 다시 왼쪽으로 모퉁이를 돌자 걸음이 더 빨라졌다. 뒤따라오는 남자들의 걸음은 더 빨랐다. 놓치지 않으려고 틈을 주지 않아 쌍방의 거리는 갈수록 가까워졌다. 메이치美琪* 문 앞에 이르자 마침내 두 남자가 가까이 다가왔다. 일반적인 게임법칙으로는 처음 입을 열 때 '아메이' 혹은 '메이메이妹妹'**라는 호칭을 쓴다. 란란은 고개를 숙였고 따메이메이는 일단 대응하기로 마음먹고 란란의 손바닥을 꽉 눌렀다. 뒤에서 남자들이 입을 열자 란란이 바보처럼 웃었다. 이때 뒤에 있는 남자들은 몹시 멋쩍어했다. 따메이메이가 란란의 손을 세게 잡아끌면서 갑자기 앞을 향해 내달리기 시작했다. 뒤에서 따메이메이와 란란을 불렀다. 아메이! 아메이! 란란은 이미 사태를 알아차렸다. 두 아가씨가 동시에 고개를 돌려 소리쳤다. 저리 꺼져! 멀리 꺼지라고! 이 한 마디를 내뱉고 나서 두 아가씨는 곧장 난양로 방향으로 미친듯이 내달리기 시작했다. 뒤에서는 놀란 두 남자가 걸음을 멈추고는 어쩔 수 없다는 듯이 욕을 해댔다. 멍청한 년들! 누가 너희 같은 것들과 사귀기라도 한대! 앞에 가는 두 마리 나비에

* 당시 상하이의 랜드마크 가운데 하나였던 메이치대극장을 말한다. 1941년에 상하이 장닝로 66호에 건립되어 해방 후에는 '베이징극원'으로 불리다가 1985년에 원래의 이름을 회복했다.

** '여동생'이라는 뜻.

게는 욕설이 갈수록 더 가늘고 작게만 들렸다. 이런 욕설이 아가씨들에게는 일종의 격려였다. 남자들은 아주 긴 길을 시시덕거리며 쫓아왔지만 결국 이렇게 끝나고 마는 것이었다. 두 사람은 24번 버스를 타고 농탕으로 돌아와서도 여전히 웃음을 멈추지 않았다. 샤오마오가 물었다. 웃을 일이 하나도 없는데 그렇게 웃는 의미가 뭐야? 따메이메이가 말했다. 그냥 기분이 좋아서 그래. 란란이 말했다. 나는 너무 긴장했어. 따메이메이가 말했다. 두 남자 중에 맘에 드는 놈이 없더라. 샤오마오가 또 물었다. 정말 이상하군. 뭐가 그리 우스워서 그러는 거야? 따메이메이가 말했다. 웃는 데 무슨 이유가 있어? 그냥 즐거워서 웃는 거지. 알겠어? 이렇게 쫓고 쫓기지만 그다지 쉽게 성공하진 못한다는 것이 이런 거리게임의 묘미였다. 샤오마오가 말했다. 조심해, 파출소에 태풍이 불었다 하면 나비들을 전부 동서남북 사방으로 날려버린다고. 그러면 정신 못 차리게 될 거야. 란란이 말했다. 우린 그럴 리 없어.

따메이메이는 대충 수수하게 입는 것 같지만 실제로는 옷차림에 무척이나 공을 들였다. 평소에는 짙은 남색 겸용 상의에 검은색 중국식 홑겹 솜저고리 차림을 자주 했다. 색상과 모양이 상당히 우중충한 편이었다. 하지만 사정을 좀 아는 사람들은 천이 전부 낡은 것이라 그렇다는 것을 한눈에 알아보았다. 광택이 없는 비단이나 짙은 무늬의 포플린, 심지어 검은색 우단으로 된 옷들이었다. 재단을 할 때 바이어스와 허리선, 디테일한 부분의 멋을 고려해야 하는 것은 또다른 공력에 속했다. 여름이 되면 따메이메이는 카키색 긴

바지를 입었다. 통이 좁긴 하지만 몸에 달라붙지는 않았다. 거칠고 투박해 보이지만 실은 아름답고 우아한 정신이 담긴 옷이었다. 회색 혼방 양복바지는 통이 약간 넓지만 다림질선이 희미하여 대단히 자연스러웠다. 천의 종류에 따라 바지 밑단의 사이즈가 정해졌다. 착용감과 길을 걸을 때의 느낌, 그윽한 운치가 남다른 분위기를 자아냈다. 가을과 겨울에는 플란넬 긴바지를 입었다. 들리는 소문에 의하면 아빠가 입던 외투를 개조해 만든 것으로, 뒤집어 보면 천을 이어붙이는 부분을 거꾸로 재단하여 천의무봉天衣無縫 상태를 구현한 덕분에 예쁘고 앙증맞은 자태를 드러낸다고 한다. 따메이메이에게는 옷을 입는 데 있어서 이른바 '삼소불포三少不包'라는 원칙이 있었다. 즉 착용하는 옷의 숫자와 색상, 스타일이 적어야 하고 특히 등에는 아무것도 부착하지 않아야 하며, 몸에 찰싹 달라붙지 말아야 한다는 것이다. 이는 상당히 독특한 취향으로, 눈앞의 이익과 성공에 급급한 여성들이 흔히 입는 검정 핫바지는 최대한 피했다. 일반 의류점에서 파는 보편적인 옷에 대해 따메이메이는 코웃음을 쳤다. 봄, 여름, 가을, 겨울 할 것 없이 농탕을 나설 때면 사람들과 마주쳤을 때 놀라는 표정을 확인할 수 있어야 했다. 이는 어두운 밤에도 마찬가지였다. 따메이메이의 아빠는 상하이의 '봉방奉幫재봉사'*였다. 따메이메이는 어려서부터 이 업종의 온갖 명칭과 재료를 두루 접할 수 있었고 이 분야에 상당한 지식을 갖고

* '홍방(紅幫)재봉사'라고 불리기도 한다. 저장성 닝보시의 전통 수공기술을 보유한 재봉사를 말한다.

있었다. 입을 열었다 하면 전문 용어들이 마구 튀어나왔다. 외국 재봉사를 언급하면서 재봉틀을 '용두龍頭'라고 했고 가위를 '설겸雪鉗', 시험착용을 '투권套圈'이라고 불렀다. 전문적으로 여성 의류를 만드는 사람을 '여홍수女紅手'라 하고 남성 의류를 만드는 사람을 '남홍수男紅手'라고 했다. 따메이메이가 말했다. 해방 전에는 상하이에 재봉점이 거의 2천 개나 되고 옷을 만드는 장인들이 4만 내지 5만 명에 달했어. 재봉틀로 먹고 사는 사람들을 다 합치면 20만 명이 넘었지. 샤오마오가 말했다. 그럴 리가 없어. 따메이메이가 말했다. 매년 6월 초엿새가 되면 도시 전체의 재봉사들이 성황묘에 모여 햇볕에 천을 말리는 이른바 쇄포회曬袍會를 열었어. 이건 다 우리 아빠가 들려준 얘기야. 란란이 말했다. 지금도 국영 의류공장에서 일하는 사람이 적지 않아. 따메이메이가 말했다. 내가 말하는 건 수공으로 옷을 짓는 것을 말하는 거야. 알아? 옷은 사이즈가 가장 중요해. 당시 상하이 여자들은 수입 견직물과 양단洋緞, 양견洋絹만 좋아했어. 우리 아빠는 '뤄팡羅紡'에서 만든 견직물을 '평두平頭'라 하고 강연사를 씨실로 짠 오글쪼글한 천을 '도옥桃玉', 가늘고 성글게 짠 천을 '수점竪點', 중국 비단을 '사개四開'라고 불렀지. 가장 흔한 죽포竹布는 세탁한 뒤에도 주름이 사라지는 일이 없었어. 샤오마오가 말했다. 나도 재봉하기 전에 재단하는 것을 '차개叉開'라 하고 대나무 자를 '횡자橫子'라고 한다는 얘기를 들은 적이 있어. 따메이메이가 빙긋이 웃었다. 란란이 말했다. 따메이메이는 기억력이 정말 좋아. 파란색 하나만 가지고도 한참을 얘기할 수 있지. 따메이메이, 어서 얘기해봐. 따메이메이가 말했다. 파란색을 의미하는 이름도 적지 않은 편이야. 어두魚肚와 천명天明, 월람月藍, 모람毛藍, 홍청洪青, 야람夜藍, 조청潮青, 수색水色, 하람河藍 등이 전부 명암과 채도를 달리하는 파란색 계열의 명칭들이지.

1970년대 초기에 상하이 여자들 복식의 디테일에 눈에 띄지 않게 점진적인 변화가 생겼다. 상하이를 조용히 관찰해보면 어떤 호소號召와 영향이 이 도시에 도착하면 곧장 부표浮表 역할을 하는 것을 알 수 있었다. 한때 상하이 최고의 번화가인 난징로에서는 낮이나 밤이나 북방 가곡을 방송하면서 앙가秧歌* 춤을 춘 적도 있었다. 많은 사람들이 붉은 명주옷 차림으로 혁명의 춤을 추고 요고腰鼓**를 두드렸다. 머리에는 하얀 띠를 두르고 있었다. 또 한때는 소련식 레닌복이 유행했고 이어서 '취만리曲曼麗'***식 노동복 바지와 '블랏지Blazy'****가 잠시 유행하기도 했지만 결국 뿌리내리지는 못했다. 이곳은 강남 지방이고 상하이였기 때문이다. 상하이는 예로부터 모든 것을 자체적으로 계산하고 선택해온 곳이라 현지의 자연환경과 기질에 부합해야만 뿌리를 내릴 수 있었다. 최근 몇 년 동안에는 군복과 체육복이 영광스러운 정치 풍격을 드러내는 옷이었지만 부두가 개통된 뒤로는 의상에 관련된 취향이 가장 저속해

---

* 중국 북방의 농촌 지역에서 널리 유행하는 가무의 일종으로 징이나 북으로 반주하며 어떤 지방에서는 일정한 이야기를 연출하기도 한다.

** 허리에 차고 양쪽을 두드리는 원통형으로 생긴 북으로 주로 산시와 허난 등지의 농촌에서 축제 때 격렬한 춤을 추면서 연주한다.

*** 연극 〈네온등 밑의 초병〉에서 간첩으로 등장하는 주인공의 극중 이름.

**** '원피스'를 뜻하는 러시아어 '쁠라찌'를 음역한 것.

졌다. 황폐한 조바심이 점차 형태를 바꾸면서 망가지고 조용히 유행의 새로운 장을 열었다. 따메이메이의 아빠는 건국 초기 북방에 수도가 정해지면서 전근 명령에 따라 베이징으로 일자리를 옮겨야 했다. 상하이의 일부 경공업들도 베이징으로 이전했다. 여기에는 상우인서관과 유명한 음식점들, 중국식 맞춤의류점과 양복점, 미용실 등도 포함되었다. 대규모 이주였다. 샤오마오가 말했다. 나는 가고 싶지 않아. 그래도 되겠지? 따메이메이가 말했다. 된다고? 안 될걸. 온갖 것들이 다 이전해 갔어. 아이스크림 공장도 전부 이전해 갔지. 푸사태甫師太*의 여동생과 언니들, 후장滬江대학 졸업생들도 갔어. 전부 같은 기차를 타고 북쪽으로 떠났지. 우리 아빠가 그러는데, 당시 화이하이로의 고급 아파트는 한 동 전체 내부에 스팀 난방이 설치되어 있었는데 그것도 전부 떼어다가 베이징으로 옮겨 설치했대. 대단하지? 규모가 엄청났던 거야. 샤오마오가 말했다. 어찌된 일인지 나는 정말 모르겠더라. 따메이메이가 말했다. 국가의 중요한 일인데 샤오마오가 알았다고 해도 뭘 준비할 수 있었겠어. 우리 아빠도 눈으로 보면서도 잘 모르겠더래. 당시 상하이 서부의 좋은 양옥집들은 수세식 변기를 얼마나 많이 철거했는지 몰라. 왠지 알아? 새로 온 집주인이나 정부 고위 간부들이 수세식 변기에 익숙하지 않았기 때문이래. 대변을 보는 데 애로가 많았다나. 어려서부터 쪼그려앉는 재래식 변기와 뒷간에 익숙해져 있다보니 수세식 변기를 전부 뜯어내고 재래식 똥통을 설치했다

* '사태'는 당시 비구니를 포함하여 모든 여성 승려에 대한 통칭으로 사용되었다.

는 거야. 정말 미치겠어. 냄새도 날 텐데 말이야. 우리 아빠는 이런 소문을 듣고 마음이 몹시 아팠대. 상하이 새 농탕의 주민들은 낮이나 밤이나 수세식 변기를 설치하고 싶어 안달인데 말이야. 외국에서 수입된 고급 백설 도자기 변기나 우윳빛 도자기 변기들이 망치질 한 번에 박살이 나고 말았어. 철저하게 끝나버린 거지. 말하자면 자산계급의 생활 습관이거나 무산계급에 장애가 되는 물건은 먼저 부수고 나서 생각하는 거야. 샤오마오는 아무 말도 하지 않았다. 따메이메이가 말했다. 아빠가 떠나기 전에 엄마에게 말했어. 앞으로 '대교對交'*를 만드는 일도 쉽지 않을 것 같군. 샤오마오가 웃으면서 물었다. 그게 뭔데? 란란이 웃으면서 말했다. 정말 저질이네. 따메이메이가 말했다. 멍청이! 재봉틀 관련 용어란 말이야. '대교'는 중국식 긴바지를 말해. 란란이 빙긋이 웃었다. 따메이메이가 란란의 허벅지를 꼬집으며 말했다. 말해봐, 무슨 생각을 하고 있었던 거야? 샤오마오가 말했다. 싸우지들 마. 란란이 아프다고 소리를 지르고서 말했다. 농담이라는 거 알면서 그렇게 세게 꼬집으면 어떡해! 따메이메이가 말했다. '대교'는 긴바지고 '광신光身'은 긴팔 셔츠를 말해. 그럼 '대합對合'은 뭐게? 샤오마오가 고개를 가로저었다. 따메이메이가 웃으면서 말했다. 마고자야. 그럼 '호심護心'은 뭔지 알아? 조끼를 말하지. 샤오마오는 말이 없었다. 따메이메이가 말했다. 그럼 '차풍遮風'이나 '압풍壓風'은 뭐게? 모르겠지? '차풍'은 긴 가죽외투를 말하고 '압풍'은 일반 외투를 말해. 우

* 바지를 의미하지만 동시에 남녀가 마주보고 하는 성교를 의미하기도 한다.

리 아빠가 그러는데 '대교'는 작업이 아주 쉽대. 양복바지의 경우 정말로 그럴듯하게 만들려면 상하이로 돌아오는 수밖에 없대. 샤오마오가 말했다. 그렇겠지. 북방 사람들은 매일 말을 타니까 솜외투만 입잖아. 가죽외투는 전의箭衣로 입겠지. 따메이메이가 물었다. 그게 뭔데? 처음 듣는 말이네! 샤오마오가 말했다. 고대의 긴 외투는 앞에 트임이 있어. 그걸 전의라고 불렀지. 따메이메이가 말했다. 북방 사람들이라고 대부분 말을 타는 건 아니지만 날이 너무 춥기 때문에 상반신 안에 작은 솜저고리를 입고 밖에 큰 솜저고리를 걸쳤어. 하반신에는 두꺼운 솜바지를 입었지. 솜을 좀 많이 넣다보니 사이즈가 커질 수밖에 없었어. 솜바지의 '궤도 이탈'이라고 할 수 있지. 샤오마오가 물었다. 그게 뭔데? 따메이메이가 말했다. 조고罩褲*를 말하는 거야. 여름에는 홑겹으로 입을 것을 고려하여 바지를 만들 때, 바지통 밑단을 서양 밀가루포대처럼 크게 만드는 거지. 겨울이나 여름이나 다 편하게 말이야. 알겠지? 샤오마오는 말이 없었다. 따메이메이가 말했다. 내가 아빠를 따라 베이징으로 이사했더라면 자살하고 말았을 거야. 샤오마오는 아무 말도 하지 않았다.

하지만 뜻하지 않게 다음해에 따메이메이는 배정 통지를 받았다. 상하이혁명 전기기계 공장으로 배정되어 상하이 호구를 갖게 된 것이다. 그녀는 먼저 안후이로 가서 잠시 머물다가 다시 상하이로 와 이 년 동안 양성교육을 받았다. 그러다가 기한이 되어 다시

* 솜바지나 가죽 바지 위에 덧입는 바지.

안후이성에 있는 구이츠貴池 군수 공장으로 가서 배정신고를 했다. 당시 상하이에서는 적지 않은 군수 공장들을 하청 방식으로 다른 지역에 건설하고 있었다. 주로 안후이성 산간 지역에 집중되어 있었다. 5307공장에서는 57주체고사포를 생산했고 5327공장에서는 57고사포의 조준장치를 생산했다. 혁명 공장이 5337공장의 건설과 57고사포의 컴퓨터 전동 에너지전달 장치를 담당했다. 따메이메이는 새벽 한시까지 울어댔다. 란란이 샤오마오에게 말했다. 나는 확실히 알고 있지. 따메이메이가 왜 꽃나비가 되어 어디든지 맘껏 날아다니면서 맘껏 웃고 싶어하는지 말이야. 도처에서 희롱을 당해도 한두 해 걱정 없이 편하게 지내다가 나중에 안후이로 가면 되니까 그런 거야. 따메이메이가 그러는데, 낡은 솜저고리를 입고 산에 오르게 된다면 꼭대기까지 기어올라가 뛰어내려 죽고 말 거래. 란란은 따메이메이를 위로하는 수밖에 없었다. 산에서 일하게 되면 개구멍바지*를 입어도 상관없을 거야. 산에는 멧돼지와 노루밖에 없으니 남들이 볼 리 없으니까 말이야. 따메이메이는 또 울었다. 샤오마오가 말했다. '삼선三線 지역'** 공장으로 간 상하이 남자 노동자들이 너무 많아. 란란이 말했다. 그건 당연한 거야, 남자들이 원래 너무 많으니까. 공장장이 어느 날 전화를 걸어 상부에 보고하는 걸 들었어. 여보세요, 상하이 시장님 좀 연결해주세요.

---

* 중국의 전통적인 육아용 의류 형태로 용변을 편하게 보기 위해 엉덩이 부분에 커다란 구멍이 나 있다.

** 연해로부터 멀리 떨어진 중남부와 서남부 지역으로 1960년부터 1980년까지 정책적으로 수많은 군수 공장이 건설되면서 노동자들이 대거 이동했다.

거기 시 정부 맞죠? 시장 동지신가요? 여기는 안후이입니다. 안후이 공장이에요. 네네, 제가 부탁드리고 싶은 것은 최대한 빨리 여자들을 좀 보내달라는 겁니다. 네, 여공들을 좀 보내주세요. 좀 많이 보내주세요. 네, 좋습니다. 네네, 그렇습니다. 절대로 잊으시면 안 됩니다. 이곳 상황이 좀 긴박하거든요. 상하이 시장은 전화를 끊고 나서 자단목으로 된 주판을 들어 주판알을 튕기며 계산을 해보았다. 따메이메이가 바로 그 주판알 가운데 하나였다. 이리저리 계산한 끝에 따메이메이가 안후이로 가게 된 것이다. 따메이메이는 소리 내어 울었다. 란란이 말했다. 운다고 무슨 소용이 있겠어? 좀 좋게 생각해. 어쨌든 따메이메이는 안후이로 가면 공장의 꽃이 될 것이고, 공장장 사무실의 테라스나 급수탑 꼭대기에 기어올라가 농구공을 하나 던지면 밑에서는 그걸 차지하려고 피 터지게 싸우게 될 거야. 따메이메이가 말했다. 그것도 너무 촌스러워. 란란이 말했다. 공장에는 항상 문예선전대가 있기 마련이야. 일 대신 춤을 추거나 노래를 할 수도 있겠지. 따메이메이가 말했다. 이런 조직에서는 군복만 입게 되어 있어. 가방도 군용 책가방을 메야 한다고. 대나무판을 두드리는 일은 정말 견딜 수 없을 것 같아. 란란이 말했다. 매년 설을 쇨 때마다 상하이에 돌아올 수 있잖아. 가족과 친지들을 만나야 하니까 말이야. 일단 상하이에 오면 최대한 몸을 꾸며야 해. 따메이메이는 아무 말도 하지 않았다. 당시에는 고등학교를 졸업하고 직장에 배정되면 호구와 함께 각종 생활 증명서를 발급해주었다. 생존의 판결이나 마찬가지였다. 일단 황제의 명령이 담긴 금패金牌가 내려오면 꽃이 떨어지고 산이 말라버리는 일이 있어도 반드시 서명을 해야 했다. 개인이 이에 저항하는 것은 불가능했다. 따메이메이는 운명을 인정하는 수밖에 없었다. 그런데 뜻밖에도 그다음해에 란란도 똑같이 안후이의 닝궈寧國로 배정되었다. 들리는 소문에 의하면 수류탄 공장에서 도제로 일하게 되었다고 했다. 인맥이 넓었던 란란 엄마는 여러 차례 샤오마오 엄마를 찾아가 도움을 청했다. 샤오마오 엄마의 동생이 지역 병원에서 의료노동자로 일하고 있어 란란을 위해 '시신경 위축증' 증명서를 발급해주었다. 덕분에 란란은 안후이로 가지 않고 상하이에 남을 수 있었다. 어느 날 이른아침, 샤오마오 엄마가 오두주를 마주하고 서서 한참이나 기도를 올렸다. 샤오마오가 말했다. 엄마, 기도를 너무 오래 하지 마세요. 차라리 란란을 불러서 영수님께 감사의 인사를 올리라고 하세요. 샤오마오 엄마가 탄식하듯 말했다. 란란이 상하이에 남게 되자 따메이메이가 울음을 터뜨렸대. 샤오마오는 아무 말도 하지 않았다. 샤오마오 엄마가 말했다. 란란을 도와주긴 했지만 엄마는 죄책감을 떨칠 수가 없구나. 마음이 너무 괴로워. 지금 이 순간에 다른 농탕의 모르는 어린 아가씨가 울고 있을 거야. 란란을 대신해 안후이로 가서 수류탄을 만들게 되었으니까 말이다. 샤오마오가 말했다. 그러게요. 샤오마오 엄마가 말했다. 사람이 산다는 게 난처할 때가 너무 많아. 좌우로 어려운 일들이 너무 많아. 그냥 어쩔 수 없이 사는 거야. 인두로 이마의 주름을 펴지도 못하고 가위로 마음속 근심을 잘라버리지도 못하지. 난 영수님께 정말 면목이 없어. 영수님은 모든 것을 보고 계실 텐데 말이야. 샤오마오가 말했다. 그러게요. 샤오마오 엄마가 말했다. 사람은 태어나면서부터 죄를 갖고 태어나지. 엄마가 그런 죄에서 벗어나는 방법을 생각해봤어. 남을 돕는 거지. 평생 어려움에 처한 사람들을 도와주고 어려운 사람들을 불쌍히 여기는 거야. 그러면 영수님께서도 우리를 불쌍히 여겨주시겠지. 샤오마오는 아무 말도 하지 않았다. 샤오마오 엄마가 말했다. 샤오마오, 이리 와서 영수님께 너의 진실한 생각을 얘기해봐. 어서. 샤오마오는 몸을 돌린 채 미동도 하지 않았다.

18장

1

저녁식사 자리가 끝나고 아바오는 마음을 가라앉히기 위해 리리를 데리고 찻집에 들어가 앉았다. 아바오가 말했다. 쑤안이 나타나는 바람에 리리의 심정이 급전직하했던 것 같네요. 리리가 말했다. 이상하죠? 저는 이런 사람이에요. 쉬 사장을 좋아해도 될까요? 아바오는 아무 말도 하지 않았다. 두 사람은 차를 마셨다. 불빛은 부드럽고 따스했다. 이때 아바오에게 린 부인으로부터 전화가 왔다. 린 부인이 타이완 표준어로 말했다. 아바오 씨, 저 내일 떠나요. 아바오는 네 하고 가볍게 대답했다. 린 부인이 말했다. 정말 만나서 좀더 얘기를 나누고 싶어요. 아바오는 보통화*로 대답

* 중국의 표준어.

했다. 네, 저도 그렇습니다. 이때, 아바오는 호텔에 있는 린 부인을 보고 있는 것 같았다. 마음이 편치 않아 화장을 하고 머리를 빗고 텔레비전을 보다가 침대에 몸을 기대고 있을 것 같았다. 주위는 극도로 어둡고 호텔 방안의 풍경은 타이완의 신주新竹나 일본의 도쿄, 중국의 이닝伊寧이나 인촨銀川과 크게 다르지 않을 것이다. 침대 매트리스는 푹신푹신하고 밤의 어둠이 뜬구름 같을 것이다. 전화인 덕분에 두 사람은 서로 다른 상태에서 대화를 할 수 있었다. 하지만 쌍방 모두 자신의 몸만 볼 수 있을 뿐, 상대방의 표정은 읽을 수 없기 때문에 수레 채는 남쪽으로 가고 바퀴자국은 북쪽으로 가는 것처럼 말이 엇갈리기 십상이었다. 린 부인은 틀림없이 전등을 끄고 눈을 꼭 감고 있을 것이다. 그녀는 아바오가 혼자 있을 것이라고 생각했는지 방금 식사 자리에서 있었던 일을 언급하면서 쑤안의 갑작스러운 출현에 대해 얘기했다. 린 부인이 말했다. 제가 말하고 싶은 것은 미스 왕에게 고맙다는 거예요. 덕분에 옛친구를 만날 수 있었으니까요. 아바오가 맞장구를 치면서 말했다. 네, 맞아요. 그런 것 같군요. 아바오는 자신이 미스 왕에 관해 얘기하면 내일 린 부인이 또다른 자리에서 그 이야기를 늘어놓게 될 거라는 사실을 잘 알고 있었다. 아바오는 냉정함을 유지했다. 수화기를 통해 복잡한 관현악 소리가 들려와 찻집의 관현악과 뒤섞였다. 린 부인은 이 순간 눈을 크게 뜨고서 작은 전등을 켜고 전화를 끊어야겠다고 마음먹었을 것이다. 아바오가 전화기를 손에 쥐고 몸을 바로 하여 앉으며 말했다. 이번에 만나게 되어 무척 즐거웠습니다. 앞으로 종종 연락하지요. 상하이에 자주 오세요. 이때 리리는 차를 한 모금 마시고 있었다. 아바오가 말했다. 건강 잘 챙기세요. 린 부인이 애교 섞인 상하이 사투리로 말했다. 아바오 씨, 정말 고마워요. 아바오가 상하이 사투리로 말했다. 가시는 길 내내 편안하시길 기원합니다. 아바오는 전화를 끊으면서 마음속으로 남녀의 일은 천시와 지리에서* 오는 것이라서 한 치라도 어긋나면 아무것도 이루어지지 않는다는 것을 깨달았다. 아바오는 호텔에 있는 린 부인의 가벼운 구름과 옅은 달빛처럼 초췌한 모습을 눈으로 보고 있는 것 같았다. 즐거움이 충분히 채워지지 못해 고통이 백 배로 늘어나 있을 것 같았다. 천천히 침대 위에서 몸을 일으킨 그녀는 창문 커튼을 젖히고 고층 빌딩 아래로 펼쳐진 상하이의 깊은 어둠 속에서 사물의 윤곽이 계속 짧아지고 어두워지는 광경을 바라보고 있을 것이었다. 더이상 밝아지지 않았다. 오늘밤 린 부인은 깊은 꿈속에 빠져드는 수밖에 없었다. 리리가 말했다. 여자친구가 출국하나봐요? 아바오가 말했다. 아니에요, 방금 식사 자리에 있었던 린 부인이에요. 리리가 말했다. 어머! 그 타이완 여자요? 저랑은 얘기를 한 마디도 나누지 못했어요. 아바오가 말했다. 대륙 여자들에 비해 상당히 점잖더군요. 지난번 투자 유치 모임에 참가했을 때, 담당자가 어느 타이완 여자 손님을 보고는 아주 아름답다고 칭찬했어요. 그랬더니 상대방은 오히려 자신을 희롱하는 걸로 알더라고요. 리리가 말했다. 그 말은 린 부인이 좀 만만했으면 아바오 씨가

* 중국인들은 전통적으로 사업과 학문, 연애 등 모든 일이 성공적으로 이루어지려면 하늘이 정해준 때(天時, 천시)가 맞아야 하고 지리적 환경(地利, 지리)이 좋아야 하며 사람들과 원만한 관계(人和, 인화)가 선행되어야 한다고 믿는다.

다가갈 수 있었을 거라는 뜻인가요? 아바오가 웃으면서 말했다. 타이완 남자 둘이 즈전위안에 식사하러 왔다가 여주인을 보더니 좋아서 싱글벙글하더군요. 미모에 도취된 것 같았어요. 리리 씨는 왜 그들을 마음에 두지 않았죠? 리리가 가볍게 기침을 하면서 말했다. 아직 시집도 안 갔는데 낭娘*이란 호칭을 여러 해째 듣고 있네요. 아바오는 말이 없었다. 리리가 말했다. 저더러 결혼을 하라는 건 무슨 의미인가요? 아바오가 말했다. 리리 씨를 주시하는 사람은 있지만 저를 주시하는 사람은 없거든요. 리리가 물었다. 여자가 먼저 남자를 주시해도 되는 거겠죠? 아바오는 대답하지 않았다. 찻집의 중국 음악은 가늘고 가벼운 타악으로 변했다. 한 곡이 끝나자 다른 곡으로 이어졌다. 차는 거의 다 마신 터였다. 리리가 말했다. 어떤 사람과 결혼할 수 있을지, 지금까지도 딱히 떠오르는 상대가 없어요. 제가 진지하게 물어볼게요. 저는 안 될까요? 아바오가 말했다. 안 될 것 없지요. 리리가 말했다. 방금 아바오 씨가 여자랑 통화하는 걸 들으면서 전 이미 질투하고 있었어요. 아바오가 말했다. 남의 부인이에요. 리리가 말했다. 멍청한 척하지 마세요. 부인이 무슨 의미예요? 일본 영화도 안 봤어요? 젊은 남자들이 입만 열었다 하면 부인, 부인, 하잖아요. 부인들이 더 직접적이고 더 과감하다고요, 알아요? 아바오가 빙긋이 웃었다. 리리가 말했다. 밤이 깊어 인적이 없고 조용한 시각에 린 부인이 전화를 걸

* 리리 같은 음식점 여주인을 지칭하는 호칭이 '노반낭(老板娘)'인데, 여기서 '낭(娘)'은 어머니나 나이 많은 부인을 의미하기도 한다.

어왔을 때 저는 머리가 어지러우면서 온몸이 싸늘해지던걸요. 아바오가 말했다. 감기인 것 같네요. 야간진료라도 받으러 갈까요? 리리가 말했다. 그렇게 멍청한 소리 좀 하지 마세요. 여자가 추위를 두려워할 때, 남자들은 일반적으로 겉옷을 벗어 가볍게 어깨에 걸쳐주잖아요. 바보도 병원에 데려갈 생각은 안 한다고요. 아바오는 아무 말도 하지 못했다. 리리가 말했다. 정말 못 봐주겠네요. 아바오 씨는 철저하게 못됐어요. 저한테는 애당초 조금도 호의가 없어요. 저도 힘들단 말이에요. 아바오는 아무 말도 하지 않았다. 리리가 손을 뻗으면서 말했다. 이리 와보세요. 아바오가 가볍게 몸을 움직였다. 리리가 낮은 목소리로 말했다. 이제 저를 집에 데려다주세요. 제 방에 가서 좀 앉았다 가요. 아바오가 시계를 들여다보았다. 리리가 말했다. 시계는 왜 보는 거죠? 아바오는 말이 없었다. 리리가 말했다. 남자가 제 방에 들어오는 건 아바오 씨가 처음이에요. 이리하여 몸을 일으킨 아바오는 계산을 하고 리리와 함께 찻집을 나와 택시를 불러 타고 난창로로 향했다. 그러고는 차에서 내려 거리를 따라 오래된 서양식 주택 안으로 들어갔다. 이 주택에는 리리만 드나들 수 있는 문이 따로 있고 작은 천정도 딸려 있었다. 두 사람은 문을 밀고 천정으로 들어섰다. 밤의 어둠 속으로 들고양이 한 마리가 길을 가로질러 지나갔다.

2

리리가 방문을 열었다. 방안은 온통 칠흑 같은 어둠이었다. 리리는 문틀에 몸을 기대고 아바오가 등뒤로 다가오기를 기다렸다가 몸을 돌려 그를 꽉 껴안았다. 두 입술이 닿았다. 몸이 떨렸다. 혀가 이미 입속에 들어가 있었다. 상당히 자연스러웠다. 원숙하고 부드러운 움직임이었다. 아바오가 리리를 꽉 껴안았다. 리리의 허리와 몸에서 뜨거운 열기가 느껴졌다. 방은 바닥이 보이지 않을 정도로 어두웠다. 두 사람은 방 입구에서 한참 동안 몸을 움직이다가 간신히 안으로 몇 걸음 들어갔다. 리리가 손을 뻗어 문을 닫았다. 아바오가 물었다. 스위치는 어디 있어요? 불을 켜야죠. 리리가 말했다. 안 돼요, 켜지 마세요. 그냥 저를 따라 들어오세요. 두 사람은 어둠을 더듬어 서너 걸음 더 들어갔다. 리리가 아바오를 침대 위에 앉혔다. 아바오가 발을 부딪힌 곳에 바로 시몬스 침대가 놓여 있었다. 침대에 앉은 아바오는 셔츠 단추를 풀었다. 바로 앞에서 리리가 옷을 벗는 것이 느껴졌다. 눈앞에 리리의 몸이 희미하게 보였다. 격렬한 에너지가 발산되고 있었다. 손을 뻗자 리리의 뜨거운 무릎과 종아리가 만져졌다. 어둠 속에서 리리가 아바오에게 몸을 기댔다. 리리의 앞가슴이 밀착해 다가오자 아바오는 질식할 것 같은 느낌이었다. 두 사람은 천천히 침대 위로 쓰러졌다. 방안은 사방이 완전한 어둠이었다. 천장 역시 깊이를 알 수 없는 어둠이었다. 순간, 마당에 갑자기 봄기운이 가득하더니 천장에 잘게 잘린 봄빛의 조각들이 나타나 어둠 속에서 증발하기 시작했다. 금세 물이 차오르듯 밝고 환한 연기가 사방을 가득 채웠다. 주위가 늘어진 수양버들로 가득차는 것 같았다. 어둠 속에서 모든 것이 피부이고 촉각이고 상상이었다. 맑게 갠 하늘이었지만 빨갛고 파란 빛깔이 화려하게 빛났다. 아바오는 리리의 몸을 보고 싶어 여러 차례 침대맡에 있는 줄 모양의 스위치를 더듬었지만 어떻게 알았는지 리리는 재빨리 빠져나가버렸다. 야한 영화 한 편이 끝나고 모든 것이 평온해졌다. 리리가 몸을 일으켜 화장실로 들어가면서 말했다. 이제 전등 켜도 돼요. 아바오가 스위치를 더듬었다. 작은 불빛이 방안에 퍼졌다. 방은 크기가 20제곱미터 정도 됐고 침대가 한가운데 놓여 있었다. 왼쪽 벽에는 화장실 유리문을 제외한 전면이 금속제 옷걸이였다. 온갖 옷들이 가득 걸려 있고 그 위에 덮개가 덮여 있었다. 오른쪽 벽에는 집주인이 남기고 간 식품점의 옛 카운터와 세 칸짜리 유리 선반이 자리를 차지하고 있었다. 선반 위에는 크고 작은 잡동사니가 가득했다. 아바오는 몸을 일으켜 벽등을 켜는 순간 깜짝 놀라고 말았다. 장식장과 유리 선반 위에 낡고 부서진 서양 인형들의 잔해가 가득 흩어져 있었기 때문이다. 상하이 사람들은 이를 양난난洋囡囡이라고 불렀다. 한 걸음 가까이 다가가는 순간, 아바오는 머리가 몹시 혼란스러웠다. 선반 위의 인형들 모두 재질과 얼굴, 형상이 어둡고 칙칙했기 때문이다. 크기가 각기 다른 남녀 인형들은 플라스틱으로 된 것도 있고 천으로 된 것도 있었다. 눈을 위아래로 깜박거릴 수 있는 인형도 있었다. 곱슬머리도 있고 대머리도 있었다. 중국식 솜저고리 차림의 인형도 있고 비키니 차림의 외국 미소녀도 있었다. 바비와 알몸의 창녀, 꼭두각시, 험상

굿은 여자, 인어, 카우 걸, 천사, 이른바 갓난 성녀, 삼쌍둥이 등 온갖 유형의 여자 인형이 다 있었다. 오래되어 누렇게 색이 바랜 상의와 치마 차림의 인형도 있고 부분적으로 알몸인 인형, 팔이나 다리가 떨어져나간 인형도 있었다. 눈이 한쪽만 있거나 머리가 한쪽으로 기울어진 인형, 상반신만 남은 인형 등 갖가지 장애를 가진 인형도 있었다. 호러 오페라의 주인공과 사람 얼굴에 짐승의 몸을 가진 괴물, 기형 태아 등이 선반 위에 빼곡히 들어차 있었다. 리리가 목욕 가운 차림으로 다가와 향수병을 높이 치켜들더니 선반 위의 소장품들 위에 몇 번 분사했다. 아바오가 말했다. 이런 물건들을 이렇게 많이 수집하는 것을 저는 이해할 수가 없네요. 리리가 팔이 잘린 나체의 미녀를 들고 와 다리를 벌리고는 아바오에게 보여주었다. 밑에도 머리와 마찬가지로 금빛 털이 나 있고 형상도 아주 핍진했다. 리리가 말했다. 이건 마카오에서 구한 중고 물품이에요. 백 년의 역사를 지니고 있는 수제 미녀지요. 아바오가 말했다. 옷이라도 좀 입히지 그래요. 리리가 말했다. 원래 입고 있던 옷은 말라비틀어진데다 위에 바퀴벌레의 오물 흔적이 남아 있어서 버렸어요. 이전에 세 들어 살던 집에는 쥐도 있었다니까요. 당시에는 이런 보물들이 갈수록 늘어나고 있던 터라 상자 안에 넣어 보관해야 했어요. 그랬더니 작은 동물들이 드나들면서 치마를 비롯한 다양한 옷에 구멍이 나고 말았어요. 이빨로 물어뜯어놓은 곳도 부지기수였어요. 더 작은 구멍들은 발견한 지 얼마 안 돼요. 그래서 일부 보물들은 그냥 알몸으로 보관하는 수밖에 없어요. 진면목을 보는 것이 더 편하죠. 나이가 각기 다른 서양 인형들을 진지하게 분류해보면 청순형도 있고 우울형도 있고 교통사고형도 있다는 것을 알 수 있어요. 아바오는 말이 없었다. 리리가 팔이 없는 인형을 집어들면서 말했다. 이건 공포영화의 주인공이자 사기꾼형이라고 할 수 있지요. 아바오가 말했다. 향기가 너무 독하네요. 견디기 어려워요. 리리가 말했다. 자주 향수를 뿌려주는 수밖에 없어요. 바퀴벌레와 쥐를 쫓아야 하거든요. 아바오가 말했다. 이런 보물들과 함께 밤을 보내다보면 악몽이 끊이지 않겠네요. 리리가 말했다. 전 두렵지 않아요. 리리가 벽 한구석을 가리켰다. 뜻밖에도 작은 불단이 하나 마련되어 있고 관세음보살이 모셔져 있었다. 리리가 불단 앞으로 가더니 두 손을 모아 합장하고 부들방석 위에 쪼그려앉았다. 목욕가운이 둥글게 말리면서 눈처럼 하얀 허벅지가 드러났다. 발목도 아주 가늘고 정교했다. 그녀가 진지하게 향을 올리자 방안에 향수 냄새와 중국 막대향의 향기가 뒤섞여 아주 특별한 냄새가 가득 퍼졌다. 리리가 말했다. 관세음보살님이 여기 계시기 때문에 저는 밤마다 아주 편안해요.

아바오는 아무 말도 하지 않았다. 방안에는 의자가 하나뿐이었다. 리리가 와인을 한 병 따자 두 사람은 다시 침대 매트리스 위로 돌아왔다. 불빛은 약간 어둡고 베개는 아주 높았다. 아바오가 말했다. 이 방에 들어오려면 전등을 켜야 할 것 같아요. 저는 좀 무섭거든요. 리리는 웃으면서 아무 말도 하지 않았다. 아바오가 말했다. 이렇게 다 망가진 보물들을 수집하는 것에 무슨 의미가 있나요? 리리가 대답했다. 그냥 좋아서 그래요. 그걸로 충분한 이유가 되지 않나요? 아바오가 말했다. 한밤중에 괴물로 변하지 않도록 조심해요. 체코 영화 중 방안에 가득한 인형들이 한밤중에 반란을 일으키는 이야기가 있어요. 리리가 말했다. 그렇군요. 아바오가 말했다. 그래서 요괴들을 진압하기 위해 관세음보살을 모셔놓은 거로군요. 리리가 아바오를 툭 치면서 말했다. 그렇게 함부로 지어내서 말하지 마요. 이 인형들을 보고 자면 저는 항상 좋은 꿈을 꾸게 돼요. 그런데 사람을 보고 자면 그렇지 못해요. 종종 악몽을 꾸거든요. 두 사람은 와인을 한 잔씩 마셨다. 약간 피곤했다. 술잔을 내려놓고 리리가 전등을 껐다. 그러고는 목욕가운을 벗고 아바오에게 몸을 바싹 붙이고서 아무 말도 하지 않았다. 방은 다시 어두워졌다. 리리가 물었다. 아바오 씨 졸려요? 아바오가 말했다. 아직 괜찮아요. 리리가 또 물었다. 그럼 이야기 하나 해도 될까요? 저에 관한 얘기라면 아바오 씨는 피하고 싶겠죠? 아바오가 말했다. 그럴 리가요. 리리가 입을 다물고 잠시 조용히 있다가 다시 얘기를 시작했다. 저는 평생 마음이 편치 않아요. 이전에 성省 모델 양성반을 나올 때도 마음이 편치 않았고 나중에 다른 사람과 선전深圳이나 광저우에 갔을 때도 마음이 편치 않아 룽안사龍岩寺나 광저우 류룽사六榕寺에 가서 보살님께 절을 올렸지요. 때로는 맹인 점쟁이를 찾아가기도 했어요. 제 얘기를 듣더니 점쟁이가 이러는 거예요. 아가씨, 자신의 형제자매들 때문에 너무 슬퍼하지 말아요. 사람에게는 각자의 운명이 있는 법이에요. 저는 깜짝 놀랐어요. 점쟁이가 묻더라고요. 내 점괘가 맞았죠? 두 사람이 서로 알지 못해도 속마음은 알 수 있지요. 앉아요, 어서 앉아봐요. 제가 앉자 점쟁이가 묻는 거예요. 제가 정확히 맞혔죠? 제 점괘가 용하지 않나요? 제가 고개를 끄덕였더니 점쟁이가 그러더군요. 이런 일로 먹고살려면 첫 마디가 아주 단호해야 해요. 정신법定身法이 있어야죠. 제가 물었어요. 정신법이 뭔가요? 점쟁이가 대답했어요. 손님이 일단 내 말을 듣고 화들짝 놀라면 자발적으로 마음을 정하고 내 얘기에 귀기울이게 됩니다. 이것이 저의 점쟁이로서의 능력이죠. 만약에 내가 이렇게 말한다고 칩시다. 이 사장님은 양미간에 복이 가득찬 것을 보니 큰돈을 버실 것 같군요. 부인도 점괘를 보면 부귀한 사람을 맞게 될 겁니다. 이렇게 저급한 점쟁이는 집에 돌아가 밥이나 해 먹고 잠이나 자는 게 나을 겁니다. 요즘 사람들은 남을 경계하는 심리가 강하기 때문에 일반적인 말만 해서는 아무도 멈춰 서서 들으려고 하지 않아요. 아바오가 물었다. 그래서 어떻게 됐나요? 리리가 말했다. 점쟁이가 그러는 거예요. 부모님은 두 분 모두 살아 계신데 형제 하나가 몇 년 전에 세상을 떠났군요. 사실 이건 자체적인 이치에 따른 거예요. 정말로 누나라고 해서 슬퍼할 필요가 없는 일입니다. 아바오가 물었다. 점괘가 맞았나요? 리리가 낮은 목소리로 말했다. 저희 아버지는 고급 엔지니어이자 독실한 불교 신자세요. 집안에 설치한 커다란 불단이 거의 절과 같은 수준이지요. 아바오는 아무 말도 하지 않았다. 리리가 설명을 이어갔다. 신앙면에서 저는 비교적 열정적이지 못한 편이지만 제 남동생은 어려서부터 부모님을 따라 항상 향을 태우고 개두의 절을 올리곤 했어요. 그러더니 열일곱 살이 되던 어느 날 갑자기 동생이 놀라운 선포를 하는 거예요. 충분히 고려한 끝에 출가하여 중이 되기로 결심했다는 거였어요. 저희 아빠는 노발대발하시면서 절대로 허락할 수 없다고 하셨죠. 동생을 마구 때리고 욕을 하기도 했어요. 그러자 뜻밖에도 동생은 그다음날 스스로 목숨을 끊고 말았어요. 아바오가 리리를 끌어당겨 품에 꼭 안아주었다. 리리가 말했다. 부모님은 울면서 향을 태우고 개두의 절을 올렸지요. 저는 마음속으로 부모님을 원망했어요. 그래서 광둥으로 가버렸지요. 점쟁이는 먼저 제 동생에 관해 얘기하면서 그 자체에 도리가 담겨 있는 일이라고 하더니 제가 인정하고 넘어가자 약간 흥이 난 모양이더라고요. 점쟁이와 저는 한 걸음 정도 떨어져 있었어요. 점쟁이는 두 눈을 감더니 뜻밖에도 제가 갈비뼈라는 점괘를 내놓더군요. 여자라면 몸에 살이 좀 붙어 있어야 모든 것이 충만하고 원숙해지는데 저는 명리命理는 풍성해지는데 몸 전체에 뼈만 앙상하게 남아 박명할 수 있다는 거예요. 그러면서 곧 큰 재난이 닥칠 수 있으니 모든 일에 세 번씩 생각해서 행동하라고 하더군요. 특히 명심할 것은 주위의 가장 좋아하는 사람들과 거리를 유지하고 절대로 배는 타지 말라고 했어요. 저는 다시 한번 감사의 인사를 건넸어요. 그러고 나서. 아바오가 물었다. 그러고 나서 어떻게 됐나요? 리리가 말했다. 저 너무 졸려요. 리리는 머리로 아바오의 가슴을 파고들면서 꼭 껴안았다. 리리가 물었다. 아바오 씨는 저를 멀리하겠죠? 아바오가 말했다. 그럴 리가 있나요! 리리가 말했다. 당시 저는 경제상황이 안정적이지 못했어요. 이른바 고급 모델 양성반에서 고급 패션쇼를 하면 약간의 수입이 있긴 했지만 항상 저급한 생활을 했어요. 홍콩을 비롯하여 각지의 대형 나이트클럽을 돌아다니면서 작은 T자형 무대에 서야 했지요. 스탠드바 위를 걷는 거예요. 너무 좁다보니 발끝에 관중들의 술잔이 부딪치기도 했죠. 스탠드바 주위에는 전부 사람들이었어요. 옷은 너무 시원하게 입어야 했어요. 지금 말로 하자면 T팬티죠. 그게 뭐냐 하면 앞뒤로 가느다란 T자형 천 한 가닥으로 몸의 중요한 부분을 가리는 거예요. 본 적 있죠? 저는 매번 그런 요구를 받아들이지 않았어요. 저질스러운 행동을 하는 손님들이 대단히 많았거든요. 조명이 아주 밝은 상태에서 얼굴을 제 다리에 가져다대고 비비는 사람도 있고 망원경을 이용해 제 몸을 살피는 사람도 있었어요. 팀장은 매일 욕을 하고 방금 어떤 손님이 크게 웃었다고 말하곤 했어요. 또 어떤 아가씨가 사타구니 제모를 깨끗이 하지 않았다면서 개인위생을 더욱 세밀하고 철저히 하라고 하더군요. 이런 소리를 완전히 무시하는 사람은 저 하나뿐이었어요. 전부 방귀 정도로 여겼지요. 게다가 걸핏하면 출근을 안 했어요. 아무리 가난해도 그런 옷을 입을 수는 없었어요. 팀에 미미라는 어린 아가씨가 하나 있었어요. 줄곧 저랑 친하게 지냈죠. 점쟁이 선생의 얘기를 들은 뒤로 저는 미미가 안 좋은 길을 가고 있다는 생각이 들었어요. 앞뒤로 끈만 보이는 T팬티를 입고 미미가 항상 저를 유혹하려고 덤비는 것에 놀라움을 금할 수 없었지요. 새로 온 아가씨가 있었는데 저랑 생각이 비슷했어요. 샤오푸룽小芙蓉이라 불린 이 아가씨는 평소에 말이 적은 편이고 저에게 전혀 상냥하지 않았어요. 저와 마찬가지로 팀장을 아주 싫어했죠. 샤오푸룽이 처음 온 다음날, 모두가 고급 업소에 가서 공연을 하게 되었어요. 이번에는 좁은 T자형 무대가 아니라 바닥이 거울로 된 무대 위를 걷는 것이었어요. 양쪽에는 두 줄로 관중들을 위한 의자가 놓여 있었죠. 그날 의상은 전부 펑펑치마蓬蓬裙*에 봄가을에 입는 오버코트를 곁들이는 것이었어요. 저는 아주 맘에 들었죠. 품위와 격조를 갖춘 의상이라고 생각했거든요. 그런데 뜻밖에도 분장실에서 스타킹을 신고 있는데 팀장이 들어오더니 이날 저녁에는 전부 노팬티로 무대에 올라간다고 선포하는 거였어요. 모두들 멍한 표정을 지었죠. 팀장이 말했어요. 놀랄 것도 없고 긴장할 것도 없어. 밖에 치마를 입기 때문에 안에 아무것도 안 입는 거야. 이게 유행의 추세라고. 정상적인 일이란 말이야. 샤오푸룽이 말했어요. 이건 틀림없이 일본을 흉내내는 거예요. 일본의 법률에서는 면전에서 하반신을 노출하는 것을 금지하고 있어요. 거울에 반사되는 건 면전으로 간주하지 않기 때문에 법망을 피해갈 수 있거든요. 저는 아무 말도 하지 않고 팬티를 벗지도 않았어요. 샤오푸룽도 벗지 않았어요. 팀장이 그러더군요. 좋아, 공연 끝나고 리리는 따로 나 좀 보자. 샤오푸룽은 팬티를 입을 거야, 안 입을 거야? 돈은 받아야 할 것 아냐? 결국 샤오푸룽은 놀라서 다른 사람들과 마찬가지로 맨 엉덩이에 치마를 입고 나갔어요. 제가 바로 그 뒤를 따라가면서 살펴보았죠. 규칙에 따르면 샤오푸룽과 다른 아가씨들은 천천히 거울 위를 걷다가 멈춰 서서 몸을 돌려야 했어요. 제가 유심히 살펴보니 아가씨들은 반쯤 쪼그려앉은 동작도 해야 하고 오른발을 앞으로 내밀고 허리를 낮추는 이른바 마보馬步 자세도 취해야 했어요. 이것도

* 고대 유럽의 귀족 여인들의 치마로 안에는 일반적으로 금속제 지지틀이나 여러 겹의 속치마가 동반되어 겉에서 보면 커다란 삼각형을 이루게 된다. 유럽 여성들이 연회에 참석할 때 필수적으로 갖춰야 하는 복장이었다.

먹고살기 위해 하지 않으면 안 되는 일이었죠. 말로는 치마를 입고 코트를 걸쳐서 화려하고 당당한 모습이라고 했어요. 이날의 손님들은 절반이 예복 차림이라 겉으로는 아주 점잖고 우아해 보였어요. 망원경은 하나도 눈에 띄지 않았지요. 하지만 모든 눈길이 거울 표면에 집중되어 있었어요. 다들 거울만 보고 있었던 거죠. 저는 도무지 이해가 되지 않았어요. 남자들의 머리는 왜 이 정도로 지저분한 건지 말이에요. 아바오는 아무 말도 하지 않았다. 리리가 말했다. 공연이 끝나고 샤오푸룽은 말없이 한구석에 몸을 웅크리고 앉아 있었어요. 미미가 힐난하듯 묻더군요. 왜 그런 모습을 하고 있어? 남자들이 네 엉덩이를 좀 본 게 뭐 그리 끔찍한 일이라고 그래? 샤오푸룽은 아무 말도 하지 않았어요. 팀장은 저를 보더니 겉으로는 샤오푸룽을 나무라는 것처럼 말하더군요. 공연을 몇 번 해봤지만 샤오푸룽은 근성이 좀 모자라는 것 같아. 그런 사람들은 따라 하지 말란 말이야. 돈을 벌지 않고 남들을 희생시킬 작정이야? 멍청이! 내가 지금 분명하게 얘기하는데 누구든지 자신이 금수저나 은수저라고 생각하지 말라고. 세상에 그런 건 없으니까. 모두 전부 보통 수저일 뿐이야. 희귀할 것도 없고 대단할 것도 없단 말이야.

아바오가 말했다. 팀장이 아주 못된 여자였네요. 리리가 말했다. 팀장이 그러더군요. 북방 사람들은 줄곧 가면을 쓰고 살지만 지금은 거의 모든 업종에서 그런 방법이 통용되고 있다고 말이에요. 가면을 쓰긴 하지만 따지고 보면 이것도 재미있는 일이에요. 속임수와 술수로 거짓을 가리고 진실 행세를 하지요. 사실은 진실도 공허하고 위장된 거예요. 어떤 의미나 내용도 보이지 않죠. 아바오가 말했다. 약간의 의미는 있겠지요. 리리가 말했다. 당시에 저는 아무 말도 하지 않았어요. 가면을 쓰고 싶지도 않았죠. 저는 아주 단순해요. 마음속으로 원치 않고 느낌이 좋지 않으면 그냥 거절하는 거예요. 결국 일이 터지고 말았어요. 그날 밤 저는 샤오푸룽이랑 다른 동생 둘과 함께 방에서 담배를 피우고 있었어요. 제가 말했죠. 난 마음이 답답해서 휴가를 내고 바람을 좀 쐴 작정이야. 동생 둘이 저랑 같이 가고 싶다고 하자 샤오푸룽도 가겠다고 했어요. 한 사람은 하이난에 가고 싶다고 하고 한 사람은 홍콩에 가고 싶다고 했어요. 샤오푸룽은 담배를 두 개비나 피우면서 아무 말도 하지 않더군요. 모두들 샤오푸룽에게 어디 가고 싶은지 말해보라고 했어요. 샤오푸룽이 말했어요. 나는 모두가 갈 곳을 정한 다음에 출발할 거예요. 아무데나 가죠 뭐. 다들 샤오푸룽에게 구체적인 장소를 말해야 한다고 압박했어요. 샤오푸룽이 말했지요. 홍콩은 좋고 하이난은 비용이 적게 드는 장점이 있지만 저는 마카오에 아는 사람이 있어요. 마카오가 거론되자 모두들 그제야 생각난 것처럼 즐거운 표정으로 떠들어대기 시작했어요. 팀장이 들어와 묻더군요. 무슨 얘기들을 하느라 이렇게 시끄러운 거야? 누가 임신이라도 한 거라면 일찌감치 털어놓는 게 좋을 거야. 모두 말이 없었어요. 이날 저녁, 모두 함께 마카오에 가기로 결정했어요. 샤오푸룽이 지인에게 부탁해서 모든 수속을 도맡기로 했지요. 다들 팀장에게 '세계의 창'*에 가기로 했다면서 하루 휴가를 냈어요. 다음날 토요일에는 저녁에 공연이 있었어요. 낮에는 이틀 연속 돌아다닐 수 있었지요. 다음날 네 사람이 배를 타고 바다로 나오자 문득 생각나는 게 있었어요. 어머나, 점쟁이가 배를 타면 안 된다고 했는데. 샤오푸룽이 제게 묻더군요. 리리 언니, 뭔가 잊은 것이라도 있는 듯한 얼굴이네요? 저는 아무 말도 하지 않았어요. 또 점쟁이가 했던 말이 생각나더군요. 자신과 가장 친한 사람과는 거리를 유지하라고 했던 말 말이에요. 샤오푸룽이 저의 좋은 친구일까요? 아니에요. 저는 마음속으로 아니라고 단정했어요. 네 사람은 마카오에 도착해서 무척 즐거운 시간을 보냈어요. 샤오푸룽이 잘 아는 길로 데리고 다녔고 모두 같은 방에 묵기로 했어요. 종업원이 카트 가득 간단한 음식과 간식을 싣고 들어왔을 때는 다들 너무나 놀랐죠. 샤오푸룽은 모두에게 먼저 먹으라고 하더니 나가서 카트를 몰고 온 종업원과 뭔가 얘기를 나눴어요. 모두 간식을 다 먹고 난 뒤에도 샤오푸룽의 모습은 보이지 않았어요. 남은 세 사람이 한 시간쯤 기다렸을 때, 나이든 부인 둘이 들어오더군요. 아주 점잖고 예의바른 모습으로 우리에게 먼저 아래층 로비에 좀 내려가 있으라고 했어요. 다들 그제야 그곳이 나이트클럽이 딸려 있는 호텔이라는 것을 알았지요. 당시 저는 뭔가 이상하다는 느낌이 들어 셋이 함께 담당자를 만났어요. 담당자가 말했어요. 세 분께서는 이미 서명을 하셨습니다. 자발적으로 이번 모임에 참가하셨으니 이제부터 모임의 규칙을 설명하도록 하겠습니다. 어린 동생들이 소란을 피우기 시작하자 담당자가 말하더군요. 이곳은 수익이 대륙보다 훨

* 마카오의 유명 놀이공원.

씬 높아요. 좌대坐臺*와 타포打炮**, 팁 등 모든 수입을 8대 2로 나누지요. 회사가 2할을 갖는 겁니다. 여러분은 몸매도 일류이고 비교적 전문성을 갖췄기 때문에 별도의 프로그램이 추가될 수도 있습니다. 매일 밤 두 차례에 걸쳐 폴 댄스를 추는 겁니다. 모두 알아두셔야 할 것은 빨리 배워서 마지막에는 스트립쇼의 분위기를 연출하면서 세 군데를 다 노출해야 한다는 사실입니다. 아시겠지요? 마카오 쉐리雪梨의 규칙에 따르면 손님들은 구경만 할 뿐, 손으로 만지는 것은 금지입니다. 이곳에는 손님이 아주 많기 때문에 수입도 아주 좋아요. 여러분 모두 만족하실 겁니다. 미리 터놓고 말씀드리자면 반년만 연습하면 모든 것이 익숙해질 겁니다. 담당자가 설명을 끝내자 어린 두 아가씨는 큰 소리로 항의하며 울기 시작했어요. 제가 차분하게 말했지요. 이건 오해입니다. 담당자가 말했어요. 쓸데없는 소리 하지 마요. 자꾸 화나게 하지 말라고요. 여긴 보는 눈이 아주 많아요. 우선 아주머니들이랑 쉬고 있어요. 셋이서 어떻게 해야 좋을지 몰라 의논을 하고 있는 차에 아주머니들이 다가와서는 한 명씩 데리고 옆에 있는 방으로 들어갔어요. 바닥부터 천장까지 폴이 두 개 설치되어 있고 텔레비전과 침대 매트리스가 두 개 놓여 있더군요. 세면대와 변기, 욕조, 비누, 수건, 티슈 등 모든 것이 다 갖춰져 있었어요. 텔레비전에서는 24시간 역대 스트립쇼와 폴 댄스 영상이 방영되고 있었어요. 문과 창문에는 철저하게

* 유흥업소에서 손님 옆에 앉아 접대하는 일.

** 유흥업소에서 손님과 잠자리를 갖는 일.

방음장치가 되어 있었고요. 세 사람은 한동안 큰 소리로 고함을 질러보았지만 밖에서는 아무런 반응도 없었지요. 식사시간이 되어서야 문틈으로 세 사람의 식사가 들어오더군요. 매번 음식이 달랐어요, 맛도 좋았고요. 세 사람은 그렇게 나흘을 보냈어요. 두 동생은 처음에는 땅이 꺼져라 울어대더니 사흘째 되면서부터 눈물을 닦고 폴 댄스를 연습하기 시작했어요. 텔레비전에 나오는 동작과 자세를 따라하면서 익히기 시작한 것이죠. 전 세계에 유행하고 있는 댄스곡 〈체리핑크 맘보〉에 따라 반복해서 춤을 연습했어요. 담당자들은 아주 잘한다고 하면서 기본적인 내공이 있어서 그런지 학습이 아주 빠르다고 칭찬하더군요. 닷새째 되던 날, 두 아가씨는 이미 스트립쇼를 하면서 폴 위로 기어오를 수 있었어요. 약간의 신음소리도 낼 줄 알더군요. 저는 아무 말도 하지 않고 정상적으로 식사를 하고 머리를 손질한 다음 매트리스 위에 그냥 앉아 있었어요. 〈체리핑크 맘보〉를 들으면서 말이에요. 방 한구석에 커다란 종이 상자가 하나 있더군요. 안에는 크고 작은 각양각색의 인형이 가득 들어 있었어요. 전에 일하던 아가씨들이 버리고 간 보물들이었을 거예요. 원래는 베개 옆이나 본인들 몸 가까이 두고서 애지중지하던 물건이었는데 짐 속에 넣어 여기까지 가지고 와서는 매일 보고 어루만지고 품에 안다보니 낡고 망가지게 된 거죠. 저는 인형들을 하나하나 살펴보다가 손이나 다리가 떨어져나간 인형들을 발견했어요. 인형 몸체에는 눈물자국과 잇자국, 핏자국 등이 남아 있었어요. 닷새 뒤에 두 동생은 출근하기 시작하면서 저를 끌어안고 한바탕 눈물을 흘렸어요. 저는 눈물 한 방울 흘리지 않고 계속 〈체리핑크 맘보〉를 틀었지요. 동생들에게 샤오푸룽을 잡아 오마분시五馬分尸*하겠다고 맹세했어요. 담당자는 아무 말도 하지 않았지요. 저는 자신이 고집이 너무 세서 손님을 받는 일은 없을 거라고 말했어요. 담당자들이 불쌍하게 느껴질 뿐이었지요. 담당자 하나가 그러더군요. 나는 관세음보살님을 거역하지 않습니다. 이건 내 업무상 필요에 의한 것일 뿐이에요. 전생에 나쁜 짓을 했기 때문에 현세에 보응을 받는 것이지요. 죄송합니다. 원래 규정이 이렇거든요. 더이상 고집을 부리면 저도 좋은 사람이 될 수 없어요. 나이든 아주머니 둘이 절 꽉 붙잡고 주사를 놓더군요. 깨어나보니 저는 종이 상자 옆에 널브러져 있었어요. 배가 좀 쓰라렸어요. 인형들을 다시 보니 눈물이 흘렀어요. 리리는 여기까지 말하고 나서 온몸을 흔들면서 소리 없이 통곡했다.

방안은 칠흑같이 어두웠다. 눈앞에 영화 한 편이 지나간 것 같았다. 창밖의 플라타너스는 흔들림을 멈추고 조용해져 있었다. 아바오가 말했다. 얘기하지 마요, 다 지나간 일이잖아요. 리리가 말했다. 밤중에 자다가 깨면 제가 혼자라는 걸 알았어요. 몸에 실오라기 하나 걸치지 않고 사지가 하늘을 향한 채 매트리스 위에 던져져 있는 기분이었지요. 옆에는 인형들이 가득 든 종이 상자가 놓여 있었고요. 지금 이 방과 같았어요. 저는 이미 습관이 되었어요. 이때부터 저는 시몬스 침대와 인형들과 떨어질 수 없게 되었지요. 아

* 사람의 팔다리와 머리에 말을 매어 찢어 죽이는 형벌.

바오가 말했다. 배가 쓰라렸던 것은 전갈이나 지네가 있어서 그랬던 건가요? 리리가 웃으면서 말했다. 죽고 싶었어요. 기절하고 말았지요. 아바오가 물었다. 왜죠? 리리가 말했다. 배꼽 아래 세 치 정도 위치에 영어로 'FUCK ME'라는 문신이 새겨져 있었어요. 무슨 뜻인지는 말하고 싶지 않아요. 새빨간 장미 문신도 있었어요. 푸른 잎 두 개와 나비도 한 마리 새겨져 있었지요. 아바오가 리리를 놓아주고는 리리의 허리 쪽으로 몸을 가져가자 리리는 손으로 그의 몸을 뿌리치면서 웃는 얼굴로 말했다. 안 돼요. 아바오가 동작을 멈췄다. 리리가 말했다. 옷을 챙겨 입었지만 마음속에 분노와 원한밖에 없었어요. 이어지는 이틀 동안 담당자는 두 아가씨에게 제 말동무가 되게 했어요. 셋이 얼굴을 맞대고 모였지만 할 얘기가 없었어요. 저는 웃으면서 아무 말도 하지 않았죠. 두 동생에게는 울지 말라고만 했어요. 나흘째 되던 날 팀장이 저를 밖으로 불러내더니 진짜 사장이 와서 절 보자고 한다더군요. 어느 방으로 따라 들어갔더니 백면서생이 하나 앉아 있었어요. 아주 잘생긴 혼혈 남자였어요. 자칭 저우周 선생이라고 하더군요. 우아하고 점잖은 태도로 부하들에게 나가 있으라고 하더니 자신도 이 일의 자초지종을 알고 있다면서 자기가 한발 늦었다고 하더라고요. 부하가 제멋대로 경솔하게 행동하는 바람에 자신이 제게 큰 죄를 졌다는 거예요. 그러면서 이제부터는 절대로 유쾌하지 못한 일이 일어나지 않도록 할 테니 용서해달라고 하더군요. 저우 선생의 얘기를 들으면서 저는 마음이 풀려 하마터면 기절할 뻔했어요. 이런 반전이 있으리라고는 생각지도 못한 터라 아무 말도 하지 못했어요. 저우 선생이 말했어요. 미스 리의 사정을 듣고, 특히 이렇게 직접 만나보고 나니 서로의 만남이 너무 늦었다는 생각이 드는군요. 지금부터 이렇게 하시죠. 보양부의 아가씨 둘이 책임지고 미스 리를 잘 모시도록 하겠습니다. 우선 풀코스 남양 스파를 하시고 닭고기 수프를 드시면서 편하게 휴식을 취하세요. 안팎으로 입을 옷도 전부 준비하도록 시키겠습니다. 저녁 여덟시에 제가 차로 모시러 오겠습니다. 함께 포르투갈 음식을 먹으러 가죠. 내친김에 마카오 야경도 구경하고요. 정식으로 접대하는 셈 치세요. 제가 한 마디도 하지 않자 저우 선생이 말을 잇더군요. 미스 리께서 제 체면을 좀 살려주셨으면 합니다. 옥체가 회복되시면 본부 사무실로 출근하시는 게 어떨까요? 제복과 구두, 화장품, 서류 가방, 핸드백, 숙소 열쇠 등 업무에 필요한 모든 것을 준비해드리도록 하겠습니다. 월급은 재무 담당자가 직접 지급해드릴 겁니다. 미스 리, 괜찮으시겠죠? 대답해주십시오. 저는 참지 못하고 그 자리에서 눈물을 보이고 말았어요. 저는 이것이 부처님과 보살님께서 돌봐주신 덕분이라는 걸 알았어요. 점쟁이 선생이 도와준 것이지요. 만 가지 재난 속에서도 제게 전기를 마련해주신 거예요. 저는 그렇게 하겠다고 대답했어요. 그곳을 떠날 때 종이 상자 안에 있는 인형들을 전부 제가 가져가겠다고 했어요. 저우 선생은 한마디로 흔쾌히 허락하더군요. 이어지는 모든 일들은 제 상상을 초월했어요. 저는 갑자기 그의 여자가 되었어요. 좋은 옷을 입고 명품 화장품을 쓰고 최고급 핸드백을 들긴 했지만 전부 도구일 뿐이었지요. 우담화가 잠시 나타난 것에 불과했어요. 지금은 진실이지만 말이에요. 그날 밤에 숙소로 쓸 호텔 아파트에 들어갔어요. 작은 아파트였는데 밖에 바다가 보였어요. 안에는 침대가 있고 저와 함께 고생한 인형들이 상자에 담긴 채 놓여 있었지요. 저는 겉으로는 아무 말도 안 했지만 속으로는 몹시 흥분하고 있었어요. 제게는 마카오가 화복禍福이 엇갈리는 땅이라는 생각이 들었어요. 프런트에 전화했더니 종업원이 금세 달려와 침대 틀을 뜯어내 가져가더군요. 매트리스만 바닥에 남겨놓았어요. 저는 테이블 위 꽃병에 들어 있는 핏빛 장미꽃들을 집어 종업원에게 건네면서 다시는 제 눈에 장미가 보이지 않게 해달라고 당부했어요. 누구든지 제 방에 장미를 들여놓는 것을 허락하지 않겠다고 했지요.

방이 어둠에 깊이 잠겨 있었다. 리리가 여기까지 말했을 때, 사방에 옅은 빛이 비치기 시작한 것 같았다. 아바오가 말했다. 이런 마카오의 기적은 정말 상상하기 어려운 일이군요. 리리가 말했다. 그뒤로는 모든 것이 변했어요. 나중에 저는 저우 선생을 따라가게 되었지요. 그와 마주할 때만 불을 켜고 제 꽃을 보여줬어요. 남이 행한 악이 항상 자신에게도 돌아오는 경우도 있지요. 저우 선생은 감히 저의 그 꽃을 쳐다보지 못했어요. 한번은 그가 성경에 하느님은 한 송이 장미고 사람은 푸른 잎사귀라는 말이 나온다고 하더군요. 저는 웃을 수가 없었어요. 하지만 그가 레이저로 문신을 지우는 홍콩 의사랑 연락을 취할 때마다 저는 거절했어요. 일 년 뒤에 그 두 동생을 만나러 갔어요. 한 명은 대륙으로 돌아가고 싶어 하더군요. 나머지 한 명은 이미 그 생활에 익숙해져 있었어요. 개인적인 희망에 따라 저는 한 명은 대륙으로 돌려보내주었어요. 이

별할 때, 그 동생이 제게 묻더군요. 혹시 샤오푸룽을 만나면 뭐라고 해야 하냐고요. 제가 그랬어요. 그애를 만날 일은 없을 거야. 동생은 그래도 혹시 만나면 아주 야무지게 따귀를 두 대 갈겨주겠다고 하더군요. 저는 동생이 그애를 욕하든 때리든 상관하지 않는다고 했어요. 혹시 저에 대해 물으면 리리 언니는 실종된 지 오래라고, 어쩌면 정신병자가 되었을지도 모른다고 대답하라고 했지요. 동생이 묻더군요. 왜 그래야 해요? 언니는 지금 형편이 아주 좋아졌잖아요. 샤오푸룽이 알면 약올라서 밤새 두 눈을 휘둥그레 뜨고 있을 거예요. 제가 그랬지요. 누구를 만나든지 내 얘기는 하지 마. 꼭 그래야 해. 사람은 원한을 기억하지 않고 너그러워지는 게 좋아. 동생은 그러겠다고 약속했어요. 그날 동생을 보내면서 저는 마음속으로 그애가 샤오푸룽을 다시 만나는 일은 없을 거라는 것을 알았어요. 열흘 전 아침에 샤오푸룽이 철저히 사라졌다는 통지를 받았거든요. 몸에 직접 콘크리트가 부어졌어요. 샤오푸룽은 이미 땅속 깊은 곳에 들어가 있지요. 다시 웃을 수도 없고 담배를 피울 수도 없어요. 다시는 거짓말도 할 수 없지요. 물론 이는 제 일생에서 가장 큰 죄과예요. 하지만 마음에 전혀 부끄러움이 없어요. 저는 샤오푸룽을 철저하게 없애버려야 했어요. 제가 이런 일을 한 것은 저우 선생도 전혀 알지 못했어요. 삼 년 후, 저우 선생은 온 가족이 캐나다로 이주하기로 결정했어요. 어느 날 저를 불러 뒷정리를 하면서 제가 대륙으로 돌아가 크게 발전할 수 있었으면 좋겠다고 하더군요. 저를 위해 은행계좌를 하나 열어주면서 어디를 가든지 좋은 남자 만나서 결혼하라고 당부하기도 했어요. 그리고 어떻게 알았는지 샤오푸룽의 일은 천의무봉하게 처리되었으니 절대 걱정할 필요가 없다는 사실을 명심하라고 하더군요. 영원히 안심해도 된다는 거였어요. 아울러 성형외과 연락처를 알려주면서 대륙으로 돌아가 생활하는 데 필요한 일체의 서류를 준비해주었어요. 제가 홍콩으로 오니까 누군가가 다 알아서 처리해주더군요. 그렇게 대륙으로 돌아와 모든 것을 처음부터 다시 시작할 수 있었어요. 주 선생은 장미만 사라지면 저의 고통은 다 사라질 거라고 하더군요. 그런 얘기를 들으면서 저는 마음속으로 감탄을 금치 못했어요. 저의 모든 일들이 완전히 그의 통제 안에 있었던 거예요. 저는 그의 이런 요구에 전부 동의했어요. 더 많은 요구가 있었다 해도 다 받아들였을 거예요. 그와 이별하고 나서 저는 홍콩으로 가서 이 주 동안 체류했어요. 그 장미를 확실히 제거했지요. 상처가 깨끗해지자 색소 회류를 경감시키기 위해 비타민시를 열심히 먹었어요. 이미 모든 것이 다 원래 모습으로 회복되었지요. 아바오가 우물쭈물하자 리리가 말을 가로챘다. 저는 인형들을 가지고 개안開眼 보살님을 모시고 불공을 드린 다음 대륙으로 돌아왔어요. 상하이로 왔지요. 리리가 여기까지 말했을 때, 방안이 점차 밝아지기 시작했다. 플라타너스와 오래된 집 건물 사이로 희미한 빛이 스며들고 있었다. 아바오가 말했다. 보살님께서 지켜주실 거예요. 리리가 말했다. 아바오 씨도 지켜주고 저도 지켜주실 거예요. 아바오가 물었다. 불을 켜도 될까요? 리리가 말했다. 켜지 마요. 아바오 씨는 보면 안 돼요. 아바오가 말했다. 이야기는 다 끝났어요. 이미 평안해졌잖아요. 리리가 말했다. 알아요. 하지만 보살님 눈에는 장미가 보일 거예요. 이 장미는 평생 저를 따라다닐 거예요. 아바오가 말했다. 보살님은 아예 그런 것에 신경도 쓰지 않아요. 전해지는 바에 의하면 보살님은 매일 천당 화원에서 연꽃만 보신다고 하더군요. 리리는 말이 없었다. 아바오가 말을 이었다. 천당 연못의 수면에는 맑고 부드러운 햇빛이 쏟아지지만 수심은 만 장丈이나 된대요. 바닥은 지옥에 닿아 있지요. 극도로 차갑고 어둡다고 하더군요. 연꽃 뿌리들은 지옥까지 뻗어 있고 뿌리의 수염마다 사람들이 가득 매달려 있어 위로 기어오르려고 죽어라고 발버둥치고 있다고 하더군요. 모두들 연꽃을 보기 위해 천당까지 기어오르려고 발버둥치고 있대요. 남들에게 뒤질세라 요란하게 싸우면서 어렵사리 조금 기어올라 희미한 빛이 보이면 그 많은 사람들이 서로 절대 양보하지 않고 다투다보니 무게가 갈수록 늘어 연꽃 뿌리가 꺾이고 말지요. 결국 모두가 다시 어두운 진흙 속으로 떨어져 무시무시한 소리를 질러대는 거예요. 지옥은 줄곧 이런 모습이지만 천당의 화원에 있는 보살님은 애당초 이를 보지 못하시지요. 그저 빙긋이 웃고만 계실 뿐이에요. 천당은 공기가 너무 좋아 벌과 잠자리가 날아다니고 연꽃이 피면 꽃은 빨갛고 연근은 하얗지요. 리리가 말했다. 너무 잔인해요. 설마 제가 안은 것이 아바오 씨가 아니라 연꽃 뿌리였나요? 아바오 씨는 너무 나빠요. 아바오가 리리를 꼭 안았다. 리리의 몸이 완전히 흐늘흐늘해진 것이 느껴졌다. 하늘이 환해지면서 방안의 사물들이 윤곽을 드러냈다. 리리가 말했다. 제가 결혼을 두려워하는 것은 아마도 마음속에 장미가 있기 때문일 거예요. 아바오 씨는 왜 결혼을 생각하지 않나요? 들리는 소문에 의하면 결혼을 안 하는 것이 어떤 어린 아가씨 때문이라고 하더군요. 아바오는 아무 말도 하지 않았다. 리리가 말했다. 저랑 아바오 씨는 하룻밤 부부인 셈이지만 그것만으로도 만족해요. 아바오는 리리를 안은 채 눈을 꼭 감았다.

십구장

일

일요일에 큰아버지가 차오양 신촌에 왔다. 길 어귀에서 신촌으로 들어오려면 곧게 뻗은 길을 지나야 했다. 샤오전은 위층 10호실에 살았다. 북쪽으로 창문이 나 있었다. 멀리서 큰아버지가 오는 모습이 보이자 샤오전이 우당탕탕 뛰어내려와 말했다. 아바오, 큰아버지 오셨어. 도착하셨다고. 아바오가 시계를 보니 열한시 반이었다. 테이블에는 이미 간단한 음식들이 차려져 있었다. 아바오 엄마는 부채를 손에 들고서 아무 말도 하지 않았다. 아바오 아빠가 그릇과 수저를 늘어놓았다. 이모는 찬장을 열고 이리저리 뒤져 입구가 큰 병에서 하미蝦米*와 김을 꺼내놓았다. 이모가 말했다. 샤

* 말려서 껍질과 머리를 제거한 작은 새우.

오전은 참 착하기도 하지. 큰아버지가 오셨는데 음식이 좀 부족해서 그러는데 아빠한데 계란 두 개만 꿔달라고 해줄래. 이달 하순에 갚아드린다고 하고 말이야. 샤오전은 얼른 위층으로 뛰어올라갔다. 아바오는 이모와 함께 밖으로 나갔다. 큰아버지가 대문 안으로 들어서고 있었다. 삼복더위라 그런지 머리에 젖은 손수건이 하나 얹혀 있었다. 한삼도 땀에 푹 젖어 있었다. 이모가 다 해진 인조가죽 손가방을 받아들면서 큰아버지에게 부엌에 가서 얼굴을 씻고 우선 대문 입구 그늘에 좀 앉아 있게 했다. 그러고 나서 간단한 음식을 만들었다. 큰아버지가 아바오를 향해 웃으면서 말했다. 정말 더워서 죽을 것 같구나! 아바오는 아무 말도 하지 않았다. 큰아버지가 말했다. 날이 더워지면 정말 힘들어. 샤오전이 고개를 끄덕였다. 손에는 계란을 두 개 쥐고 있었다. 큰아버지가 말했다. 옛날을 생각하면 정말로 지금보다 더 고달팠던 것 같아. 아바오는 말이 없었다. 큰아버지가 말했다. 체면 때문에 불필요한 벌을 받았지 뭐냐. 더운 날 양복 반바지를 입고 영국식 양모 양말을 신어야 했지. 간편한 복장을 하고 밖에 나가려면 장삼을 손에 들고 다녀야 했어. 더워서 입지 못하는데도 단정하게 잘 접어서 옆구리에 끼고 다녀야 했지. 아바오가 물었다. 왜요? 큰아버지가 말했다. 체면 때문이지. 장삼을 입는다는 건 자신의 신분이 만만치 않다는 것을 말해주거든. 상하이의 귀부인들이 크리스마스를 맞아 홍콩에 갈 때 담비가죽이나 친칠라 가죽으로 만든 외투를 입는 것과 마찬가지 이치야. 밖으로 귀한 티를 내려고 하지만 실상 그렇게 입으면 더 늙어 보이기 십상이지. 하지만 여자들은 그런 옷을 가장 좋아한다니까.

홍콩은 더워서 애당초 그런 옷을 입을 수도 없어요. 문을 열고 밖에 나가면 가죽 외투는 옆구리에 끼고 다녀야 하지. 이게 바로 부인네들의 허세야. 이모가 다가와 샤오전에게서 계란 두 개를 건네받으며 물었다. 어르신은 차를 타고 오셨어요, 아니면 몇 정거장을 걸어서 오셨어요? 큰아버지가 난처한 듯한 표정으로 말했다. 걸어서 왔어요. 이모가 말했다. 보아하니 계란찜을 하나 더 추가해도 부족할 것 같네요. 제가 더 준비할게요. 큰아버지가 말했다. 편한 대로 하세요. 이모가 말했다. 다음에 식사하러 오실 때는 도와주시는 셈 치고 미리 호출전화를 한 통 해주세요. 저랑 언니가 미리 준비할 수 있게요. 큰아버지는 다소 계면쩍은 표정을 지었다. 아바오가 화제를 돌려 말했다. 방송에서 그러는데 시아누크가 또 베이징에 왔대요. 큰아버지가 주위를 둘러보더니 낮은 목소리로 말했다. 뉴스를 들으니 그 늙은이는 세상에서 제일 복을 많이 누리는 사람이라고 하더구나. 말하자면 망국의 군주이면서 중국으로 도망쳐와 마음대로 먹고 쓰고 하니까 말이야. 귀가 보살을 닮아서 그런지 손에 상아 젓가락을 들고 이것저것 실컷 주워먹고 있잖아. 무얼 먹든지 양표도 안 내고 말이야. 고급 서양 음식도 맘대로 주문하더구나. 일반적으로 설로인 스테이크랑 향료를 뿌려 구운 양고기, 포르투갈식 버터 치킨, 양파 수프, 달팽이 찜 등이지. 유명한 중국음식은 더 많아. 좀 우아한 것으로 '금분활금조金粉滑金條' 같은 것이 있지. 아바오가 물었다. 그게 뭔데요? 큰아버지가 침을 삼키며 말했다. 새우와 돼지다릿살을 두부와 함께 버무려 쪄낸 거야. 또 '서호西湖순채국' 같은 것도 있지. 인간세상 최고의 음식으로 옥황상제도 가장 좋아했다고 하더구나. 또 '금은제金銀蹄'라 불리는 족발 요리도 있고 '하엽분증육荷葉粉蒸肉'이라는 음식도 있어. 가구마다 배급되는 양표로는 절대로 살 수 없는 음식이지. 이 음식은 삼겹살을 적당한 크기로 썰어서 약간 염장을 해두었다가 찹쌀가루를 입혀 볶은 다음, 연잎으로 꼭꼭 싸서 증롱에 넣고 다시 쪄낸 거야. '편구팔보扁口八寶'라는 음식도 있는데 '편구'는 오리를 뜻하지. 오리 배 안에 팔보 혹은 십팔보라 불리는 갖가지 진귀한 식재료를 넣고 쪄내면 모든 부위가 제자리를 찾아가지. 아, 이 사내는 먹고 싶은 건 뭐든지 마음대로 먹을 수 있어. 양도 제한이 없지. 마누라도 기가 막히게 날씬하고 아름답더군. 매일 배불리 먹고 밤에는 달콤한 여인의 향기를 누리는 거야. 시몬스 침대 안의 신선인 셈이지. 남자가 이 정도 경지에 이를 수 있다면 총살을 당해도 가치가 있다고 할 수 있겠어. 이때 위층에서 샤오창小强이 외치는 소리가 들렸다. 샤오전, 올라와서 밥 먹어! 샤오전은 큰아버지를 향해 빙긋이 웃어 보이고는 위층으로 올라갔다. 큰아버지가 아바오에게 말했다. 저 샤오전이라는 아가씨는 아바오에게 정말 잘하는구나. 아바오가 말했다. 땀이 식었으면 이만 들어가시지요. 두 사람은 집안으로 들어갔다. 큰아버지가 아바오 아빠를 쳐다보면서 빙긋이 웃었다. 아바오 엄마가 얼른 일어서서 인사를 건넸다. 다 함께 식사를 했다. 큰아버지는 음식을 집어 밥 위에 얹더니 예전과 다르지 않은 모습으로 맹렬하게 먹기 시작했다. 이모가 김을 곁들인 계란찜을 받쳐 들고 가까이 다가오면서 말했다. 닝보 사람들은 기름기 없는 반찬이 없으면 맨밥이라도 배불리 먹는대요. 오늘은 음식이 너무 적지만 당백호唐伯虎*가 맨밥을 먹은 것보다는 훨씬 훌륭할 거예요. 큰아버지는 밥을 연달아 두 그릇이나 먹고 나서 젓가락을 내려놓으면서 말했다. 이모, 방금 말한 당백호 얘기는 쑤저우 설서 선생들이 지어낸 거라오. 고대에는 혁명운동을 하지 않았기 때문에 당백호가 아무리 가난했다 해도 맨밥을 먹는 지경에 이르지는 않았을 거예요. 아바오 엄마가 말했다. 이리저리 얘기를 하시다가 결국은 운동으로 귀결되는군요. 아바오가 물었다. 당백호가 왜 맨밥을 먹었대요? 아바오 아빠가 큰아버지에게 눈을 흘기며 말했다. 조심하세요, 말씀을 줄이시라고요. 큰아버지가 반 그릇을 더 먹고 나서 가슴을 두드리며 말했다. 쓰라린 과거를 회상하고 또 오늘의 행복을 생각하면서 경당목驚堂木**을 두드리는 것이 바로 이런 경우지. 자, 청중 여러분, 단골 청객 여러분, 오늘 아침에는 제가 풍류제자 당인에 관한 얘기를 들려드리겠습니다. 어려움에 처했을 때, 눈앞에 맨밥 한 그릇밖에 없을 정도로 궁핍한 지경에 처한 그는 정말 죽고 싶을 지경이었어요. 하지만 아무래도 맨밥을 그냥 목구멍 안으로 씹어 넘길 수가 없었던 그는 서동書僮을 하나 불러 옆에 서서 천천히 음식 이름을 노래하듯 열거하게 했어요. 어린 서동이 고개를 쭉 빼고 말했지요. 그럼 지금부터 음식 이름을 대겠습니다. 배고프시지요? 우선 '향유선호响油鳝糊'***를 올립니다. 당백호는 알았

* 명나라의 유명 화가인 당인(唐寅)을 지칭한다.

** 옛날 중국의 법정에서 법관이 탁상을 쳐서 죄인을 경고하던 막대기.

*** 중국 양쯔강 이남 지역의 전통 음식으로 신선한 생선을 잘라 갖은 양념과 채소를 넣고 기름에 볶은 것.

다고 하면서 젓가락을 뻗어 허공에 놓인 식탁에 올라온 음식을 한 젓가락 집어먹은 다음 밥을 한 술 떠먹었어요. 이어서 '활초자계滑炒子雞'*가 상에 올라왔지요. 당백호는 이번에도 음식을 한 젓가락 집어 밥과 함께 먹는 시늉을 했어요. 이어서 '팔대괴八大塊' 즉 홍소육紅燒肉이 올라왔고, 당백호는 똑같은 방식으로 맨밥을 먹었어요. 그다음에는 '엄선사과腌鮮砂鍋'**가 올라왔지요. 당백호는 허공을 향해 다른 숟가락을 들어올렸어요. 그러고는 숟가락을 내려 밥과 함께 비비는 시늉을 한 다음, 한입 떠먹었지요. 하하. 그다음에 상에 올라온 음식은 '주유제방走油蹄膀'***이었어요. 아주 야들야들한 게 정말 맛있었지요. 당백호가 젓가락을 내밀어 족발을 한 덩이 집었어요. 미식가였던 그는 먼저 족발의 껍데기부터 먹어야 한다는 걸 잘 알고 있었어요. 실제로는 맨밥을 조금 입에 넣었을 뿐이지만요.

이모가 웃기 시작했다. 큰아버지가 밥을 한입 뜨면서 말했다. 얘기하다보니 이 당백호 선생은 철저하게 배가 고팠던 게 아닌 것 같네요. 얇은 껍데기와 부드러운 살코기를 앞에 놓은 도련님이 체면을 차리느라 끝까지 그런 겉치레를 했으니 말이에요. 나처럼 철저하게 배고픈 처지가 되면 숟가락질 두세 번이면 밥 한 그릇이 이미 위 속에 다 들어가 있었을 거예요. 음식 이름을 열거할 틈이 어디

* 쑤저우 지역의 술안주 요리로 예닐곱 달 정도 자란 어린 닭의 살코기를 잘게 썬 다음 죽순, 양파 등의 채소와 함께 볶은 것.

** 염장한 돼지고기와 죽순, 콩 껍질, 유채 등을 먹기 좋은 크기로 썰어 육수와 함께 끓인 것.

*** 간장과 후추, 설탕 등을 섞은 육수에 졸인 돼지 족발.

있어요? 멍청한 짓이지요.

이십 분도 채 되지 않아 상 위에 오른 음식 접시들이 대부분 바닥을 드러내면서 식사가 마무리되었다. 이모가 말했다. 음식을 만드는 건 갈수록 느려지는데, 먹는 건 갈수록 빨라지는 것 같네요. 아바오 엄마가 빙긋이 웃었다. 아바오 아빠가 말했다. 옛날 상하이에서는 음식점에서 음식과 밥을 말할 때 일정한 규칙이 있었어. 처음 먹는 밥 한 그릇을 '양춘陽春'이라고 했고 두번째 그릇은 '첨두添頭', 세번째 그릇은 '분두分頭'라고 했지. 지금 우리처럼 마파람에 게눈 감추듯 급하게 식사를 하는 손님들을 만나면 종업원들은 아예 말을 걸지 않았어. 큰아버지가 빙긋이 웃었다. 아바오 아빠가 말했다. 교회에서 운영하는 학당에 다닐 때, 내 바로 앞에 이런 사람이 있었어. 역시 먹는 것은 최고였지. 눈 몇 번 깜빡이는 사이에 음식이 깡그리 사라졌어. 큰아버지가 말했다. 기숙사식 학당에 다녔던 나는 방법이 없었어. 네모난 탁자에 여덟 명이 함께 앉아 식사를 했거든. 그중에 나 같은 병적인 먹보가 하나 있으면 하늘이 별을 삼키듯 음식이 순식간에 사라지기 때문에 갈수록 먹는 속도가 빨라졌어. 너무 급히 먹다보니 목이 메기 일쑤였지. 아바오가 물었다. 왜요? 큰아버지가 말했다. 음식이 적고 밥도 적으면 틀림없이 남의 걸 빼앗아야 하거든. 그러니 교실 안에서는 음식을 갖고 소동이 벌어지기 십상이었어. 그래서 나중에는 새로 규칙을 정하게 되었지. 어떤 규칙이었을지 이모님이 한번 맞혀보세요. 이모가 말했다. 그야 간단하지요. 밥과 음식을 더 주는 거예요. 아바오가 말했다. 각자 자기 음식만 먹으면 되잖아요. 아바오 아빠가 말했다. 탁자마다 학생을 하나씩 선발하여 탁장卓長을 맡게 했어. 나머지 일곱 명은 음식을 담고 밥을 풀 때마다 탁장의 눈치를 살펴야 했지. 탁장이 먼저 음식을 집은 다음에야 다른 학생들도 젓가락을 들 수 있었어. 밥도 탁장이 먼저 푼 다음에야 밥통이 있는 곳으로 몰려가 풀 수 있었지. 밥을 먹는 태도도 아주 우아해야 했어. 큰아버지가 말했다. 나는 한 학년 유급하는 바람에 동생이랑 같이 식사를 했어. 모든 걸 동생의 지휘에 따라야 했지. 아바오 아빠가 말했다. 우리 윗대 사람들은 식사를 할 때, 일정한 예의와 규칙이 있었어. 음식 앞에서도 근본을 잊으면 안 되는 법이지. 먼저 윗사람의 안부를 묻고 윗사람이 먼저 젓가락을 들어야 다른 사람들도 식사를 시작할 수 있었어. 입에 음식이 들어 있을 때는 입을 크게 벌리면 안 되고 젓가락으로 음식을 마구 뒤적여도 안 됐어. 남의 밥그릇에 있는 음식을 빼앗아도 안 됐지. 식사를 하면서 이상한 소리를 내면 사람이 아니라 짐승으로 취급되었어. 예컨대 내가 콩꼬투리를 하나 집었는데 형님 젓가락이 고과高瓜 접시로 향했다고 쳐. 그러면 탁장인 내 젓가락이 식탁을 한 번 두드리지. 형님이 젓가락을 놓으면서 집었던 음식도 떨어져버렸어. 규칙에 의하면 이럴 경우 형님은 음식을 먹을 자격을 상실하게 되지. 모두들 콩꼬투리를 먹은 다음에 밥을 한입 먹고 나야 형님도 젓가락을 다시 움직일 수 있었어. 이모가 말했다. 아주 고약한 규칙이네요. 아바오 엄마가 빙긋이 웃었다. 큰아버지가 어색한 표정으로 말했다. 나는 고생을 충분히 했어. 아바오 아빠가 말했다. 내가 가장 연장자일 때는 모두가 천천히, 갈수록 예의를 갖춰서 식사를 했지. 이때부터 우리 형님은 배불리 먹지 못했어. 그래서 갈수록 더 게걸스러워졌지. 방금 식사를 하실 때는 정말로 젓가락으로 탁자를 한 번 두드리고 싶었어. 정말 보기 안 좋았지. 큰아버지가 웃으면서 말했다. 내가 음식을 게걸스럽게 먹는 버릇을 갖게 된 것은 전부 아우의 젓가락 때문이야. 또 한번은 학감學監이 나를 밖으로 끌어내더니 게걸스럽게 음식을 먹는 나에게 그러는 거야. 이건 병적인 증상이 아니라 뭐든지 대충대충 하는 태도의 문제라고 말이야. 여기까지 들은 이모가 갑자기 그릇을 내려놓으며 감상에 젖어 말했다. 큰 부잣집 출신인 분이 먹는 것 때문에 이런 지경까지 이르셨네요. 큰아버지가 말했다. 나는 아귀가 환생한 몸이라 아무리 해도 방법이 없어요. 이모가 말했다. 옛날에 우리 엄마가 진鎮에 사실 때 부자인 류劉씨네 어르신이 한 분 살았어요. 류바이스劉白虱라고 불리기도 했지요. 큰아버지가 물었다. 그게 무슨 뜻이오? 이모가 말했다. 류씨네는 집에 들어가면 집안에 또 집이 있고, 또 들어가면 또 집이 있었어요. 문을 예닐곱 개나 지나야 했지요. 천정에는 개인적으로 설치한 묘당과 향당香堂*도 있었어요. 좋은 밭을 수천 무나 소유하고 있고 거대한 대숲과 연못도 갖고 있었지요. 큰아버지가 말했다. 가산이 적지 않았네요. 이모가 말했다. 그런데 류 어르신만 평생 병적으로 먹는 걸 꺼렸어요. 먹는 데는 지독하게 돈을 아꼈지요. 허리에 열쇠꾸러미를 차고 다녔는데 온갖 열쇠가 다 있었어요. 가족들은 노소를 막

* 명청 시기 일부 비밀결사의 조직원들이 모여 의식을 거행하던 장소이나 여기서는 도교나 불교를 믿는 신도들이 향을 피우고 경을 읊는 공간을 의미한다.

론하고 전부 얼굴이 누렇게 뜨고 비쩍 말라 있었지요. 모두들 아귀가 환생한 것 같았어요. 큰아버지가 말했다. 쳇! 나는 그런 사람이 아니에요. 삼 년 재난시기*에도 난 평소와 다름없이 닭고기와 오리고기에 상어지느러미를 먹었단 말이에요. 그 정도로 멍청하지는 않았다고요. 한편으로는 농민을 착취하고, 한편으로는 자기 집 식구들을 착취한 셈이네요. 이모가 말했다. 류바이스는 솜저고리가 하나뿐이었어요. 천년이 지나도 갈아입지 않고 만년이 지나도 빨지 않았지요. 그러다보니 온몸에 이가 잔뜩 기어다녔지요. 겉모습만 보면 몹시 가난한 사람 같았어요. 아바오 엄마가 말했다. 나도 몇 번 봤어, 한심하더군. 이모가 말했다. 우리 엄마 집은 진에 있었어요. 천하의 어미지향魚米之鄉**이라 거리에 밥을 구걸하러 다니는 거지들도 비단 이불을 덮고 잤고 죽은 생선이나 새우는 먹지 않았어요. 오로지 류바이스의 집에서만 지저분한 삼선탕三鮮湯을 끓였지요. 팔고 남은 좋지 않은 물건이나 죽은 생선만 먹었어요. '사만전死彎轉' 즉 죽은 새우를 맛이 끝내준다면서 신나게 먹었지요. 큰아버지가 말했다. 그건 아랫사람들을 괴롭히는 일이에요. 저라면 『백만 파운드』***에 나오는 헨리 애덤스처럼 맘에 안 드는 옷은 찢어버리고 먼저 난징로의 왕싱창王興昌이나 바로몬에 가서 양복을

* 1959년부터 1961년까지 삼 년 동안 대약진운동과 인민공사운동 등 극도로 좌경화된 정책의 실패와, 같은 시기 중국 농촌에 밀어닥친 자연재해가 겹치면서, 전국적으로 식량이 부족했던 위기 상황.

** 쌀밥에 생선국 먹는 곳이라는 뜻으로 바다에 인접한 살기 좋은 지역을 말한다.

*** 마크 트웨인의 소설(1894).

몇 벌 맞추고 실크 셔츠를 몇 점 사 입었을 거예요. 그런 다음 라이시반점來喜飯店에 가서 먹고 싶은 것을 실컷 먹었을 거예요. 우선 신기한 일부터 벌이고 보는 거지요. 이모가 말했다. 상하이 사람들의 말로는 게가 죽으면 거지들을 불러 먹였는데 하나같이 신선하고 맛있었대요. 류바이스의 집에는 쌀 창고에 비구미가 생기고 설떡에 푸르스름한 곰팡이가 폈대요. 밥 먹을 때도 양이 정해져 있었대요. 거리에서 맥아로 만든 떡을 파는 걸 보면 류바이스는 넋을 읽고 구경했대요. 유조를 튀기거나 매화떡을 만드는 광경을 봐도 넋을 잃고 구경하면서도 주머니에서 동전을 꺼내 사 먹을 생각은 절대로 안 했대요. 집에 나이든 하인 둘이 있었는데 정말로 어려서부터 힘들게 살다보니 고생에 익숙해져 있었대요. 매일 궁소窮笑*가 나올 정도로 고달팠지요. 그렇게 웃어도 가난을 대신해줄 사람은 찾을 수 없었어요. 큰아버지가 말했다. 그런 사람들은 이미 요괴가 되어 있었을 거예요. 살아 있는 나한羅漢인 셈이지요. 아바오 엄마가 말했다. 날이 너무 추운 날에는 햇볕을 쬐면서 천주교 교회당 담장 아래 거지들 몇 명과 함께 몸을 웅크리고 앉아 아무 소리도 내지 않고 있었대요. 이 거지들은 전부 류바이스를 백안시하면서 피하다가 결국 전부 자리를 떴대요. 아바오가 물었다. 왜요? 이모가 말했다. 공공장소에서 햇볕을 쬐는 데는 돈이 들지 않지만 류바이스의 몸에는 이가 다른 거지들보다 몇 배가 많았기 때문이지. 햇볕이 내리쬐어 이들이 마구 움직이기 시작하면 류바이스는 이

---

* 가난이 극한에 이르렀을 때 나오는 허탈한 웃음.

를 잡아 다른 거지들한테 던졌대. 그래서 거지들이 그를 죽도록 미워했던 거지. 큰아버지가 물었다. 해방 후에는 어떻게 됐나요? 이모가 말했다. 토지개혁이 단행된 다음날, 공작조가 류바이스의 천정에 들이닥쳐 서양 은화를 전부 실어갔어. 전부 녹이 슬어 시커먼 덩어리로 뭉쳐 있었고 자루 하나를 가득 채운 지폐는 이미 곰팡이가 피어 흰개미들이 구멍을 낼 정도였지. 물론 전부 국고로 환수되었어. 류바이스는 그 자리에서 죽도록 맞고 몇 번이나 까무러쳤지. 공작조 사람들은 류씨네 두 아들에게 문짝에 그를 실어 청산투쟁대회에 참석하게 했어. 투쟁대회 결과 어떻게 되었는지 알아? 천주교 교회당 앞에 쪼그려앉아 햇볕을 쬐던 부랑아와 거지들이 전부 새로운 사회의 주인이 되었어. 그들은 두꺼운 문짝을 하나 가져다가 류바이스의 몸 위에 얹더니 예닐곱 명이 올라가 마구 뛰면서 소리를 질러댔지. 거의 한 시간이 다 되도록 그렇게 뛰어댔어. 류바이스는 몇 마디 비명을 지르고는 눌린 죽순이나 해파리처럼 납작해지고 말았지만 그렇게 눌린 배에서 밥 한 톨 토해내지 못하고 숨이 끊어졌지. 큰아버지가 말했다. 난 이런 사람이 정말 싫어. 엽전 구멍 안에서 재주넘기를 했으니 일찌감치 환생하는 것도 나쁘지 않겠지. 아바오가 물었다. 문짝 두 개 사이에 놓고 눌러서 죽이는 게 가능할까요? 류바이스는 꼽추가 아니잖아요. 큰아버지가 아바오를 힐끗 쳐다보더니 언짢은 어투로 말했다. 말을 함부로 하면 안 돼. 새파란 네가 뭘 안다고 그래?

이

이 시기에 후성은 출장이 많지 않아 밤에는 자주 샤오마오를 만나러 갔다. 당시 시민들 사이의 왕래는 일반적으로 직접 집으로 찾아가는 방식으로 이루어졌다. 후성이 대자명종 농탕 안으로 들어서 건물 위층을 향해 소리쳐 부르면 샤오마오가 대답하면서 컵을 두 개 들고 내려와 미용실 문을 열었다. 후성이 미용실 안으로 들어서면 컵을 경대 위에 내려놓고 각자 이발용 회전의자에 앉아 빙글빙글 돌면서 이런저런 얘기를 나눴다. 한밤중의 미용실은 샤오마오의 응접실이나 다름없었다. 어느 날 밤, 후성이 막 미용실 안에 들어서자 아바오가 들어왔다. 세 사람이 함께 만나게 된 것은 무척이나 뜻밖이었다. 또 한번은 아바오가 샤오전을 데리고 들어왔다. 분위기가 달아올랐지만 약간 어색하고 계면쩍기도 했다. 네 사람은 한동안 함께 앉아 있다가 샤오마오가 후성을 이끌고 문밖으로 나가서 말했다. 밖에 나가 좀 걷는 것도 좋을 것 같아. 바로 앞에 라오후자오가 있고 의자도 있어서 앉을 수 있거든. 후성이 말했다. 좋아. 샤오마오가 말했다. 후성은 후도우戶頭*가 생겨 미용실에 데리고 올 수 있게 되었군. 후성이 말했다. 한 가지 묻지 않을 수 없네. 도대체 '후도우'가 뭐야? 샤오마오가 말했다. 다름아니라 여자친구야. 나도 생기면 데리고 올게. 미용실이 영화관보다 훨씬 좋잖아. 모든 것이 아주 편하니까 말이야. 후성은 말이 없었다. 샤

* 원래는 호구의 대표자인 호주를 말하지만 은어로 '여자친구'를 의미한다.

오마오가 말했다. 안심해, 미용실 앞문 열쇠는 나만 갖고 있으니까 말이야. 이 건물 주민들은 밤에는 주로 뒷문으로 다니는 데 익숙해져 있기 때문에 걱정할 필요가 없어. 후성은 아무 말도 하지 않았다.

밤이 되면 미용실은 아주 조용했다. 어쩌다가 위층에서 슬리퍼 끄는 소리가 들리곤 했지만 이내 더 조용하고 더 캄캄해졌다. 한번은 샤오마오가 물었다. 수화에게서 편지 오지? 후성이 말했다. 연락이 안 돼. 들리는 소문에 의하면 한 번 돌아와서 일주일 동안 머물다 다시 지린으로 돌아갔다고 하더라고. 사람이 완전히 변했대. 샤오마오가 말했다. 판 사부가 그러는데 여자는 환경의 변화에 쉽게 굴복한대. 후성은 말이 없었다. 샤오마오가 말을 이었다. 수화는 책을 많이 읽는데다 성격이 괴팍하기 때문에 돌아오면 모두에게 알려줄 거야. 그때 가서 얘기를 나눠보자고. 후성이 말했다. 내가 들은 바로는 수화가 외지에 나가 일 년 넘게 있으면서 현지 조선족 젊은 청년이랑 결혼을 했대. 샤오마오는 말이 없었다. 24번 전차가 한 대 지나갔다. 가로등이 번쩍거렸다. 여성 청년 둘이 문을 밀고 들어왔다. 허둥지둥하면서 밤바람을 몰고 들어왔다. 샤오마오가 물었다. 어떻게 온 거야? 상대방은 재잘재잘 장난치듯 웃고 떠들더니 갑자기 입을 다물었다. 샤오마오가 말했다. 얘들은 따메이메이하고 란란이야. 따메이메이는 아무 말도 하지 않았다. 미용실 안에 낯선 사람들이 있어서 다소 놀란 것 같았다. 샤오마오가 말했다. 이쪽은 내 친구 후성이야. 따메이메이는 믿지 않는 것 같았다. 후성에게 가까이 다가가 얼굴을 살펴보더니 자기 가슴을 치면서 말했다. 어머나, 정말 놀랐어. 후성이 자리에서 일어나 가볍게 인사를 건넸다. 밤공기가 흐릿한 가운데 눈앞에 두 여자가 있었다. 기억 속의 모습과 비교해보니 키가 많이 큰 것 같았다. 특히 란란은 가로등 불빛에 비친 옆모습이 스무 살 꽃다운 시절인 것 같았다. 아름다운 입술 윤곽과 어깨 라인이 눈을 자극했다. 샤오마오가 물었다. 무슨 일이 있었던 거야? 따메이메이가 2호 이발의자에 앉아 뒤로 몸을 넘기면서 말했다. 오늘 죽도록 고생만 했어. 란란이 말했다. 오후에 나갔다가 이제야 돌아온 거야. 정말 재수없는 날이었어. 샤오마오가 물었다. 저녁은 어떻게 했어? 따메이메이가 말했다. 어디 저녁 먹을 생각이나 있었겠어? 먹을 게 있어도 아예 입에 들어가지 않을 것 같아. 란란이 말했다. 난 벌써 배고픈데. 후성이 말했다. 그래도 밥은 먹어야지. 그러지 말고 우리 다 같이 쓰루춘四如春*에 가서 뭘 좀 먹는 게 어때? 샤오마오가 말했다. 이 두 아가씨는 음식을 대접해봤자 아무 소용도 없어. 따메이메이가 샤오마오를 툭 밀치면서 말했다. 정말 듣기 안 좋은 소리만 하고 있네. 나는 줄곧 후성을 기억하고 있었단 말이야.

미용실을 나선 네 사람은 농탕을 빠져나와 이내 쓰루춘에 자리잡고 앉았다. 후성이 훈돈 두 그릇과 돼지갈비 튀김 두 접시, 파기름 비빔국수 두 그릇을 주문했다. 네 사람 모두 금세 즐거운 분위기에 젖어들었다. 음식점에는 사람들이 많지 않았다. 따메이메이

* 상하이의 유명한 노포로 지금도 몇 개의 체인점으로 운영되고 있다. 메뉴는 다양하지만 대부분 서민들이 간단하게 먹을 수 있는 일상 음식들이다.

는 돼지갈비 튀김에 고추간장을 뿌려놓기만 하고 젓가락은 들지 않았다. 란란은 급히 먹기 시작했고 샤오마오와 후성은 비빔국수를 비볐다. 모두 배불리 먹었을 때쯤 따메이메이가 말했다. 난 정말 재수가 없는 것 같아. 란란이 말했다. 그래도 내가 옆에 있었잖아. 샤오마오가 젓가락을 내려놓았다. 따메이메이가 말했다. 점심을 먹고 둘이 나와서 다광밍영화관 앞까지 갔는데 바로 뒤에 암조暗條*가 있을 줄 누가 알았겠어. 결국 그 암조가 나랑 란란을 붙잡아 인민광장 파출소로 데려가더라고. 계속 잡혀 있다가 이제야 풀려난 거야. 후성이 말했다. 밝은 대낮에 무고한 사람들을 잡아가두는 건 불가능한 일이야. 란란이 말했다. 그전에 나랑 따메이메이가 길을 걷는데 뒤에서 줄곧 똥파리 두 마리가 따라붙었어. 성가신 사내 녀석들이었지. 위야오로余姚路에서 줄곧 여덟아홉 정거장을 걷는 동안 계속 나랑 따메이메이를 따라오더라고. 개가죽 고약처럼 달라붙어 떨어지질 않는 거야. 사실 나랑 따메이메이는 전혀 한눈을 팔지 않았어. 뒤에 따라오던 끈질긴 녀석들만 둘이서 이리저리 수작을 걸어댔지. 그런데 암조에게 발각되어 빈틈없이 감시되고 있을 줄은 몰랐던 거야. 그러니까 여섯 명이 같은 방향으로 길을 걷게 된 거지. 앞에는 나랑 따메이메이가 있고 그 뒤에 그 지저분한 놈들이 있고, 또 그 뒤에 암조 두 명이 따라오고 있는 형국이었어. 여섯 명이 계속 바짝 붙어 길을 걸으면서 서로를 주시하고 있었던 거지. 내가 조금 일찍 알아챘으면 좋았을 텐데 그러지 못했어. 난

* 비밀 사복경찰.

징로 다광밍과 황허로가 만나는 지점에 이르자 두 녀석이 수작을 걸더라고. 이건 다 따메이메이 탓이야. 발정난 강아지처럼 제정신이 아니더라고. 그 지저분한 녀석들이 어디가 좋아서 그러는 건지 정말 이해할 수가 없었어. 따메이메이가 말했다. 함부로 지어내서 얘기하지 마. 나는 아무런 반응도 보이지 않았다고. 란란이 말을 받았다. 나는 따메이메이의 신호를 받지 못했기 때문에 저애 생각을 알 수 없었어. 그냥 고개를 숙인 채 황허로 입구까지 왔지. 바로 그때 뒤따라오던 녀석들이 아가씨 하고 부르기 시작한 거야. 따메이메이는 그 소리를 듣고는 걸음을 멈추더라고. 따메이메이가 웃으면서 말했다. 그만해, 함부로 말하지 말란 말이야. 란란이 말했다. 내가 걸음을 멈췄더니 따메이메이가 고개를 돌리고는 녀석들을 향해 헤벌쭉 웃는 거야. 나와는 서로 마음이 통하지 않았던 거지. 나는 몹시 당황했어. 따메이메이가 말했다. 마음대로 지어내서 얘기하지 말라고. 내가 고개를 돌려서 그렇게 웃었단 말이야? 란란이 말했다. 봤지? 따메이메이가 나팔꽃처럼 저렇게 웃잖아. 따메이메이가 말했다. 말도 안 되는 소리 그만해! 내가 낯선 남자들에게 웃음을 보였다면 골빈 년이지. 란란이 말했다. 치자꽃이나 백란화白蘭花처럼 웃더라고. 그 모습을 보니 나도 기분이 좋아지던데. 따메이메이가 말했다. 자꾸 헛소리할래? 따메이메이가 손을 뻗어 란란의 입을 틀어막자 란란이 따메이메이 손을 떼어내면서 말했다. 정말이야. 그때 따메이메이가 분명히 뒤에 있던 녀석들을 향해 배시시 웃으면서 물었어. 왜 불러요? 무슨 볼일이라도 있어요? 화가 난 따메이메이가 손을 뻗어 란란을 때리려고 했다. 샤오마오가 말했다. 왜 그렇게 난리야! 란란의 얘기를 좀 들어보자고. 따메이메이가 손을 거둬들였다. 란란이 말했다. 남녀가 앞뒤로 서서 그저 몇 마디 주고받았을 뿐이야. 그런데 그게 바로 증거가 되고 말았지. 암조 두 명이 재빨리 달려들더니 한 사람이 두 명씩 남녀 네 명을 체포하더라고. 그러더니 들어가서 얘기하자면서 우리를 다광밍 사무실로 데리고 들어갔어. 에이! 이렇게 내 자태고 체면이고 다 망가져버린 거야. 완전히 무너져버렸지. 내가 이제 어떻게 얼굴을 들고 다닐 수 있겠어? 국제호텔도 그렇고 다광밍, 공예상품복무처 등 전부 원래 사람들 왕래가 많은 편이잖아. 그 많은 사람들이 우리를 둘러싸는 거야. 쥐구멍이라도 찾지 못하는 것이 한이었지. 샤오마오가 물었다. 그다음에는 어떻게 됐어? 란란이 말했다. 다광밍 사무실 2층에 올라가 처리하려고 했는데 구경하는 사람들이 너무 많았어. 인산인해였지. 하는 수 없이 여섯 사람은 난징로를 뚫고 나가 곧장 인민광장 파출소로 갔어. 샤오마오와 후성은 아무 말도 하지 않았다. 음식점 밖으로 24번 전차가 지나갔다. 전선에서 스파크가 일었다. 샤오마오가 말했다. 내가 예전부터 줄곧 말했잖아. 매일 밖으로 쏘다니다보면 나비들이 마구 날아든다고 말이야. 그러면 반드시 일이 터지기 마련이야. 내 말을 안 믿더니 결국 오늘 경찰에게 잡혀가고 말았군. 후성이 물었다. 그다음에는 어떻게 됐어? 란란이 말했다. 따메이메이한테 물어봐. 샤오마오가 말했다. 따메이메이가 말해봐. 따메이메이가 말했다. 파출소에 들어가니까 남녀를 분리하여 격리시킨 다음, 먼저 이름을 묻더라고. 물론 나는 그 두 녀석이 나를 뭐라고 불렀는지 말할 수 없었지. 이어서 란란이 말을 받았다. 나랑 따메이메이는 일반적인 친구 사이지만 뜻밖에도 서로에 관해 아는 것이 없더라고. 나중에는 그냥 울음을 터뜨리면서 연약한 모습을 보이고 말았어. 란란이 말했다. 멍청하군. 이런 상황에 처하면 적당히 둘러대야 해. 거짓말도 좀 하면서 말이야. 절대로 솔직하면 안 된다고. 이리저리 마구 둘러대다보면 경찰들만 머리가 아파지는 거야. 따메이메이가 말했다. 어떻게 둘러댔는데? 나는 원래 광명정대한 사람이란 말이야. 뒤에서 누군가 부르기에 아는 사람인 줄 알고 고개를 돌렸다고 했어. 초등학교 동창인가 했는데 전혀 모르는 사람이더라고 했지. 그러면서 낯선 사람과 왜 얘기를 주고받으면 안 되는 거냐고, 내게 무슨 위법행위가 있는 거냐고 따져 물었어.

샤오마오는 아무 말도 하지 않았다. 후성도 말이 없었다. 따메이메이는 멍한 표정을 지었다. 란란이 빙긋이 웃으면서 말했다. 난 지금 후성 오빠에게 한 가지 묻고 싶어. 괜찮지? 후성이 물었다. 뭘 물을 건데? 란란이 말했다. 나랑 따메이메이 둘 중에서 누가 더 예뻐? 샤오마오가 말했다. 아이고! 후성이 망설이다가 말했다. 둘을 비교하자면 따메이메이는 몸매가 좋고, 란란은. 여기까지 말했을 때 문제가 발생했다. 란란이 따져대기 시작했다. 내 몸매가 어때서? 따메이메이가 말했다. 네가 호떡처럼 밋밋하게 생겼단 말이야. 쌍꺼풀도 없잖아. 란란이 웃으면서 말했다. 미용실 왕 사부의 말로는 여자는 얼굴과 머리칼이 가장 중요하대. 내 얼굴과 머리칼에 대해 후성 오빠는 어떻게 생각하는지 말해봐. 샤오마오가 소리를 질렀다. 야! 경찰한테 잡혀가서 조서를 쓰고 나온 걸 벌써 다 잊었어? 정말 머리가 조기 머리네. 따메이메이가 란란을 툭 밀치며 말했다. 야! 란란이 말했다. 내가 말했잖아. 대여섯 번 반복해서 말해도 대답은 똑같아. 샤오마오가 말했다. 대답이 뭔데? 란란이 말했다. 나랑 따메이메이는 단정한 자세로 길을 걷고 있는데 뒤에서 사내 녀석들이 말을 걸어왔지. 나는 기억력이 좋지 않아. 조기 머리인 건 인정해. 나는 학교 친구인 줄 알았어. 그것도 따메이메이의 동창인 줄 알았지. 남자친구들은 다 합치면 정말 적지 않아. 여러 반이기 때문에 애들을 전부 다 기억하는 건 불가능하지. 경찰이 얘기를 듣더니 탁자를 내리치면서 말하더군. 야! 여기가 어딘 줄은 알겠지? 내가 깜짝 놀라 대답했어. 상하이 난징로잖아요. 경찰이 다시 묻더군. 난징로가 어떤 곳이야? 중국 전역의 불량배나 건달들을 전부 한데 모아도 난징로보다는 많지 않을 거라고. 이곳에는 남자 깡패랑 여자 깡패가 너무 많단 말이야. 대단하다고 생각할 것 없어. 아무리 얼굴이 예쁘고 아무리 그럴듯하게 꾸민다 해도 여기서는 한계가 있지. 전부 유행을 따르거든. 나는 빙긋이 웃었어. 그러고는 경찰에게 말했어. 그래요. 〈네온등 밑의 초병〉에는 깡패들이 적지 않게 등장하지요. 건달들은 전부 끝이 뾰족한 구두를 신고 미국 화보를 팔잖아요. 여우 같은 여자 간첩 취만리曲曼麗는 가슴이 꽉 조여진 상태였어요. 인민경찰 동지께서는 좀 정확히 아셔야 할 것 같네요. 저랑 따메이메이는 노동인민 출신이라고요. 알아요? 삼대가 노동자인 무산계급이란 말이에요. 저 본인은 난징로에서 꽃을 파는 영화배우나 마찬가지예요. 고달픈 운명을 갖고 태어난 아샹阿香 아가씨는 줄곧 못된 깡패들로부터 압박을 받잖아요.

알아요? 내 말을 듣고 경찰이 빙긋이 웃더니 펜을 내던지고 정색하면서 말하더군. 불쌍한 척하지 마! 거짓말 좀 작작하라고. 아샹이고 나발이고 간에 오늘 아침 다시 한번 말하는데 남자 쪽에서 먼저 말을 걸었다 해도 이를 처리하는 과정에서 여자 쪽에서 웃음을 보였다면 이미 서로 눈이 맞은 것이고 반응을 보인 것이라 생활의 태도가 올바르지 못하다는 증거이니 반드시 매운맛을 한번 봐야 해. 자아검토서를 써야 한다고. 후성이 말했다. 그럼 만일 따메이메이가 먼저 말을 걸거나 고개를 돌렸다면 어떻게 되는 거지? 란란이 풋 하고 웃음을 터뜨렸다. 따메이메이가 눈을 흘기며 말했다. 아직도 사이다 병을 따고 있군. 머리가 전혀 안 돌아가네. 란란이 말했다. 겉으로는 얌전한 것 같지만 속은 지저분한 아줌마들이나 주도적으로 입을 열어 어린 남자들을 희롱하고 가지고 논다고. 어떻게든 영계를 잡아먹으려고 이런 무궤전차를 모는 것이야말로 심각한 문제지. 샤오마오가 답답했는지 짜증스러운 어투로 물었다. 도대체 영계는 뭐고 무궤전차는 뭐야? 란란이 말했다. 나이든 여자랑 어린 남자의 문란한 관계는 틀림없이 매운맛을 보게 될 거야. 샤오마오는 두 사람이 주고받는 말을 들으면서 입을 굳게 다물고 있었다. 후성이 말했다. 맞다, 지난번에 외지로 출장을 갔다가 대로에서 포고문을 하나 보게 되었어. 네 명의 죄인을 총살할 예정인데 그 가운데 한 명은 초등학교 여자 교사라는 거야. 란란이 물었다. 여자 교사가 왜? 후성이 말했다. 어린 남자애들을 몇 명 농락했대. '흡정범吸精犯'이라는 죄명이 큰 글자로 쓰여 있더군. 따메이메이가 물었다. 그게 뭔데? 후성이 말했다. 그 세 글자 그대로야.

그날 상하이로 돌아왔더니 외지에서 온 동료가 그러더군. 안타깝게도 몇 년 전만 해도 총살이 아무때나 집행되었는데 지금은 가을에만 집중적으로 집행하기 때문에 구경할 기회가 거의 없다고 말이야. 내가 그 이유가 뭐냐고 물었더니 동료가 자세히 설명해주더라고. 이건 일종의 규칙이라는 거야. 고대에는 '추결秋決'이라고 불렀대. 봄과 여름은 만물이 왕성하게 생장하는 계절이라 천리에 역행하는 일을 진행할 수 없었던 거지. 그래서 풀이 마르고 꽃이 시드는 계절을 기다렸다가 죽음의 메커니즘을 작동시킬 수 있었대. 총살을 구경할 수 있는 기회가 희소한데다 여인을 총살하는 건 더욱 보기 드문 일이었기 때문에 반드시 남아서 보려고 했는데 뜻대로 안 됐어. 들은 얘기에 의하면 다음날 죄인들은 먼저 트럭을 타고 가두행진을 했대. 인산인해라 사람들끼리 서로 밀쳐대고 난리였다더군. 동료도 그러더군. 아주 시끌벅적했을 거라고 말이야. 이번에는 여자 교사가 끼어 있어서 구경하는 사람들이 더 많았을 거라는 거야. 나는 아무 말도 안 했어. 네 명의 범인을 각기 따로 태운 네 대의 트럭이 천천히 거리를 달렸대. 란란이 물었다. 여자 교사는 어디에 있었는데? 후성이 말했다. 세번째 트럭에 타고 있었대. 얼굴에 곱게 화장을 하고 말이야. 동료가 그러는데 나이든 여자가 이런 짓을 저지르는 건 어린 남자의 양기를 빨아들이면 피부가 희고 연해지기 때문이래. 당시 거리에서는 남자들이 전부 넋을 놓고 바라보면서 아무도 입을 열지 않았대. 몇몇 할머니들이나 아줌마들만 행렬을 따라가면서 계속 구경하다가 폴짝폴짝 뛰면서 욕을 해대기도 했다더군. 하지만 트럭의 위치가 높고 간수들이 있어서 그저 폴짝폴짝 뛰면서 욕을 해대는 수밖에 다른 방법이 없었지. 모두 황량한 해변까지 따라갔지만 인파는 거기서 막혔대. 오후 세 시가 되자 범인들이 오화대방五花大綁* 상태로 저멀리 무릎을 꿇고 앉았대. 앞가슴에는 커다란 팻말을 달고 있고 목뒤에도 옛날식 기다란 팻말을 달고 있었대. 란란이 물었다. 그게 뭔데? 샤오마오가 말했다. 고대의 규정에 따르면 목을 벨 때 한 사람이 뒤에서 변발을 잡아당겨 형벌이 적힌 팻말을 제거한 다음에 단칼에 목을 벴거든. 따메이메이가 말했다. 너무 끔찍해. 후성이 말했다. 오늘날의 규정에는 고대에 비해 팻말 하나가 더 추가된 셈이지. 앞뒤로 죄명이 적힌 팻말을 달았던 거야. 두 개의 팻말에 똑같이 크고 붉은 글씨로 '흡정범'이라고 적혀 있고 교차된 두 손은 뒤로 묶여 있었던 거지. 멀리서 바라보니 여자 교사는 얼굴이 눈처럼 흰 것이 유난히 눈에 띄더래. 그런데 앞뒤로 붉게 물들어 있는 것을 보니 이미 목이 베인 것 같기도 했대. 앞뒤로 출혈이 있었던 거지. 따메이메이가 말했다. 너무 끔찍해. 그런 얘긴 그만해. 샤오마오가 말했다. 이건 고대의 규칙이고, 들리는 바에 의하면 사형수의 이름에는 '덕德'과 '수壽', '문文' 같은 글자를 사용할 수 없었대. 이름을 바꿔야 하는 거지. 그런 다음 오시午時 삼각三刻**, 양기가 왕성하여 음기를 압도하는 시각에 형장으로 끌려갔대. 여자는 머리칼이 고무줄로 묶여 있고 비단으로 만든 붉은 조화가 한 송이 꽂혀 있었대. 따

* 몸을 오랏줄로 묶은 다음 팔을 뒤로 하여 다시 묶는 것으로 강력범죄자들에게 사용하는 결박방법이다.

** 오시는 오전 열한시부터 오후 한시 사이, 삼각은 사십오분을 말한다.

메이메이가 물었다. 왜 그렇게 했는데? 샤오마오가 말했다. 머리칼이 어지럽게 흐트러져 있으면 목이 잘 안 보이니까 그렇지. 꽂이 목을 깔끔하게 베기 위한 일종의 표시인 셈이야. 란란이 말했다. 내 몸이 다 떨리네. 그다음에는 어떻게 됐는데? 샤오마오가 과감하게 말했다. 그다음에는 뭐? 총살법이 뭔데? 팡 하는 소리와 함께 가족들이 탄알 값으로 1자오 5펀을 내는 거지. 56식 자동보총. 7.62mm탄이야. 형을 집행하기 전에는 죄인들에게 입을 벌리라고 명령하지. 탄알이 머리 뒤쪽을 뚫고 들어가 입으로 나오게 하도록 하는 거야. 고대와 마찬가지로 열두시가 되면 반드시 죽게 되지. 따메이메이는 말이 없었다. 란란이 말했다. 그런 모습을 직접 봤더라면 난 미쳐버렸을 거야. 샤오마오가 탁자를 두드리며 말했다. 나도 미쳐버리겠어. 다광밍에 잡혀갔던 일은 반나절을 얘기했는데도 깔끔하게 정리가 되지 않는군. 도대체 결과가 어떻게 된 건지 말해보라고. 따메이메이가 웃으면서 말했다. 정말 멍청하네. 결과는 내가 울고불고 소리친 덕분에 경찰들도 말다툼에 머리가 어지러워졌는지 내 이름과 주소를 적더니 나랑 란란에게 자아검토서를 쓰라고 하더라고. 둘 다 종이와 볼펜 두 자루를 받아 작은 방에 들어가 검토서를 쓰기 시작했어. 란란은 평소에 앵두를 잘 굴리잖아. 후성이 물었다. 그게 뭔데? 따메이메이가 말했다. 앵두는 입이야. 그것도 몰라? 샤오마오가 말했다. 흥! 따메이메이가 말했다. 정말로 란란에게 글을 쓰라니까 멍한 표정을 짓더라고. 애당초 문리文理가 통하지 않거든. 나는 한 줄을 쓰고 나니 화가 나더라고. 정말 억울하다는 생각이 들었어. 나중에는 경찰이 가까이 다가와서 보더니 차갑게 웃으면서 말하더군. 과연 얼굴은 총명한데 뱃속은 멍청하군. 됐어, 시간도 너무 늦었으니 우선 집에 돌아가도록 해. 다 써서 내일 가져오라고. 그래서 후성 오빠를 찾아온 거야. 샤오마오가 물었다. 무슨 뜻이야? 따메이메이가 말했다. 누구라도 나를 좀 도와줘야 할 것 아니야? 난 절대로 못 쓴단 말이야. 고대의 고문서들을 오빠가 가장 많이 읽어봤을 테니까 나를 좀 도와달라고. 샤오마오는 말이 없었다. 따메이메이가 말했다. 후성 오빠가 란란을 도와줄지 말지는 란란의 능력에 달려 있어. 이 말을 들은 란란이 허리를 부드럽게 비틀고 애교를 부리면서 말했다. 이것만 써주면 후성 오빠가 해달라는 것 뭐든지 다 해줄게. 샤오마오가 말했다. 그럼 간식 먹은 것 계산할 돈부터 꺼내봐. 따메이메이가 벌떡 일어서면서 말했다. 어머, 정말 치사하게 나오네! 남자가 여자한테 돈 얘기를 하고 나오다니, 진짜 어이없어. 후성이 말했다. 됐어. 샤오마오가 쓰면 되겠네. 나도 초고는 한 장 써줄게. 란란이 가서 베껴쓰면 일찍 일을 정리해버릴 수 있잖아. 따메이메이가 빙긋이 웃었다. 후성을 바라보는 란란의 눈빛에 감격하는 기색이 가득했다. 밤이 깊었다. 시캉로는 갈수록 조용해져갔다. 후성이 계산대에 가서 볼펜을 하나 빌려오더니 비마飛馬표 담뱃갑을 접었다. 그러고는 쓰루춘의 자작나무 탁자 위에 놓고 '개인 자아검토서'를 쓰기 시작했다.

한번은 샤오마오가 말했다. 따메이메이와 란란은 상하이 사람들이 말하는 '뢰삼賴三'*들이야. 후성이 말했다. 그럴 리가 있나? 샤오마오가 말했다. 2층 아저씨가 말해준 거야. 후성이 말했다. 상하이 호구가 말소되면 따메이메이는 살길이 없어지기 때문에 헤어지는 것이 슬퍼서 겉으로 희희낙락하면서 여기저기 마구 돌아다니는 거라고. 하지만 '뢰삼'이라는 단어는 함부로 입에 올리지 않는 게 좋을 것 같아. 나도 잘 이해하지 못하는 말이거든. 샤오마오가 말했다. 2층 아저씨가 '삼三'자에 관해 자세히 설명해줬어. 1960년 재난시기 채소시장 부근에 몸을 팔면서 제멋대로 사는 아가씨들이 있었대. 화대를 흥정하면서 맨 처음에 부르는 조건이 인민폐 3위안에 세 근 상당의 양표를 더해주는 거였대. 당시 일반 노동자 월급이 30위안에 정량 30근 상당의 양표였으니까 돈과 양표를 합치면 한 달 수입의 십분의 일을 요구한 셈이지. 싸지 않은 가격이었어. 때문에 이런 여자들을 '삼삼三三' 혹은 '삼두三頭'라고 불렀대. 후성이 물었다. 그럼 '뢰賴'는 뭐야? 샤오마오가 말했다. 아주 특별한 닭이 있는데 상하이 사람들은 이를 '뢰부계賴孵雞'라고 불렀대. 한구석에 처박혀 좀처럼 몸을 움직이기 싫어하는 게으른 닭을 말하지. 여자들이 지나치게 아양을 떠는 것을 상하이 사람들은 남자에게 의지한다고 말하거나 침대에 의지한다고 말해. 그리고 잡종 비둘기를 상하이 말로 '뢰화賴花'라 하고, 빌린 돈을 안 갚는 것을 '뢰장賴帳'이라고 하지. 이렇게 안 좋은 의미를 갖는 '뢰'자에 '삼삼'이 더해져서 '뢰삼'이 된 거야. 후성이 말했다. 처음 듣는 얘기로군. 샤오마오가 말했다. 문화대혁명이 막 시작되었을 때, 거리에

* 구사회 시기 상하이에서는 불량배들을 '소별삼(小癟三)'이라 부르고 불량소녀 혹은 여자 깡패들을 '뢰삼'이라고 불렀다.

새로운 유형의 '뢰삼'들이 나타났었지. 부모들이 관리하지 않고 내놓은 여학생들이었어. 남학생들이랑 한데 어울려 누런 군복 바지 차림으로 아무데나 돌아다니면서 '충자무忠字舞'*를 추었지. 걸핏하면 혁명을 얘기하면서 마음대로 행동했어. 후성은 말이 없었다. 샤오마오가 말했다. 따메이메이와 란란은 그뒤로도 줄곧 '뢰삼'이었어. 게으르지만 욕망이 강해 잔뜩 치장하고 매일 거리를 쏘다니면서 맘대로 남자들을 쫓아다닌 거지. '껍데기를 더듬는' 남자들이랑 어울려 희희낙락하면서 즐긴 거야. 후성이 물었다. 왜 '껍데기를 더듬는다'고 하는 건데? 샤오마오가 말했다. 예전의 건달과 같은 의미라고 할 수 있지. 건달들이 J자 모양으로 구레나룻을 남기고 위아래 모두 검은색으로 차려입고서 시내 무도장이나 롤러스케이트장에는 입장이 금지되자 하는 수 없이 한가하게 길거리를 돌아다니게 된 거야. 비둘기를 키우는 친구 하나가 수비둘기의 생리에 관해 설명해줬는데 이들도 비둘기랑 다를 바가 없더군. 비둘기는 수컷이 맘에 드는 암컷을 발견하면 계속 뒤를 따라다닌대. 암컷이 앞에 가고 수컷이 뒤에 가면서 걸을 때도 쫓아가고 날 때도 쫓아간다는 거야. 결국 암컷이 허락할 때까지 계속 따라다니는 거지. 2층 아저씨의 말로는 젊은 남녀가 이러는 걸 '정뢰삼盯賴三' 혹은 '차뢰삼叉賴三'이라고 한다더군. 건달들이 여자 뒤꽁무니를 따라가면서 말을 걸며 수작을 부리는 거지. 이 과정을 '비빈다'고 한대. 후성이

* 문화대혁명 초기에 광장이나 가두시위 행렬에서 노래에 맞춰 다 함께 추었던 군무의 일종으로 마오쩌둥에 대한 충성과 헌신을 다짐한다는 의미로 이런 이름이 붙었다.

물었다. 왜 그렇게 말하는 거지? 샤오마오가 답답했는지 짜증을 내며 말했다. 마작을 하는 걸 상하이에서는 '마작을 비빈다'고 하잖아. 왜 그러겠어? 후성이 말했다. 잘 모르겠는데. 샤오마오가 말했다. '비비는 것'은 손으로 혼란 속에서 승리를 추구하는 것을 말하지. 때문에 이런 남자들을 일컬어 '껍데기를 더듬는다'는 의미로 '모각摸殼'이나 '모각자摸殼子', '모양摸兩', '모량摸亮' 등으로 부르는 거래. 전부 손과 연관된 말이지. 이제 알겠어? 후성이 말했다. 농탕의 여자애들이 삼삼이 모량하네, 날이 밝을 때까지 하네 라고 노래를 부르는 소리를 들은 적이 있어. 그건 무슨 뜻이지? 샤오마오가 말했다. 한번 알아맞혀봐. 후성이 말했다. 그걸 내가 어떻게 맞혀? 샤오마오가 말했다. 2층 아저씨의 말에 따르면 과거에 흔히 말하던 '삼삼三三'과 같은 뜻이래. 밤새 마작을 하면서 손에 게임을 끝낼 수 있는 패를 쥐었는데 계속 쥐고 있고 싶어서 내놓지 않는 거지. 예컨대 줄곧 양통兩筒 패를 쥐고 있다가 날이 새거나 계속 양만兩萬 패를 쥐고 있다가 이기지도 못하고 헛수고만 하는 거야. 당시에 나는 이런 설명을 듣고서 아무 말도 하지 않았어. 그런데 미용실 류 사부의 말로는 2층 아저씨의 설명이 전부 엉터리래. '모양'은 남녀관계의 일을 두 번 하는 것을 말하고 '모량'은 그 일을 날 밝을 때까지 밤새 하는 걸 말한대. 알겠지? 두 사람이 함께 생활하다보면 남녀관계의 일을 아침까지 밤새 할 수 있는지 아닌지는 두 사람의 성격과 능력에 달려 있다더군. 둘이서 열심히 몸을 움직이다보면 날이 새는 거야. 알겠지? 후성이 말했다. 이런 남자 불량배들에 관해 얘기를 하면서 왜 '껍데기를 만진다'고 하는지 모르겠네. '껍데기殼'가 대체 무슨 뜻이야? 샤오마오가 말했다. 그야 조개껍데기를 말하는 거지. 이제 알겠어?

삼

어느 날 공장에 출근한 아바오는 5호실 아주머니가 눈꺼풀이 부어 있고 안색이 좋지 않은 것을 발견했다. 나중에 알게 된 일이지만 기계수리공 황마오가 공장의 명령에 따라 양수푸 분점으로 돌아가게 되었다는 것이었다. 황마오의 집은 양수푸 가오랑교에 있었기 때문에 그곳으로 출근하는 것이 아주 편했다. 하지만 다시 차오양으로 가려면 거리가 더 멀어질 수밖에 없었다. 과연 그뒤로 황마오는 한 번밖에 찾아오지 않았다. 동료가 아니다보니 만나도 손님처럼 느껴졌다. 5호실 아주머니랑 몇 마디 주고받고는 두 사람이 펀치프레스 뒤로 가서 잠깐 만나고 곧장 떠나야 했다. 새로 온 기계수리공이 황마오의 자리를 대신하고 있었고 펀치프레스 뒤쪽은 이미 공간배치가 바뀌어 의자 하나와 온수병이 놓여 있었다. 이때 이후로 황마오는 더이상 찾아오지 않았다. 5호실 아주머니는 두 점을 잇는 선 같은 여자라 평소에는 문밖출입을 거의 하지 않았다. 휴일 오후에 아바오는 5호실 아주머니가 밖에서 총총히 들어오는 것을 목격했다. 표정이 몹시 슬퍼 보였다. 말은 한 마디도 하지 않고 머리를 숙인 채 이내 가사에만 집중했다. 나중에는 딸을 때리고 반나절이나 욕을 해댔다. 평소에 출근을 해도 웃는 모습을 전혀 볼 수 없었다. 줄곧 이런 모습을 보이던 5호실 아주머니가 초가을로 접어들면서 서서히 평정을 회복하기 시작했다. 아바오를 만나면 예전처럼 웃는 얼굴을 보였다. 한번은 5호실 아주머니가 말했다. 아바오는 샤오전이랑 잘 맞지? 아바오가 말했다. 그런 편이에요. 5호실 아주머니가 말했다. 시치미떼지 마. 밤에 샤오전이랑 몇 번 밖에 나갔던 것 다 알고 있어. 아바오는 아무 말도 하지 않았다. 샤오전은 기술학교에 다니고 있고 곧 졸업할 예정이었다. 한번은 아바오가 차오자두 44번 정거장으로 가서 샤오전을 기다린 적이 있었다. 두 사람은 근처에서 계압혈탕雞鴨血湯*을 먹었다. 샤오전이 말했다. 5호실 아주머니가 줄곧 내게 말을 걸고 있어. 아바오가 말했다. 그래? 샤오전이 말했다. 우리 집안일에 대해 너무 많은 얘기를 하더라고. 우리 아빠의 근황도 물어보면서 말이야. 아바오가 말했다. 아주머니는 아주 친절한 사람인 것 같아. 샤오전이 말했다. 엄마가 세상을 떠난 지 이미 오 년이 지났어. 우리 아빠가 다른 여자를 마음에 두고 있는지 정말 모르겠어. 아주머니가 내게 그러더라고. 새엄마가 생기면 집안일을 분담할 수 있을 거라고 말이야. 그러면서 자기가 잘 아는 국영 제6면화공장 여공이 하나 있는데 아주 예쁘고 착하다는 거야. 아바오가 말했다. 나쁘지 않네. 샤오전이 말했다. 나는 썩 내키지 않아. 아바오는 말을 받지 않았다.

샤오전의 아빠는 산관탕교三官堂橋 제지 공장의 노동자로 키가

* 닭과 오리의 선지를 주요 재료로 하여 끓인 국물 요리.

크고 몸집이 호리호리한 편이었다. 평소에 아바오를 비롯하여 이웃 사람들을 만나도 아무 말도 하지 않고 어떤 일에도 끼어들지 않았다. 이때 혁명의 기세는 이미 적지 않게 누그러져 있었다. 아바오 아빠는 더이상 인죄서를 달고 다니지 않았지만 여전히 반혁명분자로 분류되었다. 샤오전의 아빠는 아바오가 샤오전과 만난다는 것을 잘 알고 있으면서도 줄곧 아무 말도 하지 않았다. 남자의 태도가 냉담하면 여자들이 쉽게 관심을 갖기 마련이었다. 이모를 포함하여 이웃 여자들은 샤오전 아빠의 성격이 아주 이상하다고 생각하게 되었다. 5호실 아주머니가 말했다. 들리는 바에 의하면 샤오전 아빠는 세상을 떠난 아내만 좋아한대. 아바오는 아무 말도 하지 않았다. 5호실 아주머니가 말했다. 아바오, 나 좀 도와줘. 내가 샤오전을 위해 털실로 조끼를 하나 짜고 있거든. 나 대신 얘기 좀 해줘. 아바오가 물었다. 뭐라고 말해요? 5호실 아주머니가 말했다. 가사에서만은 내가 샤오전의 엄마가 되어줄 수 있는 능력이 충분하다고 말이야. 아바오가 말했다. 그건 그런 것 같네요. 5호실 아주머니가 말했다. 내가 샤오전의 이모가 되는 거라고 말하면 되지 않을까? 아바오가 고개를 끄덕였다. 이때 이후로 5호실 아주머니는 작업장에 와서 틈이 날 때마다 뜨개질에 열중했다. 털실은 혼방 캐시미어였다. 실 세 가닥을 한꺼번에 연결해서 짜면 속도가 아주 빨랐다. 5호실 아주머니가 말했다. 정규 공장의 여공들은 조금이라도 빈 시간이 생기면 곧장 탈의실에 들어가 뜨개질을 한대. 탈의실 안은 전부 여공들이고 뜨개질하는 소리밖에 들리지 않는대. 굵은 털실일 경우 손이 빠르면 두 시간에 한 냥을 짤 수 있지. 아바오는 아무 말도 하지 않았다. 일주일 뒤에 5호실 아주머니가 누런 포장지로 싼 물건을 하나 아바오의 손에 쥐여주며 말했다. 여자친구를 사귀려면 선물을 해야 한다는 걸 잊지 말아야지. 아바오가 포장지를 뜯어보니 미색 가는 실로 뜬 하트 모양의 깃이 달린 조끼였다. 앞가슴에 달린 엇갈린 연꽃 줄기 모양의 장식도 아주 잘 어울렸다. 아바오가 말했다. 정말 멋지네요. 5호실 아주머니가 말했다. 갖다줘, 샤오전이 좋아할 거야. 아바오가 물었다. 이걸 왜 제가 갖다줘요? 5호실 아주머니가 말했다. 이웃에 보는 눈이 많아서 뒷공론이 많을까봐 그래. 아바오는 아무 말도 하지 않았다. 어느 날 아침 아바오와 5호실 아주머니가 출근하기 위해 문을 나서다가 샤오전이 건물에서 내려오는 것을 보았다. 커피색 바지에 하얀 블라우스, 검은색 천 신발에 흰색 양말 차림이었다. 그 위에 미색 조끼를 입고 있었다. 아주 청순하고 단정한 여학생의 모습이었다. 아바오와 5호실 아주머니는 걸음을 멈추고 서서 그 모습을 감상했다. 샤오전이 5호실 아주머니 옆을 지나면서 고개를 숙이고 말했다. 고마워요, 아줌마. 5호실 아주머니가 말했다. 뭘 그런 걸 가지고. 두 사람은 샤오전이 몸을 돌려 천천히 멀어지는 모습을 조용히 바라보았다. 5호실 아주머니가 말했다. 샤오전은 갈수록 더 예뻐지는 것 같아. 아바오가 말했다. 조끼 사이즈는 어떻게 아셨어요? 아주머니가 말했다. 눈대중이지 뭐. 내 눈이 바로 자야. 아바오는 아무 말도 하지 않았다. 조끼 하나에 세심한 마음이 담기면서 5호실 아주머니와 샤오전의 관계는 한 걸음 더 발전했다. 이어서 아주머니는 홍랑 역할을 하기 시작했다. 여공들의 사진 두 장이 아바오를 거쳐 샤오전의 손에 전달되었다. 한 명은 단아하고 동그란 얼굴을 가진 나이 서른아홉의 여자로 대륙 기계 공장의 선반공으로 일하고 있었다. 슬하에 딸이 하나 있다고 했다. 샤오전은 딸이 있는 것은 문제되지 않지만 눈 아래 세 개의 작은 사마귀가 있어 외모가 별로 마음에 들지 않는다고 했다. 또다른 여자는 나이가 마흔하나로 중산교 방직기계 공장의 국가배정 노동자였다. 이혼한 독신으로 조용하고 선량한 분위기였다. 사진을 받은 샤오전은 아빠에게 보여드리겠다고 약속했다. 며칠 후 샤오전이 말했다. 아빠가 한 마디도 안 하시네. 몇 번이나 얘기했는데도 마찬가지니 그냥 없던 일로 해야 할 것 같아. 아바오가 사진을 돌려받으며 말했다. 알았어. 샤오전이 말했다. 아바오는 정말 이상하네. 중매쟁이 노릇이 그렇게 좋아? 아바오가 말했다. 5호실 아주머니의 생각이야. 샤오전이 말했다. 우리 엄마는 사진에 있는 여자들보다 훨씬 예쁘셨어. 아바오가 말했다. 5호실 아주머니도 틀림없이 보았을 거야. 샤오전이 말했다. 내가 말하는 건 사진이야. 우리 엄마가 스물네 살 때 찍은 사진이 있거든. 액자에 그 사진 한 장만 들어 있어. 액자 하나에 열몇 장씩 끼워둔 이웃집 사진과는 완전히 다르다고. 아바오는 아무 말도 하지 않았다. 당시에는 이웃들 가운데 샤오전 집에 들어가 본 사람이 거의 없었다. 1호실 할머니만 그 사진을 보았다고 했다. 할머니는 스물네 살의 샤오전 엄마가 양장 차림이었다고 말했다. 5호실 아주머니가 말했다. 그럴 리가 없어. 할머니 눈이 흐려서 제대로 못 봤을 거야. 아바오가 말했다. 우리 이모가 그러는데 샤오전 엄마는 영화배우 리리리黎莉莉*랑 똑같았대요. 5호실 아주머니가 말했다. 롼링위를 닮았다고 하는 사람들도 있지. 어쨌든 모든 게 할망구들이 지어낸 말이야. 샤오전 엄마가 아무리 예쁘다 해도 손수건을 만드는 제37공장 여공에 지나지 않았어. 어떻게 여공과 영화배우를 비교할 수 있겠어? 아바오가 말했다. 어쨌든 저는 샤오전의 엄마가 미인이었다는 말을 믿어요.

어느 날 저녁식사를 마치고 아바오와 5호실 아주머니가 위층에 있는 샤오전의 집으로 들어갔다. 샤오전의 아빠와 샤오창은 오후 근무조라 집에는 샤오전 혼자였다. 10호실은 남북으로 좁고 길게 뻗은 장방형 공간이 두 칸으로 분리되어 있었다. 뒤칸에 샤오전과 샤오창의 2층 침대가 있고 앞칸에 대형 침대와 간단한 가구들이 배치되어 있었다. 앞칸으로 간 5호실 아주머니는 대형 침대 벽면에 붙어 있는 사진액자를 둘러보았다. 사진 속 여인은 단발머리에 항저우 실로 짠 깃이 넓은 옷을 입고 있었다. 아주 단아한 모습이었다. 얼굴이 반듯하고 표정에도 운치가 있었다. 눈썹 사이에 잔잔하게 '궤几'자가 새겨져 독특한 아름다움을 더해주었다. 눈동자에도 웃음이 걸려 있었다. 아바오는 전설적인 미녀들과는 약간의 거리가 있겠지만 확실히 아름다운 얼굴이라고 생각했다. 샤오전이 물었다. 우리 엄마 예쁘지? 아바오가 말했다. 정말 예쁘시네. 5호실 아주머니가 말했다. 그래, 정말 예쁜 얼굴이야. 눈이 특별히 예뻐. 샤오전은 만족했다. 5호실 아주머니가 주위를 두리번거리며

* 중화민국 시기를 대표하는 중국의 유명 배우. 대표작으로 〈스포츠 황후〉 〈작은 장난감〉 〈고도천당〉 등이 있다.

물었다. 샤오전 아빠 사진은 없어? 샤오전이 말했다. 아빠는 못생겼어요. 5호실 아주머니가 큰 침대의 이불을 매만지며 탄식하듯이 말했다. 날이 아직 추워지지도 않았는데 벌써부터 여덟 근이나 되는 이불솜을 쓰고 커튼도 달지 않았네. 역시 남자는 어쩔 수가 없어. 여기까지 말했을 때, 아래층에서 이모가 소리치는 소리가 들렸다. 아바오, 어서 내려와서 씻어. 아바오는 곧장 자리를 떴다. 이날 밤, 아바오는 견문을 넓히게 되었다. 여인들 사이에 집안일을 언급하기 시작하면 화제가 끝없이 이어졌다. 아바오는 철저하게 흥미를 잃어 이때부터 위층에 올라가지 않았다. 나중에 들은 얘기지만 이날 밤, 5호실 아주머니가 샤오전을 도와 방을 정리해주었다고 했다. 이불을 몇 장 누비고 커튼을 달았다고 했다. 손발이 대단히 빨랐는데도 열한시 십오분이 되어서야 내려왔다고 했다. 그사이에 샤오전은 궤짝과 장식장을 다 뒤져 온갖 귀중한 물건들을 죄다 꺼냈다. 5호실 아주머니는 오래된 털실 몇 뭉치와 털실로 짠 샤오전 아빠의 바지를 꺼내놓았다. 찢어진 부분을 수선하려는 것이었다.

한 달 뒤 어느 날 밤, 아바오와 샤오전, 5호실 아주머니 셋이 산관탕 제지 공장 대문 앞으로 가서 샤오전 아빠를 기다렸다. 그런 다음, 함께 근처 광푸시로光復西路 쑤저우하 옆으로 가서 여자친구를 소개했다. 이런 활동에 아바오는 참여하고 싶지 않았지만 샤오전은 아바오를 꼭 데려가고 싶어했다. 사실은 샤오전도 가고 싶어하지 않았다. 하지만 5호실 아주머니가 자신이 이미 결혼한 여자라 샤오전 아빠와 단독으로 밖에서, 그것도 밤중에 만나는 걸 누가 보기라도 하면 안 좋은 소문이 돌 거라며 같이 가자고 고집을 부렸다. 샤오전은 5호실 아주머니 말대로 하는 수밖에 없었다. 아바오가 물었다. 왜 여자 쪽을 초대하지 않고 직접 제지 공장 문 앞에서 기다리는 건가요? 샤오전이 말했다. 여자 쪽이 골격이 커서 공장 문 앞에서 만나면 안 좋은 영향을 미칠 수 있기 때문에 남쪽인 쑤저우하 옆에서 기다리기로 한 거래. 아주머니랑 아빠가 밤중에 단둘이 쑤저우하 옆에 가면 모양새가 안 좋잖아. 너무 캄캄한 데라서 말이야. 아바오가 말했다. 난 안 갈래. 샤오전이 말했다. 아바오는 정말 못됐어. 나랑 꼭 같이 있어야 해. 딴전 부리면 안 돼. 아바오가 말했다. 5호실 아주머니는 너무 열성인 것 같아. 샤오전이 말했다. 열심인 게 뭐가 나쁘다고 그래? 내가 아빠한테 말했어. 5호실 아주머니가 우리 친이모보다 낫다고. 그랬더니 아빠는 아무 말도 하지 않더라고. 좋아하는 기색이 안 보였어. 기분이 좋지 않았나봐. 아바오는 샤오전의 요구를 들어주겠다고 약속하는 수밖에 없었다. 이날 밤이 되자 5호실 아주머니가 치장을 하고 나타났다. 짙은 남색과 카키색 양면으로 입을 수 있는 블라우스에 인조섬유로 된 바지를 입고 있었다. 직장의 여성 간부 같았다. 세 사람은 제지 공장 문 앞으로 갔다. 불빛이 희미했다. 작업복 차림으로 공장 문을 나선 샤오전 아빠가 5호실 아주머니를 향해 고개를 끄덕였다. 전달실에서 누군가 꺽다리! 하고 불렀지만 샤오전 아빠는 못 들은 척했다. 네 사람은 남쪽을 향해 걷기 시작했다. 5호실 아주머니가 물었다. 꺽다리가 누구예요? 샤오전 아빠는 말이 없었다. 5호실 아주머니가 말했다. 다리가 정말 기시더군요. 털실 두 냥으로는 어림도 없었어요. 네 사람은 남쪽으로 얼마 걷지 않아 광푸시로 쑤저우하 옆에 도착했다. 쑤저우하 건너편 차오자두에는 기와지붕들이 빽빽하게 들어차 있었다. 흐릿하면서도 번잡한 등불들 사이로 강 양안에 크고 작은 배들이 잔뜩 정박해 있었다. 눈앞에 보이는 건 대부분 볏짚을 나르는 박선들로 그 가운데 몇 척은 짐을 다 내리지 않은 상태였다. 배 한 척에 반쯤 실려 있는 두터운 볏짚은 어둠 속에서 회백색으로 보였다. 어느 볏짚더미 위에는 암캐 두 마리가 서 있었다. 공기와 바람 속에는 볏짚냄새와 종이 원료인 펄프의 시큼한 냄새, 그리고 쑤저우하 자체의 썩는 냄새가 가득차 있었다. 때때로 몇 가지 냄새가 분리되면서 논바닥의 진흙 냄새가 나기도 했다. 광푸시로는 아주 좁았고 길가의 민간 가옥은 한 층 한 층 검정 기와가 얹혀 있어 어둡고 축축했다. 용마루 뒤로는 제지 공장의 무수한 대형 짚가리가 오래된 성벽처럼 사방 구석에 쌓여 있었다. 사람도 없고 기척도 없었다. 햇볕이 내리쬐는 대낮이었다면 금빛으로 반짝였겠지만 지금은 전부 회백색과 짙은 회색이었다. 샤오전과 5호실 아주머니는 쉴새없이 얘기를 주고받았다. 아바오는 강둑에 몸을 바짝 기대고 있고 바로 옆에는 샤오전의 아빠가 전봇대처럼 서 있었다. 십 분쯤 지나자 샤오전 아빠가 입을 열었다. 몇 시까지 기다려야 합니까? 아바오는 놀라움을 금치 못했다. 샤오전 아빠의 목소리는 쇠붙이가 내는 소리처럼 대단한 자성磁性을 갖고 있었다. 여러 해 동안 이웃으로 살면서 이처럼 낯선 효과는 상상도 못했었다. 5호실 아주머니가 낮은 목소리로 말했다. 아저씨, 너무 다급해하지 마세요. 곧 나올 거예요. 제가 가서 살펴보고 올게요. 5호실 아주머니가 강둑을 따라 걸어갔다. 뒷모습에서 5호실 아주머니의 허리와 걸음걸이에 여성미가 가득한 것을 알 수 있었다. 몇 분이 지나 5호실 아주머니가 작은 골목에서 여자를 하나 데리고 나와 사람들 앞에 다가와 섰다. 아바오와 샤오전이 가장 먼저 놀랐다. 가까이 온 여자는 동그란 얼굴에 머리도 방금 파마를 했는지 동글동글 말려 있었다. 키는 다소 작지만 눈매는 그런대로 보기 좋았다. 어쩌면 장소가 적절하지 않아 너무 어두운데다 박선들이 가까이 있기 때문에 얼굴에 쑤저우하의 검은 기운이 반영되어 있었을지도 몰랐다. 여자가 말했다. 이 남성 동지께서는 다리가 아주 길고 호리호리하시네요. 정말 다리가 길고 키가 크세요. 여자의 어투는 은방울처럼 맑았다. 어둠 속에서 손수건이 하나 나타나더니 킥킥 몇 번 웃는 소리가 들리며 손수건이 움직였다. 5호실 아주머니가 말했다. 이 여성 동지는 양녀로 들어온 제 동생이에요. 이 근처 순이촌順義村 미곡상 점원이지요. 이 오라버니, 남성 동지는 우리 옆집 사시는 제지 공장 노동자셔. 두 사람은 먼저 편하게 얘기를 나누기 시작했다. 샤오전 아빠는 미동도 하지 않았다. 5호실 아주머니가 말했다. 아바오랑 샤오전은 아줌마와 함께 차오양로에 가서 일 좀 처리하는 게 좋겠다. 세 사람이 막 자리를 뜨려는 순간, 샤오전 아빠가 말했다. 나 먼저 가야 할 것 같습니다. 5호실 아주머니가 말했다. 지금 뭐하시는 거예요? 두 시간이나 휴가를 내고 왔는데 뭐가 그렇게 급하신 거예요? 샤오전 아빠가 말했다. 가야겠어요. 샤오전 아빠는 무뚝뚝하게 이 한 마디만 던지고 고개를 돌려 가버렸다. 네 사람은 전부 멍한 표정이었다. 샤오전 아빠가 몇 걸음 가다가 다시 고개를 돌려 5호실 아주머니에게 말했다. 고마워요. 그런 다음 큰 걸음으로 걸어갔다. 금세 아주 멀어져갔다. 얼굴이 동그란 여자가 잠시 멈춰 서서 말했다. 이게 뭐하는 거예요? 재수없네. 정말 재수없어. 5호실 아주머니가 잔뜩 실망한 표정으로 말했다. 이유가 뭘까? 동그란 얼굴의 여인이 말했다. 됐어요. 만나게 될 사람이 제지 공장 남자라는 걸 알았다면 절대로 나오지 않았을 거예요. 이렇게 뒈질 것 같은 펄프 냄새는 태어나서 처음 맡아보네요. 이걸로 부족해서 매일 밤 침대에서 펄프로 된 남자를 끌어안고 살아야 하다니, 그건 정말 못하겠어요. 5호실 아주머니가 목소리를 낮춰 사과한 다음 여인과 함께 강둑을 따라 걷더니 저 앞에 보이던 농탕 안으로 들어갔다. 이날 밤이 아바오에게는 가장 인상 깊은 밤이었다. 밤의 어둠 속에 묻힌 쑤저우하는 먹물처럼 검고 무거웠다. 별들이 강물 위로 쏟아지고 등불은 말이 없었다. 얼굴도 없고 소리도 없었다. 샤오전은 아바오 옆에 붙어서 연신 웃고 있었다. 5호실 아주머니가 큰 짐을 내려놓은 듯이 홀가분한 심정으로 말했다. 홍랑 역할은 정말 어려운 것 같아. 신발 밑창이 닳도록 뛰어다니고 입이 찢어지도록 떠들어도 한 쌍의 좋은 인연을 만들기 어렵네. 세 사람은 쑤저우하를 벗어났다. 집에 도착하자 몹시 긴장한 표정을 보이던 5호실 아주머니는 다시 평온한 얼굴로 돌아와 사오싱 지방극에 나오는 창을 흥얼거렸다. 이때 이후로 샤오전과 5호실 아주머니의 관계는 한층 가까워졌다. 그뒤로 몇 주 동안 샤오전 아빠와 샤오창이 오후 근무를 하게 될 때마다 5호실 아주머니는 샤오전의 방에 가서 앉아 있곤 했다. 그러던 어느 날 저녁 여덟시가 조금 넘었을 때, 건물에서 갑자기 누군가 큰 소리로 고함을 치면서 소란이 벌어졌다. 거대한 굉음이 들렸다. 이웃들이 전부 뛰어나왔다. 복도와 계단, 대문 입구가 온통 사람들로 가득했다. 5호실 아주머니가 황급히 10호실에서 나와 머리가 마구 헝클어지고 가슴 부분이 일그러진 채 슬리퍼를 끌고 후다닥 계단을 내려와 자기 집으로 들어갔다. 위층 10호실 문이 쿵쾅거리면서 열렸다 닫히기를 반복했다. 갑자기 샤오전 아빠의 목소리가 들려왔다. 방안에서 들리는 소리라 정확하진 않았지만 대단히 불길한 어투였다. 금속성이 양만호의 지붕을 찔러 뚫고 나갈 것 같았다. 한 마디 한 마디가 강철 칼날 같았다. 잠시 후 주위가 아주 조용해졌다. 샤오전이 잉잉 우는 소리만 들렸다. 아바오는 올라가서 어떻게 된 일인지 살펴보고 싶었지만 이모가 잡아끌면서 말렸다. 올라가면 안 돼. 어서 들어와. 다음날 이른아침 아바오네 식구들이 아침식사를 하고 있을 때 이모가 들어와 말했다. 2호실 아주머니한테 들었는데 어젯밤에 위층에서 아주 큰 난리가 났었대. 아바오 엄마가 물었다. 왜 그랬대? 이모가 말했다. 5호실 아주머니가 최근에 줄곧 10호실에 가서 앉아 있곤 했대. 어젯밤에는 먼저 샤오전이랑 이런저런 얘기를 주고받더니 샤오전이 라디오를 듣자 5호실 아주머니가 그러더래. 밤에 계화주桂花酒를 좀 마셨더니 정신이 흐려지면서 노곤하다고 말이야. 그러면서 샤오전 아빠의 침대 옆으로 가서 몸을 기대더니 침대 위로 올라가 그대로 뻗어버리더래. 그러더니 이불을 덮고 자더래. 그런 일이 있었던 거야. 그런데 뜻밖에도 제지 공장에서 화로를 수리하느라 오후반이 일찍 일을 마친 거지. 샤오전 아빠가 집에 돌아와보니 5호실 아주머니가 자기 베개를 베고 자고 있더래. 이불을 목까지 제대로 덮고서 눈을 꼭 감고 있었다나. 바로 옆 벽에는 자기 마누라의 커다란 사진이 뒤집혀 뒷면을 향한 채 걸려 있고 말이야. 기가 막혀서 얼른 손을 뻗어 이불 한 귀퉁이를 잡아당겼더니 놀랍게도 이불 속 5호실 아주머니는 실오라기 하나 걸치지 않은 상태였대. 팔과 엉덩이까지 다 드러난 완전한 알몸이었던 거지. 이런 천박한 여자가 어디에 또 있겠어! 샤오전도 그 자리에서 놀라움을 감추지 못했대. 샤오전 아빠가 등받이 없는 의자를 바닥에 내던지면서 의자 다리가 하나 부러져나갔대. 샤오전 아빠는 당장 5호실 아주머니를 쫓아내고 샤오전의 뺨을 한 대 후려쳤대. 이런 얘기를 듣고 아바오의 부모는 놀라움을 금치 못했다. 아바오가 젓가락을 내려놓은 것도 바로 이때였다. 방문이 와당탕 소리를 내면서 활짝 열리더니 샤오전 아빠가 들어와서는 하늘을 떠받치기라도 한 듯이 우뚝 섰다. 아바오의 가족 전체가 놀라 자리에서 일어섰다. 이모가 물었다. 10호실 아저씨, 지금 뭐하시는 거예요? 샤오전 아빠가 잠시 머뭇거리더니 쩡쩡 울리는 목소리로 말했다. 오늘부터 아바오가 샤오전과 만나는 걸 허락하지 않겠소. 내 말을 듣지 않으면 4호실을 완전히 쑥대밭으로 만들어버릴 테니까 그때 가서 날 탓하지 마시오. 나는 한다면 하는 사람이오. 이 몇 마디를 던지고서 그는 고개를 숙인 채 돌아갔다. 옆방이 바로 5호실이었다. 이모가 재빨리 방문을 꼭 닫았다. 밖에서 우당탕거리는 요란한 소리만 들려왔다. 천장을 이루고 있는 판자에서 먼지가 떨어져내리더니 바로 옆 5호실 방문이 발에 차여 뚫리는 소리가 들렸다. 5호실 아주머니가 울부짖는 소리가 커졌다 작아지기를 반복했다. 샤오전 아빠가 뭐라고 말하는지는 제대로 알아들을 수 없었다. 당시에 5호실 아주머니의 남편 창파는 반신불수가 된 터라 발음이 온전하지 않아 5호실 아주머니의 다급한 비명소리만 들렸다. 다시 한번 방문이 열리는 소리가 들리더니 그뒤로는 철저하게 조용해졌다. 식구들 모두 말이 없었다. 아바오 아빠가 젓가락 하나를 집어 들고 아바오의 머리를 가리키며 말했다. 내 일은 아직 많지도 않고 복잡하지도 않은 편이군. 식사를 마치고 나서 먼저 마오 주석 어록을 삼백 번 베껴쓴 다음, 다시 심사를 받아야 해. 거의 기절할 정도지. 아바오는 말이 없었다.

20장

1

예둥징의 장사는 그저 그랬다. 항상 한두 테이블 장사였다. 비가 오는 날이면 기본적으로 허탕이었다. 거 선생은 매일 와서 자리 잡고 앉아 작은 원탁을 마주하고 단정한 자세로 신문을 읽으면서 커피를 마시거나 차를 음미했다. 항상 3 대 7 가르마 머리에 금테 안경을 쓴 모습이었다. 겨울에는 위에 중국식 비단 저고리를 입고 아래에는 순모 양복바지를 입었다. 여름에는 고급 긴소매 셔츠에 멜빵이 달리고 밑단이 접힌 순모 양복바지 차림이었다. 줄곧 가볍게 웃는 표정으로 담배를 피우거나 텔레비전을 보았다. 식사는 아주 간단했다. 황주 한 사발에 카레덮밥이나 삼사개요반三絲蓋澆飯*

* 채로 썬 소고기와 몇 가지 채소 볶음을 곁들인 밥.

이 전부였다. 친구들이 찾아와 술을 마셔도 거 선생은 좀처럼 어울리지 않고 혼자 밥만 먹었다. 그러다가 흥이 나면 자신이 귀에 못이 박히도록 들었던 말을 또다시 반복하곤 했다. 예컨대 여류인사들 가운데 가장 뛰어나고 유명한 사람은 유대인 남편 하둔의 아내인 뤄자링羅迦陵*이라고 말했다. 그녀는 원래 난시南市의 함수매咸水妹** 출신으로 몸을 팔던 여자였으나 결국에는 엄청난 자산을 갖게 되었다. 아이리위안愛儷園 안에만 해도 두 명의 면수面首***를 키웠고 식객들은 전부 중국 제일의 문호들이었다. 뤄자링은 음식점을 운영하고 있는 것이나 마찬가지였다. 청나라 왕조가 무너지자 이 여인은 몇몇 궁중 태감太監들을 수용하여 청 궁중에서 하던 복장을 유지하게 하면서 여주인을 보면 서태후에게 하듯이 반드시 무릎을 꿇고 절을 올리게 했다. 다들 말이 없었다. 거 선생이 말했다. 이를테면 아칭사오阿慶嫂**** 같은 여자였어. 전해지는 바에 의하면 이전에는 악기를 연주하고 술을 따르다가 귀족으로 변신한 거라더군. 그녀 역시 음식점 출신이야. 아칭사오도 음식을 날랐었잖아. 둥주쥔董竹君*****도 있었지. 진장찬실錦江餐室은 큰 성공을 거뒀지.

---

* 근대 상하이의 영국 국적 부동산업계 거물인 아론 하둔의 중국 국적 아내.

** 중화민국 시기에 외국인들을 전문적으로 상대하던 기녀.

*** 옛날 중국에서 귀부인들이 노리개로 삼은 미남자.

**** 경극 〈샤자방〉의 주인공으로 '수천수만 항전 부녀자들의 화신'으로 중국인들에게 대표적인 혁명 인물로 인식되고 있다.

***** 1900년 상하이에서 태어난 중국 근대의 유명한 여성 기업가. 중국 여권운동의 선구자이자 상하이 진장호텔의 창시자이기도 하다.

고대의 탁문군卓文君*도 마찬가지였어. 주막을 열어 술을 팔았지. 얼마나 아름다운 여자였는지 몰라. 모두 말이 없었다. 거 선생이 말했다. 눈빛은 먼산을 바라보는 것 같고 두 볼은 부용꽃 같았으며 피부는 기름을 바른 듯 매끌매끌했지. 열일곱에 과부가 되어 자유롭게 문학과 풍류에 젖었어. 결론은 뭐냐? 여자가 요식업에 투신하면 아름다움과 풍취를 갖추게 되니 이거야말로 가장 쉽게 이름을 날리는 방법이라는 거야.

후성이 예둥징에 오는 것은 일반적으로 간단한 식사를 위해서였다. 종업원 아가씨가 세 가지 전채를 받쳐들고 와서 후성, 링즈 등과 함께 앉아 식사를 했다. 링훙이 도착하자 네 명이 앉을 수 있게 자리를 다시 배치했다. 화팅로의 샤오친이 왔지만 한식구나 마찬가지라 음식만 한 가지 추가했다. 백주 두 병이 나왔다. 분위기가 점점 무르익어갔다. 샤오친이 도착하고 얼마 지나지 않았기 때문에 타오타오가 꼭 와야 했다. 농탕의 이모가 들어오면 반드시 신선한 재료들을 가지고 왔다. 올리브와 우엉, 깻잎, 미역, 일본된장, 달팽이, 마름 등을 가져와 몇 마디 요란하게 떠들고는 주방으로 가져가 음식을 만들어 함께 맛보게 했다. 릴리의 예약전화를 받기만 하면 링즈는 태도가 아주 진지해졌다. 릴리는 종종 사업하는 사람들을 초대하곤 했다. 은행 간부와 이스라엘이나 벨기에 사람 두 세 명이었다. 와인과 술잔은 사전에 비축해두었다. 후성도 예둥징의

* 한나라 무제 때의 여성으로 사천 출신이다. 부호였던 탁왕손(卓王孫)의 딸로 시인 사마상여(司馬相如)와 눈이 맞아 야반도주하여 주막을 열고 직접 술을 팔다가 나중에 사마상여가 변심하자 분노하여 「백두음」이라는 시를 지었다.

음식이 집에서 먹는 보통 음식 맛이라 몇 번 찾아왔었다. 아가씨가 말했다. 사장님은 외출하셨으니까 기다리실 필요 없이 먼저 드세요. 후성이 자리에 앉으면서 거 선생을 향해 가볍게 고개를 끄덕였다. 두 가지 음식과 탕 요리가 테이블에 올라왔다. 아가씨는 후성과 함께 식사를 했다. 두 사람은 서로 잘 아는 사이가 아니었지만 그냥 보통 사람들처럼 격이 없었다. 상하이가 아무리 크다 해도 빈 테이블이 없을 때는 이렇게 자연스럽고 자유롭게 합석하여 식사를 했다.

어느 날 링즈가 물었다. 후성 씨 생각에는 링훙이 괜찮지 않아요? 후성이 빙긋이 웃었다. 링즈가 말했다. 사람이 아주 운치가 있고 똑똑한데다 지참금도 넉넉하잖아요. 링훙이 웃으면서 물었다. 무슨 소리 하는 거야? 링즈가 말했다. 스물일고여덟이면 적지 않은 나이예요. 링훙이 말했다. 전 스물넷이에요. 링즈가 말했다. 일본 스님하고는 일찌감치 헤어졌어요. 지금의 상태로 봐도 아직 앳된 얼굴이라고요. 후성 씨는 바이핑과 이혼하면 링훙과 짝이 되기로 결심했어요. 링훙이 빙긋이 웃으면서 술잔을 들어 후성 앞에 놓인 술잔에 부딪쳤다. 팅 하는 소리와 함께 잔을 다 비우더니 두 볼에 홍조가 일기 시작했다. 후성이 말했다. 이 문제는 바이핑이 귀국한 다음에 다시 얘기해야겠네요. 링즈가 테이블을 탁탁 두드리면서 물었다. 후성 변호사님, 궐석재판이란 것 모르세요? 후성은 대답하지 않았다. 링즈가 시계를 보면서 말했다. 두 사람 오늘 함께 밤을 보내도록 해요. 링훙이 물었다. 무슨 말이에요? 후성이 말했다. 또 시작이군요. 링즈가 다락방을 가리키면서 말했다. 우선 위층에 올라가 한 번 해보고 느낌이 좋으면 결정을 하고 집을 사는 거예요. 후성도 돈이 많아요. 링훙이 말했다. 그만 좀 해요. 링즈가 말했다. 침대 위에서 서로 입맛이 맞지 않으면 같은 당 지부의 잘나가는 모범노동자 한 쌍이라 해도 헛고생만 하게 된다고요. 후성이 빙긋이 웃었다. 링즈가 말했다. 후성 씨는 또 뭘 기다리는 거예요? 링훙을 잘 구슬려서 마누라로 삼으면 매일 따뜻한 국에 따뜻한 밥을 먹을 수 있으니 노상 이런 자리에 와서 낄 필요도 없고 좋잖아요. 링훙이 빙긋이 웃으면서 말했다. 나도 대접을 받으면서 살고 싶거든요. 나더러 밥을 하라고요? 꿈 깨요. 링즈가 말했다. 바이핑에게서는 소식이 있었나요? 후성이 말했다. 밴쿠버로 갔대요. 링즈가 말했다. 남자가 생겼군요. 후성이 말했다. 아마 그런 것 같아요. 링훙이 말했다. 어쩌면 하나가 아닐 거예요. 다른 사람 아기도 낳았잖아요. 후성이 말했다. 그런 것 같아요. 링즈가 말했다. 뇌에 물이 들어갔군요. 후성은 아무 말도 하지 않았다. 링즈가 물었다. 이럴 거면 애초에 결혼을 왜 한 거예요? 후성이 말했다. 여덟 번이나 말했잖아요. 링훙이 말했다. 다시 한번 말해봐요. 후성이 말했다. 집도 급하게 필요하고 연애한 기간도 길었으니까 결혼부터 하고 본 거죠. 링훙이 말했다. 바이핑은 성격이 참 좋아요. 후성이 말했다. 맞아요. 링훙이 물었다. 단장하는 걸 좋아하나요? 후성이 말했다. 비교적 소박한 편이에요. 링훙이 물었다. 남자를 몇 명이나 사귀어봤대요? 후성이 말했다. 아마 두 명일 거예요. 링즈가 말했다. 여자가 두 명이라고 말하면 둘이나 셋을 곱해야 해요. 아마 네 명 내지 일곱 명쯤 사귀었을 거예요. 링훙이 말했다. 들리는 바에 의하면 바이핑에게 남자친구가 몇 명 있었는데 전부 갑자기 출국을 해버렸대요. 후성은 아무말도 하지 않았다. 링즈가 말했다. 후성 씨의 신혼 첫날밤을 상세하게 얘기해봐요. 후성이 말했다. 그건 얘기하기가 좀 불편할 것 같군요. 링즈가 말했다. 아직 기억하지요? 후성 씨가 그때 제 이혼을 도와줄 때, 저를 보더니 굳은 얼굴로 신혼 첫날밤의 상황이 어땠는지 물었잖아요. 링훙이 가볍게 웃으면서 말했다. 링즈 언니는 신혼 첫날밤에 밤새 잔뜩 애교를 부렸고 남자 쪽은 그걸 철저히 받아들였어요. 후성이 말했다. 뭐라고요? 제가 그렇게 쓸데없는 걸 물었다니. 그럴 리가 없어요. 링즈가 말했다. 이제는 제가 이혼변호사가 되어드릴게요. 저는 후성 씨에게 그런 건 묻지 않을 거예요. 신혼 첫날밤 무얼 했는지는 묻지 않고 첫날밤 한 말에 관해서만 물을게요. 바이핑은 뭐라고 말하던가요? 후성이 말했다. 길게 말해봤자 무슨 의미가 있겠어요? 링훙이 말했다. 듣고 싶어요. 후성이 잠시 생각에 잠겼다가 말했다. 그날 바이핑이 그러더군요. 후성 씨는 남녀 관계 경험이 없기 때문에 너무 단순하고 솔직해요. 링즈가 말했다. 흥, 사실은요, 바이핑과 연애를 하면서 동시에 메이루이를 안았잖아요. 아주 달콤하고 신나게 양다리를 걸치면서 자주 데이트를 했지요. 링훙이 물었다. 어머, 정말이에요? 링즈가 말했다. 링훙 씨, 이런 게 바로 남자예요. 겉으로는 아주 진실하지요. 후성이 말했다. 여자도 마찬가지예요. 링즈는 말이 없다가 갑자기 웃음을 터뜨렸다. 링훙이 말했다. 경박한 여자처럼 굴지 마요! 후성이 말했다. 부모님께 문제가 생긴 뒤로 저는 확실히 알았어요. 모든 것이 의미가 없다는 걸 말이에요. 바이핑이 다른 남자와 결혼하고 싶다면 저는 동의할 거예요. 다른 나라로 가고 싶다면 그것도 맘대로 하라고 할 것이고요. 링즈가 말했다. 신혼 첫날밤 바이핑은 뭐라고 했나요? 후성이 웃으면서 말했다. 우회전술이군요. 당시에 바이핑은 제게 왜 결혼하려 하느냐고 물었어요.

2

후성은 신혼 첫날밤 침대맡에 빨간 스탠드 등이 켜져 있었던 것을 기억했다. 바이핑은 손이 옛날 양갓집 규수처럼 백옥 같았다. 그녀가 실크 블라우스의 단추를 반쯤 풀고 머리칼을 감아올린 채 갑자기 말했다. 후성, 나는 지금 진지해요. 후성이 말했다. 나도 진지해. 진지하고 진실한 마음으로 바이핑을 대하고 있다고. 바이핑은 아무 말도 하지 않고 천천히 마지막 단추를 풀고는 눈처럼 희고 커다란 침대 위에 앉았다. 후성이 자리를 조금 비켜주었다. 바이핑이 물었다. 엄마 아빠의 문제는 언제쯤 해결될까요? 후성이 말했다. 일반적인 정치 문제였다면 일찌감치 복권되셨을 거야. 하지만 일반적이지 않은 문제는 해결되지 않는 것도 일종의 해결 방법이지. 바이핑이 말했다. 무슨 말인지 모르겠어요. 후성이 말했다. 우리 아버지의 상관 하나가 최근에 풀려나왔는데, 이름을 바꾸고 다른 곳으로 가서 살고 있어. 새 호구를 사용하고 있지. 인생의 결말이 완전히 변해버린 거야. 바이핑이 말했다. 제 남자친구들 몇몇도 출국한 뒤로 상황이 비슷해요. 외국에 나가 이름을 바꾸고 완전히 다른 사람으로 변했어요. 후성이 말했다. 사실 그런 간부들 자신도 마음속으로 충분히 이해하고 있어. 이전에는 자신들도 남들에게 같은 방법을 사용했으니까. 이상할 것 없어. 이런 게 바로 규칙이라고. 일을 처리하기 전에 서로 악수를 하면서 몇 마디 격려와 희망을 말하지. 매일 진지하고 냉정하게 반성하면서 실사구시를 추구하는 거야. 불평하거나 원망하지 않고 자포자기도 없이 일과 문제에 적극적으로 대처하면서 자기 몸을 건사하면 되는 거지. 바이핑이 말했다. 제 남자친구들에 관해 얘기해줄게요. 그들도 출국한 뒤에는 새로운 환경에서 새로운 현실에 직면하게 되었지만 역시 실사구시를 추구하고 자포자기하지 않으면서 하루하루를 진지하게 보내고 있어요. 후성이 말했다. 완곡하고 의미심장한 말이군. 그렇게 그럴듯한 말을 하고 나서 철문이 잠기면 자유를 상실하고 모든 관계를 상실하게 되지. 팔 년이든 십 년이든 아무런 소식도 없다가 어느 날 갑자기 밖에 나갈 수 있게 되고, 그리하여 얼굴을 드러내게 되는 거야. 이상할 것도 없어. 바이핑이 말했다. 제 남자친구들 몇몇은 외국에 가자마자 나라의 문이 잠기기라도 한 것처럼 갑자기 실종되어버렸어요. 자유를 잃은 거죠. 세상사의 부침에 따라 세상 여기저기를 떠돌다가 어쩌면 어느 해에 갑자기 귀국하여 얼굴을 드러낼지도 모르지요. 역시 이상할 일도 아니고요. 후성이 말했다. 간부들을 처리하는 방식이 일종의 습관이 되어버렸어. 관례대로 처리하는 거지. 다들 마음속으로는 그들이 운이 없었다는 것을 뻔히 알고 있어. 그들은 익숙한 환경을 떠나 낯선 공간, 낯선 사람들과 어울려 낯선 생활을 하게 되지. 애당초 소리를 지를 수도 없고 울 수도 없어. 아무리 소리치고, 울고, 펄쩍펄쩍 뛰어도 볼 수도 없고 만질 수도 없으니까 말이야. 모든 걸 받아들이고 마음의 평정을 찾는 길밖에 없지. 바이펑이 말했다. 출국 이후 내 남자친구들과 정말 별 차이가 없는 상황이네요. 갑자기 낯선 세상이랑 접촉하다보니 아무리 울고 소리쳐도 현실을 받아들이지 않을 수 없는 거예요. 단지 우리 부모님은 후성 씨의 조건이 원래 알고 있던 남자친구들보다 안 좋다고 생각했지요. 사실 저는 별 차이가 없다고 생각했어요. 후성은 말이 없었다. 바이펑이 후성에게 다가가면서 말했다. 저는 제 생각을 고수했어요. 그래서 결혼한 거예요. 후성이 빙긋이 웃었다. 바이펑이 물었다. 후성 씨는 만족하지요? 후성은 말이 없었다. 바이펑이 말했다. 후성 씨 부모님에게 정치적 문제가 있는 것은 후성 씨에게 문제가 있는 것과 마찬가지예요. 저도 마찬가지고요. 제게도 심각한 정치적 문제가 있어요. 후성은 아무 말도 하지 않았다. 바이펑이 말했다. 과거에 몇몇 남자들과 잠자리를 한 경험이 있어요. 전 처녀가 아니라고요. 이는 별로 큰 문제가 아니지만 후성 씨에게는 틀림없이 어떤 생각이 있겠지요. 후성이 말했다. 나는 괜찮아. 바이펑이 말했다. 자신이 이 바이펑의 네번째 남자가 된다는 것을 생각하면 후성 씨도 틀림없이 다른 생각을 갖게 될 거예요. 후성은 아무 말도 하지 않고 침대 머리맡 전등을 껐다. 창문 커튼에 오동나무 그림자가 비쳤다. 바이펑이 팔을 들어올렸다. 바이펑이 말했다. 겉으로는 제가 아주 적극적으로 일을 하고 있는 것 같지만 사실 저는 출국을 생각하고 있어요. 후성은 말이 없었다. 바이핑이 말했다. 출국 기회가 주어지기만 한다면 다시는 돌아오지 않을 거예요. 후성이 말했다. 그건 나도 이해해. 바이핑은 말을 받지 않았다.

이들의 혼인을 맨 처음에 이해한 사람은 아바오밖에 없었다. 부부 관계가 일 년이 막 넘은 1989년 초에 바이핑은 국가에 의해 독일로 파견되어 반년 동안 연수를 받았다. 처음에는 자주 편지가 오더니 가을이 되자 후성은 바이핑이 보내온 명세서에 따라 화팅로에 가서 청바지와 치마, 브래지어, 팬티 등을 사느라 말을 많이 해야 했다. 의류 노점을 운영하는 샤오친은 당시 열여덟 살밖에 안 됐지만 경험이 풍부하고 생각이 주도면밀했다. 한번은 샤오친이 갑자기 그를 후 선생이라고 불렀다. 후성은 잠시 멍한 표정을 지었다. 알고 보니 자신이 바이핑의 편지를 샤오친 눈앞에 펼쳐놓고 있었던 것이다. 후성이 빙긋이 웃었다. 그 노점에서는 일본 스타일의 의류를 전문적으로 팔았다. 친근한 대화를 주고받는 사이에 샤오친은 일본과의 업무 관계에 관해 얘기하면서 무의식중에 링즈에 관해 언급했다. 후성은 마음속으로 결혼소식이 일본까지 전해졌으리라는 것을 알았다. 과연 한 달 뒤 링즈에게서 전화가 왔다. 링즈가 말했다. 후성 씨, 지금 밖에 나가 있는 많은 사람들이 전부 적당한 이유를 찾아 돌아오지 않으려 하고 있어요. 후성이 말했다. 당연한 일이지요. 링즈가 말했다. 자기 마누라하고는 자주 연락을 하세요. 후성은 그러겠다고 대답했다. 링즈는 한마디 불길한 예언을 했다. 당시 후성은 바이핑에게서 여덟 장의 컬러사진을 받은 터였다. 그 가운데 한 장의 뒷면에 바이핑이 문장을 한 구절 썼다. 아름다운 사람이 멀리 있네. 아바오가 사진을 보면서 말했다. 여자들은 외국에만 나가면 예뻐지는 것 같아. 옛날 상하이 속담에도 사람이 예쁘고 멋있어지면 대인 관계도 멋있어지고 모든 것이 멋있어진다는 말이 있잖아. 후성은 사진 속의 바이핑을 바라보았다. 해맑은 얼굴에 무척이나 운치가 있는 모습이었다. 사진 뒤에 적힌 문구를 읽고서 아바오는 갑자기 말이 없어졌다. 후성이 말했다. 바이핑의 상하이 직장에서는 계속 편지를 보내고 있는 모양이야. 바이핑이 가급적 빨리 돌아와 모든 일들을 상의하고 싶어하지만 바이핑은 이미 체류연장을 신청했다고 하더군. 캐나다로 갈 생각이래. 아바오가 말했다. 바이핑 신변에 누군가 있는 게 분명해. 후성이 물었다. 그게 무슨 말이야? 아바오가 말했다. 이 사진들은 남자가 찍은 거라고. 후성은 말이 없었다. 아바오가 말했다. 여자의 사진이지만 카메라가 남자의 손에 있는 게 분명해. 카메라가 여자의 손에 있으면 각도나 분위기의 선택이 다르거든. 후성이 말했다. 난 이해해. 사람은 누구에게나 이야기가 있고 누구나 마음속에 생각이 있기 마련이지. 단지 내용이 다를 뿐이야. 아바오가 물었다. 최근에도 전화는 오지? 후성이 말했다. 예전에 비해 횟수가 적은 편이야. 나도 할말이 별로 없거든. 아바오가 말했다. 남이 엿들을까봐 두려운 거지. 후성이 웃으면서 말했다. 감정이 좋은 부부는 남들을 가장 두려워하지. 아바오가 말했다. 내 외지 고객 하나가 그러는데, 국제전화 교환원 아가씨들이 야간근무를 할 때면 그저 전화만 연결해주면 되는 일이라 무척이나 심심하다보니 대부분 바다

건너 소식에 귀를 기울이곤 한대. 방송 프로를 듣는 것이나 마찬가지지. 후성이 말했다. 난 과거에 우편열차를 타면서 사람들이 남의 편지를 맘대로 뜯어 읽는 것을 직접 목격했어. 지금 생각해보니 글이란 별것 아닌 것 같아. 부부가 바다를 사이에 두고 떨어져 서로 그리워하는 상황에서는 아무리 예술적 표현이 뛰어난 글이라 해도 가장 무력할 수밖에 없지. 감정이 극점에 이른다 해도 '그리움'이라는 단어 하나로 요약할 수 있을 거야. 전화 통화를 하다보면 눈동자가 그립고 귀가 보고 싶고 머리칼에서 열 발가락까지 다 보고 싶어질 것이고, 두 사람의 세계에 관해서는 말하지 못할 것이 없겠지. 아바오가 말했다. 젊은 교환원이 한밤중에 이런 전화내용을 엿듣는 것은 사실 스스로 고통을 자초하는 일이기도 해. 장기적으로 자극을 받다보면 자신을 그런 상상 속에 가두게 되고 종종 몸을 떨고 혼란에 빠져 날이 밝으면 전부 허리가 아프게 되지. 때문에 경험이 풍부한 중년의 교환원들은 서로 시시덕거리며 희롱하는 전화만 엿들어. 남녀 관계가 안정되지 않은 경우에는 내용이 아주 복잡하거든. 서로 왕래하는 게 잠자리들의 촉수가 서로 움직이는 것과 마찬가지야. 생각을 충분히 활용하고 총명함과 기지를 갖춰야 암시도 생기고 맛도 있으면서 살과 뼈를 자극하거나 다치게 하지 않는 법이지. 장거리 전화 교환대에서의 경험이 풍부한 나이든 아주머니들은 이 부분에서 완전히 담담한 모습을 보이게 되지. 야간근무조는 비교적 간단한 내용만 좋아하게 돼. 부부가 서로 욕을 한다거나 집안의 장단점을 가지고 서로를 공격한다거나 긴장과 소란이 다양한 형태로 펼쳐지는 것을 좋아하게 되지. 이를테면 골계희滑稽

戲*를 듣는 것이나 마찬가지야.

후성은 어느 날 아침 바이핑이 전화를 걸어 했던 말을 기억했다. 후성 씨, 요즘 잘 지내지? 후성이 대답했다. 그럭저럭. 바이핑이 물었다. 지금 뭐하고 있어? 후성이 말했다. 책 보고 있어. 좀 쉬려고. 바이핑이 또 물었다. 혼자야? 후성이 말했다. 응. 바이핑은 아무 말도 하지 않았다. 전화기에서 지지직 잡음이 들렸다. 바이핑이 물었다. 요즘 나 보고 싶어? 후성이 말했다. 응. 바이핑이 물었다. 나 어디가 보고 싶어? 후성이 말했다. 그냥 보고 싶어. 바이핑이 말했다. 나의 어떤 부분이 보고 싶은 거냐고? 후성은 대답하지 못했다. 바이핑이 말했다. 후성 씨한테는 내가 필요하겠지? 후성이 말했다. 그럼, 필요하지. 바이핑이 몇 초 멈췄다가 말을 이었다. 내 느낌에는 방안에 낯선 사람이 하나 있는 것 같아. 후성이 물었다. 그게 무슨 뜻이야? 바이핑이 말했다. 난 다 들을 수 있다고. 후성이 물었다. 누가 있다는 거야? 바이핑이 말했다. 지금 소리가 들린다는 건 아니야. 그냥 느낌이 그렇다는 거지. 후성이 말했다. 멍청한 소리. 바이핑이 물었다. 뭐가 멍청하다는 거야? 후성이 말했다. 방안에 나 하나뿐이라고. 바이핑이 물었다. 옆에 누가 있는데? 후성이 말했다. 나 혼자라니까. 바이핑이 말했다. 볼 수는 없지만 소리가 들려. 침대 위에 두 사람이 앉아 있네. 그렇지? 후성이 말했다. 농담하지 마. 바이핑이 말했다. 내 느낌에는 한 사람이 더 있는 것 같아. 후성이 말했다. 잘못 들었어. 바이핑이 말했다. 몇 년

---

* 상하이와 장쑤, 저장의 일부 지역에서 유행하던 전통 희극.

전 후성 씨가 이사해 나갈 때 그런 느낌이었어. 후성이 참지 못해 말했다. 내가 여러 번 설명했잖아. 지금은 조건이 있어서 방을 세 들어 있는 거라고 말이야. 바이핑이 말했다. 우리 엄마 아빠는 줄곧 의심하고 계셔. 후성 씨, 그때 왜 이사해 나갔던 거야? 후성이 말했다. 환경을 좀 바꿔보고 싶었어. 바이핑이 말했다. 여자가 숨쉬는 소리가 들리는 것 같아. 후성이 말했다. 그럴 리 없어. 바이핑이 말했다. 나 기분이 안 좋아. 당분간 전화 못할 것 같아. 후성이 대꾸하려고 하는 순간 찰칵 소리와 함께 전화가 끊기더니 줄곧 뚜뚜 소리만 났다.

3

타오타오는 종 대사의 말에 귀기울이고 있었다. 머리칼이 뻣뻣한 사람은 말이야, 비교적 용감하고 마음이 아주 독하지. 일도 편파적으로 처리하고 말이야. 때문에 높은 벼슬을 하면서 상대방을 꼼짝 못하게 하고 상황을 장악할 수 있는 거야. 자신의 지위를 쉽게 안정화할 수도 있지. 마음이 모질지 못하면 결정적인 순간에 결단을 내리지 못하거든. 무슨 일을 하든지 아주 매섭게 사태를 장악하여 자신에게 유리하게 할 수 있어야 해. 이것이 고관이 되기 위한 필수 요건이지. 머리칼이 부드러운 사람들은 상대적으로 온화하고 공평하지. 사람이 일단 공평하면 큰일을 이룰 수가 없어. 모든 일에 주저하면서 남의 이익을 방해하게 되지. 이런 사람들의 장

점은 도리에 어긋나지 않아 마음 편하게 자기 일에만 집중할 수 있다는 거야. 요컨대 내가 하고 싶은 얘기는 머리칼이 뻣뻣하든 부드럽든 간에 각각의 장단점이 있다는 거야. 사회의 분업이 제각기 다르기 때문에 상황에 맞추는 게 중요하지. 예컨대 범인을 신문하는 사람이 마음이 약하면 야무지게 일을 처리하지 못하고 매사에 성공을 거둘 수가 없겠지. 걸핏하면 맺고 끊는 맛이 없어 양쪽 다 비위를 맞추지 못하지. 여자도 마찬가지야. 피부가 희고 머리칼이 부드러우면 일반적으로 성격이 좋은 편이지. 타오타오는 종 대사의 얘기를 들으면서 아무 말도 하지 않았다. 종 대사가 말하는 낮은 벼슬과 높은 벼슬에 대한 해석에 타오타오는 전혀 관심이 없었다. 마지막 몇 마디에 타오타오는 샤오친의 피부가 생각났다. 그녀는 두 손의 피부가 눈처럼 희고 성격도 좋았다. 지난번에 식사 자리에서 사람들은 하나같이 남자 도둑과 창녀에 관한 얘기만 늘어놓자 샤오친이 화제를 돌려 시골에서 생활했던 경험을 얘기했었다. 짜지도 않고 싱겁지도 않은 얘기에 마음속 슬픔이 약간 섞여 있었다. 얘기를 들으면서 모두 아무 말도 하지 않았지만 타오타오는 마음속으로 눈물을 흘리고 있었다. 그리고 그날 이후로 타오타오는 자주 화팅로로 샤오친을 만나러 갔다. 노점 뒤쪽에서 두 사람은 잠시 함께 앉아 얘기를 나눴다. 타오타오가 말을 많이 하고 샤오친은 적게 했다. 타오타오는 말이 빠른 편이었고 샤오친은 인내심 있게 듣는 편이었다. 항상 웃기만 할 뿐, 말은 많이 하지 않았다. 타오타오가 돌아갈 때마다 샤오친은 미리 준비해두었던 손잡이 달린 봉투를 꺼내 그에게 건넸다. 봉투 안에는 티셔츠나 긴 바지가 한 점 들어 있었다. 이는 타오타오에게 주는 샤오친의 마음의 표시였다. 한번은 팡메이가 새 셔츠를 보았다. 타오타오가 말했다. 어제 산 거야. 팡메이가 말했다. 사이즈가 딱 맞네. 아주 근사해요. 또 한번은 양복바지를 보고 팡메이가 말했다. 입어봐요. 양복바지는 밑단을 약간 남겨 접은 형태였다. 하지만 이 바지 밑단은 이미 깔끔하게 마감된데다 다림질까지 되어 있었다. 팡메이가 말했다. 이 집은 아주 서비스가 좋네요. 맞춘 옷이나 다름없어요. 타오타오가 말했다. 다른 사람이 자기 사이즈에 맞춘 옷인데 내가 입어봤더니 딱 맞는 것 같아서 산 거야. 팡메이는 아무 말도 하지 않았다. 그때 타오타오는 마음속으로 정말로 샤오친에 관해 얘기하고 싶었다. 몇 마디 샤오친의 주도면밀함과 온화함을 칭찬해주고 싶었다. 물론 그래서는 안 되는 일이었다. 나중에 타오타오가 샤오친에게 말했다. 내게 또 옷이 담긴 봉투를 주면 팡메이가 의심할 것 같아요. 이제 옷은 그만 줘요.

이때 이후로 샤오친이 예둥징으로 친구를 만나러 가면 어김없이 타오타오가 왔다. 링즈는 타오타오가 들어오는 것을 보면 비교적 냉담한 모습을 보였다. 하지만 링즈와 샤오친은 줄곧 친자매 같은 우정을 나누고 있었던 터라 링즈가 그 자리에 있으면 타오타오도 아무 말 하지 않았다. 그저 조심스럽게 식사만 할 뿐이었다. 이런 일상이 오래 지속되자 링즈도 익숙해졌다. 어느 날, 팡메이가 아이를 데리고 우시로 친척들을 만나러 가면서 그날 밤에는 돌아오지 못할 것 같다고 말했다. 타오타오는 연달아 전화를 몇 통 걸어 샤오친과 황허로에 가서 저녁을 먹기로 약속했다. 샤오친이 우물쭈물하면서 말했다. 밖에서 식사를 하려면 돈을 쓰게 되잖아요. 언니네 가게에 가서 먹어요. 타오타오가 말했다. 언니네 가게에는 아는 사람이 너무 많아서 그래요. 샤오친이 말했다. 사람들이 많으면 왁자지껄하고 좋잖아요. 타오타오가 물었다. 하루종일 장사를 하고 또 왁자지껄하게 어울리면 마음속으로 좀 피곤하지 않아요? 샤오친이 말했다. 언니네 가게인데요 뭐. 왜 굳이 다른 장소를 찾아요? 타오타오가 말했다. 나는 지금 우리 단둘이서 식사하고 싶단 말이에요. 샤오친은 아무 말도 하지 않았다. 타오타오가 말했다. 좋아요, 그럼 진셴로로 갑시다. 샤오친이 잠시 생각에 잠겼다가 말했다. 조금 늦을 것 같아요. 저녁 여덟시에 만나는 게 어때요? 타오타오가 물었다. 왜 늦는 거예요? 샤오친이 말했다. 좀 바빠서 그래요. 타오타오가 말했다. 아까운 시간을 이렇게 낭비하게 되네요. 샤오친이 말했다. 여덟시로 정해요. 제가 장을 좀 봐야 하거든요. 타오타오가 말했다. 아, 정자간 아주머니가 있어야 장을 볼 수 있잖아요. 샤오친이 주저하면서 말했다. 원래 얘기하지 않으려 했는데, 저녁 여덟시 이후로는 가게에 종업원 아가씨 혼자 있거든요. 타오타오가 물었다. 왜요? 샤오친이 말했다. 주방장이 일곱시에 휴가를 내고 일찍 퇴근하기 때문에 링즈 언니는 하루종일 바쁜데다 밤에는 거 선생님을 뵈러 가야 하거든요. 타오타오가 말했다. 그건 나도 알아요. 거 선생님은 병이 나서 며칠 동안 매일 낡은 서양주택에 틀어박혀 텔레비전만 본다고 하더군요. 샤오친이 말했다. 맞아요. 타오타오가 웃으면서 말했다. 알고 보니 가게가 비어 있었군요. 왜 일찌감치 속시원하게 말해주지 않았어요? 치약 짜듯이 다 얘기했어야죠. 샤오친이 빙긋이 웃었다. 타오타오의 마음속이 뜨거워지기 시작했다.

이날 밤, 하늘에는 가는 비가 흩날렸다. 거리에 사람도 별로 없었다. 타오타오는 일곱시 사십오분에 예둥징에 도착했다. 입구에 '휴업중'이라고 적힌 팻말이 걸려 있었다. 불빛은 어둡고 안에는 종업원 아가씨가 멍한 표정으로 텔레비전을 보고 있었다. 테이블 몇 개는 비어 있고 주방은 썰렁하기만 했다. 사정이 샤오친이 말한 것과 다르지 않았다. 타오타오가 물었다. 방해되는 건 아니겠지요? 난 우선 좀 앉아 있다가 옆집에 가서 개요반蓋澆飯*이나 한 그릇 먹고 올게요. 종업원 아가씨는 알았다고 하고는 차를 한 잔 우려주고 나서 자신은 보던 텔레비전을 계속 보았다. 타오타오는 신문을 뒤적거리다가 손목에 찬 시계를 보았다. 긴바늘이 12를 가리키자 문에서 소리가 났다. 타오타오는 계속 신문을 보았다. 샤오메이가 일어서서 샤오친을 불렀다. 샤오친 언니! 샤오친이 말했다. 이곳을 지나가는데 비가 거세지네. 하는 수 없이 들어왔지. 손잡이 달린 봉투를 내려놓는 소리에 이어 우산을 알루미늄 통에 넣는 소리가 들렸다. 타오타오가 고개를 들어 샤오친의 눈빛을 바라보았다. 비처럼 희미했다.

샤오친이 말했다. 타오타오 씨군요. 정말 공교롭네요. 밖에 비가 오고 있어요. 타오타오가 말했다. 저도 방금 왔어요. 샤오메이

* 중국 한족의 오래된 간편식으로 접시 하나에 간단한 요리 한두 가지에 밥, 계란부침 등을 한데 담아 간단히 먹는다.

가 말했다. 식사는 했겠지? 샤오친이 말했다. 더운 음식을 좀 사왔어요. 집에 가서 먹으려고. 샤오메이가 말했다. 여기서 먹자. 내가 옆집에 가서 개요반 이인분 사올 테니까. 타오타오 씨도 먹어야 하거든. 샤오친이 잠시 머뭇거리다가 말했다. 그러지 말고 다 같이 먹자. 샤오메이가 말했다. 나는 안 먹을래. 샤오친이 말했다. 내가 진정계振鼎雞*랑 파인애플파이를 사왔거든. 샤오메이 먼저 먹고 있어. 내가 부엌에 가서 간단한 채소요리랑 국수를 준비할 테니까. 샤오메이가 말했다. 타오타오 씨도 괜찮겠지요? 타오타오가 말했다. 좋습니다. 타오타오가 자리에서 일어섰다. 샤오친의 한 마디 한 마디가 대단히 교묘하고 주도면밀한 것 같았다. 연극을 하는 것처럼 전혀 빈틈이 없었다. 모든 말이 덩리쥔의 노래처럼 부드러웠다. 세 사람이 자리에 앉아 커다란 쟁반의 백참계白斬雞**를 먹기 시작했다. 생강채와 황주 한 병을 곁들였다. 젓가락은 세 벌이었지만 두 사람은 서로 샤오메이에게 양보했다. 샤오메이는 배가 고프지 않아 몇 점 집어먹더니 젓가락을 내려놓고 파인애플파이를 하나 들고 텔레비전을 보기 시작했다. 타오타오와 샤오친은 서로 눈길을 주고받으면서 신나게 먹고 떠들었다. 타오타오가 낮은 목소리로 말했다. 닭을 너무 많이 사 온 것 같아요. 샤오친이 말했다. 좀 많네요. 타오타오가 말했다. 젊은 아가씨가 거의 반 마리나 되는 닭을 사가지고 가서 먹으려 했다는 말에 속을 사람은 샤오메이

* 1996년 7월 상하이에 설립된 중국식 패스트푸드 체인점의 유명 음식으로 소금으로만 간해서 찐 다음 먹기 좋은 크기로 썬 닭고기다.

** 닭을 통째로 대강 삶아 작은 조각으로 자른 음식.

밖에 없을 거예요. 샤오친이 말했다. 목소리 좀 낮춰요. 타오타오가 말했다. 못 들을 거예요. 샤오친이 고개를 숙였다. 타오타오는 얘기를 하면서 샤오친의 손을 꼭 잡았다. 샤오친이 빙긋이 웃으며 천천히 손을 도로 빼냈다. 타오타오가 말했다. 샤오메이, 황주 한 병 더 땁시다. 샤오메이가 술을 가져다주면서 말했다. 언니, 얼굴이 빨개. 샤오친이 말했다. 난 가서 음식을 좀 해야겠어. 샤오메이가 샤오친을 따라 부엌으로 갔다가 다시 돌아와 텔레비전을 보았다. 타오타오가 술을 반잔 더 마시고 부엌으로 갔다. 샤오친은 싱크대 앞에서 채소를 다듬고 있었다. 타오타오가 샤오친의 등뒤로 다가가 몸을 기대며 말했다. 음식 하지 마요, 먹고 싶지 않아요. 샤오친이 뒤로 몸을 피하자 타오타오는 더 가까이 다가갔다. 샤오친의 손에 들려 있던 채소 줄기가 한 가닥 한 가닥 싱크대 안으로 떨어졌다. 샤오친이 타오타오를 등진 채 몸을 찹쌀 반죽처럼 밀착시키며 낮은 목소리로 말했다. 전 이런 것 싫어해요. 타오타오는 아무 말도 하지 않았다. 샤오친이 말했다. 어서 떨어져요. 입으로는 이렇게 말하지만 여전히 타오타오의 몸에 밀착된 그녀의 몸은 점점 뜨거워지고 있었다.

이날 저녁, 주방에서는 음식을 만들 때 나는 소리가 전혀 들리지 않았다. 샤오친의 채소 볶음은 식탁에 오르지 못했다. 얼마 후 샤오친과 타오타오가 빈손으로 주방에서 나왔다. 홀에는 샤오메이 혼자 넋이 나간 것처럼 미동도 하지 않고 텔레비전을 뚫어지게 바라보고 있었다. 그동안 무슨 일이 있었는지는 전혀 감지하지 못했다. 두 사람은 테이블로 돌아와 엄숙한 표정으로 잠시 앉아 쉬었다. 타오타오는 주머니에서 금장식을 꺼내 술잔 아래 내려놓고는 자리에서 일어섰다. 줄곧 샤오메이를 주시하고 있던 샤오친도 천천히 일어섰다. 두 사람은 샤오메이와 몇 마디 주고받고는 작별 인사를 하고 나왔다. 가게 문을 열자 가는 빗줄기가 얼굴을 덮쳐왔다. 가게 세 곳을 지나쳐서야 우산을 펼친 타오타오가 샤오친을 우산 아래로 끌어당겼다. 가는 길 내내 두 사람은 말이 없었다. 눈은 도로 바닥만 내려다보고 있었다. 두 사람은 천천히 서쪽을 향해 걷다가 직선 도로 몇 개를 가로질러 구불구불 몇 개의 모퉁이를 돌아 옌칭로의 어느 농탕으로 들어섰다. 이곳에 샤오친이 세 들어 사는 집이 있었다. 말은 신식 농탕이라고 하지만 실제로는 낮은 건물의 아래층 담장을 개조한 곁채였다. 문을 열고 안으로 들어서자 절전형 전등이 있고 비닐 바닥 절반을 잔뜩 쌓인 물건들이 차지하고 있었다. 나머지 절반에는 의자 하나와 14인치 텔레비전, 철사 침대 등이 놓여 있었다. 샤오친은 방안에 들어서자마자 불안정한 모습을 보이더니 타오타오에게 몸을 바싹 붙인 채 눈물을 흘렸다. 타오타오는 손이 닿는 대로 전등을 껐다. 샤오친이 말했다. 저는 불 끄는 것 안 좋아해요. 끄지 말아요. 지붕 석면 기와에서 후둑후둑 빗소리가 들려왔다. 빗소리는 이내 가벼워졌다. 비가 잦아드는 것 같았다. 철사 침대는 튼튼하지 못했다. 좁은데다 너무 푹 들어가면서 끼익끼익 철사가 마찰하는 소리가 났다. 소리는 갈수록 요란해졌다. 샤오친이 움직임을 멈추면서 말했다. 이웃에 다 들릴 것 같아요. 두 사람은 더이상 몸을 움직이지 않았다. 타오타오는 살금살금 바닥에 떨어진 옷을 주워 철사 침대 위에 개켜놓고는 물건더미 속에서 종이 상자 두 개를 꺼내 바닥에 깔았다. 그런 다음 이불을 그 위에 깔고 베개를 놓았다. 방은 작고 절전용 전등은 갈수록 밝아져 샤오친의 눈처럼 하얀 알몸을 비췄다. 몹시 눈이 부셨다. 두 사람이 편안하게 누워 자리잡자 타오타오는 등을 끄고 싶었다. 샤오친이 타오타오의 귀에 입을 가져다대면서 말했다. 저는 항상 등을 켜고 지내는 습관이 있어요. 몇 마디 얘기를 건네더니 팔이 미끄러져왔다. 다정하고 애교가 넘치는 몸짓이었다. 몸은 타오타오에게 바싹 밀착한 상태였다. 샤오친은 더이상 아무 말도 하지 않고 계속 눈물을 흘렸다. 타오타오는 비몽사몽 상태로 줄곧 샤오친의 몸을 향해 고른 숨을 내뿜다가 마침내 긴 한숨을 내쉬었다. 새벽 다섯시가 되자 타오타오는 살금살금 일어나 옷을 주워 입고서 샤오친에게 말했다. 나 갈게요. 샤오친이 눈을 뜨고는 타오타오의 얼굴을 어루만졌다. 눈을 가늘게 뜨고 말은 한 마디도 하지 않았다. 문을 나선 타오타오가 농탕 밖으로 나와보니 날은 훤히 밝아 있었다. 근처의 노점에서 순두부를 한 그릇 먹고 대로를 바라보는 그는 마치 꿈을 꾼 것 같았다. 눈앞에 줄곧 작은 방에 있는 그 여인의 모습이 아른거렸다. 잊기 어려웠다.

이런 얘기를 다 듣고 나서 후성이 말했다. 타오타오 씨, 지금 상황이 얼핏 보기에는 달콤한 양념 같지만 꼭 그렇다고 단정하긴 어려워요. 언제 매운 양념으로 변할지 모른다고요. 타오타오가 목소리를 낮추며 말했다. 쉿! 여자는 내가 많이 경험해봤잖아요. 하지만 이렇게 한 마디도 하지 않고 눈물만 흘리는 여자는 처음이네요.

타오타오가 말했다. 이 사회에 원망을 늘어놓지 않는 여자는 없어요. 그런 여자가 어디 있겠어요? 나는 그저 화팅로에 가서 밥만 같이 먹을 생각이었는데 샤오친이 이래저래 상황을 따져보더니 결국 나를 옌칭로까지 데려간 거죠. 가는 길 내내 웃으면서 얘기하더니 방안에 들어서자마자 내 몸에 찰싹 달라붙어 울더라고요. 이런 걸 소리 없는 애교라고 하지요. 이런저런 얘기를 주고받다가 갑자기 나더러 몸조심하고 언니, 그러니까 팡메이에게 잘해주라고 하더군요. 여자 둘이 남자 하나랑 별일 없이 태평하게 살고 싶다는 거예요. 그런 얘기를 하면서 계속 눈물을 흘리더라고요. 후성은 말이 없었다. 타오타오가 물었다. 남자들은 왜 덩리쥔만 좋아하는 걸까요? 후성이 물었다. 그건 왜 물어요? 타오타오가 말했다. 덩리쥔의 명곡들을 다 들어보면 한 단어로 요약할 수 있죠. 바로 애교죠. 그녀의 노래에서 원망하는 내용은 반 구절도 들을 수 없어요. 다른 여자들은 노래를 시작했다 하면 사람들의 표정을 살피면서 차가운 조소와 신랄한 풍자를 일삼는데 말이에요. 죽기 살기로 어리숭하게 푸념만 잔뜩 늘어놓고 음양의 이상한 기운만 쏟아내지요. 이것저것 원망하고 불평하면서 제멋대로 평가하고 단정하기 일쑤죠. 이래도 안 좋고 저래도 안 좋다는 거죠. 게다가 그런 것들이 남자들에게 가장 잘 먹히는 괴상한 애교이자 교태라고 생각하는 거예요. 남자들한테 이런 게 먹힐까요? 절대로 안 먹히죠. 후성이 말했다. 그건 사람마다 입맛이 다르기 때문이에요. 타오타오 씨는 지금 화끈 달아올라 있는 단계인 것 같군요. 하지만 확실한 느낌이 안 들 수도 있어요. 더 나아가다가 문제가 생길 수도 있고요. 나는 이런 관계에 대해서는 줄곧 안 좋게 생각하는 편이에요. 타오타오가 말했다. 이래저래 트집 좀 잡지 마세요. 한 마디 한 마디가 폐부에 와닿는 최고의 여자를 어디 가서 찾을 수 있겠어요? 이 사회에서는 후성이 말한 것처럼 여자들은 영원히 만족하지 못해요. 양다리 걸치면 결국 하느님이 화를 내시겠지요. 후성이 말했다. 그건 내가 한 말이 아니라 동화에 나오는 말이에요. 타오타오가 말했다. 맞아요. 부부 두 사람이 강가에서 요괴를 만나 발 씻는 대야를 하나 얻었는데 남자는 만족했지만 여자는 만족하지 않았대요. 집을 요구하기에 요괴가 부동산 증명서를 보내주었더니 이번에도 남자는 만족했는데 여자는 만족하지 않았지요. 여자가 사장이 되고 싶다고 해서 요괴가 여자를 사장 자리에 앉히고 남편에게 직원이 되게 했더니 여자는 여전히 만족하지 못했대요. 요구조건이 갈수록 높아졌던 거죠. 결국 여자가 황제가 되고 싶다고 하자 마침내 하느님이 화를 냈죠. 후성이 말했다. 같은 얘기를 반복하는 건 무슨 의미예요? 생각의 방향이 이미 비정상적이라고요. 약간 넋이 나간 거야. 타오타오가 웃으면서 말했다. 최근에 나는 정말 제정신이 아닌 것 같아요. 샤오친이 너무 좋아졌기 때문이죠. 후성이 말했다. 하느님이 화를 내도 나쁠 건 없어요. 타오타오 씨는 기껏해야 다시 팡메이에게로 돌아가 태평세월을 보내면 되니까요. 밖에서 바람을 피우는 것은 한 차례 감기를 앓는 것과 마찬가지라고 할 수 있어요. 항상 아무 소리도 없고 결과도 없죠. 하느님이 정말로 일반적이지 않은 여자를 보내주신다면 그때는 정말 골치가 아파질 거라고요. 남자가 행복한 것 같지만 사실 결국에는 죽을 고생을 하게 될 테니까요. 타오타오는 말이 없었다. 후성이 말했다. 일반적이지 않은 여자들이야말로 가장 쉽게 남자들로 하여금 넋을 잃게 하죠. 하지만 결국에는 배를 뒤집어버려요. 정말로 최고 품질의 여자를 만났을 때 자칫 잘못하면 해와 달이 뒤바뀌고 왕조가 뒤바뀌며 당도 망하고 나라도 망하게 되지요.

이십일장

일

수요일에 아바오는 자베이 훙싱로로 할아버지를 뵈러 갔다. 구식 거리라 건물들이 비교적 낮았고 문이 거리에 붙어 있었다. 할아버지는 부채를 부치고 계셨다. 테이블 위에는 먹기 좋게 썬 동과冬瓜가 한 접시 놓여 있었다. 아바오가 말했다. 매번 동과를 먹게 되네요. 할아버지가 말했다. 홍소 동과는 나도 씹을 수 있거든. 아바오가 철사 바구니에서 더운 음식 두 가지를 꺼내놓고 시계 모양의 양철 반합에서 차가운 혼돈 이인분을 꺼내놓았다. 바오산로寶山路 북부역에서 산 것이었다. 고모가 말했다. 매번 이렇게 돈을 써서 어떻게 해? 아바오는 절약을 좀 해야겠어. 아바오는 아무 말도 하지 않았다. 한구석에 다리가 하나 없는 다탁이 놓여 있었다. 쓰난로에서 옮겨온 것이었다. 벽돌로 안정되게 받쳐놓고 그 위에 가을 겨울 옷과 이불솜을 쌓은 다음 비닐로 덮어놓았다. 할아버지가 물었다. 가공조에서 매달 얼마나 받니? 아바오가 말했다. 15위안요. 고모가 말했다. 남자 구두 한 켤레가 가장 싼 것이 7위안 6자오 5펀이야. 아바오가 장차 뭘 할 수 있을까? 아바오는 아무 말도 하지 않았다. 방안에 있는 큰 장식장과 작은 사각 탁자는 고모가 추장로虬江路에 가서 사 온 중고품이었다. 탁자를 벽에 붙여놓았다가 밤에 조금 옮기면 범포로 된 간이침대를 하나 놓을 수 있었다. 낮에는 거둬두었다가 밤에만 펼치는 것이다. 여름에는 범포 침대가 너무 더워서 고모는 문밖 길가로 나가 당의에 몸을 기댄 채 밤을 보냈다. 최근 이 년 사이 할아버지는 앞니가 세 개나 빠졌다. 오래된 대나무 부채는 전에 살던 사람들이 버리고 간 것으로 할아버지보다 더 나이가 많은 것 같았다. 움직일 때마다 지지직 소리가 났다. 문밖에는 집집마다 부엌을 설치하고 화로를 옮겨놓았다. 지금 화로에 불을 붙이는 것은 밥을 하기 위해서였다. 할아버지가 말했다. 나는 원래 공장을 몇 개 갖고 있었어. 견습공들에게 16위안씩 지급했지. 견습 기간 삼 년을 채우면 27위안 8자오씩 지급했어. 아바오는 말이 없었다. 고모가 말했다. 과거에 내 제자 중에 후성이라는 아이가 있었어. 들리는 바에 의하면 부모가 군대 간부라고 하더구나. 지금은 구매담당자로 일하고 있는데 한 달 월급이 얼마나 되는지 알아? 아바오가 말했다. 혁명가 가정이잖아요. 고모가 말했다. 거의 36위안이 넘을 거야. 아바오가 말했다. 아무래도 삽대插隊*되

* 문화대혁명 기간중 인민공사의 생산대에 들어가 노동에 종사하거나 그곳에 정착

었다가 정착한 사람들보다는 낫겠지요. 고모가 말했다. 다음달에 내가 아바오에게 구두를 한 켤레 사줄게. 젊은 남자는 구두를 신어야 멋있거든. 아바오가 말했다. 밖에 나갈 일도 없는데요 뭘. 안 사주셔도 돼요. 고모가 물었다. 아바오는 식사했니? 우리랑 같이 먹을래? 아바오가 말했다. 이미 먹었어요. 냉면을 먹었지요. 고모가 말했다. 이럴 줄 알았으면 고모가 음식을 하지 말 걸 그랬다! 아바오는 말이 없었다. 고모는 문밖의 부엌으로 갔다. 할아버지가 물었다. 엄마 아빠도 잘 지내지? 아바오가 말했다. 그런대로 잘 지내는 편이에요. 할아버지가 밖을 힐끗 내다보고는 아바오에게 가까이 다가서며 말했다. 고모가 요즘 기분이 안 좋은 것 같구나. 매일 밤마다 운단다. 아바오가 가서 좀 달래줘야 할 것 같아. 아바오가 고개를 끄덕였다. 대나무 부채가 지지직 소리를 냈다. 부들부채도 휙휙 소리를 냈다. 식사가 시작되자 아바오는 문밖에 등받이 없는 작은 의자를 하나 내다놓고 앉아 있었다. 길가에는 도처에 더위를 식히려는 주민들이 나와 있었다. 어른 아이 할 것 없이 발밑에 나무 판을 대고 앉아 투닥투닥 어지럽게 소리를 냈다. 고모의 처지가 생각나 아바오는 머리가 아팠다. 조반대가 와서 작은 가죽 트렁크를 뒤집어놓고 간 지 몇 년이 지났지만 고모는 여전히 그때의 고통에서 벗어나지 못하고 있었다. 고모부 황허리는 엔지니어였다. 항상 눈가에 웃음이 가득한 부드럽고 우아한 남자였다. 들리는 소문에 의하면 머리가 희끗희끗해지고 허리가 굽기 시작했다고 했

하여 사는 것을 말한다.

다. 영화에서 한 여성 혁명가가 상하이로 와서 조직원을 찾다가 석고문에 들어서는 순간, 카메라가 천정으로 이동하면서 치파오 차림의 여인 하나가 건물 위를 향해 소리치는 모습이 나타난다. 황거리黃格里*, 어떤 사람이 당신을 찾아요! 당시에 황허리는 몸이 곧고 자세가 바른 사람이었다. 쓰난로의 대저택으로 들어설 때 고모가 갑자기 크게 웃으며 말했다. 황거리, 누가 당신을 찾아요. 황허리는 어리둥절한 표정을 지었다. 이때가 고모 부부의 가장 달콤하던 시절이었다. 작은 가죽 트렁크 사건 이후 황허리는 고모와 강제로 분리되어 각자의 직장에서 구금된 채 심사를 받아야 했다. 국민당 군복 안의 국민회의 유권자 증명서에 기입된 류더원이라는 이름의 주인공이 황허리와 어떤 관계를 갖고 있는지 조사하려는 것이었다. 누군가 당안관檔案館**에 가서 조사한 결과를 고모의 예전 동료인 쉐薛 선생에게 귀띔해주었다. 고모는 정식 직원이 되어 구區 정부에서 일하게 되었다. 쉐 선생은 자유폭로의 시대가 되면서 모든 사람이 남을 고발할 수 있게 되었다고 했다. 당시 상하이에서 누군가 현지 신문에 앞면에는 '마오 주석'이라는 글자가 인쇄되어 있고 바로 그 뒷면에는 '늙은 반혁명분자'라는 글자가 인쇄되어 있는 것을 발견하고 즉시 당국에 고발했다. 그 결과 해당 신문의 편

* '거리'는 상하이 사투리로 '말이 부드럽게 술술 나오다' '허물없이 친하다'라는 뜻이다.

** 사람들의 각종 사회활동에서 직접적으로 형성되는 다양한 형식의 구체적 보존가치를 갖는 원시기록을 당안이라고 하는데 일반적으로는 중국 국민들의 개인기록을 말한다. 이를 보관하는 기관이 당안관이다.

집자는 현행 반혁명분자로 몰려 체포되었다. 쉐 선생은 러시아 문학을 좀 공부한 사람이었다. 명시 「루스란과 류드밀라」*를 읽은 그는 류더원이 류드밀라 공주의 후예**로 소련 공산당 당원일 것이라고 생각했다. 중국과 소련의 관계가 좋지 않은 상황이라 적대 국가의 당원은 반동분자 혹은 간첩에 해당했다. 또다른 류드밀라로 소련의 여성 저격수가 있었다. 그녀는 소련 정부로부터 금성 훈장을 받았고 1953년에 계급이 해군 소장에 이르렀다. 일찍이 미국을 방문하여 루스벨트 대통령과 대면한 최초의 소련 여성이었다. 때문에 류더원은 소련군의 배경을 갖고 있는 것으로 간주되었다. 이러한 내용의 고발은 효과가 작지 않았다. 황허리의 사건은 크게 확대되었다. 직장에서는 고모가 황허리와 이혼함으로써 계급적 경계를 분명히 할 것을 요구하면서 우선 시민의 대오로 들어가 자아검토를 하게 했다. 둘 다 오염된 같은 부류로 판정될 경우, 한 명은 신장新疆으로, 한 명은 윈난雲南의 군대로 보내져 보충력으로 복무해야 했다. 스스로 멸망을 자초하는 일이었다. 부부는 서로를 끌어안고 통곡했다. 그러고 나서 결국 이혼하고 말았다. 황허리는 육 개월 동안 구금되었다가 직장에서 노동을 감독하는 일을 맡게 되었다. 그후 몇 년이 지나면서 형세가 다소 누그러졌다. 이에 두 사람은 방법을 찾아 몰래 연락을 주고받기 시작했다. 압력이 점차 가벼워지면서 둘이 함께 밖으로 빠져나와 대담하게 밀회를 즐겼다.

---

* 러시아 시인이자 소설가인 푸시킨이 설화를 주제로 하여 쓴 시.

** '류드밀라'를 중국어로 음역하면 '柳德米拉'가 되기 때문에 성이 같은 류(柳) 씨라고 억지로 유추한 것이다.

두 사람이 만나는 곳은 대부분 공원의 후미진 구석이었다. 황허리가 사전에 훙싱로로 호출전화를 걸었다. 회신을 요청하는 게 아니라 호출명세서에 내일 아침 열시에 게를 보내주세요라고 쓰는 식이었다. 자베이공원에서 만나자는 뜻이었다. 게는 대갑게를 지칭했다. 비둘기를 보내달라고 쓰면 이는 말 그대로 훙커우 평화공원에서 만나자는 뜻이었고, 분유를 보내달라고 쓰면 이는 하이룬로海倫路 어린이공원에서 만나자는 뜻이었다. 한번은 고모가 아바오에게 "황거리, 내일 아침에 외할아버지를 배웅해주세요"라고 쓰면 어디를 말하는 건지 알아맞혀보라고 한 적이 있었다. 아바오가 말했다. 그걸 누가 못 맞히겠어요? 와이탄 황푸공원에서 만나자는 뜻이겠지요. 아바오의 대답에 고모는 감탄을 금치 못했다. 아바오가 물었다. 왜 매번 공원에서 만나요? 고모가 말했다. 매주 같은 곳에서 만나면 남들 눈에 띄기 쉽잖아. 게다가 호출전화 교환원 아주머니가 이상하게 생각할 수 있지. 남자가 매주 분유를 보내주면 내게 아이가 있는 것 같잖아. 아바오가 말했다. 매주 대갑게나 비둘기, 외할아버지를 보내는 것도 충분히 이상하네요. 고모가 한숨을 내쉬면서 말했다. 그러게. 원래는 전화비를 좀 아끼고 문제가 생기는 걸 예방할 생각이었어. 그래서 호출전화를 사용하게 된 거야. 아바오는 말이 없었다. 고모가 말했다. 에이, 부부가 만나는 게 꼭 무슨 나쁜 짓을 하는 것 같잖아. 남녀가 몰래 사통하는 것 같고 말이야. 그러면서 결혼도 하지 못하니 고모는 정말 억울하고 원통할 뿐이야. 아바오가 말했다. 황거리한테 훙싱로로 오라고 하면 되잖아요. 고모가 말했다. 나는 이혼한 여자이기 때문에 그것도 쉽지가 않아. 아바오가 물었다. 어쩌다 한 번 두 분이 만나서 이런저런 얘기를 나누는 건 괜찮지 않나요? 고모가 말했다. 아바오, 고모는 속에 있는 말을 하는 것이 정말 괴로워. 아바오는 말이 없었다. 고모가 말했다. 아바오는 이제 다 자랐지만 아직 남녀의 일은 이해하지 못하는 것 같구나. 아바오가 말했다. 다 알아요. 고모가 말했다. 그럼 말해봐. 아바오는 펀치프레스 뒤에서 있었던 5호실 아주머니의 일을 얘기했다. 고모가 얼굴이 새빨개지면서 말했다. 당장 죽어야 할 사람들이네. 정말 저질이야. 아바오는 그런 걸 보지 말았어야지. 그 자리에서 눈을 감고 있어야 했다고. 아바오가 말했다. 그럴 틈이 없었어요. 고모가 말했다. 그런 남녀를 야생 원앙이라고 부르지. 나랑 황거리는 서로의 수준이 맞는 당당한 커플이야. 원래 부부였던 사람들이라고. 아바오는 아무 말도 하지 않았다. 고모가 말했다. 아바오도 다 컸으니까 내가 한마디해도 되겠지? 성인 남녀는 서로 만나서 얘기를 나누는 것도 나쁘지 않아. 하지만 서로 만나 공원 같은 데서 잠깐 데이트를 하는 것으로는 부족하지. 아바오는 말이 없었다. 고모가 말했다. 황거리가 살고 있는 집단숙소에 내가 찾아가는 것은 불가능한 일이야. 공원에서 만나도 두 사람은 불만이 많지. 한번은 내가 너무 화가 났어. 화가 나서 황거리를 깨물었어. 입술도 깨물고 팔도 잇자국이 나도록 깨물었지. 여관을 빌리는 건 감히 생각조차 할 수 없었어. 먼저 직장의 소개서가 있어야 하고, 그것도 남녀가 한방에 묵으려면 결혼증명서 검사를 받아야 하거든. 정말 어려운 일이야. 아바오는 말이 없었다. 고모가 말했다. 결국 한번은 아버지가 직접 황거리를 당장 홍싱로로 오라고 불렀어. 아버지는 자리를 피해 공싱로公輿路 시외버스 대합실에 가서 기분전환을 하셨지. 황거리가 오긴 했지만 그다지 순탄하진 못했어. 집 앞 길거리에 이웃들이 적지 않게 나와 앉아 있었거든. 내가 이혼했다는 사실은 농탕 자료에 다 기록되어 있었어. 아버지가 문을 나서기 무섭게 나이든 남자 하나가 슬그머니 농탕 안으로 들어오는 걸 이웃집 사람들이 전부 보았지. 남자가 들어와서도 문을 닫을 수 없었어. 집집마다 문을 열어두고 있었기 때문이지. 두 사람은 서로 얼굴을 쳐다보면서 겉으로는 웃지만 속으로는 웃을 수가 없었어. 그냥 멍한 표정을 짓고 있었지. 정말 짜증나는 일이었어. 다행히 아주 공교롭게도 갑자기 비가 내리자 이웃들이 전부 집으로 돌아가 문을 닫고 창문도 닫았지. 나도 얼른 문을 닫고 창문도 닫았어. 여기까지 얘기하고 나서 고모는 입을 다물었다. 아바오가 물었다. 그다음엔 어떻게 됐나요? 고모는 대답하지 않았다. 아바오가 말했다. 순조로웠겠네요. 고모가 손으로 얼굴을 감싸쥐고 말했다. 정말 쑥스러워서 그다음은 얘기하지 못하겠다. 아바오는 아무 말도 하지 않았다. 고모가 말했다. 그때 이후로 황거리는 미안해서 더이상 홍싱로로 찾아오지 않았어. 아바오가 물었다. 이웃들이 사정을 알아채 주민위원회에 알렸군요? 고모는 아무 말도 하지 않았다. 두 사람은 답답한 상태로 잠시 말없이 쉬었다. 고모가 말했다. 육체적 접촉을 못한 지 여러 해가 된 터였어. 말하자면 아주 민망한 얘기지만 이전에는 황거리가 그렇게 다급한 모습을 보인 적이 없었지. 그런데 대나무 부채 중간에 가로대가 하나 있는데 갑자기 그의 몸에 눌려 부러지고 말았어. 뚜둑 소리와 함께 위쪽의 대나무 일고여덟 가닥이 부러지고 말았지. 두 사람은 너무 놀랐어. 대나무 부채 한가운데 세숫대야만한 구멍이 나고 말았거든. 아버지가 보시면 얼마나 난감하시겠어. 큰일이 나고 말았지. 두 사람이 아무리 수선하려고 해도 도무지 원상회복이 불가능했어. 얼굴 가득 땀만 흘렸지. 세 시간 뒤에 아버지가 돌아오셔서 대나무 부채가 많이 부서진데다 커다란 구멍이 난 것을 보셨어. 펼쳐보니 여전히 그 커다란 구멍을 가릴 수가 없었지. 정말 죽고 싶었어. 고모는 얼굴을 가렸다. 스스로도 용서하고 싶지 않은 듯했다.

이

인평과 샤오마오는 문 앞에 슬리퍼가 한 켤레 놓여 있으면 샤오마오가 보고 싶다는 뜻이고 천 신발이 한 켤레 놓여 있으면 샤오마오와 한 번 하고 싶다는 뜻이라고 말을 맞췄다. 하지만 환경에 제약이 있었고 음양이 맞지 않아 서로 엇갈릴 수도 있었다. 때때로 샤오마오가 아무런 관심도 없고 동정도 보이지 않으면 인평으로서는 어쩔 수 없었다. 때로는 참지 못하고 샤오마오가 계단을 오르내리는 소리를 듣고서 인평이 갑자기 문을 열고는 정정당당하게 그를 부르기도 했다. 샤오마오! 2층 아저씨네 방문은 활짝 열려 있었지만 안이 텅 비어 있고 사람도 보이지 않았다. 하지만 그녀에게 관심을 보일 겨를이 없었던 샤오마오는 바삐 계단을 오르내리기만 했다. 인평은 다시 문을 닫는 수밖에 없었다. 결국 문 앞에 슬리퍼가 한 짝만 놓였다. 긴급신호였다. 샤오마오는 일부러 신발을 보지 않으려고 했지만 3층에 가서 책을 읽거나 장과醬瓜*에 곁들여 포반泡飯**을 먹을 때면 눈앞에 천천히 인평의 모습이 나타났다. 공기가 바뀌면 효과가 나타났다. 건물 전체를 통틀어 보통 스펀지 슬리퍼 한 켤레에 이런 함의가 있다는 사실을 아는 사람은 아무도 없었다. 샤오마오만 아는 비밀이었다. 이것이 바로 상하이 사람들이 말하는 매운 손과 발이었다. 이런 순간이 올 때면 샤오마오는 넋이 나가 두 발이 천천히 리모컨에 조종되기라도 하는 것처럼 자동으로 계단을 내려갔다. 다행히 2층 아저씨네 방문은 굳게 닫혀 있었다. 샤오마오는 인평의 방안으로 미끄러져들어갔다. 슬리퍼를 안으로 들여놓고 격자무늬 이불 위에 앉았다. 인평이 두 손으로 가슴을 가린 채 샤오마오를 잠시 쳐다보더니 그의 옆에 바싹 붙어 앉았다. 샤오마오가 말했다. 갑자기 왜 이런 모습을 보이는 거예요? 맘에 안 들어요. 인평이 말했다. 후회하고 있어. 그냥 모든 게 후회될 뿐이야. 옆집 아저씨가 그러더군. 낭군 생각에 마음이 급해지면 여자들은 꽃을 수놓은 신발을 벗고 마음이 맞는 사람과 즐거운 시간을 보낼 수 있기를 기대한대. 사람이 보이지 않을 때는 하늘을 우러러 바라보고 있으면 사람이 나타난대. 그렇게 남녀가 몸을 하나로 합쳐 앞뒤로 움직이게 된대. 샤오마오가 말했다. 우리집 문 앞에도 그런 신발이 한 짝 놓여 있더군요. 인평은 아무 말도 하지 않았다.

* 된장에 절인 참외김치.

** 국이나 물에 만 밥.

샤오마오가 말했다. 어제저녁에 친구들이 몇 명 찾아왔어요. 왜 몰래 엿본 거예요? 인평이 웃으면서 말했다. 나는 엿본 적 없어. 샤오마오가 물었다. 뭘 본 거예요? 인평은 말이 없었다. 샤오마오가 말했다. 여자가 뭔가를 엿보는 건 아주 드문 일이잖아요. 인평이 말했다. 내가 뭘 볼 수 있겠어? 아래층으로 내려가면 바로 톈찬무대天蟾舞台*가 있고 공설무대도 있어서 매일 샤오단구이筱丹桂**의 창을 들을 수 있지만 나는 전혀 마음이 움직이지 않았다고. 샤오마오가 말했다. 됐어요. 인평이 말했다. 정말이야. 샤오마오가 말했다. 누나가 봤든 안 봤든 간에 내 마음이 달라지진 않아요. 인평이 물었다. 점당에는 불도 켜져 있지 않았는데 내가 뭘 봤다는 거야? 사람 그림자만 몇 개 보이더라고. 남녀 여러 명이 바스락거리면서 희희낙락 즐겁게 떠들더군. 잘 보이지도 않았고 소리도 정확히 들리지 않았어. 샤오마오가 말했다. 엿본다는 게 어떤 건지 알아요? 바로 그런 맛이라고요. 인평이 허리에서 힘을 빼면서 말했다. 그래 맞아. 이리저리 엿보다보니까 마음속이 간질간질해지더라고. 샤오마오는 아무 말도 하지 않았다.

샤오마오는 인평을 외롭게 하면 길고 긴 밤에 차가운 눈으로 아래층의 세상을 내려다보게 된다는 것을 알았다. 남녀가 어울려 다정하고 즐겁게 이야기를 나누면서 이런저런 시비를 따지는 모습이 인평으로 하여금 침대는 차갑고 가슴은 뜨겁게 만든다는 사실

* 상하이 역사상 가장 규모가 크고 오래된 연극 공연 시설.

** 근대 월극 배우.

을 알게 된 것이다. 아무리 자신들의 그림자가 흐릿하고 소리 나지 않게 조용히 얘기하고 움직인다 해도 마찬가지였다. 인평은 종종 따메이메이와 란란, 아바오, 샤오전, 후성의 생김새와 성격, 서로의 관계에 관해 언급하곤 했다. 샤오마오가 말했다. 이 친구들은 정말 재미가 없어요. 원래 후성은 그나마 정통파였는데 지금은 완전히 망가졌어요. 따메이메이와 란란은 꽃을 찾는 나비나 마찬가지고요. 인평이 말했다. 내가 보기에는 후성이 란란에게 야릇한 마음을 품고 있는 것 같던데. 아바오는 어때? 여자친구 샤오전을 데리고 왔던데. 샤오마오는 말을 피하면서 문을 닫았다. 두 사람은 서로를 꼭 껴안고 놓지 않았다. 샤오마오가 말했다. 아무 말도 하지 말아요. 인평이 말했다. 둘이 장의자 옆에 가서 꼭 껴안더라고. 샤오마오가 말했다. 남의 일에 신경을 너무 많이 쓰고 있네요. 생각이 너무 음탕해요. 하이더 형님이 곧 돌아올 테니 좀 조용히 하자고요. 인평은 아무 말도 하지 않았다. 샤오마오가 말했다. 몇 달이 지났으니 마음이 조금 식는 게 정상이에요. 인평이 말했다. 아니야, 그건 샤오마오의 생각이야. 식을 준비를 하고 있는 것 아니야? 샤오마오는 말이 없었다. 인평이 말했다. 나는 그러고 싶지 않아. 그럴 생각이 전혀 없다고. 샤오마오는 계속 말이 없었다. 인평이 낮은 목소리로 말했다. 난 마음이 너무 괴로워. 이전에 손해본 걸 누구한테 얘기할 수 있겠어? 샤오마오가 인평의 손을 잡으며 말했다. 나한테 얘기해요. 인평이 두려워하는 표정으로 말했다. 그건 안 돼. 샤오마오는 말이 없었다. 인평이 말했다. 샤오마오는 너무 매정해. 샤오마오는 말이 없었다. 인평이 말했다. 하이더가 돌아오면 밤에 나와 그 일을 하게 될 광경을 충분히 상상할 수 있지. 나는 겉으로는 아무 말도 안 하지만 속으로는 정말로 하고 싶지 않아. 샤오마오가 더 생각나거든. 내가 좋아하는 사람은 절대 변하지 않을 거야. 여기까지 듣고 나서 샤오마오는 그녀를 더 세게 꼭 껴안았다. 두 사람은 그렇게 꼭 껴안은 채 말없이 눈물을 흘렸다. 이렇게 두 사람이 만나고 엿새가 지나자 하이더가 상하이로 돌아왔다. 그날 저녁, 샤오마오가 오후반 근무를 마치고 돌아와보니 인평의 방문에서는 불빛 한 가닥 새어나오지 않았다. 문 앞에는 하이더의 구두가 놓여 있고 그 옆에 해체해서 접어놓은 종이 상자들이 놓여 있었다. 상자 위의 글씨는 전부 외국어였다. 샤오마오는 3층 방문을 열고 전등을 켰다. 탁자 위에는 외국 비스킷이 한 봉지 놓여 있었다. 샤오마오 엄마가 주렴 뒤에서 말했다. 돌아왔구나! 샤오마오는 응 하고 간단히 대답했다. 샤오마오 엄마가 말했다. 일찍 쉬어라. 내일 아침이나 저녁에 엄마가 상의할 일이 있어. 중요한 일이야. 샤오마오는 이번에도 응 하고 간단히 대답했다. 하룻밤 내내 아무 말도 없었다. 다음날 샤오마오가 잠에서 깨니 이미 아침 아홉시였다. 샤오마오는 아래층으로 내려가 물을 받으면서 왕 사부와 몇 마디 주고받고는 2층으로 돌아와 방문을 열어놓았다. 인평과 하이더가 포반을 먹고 있었다. 테이블에는 유조와 빨간 유부, 무말랭이와 청대콩 볶음도 놓여 있었다. 하이더가 말했다. 샤오마오, 이리 들어와 같이 먹자. 샤오마오가 말했다. 형님 돌아오셨군요. 하이더가 말했다. 들어와. 샤오마오가 들어가자 인평의 표정이 좋지 않았다. 말은 한 마디도 하지 않았다. 하이더가 일어나 오두주 앞으로 가더니 베이지색 양철 상자를 열었다. 탁 소리가 나면서 안에서 누렇고 넓적한 빵 두 개가 나왔다. 하이더는 그 가운데 한 개를 꺼내 버터를 발라 샤오마오에게 먹으라고 주었다. 다른 한 개에도 버터를 발라 인평 앞에 놓인 접시에 놓아주었지만 인평은 손도 대지 않았다. 샤오마오가 물었다. 이게 무슨 기계예요? 하이더가 말했다. 토스터라는 거야. 홍콩에서는 '둬스로'라고 부르지. 이건 중고품을 산 거야. 인평이 고개를 숙이면서 물었다. 산 거예요, 아니면 주워 온 거예요? 하이더는 대답하지 않았다. 하이더가 말했다. 외국인들은 이 기계에만 의지해서 밥을 먹어. 아주 고귀하고 엄숙한 물건이지. 샤오마오가 물었다. 또 뭐 희한한 물건 없어요? 하이더가 말했다. 이번에는 철 지난 화보 몇 권밖에 없어. 화보 안에는 펑페이페이鳳飛飛*랑 덩리쥔의 사진도 있지. 대륙 사람들은 아무도 모르는 가수들이야. 샤오마오는 빵을 먹으면서 화보를 뒤적였다. 인평은 아무 말도 하지 않았다. 하이더가 포반 한 그릇을 거의 다 먹고 나서 말했다. 이번에 돌아올 때는 증기선에 하마터면 사고가 날 뻔했어. 샤오마오가 고개를 들어 눈을 커다랗게 뜨고 하이더를 바라보았다. 눈길이 하이더의 가슴에 멈춰 있었다. 하이더가 말했다. 327해구海區에 이르렀을 때 선장이 육안으로 관찰해보니 우측 전방에 케이블에 끌려오는 배가 한 척 있었어. 항해 방향은 동남쪽 0140 구간이었지. 배에는 수직으로 세 개의 하얀 등이 달려 있었어. 거리는 대략 4해리 정도 됐지. 선장이 망원경으로 살

* 1970~80년대 타이완에서 큰 인기를 누렸던 가수이자 영화배우.

펴보니 상대방 배는 여전히 속도와 방향을 유지하면서 2해리까지 접근해 왔어. 방향과 속도도 그대로였지. 서로 교차하면서 지나갈 형국이 되자 그제야 위험을 알아차리고 황급히 세 번 기적을 울렸지만 상대방 배는 듣지 못했는지 계속 다가오고 있었어. 죽을 수도 있을 것 같았지. 밤안개가 짙게 깔린 가운데 두 배는 갈수록 가까워지고 있었어. 점점 더 가까워지자 선장이 방향타를 크게 틀었지. 결국 다가오던 배는 우리 배의 선수 우측 50미터 지점을 스쳐 지나갔어. 갑판에 대형 구조물이 아슬아슬하게 스치면서 강철 케이블이 끊어진 것 같았어. 모두들 온몸에 식은땀을 흘렸지. 파도라도 있었다면 선창의 철제 구조물이 밀려 큰 폭으로 이동했을 거야. 갑판 위의 화물이 뒤집히고 배가 기울었다면 나도 위험에 처하게 되는 상황이었지. 만약 그랬다면 상하이로 돌아오지도 못했을 거야. 인평이 차가운 어투로 말했다. 그런 일을 뭐하러 얘기해? 하이더는 웃지도 못하고 울지도 못할 심정으로 입을 다물고 조금 남은 포반을 마저 먹었다. 샤오마오가 말했다. 너무 위험했네요. 이렇게 말하고 나서 인평을 쳐다보니 여전히 냉담한 표정이었다. 샤오마오가 말했다. 전 그만 올라가볼게요. 하이더가 말했다. 좀더 앉았다 가지 그래. 샤오마오가 말했다. 먼저 올라갈게요. 다음에 또 봐요. 오후에 샤오마오는 뒷문에서 인평과 마주쳤다. 샤오마오가 빙긋이 웃었다. 인평이 낮은 목소리로 말했다. 상황에 변화가 생겼어. 앞으로 샤오마오와 나는 더이상 연락하면 안 될 것 같아. 그런 줄 알아. 샤오마오는 어리둥절했다. 인평은 이 한 마디를 던지고서 샤오마오를 쳐다보지도 못하고 세숫대야를 들고는 곧장 위층으로 올라가서는 문을 꽉 닫았다.

샤오마오는 너무 갑작스러운 인펑의 말에 아무런 대응도 하지 못하고 완전히 넋이 나가버렸다. 그날 샤오마오 엄마가 오전반 근무를 마치고 집에 돌아와 말했다. 샤오마오, 저녁 먹고 엄마랑 아오먼로에 좀 다녀와야겠어. 샤오마오가 물었다. 뭐하러 가는데요? 샤오마오 엄마가 말했다. 가면서 말해줄게. 식구들 모두 식사를 마치자 모자가 함께 문을 나섰다. 두 사람은 시캉로를 따라 북쪽으로 아오먼로를 향해 걸었다. 샤오마오 엄마가 말했다. 벌써 사람들이 적지 않네. 엄마가 아주 오래전부터 생각해온 일이 한 가지 있어. 오늘 아침에 이렇게 나온 건 샤오마오에게 여자친구를 하나 소개시켜주기 위해서야. 샤오마오가 걸음을 멈추면서 말했다. 난 여자친구 필요 없어요. 안 갈래요. 샤오마오 엄마가 말했다. 가야 해. 엄마가 가자고 하면 가는 거야. 남자가 어른이 되면 마누라를 얻어야지. 책임감이 있어야 하는 거야. 영수님께서도 말씀하셨어. 여자는 남자의 몸에 있는 뼈 한 대라고 말이야. 남녀가 서로 사랑하여 은혜를 베풀어야 일도 잘하게 되고 몸도 좋아진다는 뜻이지. 샤오마오가 움직이지 않자 샤오마오 엄마가 말했다. 반역을 하겠다는 거야? 하늘을 뒤집겠다고? 잔말 말고 어서 따라와! 내가 춘샹春香 아가씨한테 다 얘기해놓았단 말이야. 일곱시 반에 만나기로 했으니까 빨리 와. 샤오마오가 물었다. 뭐라고요? 춘샹이 누구예요? 샤오마오가 고개를 가로저었다. 머릿속이 백지장으로 변한 그는 억지로 엄마를 따라 장닝로를 가로지른 다음, 모간산로의 석고문 농탕으로 접어들어 어느 민가의 부엌으로 들어갔다. 낮은 건물의 객당은 문이 열려 있었다. 춘샹 아가씨가 문 앞에 서 있었다. 샤오마오 엄마가 그녀를 불렀다. 춘샹! 샤오마오는 마음속으로 놀라움을 금치 못했다. 눈으로 위아래를 훑어보니 문 앞에 서 있는 춘샹 아가씨는 달걀형 얼굴에 눈과 눈썹이 온순하고 착해 보였다. 윤기가 흐르는 머리칼도 너무나 아름다웠다. 샤오마오는 희미한 얼굴 윤곽을 기억해냈다. 초등학교 시절에 춘샹이 샤오마오네 집에 몇 번 놀러온 적이 있었다. 춘샹 엄마와 샤오마오 엄마는 과거에 같은 종교를 가진 교우였다. 그 순간, 샤오마오 엄마가 말했다. 샤오마오, 들어가자. 춘샹이 물었다. 샤오마오는 날 기억하겠지? 샤오마오가 빙긋이 웃었다. 세 사람은 앞쪽 곁채로 들어섰다. 곁채 내부는 두 개의 공간으로 나뉘어 있었다. 앞쪽 공간에는 커다란 옷장과 사각 테이블, 재봉틀과 세면대가 놓여 있었다. 체인케이스가 달린 26인치 봉황표 여성용 자전거도 한 대 놓여 있었다. 벽에는 춘샹 부모님의 사진이 걸려 있고 오두주 위에는 십자가가 걸려 있었다. 십자가 밑에는 플라스틱 화병이 제물처럼 놓여 있었다. 뒤쪽 공간의 앞부분은 다락방으로 연결되어 있고 뒷부분에는 격리된 작은 공간이 있었다. 그 안에는 이인용 침대가 있고 유리창문도 있었다. 샤오마오 엄마가 감탄하며 말했다. 춘샹이 많이 예뻐졌네. 샤오마오는 아무 말도 하지 않았다. 샤오마오 엄마가 사방을 둘러보면서 말했다. 집이 아주 좋네. 모든 게 다 편하게 갖춰져 있고 말이야. 샤오마오는 어떻게 생각하니? 샤오마오가 말했다. 아무 말이나 그렇게 함부로 하지 마요. 춘샹이 말했다. 맞아요, 아주머니는 너무 솔직하세요. 너무 띄우시면 민망하다고요. 샤오마오는 여전히 아무 말도 하지 않았다. 춘샹이 물었다. 샤오마오, 지금도 권법 수련 하고 있어? 샤오마오가 말했다. 안 한 지 아주 오래됐어. 누나는 그 얘기를 어디서 들었어? 춘샹이 눈길을 샤오마오에게 고정한 채 말했다. 몇 년 동안 계속 지켜봤지. 환위소環衛所*에 소속되어 쑤저우하에서 박선 생활을 하고 있었거든. 배가 양톈교와 상량창고上糧倉庫를 지나 예자자이를 통과할 때면 강가에 작은 공터가 하나 나왔지. 몇 번인가 그 공터에서 샤오마오가 권법을 단련하는 것을 보았어. 당직 반장에게 네가 내 동생이라고 말하기도 했었지. 샤오마오 엄마가 말했다. 쑤저우하에 쓰레기 부두가 얼마나 되고 분뇨 부두가 얼마나 되는지 춘샹은 다 알고 있어. 샤오마오는 아무 말도 하지 않았다.

농탕 뒤쪽이 바로 쑤저우하였다. 간간이 야간운항을 하는 배들의 기적소리가 들려왔다. 강 건너편은 탄즈만이었고 농탕 옆에는 맥주 공장이 있었다. 서쪽으로 그리 멀지 않은 곳에 선신주창申新九廠**의 고층빌딩이 있었다. 철제 창문 난간마다 자잘한 흰 비단 조각과 무명실이 매달려 있어 바람이 불면 무수한 흰 비둘기들이 날고 있는 것 같았다. 춘샹네 집 복도에는 쑤저우하의 냄새가 가득 밀려들어왔다. 면화 냄새였다. 맥주 거품의 쓴맛도 미세하게 전해져왔다. 세 사람은 한 시간 정도 앉아 있다가 샤오마오 엄마가 샤오마오를 데리고 작별인사를 하고 나왔다. 춘샹이 농탕 입구까지

---

* 환경 및 위생과 관련된 국가의 방침과 정책, 규정과 법률 등을 전문적으로 집행하는 국가기관.

** 상하이 방직공업의 전성기를 대표하는 대형 기업.

나와 배웅하면서 말했다. 샤오마오, 자주 놀러와. 샤오마오는 아무 말도 하지 않았다. 샤오마오 엄마가 그를 살짝 잡아끌면서 말했다. 대답을 해야지! 샤오마오가 고개를 끄덕이고는 빙긋이 웃었다. 모자 두 사람은 왔던 길로 되돌아왔다. 샤오마오 엄마가 배시시 웃으면서 말했다. 아주 잘됐어. 샤오마오가 말했다. 엄마, 그런데 이건 애당초 불가능한 일이에요. 샤오마오 엄마가 말했다. 난 이미 결정했어. 말하자면 너희 둘은 죽마고우 아니야? 서로 감정이 없을 리 없잖아. 샤오마오는 아무 말도 하지 않았다. 샤오마오 엄마가 말했다. 지금 춘샹은 혼자야. 춘샹 엄마가 세상을 떠나기 전에 내가 약속했지. 무슨 일이 있어도 춘샹을 잘 보살피겠다고 말이야. 이제 춘샹만 만족하면 만사가 다 제대로 이뤄지는 거야. 샤오마오가 말했다. 그렇게 단정하지 마세요. 난 그러겠다고 약속한 적 없어요. 샤오마오 엄마가 말했다. 젊은 남자가 너무 쑥스러워하면 가장이 나서는 게 당연하지. 엄마가 어려울 때 영수님께 가르침을 얻은 거야. 이건 하늘의 뜻이라고. 샤오마오도 결혼을 하면 마누라가 얼마나 좋은 건지 알게 될 거다. 샤오마오가 말했다. 아직 팔자의 마지막 한 획을 긋지 않았어요. 샤오마오 엄마가 말했다. 엄마가 맘에 들어하는 사람은 문제가 생길 리 없어. 벽에 십자가가 걸려 있는 건 분명한 사실이야. 샤오마오는 익숙하지 않을 거야. 하지만 얼마든지 상의해서 다른 걸로 바꿔 걸 수 있어. 엄마도 과거에 예수교를 믿었지만 나중에는 영수님을 믿게 되었잖아. 같은 이치야. 샤오마오는 아무 말도 하지 않았다. 샤오마오 엄마가 말했다. 어제 엄마랑 춘샹은 이미 각자 기도를 드렸어. 샤오마오가 하하 큰 소리로 웃으면서 말했다. 어제 만나셨군요. 샤오마오 엄마가 말했다. 어제 이맘때쯤 내가 조심스럽게 입을 열었더니 춘샹은 곧바로 속시원히 좋다고 대답하더구나. 샤오마오를 만나 적이 있다면서 말이야. 샤오마오는 어리둥절했다. 보아하니 일이 아주 심각하게 돌아가는 것 같았다. 샤오마오 엄마가 말했다. 우리집은 너무 좁은데다 형이랑 누나도 있어서 상대를 찾아 혼사를 진행해야 하는데 어디로 갈 수 있겠니? 춘샹네 집은 과거에 선신주창의 직원 숙소였기 때문에 곧장 연탄아궁이를 설치할 수 있어. 부족한 부분이 약간 있긴 하지만 국제호텔도 부럽지 않아. 엄마도 아주 익숙하고 말이야. 샤오마오가 말했다. 그 집에서 살고 싶으면 엄마나 가서 사세요. 난 관심 없으니까. 샤오마오 엄마가 말했다. 춘샹이 샤오마오 너보다 두세 살 많으니까 일처리도 더 잘할 거야. 여자가 두 살 많으면 엄마보다 더 잘해준대. 앞으로 널 보살피는 데 무슨 문제가 있겠니? 샤오마오는 말이 없었다. 샤오마오 엄마가 말했다. 춘샹은 샤오마오 얘기만 나오면 얼굴이 꽃처럼 활짝 핀다니까. 그러니 너희 두 사람이야말로 천생연분 아니겠니. 샤오마오가 말했다. 너무 이상해요. 춘샹이 그렇게 모든 면이 완벽하다면 어째서 여태까지 시집을 가지 않고 남아 있겠어요? 샤오마오 엄마가 잠시 머뭇거리는 사이에 채소를 잔뜩 실은 갈치 운반트럭이 비스듬히 도로를 지나고 있었다. 샤오마오 엄마가 말했다. 결혼을 한 번 하긴 했는데 두 달 만에 끝나버렸어. 샤오마오가 물었다. 뭐라고요? 결혼을 했었다고요? 샤오마오 엄마가 갑자기 화를 내면서 말했다. 내가 꾹 참고 얘기하고 있는데 들을 생각을 안 하는 거야? 샤오마오는 말이 없었다. 샤오

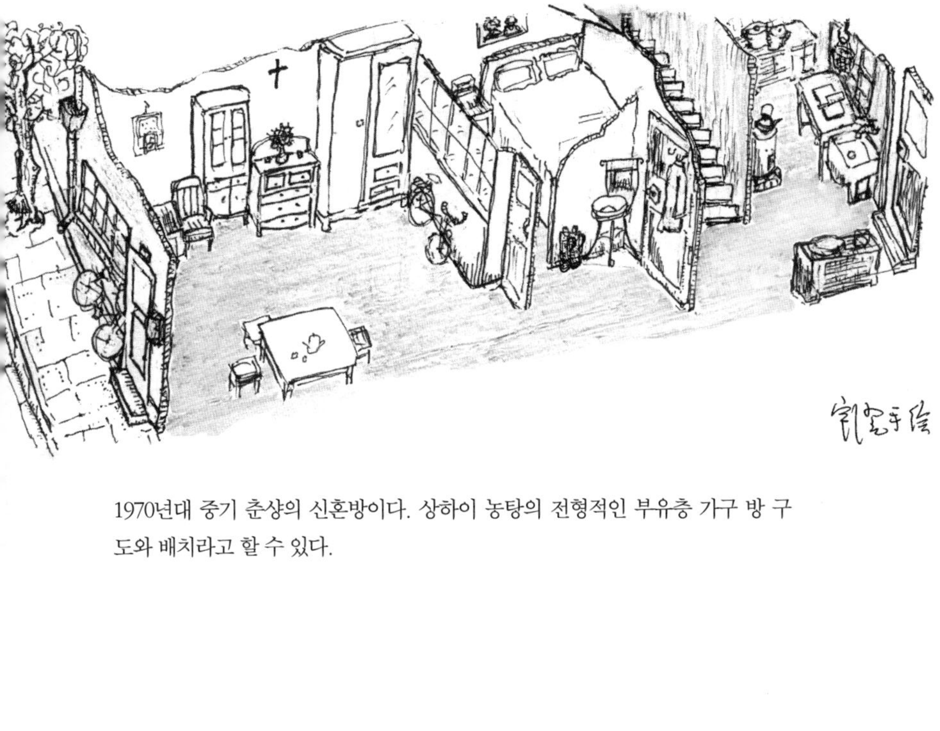

1970년대 중기 춘샹의 신혼방이다. 상하이 농탕의 전형적인 부유층 가구 방 구도와 배치라고 할 수 있다.

마오 엄마가 갑자기 울기 시작했다. 엉엉! 아무리 생각해봐도 난 지지리 고된 운명을 타고난 게 분명해. 엉엉! 평생 마소처럼 죽도록 일만 하고, 사는 재미라고는 하나도 없네. 엉엉엉! 샤오마오가 말했다. 엄마 좀 조용히 하세요. 조용히 좀 하시라고요! 이날 밤, 샤오마오는 가슴속 슬픔을 감출 수 없었다. 인펑의 태도가 바뀐 것은 이 일에 관해 알게 되었기 때문임이 분명했다. 선택의 갈림길에 직면하니 샤오마오는 머릿속이 너무나 복잡하고 혼란스러웠다. 이어지는 이틀 동안 인펑은 샤오마오를 보면 냉담함 속에 약간의 예의가 담긴 태도를 보였다. 하이더는 아무런 변화도 없이 일관되게 친절한 손님처럼 대해주었다. 사흘째 되던 날, 춘샹이 과일바구니와 색깔이 화려한 크림 케이크를 들고 샤오마오네 집으로 들어섰다. 샤오마오의 부모님은 무척 기뻐하며 이런저런 얘기를 나누었다. 춘샹은 두 시간쯤 앉아 있다가 작별인사를 하고 돌아갔다. 샤오마오 아빠는 샤오마오를 데리고 아래층까지 내려가 그녀를 배웅했다. 2층의 두 이웃들도 문을 열고 그 광경을 바라보았다. 샤오마오는 극도로 난처했다. 2층 아저씨와 하이더는 눈을 게슴츠레 뜨고서 춘샹의 가슴을 바라보았다. 춘샹을 본 인펑의 눈빛은 몹시 냉담했다. 사흘이라는 짧은 시간에 세상이 많이 변해버렸다. 나흘째 되던 날 출근하자마자 판 사부가 말했다. 샤오마오, 결혼한다며? 정말 잘됐어. 샤오마오는 어리둥절하기만 했다. 판 사부가 말했다. 마누라 될 사람이 나이가 몇 살 더 많다며? 푸둥 사람들은 그런 마나님을 더 좋아하지. 아주 잘된 일이야. 샤오마오가 말했다. 저는 아직 확답을 한 게 아니에요. 제가 춘샹과 결혼하지 않으면 엄마가 목을 매 죽겠다고 협박하고 있는 것뿐이라고요. 판 사부가 말했다. 샤오마오, 마누라를 얻는 것은 꽃병을 사는 것과 달라. 함께 생활할 수만 있으면 되는 거야. 과거에 사람들이 결혼할 때 효를 최대한 중시했던 것에도 다 이유가 있는 거라고. 샤오마오는 아무 말도 하지 않았다. 판 사부가 품속에서 사진을 한 장 꺼내면서 말했다. 춘샹은 정말 괜찮은 여자야. 동그란 얼굴에 눈처럼 흰 피부를 보니 틀림없이 현모양처가 될 상이야. 쌍둥이를 낳아 기를 상이기도 하지. 샤오마오는 놀라움을 금치 못했다. 판 사부가 홍당무 같은 손가락 사이에 춘샹의 사진을 쥐고서 미세하게 손을 떨고 있었기 때문이다. 인민사진관에서 수공으로 색을 입힌 4인치 크기 사진이었다. 테두리가 레이스 모양으로 처리되어 있는 사진 속 춘샹은 류하이劉海*를 파마한 모습으로 일자 깃의 양모 블라우스 차림에 목도리를 두르고 있었다. 두 볼에 발그레한 홍조를 띠고서 가볍게 미소 짓고 있었다. 그녀는 샤오마오를 마음에 들어하고 있었다. 판 사부가 말했다. 신부 쪽에서 특별히 만나고 싶어 찾아올 때는 무조건 좋다고 대답하는 게 상책이지. 나는 찬성이야. 희주喜酒를 마시게 되겠군. 춘샹의 사진을 받아든 샤오마오의 마음이 몹시 착잡했다. 퇴근 후 그는 예자자이로 권법 사부를 만나러 갔다. 사모님은 이미 출근했고 진메이가 음식을 준비해 샤오마오와 함께 술을 몇 잔 했다. 예전에 권법 사부는 판 사부에 대해 가장 큰 반감을 갖고 있었지만 이번에는 그의 생각에 대대적으로 찬동하면서 샤오마오

* 앞이마에 가지런하게 늘어뜨린 짧은 앞머리.

의 결혼을 기대하는 반응을 보였다. 샤오마오가 약간 취한 상태로 대자명종 농탕으로 돌아왔을 때는 아홉시가 넘은 뒤였다. 샤오마오는 감히 앞문을 열지 못하고 농탕 뒤쪽으로 가서 뒷문을 열고 들어왔다. 미용실 안에서 사람들이 웃으면서 얘기를 나누는 소리가 들렸다. 샤오마오가 재빨리 몸을 피하면서 살펴봤더니 안에 두 사람이 앉아 있고 여자 하나가 경대에 몸을 기대고 서 있었다. 목소리를 자세히 들어보니 아바오, 후성, 그리고 인평이었다. 세 사람은 웃으면서 얘기를 나누고 있었다. 인평이 말했다. 샤오마오의 여자친구는 용모가 아주 뛰어난데다 집도 있대. 후성이 말했다. 정말 의리도 없는 놈이야. 어떻게 나랑 아바오는 그런 사실을 전혀 모르고 있었지? 감출 게 뭐가 있다고 말이야? 아바오가 물었다. 형수님은 결혼한 지 몇 년이나 됐어요? 인평이 애교 섞인 목소리로 말했다. 나는 나이가 많아. 후성이 말했다. 형수님은 웃는 모습이 너무 예뻐요. 인평이 웃으면서 말했다. 나는 후성을 잘 알아. 일찍부터 알고 있었지. 줄곧 영화를 봐왔잖아. 후성이 말했다. 그건 저도 기억해요. 〈도나우강의 물결〉이란 영화였지요. 선장과 안나의 이야기를 그린 영화 말이에요. 인평이 간드러지는 목소리로 말했다. 맞아, 맞아! 아바오가 물었다. 저는 대개 밤에 이곳에 오니까 형수님이 모르시겠네요. 인평이 웃으면서 말했다. 그건 비밀이야. 후성이 말했다. 웃음소리가 아주 듣기 좋네요. 인평이 가볍게 웃었다. 폐부 깊숙한 곳을 자극하는 웃음이었다. 아바오가 말했다. 이 샤오마오란 녀석은 신붓감을 만나더니 좀처럼 모습을 나타내지 않네. 후성이 말했다. 아마 밤을 함께 보내고 올 거야. 이건 이미 허락된 일이잖아. 인평이 말했다. 후성은 정말 농담을 잘하는 것 같네. 샤오마오는 문틀에 몸을 기대고 서 있었다. 뜨거운 피가 솟구쳐올라왔다. 그가 천천히 미용실 안으로 들어갔다. 세 사람은 샤오마오를 보고는 미동도 하지 않았다. 인평은 몸에 착 달라붙는 미색 셔츠 차림에 손에는 수건을 하나 들고 있었다. 가로등 불빛에 비친 상앗빛 온몸이 원숙한 여성미를 뽐내고 있었다. 하지만 이 순간만은 샤오마오의 마음이 조금도 움직이지 않았다. 그렇다고 슬프지도 않았다. 샤오마오가 춘샹의 사진을 꺼내면서 말했다. 너희 말이 맞아. 나는 결혼하게 될 게 확실해. 지금부터 더이상 위선은 떨지 말자고. 다시는 서로 연락하지 말자. 후성이 물었다. 샤오마오, 왜 그러는 거야? 샤오마오가 말했다. 우리는 원래 의형제를 맺은 사이도 아니잖아. 나는 나만의 외나무다리를 건널 작정이야. 앞으로 너희와 왕래할 필요도 없어. 아바오가 말했다. 샤오마오, 술을 너무 많이 마신 것 같군. 샤오마오가 말했다. 모두 지금부터 죽든 살든 내 일에 대해서는 관여하지 말도록 해. 아바오와 후성이 자리에서 일어서며 그를 불렀다. 샤오마오! 인평은 미동도 하지 않았다. 그러다가 갑자기 엄숙한 표정을 짓더니 주저앉아 울기 시작했다. 샤오마오가 말했다. 미안해. 다들 나와의 인연은 여기까지인 줄 알아. 난 결정했어. 절대 한 입으로 두말하지 않을 거야. 말을 마친 샤오마오는 대단히 침착한 모습이었다. 갑자기 이 세상에 두려운 게 없는 것 같았다. 혼자서 어떤 시련에도 맞설 수 있을 것 같았다. 샤오마오는 한 걸음 한 걸음 위층으로 올라가 문을 닫아걸고 곧장 깊은 잠에 떨어졌다.

삼

이때 이후로 대자명종 농탕의 미용실은 낮에는 예전처럼 영업을 했지만 밤에는 영원한 정적 상태로 돌아갔다. 샤오마오는 후성과 아바오랑 절교하고 결혼한 뒤에는 모간산로로 이사해 대자명종으로 돌아오는 일이 아주 드물었다. 샤오마오 엄마의 미간에는 심하게 주름이 드러났다. 2층의 인펑은 초췌한 모습으로 살만 더 쪘다. 따메이메이는 이미 안후이산安徽山으로 출근하기 시작했다. 란란과 후성만 연락을 유지하면서 자주 만나곤 했다. 한번은 밤중에 두 사람이 시캉로의 삼각화원三角花園에 갔다. 란란이 말했다. 미용실에는 지금 쥐가 많아져서 밤만 되면 문 앞에 들고양이 두 마리가 서 있대. 이 말에 후성은 갑자기 가슴이 아려오는 것을 느꼈다. 너무 쓸쓸하군! 최근에 샤오마오 본 적 있지? 란란이 말했다. 한 번 봤는데 알은척도 안 하더라고. 성격이 완전히 이상해졌어. 후성은 아무 말도 하지 않았다. 란란이 후성에게 몸을 기대고 그의 손을 꼭 잡으면서 말했다. 모두들 즐겁지 못한 것 같아. 아바오도 그렇고 말이야. 들리는 소문에 의하면 샤오전이랑 헤어졌대. 그런데 후성은 왜 즐겁지 않은 거야? 후성은 아무 말도 하지 않았다. 하지만 란란이 무척이나 세심한 사람이라는 것을 알게 되었다. 최근 반년 동안 후성은 마음이 몹시 괴로웠다. 집안에 큰 변고가 발생했기 때문이다. 사건의 발단은 1971년에 있었던 비행기 사고였다. 몇 년이 지나 이 사건에 후성의 부모가 연루되고 말았다. 부모 두 사람이 각각 격리되어 조사를 받았고, 얼마 후 라더 아파트에서 이사를 나와야 했다. 후성과 후민 형제는 우당로에 있는 공공주택으로 이사하도록 지정되었다. 작은 방 두 칸에 화장실을 공동으로 사용해야 하는 곳이었다. 원래 살던 영국식 아파트와 비교하자면 하늘과 땅 차이였다. 이때 후성은 겉으로는 웃고 있었지만 사실은 힘이 쭉 빠져 있었다. 후성이 말했다. 아가씨, 남의 일에 너무 참견하지 말아요. 란란이 말했다. 기분 좀 풀어. 나한테 얘기해봐. 이렇게 말하면서 란란은 후성에게 바싹 다가갔다. 삼각화원 도처에는 꼭 껴안은 채 아무 말도 하지 않는 젊은 남녀들이 있었다. 옆에 있는 협죽도 나무는 어두운 빛으로 무겁게 침묵하면서도 나무 가득 하얀 꽃을 피우고 있었다. 란란이 말했다. 며칠 뒤에 우리 레코드판 들으러 가자. 기분전환 좀 하자고. 후성은 그러겠다고 말했다.

사흘 뒤에 란란은 후성, 아바오와 함께 위풔사玉佛寺 근처에 가기로 약속했다. 신식 농탕인 그곳에 가서 란란의 학교 친구인 전차 매표원 쉐즈雪芝를 만날 예정이었다. 란란이 말했다. 쉐즈네 집은 여전히 대문을 단독으로 사용하고 있고 1층에서 2층까지 홍목 가구들이 하나도 없어지지 않았어. 옥상의 작은 방에는 여전히 레코드판도 있고 전축도 있지. 아바오가 말했다. 이상하네. 지금 사회에 아직도 그런 사람들이 있단 말이야? 란란이 말했다. 쉐즈네 아빠는 예전에 작은 철공 공장의 사장이었어. 자본가인 셈이지. 후성이 말했다. 한 가지 묻지 않을 수 없을 것 같군. 혁명은 이제 그물 사이로 빠져나가는 물고기가 되어버린 것 아니야? 아바오가 탄식하듯이 말했다. 후성은 아직도 그런 말을 입에 담는군. 아직도 혁명을 얘기하네. 후성이 갑자기 입을 다물었다. 란란이 말했다. 따메이메이가 가장 재수가 없는 편이야. 솜바지를 입고 산을 오르는 격이지. 쉐즈에게는 운이 없었던 일이 오빠랑 언니들 다섯이 전부 상산하향*의 대상이 되었다는 것밖에 없어. 말하자면 쉐즈는 조건이 좋았지. 언니들이 맨 앞에서 모든 걸 막아주었거든. 평소에 쉐즈는 서첩을 따라 글씨를 베끼며 서예 연습을 하거나 기보에 맞춰 바둑을 두거나 우표수집을 하지. 그러다가 전차표를 팔기 시작하면 금세 거칠고 우아하지 못한 모습으로 변해 작업대를 두드리고 작고 빨간 깃발을 흔들어대지. 아바오는 아무 말도 하지 않았다. 세 사람은 작은 농탕 안으로 들어섰다. 뒷문이 열리자마자 눈앞에 쉐즈가 서 있었다. 날씬한 몸매에 잔 체크무늬 블라우스를 입고 머리를 두 갈래로 땋아 늘어뜨린 모습이었다. 너무나 단아하고 귀여웠다. 아바오는 놀라움을 금치 못했다. 1970년대는 공장과 시장, 국영 식품점, 음식점, 각 노선의 공공버스, 환경보호부서 등에서 예쁘고 귀여운 여성 청년들을 쉽게 볼 수 있었다. 아바오는 쉐즈를 바라보면서 무의식중에 야간전차를 떠올렸다. 쉐즈의 가슴에는 표를 담는 범포로 된 주머니가 달려 있고 좌석 위쪽에는 작은 등이 노란빛을 내고 있었다. 황혼 무렵의 작은 등은 차가 흔들릴 때마다 윙윙 소리를 냈다. 오후반 근무를 마치고 퇴근하는 젊은 남자들이 쉐즈의 배차 시간을 알아내 매일 밤 이 전차에 올라탔다. 쉐

* 문화대혁명 시기에 중앙의 간부나 도시의 청년들을 농촌이나 산간 지역으로 내려 보내 직접 노동에 종사하면서 사상을 개조하게 하던 정책.

즈를 보기 위해서였다. 털실로 짠 쉐즈의 엄지장갑과 작은 꽃무늬가 아로새겨진 천으로 만든 팔 토시, 털실로 짠 목도리, 중국식 솜저고리를 보고, 그녀가 한 장 한 장 지폐를 정리하고 각자角子를 정확히 세서 날짜가 지난 신문지로 둘둘 말아 잘 포장하는 모습을 바라보기 위해서였다. 그런 다음 그녀는 차표를 뜯어낸 꺾쇠를 풀고 나무판때기로 누른 다음, 작업대를 닫고 유리 창문을 열었다. 그러고는 작은 깃발을 밖으로 내밀어 전차 몸체를 싸고 있는 철판을 두드렸다. 티란교, 티란교, 티란교입니다. 티란교 내리실 분 하차하세요. 쉐즈가 아바오를 불렀다. 란란이 아바오를 슬쩍 밀쳤다. 아바오는 바로 눈앞에서 쉐즈가 잔잔한 미소를 지으며 눈을 커다랗게 뜨고 따스하고 부드러운 여성미를 내뿜고 있는 것을 발견했다. 아바오가 대답했다. 응! 쉐즈가 말했다. 아바오, 우표 언제 보여줄 거야? 아바오가 말했다. 나는 일찌감치 손을 뗐어. 맞아. 그런데 최근에 새 우표가 어떤 게 나왔어? 쉐즈가 잠시 생각해보고 말했다. '제4차 5개년 계획 승리적 완수'를 기념하는 우표로 J8이 있어. 한 세트가 열여섯 장이지. 아바오가 빙긋이 웃었다. 쉐즈가 말했다. 하지만 나는 옛날 우표만 모아. 우리 오빠랑 두 언니가 안후이로 삽대되었고 다른 두 언니는 헤이룽장黑龍江 농장으로 갔어. 덕분에 언니 오빠들의 학교 친구들이 보내온 편지봉투에 붙은 옛날 우표들은 전부 내 차지가 되었지. 아바오는 아무 말도 하지 않았다. 마음속으로 쉐즈가 잘 알지 못하는 낯선 사람들에게 쉬지 않고 얘기할 수 있다는 것이 믿어지지 않았다. 탁자 위에는 바둑판과 연적, 붓, 먹 같은 서예도구들이 놓여 있었다. 아바오가 말했다. 나는 펑즈카이가 편한 『구성궁』이라는 책을 갖고 있어. 난 서예를 하지 않으니까 쉐즈에게 필요하다면 가져다줄게. 쉐즈가 말했다. 그래, 나 줘. 그건 중화민국 시기에 나온 오래된 판본이거든. 후성이 말했다. 1966년*이었다면 쉐즈는 비판대회 표어나 가로로 구호를 적은 플래카드를 많이 썼겠네. 방서榜書훈련을 많이 하는 셈이니 서예솜씨를 쉽게 향상시킬 수 있었을 거야. 아바오가 말했다. 그건 상황에 따라 달라. 당시에 가장 유행했던 건 '신위비新魏碑'**였어. 거리 도처에 '신위비'였지. 내가 아주 싫어하는 서체였어. 쉐즈가 말했다. 아바오는 말을 아주 재미있게 하네. 글씨는 확실히 고상해야 해. 옛날의 비문 분위기를 가지고 저속하게 희롱해선 안 되지. 후성은 아무 말도 하지 않았다. 쉐즈가 말했다. '신위비'는 말이야, 너무 딱딱하고 뜨거운 기운이 너무 강해. 서체도 다르고 말이야. 후성이 말했다. 일필일획이 웅장하고 강인한데다 격정이 넘치는데 왜 안 좋다는 건지 모르겠네. 아바오가 목소리를 낮춰 말했다. 지독하게 고생을 하고서 아직도 격정이 필요한 거야? 후성은 아무 말도 하지 않았다. 란란이 말했다. 1966년에 쉐즈는 개구멍바지를 입었지만 대자보를 쓸 수 있었어. 쉐즈가 란란을 툭 치면서 말했다. 죽고 싶어? 이런 멍청이 같으니라고! 다들 웃음을 터뜨렸다. 란란은 후성을 데리고 위층으로 올라가 레코드판을 틀었다. 아바오와 쉐즈

* 문화대혁명이 시작되어 거리와 공공장소에 대자보와 가로로 구호를 쓴 플래카드들이 대거 등장한 해.

** 중국의 전통 서체 가운데 하나인 위비서체(魏碑書體)의 특징을 계승하여 서화의 모서리를 강조한 새로운 서체.

는 바둑판을 펼쳐놓고 대국을 시작했다. 방안이 아주 조용해졌다. 아바오는 쉐즈가 차표를 파는 모습을 상상하다가 마음속에 서글픔이 솟구쳤다. 이날 집으로 돌아가는 길에 후성이 아바오를 힐끗 쳐다보며 물었다. 두 판을 계속 진 것에는 틀림없이 어떤 의미가 있겠지? 아바오가 말했다. 내가 두는 바둑은 항상 똥바둑이야. 한 번도 머리를 쓴 적이 없다고. 오로지 쉐즈만 바라보면서 검은 돌을 하나 집어 아주 단정하게 탁 하고 내려놓았을 뿐이야. 대단히 우아한 모습이었지. 후성은 아무 말도 하지 않았다. 아바오가 말했다. 바둑돌을 움직이려면 먼저 상대방의 마음을 읽어야 해. 패쓰기와 끝내기 등 어떤 수법에도 쉐즈는 아랑곳하지 않았고 전혀 다툼이 없었어. 후성은 아무 말도 하지 않았다. 두 사람은 혼돈을 먹으러 음식점에 들어갔다. 아바오가 말했다. 후성, 마음을 좀 밝게 가져. 후성은 아무 말도 하지 않았다. 아바오가 말했다. 샤오마오가 오늘 마구 화를 냈을 때, 후성은 오히려 헤헤 웃기만 했지. 인평과도 웃고 떠들면서 말이야. 후성이 말했다. 아픈 웃음이었어. 알잖아. 게다가 술을 너무 많이 마셨어. 아바오가 말했다. 맞아. 후성이 말했다. 모두 똑똑한 사람들이야. 오늘밤에는 아무도 잘못하지 않았어. 샤오마오도 그렇고 인평도 그렇고, 나는 더 말할 것도 없지. 아바오는 아무 말도 하지 않았다. 아바오는 그날 일을 생각하면서 후성의 집에 변고가 있다는 것을 확인했다. 황혼이 우딩로를 향해 밀려왔다. 문을 열자마자 놀라움을 금할 수 없었다. 방 두 개가 먼지 속에 잠겨 있고 침대 매트리스만 두 개 남아 있었다. 후성이 의기소침하여 아바오를 쳐다보면서 말했다. 난 괜찮은데 후민 형의 심리

상태가 좋지 않은 것 같아. 후민은 이불솜 한 덩이를 꼭 끌어안고 미동도 하지 않았다. 아바오가 후민을 잡아끌고는 가죽 지갑을 더듬어 돈을 꺼내면서 말했다. 형, 미안하지만 나가서 안줏거리 좀 사다줘. 모두 뭐 좀 먹자고. 후민이 억지로 몸을 일으켜 얼굴을 매만지더니 아래층으로 먹을 것을 사러 나갔다. 아바오는 복도로 나가 망가진 빗자루를 찾아 사방을 대충 쓸었다. 후성이 말했다. 나는 아무렇지도 않아. 아바오가 말했다. 이사하면 하는 거지 뭐. 예전에 내가 차오양 신촌으로 이사할 때는 사방의 이웃들이 전부 나와서 구경했는데 여긴 아주 조용한 편이네. 후성은 아무 말도 하지 않았다. 아바오가 웃으면서 말했다. 우리 할아버지가 하셨던 말이 생각나네. 관원들이 가택수색을 하는 건 꼭 필요한 일이지만 사업하는 사람들의 집을 뒤지는 건 아주 드물대. 후성이 물었다. 이유가 뭐지? 아바오가 말했다. 그냥 대충 처리하는 거지. 태평천국 시기에 장모들이 반란을 일으켰을 때도 가택수색을 하고 사람들을 죽였잖아. 관민을 불문하고 말이야. 혁명이란 그런 거야. 후성이 말했다. 관점이 혼란스러워. 사람을 계급으로 분류하려는 거잖아. 일이 터지기 하루 전에 우리 아빠가 그러시더라고. 혁명은 계급과 국가를 위한 것이지 개인을 위한 것이 아니라고 말이야. 우리 아빠는 몸을 빼낼 방법이 없었어. 꼼짝달싹할 수 없었던 거지. 아바오가 말했다. 그건 나도 확실하게 잘 알고 있어. 앞으로도 그럴 거야. 상부의 고위 간부들에게 일이 터지면 감히 포장을 풀 수 없는 고급 상품이기 때문에 내부적으로 대충 처리해버리지. 그러면 그 밑의 많은 사람들이 대거 일어나 배를 뒤집어버리는 거야. 당, 송,

원, 명, 청이 다 똑같았어. 후성이 말했다. 긴말할 것 없어. 현실을 받아들이고 자기 멋대로 살면 되는 거야. 얼마 후 후민이 따뜻한 음식 몇 가지를 사가지고 돌아왔다. 가반주* 술도 두 병 사왔다. 세 사람은 머리를 파묻고 열심히 먹기 시작했다. 그렇게 저녁 일곱시 반까지 앉아 있다가 후성이 아바오를 따라 내려와 배웅했다. 길에서 많이 떠들다보니 생각이 마구 뒤엉켰다. 두 사람은 시캉로에서 대자명종 농탕까지 걸어왔다. 미용실 문에는 자물쇠가 채워져 있어 아래층에서 샤오마오를 불러봤지만 대답하는 사람이 아무도 없었다. 뒤에 있는 농탕으로 가서 바라보니 인평이 미용실 안에서 미색 셔츠 차림으로 수건을 들고 세면대 쪽으로 다가가고 있었다. 인평이 웃으면서 말했다. 후성과 아바오 맞지? 아바오가 물었다. 샤오마오는 어디 있어요? 인평이 말했다. 출근해서 지금까지 돌아오지 않았어, 기다리지 마. 후성이 말했다. 괜찮아요, 좀 앉아 있을게요. 인평이 위층을 힐끗 올려다보고는 낮은 목소리로 말했다. 돌아가는 게 나을 것 같아. 아바오가 말했다. 예전에 형수님을 만났던 것 기억나시죠? 인평이 가볍게 웃으면서 말했다. 어차피 난 아바오를 알고 있었어. 후성이 빙긋이 웃었다. 술을 마신 탓인지 눈빛이 흐렸다. 눈앞에 있는 젊은 유부녀의 마음이 조금 가벼워졌다. 두 사람은 미용실 점당에 앉아 샤오마오를 기다렸다. 인평은 경대에 몸을 기댄 채 이들과 십 분쯤 웃으면서 얘기를 나눴다. 바로 그때 뜻밖에도 샤오마오가 달려 들어와 버럭 화를 냈다. 인평은 한참

* 사오싱주의 일종.

을 울다가 느린 몸짓으로 위층으로 올라갔다. 두 사람이 멍하니 앉아 있다가 후성이 말했다. 이만 가는 게 좋겠어. 후성이 아바오를 잡아끌고서 미용실을 나왔다. 아바오가 말했다. 끝냈으면 끝난 거잖아. 후성은 아무 말도 하지 않았다. 아바오가 말했다. 마지막으로 한 번만 둘러보자고. 미용실이라는 한 페이지도 이렇게 넘어가네. 후성은 적막한 농탕을 뚫어져라 바라보았다. 누런 가로등 불빛이 희미한 가운데 들고양이 한 마리가 길을 가로질러갔다. 후성이 말했다. 의형제를 맺은 친구들이었다면 더 좋았겠지. 아바오가 탄식하듯 말했다. 사람은 다 변하는 법이야. 상황도 변하고 모든 것이 다 변하지. 후성은 아무 말도 하지 않았다. 아바오가 말했다. 샤오마오가 결혼을 한다니 내가 체면을 좀 세워줘야지. 후성은 말이 없었다.

22장

1

화원호텔 안으로 걸어들어간 캉 사장은 멍한 표정을 짓고 있었다. 지난 몇 달 동안 메이루이를 만나지 못한 터였다. 호사스러운 차림에 몸 전체가 번쩍거렸다. 개 이빨 무늬의 명품 고급 정장에 커다란 다이아몬드 반지를 끼고 있었다. 부유한 티가 철철 넘쳤다. 외모와 태도, 두발 형태까지 완전히 다른 사람이 되어 있었다. 두 사람은 자리에 앉아 몇 마디 상투적인 얘기를 주고받았다. 캉 사장이 물었다. 최근에 미스 왕 소식 들었어요? 메이루이가 말했다. 저는 출근하지 않은 지 오래됐어요. 무슨 일 있나요? 캉 사장이 말했다. 그냥 물어본 거예요. 메이루이가 의혹을 감추지 못하고 에둘러 물었다. 미스 왕에게 무슨 일이 있는 거군요? 캉 사장이 말했다. 아주 오래 연락을 못해서 갑자기 생각난 것뿐이에요. 메이루이가 말했다. 뭔가 일이 있는 게 분명해요. 캉 사장이 웃으면서 말했다. 메이루이와 연락을 좀 하고 싶어서 구실을 찾던 참이에요. 괜찮겠지요? 메이루이가 웃으면서 말했다. 캉 사장님은 들어와 자리에 앉자마자 줄곧 저를 이리저리 뜯어보고 계세요. 그 이유가 뭔가요? 캉 사장이 말했다. 옷차림과 치장, 특히 얼굴 윤곽이 예전과 완전히 달라졌어요. 메이루이가 말했다. 그런 쓸데없는 소리 하지 마세요. 제가 성형을 할 리는 없잖아요. 캉 사장이 물었다. 귀인을 만났군요? 메이루이가 주변을 둘러보고는 작은 목소리로 말했다. 이 이야기를 하자면 몇 시간으로도 부족해요. 최근에 정말 상당한 배경을 지닌 귀인을 하나 만났어요. 지금부터 아주 솔직하게 얘기해줄게요. 캉 사장이 말했다. 천천히 얘기해보세요. 메이루이가 말했다. 사실 우리 엄마랑 샤오카이가 상하이로 돌아왔어요. 힘든 상황을 억지로 참고 버티다가 막다른 골목에 이른 처지였는데 갑자기 귀인이 가볍게 한마디 던지는 거예요. 전화 한 통에 모든 상황이 완전히 달라져버렸지요. 계약서에 서명을 하니까 돈이 끊임없이 들어오는 거예요. 캉 사장은 아무 말도 하지 않았다. 메이루이가 말했다. 우리 엄마랑 샤오카이가 서북 지역과 상하이, 홍콩, 일본 등지를 마구 돌아다니고 있어요. 이렇게 큰 프로젝트와 사업을 진행하려면 아무래도 자기 사람들이 나서지 않으면 안 되는 상황인 것 같아요. 그래서 저도 어쩔 수 없이 직장을 그만두게 되었지요. 캉 사장이 말했다. 기적이 일어났군요. 모든 것이 순조롭기만 하면 사업이 커지는 건 확실해요. 너무 잘나가게 되면 앞으로 감히 알은체도 못하겠네요. 메이루이 씨 이름도 함부로 부르지 못하게 될 것 같아요. 메이루이가 낮은 목소리로 말했다. 저도 이런 치장은 좋아하지 않아요. 모든 것이 샤오카이를 위한 거예요. 서북 지역 상황은 상하이랑 완전히 다르거든요. 정치계와 비즈니스계에서 약간의 지위가 있는 사람들은 옷차림을 상당히 중시하지요. 캉 사장이 말했다. 치장은 상하이 사람들이 가장 잘하잖아요. 메이루이가 말했다. 지금은 안 그래요. 작은 지역일수록 브랜드를 중시하고 돈 씀씀이가 클수록 유명 브랜드를 더 잘 알고 있어요. 며칠 전에 서북 지역의 현 간부가 제게 연해 지역 간부들은 확실히 다르다고 그러더군요. 당시에 저는 아무 말도 하지 않았어요. 현 간부는 또 최근에 간부들을 데리고 장쑤로 참관 학습을 하러 갔는데, 학습이 다 끝나고 보니 그쪽 간부들의 차가 대부분 폭스바겐 파사트였지만 바지는 쭈글쭈글 주름이 가득하고 업무 경험이 아주 풍부하더라고 말하더군요. 그런데 자기 수하에 있는 사람들은 매일 먹고 입는 것만 얘기하고 온갖 자잘한 상품의 브랜드와 차 모델을 비교하더래요. 캉 사장이 말했다. 그런 건 아무리 얘기해도 소용없어요. 지역이 다르면 능력과 기량도 달라지는 법이니까요. 메이루이가 말했다. 광둥에 제 동창생이 하나 있는데 직함이 부현장이에요. 그냥 꽃병 역할만 하고 있더라고요. 완전히 들러리예요. 애당초 거들떠보는 사람도 없어요. 현지 분위기는 모든 사람이 비즈니스로 바쁘게 돌아가는 것 같았어요. 현지 사투리인 광둥어를 쓰면서 말이에요. 외지인들은 애당초 알아듣지 못하더라고요. 하지만 서북 지역에서는 최근에 임시로 직무를 담당하고 있는 여성 부현장이 제게 보통화로 말하더군요. 동생, 현장이라는 직함이 이렇게 좋은 건지 몰랐어. 상상도 못할 정도로 좋더라고. 저도 보통화로 물었지요. 언니, 어떤 점이 그렇게 좋던가요? 부현장이 말했어요. 신변에 비서가 있어 아침부터 저녁까지 모든 시중을 다 들어줘. 현장님, 아침식사 준비되었습니다. 현장님, 차 준비되었습니다. 현장님, 오늘 저녁에 식사 자리가 세 군데 있습니다. 시간과 노선은 적절하게 다 조정해놓았으니 걱정 안 하셔도 됩니다. 한번은 부현장이 성성省城으로 부모님을 뵈러 가고 싶어 비서에게 전화를 걸어 다음날 기차를 타고 갈 예정이라고 말했대요. 밤이 되자 비서가 보고를 했지요. 현장님, 내일 성성으로 부모님을 뵈러 가실 때 타실 차는 BMW 지프로 준비해놓았습니다. 돌아오시는 시간은 오후 두 시 십오분 정도로 해두었고요. 다른 사항들도 전부 철저히 준비해놓았습니다. 부현장이 물었대요. 뭘 준비했다는 건가요? 비서가 말했지요. 부하 직원들을 시켜 양을 한 마리 잡고 살아 있는 닭 여섯 마리를 준비했습니다. 토종닭 계란과 갓 추수한 좁쌀도 몇 포대 준비했고요. 방금 무두질을 마친 검정 산양가죽 네 장과 직접 담근 술 약간, 산에서 나는 토산물, 유기농 채소 등도 전부 준비해놓았습니다. 현장님께서는 아무 걱정 안 하셔도 됩니다. 부현장은 제게 낮은 목소리로 사람들이 저마다 관원이 되려고 혈안이 되어 있는 이유를 알 것 같다고 말하더군요. 알고 보니 관원이 되면 그렇게 편했던 거예요. 모든 게 해결되는 거지요. 캉 사장이 말했다. 그건 뭐 그리 신기할 것도 없어요. 중국 고대의 관원들과 완전히 똑같지요. 아무리 궁벽한 산골로 파견된다 해도 일단 관원이 되면 무조건 챙길 것이 많았어요. 때문에 관원이 된다는 것은 행복이고 누구나 마땅히 추구해야 할 목표였지요. 관원은 백성들의 어버이라는 의미의 '노야관老爺官' 대인이고 인민 백성들은 영원히 소인이었어요. 영원히 장유유서의 원칙이 존재하는 셈이지요. 한번은 제가 훙칭과 함께 서북 지역에 간 적이 있어요. 정말로 엄청난 대접이 준비되어 있더군요. 결국 훙칭은 하마터면 실신할 뻔했어요. 메이루이가 웃으면서 말했다. 죽을 뻔했다고요? 남자들은 그렇게 생각하는군요. 캉 사장이 물었다. 메이루이 씨는 이번에 상하이로 돌아와 며칠이나 묵을 예정인가요? 메이루이는 대답 대신 실신이 무얼 의미하는지 되물었다. 캉 사장이 말했다. 그냥 농담한 거예요. 메이루이가 말했다. 듣고 싶어요. 어서 얘기해보세요. 캉 사장이 말했다. 여러 해 전의 일인데 방금 메이루이 씨 말을 들으니 생각이 나서 해본 소리라고요. 메이루이가 웃으면서 말했다. 그래도 말해보세요. 실신이라는 게 어떤 건가요? 캉 사장은 하는 수 없이 얘기를 시작했다. 어느 날 밤, 개발 사업에 투자하는 몇몇 나이든 사장들을 데리고 현 소유 게스트하우스에 투숙하게 됐어요. 현 간부들은 3층에 묵고 일부 여자 직원들도 3층에 묵었지요. 2층은 오래 비워둔 터라 네 명의 손님은 1층에 묵었어요. 그날 밤 댄스파티가 열리자 여자 직원들도 하나하나 방에서 나와 파티에 참석했지요. 상하이에서 온 손님들의 손을 잡아끌고 플로어로 나가 춤을 추었어요. 춤을 추지 않으면 안 되는 상황이 되자 저는 마음이 몹시 불편했어요. 메이루이가 물었다. 왜요? 캉 사장이 말했다. 말이 통하지 않으니까요. 제가 보통화로 말하면 상대방이 알아듣지 못했고 상대방이 북방 토착 사투리로 말하면 제가 알아듣지 못했기 때문이지요. 그리고 또 있어요. 메이루이가 말했다. 움직임이 비교적 대담했겠네요. 캉 사장이 말했다. 전부 소박하고 착실한 아가씨들이었어요. 농촌의 나이 많은 여성들은 온몸에서 마늘 싹 냄새가 났지요. 손은 줄칼처럼 거칠고 얼굴의 두 볼은 태양처럼 붉었어요. 긴 스타킹에는 구멍을 꿰맨 흔적이 많았고요. 댄스파티가 끝났는데도 현 간부는 상하이에서 귀한 손님들이 네 분이나 오셨으니 반드시 모두 독방에서 자야 한다고 우겼어요. 제가 끝까지 동의하지 않자 현 간부가 빙긋이 웃으면서 여성 청년들에게 보통화로 말했어요. 손님들께서 뭔가 물어보시거나 어떤 자문을 구하실 때는 시끄럽게 마구 떠들거나 우당탕탕 떼거리로 귀빈들의 방으로 몰려 들어가지 말고 우아하고 여성스럽게, 최대한 예의를 갖춰서 한 명씩 노크하고 들어가 상담에 응하도록 해요. 상하이에서 오신 사장님들과는 구체적이고 섬세한 대화, 독대하여 진행하는 상담이 더욱 효과가 있어요. 다들 잘 알아들었지요? 여성 청년들이 일제히 한목소리로 대답했어요. 네, 알겠습니다! 메이루이가 웃으면서 말했다. 캉 사장님은 이 여자들이 너무 촌스러워서 피하신 거로군요? 캉 사장이 말했다. 어쨌든 머리는 있어야지요. 메이루이가 물었다. 결과는 어떻게 되었나요? 캉 사장이 말했다. 저는 일일이 다 거절하면서 홍칭과 같은 방에 묵겠다고 했어요. 반드시 네 사람이 방 두 개를 써야 한다고 말했지요. 한밤중에 홍칭이 불평을 늘어놓더군요. 어째서 한 사람이 방 하나를 쓰면 안 되는 거냐고 하면서요. 제가 말했어요. 그래도 돼. 여성 청년 하나가 들어와 몇 분쯤 얘기를 나누다가 갑자기 머리를 풀어헤치고 울면서 하소연을 시작하면 자네는 계약서를 펼쳐놓고 얼른 서명을 하려고 하겠지. 훙칭은 말이 없었어요. 이튿날 성 신문사의 한 기자가 제게 알려주더군요. 이 현 간부는 현지에서 가장 유명한 늙은 색마라고 말이에요. 말이 게스트하우스지, 3층 전체를 혼자 사용하고 있대요. 주위의 방마다 여직원들이 묵고 있고요. 삼궁육원三宮六院*에 일흔두 명의 비妃를 거느리고 있는 셈이지요. 이 멍청한 여자들은 사실 아무리 노력해도 공식 편제編製에 들어갈 수 없대요. 전부 세월만 낭비하고 있는 셈이지요. 진상을 조금만 더 일찍 알았더라면 차라리 시골 남자와 정상적으로 결혼해서 아이를 낳고 농사를 짓고 닭과 돼지에 소도 한 마리 키우면서 나름대로 행복한 삶을 살 수 있었을 텐데 말이에요.

두 사람은 커피를 마셨다. 메이루이가 웃으면서 물었다. 그다음엔 어떻게 되었나요? 캉 사장이 말했다. 그러고 나서 저는 상하이로 돌아왔어요. 메이루이가 물었다. 그게 실신失身이라는 건가요? 캉 사장이 말했다. 남자가 그런 지경에 처해 시골 여자들에게 잡혀가게 되었으니 제가 긴장하는 것은 당연했지요. 메이루이가 말했다. 스타킹에 온통 꿰맨 흔적이 있었다니 정말 불쌍하네요. 남자들도 정말 못됐어요. 고급 장소였다면 유행의 첨단을 걷는 최상의 미녀들이 향기를 내뿜으며 실크 재질의 주름치마나 무릎을 덮는 플레어스커트 차림으로 손에는 로에베 핸드백이나 실크 편직물 핸드백을 들고 나타났을 텐데 말이에요. 남양에서 들여온 흑백 진주로 만든 목걸이에 연지와 립스틱이 농담의 대비를 이루었겠지요. 어

* 고대 중국 천자들의 후궁(後宮)을 말한다.

쩌면 여자들이 한 가지 색상의 진한 화장에 잔뜩 치장을 하고 나타날 수도 있었을 테고요. 이런 수준의 여자가 한 켤레에 천 위안이나 하는 최고급 스타킹을 신고 온몸에 매혹적인 향수 냄새를 풍기면서 다가온다면 캉 사장님이 어떻게 당해내시겠어요? 캉 사장이 말했다. 머리가 있는 남자라면 의심의 끈을 놓지 않고 일정한 경계심을 유지하겠지요. 여자가 자발적으로 찾아올 때는 특별한 경우가 아니면 대부분 뭔가 의도를 갖고 있기 마련이거든요. 메이루이가 물었다. 그 특별한 경우라는 게 어떤 건가요? 캉 사장이 말했다. 가라오케만 가면 남자들은 마음도 생각도 없어지는 것 같아요. 정신없이 신나게 환락에 취하지요. 저는 그런 광경을 적지 않게 보았어요. 단골손님이 오면 아가씨 일고여덟에 마담까지 직접 달려와 소파에 흩어져 앉지요. 꽃처럼 환한 미소와 함께 교태를 부리면서 향수 냄새로 코를 자극하는 거예요. 손님이 살려달라고 애원하든 예수님을 찾든 가리지 않고 손과 발을 비벼대고 마구 웃고 떠들면서 흥분을 조장하지요. 위로는 넥타이를 풀고 아래로는 혁대를 푸는 거예요. 왜 그런 줄 알아요? 팁 때문에 그러는 게 아니에요. 신세진 손님을 만난 터라 찰싹 달라붙어 잔뜩 애교를 부리면서 즐기는 것이지요. 일부러 적극적으로 몸을 움직이면서 일종의 유희를 하는 거예요. 회사 사무실에서 업무 시간 사이사이에 체조를 하는 것과 다르지 않지요. 흥청거리고 놀다보면 스트레스가 해소되거든요. 메이루이가 버럭 화를 내면서 말했다. 캉 사장님도 많이 변하셨네요. 예전에는 무척이나 조용하고 우아했는데 말이에요. 캉 사장은 말이 없었다. 메이루이가 말했다. 지난번에 제가 요구에 응하지 않아서 그러시는 건가요? 그래서 마음이 괴로워 그렇게 지저분한 데를 찾아가 스트레스를 해소하고 맘껏 타락하려 하시는 건가요? 아니면 이제야 슬슬 감추고 있던 여우 꼬리를 드러내시는 건가요? 캉 사장이 말했다. 제가 그럴 리가 있겠습니까? 그 세계에서는 원래 모든 것이 쌍방이 서로 원해야 이루어지는 법이에요. 저는 그저 제가 보았던 광경을 얘기한 것뿐이고요. 알겠어요? 메이루이가 말했다. 제가 만난 사장님들은 하나같이 상당히 지위가 높고 고상한 분들이었어요. 적어도 겉으로 보기에는 그랬지요. 메이루이가 입을 다물자 캉 사장이 물었다. 적어도 어땠다는 거예요? 메이루이가 대답하지 않자 캉 사장이 말했다. 만나자마자 먼저 프랑스제 고급 스타킹부터 선물했겠군요. 메이루이가 말했다. 뭐라고요? 캉 사장이 웃으면서 말했다. 농담한 거예요. 과거에 상하이 부동산의 큰손이었던 빅터 사순*은 여자를 유혹할 때면 만나자마자 대량의 스타킹부터 선물했다고 하더군요. 메이루이가 웃으면서 말했다. 대단하네요. 여자들이 무척 감동했겠어요. 캉 사장이 말했다. 농담이죠? 오늘날의 고위 간부들은 사순보다 훨씬 더 손이 커요. 메이루이는 아무 말도 하지 않았다. 캉 사장이 말했다. 하지만 그만큼 미녀들도 많지요. 한번은 북방 지역에 가서 큰 기업 사장들과 고위 간부들을 만난 적이 있어요. 그들은 저를 먼저 수영장으로 데려가더군요. 수영장 안에 들어가 보니 아주 화려하게 꾸며져 있었어요. 메이루이가 말했다. 항저우의 시후西湖를 모방했겠

* 영국 국적의 유대인으로 조계지 시절 상하이 최고의 부동산 부호였다.

군요. 캉 사장이 말했다. 실내 수영장 사방에 비치 벤치가 나란히 놓여 있고 주위에는 삼삼오오 무리를 이룬 미녀들이 비키니 수영복 차림으로 옥 같은 다리를 드러내고 있더군요. 서 있는 아가씨도 있고 앉아 있는 아가씨도 있었어요. 하나같이 눈동자가 반짝반짝 빛나더군요. 미녀들마다 자신의 활동영역이 정해져 있었어요. 풀 바로 옆에 있는 작은 방들은 전부 소형 가라오케였지요. 방마다 커튼이 설치되어 있고 미녀들이 손님들을 풀 옆으로 끌어당기고 있었어요. 커튼을 반쯤 닫고서 끊임없이 간부들을 유혹했지요. 낯선 미녀들이 낯선 사장과 간부들의 손을 잡아끌고 작은 방 안으로 들어가서는 커튼을 완전히 닫고 남녀 듀엣으로 노래를 하거나 다른 행위들을 했어요. 메이루이가 말했다. 처음 듣는 얘기네요. 캉 사장이 말했다. 이런 곳은 완전히 남자들만의 영역이에요. 그러니 일반 여자들이 어떻게 이런 일들을 알겠어요? 메이루이는 아무 말도 하지 않았다. 캉 사장이 말했다. 지금 정부 관리들의 세계에서는 그 자리에서 시를 짓는 것이 유행이래요. 그날 나이든 간부가 정말 기분이 좋아서 그 자리에서 시를 한 수 지었대요. 북국과 강남에는 미인이 많아/ 더운물에 수영을 하니 참 좋은 겨울이네/ 오왜吳娃*와 부용芙蓉이 쌍쌍이 술에 취하고/ 아침저녁마다 봄 물결에 목욕을 하네. 메이루이가 차갑게 웃으며 말했다. 완전히 이해했어요. 캉 사장이 말했다. 여자가 스스로 안다고 인정할 때도 종종 전혀 이해하지 못하는 것일 수 있지요. 메이루이가 물었다. 무슨 뜻인가요? 캉

* 옛날 오나라 지방의 미녀, 즉 강남 미녀들을 지칭한다.

사장이 말했다. 예쁜 여자 주위에 항상 알랑거리는 남자들이 많은 것도 사실은 그 여자의 본모습을 보지 못하기 때문이에요. 진정으로 세상을 아는 여자들은 조건이나 용모가 비교적 떨어지는 편이지요. 그다음이 바로 술집 아가씨나 마담들이에요. 이런 여자들 앞에서만 남자들이 마음대로 본성을 다 드러내기 때문이지요. 메이루이가 말했다. 무슨 말인지 머리가 어지러워서 잘 모르겠네요. 하나 물어볼게요. 예컨대 어떤 남자가 있는 힘을 다해 한 여자를 포장한다고 쳐요. 그게 무슨 의미일까요? 캉 사장이 말했다. 무슨 말인지 잘 이해가 안 되는군요. 메이루이가 말했다. 맨 처음에 이 여자는 그다지 익숙하지 않았어요. 하지만 밤마다 남자들을 응대해야 했고 문을 나서기 전에 남자가 식사 자리를 마련한 배경에 대해 분명하게 말하지요. 이에 따라 어떤 인물이 가장 중요하고 어떤 사람은 무시해도 되는지 자세히 분석하고 연구해야 했어요. 캉 사장이 말했다. 그 정도면 아주 고수라고 할 수 있겠네요. 메이루이가 말했다. 테이블에서 일문일답을 하면서 중요한 사항들을 ABCD 순으로 기억하지요. 집을 나서기 전에 간단히 국수를 한 그릇 먹고 설탕물을 한 잔 마셔요. 설탕물이 해장에 가장 효과가 좋거든요. 빙당수冰糖水나 덮개가 달린 찻잔으로 마시는 팔보차八寶茶, 천배불취千杯不醉* 같은 숙취해소 음료들은 사실 별로 효과가 없어요. 캉 사장이 말했다. 대단하시네요. 메이루이가 말했다. 옷차림도 철저하게 연구를 해야 해요. 검은색 원피스를 입었을 때는 엄숙한 모

* 술을 천 잔 마셔도 취하지 않는다는 뜻.

습을 보여야 하기 때문에 가급적 적게 웃으면서 귀티가 넘치는 눈빛을 유지해야 하지요. 가슴골이 드러난 비파색이나 빈랑檳榔색 정장을 입고 나갔을 때 편한 상대를 만나게 되면 긴장을 풀고 애교도 부리면서 마음 편하게 어울릴 수 있어요. 정말로 야한 분위기를 갖춰야 할 때는 가슴골이 훤히 드러나는 연회용 드레스에 굽이 가는 하이힐을 신어야 하지요. 요컨대 복장과 자태, 향수의 브랜드와 맛, 눈빛, 장식물, 립스틱, 핸드백, 걸음걸이 등 모든 것을 사전에 치밀하게 생각해두어야 해요. 캉 사장은 아무 말도 하지 않았다. 메이루이가 말했다. 고위 간부들은 일반적으로 비교적 바르고 청렴하고 엄숙하지요. 잘 웃지도 않아요. 조금 가까이 다가가 앉을 수는 있지만 처음부터 경박한 모습을 보이는 건 금물이에요. 술을 많이 마시면 상대방의 손이 자연스럽게 미끄러지듯이 들어오거든요. 그럴 때는 놀라거나 화를 내지 않아야 하고 몸이 굳어지는 일도 없어야 해요. 민감하게 반응하면서 복잡한 태도를 보여야 하지요. 상대방이 허리에 팔을 감거나 얼굴을 비비는 것은 전부 그대로 받아줘야 해요. 서양의 예절에 따르면 눈빛은 또렷해도 되고 흐릿해도 되지만 마음속에서 우러나는 표정이 담겨 있어야 하고 내용을 드러내야 하지요. 손님이 돌아간 다음에 한밤중에 전화가 오면 자유롭게 태도를 조정할 수 있고 완전히 풀어질 수도 있지요. 물리적인 거리가 있고 한밤중이니까요. 게다가 전화 통화일 뿐이니까요. 캉 사장이 말했다. 연기에 깊이가 있어야 하고 아는 것도 많아야겠군요. 적지 않은 남녀들에게 좋은 방법과 전략을 전수해줄 수 있을 것 같네요. 정부에 허가증을 신청해서 사교를 위한 고급 연수

반을 개설할 수도 있을 것 같아요. 메이루이가 말했다. 이런 과정은 매일 바뀌잖아요. 여자는 비교적 긴장하면서 점차 거친 희롱과 사람들을 건성으로 대하는 방법을 배우게 되지요. 이리저리 밀고 당기면서 애교도 부리고 미소도 짓고 하는 거예요. 그러다가 어느 날 갑자기 여자의 마음이 움직이기도 하지요. 옆에 있는 남자의 관심을 느끼게 되는 거예요. 이전에는 받아들이지 못했던 정성이 진심으로 다가오는 것이지요. 말하자면 보답이 눈앞에 놓인 가장 중요한 일이 되는 거예요. 사업이 예정된 목표를 향해 발전해나가면 상당한 성취감을 느끼게 되지요. 캉 사장이 말했다. 사람의 마음도 살로 되어 있잖아요. 그 여자는 이미 마음이 움직였던 거예요. 메이루이가 말했다. 남자가 여자랑 얘기를 할 때는 항상 사업을 가장 중요하게 여기지요. 두 사람에게 어떤 생각이 있다 하더라도 환경이 적절하지 않으면 나중에 다시 얘기하는 수밖에 없어요. 캉 사장이 말했다. 확실히 편하진 않겠지요. 바로 옆에 다른 눈과 귀들이 있을 테니까요. 메이루이가 말했다. 캉 사장님은 모든 걸 알고 계시는 것 같군요. 한번 말씀해보세요. 그 여인의 이름이 뭘까요? 캉 사장이 말했다. 말하는 것이 적절치 않을 것 같네요. 제 추측에 불과하거든요. 이런 이야기에는 틀림없이 재미있는 속사정이 담겨 있을 것 같아요. 곡절도 많겠지요. 메이루이는 커피를 한 모금 마시고 고개를 숙인 채 말이 없었다. 캉 사장이 말했다. 연기와 안개가 많다는 것은 반드시 불이 가까이 있다는 것을 의미하지요. 메이루이는 말이 없었다. 캉 사장이 말했다. 한 가지만 물어볼게요. 이 국가급 남자 교수는 어떤 사람인가요? 메이루이가 말했다. 제 친구예요. 캉 사장이 물었다. 그럼 그 여자는요? 메이루이가 말했다. 제 동창생이에요. 모 합자회사의 상무商務 대표로 있지요. 캉 사장이 물었다. 회사는 어디에 있나요? 서북 지역 아닌가요? 메이루이가 주위를 살피더니 구둣굽을 가볍게 구르면서 말했다. 캉 사장님, 또 스무고개를 시작하시는군요. 저는 줄곧 사람들에게 예를 들어 설명하는 걸 좋아했어요. 왜 모든 걸 명백하게 밝히라고 강요하시는 건가요? 두 사람은 더이상 얘기를 이어가지 않았다. 캉 사장이 커피를 한 모금 마시고는 다시 입을 열었다. 전에 여자 교도소에 가본 적이 있어요. 친구가 경찰이었거든요. 저랑 교도소의 여성 간수, 경찰 친구 이렇게 셋이 복도에 들어서 보니 양쪽이 전부 감방이더군요. 방마다 걸음을 멈추고 안을 들여다보았지요. 방 하나에 여성 수형자 여섯 명이 수용되어 있었어요. 작은 의자에 단정한 자세로 앉아 열심히 수공작업을 하고 있다가 우리를 보더니 차렷 자세를 하고는 일제히 한목소리로 "수장님 안녕하세요!"라고 인사를 하더군요. 저는 다음 방에 가서 문 앞에 섰지요. 역시 여성 수형자 여섯이 일제히 일어나 차렷 자세로 "수장님 안녕하세요!"라고 인사를 하더라고요. 여자 교도관이 경찰에게 말했어요. 정말 마음이 심란합니다. 어제 열한 명이 석방되어 나갔는데, 그 이유가 뭔지 아세요? 전부 머리에 이가 있었기 때문이었어요. 정말 놀라운 일이지요. 분국分局의 위생업무가 너무나 형편없는 거예요. 제가 교도관에게 물었어요. 이곳의 여성 수형자들은 어떤 이유로 수용되어 들어온 건가요? 여자 교도관이 손사래를 치면서 말하더군요. 말하고 싶지 않습니다. 말해드릴 수 없어요. 이 사회는 항상 이 모양이에요. 남자들이 사건을 저지를 때는 하나같이 머리가 잘 돌아가지만 여자들의 범죄행위는 하나같이 멍청하다니까요. 정말 멍청함이 극에 달해요. 메이루이는 여기까지 듣고 잔을 내려놓고는 한참을 생각에 잠겼다가 다시 말했다. 캉 사장님이 이런 얘기를 하시는 의도를 모르겠군요. 무슨 말인지 알아들을 수가 없어요.

두 사람은 말이 없었다. 캉 사장이 또 입을 열었다. 어렵사리 만나 남들 얘기만 잔뜩 했네요. 신나게 무궤전차를 모는 것 같아 재미는 있지만 말이에요. 메이루이는 아무 말도 하지 않았다. 캉 사장이 말했다. 메이루이 씨는 정말 많이 변했군요. 원래는 미스 왕과 함께 사무실에 앉아 신기한 귀신 얘기나 하면서 간식을 즐기던 분이 지금은 무거운 짐을 지고 먼 곳을 향해 가고 있네요. 메이루이가 커피를 한 모금 마시며 탄식하듯 말했다. 저랑 엄마의 관계가 갈수록 긴장되는 것뿐이에요. 이전에는 사소한 마찰에 불과하던 것들이 지금은 종종 말다툼으로 발전하곤 하지요. 저랑 엄마, 샤오카이까지 세 사람의 관계가 별로 좋지 않아요. 정말 짜증나요. 캉 사장은 말을 받지 않았다. 메이루이가 말했다. 때로는 엄마가 맘에 안 들고 샤오카이가 좋았다가 또 때로는 엄마가 좋고 샤오카이가 마음에 안 들어요. 정말 말로 표현하기가 어려운 상태예요. 캉 사장이 말했다. 알 것 같습니다. 메이루이가 말했다. 가정과 사업이 비틀린 두 가닥 연뿌리 같아요. 이리저리 꼬이고 비틀리는 통에 저는 이미 마음이 상할 대로 상했어요. 캉 사장은 아무 말도 하지 않았다. 메이루이가 말했다. 회사 상황은 물론 아주 좋아요. 저의 감정은 유리장 안에 든 케이크 같아서 눈에 보이긴 하지만 먹을 수가 없는 그런 거예요. 캉 사장이 물었다. 모녀의 감정을 말하는 건가요, 아니면 남녀의 감정을 말하는 건가요? 메이루이가 고개를 숙이면서 말했다. 너무 분명하게 얘기하고 싶진 않아요. 캉 사장은 말이 없었다. 메이루이가 말했다. 자주 가슴이 답답해지는 걸 느껴요. 낮에는 사업으로 바쁘다가 저녁에는 듣기 싫은 소리를 쏟아내지요. 물론 남자 생각이 나기도 해요. 모든 것이 얻을 수 없는 것들이에요. 기회를 기다려야 하지요. 기다려야 해요. 저의 24시간은 지하공작원과 다르지 않아요. 이제는 지하공작이 얼마나 대단한 건지 알 것 같아요. 예전에 영화에 나오는 지하공작원을 보면 치파오를 입고 조직의 지령에 따라 오늘은 3층에서 전보를 치는 남자의 아내가 됐다가 내일은 진주 목걸이를 하고 은행가의 부인이 되지요. 또 일요일에는 황푸강 와이탄공원에서 신문을 읽는 척하면서 접선을 기다리고요. 두 사람이 만나 낯선 사람인 척하면서 정보를 전달하고는 주변 풍경을 구경하지요. 공작원은 무척이나 미인이잖아요. 지금 저도 그런 비밀공작을 하고 있는 거나 마찬가지예요. 그들과 똑같이 생사의 기로에 서 있지요. 지하당에 전혀 뒤지지 않는다고요. 한 가지 부족한 것이 있다면 국민당 사령부나 일본 헌병대를 돕지 않고 노호등老虎凳*에 묶이거나 고춧가루 물을 코에 붓는 고문을 당하지 않는다는 거죠. 캉 사장이 말했다. 말로 표현하기 어렵겠군요. 요즘은 가피학증이란 것이 있어요. 어떤 여자들은 자발적으로 이런 형벌을 좋아하지요. 혁대로 얻어맞거나 공

* 일명 '호랑이 의자'라 불리는 의자 형태의 고문 기구.

중에 매달리는 걸 가장 좋아한대요. 메이루이가 말했다. 저는 속마음을 털어놓았는데 캉 사장님에게는 전부 허풍으로 들리는 모양이군요. 꾸며낸 얘기로 들리시나요? 캉 사장은 아무 말도 하지 않았다. 메이루이가 말했다. 어제 생각을 좀 해봤는데, 정말 이런 일은 하고 싶지 않아요. 더이상 무슨 의미가 있겠어요? 저는 상하이로 돌아갈 작정이에요. 이혼할 거예요. 캉 사장이 물었다. 지난번에 이미 이혼했다고 말하지 않았나요? 메이루이가 빙긋이 웃으면서 말했다. 제가 상하이로 돌아가기만 하면 엄마와의 관계도 회복될 거예요. 상하이에는 친구들이 있잖아요. 예컨대 캉 사장님이나 아바오 씨, 후성 씨 같은 사람들 말이에요. 상하이 여자들에게는 상하이 남자들이 가장 말이 잘 통해요. 캉 사장이 말했다. 샤오카이도 상하이 사람이잖아요. 세 분이 함께 일하는데 구체적으로 어떤 갈등이 있다는 건가요? 메이루이가 말했다. 또 탐문을 시작하시는군요. 더이상 그 사람들 얘기를 입에 올리고 싶지 않아요. 말하자면 샤오카이도 상하이 사람이지만 아주 일찍 홍콩으로 갔잖아요. 캉 사장이 말했다. 사람들은 다 똑같아요. 다른 점이 거의 없다고요. 메이루이가 말했다. 저는 규칙과 신용을 중시하면서 상황을 리드하는 남자가 좋아요. 여자를 대할 때는 진심과 성실이 가장 중요하지요. 여자의 비위만 맞추려 애쓰는 사람은 바람직하지 못해요. 캉 사장이 말했다. 여자들도 마찬가지예요. 오늘날의 사회에는 진심과 성실을 가진 여자들이 매우 드물어요. 메이루이가 웃었다. 캉 사장이 말했다. 정장 차림의 부랑아들이 갈수록 많아지고 있어요. 구사회의 '하화대소荷花大少'*들도 포함해서 말이에요. 메이루이가 물었다. 그게 무슨 뜻이에요? 캉 사장이 말했다. 주머니 사정이 말이 아닌데다 돌아다니며 노는 걸 좋아하는 성격이라 여름에는 아주 멋지게 차려입고 다니면서 으스대다가 겨울이 되면 옷을 사 입을 형편도 못 되는 아주 궁색한 상황을 말하지요. 메이루이가 피식 웃었다. 캉 사장이 말했다. 과거에 상하이 사람들은 "천하가 불타는 것은 두렵지 않지만 넘어지는 것은 두렵다"고 말하곤 했어요. 메이루이가 물었다. 무슨 뜻인가요? 캉 사장이 말했다. 가난해서 남의 집에 세 들어 사는 터라 집은 타버려도 상관없지만 어딘가에 걸려 넘어져 단벌 양복이 찢어지면 입고 나갈 옷이 없어 체면을 구기게 된다는 뜻이지요. 메이루이가 말했다. 우리 엄마가 하시던 말이랑 같은 뜻이군요. 몸에는 비단을 걸쳤지만 집에는 다음날 끼니를 때울 쌀 한 톨 없다는 말이 있거든요. 캉 사장이 웃으면서 말했다. 벌써 한참 얘기를 나눴는데 메이루이 씨는 도대체 무슨 말을 하고 싶은 건가요? 메이루이가 웃으면서 말했다. 무슨 얘기를 해야 할지 저도 잘 모르겠어요. 무궤전차를 타는 것도 나쁘지 않잖아요. 캉 사장이 말했다. 샤오카이는 자산계급 출신으로 자산계급의 홍콩에서 여러 해 산 덕분에 견문도 넓고 지식도 광박하겠지요. 사업이 성공하면 넉넉한 마음을 가질 수 있을 거예요. 메이루이가 말했다. 또 샤오카이 얘기를 꺼내시네요. 샤오카이 얘기라면 저는 한마디도 하고 싶지 않아요. 캉 사장이 물었다. 메이루이와 샤오카이 사이에 도대체 무슨 문제가 있는 건가요? 메이루이가 말했다.

---

* 청나라의 왕준경이 쓴 장회소설 『냉안관』에 나오는 구절.

말하고 싶지 않아요. 캉 사장이 말했다. 한참을 앉아 많은 얘기를 나눴지만 마음은 여전히 답답하기만 하네요. 남자에게 문제가 있는 것 같은데 도대체 무슨 말을 하고 싶은 건가요? 메이루이가 말했다. 요 며칠 동안 줄곧 어지럽고 현기증이 나요. 캉 사장이 말했다. 정리하자면 사업에서 메이루이 씨가 상당한 역할을 하고 있는데 모녀 관계에 갈등이 생기고 감정이 만족스럽지 못하다 이거로군요. 그리고 어떤 남자를 좋아하게 되었는데 갖가지 이유로 마냥 기다릴 수 없게 되었고요. 메이루이가 고개를 끄덕이면서 말했다. 대충 그런 것 같아요. 캉 사장이 말했다. 한 가지 방법이 생각나네요. 메이루이가 말했다. 어서 말해보세요. 캉 사장이 말했다. 여자 교도관이 한 말이에요. 남자들은 계획을 세우면 갈수록 총명해지는데 여자들은 계획을 세우면 갈수록 더 멍청해진대요. 그 순간, 메이루이가 눈을 휘둥그레 떴다. 갑자기 몸에 걸치고 있는 에르메스 정장과 에르메스 스카프, 에르메스 브로치가 전부 가볍게 떨렸다. 메이루이가 말했다. 최근에 은행의 고위 임원들이 외지로 도피하는 일이 많아졌다고 들었어요. 상부에서는 앞으로 여성에게 고위 임원을 맡게 하라는 지시를 내렸다고 하더군요. 여성이 남성에 비해 책임감이 강하고 성실하다는 거예요. 이는 여성이 남성보다 담이 작고 상대적으로 더 멍청한 대신 정서가 안정되어 있다는 것을 의미하지요. 이 말을 들으면서 캉 사장은 소파 위로 몸을 기울였다. 울지도 못하고 웃지도 못할 기분이었다.

2

아바오와 후성은 시구西區의 프랑스식 화원에 들어섰다. 쉬 사장이 나와서 맞아주었다. 이곳은 쉬 사장의 상하이 회사 본사로 무척 조용하고 우아한 곳이었다. 세 사람은 응접실로 가서 자리잡고 앉았다. 쉬 사장이 말했다. 후 선생님께 감사인사를 드려야 할 것 같습니다. 후성이 말했다. 별말씀을요. 우선 보고부터 드리겠습니다. 딩 사장님의 소장품을 화보 한 권에 담는 작업은 여유롭게 진행되고 있습니다. 출판사에서 소량을 제작하여 판매까지 맡아주기로 했습니다. 양장본인데 A, B 두 가지 형태로 구분되지요. 각 권의 정가가 800위안이나 됩니다. 사실대로 말씀드리자면 이 출판사는 큰 이윤을 챙기게 됩니다. 저도 소정의 리베이트를 받지요. 이건 완전히 쉬 사장님께서 제게 가져다주신 복이에요. 쉬 사장이 껄껄 웃으면서 말했다. 농담을 다 하시는군요. 어쨌든 저와 딩 사장은 후 선생님께서 가리키는 길을 따라 후 선생님의 복에 의지하게 되었으니 감사해야지요. 아바오가 말했다. 서북 쪽에서는 사진작가를 이미 선정했습니다. 두 군데 창고 안에 수백 점의 명품이 보관되어 있는데 한 장 한 장 다 사진을 찍어야 하지요. 창수 옛집에도 수십 점이 있잖아요. 그 물건들도 다시 정교하게 촬영을 해야 합니다. 쉬 사장이 말했다. 북방 사람들은 좋은 밥은 늦게 먹어도 괜찮다고 말하지만 딩 사장은 무척이나 미안해하고 있습니다. 다음달에 두 고수분을 모시고 서북 지역으로 날아가 여기저기 둘러볼 예정이라고 합니다. 아바오가 말했다. 저는 시간을 내기 어려울 것 같습니다. 쉬 사장이 말했다. 서북 지역에 친구들이 많아 밤중에 저를 불러내려고 하지만 전부 거절해둔 상태예요. 아바오는 말이 없었다. 쉬 사장이 말했다. 여자를 찾는 게 아니라 보물을 찾는 거잖아요. 일반적으로 묘혈을 파면 작업의 절반이 이루어지는 셈입니다. 그러면 딩 사장이 식사 자리를 마련할 거예요. 가격과 사이즈 등은 식사를 하면서 정하게 되지요. 중개인의 협조 덕분에 작은 무덤일 경우 일반적으로 2만에서 4만 위안 정도만 지불하면 된다고 합니다. 중개인까지 포함해서 모두 함께 밤새 시골로 내려가 작은 마을에 도착하게 됩니다. 삽이나 곡괭이 같은 도구는 시골 사람들이 준비할 겁니다. 밤새 길을 달려 발굴 지점에 도착하면 곧장 발굴을 시작하지요. 한 시간 정도면 결과를 알 수 있다고 합니다. 금은보화를 캐내든 뼛조각 몇 개를 캐내든 전부 손님의 몫입니다. 복권 1등에 당첨되는 행운을 만날지 죽도록 헛고생만 할지는 우리의 운명에 달려 있지요. 불만 없이 받아들여야 합니다. 마지막으로 야간작업을 나갔던 일이 생각나네요. 묘실이 너무 낮아 중간부터 직접 파내기 시작했는데 알고 보니 여러 차례 도굴을 당한 곳이라 뼈만 한 무더기 남아 있더군요. 그래도 전등으로 이리저리 비춰보았더니 진흙 속에 금반지가 하나 보였어요. 당나라 공주가 끼던 거였죠. 페르시아 문양이 남아 있는 것으로 보아 고대의 고급 수입품이었다는 것을 알 수 있었어요. 그걸로 작업을 마무리하고 저와 딩 사장이 함께 도시로 돌아오니 이미 날이 밝아 있더군요. 제 방으로 와서 딩 사장이 그러더군요. 너무 좋은 자리를 파게 되면 문제가 생길 수 있다고 말이에요. 제가 이유가 뭔지 물었지요. 딩 사장의 말로는 이번 작업에는 유난히 음기陰氣가 짙어 사람들에게 문제가 닥칠 수 있다는 거예요. 나중에 잘못하다가는 저랑 쉬 사장이 함께 생매장되는 걸로 마무리될지도 모른다고 하더군요. 제가 웃으면서 그런 일은 없을 거라고 했지요. 딩 사장이 말했어요. 전등으로 비춰보니 이 사람들 모두 시퍼런 얼굴에 이를 드러내고 있는 모습이 흉악한 살인범들 같았어요. 이 말을 듣고 당시에는 웃었지만 사실은 제 마음도 딩 사장과 마찬가지였어요. 이 업종의 규칙에 따르면 묘를 파헤치고 다시 묻을 때는 반드시 향을 올려야 해요. 이번에는 현장을 철수하면서 두 눈으로 당나라 공주의 마른 시신이 광야에 버려진 것을 보게 되었지요. 중개인도 관여하지 않고 데리고 온 사람들은 전부 가버렸어요. 딩 사장은 큰 자극을 받고 그 자리에서 반지를 제 손에 쥐여주고는 문을 닫고 가버렸어요. 저는 반지를 제 방 작은 탁자 위에 놓아두었지요. 다음날, 방안이 칠흑같이 어두운데 탁자 위에 한줄기 빛이 반짝거리더니 오 분쯤 뒤에 또다시 반짝이는 거예요. 깜짝 놀라서 반지를 바라보는 순간 당나라 공주의 손가락뼈가 생각나지 뭐예요. 너무 놀랍고 무서워 전등을 다 켠 다음 밤새 텔레비전을 보는 수밖에 없었지요. 셋째 날 저는 안마하는 아가씨를 방으로 불러 추유推油*를 받았어요. 절반쯤 했을 때까지 아가씨의 눈빛이 줄곧 아주 날카롭더군요. 갑자기 허벅지 속살을 드러내더니 손을 뻗어 반지를 끼는 거예요. 저는 그저 놀란 표정을

* 정제된 기름을 적당한 부위에 바르고 두 손으로 혈액의 순환과 경락이 분포한 방향으로 밀면서 안마하는 방법.

지을 뿐이었지요. 아가씨가 보통화로 묻더군요. 여보, 이 반지 우리 언니 거예요 아니면 다른 애인 거예요? 어느 여우 같은 년 건가요? 저는 이제는 그만하라고, 다가오지 말라고 말했지요. 아가씨가 왜냐고 묻더군요. 아가씨의 손가락은 하얗고 반지는 황금빛이라 아주 잘 어울렸어요. 하얀 살이 황금빛과 어우러지니까 정말 보기 좋더군요. 제가 맘에 들면 끼고 가라고 말했어요. 아가씨는 입이 쩍 벌어지더니 너무나 기쁜 표정을 짓더군요. 그러면서 저를 위해 안마를 풀코스로 더 해주고 밤도 함께 보내주겠다는 거예요. 제가 지금은 그럴 필요 없다고 말했지요. 좀 쉬고 싶으니까 올 필요 없다고 했어요. 그렇게 끝났지요. 저는 돈을 지불하면서 말했어요. 안마 잘해줘서 고마워요, 고마워요, 정말 고마워요.

세 사람은 차를 몇 모금 마셨다. 후성이 말했다. 사진은 두 세트를 찍을 겁니다. 한 세트는 청동기 권위자에게 보내 한번 봐달라고 한 다음, 다시 마라오馬老에게 봐달라고 할 예정입니다. 내친김에 책 제목의 제사題辭까지 부탁할 생각이에요. 쉬 사장이 말했다. 너무 수고를 끼쳐드리는군요. 화보가 출판되면 전 세계 박물관과 방송계, 각 기관의 크고 작은 간부들, 관계기관, 친구와 친척들에게도 전부 한 권씩 보낼 예정입니다. 이 책이 완성된 다음에는 곧장 사설 박물관을 만들 생각입니다. 창수에 있는 집도 박물관으로 전환할 수 있겠지요. 후성이 말했다. 외국에도 사설 박물관이 삼대에 걸쳐 골동품을 소장했다는 기록이 있습니다. 솔직히 말하자면 한 세대가 수십 년을 보존하는 것이 바로 사설 박물관의 역할이라고 할 수 있지요. 쉬 사장은 아무 말도 하지 않았다. 후성이 말했다.

보물을 상자 깊은 밑바닥에 보관하게 되면 일반적으로 3D를 당하게 되지요. 쉬 사장이 물었다. 3 뭐라고요? 3위圍*요? 후성이 말했다. 우선 빚Debt을 지게 되고, 이혼Divorce을 하게 되며, 죽음Death에 이르게 된다는 겁니다. 보물은 주인이 자꾸 바뀌어야 해요. 장산張三이 한 사십 년 보관한 뒤에 리스李四의 손으로 넘어갔다가 다시 왕우王五의 손으로 넘어가는 겁니다. 왕우는 그 골동품과 함께 관 속에 들어가겠지요. 그렇게 백팔십 년 정도 묻혀 있다보면 사람은 다 썩어 문드러지지만 골동품은 다시 발굴되어 나와 자오류趙六의 손에 들어가게 됩니다. 삼십 년 뒤에는 다시 소인배들의 손을 거쳐 리치李七가 사들이지요. 그는 그 보물을 너무 좋아한 나머지 관 속까지 가지고 갑니다. 그렇게 또 백삼십 년을 갇혀 있다가 그다음에는. 아바오가 시계를 보면서 물었다. 그 이야기에 끝이 있기는 한가요? 후성이 말했다. 골동품에는 발이 달리지도 않았는데 이리저리 마구 돌아다니게 됩니다. 수명이 신선보다도 길지요. 사실 사람은 죽지만 골동품은 살아 있는 물건이나 마찬가지지요. 쉬 사장은 여전히 말이 없었다. 아바오가 말했다. 국제기준에 따르면 국가에 기부하는 게 가장 편한 방법이죠. 쉬 사장이 말했다. 말들은 그렇게 하지요. 저는 1950년대에 기증자들이 국가로부터 기증증서, 예컨대 '열애조국熱愛祖國' 상장 같은 걸 한 장 받고 미간에 환한 미소를 짓는 모습을 본 적이 있습니다. 아바오가 말했다. 그래도 가택수색에서 몰수당하는 것보다는 낫지요. 깡그리 몰수하면

* 가슴둘레와 허리둘레, 엉덩이둘레.

서 명세서만 한 장 던지고 가버리잖아요. 후성이 말했다. 문화대혁명 얘기만 나오면 아바오는 항상 원한에 사무친 모습을 보이지요. 쉬 사장이 말했다. 지금 일부 유명인사 가족은 전문적으로 박물관을 찾아다니며 정부 보상금과 일자리, 집 등을 요구하고 있대요. 후성이 말했다. 들리는 바에 의하면 최저 요구를 제시해서 조상이 물려준 보물 한 가지만 반환해달라고 하는 건 괜찮다고 하더군요. 접시나 작은 항아리 하나 정도는 반환받을 수 있다더라고요. 그런 물건을 다시 손에 넣을 수만 있다면 노인네들이 살던 집이나 자가용, 거느리던 하녀, 호화 페리로 반년 동안 해외여행을 하는 것도 전부 다 필요 없게 되지요. 쉬 사장이 물었다. 이미 국가 재산이 되었는데 그게 가능할까요? 아바오가 말했다. 외국의 박물관들은 한 해에 수백억 상당의 개인 기증품이 들어온대요. 박물관에서는 기증자들을 위한 영예 팻말을 조성하여 기증자들의 이름을 새겨주거나 박물관 안에 가족 명의로 에어컨을 설치하는 등 기증행위를 기리는 글을 써서 게시하기도 한대요. 쉬 사장이 말했다. 제가 죽기 전에 우리 자손들도 그렇게 해주면 좋겠네요. 후성이 말했다. 상하이 사람들은 항상 손을 털지 못하면서 손을 털면 아무것도 모르는 촌놈이 된다고 말하지요. 쉬 사장이 말했다. 제가 줄곧 손을 털지 못하고 꼭 쥐고 있는 것은 고위 간부들이 서로를 다른 눈으로 보기 때문이에요. 매년 찾아가 새해인사를 올리면서 더우면 더울세라 추우면 추울세라 살뜰히 돌봐줘야 하지요. 후성이 손목시계를 보면서 말했다. 쉬 사장님, 저는 다른 약속이 있어서 먼저 가봐야 할 것 같습니다. 쉬 사장이 말했다. 너무 지루하셨나보군요. 아바오가 말했다. 그럼 다음에 다시 만나죠. 후성은 작별을 건네고 자리를 떴다.

쉬 사장이 아바오를 데리고 작은 서재로 들어갔다. 아바오가 쉬 사장의 비위를 맞추며 말했다. 아주 아담하고 영롱한 곳이군요. 쉬 사장이 말했다. 저는 작은 공간을 좋아합니다. 북방의 관원들이나 사장님들은 큰 사무실을 좋아하지요. 한쪽 구석에는 침대도 하나 가져다놓고 말이에요. 심지어 이인용 침대에 꽃이 수놓인 베개를 두 개 가져다놓는 사람도 있어요. 한 술 더 떠서 자물쇠가 달린 비밀 객실을 갖추고 있는 사람도 있지요. 물론 방안에는 별도의 화장실이 구비되어 있고요. 아바오가 웃으면서 말했다. 사무실에 이인용 침대를 들여놓는 건 도무지 이해가 되지 않네요. 특히 침대에 꽃을 수놓은 베개를 두 개 놓는다는 것은 아무래도 상식적이지 않은 일이에요. 쉬 사장이 말했다. 이곳에서는 점심시간이 길어야 한 시간이지만 북방에서는 두세 시간이나 돼요. 애당초 규모가 다르지요. 지난달에 저는 석탄을 취급하는 사장 한 분과 사업을 논의한 적이 있어요. 사장실이 류원차이劉文彩*의 장원보다 훨씬 크더라고요. 담장에 전기철망이 설치되어 있고 경비원이 장총을 들고 있더라고요. 저랑 친구가 그를 만나기 위해 명함을 들이밀었더니 먼저 개인 불당에 들어가 향을 올리고 점을 쳐야 한다더군요. 제비를 뽑아 점괘가 좋아야만 방문객을 맞아들인다는 거예요. 제비의 점

---

* 쓰촨성 출신의 유명 기업인으로 중화민국 시기 쓰촨성 서부에 대규모 토지를 소유했다.

괘가 아주 좋지 않을 경우 대담을 거절하고 일주일 뒤에 다시 오라고 한답니다. 아바오가 시계를 보면서 말했다. 개인 소유 석탄광산이 국유 광산과 거래를 하려면 풍수의 힘을 빌려야 한다더군요. 쉬 사장이 말했다. 개인 철도를 국철과 연결하려면 사업 규모가 너무 크기 때문에 시작부터 아주 조심스럽지요. 아바오가 갑자기 웃으면서 말했다. 오늘 아침에 이곳에 와서 쉬 사장님의 세계를 훤히 알게 된 것 같습니다. 단숨에 다 얘기할 수 있을 것 같네요. 쉬 사장이 물었다. 무슨 뜻인가요? 아바오가 말했다. 날이 어두워질 때까지 얘기해봤자 무슨 의미가 있겠습니까? 쉬 사장은 말이 없었다. 아바오가 말했다. 제가 몇 차례 전화를 걸었지만 쉬 사장님은 다른 얘기만 하시고 정작 중요한 정황에 대해서는 입을 다물고 얘기를 하지 않으시더군요. 쉬 사장이 물었다. 제게 무슨 상황이 있었다는 겁니까? 아바오가 말했다. 지난번에 쑤안이 별실에 들어와 난동을 부렸다는 소문이 이미 외지에 퍼져 모르는 사람이 없다고 하던데요. 미스 왕이 쉬 사장님의 아이를 가졌는데도 쉬 사장님은 평소와 다름없이 태평하게 몸에 이가 많아도 가렵지 않다는 태도를 보이시잖아요. 쉬 사장이 말했다. 저는 할말이 없습니다. 아바오가 말했다. 쉬 사장님은 그날 밤 쑤안을 잡아끌고 별실을 나섰습니다. 종업원의 말로는 두 분이 차 한 대에 함께 타고 곧장 자리를 뜨더니 그뒤로 모습을 드러내지 않았다고 하더군요. 즈전위안에 식사하러 들르지도 않으시고 말이에요. 쉬 사장이 말했다. 함부로 그런 얘기를 떠들어대는 게 무슨 의미가 있겠습니까? 저는 사업 때문에 바빴어요. 쑤안이 이번에 화를 냈던 것은 정신이 없었기 때문이에요. 무의식중에 미스 왕이 임신 진단을 받았다는 팩스를 받았던 것이 원인이지요. 그래서 그렇게 난리를 쳤던 거예요. 아이고, 저는 지금 머리를 내밀어도 칼을 맞고 몸을 움츠려도 칼을 맞을 처지입니다. 그러니 가만히 있는 수밖에 없지요. 아바오가 말했다. 늙은 게릴라가 되신 거로군요. 술 한 번 제대로 먹으면 아이를 하나 갖게 되다니요. 쉬 사장이 한숨을 내쉬며 말했다. 리리는 틀림없이 제가 의도적으로 미스 왕에게 술을 과하게 먹인 거라고 생각할 거예요. 하지만 하늘과 땅을 향해 양심을 걸고 맹세하건대 절대로 그런 게 아니에요. 사실 그때 둘이 함께 방에 들어가긴 했지요. 하지만 아바오 사장님도 아시다시피 남자가 술을 너무 많이 마시면 애당초 그런 행위를 못하는 법이잖아요. 그런데 제가 침대 위에 뻗자마자 미스 왕이 능력을 발휘하더라고요. 아바오는 말이 없었다. 쉬 사장이 말했다. 저는 제정신이 아니었지만 이 여자는 정말 대단하구나 하는 생각이 들었어요. 그러고 나서 미스 왕이 더운물을 받아놓고 저를 끌고 가서 목욕을 했던 거예요. 그런 다음 레코드판으로 음악을 틀고는 차를 우려주더군요. 모든 과정이 너무나 살뜰하고 다정했어요. 아바오가 말했다. 네, 그랬군요. 쉬 사장이 말했다. 여자들은 술에 취하면 십중팔구는 취하지 않은 척하지요. 그런데 미스 왕은 냉철하고 주도면밀한 성격이었어요. 둘이서 욕조에서 나와 이런저런 얘기를 나누다가 갑자기 또 애교를 부리더라고요. 젠장, 저는 그때 이미 뭔가 심상치 않다는 것을 느꼈어요. '반사동盤絲洞'*에 빠진 게 분명했지요. 한번 들어가면 풀려나오지 못하는 함정이었어요. 아바오는 아무 말도 하지 않았다. 쉬 사장이 말했다. 짝을 이룬 누에나방이 된 셈이에요. 이번에는 암수 모두 적극적이었지요. 죽어도 서로 놓으려고 하지 않았어요. 겉으로 보기에는 전혀 미동도 하지 않는 것 같았지요. 손발이 묶인 것 같았어요. 결국 다시 한번 무장을 해제하는 수밖에 없었지요. 완전히 기진맥진해질 때까지 말이에요. 미스 왕은 상하이로 돌아간 뒤에도 매일 전화를 걸어 애교를 부렸어요. 저는 처리하기 쉽지 않은 상황이라는 걸 알고 있었지요. 사업도 바쁜 터라 뒤로 한 걸음 물러섰더니 제가 아무 말도 하지 않는 것을 보고는 미스 왕이 의심하게 된 거예요. 제게 리리가 중간에서 훼방을 놓고 있다면서 과거에 자신이 어떻게 리리를 도와주었고 리리가 어떻게 여우 짓을 했는지 늘어놓더라고요. 리리는 마음속이 복잡한 여자라 장난삼아 성공한 남자나 홍콩, 타이완 남자들을 유혹했다가 상대방이 정신을 못 차리고 문안에 발을 한 짝 들여놓으면 그때부터 갑자기 모른 척하면서 내친다고 하더군요. 사람을 높은 건물 위에 올려놓고 사다리를 치워버리는 격이지요. 그러고는 완전히 뒷짐을 지고 있는 거예요. 미스 왕은 리리가 태도를 바꾼 게 분명하다고 생각하더군요. 리리의 마음속에 문제가 있다는 거예요. 게다가 목욕탕에 가도 리리는 옷을 다 벗은 적이 없대요. 배에 항상 흰 수건을 두르고 있다더군요. 제왕절개를 한 경험이 있는 게 분명하대요. 아기를 기른 적도 있다나요. 문신도 있고 봉합 자국도 있어 남들에게 노출되는

* 『서유기』에 나오는 동굴로 삼장법사가 시주하러 갔다가 미모의 일곱 거미 여자 요괴에 유혹당하고 거미줄에 묶여 꼼짝 못하게 된다.

것이 두려운 거래요. 그래서 결혼도 두려워하는 거라더군요. 이 말을 듣고 제가 빙긋이 웃으면서 그런 개인적 사사로운 문제들에 대한 수다에는 별 흥미가 없다고 말했지요. 그랬더니 전화로 울기 시작하더라고요. 연기를 하는 것 같았어요. 그러더니 갑자기 월경 소식이 없다면서 임신한 것 같다고 말하는 거예요. 제가 아예 믿지 않았더니 곧장 팩스로 임신진단서를 보내오더라고요. 그제야 저는 일이 커졌다는 것을 깨닫고는 그녀를 만나서 얘기해봐야겠다고 마음먹었지요. 하지만 이 여자는 전화로만 제게 흥정을 하면서 방을 잡지 않으면 안 만나겠다는 거예요. 저는 카페에서 만나는 게 좋겠다고 했지요. 어느 날 둘이 만난 자리에서 제가 미스 왕에게 다른 얘기는 하지 말고 원하는 액수를 말해보라고 했어요. 미스 왕은 상의할 것도 없이 아기는 무슨 일이 있어도 낳을 거라고 하더군요. 저는 그 자리에서 버럭 화를 내고 자리를 떠버렸어요. 여전히 전화가 끊이질 않더군요. 그러더니 갑자기 전화가 오지 않게 되었어요. 나중에야 쑤안이 팩스를 보고서 미스 왕을 찾아가 여러 차례 경고했다는 사실을 알게 되었지요. 미스 왕이 고집을 부리자 쑤안이 그녀를 집요하게 감시하면서 놓아주지 않은 거예요. 미스 왕은 전략을 바꿔 아무 말도 하지 않기로 했어요. 전화도 받지 않았어요. 쑤안은 결국 음식점으로 쳐들어가 소란을 피우고 말았지요. 아바오가 웃으면서 말했다. 알 것 같네요. 쉬 사장님은 마음을 놓지 못해 쑤안에게 나서게 하신 거군요. 쉬 사장은 말이 없었다. 아바오가 말했다. 저는 처음에 쑤안이 질투하는 거라고 생각했는데 알고 보니 쉬 사장님이 무대 총감독을 맡고 있었던 거였네요. 쉬 사장이 말했다. 마음대로 분석하셔도 좋아요. 아바오가 말했다. 이번에 미스 왕과 세 부인이 함께 식사를 한 것이 절호의 기회였네요. 쉬 사장님께서 쑤안에게 통지해서 필살의 무기와 긴급 전략을 제공하셨겠지요. 옆에 있는 사람들이 쑤안을 어떻게 대하든 미스 왕을 제압하지 못하면 될 대로 되라는 식으로 밀고 나가도 된다고 말이에요. 악다구니를 부려도 된다는 전략이었지요. 쉬 사장이 말했다. 그렇게 맘대로 말씀하셔도 저는 괜찮습니다. 저랑 쑤안은 정말 괜찮아요. 이전에도 시간이 모든 걸 다 해결해주었거든요. 생쌀이 밥이 되기를 기다리면서 냉정을 유지하기만 하면 되는 거예요. 쑤안은 눈치가 비교적 빠르고 세상사를 좀 아는 편인데다 줄곧 전심전력으로 저를 도와왔어요. 창수에서 제가 미스 왕을 데리고 위층으로 올라가 침실로 들어간 뒤로. 하하, 제가 갈수록 말이 많아지네요. 여기까지만 하겠습니다. 아바오가 말했다. 그럼 지금 하지 마시고 술을 좀더 드신 다음에 하세요. 쉬 사장이 말했다. 창수의 그 침실은 사실 일종의 은폐된 공간이었어요. 제가 미스 왕이랑 그 방에 들어갔으니 쑤안이 어떻게 마음을 놓을 수 있었겠어요. 보이지 않는 문을 열고 들어와보니 꼴불견이 벌어진 거죠. 쑤안은 그 자리에서 달려들어 미스 왕의 머리칼을 쥐어뜯었어요. 두 사람이 한데 엉겨붙어 뒹굴며 싸웠지요. 당시 미스 왕은 실오라기 하나도 걸치지 않고 있었던데다 몸도 가누기 힘든 상태였어요. 똑똑한 쑤안은 아래층에 손님들이 있다는 것을 고려하여 야무지게 손을 휘두르면서도 아무 소리도 내지 않았고 얼굴은 때리지 않았어요. 제가 있는 힘을 다해 쑤안을 비밀의 문 밖으로 내보내고 문을 잠갔지요. 미스 왕은 다리와 허리 등에 시퍼런 멍자국이 적지 않게 나 있었어요. 그런 몸으로 울면서 애교를 부리더라고요. 제가 단호한 태도를 보인 것을 마음에 들어하는 것 같았어요. 지금 생각해보면 당시에 쑤안이 쳐들어온 것은 정말 때를 잘못 잡은 행동이었어요. 아바오가 물었다. 그건 왜죠? 쉬 사장이 말했다. 정말 못 알아듣는 겁니까, 아니면 못 알아듣는 척하시는 겁니까? 아바오가 말했다. 원로 법사님 앞에서 제가 뭘 안다고 하겠습니까? 쉬 사장이 말했다. 고대에는 이런 규칙이 있었어요. 주인이 하녀를 부르려면 사전에 부인과 한 번 한 다음에 대청에 나가 선녀인選女人을 청해야 했대요. 선녀인은 안목이 밝아 진실을 놓치는 일이 없고 사람을 잘못 보는 일도 없다는 거예요. 누가 현혜하고 누가 영리한지 한눈에 다 알 수 있다더군요. 한 단계라도 건너뛰면 심상心相이 완전히 뒤틀려 판단이 흐려지고 저급한 실수를 저지르기 쉽대요. 쑤안이 삼십 분만 늦게 쳐들어왔다면 두 사람은 막 일을 끝낸 뒤일 거예요. 저는 목욕준비를 하고 있었을 것이고 온몸에 힘이 없었겠지요. 심리적으로도 몹시 불안하고 답답했을 거예요. 이런 단계에 쑤안이 들어왔다면 두 사람의 몸싸움이 어느 정도였을까요? 저는 두 사람의 싸움에 관여하지 않았을 것이고 뜯어말리지도 않았을 거예요. 미스 왕도 지기 싫어서 끝까지 진지하게 싸웠겠지요. 서로 거칠게 물고 뜯었을 거예요. 결국에는 손님들이 전부 뛰어올라와 그런 모습을 보게 되었겠지요. 그렇게 진상이 다 밝혀졌다면 이 일이 지금까지 복잡하게 이어지진 않았을 거예요. 뱃속에 골칫거리가 생기는 두번째 사건으로 파생되지도 않았을 것이고요. 요컨대 잘잘못을 따지자면 제가 가장 잘못한 셈입니다. 가장 나쁜 사람이 바로 저예요. 아바오가 말했다. 더 나쁠 수 없는 사람이 되셨군요. 쉬 사장이 빙긋이 웃었다. 표정은 아주 자연스러웠다. 전혀 부끄러워하지 않는 것 같았다. 아바오가 탄식하며 말했다. 이 쑤안이라는 여자는 쉬 사장님이 오랫동안 이용해온 도구였군요. 정말 슬픈 일이네요.

이십삼장

일

한번은 아바오가 말했다. 쉐즈, 나 전차 타러 갈 거야. 쉐즈가 말했다. 좋아. 아바오가 물었다. 정말? 쉐즈가 물었다. 몇 정거장이야, 아니면 몇 바퀴야? 아바오가 말했다. 차오자두에서 티란교까지 두 바퀴 정도 탈까 해. 쉐즈가 말했다. 알았어. 아바오가 물었다. 표를 사야겠지? 쉐즈가 물었다. 어떤 표를 살 건데? 아바오가 말했다. 일단 탄 다음에 사지 뭐. 쉐즈가 말했다. 물론이지. 아바오가 물었다. 앞쪽에 앉을까 아니면 뒤쪽에 앉을까? 쉐즈가 말했다. 내 옆에 앉아. 아바오가 물었다. 차표 검사하면 어떻게 하지? 쉐즈가 말했다. 그야 아바오가 어떻게 말하느냐에 달려 있지. 아바오가 물었다. 뭐라고 해야 하는데? 쉐즈가 빙긋이 웃었다. 아바오가 물었다. 무슨 말을 해야 하냐고? 쉐즈가 웃었다. 아바오가 말했다. 알 것 같네. 쉐즈가 말했다. 말해봐. 아바오가 말했다. 알았어, 말할게. 쉐즈가 눈을 크게 떴다. 아바오가 말했다. 내가 쉐즈의 남자친구라고 말하면 되겠지. 쉐즈가 웃으면서 말했다. 아바오는 똑똑하면서도 못된 것 같아. 두 사람은 서로를 쳐다보며 빙긋이 웃었다. 아바오가 망설이다가 말했다. 정말 긴장할 것 없어. 쉐즈가 또 빙긋이 웃었다. 아바오가 물었다. 우리 직장은 작은 집체集體소유 기업이고 쉐즈의 직장은 전민全民소유 기업*인데 우리가 연인이 될 수 있을까? 쉐즈가 말했다. 얼마든지 가능하지. 아바오는 말이 없었다. 당시에는 남녀에게 소속 직장의 성격이 대단히 중요했다. 작은 집체기업과 전민기업의 차이는 거대한 강을 사이에 두고 있는 것처럼 차이가 컸다. 차오양 가공조는 제법 그럴듯한 기업으로 건물도 있고 전화도 있었지만 그럼에도 소규모 공방에 지나지 않았다. 아바오는 이곳에서 기계수리공으로 일하고 있었다. 쉐즈는 아바오에게 자주 전화를 걸었다. 5호실 아줌마가 말했다. 아바오, 또 전화 왔어. 아바오가 수화기를 들었다. 쉐즈의 목소리였다. 아바오, 나 다음주에 너희 집에 갈까 해. 아바오가 잠시 생각해보고 나서 말했다. 이번주에 오는 게 가장 좋을 것 같은데. 이모가 시골에 가셨거든. 쉐즈가 말했다. 그래? 그날 쉐즈가 차오양 신촌으로 아바오를 만나러 왔다. 오후 한시쯤이었고 날씨는 무척 음산

---

* 개혁개방 이전에는 중국의 소유제도가 크게 전민소유, 집체소유, 개체소유로 구분되었다. 이 가운데 전민소유에는 농업, 중공업, 철도, 우편, 전신 등 공공성이 강한 기업들이 속했다. 국영기업이라고 할 수 있기 때문에 노동자들이 상대적으로 안정적인 대우를 받을 수 있었다.

했다. 작고 맑은 눈발이 날렸다. 신촌 전체가 썰렁한 가운데 아바오의 집도 아주 조용했다. 아바오가 물을 한 잔 따라주었다. 두 사람은 우표를 구경하고 펑즈카이가 중화민국 시기에 초등학생들을 위해 해석한 『구성궁』이라는 책도 함께 구경했다. 그러다가 쉐즈가 창밖의 납매臘梅를 발견했다. 아바오가 말했다. 이웃 사람이 심은 거야. 쉐즈가 말했다. 그래? 이미 꽃이 피었네. 가지에 필묵의 기운이 넘쳐. 아바오가 물었다. 내가 한 가지 꺾어줄까? 쉐즈가 말했다. 아니야, 그냥 보는 게 좋아. 아바오는 아무 말도 하지 않았다. 쉐즈가 말했다. 이곳은 정말 조용하네. 아바오가 말했다. 눈 온다! 쉐즈가 말했다. 꽃이 아주 생기발랄하게 피었네. 겨울 꽃에는 초설이 아주 잘 어울리지. 눈이 그치면 초승달이 뜨겠네. 아바오는 아무 말도 하지 않았다. 두 사람이 꽃을 구경하는 사이에 유리에 입김이 서렸다. 쉐즈가 창문을 열고 이리저리 둘러보았다. 맑고 상쾌한 눈의 숨결 속에 담담한 매화향이 섞여 있었다. 쉐즈가 말했다. 자연의 생성과 조화 과정에서 씨를 뿌리고 열매를 맺기까지 복숭아는 삼 년, 자두는 사 년, 매화는 십이 년이 걸린다고 하더라고. 매화가 가장 많은 시간을 필요로 하는 셈이지. 아바오가 말했다. 납매를 진랍眞臘 혹은 황매黃梅라고 부르기도 하지. 쉐즈가 말했다. 그래도 역시 매화임에는 틀림이 없어. 아바오가 말했다. 겨울 꽃은 지난해의 향기만 낸다는 말이 생각나네. 쉐즈가 말했다. 매화가 피면 차가운 향기가 옷소매를 붙잡는다고 하잖아. 수천수만 그루가 한데 모여 있든 단 한 그루가 몇 채의 집에 향기를 뿌리든 간에 아름답기는 마찬가지야. 아바오가 말했다. 맞아. 쉐즈는 말이 없었다. 아바오가 말했다. 나한테 바둑돌이 있는데 한판 둘까? 쉐즈가 손사래를 치며 말했다. 됐어. 아바오가 물었다. 왜? 쉐즈가 앙증맞은 표정을 지으며 말했다. 아바오는 별로 진지하지 못한 것 같아. 아바오가 빙긋이 웃었다. 쉐즈가 말했다. 생각나는 대련이 한 구절밖에 없네. 요염한 꽃향기 날리는 청명절, 길고 긴 대낮에 바둑을 두면서 자꾸 차만 마시네.* 쉐즈가 손을 뻗어 창유리에 손가락으로 글씨를 몇 자 썼다. 아바오는 눈앞에 있는 쉐즈의 모습이 속세의 번뇌를 벗은 것처럼 수려하고 그윽한데다 마음과 언사가 지혜롭고 기지가 넘친다는 생각이 들었다. 하얀 매화 가지 같은 모습이었다. 두 사람은 아무런 구속 없이 이런저런 얘기를 나누었다. 한 시간 반쯤 이렇게 함께 보내다가 쉐즈는 작별인사를 건네고 집에 돌아가려 했다. 두 사람은 대문 앞까지 갔다가 뜻밖에도 샤오전과 마주쳤다. 약간 쑥스러웠던 아바오는 아무 말도 하지 않고 쉐즈를 정거장까지 데려다주다가 또 5호실 아주머니와 마주쳤다. 맞은편에서 다가오는 아주머니가 받쳐들고 있는 우산 위의 눈이 잘게 썬 거위털 같았다. 우산이 무척이나 무거워 보였다. 5호실 아주머니가 쉐즈를 뚫어져라 쳐다보면서 아바오에게 말했다. 춥네. 우산 필요하지? 아바오가 빙긋이 웃었다. 다음날 출근했을 때, 5호실 아주머니가 물었다. 여자친구는 어떤 직장에서 일해? 아바오가 말했다. 전차 매표원이에요. 5호실 아주머니가 말했다. 어머, 요리조리 재더니 결국 전민기업에서 일하는 여자를 만났네. 이거 한턱내야 하

* 송나라 시인 조문례의 사(詞) 「풍입송」의 한 구절.

는 것 아니야? 아바오는 아무 말도 하지 않았다. 5호실 아주머니가 말했다. 샤오전이 쉐즈를 보고 오더니 확실히 상척각 사람 얼굴이라고 말하더군. 아바오가 물었다. 아니, 아주머니랑 샤오전이 아직도 서로 왕래한단 말이에요? 5호실 아주머니가 말했다. 당연하지. 어떤 사람들처럼 단번에 매정한 얼굴을 보이면서 말 한마디로 쉽게 인연을 끊지는 않는다고. 사람이라면 양심이 있어야지. 아바오는 아무 말도 하지 않았다. 이때부터 아바오는 쉐즈에게 차오양신촌으로 오라고 하기가 불편해서 함께 영화관을 가거나 공원에서 만나 시간을 보냈다. 오후근무를 가면서 쉐즈가 탄 전차를 함께 타기도 했다. 쉐즈가 뒷문에서 표를 팔 때는 많은 얘기를 나눌 수 있었지만 앞문에서 표를 팔 때는 기사와의 거리가 너무 가까워 비교적 심심했다. 그후에 한번은 아바오가 안위안로安遠路로 쉐즈를 만나러 갔다. 두 사람이 바둑을 두기 시작하여 중간쯤 갔을 때 쉰이 넘어 보이는 남자가 하나 들어왔다. 남자는 아바오를 힐끗 쳐다보더니 위층으로 잠깐 올라갔다가 내려와 다시 나가버렸다. 바둑은 중간에 흐트러지고 말았다. 쉐즈가 말했다. 우리 아빠야. 아바오는 놀라움을 금할 수 없었다. 얼굴이 마주치는 순간 낯선 남자의 눈빛이 번쩍거리는 것이 꼭 검정 바둑돌이 바둑판 천원天元* 위로 떨어지는 것 같았었다. 아바오는 무척이나 당황했다. 쉐즈가 바둑판을 탁탁 두드리며 말했다. 또 시작이다. 또 어지럽게 두고 있네. 집중 좀 해봐.

* 바둑판의 한가운데에 있는 화점(花點)을 말한다.

아바오는 쉐즈 집에서 나와 오후 네시 이십분쯤에 장닝로로 갔다. 등뒤에서 누군가 부르는 소리가 들렸다. 아바오가 고개를 돌려보니 인펑이었다. 무척이나 외롭고 쓸쓸한 모습이었다. 옛날 사진 속 인물 같았다. 뭔가 두려운 것처럼 두 눈에 빛이 없었다. 아바오가 말했다. 누나! 인펑이 서글픈 웃음을 지었다. 아바오가 물었다. 요즘 별일 없지요? 아 참, 샤오마오도 잘 있지요? 인펑이 말했다. 샤오마오는 결혼한 뒤로 아주 오래 만나지 못했어. 아바오가 말했다. 샤오마오는 정말 이상해요. 개같은 성질이 발동했다 하면 확 얼굴을 뒤집는단 말이에요. 인펑은 아무 말도 하지 않았다. 아바오는 이 한마디만 하고 곧장 갈 생각이었지만 인펑은 몸을 움직이지 않았다. 두 눈두덩이 빨개졌다. 아바오가 그녀를 불렀다. 누나! 인펑이 말했다. 샤오마오는 이전에 자주 아바오랑 후성에 관해 얘기했어. 샤오마오를 너무 탓하지 마. 모든 게 다 내 잘못이야. 아바오는 아무 말도 하지 않았다. 인펑이 물었다. 나랑 샤오마오에게 어떤 일이 있었는지 알아? 아바오가 물었다. 무슨 일이 있었는데요? 인펑이 작은 목소리로 말했다. 좀 거칠게 말하자면 육체관계가 있었다고 할 수 있지. 아바오는 말을 받지 못했다. 인펑이 탄식하듯 말했다. 골치 아픈 일이 생긴다면 이미 결혼한데다 나이 많은 여자인 내게 책임이 있을 거야. 아바오가 어색한 어투로 말했다. 지나간 일이잖아요. 설사 골치 아픈 일이 있다 하더라도 절대 입 밖에 내면 안 돼요. 인펑이 말했다. 더이상 말을 하지 않고는 견딜 수 없을 것 같아. 황푸강에 몸을 던지게 될 것 같아. 정말 답답해 죽겠어. 아바오가 말했다. 누나, 그런 건 천천히 얘기해도 돼요. 급할 것 없다고요. 인평은 말을 받지 못했다. 두 사람은 길가 한구석으로 몸을 옮겼다. 인평이 말했다. 가장 위험하고 중요한 순간이 오면, 내가 어떻게 해야 하지? 사람은 마음에 의지하고 나무는 뿌리에 의지해야 하는 법이야. 샤오마오에게 피해가 가게 할 수는 없어. 아바오가 말했다. 네, 알아요! 인평이 말했다. 샤오마오가 이전에 내 방을 몰래 드나들 때, 나는 줄곧 충분히 위험을 피하고 있다고 생각했는데, 그런 방법이 전혀 위험을 방지하지 못하게 될 줄은 미처 생각하지 못했어. 옆방에 사는 가장 비겁한 양아치가 계속 몰래 엿듣고, 엿보고 있었던 거야. 아바오는 말을 하지 않았다. 인평이 말했다. 2층 아저씨는 이 세상 최악의 저질이야. 가장 쓰레기 같은 양아치라고. 아바오는 여전히 말이 없었다. 인평이 말했다. 샤오마오가 몇시에 왔다가 몇시에 갔는지, 나랑 샤오마오가 무슨 얘기를 나누고 뭘 했는지, 한 번 오면 몇 번을 했는지 전부 기록해 놓았더라고. 작은 수첩에 일일이 다 적어놓았던 거야. 아바오가 말했다. 세상에 그런 사람도 있군요. 인평이 말했다. 정말 저질인데다 더럽고 비열한 인간이야. 몰래 내 출근 날짜를 알아내 나랑 샤오마오가 출근하지 않을 때, 그 작자도 휴가를 내고 출근한 척하면서 방안에 꼭 틀어박혀서 몰래 엿듣고, 엿보고 있었던 거야. 나중에 안 사실이지만 큰 침대의 판벽에 다울링지*가 몇 겹 붙어 있더라고. 아주 얇은 종이지. 그리고 구멍이 나 있어서 벽 건너편이 아

* 미국 다울링사에서 처음 생산한 고급 동판인쇄용 종이.

주 선명하게 다 보이더라고. 아바오가 말했다. 대단하네요. 인평이 말했다. 아바오도 충분히 생각할 수 있을 거야. 이 양아치 새끼가 왜 나를 줄곧 훔쳐보면서 놓아주지 않았는지 말이야. 나랑 샤오마오가 처음 접촉했을 때 그놈도 그 자리에 있었어. 전부 다 알고 있었던 거지. 내가 시집와서 신혼 첫날밤을 보낼 때도 이 양아치는 몰래 엿보고 있었을 거야. 하이더가 처음 출항하자 이 양아치가 내게 수작을 걸기 시작하더라고. 날이 너무 더워 돗자리를 깔아놓고 목욕을 했지. 나중에는 젖이 많아졌어. 아바오가 손사래를 치면서 말했다. 누나, 다 지나간 일이에요. 그만하세요. 방법을 찾아 집을 알아보고 이사하는 게 상책이에요. 인평이 말했다. 아바오, 조금만 더 참고 들어봐. 결국 화가 닥치고 말았단 말이야. 아바오는 아무 말도 하지 않았다. 인평이 말했다. 샤오마오가 화를 내기 며칠 전에 하이더가 상하이로 돌아왔어. 나는 출근을 했지. 그사이에 이 양아치가 그동안 적어둔 장부를 들고 하이더를 찾아가 전부 털어놓은 거야. 샤오마오와 내가 다 합쳐서 아홉 차례 관계를 가졌다고 다 말한 거지. 한 주에 몇 번 접촉했고 한 번 접촉할 때마다 몇 번씩 했는지가 전부 기록되어 있는 장부를 하이더 앞에 내밀면서 음험하고 악독한 표정을 지었던 거야. 남자들은 아내의 외도가 알려지는 것을 가장 두려워하잖아. 다행히 하이더는 성격이 좋아서 아무 말도 하지 않고 양아치를 돌려보냈어. 그러고는 샤오마오 엄마를 집으로 불러 담판을 벌였지. 샤오마오에게 여자를 소개해주어 빨리 결혼해서 그곳을 떠나게 하는 것으로 사태를 마무리하든가, 아니면 하이더와 내가 이혼하고 샤오마오가 자신의 후계자가 되게 하자는 것이 하이더의 생각이었어. 그렇게 되면 자신이 3층으로 방을 옮기겠다고 했지. 정말 그렇게 되면 하이더가 직접 주민위원회에 가서 모든 사실을 설명하겠다고 했어. 하이더는 아주 정중하고 예의바르게 이 두 가지 방안을 제시하면서 샤오마오 엄마에게 마음이 가는 쪽으로 하나를 선택해달라고 말했어. 여기까지 들은 아바오는 온몸에 식은땀이 났다. 인평이 말을 이었다. 샤오마오 엄마는 당연히 마음이 급했겠지. 밤마다 밖에 나가 샤오마오의 결혼 상대를 찾았어. 당장이라도 샤오마오를 결혼시킬 생각이었지. 그러던 차에 마침내 춘샹이 나타나게 된 거야. 전생에 인연이 있었는지 샤오마오를 구하러 온 거지. 아바오가 말했다. 너무 놀라운 일이네요. 인평은 곧장 말을 잇지 못했다. 아바오가 잠시 끙끙대며 머뭇거리다가 인평을 쳐다보면서 말했다. 2층 아저씨가 특별히 원한이 있지 않고서야 그렇게 못되게 굴 리가 없잖아요. 인평이 잠시 멍한 표정을 지었다. 아바오가 말했다. 됐어요. 이미 지나간 일이잖아요. 너무 많이 얘기할 필요 없어요. 인평이 몹시 괴로운 듯한 표정으로 말했다. 아바오, 난 이 문제 때문에 너무나 가슴이 아파. 아바오는 아무 말도 하지 않았다. 인평이 몹시 부끄러운 듯한 어투로 말을 이었다. 누나인 내가 솔직하지 못했어. 안 좋은 일은 감추고 말을 안 했던 거야. 아바오는 아무 말도 하지 않았다. 인평이 말했다. 맨 처음 내가 2층으로 시집왔을 때부터 이 옆집 양아치가 내게 치근덕거리기 시작했어. 손발을 멋대로 움직이면서 나를 놀려대는 거야. 나는 계속 모른 척하면서 상대하지 않았어. 복 없는 여자가 뱃사람에게 시집을 왔으니 과부나 다름없었지.

문 앞에 시비가 많을 수밖에 없었던 거야. 양아치는 매일 치근덕거리면서 갈수록 더 가까이 다가오더군. 어떨 때는 내 바지를 벗기려 했다니까. 나는 너무 놀라서 기절할 뻔했어. 만일 어느 날 더 버티지 못하고 한 번 허락했다면 그다음에는 두 번을 요구했을 것이고, 두 번 허락하면 세 번을 요구했을 게 뻔하지. 방이 너무 가까워 문만 열면 곧장 들어올 수 있었으니까 말이야. 매일 이야기할 게 있다면서 내 방에 들어오고 싶어했어. 한번은 내가 마음먹고 말했지. 아저씨 자꾸 그런 말씀 하시면 아주머니한테 얘기할 거예요. 이 한마디에 양아치는 빙긋이 웃으면서 수긍하는 척하더군. 이제 끝났다고, 모든 것이 편해질 거라고 생각했는데 지금 생각해보니 이 양아치가 이때부터 나에 대해 원한을 품고 있었던 것 같아. 겉으로는 점잖은 척하면서 웃지만 그 속을 내가 어떻게 알았겠어. 나중에 나랑 샤오마오가 가까워지기 시작하면서부터 드러나는 것과 은밀한 것을 포함해서 사생활의 모든 내용을 기록하고 증거를 날조해놓고 있다가 결국 이번에 터뜨린 거지. 아, 난 악몽을 꾸고 나서도 어지러운 꿈들에 시달리다가 하루에도 몇 번씩 잠에서 깨곤 해. 그때마다 초조해서 온몸에 땀이 나지. 아바오는 아무 말도 하지 않았다. 인평이 말을 이었다. 오늘 내가 퇴근하고 오니까 하이더가 내게 패를 던지듯이 말하더군. 과거에 노동자계급이 파업할 때는 일주일 만에 월급이 올라갔어. 지금은 문화대혁명 시기라 구호를 외치기만 하면 실질적인 혜택을 얻을 수 있지. 아주 작은 것들이긴 하지만 말이야. 갑판 위에는 여자 하나 보이지 않는데 집에 있는 마누라는 외간남자를 끌어들였네. 이게 어떻게 된 사회지. 나는 이런 얘기를 듣고 아무 말도 하지 않았어. 옛말에도 더럽지 않은 곳에는 도둑도 없다고 했잖아. 옆집 양아치의 장부는 사진도 아니고 녹음기도 아니야. 나는 믿지 않을 수도 있고 장부의 내용을 인정하지 않을 수도 있었어. 하지만 예전에 그 양아치가 내게 치근대면서 희롱하던 일이 생각나면서 마음이 허전해지더라고. 이번 보복은 너무나 매서웠어. 양쪽에서 협공을 당하는 기분이었어. 무수한 바늘이 심장을 찌르는 것 같은 기분이었지. 구토가 나올 것 같아 밤새 이리저리 몸을 뒤척였어. 수명이 줄어드는 기분이었지. 틀림없이 내 표정도 많이 변했을 거야. 과거에 있었던 일을 다시 꺼내면 양아치는 죽어도 인정하지 않을 것이고 하이더는 내가 꼬리를 쳤다고, 내 바지가 너무 헐렁헐렁했다고 생각하겠지. 중요한 것은 샤오마오를 어떻게 처리하느냐 하는 거야. 나는 감히 나서서 싸울 수가 없어 꾹꾹 참으면서 조용히 입다물고 있다가 다음날 샤오마오에게 앞으로 연락하지 말자고 말했어. 우리 관계는 끝났다고 했지. 그런 말을 하면서도 며칠 전의 일을 생각했어. 두 사람이 꼭 껴안고 죽든 살든 서로를 절대로 놓지 않기로 약속했던 일 말이야. 그때 나는 마음속으로 평생 샤오마오와 함께하겠다고 여러 번 맹세했었어. 서로 얼굴 바꾸는 일 없이 행복하게 잘 지내겠다고 다짐했지. 나의 결별 선언에 샤오마오는 완전히 넋이 나간 표정이었어. 나도 자세한 설명을 할 수 없었어. 샤오마오 엄마도 입을 굳게 다물고 말을 하지 않았지. 단지 샤오마오에게 결혼을 재촉할 뿐이었어. 하이더는 샤오마오를 만나면 여전히 웃는 얼굴로 대하고 있어. 영문도 모르는 샤오마오는 이런 갑작스러운 변화가 얼마나 답답하게 느껴질까? 여기까지 말한 인평의 눈에서 굵은 눈물방울이 뚝뚝 떨어졌다. 사실대로 다 말했다면 아마도 샤오마오는 가만있지 않았을 거야. 몸에 무공도 있고 힘도 넘쳤으니까 말이야. 2층 아저씨 집이 완전히 박살이 나거나 깡그리 불타버렸을 거야. 농탕 사람들이 전부 미용실로 뛰어들어왔겠지. 그렇게 된다면 나랑 샤오마오가 어떻게 얼굴을 들고 다닐 수 있겠어? 그냥 전부 속으로 삼켜버리는 수밖에 없었지. 아바오는 아무 말도 하지 않았다. 인평이 말했다. 지난 저녁에 아바오와 후성을 만났을 때 내가 빙긋이 웃으면서 담담하게 얘기를 나눴지만 마음속으로는 울고 있었어. 내가 어디 가서 마음껏 울 수 있겠어? 상상도 할 수 없는 일이지. 샤오마오가 우리의 얘기를 듣고 갑자기 뛰어들어와 화를 낸 건 충분히 이해할 수 있어. 너무나 화가 나고 고통스러우면 얼마든지 그런 말을 할 수 있지. 샤오마오는 아무 말도 하지 않았고 나도 말을 할 수 없었어. 아바오는 말이 없었다. 인평은 얘기하는 동안 내내 침울한 표정으로 눈물을 흘렸다. 아바오가 한숨을 내쉬면서 말했다. 2층 아저씨 집은 정말로 삼광정책三光政策*의 대상이 되어야 해. 깡그리 부수고 태워버려야 마땅하다고. 인평이 말했다. 지금으로서는 샤오마오의 안정을 기대할 뿐이야. 세상이 태평해지고 이 농탕이 사람들의 기억 속에서 사라지면 되는 거지. 날 죽은 사람 취급하면 되는 거야. 죽은 거나 마찬가지니까 나를 완전히 잊어주는 게 가장

* 중국의 대일항전 시기에 일본군이 중국 팔로군의 적후 항전활동을 철저히 진압하기 위해 취했던 정책으로, 마을을 불태우고(燒光), 주민들을 죽이고(殺光), 재물을 약탈하는(搶光) 것을 말한다.

바람직한 일이지. 아바오가 고개를 가로저었다. 인펑이 말했다. 그 양아치 손에 틀림없이 나와 하이더의 약점이 남아 있을 거야. 정말로 비열하고 질이 나쁜 놈이야. 상하이 사람들은 내가 재수가 없어서 남천문을 건드리는 바람에 이런 거지같은 집으로 시집와서 그런 양아치와 부딪치게 됐다고 말하겠지. 아바오는 아무 말도 하지 않았다. 인펑이 말했다. 이제 내가 무슨 재미로 살겠어? 나와 하이더의 생활에 무슨 맛이 있겠느냐고? 나는 죽고 싶은 생각밖에 없어. 아바오는 아무 말도 하지 않았다.

이

후성은 형편없는 곳으로 이사해야 하는 봉변을 당했고 형 후민은 병으로 쓰러져 기운이 없었다. 한번은 후성이 출장을 가면서 특별히 아바오를 불러 후민을 돌봐달라고 부탁했다. 당시 란란은 가도街道 위생소에서 일하고 있었기 때문에 종종 '맨발의 의사'를 모셔다가 진료를 해주었다. 후민은 점차 건강을 회복하면서 자주 외지의 전우들과 편지를 주고받거나 장거리전화를 걸곤 했다. 전국에서 사용할 수 있는 양표를 모아 상하이를 떠나 외지에 나가 생활할 준비를 하고 있었다. 후성은 그것이 그저 계획에 불과할 거라고 생각했다. 하지만 어느 날 퇴근하고 돌아와보니 정말로 후민이 어딘가로 가버리고 없었다. 후성이 황급히 북부역으로 달려가 두 시간 동안 찾아봤지만 후민의 그림자도 볼 수 없었다. 당시에는 상하이에서 신장이나 헤이룽장으로 가는 기차를 속칭 '강도 열차'라고 불렀다. 대합실은 북구 공싱로에 자리잡고 있었다. 한 사람이 기차를 타는데 온 가족이 나와 배웅을 했다. 짐도 너무 많다보니 객차 안의 한쪽 선반이 무너져내리기 일쑤였다. 선반을 떼어내면 짐은 더 늘어나 놓을 곳이 없게 되는 악순환이었다. 열차에 오르는 것 자체가 전쟁이었다. 머리가 깨져 피를 흘리기 일쑤였다. 이날 기차역에 도착한 후성이 안팎으로 두루 찾아봤지만 끝내 후민을 찾을 수 없었다. 도처에 사람들이 인산인해를 이루어 울고 소리치는 터라 온몸에 땀이 났다. 너무나 막막해서 사방을 두리번거리고 있는 차에 옆에 있던 사람 하나가 그를 잡아끌었다. 후성이 고개를 돌려보니 머리칼이 잔뜩 흐트러진 여자 하나가 인조가죽 가방 하나를 손에 들고 있었다. 솜 외투가 짠지처럼 더러웠고 극도로 야윈 몸에 눈빛도 흐릿한 것이 정신이 나간 것 같았다. 여자를 자세히 뜯어보던 후성이 갑자기 소리를 질렀다. 수화 누나! 여자가 멍한 표정으로 물었다. 나 불렀어요? 여기가 어디예요? 후성이 말했다. 나 후성이야, 여긴 상하이고. 수화가 입을 크게 벌리고 말했다. 후성은 우시에 갔어요. 후성이 말했다. 여긴 상하이 공싱로야. 수화가 말했다. 우시 기차역에서 날 가뒀다가 이제야 풀어줬어요. 후성은 수화의 몸에서 나는 악취를 피할 수 없었다. 수화가 말했다. 밥을 먹고 싶어요. 후성이 수화를 잡아끌면서 말했다. 따라와! 수화가 말했다. 나는 떠나야 해요. 후성이 헝클어진 머리칼을 헤치고 수화의 눈동자를 쳐다보면서 말했다. 어디로 간다는 거야? 상하이로 갈 거야, 지린으로 갈 거야? 수화는 두 눈을 멀뚱멀뚱 뜨더니 잠시 생각에 잠겼다가 말했다. 쑤저우로 갈 거예요. 창랑정이 너무 좋아요. 물결이 비단 같고 촛불이 꺼질 때면 달이 가라앉지요. 후성이 말했다. 몸에 병이 심하게 들었군. 빨리 가자. 두 사람은 끌고 끌려서 공싱로에 있는 어느 음식점으로 들어가 따뜻한 국수 두 그릇과 상하이 만두 이인분을 주문했다. 후성은 전혀 입맛이 없었다. 수화는 고개를 숙이고 열심히 국수와 교자를 먹기 시작했다. 후성이 말했다. 다 먹고 나면 난창로로 돌아가자. 수화가 말했다. 나는 지린으로 가고 싶어요. 후성이 물었다. 지린에서 왔으면서 다시 지린으로 가겠다는 거야? 수화는 대답하지 않고 열심히 먹기만 했다. 후성이 말했다. 꼴이 정말이지 말이 아니네. 도대체 무슨 일이 있었던 거야? 수화가 말했다. 내가 표를 훔쳤다면서 우시에 감금했다가 나중에 풀어줬어요. 후성이 물었다. 얼마 동안이나 갇혀 있었어? 수화가 말했다. 줄곧 사람들이 와서 몸을 뒤지면서 마구 만졌어요. 어떤 사람은 뭔가를 찾으면서 내가 돈을 치약 통 안에 감췄다고 우기더라고요. 알고 보니 생리대 안에 넣어두었던 거예요. 후성이 말했다. 쑤저우에는 뭐하러 가려는 거야? 수화가 빙긋이 웃으면서 시구를 인용하여 말했다. 창랑정 물가에는 익사한 혼귀들이 있거든요. 후성이 물었다. 무슨 소리야? 수화가 물었다. 난창로는 잘 알지요? 후성이 말했다. 알아. 지금 난창 아파트로 부모님을 뵈러 가는 거야. 수화가 말했다. 이전에는 환룽로環龍路라고 불렀어요. 후성이 한숨을 내쉬었다. 수화가 웃으면서 말했다. 푸싱공원에는 이전에 '환룽기념비'가 있었어요. 비석 위에는 시구가 새겨져 있었지. 어떤 비행가를 기념하는 것 같았어요. 환룽군君의 조적祖籍

은 프랑스 수도인 파리였는데 1911년에 비행기가 상하이에 추락했어요. 후성이 말했다. 그만해, 더이상 얘기하지 마. 수화가 말했다. 비석에는 시구가 새겨져 있었어요. 환하게 빛나네/ 평지에 쓰러진 사람이여/ 아무도 화내지 않는 사람이여/ 불나방처럼 타버린 사람이여/ 모든 것을 잃어버린 사람이여. 후성이 말했다. 그만하라고! 수화는 젓가락을 내려놓고 아무 말도 하지 않았다. 후성은 마냥 얼떨떨하고 어리둥절하기만 했다. 두 사람은 음식점 밖으로 나와 다시 끌고 끌려서 바오산로를 가로질러 전차를 타고 몇 정거장을 갔다. 수화가 전차에서 내려 도망치려 하자 후성이 여행 가방을 들고 뒤쫓아갔다. 두 사람은 걷다가 멈추기를 반복하면서 몇 번이나 넘어졌다. 그러면서 이런저런 얘기를 주고받았다. 수화네 집 문을 두드릴 때는 이미 밤이 깊어 있었다. 수화 엄마는 문을 열자마자 울음을 터뜨렸다. 그러고는 후성에게 몇 번이고 감사의 인사를 건넸다.

사흘 뒤 후성은 아바오와 함께 다시 난창 아파트를 찾아갔다. 그제야 수화가 세번째 아이를 낳고는 갑자기 이상한 감정에 사로잡혀 지린을 떠났다는 사실을 알게 되었다. 조선족 남편이 몇 번 전화를 걸어왔지만 상하이에서는 그를 볼 수 없었다. 수화는 조금씩 몸을 회복하고 있었다. 두 사람이 방안에 들어서자마자 수화가 물었다. 베이디는 어디 있어? 아바오는 수화의 눈동자 속에서 다시금 희망의 빛줄기를 찾았다. 보석처럼 맑은 빛이었다. 아바오가 말했다. 쓸데없는 생각은 하지 말고 몸이나 잘 추스르도록 해. 수화가 말했다. 베이디가 물고기를 보았던 것이 기억나. 물고기는 한 마리였어. 수화 엄마가 말했다. 자, 이제 얘기는 그만하고 눈을 꼭 감아. 아바오가 말했다. 잘 쉬도록 해. 수화가 말했다. 물고기가 펄쩍 뛰어 르후이항으로 갔어. 황푸강으로 들어갔다고. 후성이 말했다. 아무 말도 하지 말라니까! 수화가 말했다. 연못은 아주 작고 얕은데다 물이 움직이지 않았어. 사람도 보이지 않았고. 후성이 소리쳤다. 수화 누나! 수화 엄마가 말했다. 더이상 아무 얘기도 하지 마라. 수화가 눈을 감고 잠시 조용히 있다가 입을 열었다. 주상朱湘* 의 시에 이런 구절이 있지. 나를 연꽃 연못 안에 묻어줘. 귓가에 물지렁이 움직이는 소리가 들리도록. 모두 말이 없었다. 이어서 수화가 동북 사투리를 써가며 말했다. 혀를 거칠게 움직이며 '습니다' '습니다' 하는 조선어도 섞어 말했다. 난창로를 달리는 자동차의 경적소리가 들려왔다. 아바오가 말했다. 몸 잘 추슬러. 나랑 후성은 이만 갈게. 수화가 눈을 감으면서 물었다. 샤오마오는 잘 있지? 후성이 잠시 망설이다가 말했다. 샤오마오는 곧 결혼해. 수화가 한숨을 내쉬며 말했다. 샤오마오는 가진 게 몸에 밴 무공밖에 없으면서. 아바오가 말했다. 그러게 말이야. 그래도 샤오마오는 거칠게 행동하는 일이 거의 없어. 수화가 말했다. 샤오전이랑 판완리에 가보고 싶어. 아바오가 맞장구를 치며 말했다. 창펑공원에 가고 싶지? 좋아, 다시 산에 올라가보자. 후성이 말했다. 며칠 있다 가자. 어때, 좋지? 수화가 고개를 끄덕이며 빙긋이 웃었다. 후성과 아바

* 중국의 근대 시인이자 교육가.

오는 난창 아파트를 나왔다. 아바오가 감상에 젖어 말했다. 여자들은 결혼하면 확 변하는 것 같아. 후성이 말했다. 샤오마오는 어떻고. 그 녀석은 결혼도 하기 전에 먼저 친구들과 절교부터 했잖아. 너무 빨리 변해버렸어. 아바오는 아무 말도 하지 않았다. 후성이 말했다. 따메이메이도 결혼했어. 아바오가 말했다. 그건 나도 예상했던 일이야. 후성이 말했다. 편지에서 란란에게 말했대. 방금 안후이에 도착했는데 달려드는 남자 노동자들이 모기만큼이나 많다고 말이야. 매일 온몸을 물어대는 바람에 간지러워 죽을 뻔했대. 나중에는 상사의 의견에 따라 어느 기술자랑 결혼했다더군. 결혼하지 않았으면 매일 모기향을 세 개씩 가지고 출근해도 제대로 일을 할 수 없었을 거래. 아바오가 말했다. 비상시기에는 모든 일들이 이상한 방법으로만 처리되는 것 같아. 후성이 말했다. 이전에는 도시의 젊은 여자들이 입만 열었다 하면 혁명 운운하면서 해방구로 달려갔지. 비상시기였잖아. 일반적으로 대부분의 젊은 여자들이 나이든 간부들과 결혼했지. 간부들은 대우가 좋았거든. 당시에는 이걸 '350연대'라고 불렀어. 입당 경력이 삼 년인 여자에게는 대개 쉰 전후의 남자가 짝이 됐어. 연대급 간부인 셈이지. 아바오가 말했다. 그런 얘기는 처음 듣네. 후성이 말했다. 우리 아빠가 말해줬어. 아바오가 말했다. 아버님 사정은 괜찮지? 후성은 말이 없었다. 아바오가 말했다. 단념할 건 단념하자고. 후성이 말했다. 큰 사건이라 문제가 아주 심각한가봐. 전혀 소식이 없어. 아바오가 말했다. 비행기가 몽골 운두르항에 추락했을 때, 큰 지진이 난 것처럼 그 영향이 사방으로 파급되었지. 당시 우리 아빠의 사건도 충격이 상당히 컸어. 지하공작을 주도하던 고위 간부가 배를 뒤집어버린 거야. 수많은 사람들이 연루되어 물에 빠졌지. 규정에 따라 일률적으로 회의에 나오라는 통지를 받았어. 사람들이 현장에 나오자 아주 정중하게 악수를 하고 나서 역시 격리되어 조사를 받은 다음, 자동차에 올라 차창의 커튼을 완전히 내렸지. 이리저리 돌면서 몇 시간을 달려 어딘가에 도착했어. 여러 동의 별장이 있어 한 동에 한 사람씩 구금되었지. 매일 글을 써서 제출해야 했어. 일 년 남짓한 시간이 지나는 동안 우리 아빠는 이 별장들이 있는 위치를 전혀 알지 못했어. 그러다가 한번은 창밖에서 외치는 소리를 들었지. 빵 사세요, 빵이 왔어요! 1950년대의 상하이에서는 길거리를 돌아다니며 빵을 파는 나이 어린 행상들을 많이 볼 수 있었지. 우리 아빠는 속으로 놀라움을 금치 못했어. 지하공작을 했기 때문에 비교적 머리가 잘 돌아가는 편이었거든. 어린 행상이 외치는 소리는 무척이나 귀에 익었어. 가오란로에서 자주 듣던 소리였지. 별장의 위치는 상하이 시내인 것이 분명했어. 가오란로에서 멀지 않은 곳이었지. 거리 행상들의 활동이 미치는 범위 안이었어. 이런 소리를 들으면서 우리 아빠는 세상에서 가장 즐겁고 자유롭고 이상적인 직업은 거리를 돌아다니는 행상이라는 생각이 들었대. 이전에는 줄곧 혁명에 참가하면 사상이 자유로워지고 삶이 즐거워지며 시야가 밝아질 거라고 생각했어. 힘과 방향이 있고 이상이 뒷받침하게 되는 것이지. 하지만 실제로는 그렇지 않았어. 이 년 동안 조사를 받고 무수한 글을 써내면서 석방을 기다렸지. 그러는 동안 이 몇 동의 별장이 알고 보니 화이하이로와 창수로常熟路 근처에 있는 농탕이라는 사실을 알게 되었어. 가오란로에서 불과 두 정거장 거리였지. 아바오는 아무 말도 하지 않았다.

후성은 수화를 데리고 창평공원에 갈 계획을 잡고 어느 날 아바오에게 전화를 걸어 상의하면서 원래 같이 갔었던 멤버들을 다 모아 함께 가자고 제안했다. 아바오가 말했다. 좋긴 한데 샤오창과 샤오전은 갈 수 없을 거야. 나랑 샤오전은 이미 끝났거든. 후성이 말했다. 단체 활동이잖아. 아바오가 말했다. 예컨대 내가 지금 화장실에 갔는데 샤오전이 바로 옆 칸에서 칸막이 바닥을 보고 있고, 내 두 발이 곧 밖으로 나갈 것 같다고 생각해봐. 후성이 말했다. 여자들은 정말 이상하군. 아바오가 말했다. 내가 잘 설명하면서 이해를 구해봤어. 수화 누나를 위해 바람을 쐬는 것인데다 시간도 반나절밖에 안 된다고 하면서 말이야. 그랬는데도 샤오전은 막무가내로 거절하더라고. 샤오전이 말했다. 그만둬요. 아바오 씨는 이리저리 둘러대면서 꼭 이유를 찾더라. 날 데리고 바람을 쐬겠다고요? 바람기 있는 남자들은 다 이렇다니까! 상척각의 쉐즈를 꼭 껴안는 것으로도 모자라 또 몰래 하척각의 나를 만나려는 거잖아. 공원 안으로 들어가 사람들이 많아 어지러운 틈을 타서 나를 감탕나무 밑으로 끌고 들어가 어깨를 비벼대고 껴안을 거잖아요. 그러다가 짝을 지어 페달을 밟아 움직이는 배를 타려는 것 아닌가요? 흥! 후성이 말했다. 모두 함께 산에 오를 거야. 짝을 이루어 배를 타는 게 아니라고. 아바오가 이상한 마음을 먹고 있었다면 내가 다 말했을 거라고. 아바오가 말했다. 됐어. 우리 두 사람은 마음이 식어버렸기 때문에 다시 데우는 것도 쉽지 않아. 라오후자오가 아니거든.

후성이 말했다. 흥이 싹 가시네. 아바오가 말했다. 샤오전은 줄곧 내가 대자명종 농탕의 미용실로부터 안 좋은 영향을 너무 많이 받았다고 생각하더라고. 후성이 말했다. 알았어, 됐어. 당시에 샤오전은 미용실에 올 때마다 부드러운 모습을 보이면서 눈웃음을 치고 죽도록 애교를 부렸잖아. 아바오가 말했다. 샤오전이 내게 그러더라고. 아바오와 쉐즈만 아니었다면 위풍당당하게 모두를 차오자두 좡위안루狀元樓로 초대해 음식을 대접하고 싶었대. 그러면서 다른 얘기는 하지 말라고 하더군. 후성이 말했다. 못된 계집애네. 안 가도 그만이야. 하지만 샤오마오는 어떻게 하지? 내가 연락할게. 그래도 말은 해봐야지. 아바오가 말했다. 됐어, 하지 마. 후성이 말했다. 오랫동안 친구였는데 그래도 얼굴은 한번 봐야 하잖아. 아바오가 말했다. 당시에 공원에 갔을 때는 샤오마오가 있었지. 하지만 지금은 결혼해서 편안하게 잘살고 있는 터라 굳이 이제 와서 옛날 친구들을 만나 밖으로 나돌려고 하지 않을 거야. 후성이 한숨을 내쉬면서 물었다. 아바오 너는 나랑 수화 누나에 대해 어떤 생각을 갖고 있어? 아바오가 말했다. 샤오마오의 상황은 정말 우리와 달라. 다시 잘 말해봐. 후성이 말했다. 아바오! 후성은 수화기 너머로 들려오는 잡음 속에 펀치프레스 소리를 몇 번 듣고는 전화를 끊었다.

이날 황혼 무렵, 후성이 우딩로로 돌아와 문을 열어보니 불빛이 환하고 집안이 아주 깨끗하게 정리되어 있었다. 창문 앞에 있던 형 후민이 몸을 돌렸다. 군복 차림에 발에는 네덜란드식 가죽구두를 신고 있었다. 정신도 멀쩡했다. 후민이 말했다. 원저우溫州에 사는 전우가 작은 공방을 하나 차렸어. 전문적으로 가죽구두를 만들더군. 그래서 며칠 더 묵다 온 거야. 후성이 말했다. 그런 일이 있었군. 지금은 자본주의를 해도 되는 모양이네. 후민이 웃으면서 말했다. 원저우 사람들은 돈을 중시하고 북방 사람들은 정치를 중시하지. 상하이 사람들은 둘 다 매우 중시하고 말이야. 후성이 말했다. 형은 많이 진보했네. 후민이 말했다. 나는 반혁명분자 집안 출신이기 때문에 더 나아가도 돼. 후성은 아무 말도 하지 않았다. 후민이 봉황표 담배에 불을 붙이며 말했다. 걱정할 것 없어. 작은 공방이지만 집체기업의 명의를 갖고 있기 때문에 사방으로 다니면서 물건을 팔 수 있지. 후성이 말했다. 상하이 사람들은 그런 원저우 물건들을 아주 좋아하지. 하지만 이런 구두는 안감이 딱딱한 종이라서 비가 많이 오거나 계단을 오래 오르내리면 쉽게 찢어지는 게 흠이야. 후민이 말했다. 이번에 신발을 좀 가져왔어. 다 팔면 또 갈 생각이야. 두 사람이 여기까지 얘기했을 때, 아바오가 문을 밀고 들어와서는 후민이 돌아온 것을 보고는 무척 반가워했다. 후성이 아바오의 손을 잡아끌고 방으로 들어가서는 감탄하면서 말했다. 간부 집안 출신이 지금은 구두를 암거래하고 있대. 아바오가 말했다. 충분히 고생을 했는데 아직도 출신을 따지네. 두 사람이 함께 창밖을 살피고 나서 후성이 먼저 물었다. 창평공원에는 몇 사람이 가기로 했어? 아바오가 말했다. 세 사람이야. 좀 단출한 편이지. 후성이 잠시 생각해보고 나서 말했다. 쉐즈를 불러서 같이 가면 재미있을 것 같아. 아바오가 말했다. 그럼 란란도 부르자. 후성이 말했다. 됐어, 란란이 끼면 불편해진단 말이야. 아바오가 말했다. 남자 둘에 여자 셋이잖아, 불편할 게 뭐 있어. 후성이 문밖을 바라보며 낮은 목소리로 말했다. 내가 예전에 수화 누나랑 손을 잡았던 것은 약간의 감정이 있었기 때문이야. 이번에 란란도 함께 창평공원에 가게 되면 아무래도 좀 불편할 거라고. 아바오가 말했다. 흥, 그때 창평공원에 갔었을 때 나는 이미 너의 작은 움직임들을 다 간파하고 있었어. 말은 손을 잡았다고 하지만 실제로는 손만 잡은 게 아니었잖아. 후성이 말했다. 지난 얘기는 꺼내고 싶지 않아. 아바오가 물었다. 그다음엔 어떻게 됐어? 후성이 물었다. 그다음에 또 뭐? 그걸로 끝이었어. 아바오가 말했다. 그럴 리가 있나. 후성은 아무 말도 하지 않고 가볍게 웃다가 말을 받았다. 그러고 나서 수화 누나를 데리고 가서 지린으로의 삽대 통지를 수령한 다음, 수화 누나와 함께 가서 솜옷과 가죽 모자를 받아 난창 아파트로 돌아왔지. 수화 누나는 솜옷을 입고 거울에 비춰보고는 옷을 입었다 벗었다 하다가 나중에는 몹시 어리둥절한 표정을 짓더군. 둘이 잠시 좋아하긴 했었지. 뜻밖에도 수화 누나가 자리에 앉으면서 한마디 던지더군. 후성, 이걸로 우리 관계는 마침표야. 난 떠나야 해. 이제 모든 게 다 끝났어. 각자 알아서 자신을 잘 관리해야 할 것 같아. 나는 수화 누나의 생각을 받아들일 수 없었어. 수화 누나가 그러더군. 지린에 가면 기껏해야 편지나 한 통 할 수 있겠지. 정말 이걸로 끝이야. 나는 아무 말도 하지 않았어. 수화 누나가 말했지. 나중에 내가 결혼해서 딸을 키우게 됐을 때 우연히 후성을 만나면 딸에게 아빠라고 부르라고 할게. 아바오가 말했다. 알고 보니 누나의 첫아이가 후성의 애였네. 후성이 말했다. 함부로 말하지 마. 수화 누나의 말뜻은 어린 딸 앞에서 내가 엄마의 첫 남자였다고 말해 주겠다는 거야. 그런데 뜻밖에도 누나는 아이를 셋이나 낳았대. 아바오가 말했다. 북방으로 삽대되어 갔던 한 상하이 아가씨는 그곳에서 결혼해 오 년 동안 아이를 여섯이나 낳았대. 한 해도 쉬지 않고 아이를 낳는 거지. 후성이 말했다. 그런 소문은 너무나 많아. 아바오가 말했다. 상하이 출신 남녀들은 일하러 갈 때마다 매일 몽골 게르 앞에 여섯이나 되는 애들이 한 줄로 나란히 서 있고 엄마 아빠가 몽골 두루마기 차림으로 게르 앞에 말없이 서 있는 것을 볼 수 있었대. 누군가 상하이에서 삽대되어 온 이 여인은 기계나 다름없다고 말했다나. 내가 말했지. 아마도 그때가 그 여인이 가장 행복하고 만족스러운 시절일 거라고 말이야. 하지만 누나는 그곳 생활이 고통스러웠던 것 같아. 어쩌면 너무나 행복하고 너무나 만족스러워서 도망쳐 온 것인지도 모르지. 후성이 말했다. 생각해보니 그 말도 일리가 있을 것 같군. 일반적으로 삽대되어 갔던 형제자매들은 지금까지 빈손이잖아. 이뤄놓은 게 아무것도 없다고. 아바오가 창밖을 잠시 내다보았다. 둘이 얘기를 나누고 있는 사이에 후민이 들어와 말했다. 원저우 전우가 밥을 사겠다는데 같이 난징시로에 있는 루양춘綠楊邨*에 가는 게 어때? 좀 제대로 먹어보자고. 이리하여 세 사람은 1층으로 내려갔다. 며칠 뒤에 후성은 수화 엄마의 전화를 받았다. 수화는 지린으로 돌아갔다고 했다. 후성은 놀라

* 체인점 형태의 음식점으로 주로 상하이 음식을 취급한다.

움을 금할 수 없었다. 수화 엄마가 말했다. 지린에 있는 남편이 긴급 전보를 받더니 가장 빠른 기차를 타고 왔다더구나. 모스크바에서 베이징까지 오는 특급열차를 타고 지린에 도착하자마자 다시 톈진으로 가서 곧장 징후京滬특급을 타고 이틀 만에 상하이에 도착했대. 후성이 말했다. 정말 빠르네요. 수화 엄마가 말했다. 그만큼 부부 사이의 감정이 깊다는 거지. 후성은 아무 말도 하지 않았다. 수화 엄마가 말했다. 후성 너에게 정말 감사해. 여기 조선 인삼 한 보따리랑 명태 한 보따리가 있으니 나중에 와서 꼭 가져가도록 해. 후성이 말했다. 아니에요, 아주머니, 그러실 필요 없어요. 수화 엄마가 말했다. 아니야, 꼭 가져가야 해. 나는 그저 수화가 매사에 순조롭고 행복하기만을 바랄 뿐이야. 엄마인 내가 평생 또 무슨 생각을 할 수 있겠니?

삼

샤오마오는 처음 모간산로에 가서 춘샹을 만났다. 그러고 나서 두 달 뒤에 두 사람은 결혼했다. 신혼 첫날밤, 샤오마오는 뭔가 못마땅하고 우울해서 아무 말도 하지 않고 있었다. 뭔가 크게 손해를 본 것 같았다. 동정童貞의 남자 같은 모습이었다. 춘샹은 그보다 두 살이 많은데다 두번째 결혼이라 부부 생활에 대해 잘 알았고 세상사도 잘 이해했다. 이날 밤, 술 몇 잔을 더 마시고 술기운에 의지하여 두 사람은 몸을 가까이 마주했다. 춘샹의 태도는 자유로운 편이었다. 불을 끄면서 춘샹이 말했다. 만복의 마리아님! 누나가 샤오마오에게 묻고 싶은 게 하나 있어. 이제부터 샤오마오를 여보라고 불러도 돼? 샤오마오는 아무 말도 하지 않았다. 춘샹이 말했다. 그렇게 부른다. 샤오마오가 말했다. 그냥 샤오마오라고 불러줘. 춘샹이 말했다. 나랑 베갯머리에서 얘기를 주고받을 때 샤오마오는 나를 뭐라고 부를 거야? 샤오마오가 말했다. 누나 아니면 춘샹이라고 불러야겠지. 춘샹이 말했다. 여보라고 부르든지 샹샹香香이라고 부르든지 마누라라고 부르든지 마음대로 해. 그럼 이불 속에서는 뭐라고 부를 거야? 샤오마오는 대답하지 않았다. 춘샹이 말했다. 나는 마누라라고 불러주는 게 제일 맘에 들어. 샤오마오는 여전히 대답이 없었다. 춘샹이 말했다. 누나가 얘기 하나 해줄게. 들어볼래? 샤오마오는 춘샹의 몸 위에 있던 한쪽 손을 거둬들이고는 아무 말도 하지 않았다. 춘샹이 웃으면서 말했다. 옛날에 어떤 남자가 있었는데 성이 강戇이고 이름이 다大였어. 합쳐서 강다라고 불렀지. 이 남자는 아내랑 동방에 화촉을 밝히면서 모든 일을 자신이 주도했어. 먼저 붉은 젓가락 한 벌을 꺼내 신부의 머리를 덮고 있던 천을 걷어올렸지. 신부는 관례대로 미동도 하지 않았어. 춘샹이 샤오마오를 가볍게 밀치며 얘기를 계속했다. 혼인 당일 밤에 남자가 뭘 요구했는지 알아? 샤오마오는 아무 말도 하지 않았다. 춘샹이 말했다. 알아맞혀봐. 샤오마오가 말했다. 잘 모르겠어. 춘샹이 샤오마오에게 몸을 바싹 밀착시키며 말했다. 생각나는 대로 솔직히 말해봐. 누나는 샤오마오가 솔직한 모습을 보이는 게 좋단 말이야. 샤오마오는 여전히 대답하지 않았다. 춘샹이 말했다. 그날 밤,

강다는 아무것도 하지 않고 아침까지 잠만 잤어. 신부는 그런 그가 극도로 원망스러웠지. 다음날 아침 죽을 먹고서 신부가 설거지를 하러 간 사이에 시어머니가 물었어. 강다야, 밤새 좋았니? 강다가 말했지. 아주 좋았어요. 시어머니가 물었어. 밤새 뭘 했니? 강다가 말했지. 밤중에 뭘 하겠어요? 날이 밝을 때까지 잤지요. 시어머니가 말했어. 너도 고집이 어지간하구나! 신랑은 신부 위에 올라가서 자야 하는 거야. 알겠어? 강다가 말했겠지. 알았어요. 샤오마오가 말했다. 그런 얘기는 그만해. 그럴 수도 있겠지 뭐. 춘상이 샤오마오를 꽉 끌어안으며 말했다. 부부 사이에 이런 이야기는 흔히 주고받는 거야. 샤오마오가 이미 들었던 얘기라면 다른 얘기 해줄게. 샤오마오가 말했다. 저질 이야기 좀 그만해. 춘상이 말했다. 아주 깨끗하고 상쾌한 얘기야. 다음날 시어머니는 밭에 나가 잡초를 뽑고 목공 장인인 강다는 이층침대를 만들었어. 새색시가 물었지. 뭘 만드는 거예요? 강다가 말했어. 엄마가 그러는데 결혼을 한 뒤에는 내가 위에서 자야 한다네. 새색시는 아무 말도 하지 않았지. 다음날 아침 죽을 먹고 나서 새색시가 설거지를 하고 있는 사이에 시어머니가 강다에게 다가가 물었어. 강다야, 밤에 아주 좋았지? 강다가 말했어. 아주 잘 잤어요. 시어머니가 다시 물었지. 닭 우는 소리를 들었겠구나? 강다가 대답했지. 안 들리던데요. 시어머니가 또 물었어. 밤에 뭘 했니? 샤오마오가 말했다. 똑같은 얘기잖아, 그만해. 춘상이 샤오마오에게 찰싹 달라붙으며 말했다. 강다가 대답했지. 날이 밝을 때까지 밤새 잤어요. 시어머니가 이층침대를 보고서 말했어. 새신랑이 정말 머리가 안 돌아가는구나! 여기까지 얘기하고 나서 춘샹이 샤오마오의 귀에 대고 몇 마디 속삭였다. 간지러움을 느낀 샤오마오가 몸을 약간 피했다. 춘샹이 말했다. 결국 시어머니는 또다시 밭으로 잡초를 뽑으러 가버렸지. 사흘째 되던 날, 강다가 아침식사를 마치고 새색시가 설거지를 하는 사이에 시어머니가 또 다가와 물었어. 강다야, 밤에 좋았지? 강다가 말했어. 그럼요, 아주 잘 잤어요. 시어머니가 물었어. 뭘 했니? 강다가 대답했지. 아주 좋았다니까요. 여기까지 얘기하고 나서 춘샹이 물었다. 그다음엔 어떻게 됐을 것 같아? 샤오마오가 말했다. 그걸 내가 어떻게 알아? 춘샹이 말했다. 알아맞혀봐! 샤오마오가 말했다. 그걸로 끝이겠지 뭐. 춘샹이 물었다. 시어머니가 밤에 뭘 해주었을 것 같아? 샤오마오가 말했다. 방금 귀가 간지러워서 잘 못 들었어. 춘샹이 말했다. 샤오마오, 그렇게 순진한 척하지 마! 그날 아침 일찍 시어머니가 물었어. 그거 했지? 강다가 말했어. 세 번 했어요. 말을 마친 강다가 침대 밑에서 요강을 꺼내 변소에 갖다버리러 가면서 말했지. 엄마가 밤에 세 번은 해야 한다고 하셨잖아요. 그래서 이렇게 됐어요. 한 번, 두 번, 세 번. 시어머니가 말했어. 강다야, 강다야! 강다가 말했지. 엄마 지금 뭐하시는 거예요? 그 순간 얼음 같던 샤오마오의 마음이 갑자기 뜨거워지기 시작했다. 춘샹이 말했다. 시어머니가 밤에 뭘 하라고 하셨을까? 샤오마오가 말했다. 안 들을래. 춘샹이 말했다. 대체 뭘 하라고 하셨을까? 아무 말도 안 했으면 아무런 움직임도 없었겠지. 샤오마오가 말했다. 그런 저질 이야기를 계속할 수는 있겠지만, 그게 무슨 의미가 있어? 춘샹이 말했다. 그러게. 얘기를 잘하는 사람은 열다섯 번도 할 수 있어. 시어머니는 잡초를 뽑으러 열다섯 번이나 밭에 나가고 새색시는 열다섯 번이나 설거지를 하지. 샤오마오가 말했다. 나는 강다가 되고 싶을 뿐이야. 내가 바로 강다라고! 춘샹이 말했다. 그렇게 말하지 마! 예전에 샤오마오가 권법 훈련하는 모습을 볼 때마다 나는 마음속으로 견디기 어려운 충동을 느꼈단 말이야. 정말이야. 샤오마오가 춘샹을 잡아끌며 말했다. 얘기 좀 그만하라니까. 춘샹이 말했다. 당시에 난 줄곧 샤오마오는 기백이 넘치고 박력이 있는 남자라고 생각했어. 여기까지 말했을 때, 춘샹의 목소리는 이미 흐물흐물해져 있었다. 두 사람은 서로에게 몸을 맡긴 채 뜨거운 문과 길을 드나들었다. 단번에 기세가 오른 두 사람은 세 번이나 연달아 하고서 서로 몸을 휘감은 채 잠이 들었다.

다음날 아침 죽을 먹고 나서 춘샹이 설거지를 하러 가면서 샤오마오를 살짝 잡아끌면서 그윽한 목소리로 말했다. 나랑 샤오마오는 결혼을 먼저 하고 연애를 시작한 셈이야. 그게 너무 좋아. 샤오마오가 물었다. 그럼 지난번에는 연애를 먼저 한 거야, 아니면 결혼을 먼저 한 거야? 춘샹이 고개를 숙이며 말했다. 말하자면 당시에는 특별한 사정이 있었어. 술상을 차리긴 했지만 사실은 너무나 다급했지. 다급한 가운데 실수를 범한 거야. 샤오마오가 말했다. 춘샹이 너무 급했던 거로군. 춘샹은 얼굴이 빨개진 채 말했다. 우리 엄마가 너무 급했던 거야. 결혼이 곧 충희沖喜*라는 돌팔이 의사

* 일종의 액막이 방식으로, 집안에 중병을 앓는 사람이 있을 때 결혼식 따위의 좋은 일을 치르면 병자의 액막이를 할 수 있다고 보는 것.

의 헛소리만 믿었던 거지. 내가 결혼하면 엄마의 고질병인 천식이 나을 거라고 생각했던 거야. 당시 나는 엄마의 건강이 좋아지기만을 바라고 있었어. 하지만 동시에 하느님의 뜻을 굳게 믿었지. 우리 엄마가 말했어. 충희는 미신이야. 하지만 이것밖에 다른 방법이 없단다. 춘샹 너도 이제 다 컸잖아. 엄마가 희주喜酒를 마시면 입을 닫을 수 있대. 하느님도 그러셨잖아. 등불을 켜면 진흙 위에 둘 것이 아니라 가족 전체를 비춰야 한다고 말이야. 물론 욥은 신변에 자녀가 하나도 없고 소와 양도 없는데다 가난이 극에 달했지만 여전히 굳센 믿음을 유지하고 있었잖아. 하지만 하느님도 말씀하셨지. 사람은 한 그루 나무와 같아서 시절에 맞춰 열매를 맺어야 하고 잎이 마르지 않아야 한다고 말이야. 이것이 바로 하느님의 뜻이자 이 엄마의 바람이기도 해. 여기까지 말하고 나서 춘샹은 눈물을 흘렸다. 샤오마오가 손수건을 꺼내 눈물을 닦아주었다. 춘샹이 샤오마오를 꼭 껴안고 말했다. 당시에 나는 이런저런 생각을 너무 많이 하다보니 판단이 흐려져버렸어. 이미 제대로 생각할 수 있는 단계가 아니었지. 예수님이 감람산에서 승천하신 건지 갈릴리산에서 승천하신 건지 머릿속이 온통 백지가 되는 바람에 구별이 되지 않았어. 다음날 돌팔이 의사가 나를 데리고 공장에 가서 남자를 소개해줬어. 날염 15공장 제3작업장의 큰 식당에서 만났지. 사부 둘이 밥을 사 오자 남자가 일어서서 나를 쳐다보더군. 생긴 건 괜찮았어. 쌍방은 고개를 끄덕여 서로를 인정한다는 뜻을 밝혔어. 그런 다음 몇 마디 나누고서 자리에 앉아 함께 점심을 먹었지. 그러고 나서 돌팔이 의사는 먼저 돌아갔어. 가면서 내게 그러더군. 사랑이란 결혼한 뒤에야 거론할 수 있는 거라고 말이야. 두 사람의 팔자가 맞기만 하면 틀림없이 서로 사랑하게 된다는 거야. 내가 집으로 돌아오자 엄마가 그러더군. 예수님께서는 사람이 결혼하지 않으려는 이유가 아주 다양하다고 말씀하셨어. 태어나면서부터 결혼이 적절치 않은 사람도 있고 인위적인 원인으로 결혼을 못하는 사람도 있대. 천국의 인연을 위해 혼인을 안 하는 사람도 있지. 그런데 춘샹은 왜 결혼을 안 하려는 거야? 나는 아무 말도 하지 않았어. 엄마가 말했지. 결혼하는 게 나을 거야. 나는 여전히 말을 하지 않았어. 돌팔이 의사가 그러더구나. 혁명운동의 단계에서도 옛것을 없애고 새것을 세우고 있다고 말이야. 연애는 구시대의 풍속이라는 거야. 나는 아무 말도 하지 않았어. 의사가 말했지. 노동자계급 부부는 국가의 주인공으로서 붉은 가정을 이루게 되면 낮에는 작업장에서 혁명의 기치를 높이 들고 밤에는 침대 위에서 신문을 읽으면서 아녀영웅兒女英雄들이나 신선의 식솔이 되는 거야. 금실이 이보다 더 좋을 수 없지. 끝내주지? 나는 고개를 숙인 채 아무 말도 하지 않았어. 의사가 그러더군. 길일을 잡아 영수님을 향해 세 번 절을 올리고 혼례가 원만히 이루어졌음을 알리면 돼. 얼마나 좋아? 나는 아무 말도 하지 않았어. 마음속으로는 그런 제안을 받아들이지 않았어. 연애결혼을 하고 싶었거든. 우리 엄마가 말했어. 운동이 시작되면서 교회당들이 전부 문을 닫더니 공장으로 변했어. 춘샹 너도 좀 기민하게 움직여야 해. 마음속에만 하느님이 있으면 되는 거야. 하느님은 인자하시거든. 나는 아무 말도 하지 않았어. 엄마가 목소리를 낮춰서 말했어. 사도바울께서도 혼인은 아주 귀중한 것이라고 하셨어. 누구나 하느님의 뜻을 존중하고 따라야 해. 나는 고개를 숙인 채 아무 말도 하지 않았어. 돌팔이 의사가 그러더군. 아주머니가 증인이 되세요. 신랑은 신자가 아니기 때문에 지금 교회당에 들어갈 수도 없고 반지를 살 수도 없어요. 우리 엄마가 낮은 목소리로 말했어. 그래요, 알았어요. 하느님이 실제로 보고 계시니까 큰 긍휼과 자비를 내려주심으로써 성스러운 이름을 빛내실 거예요. 그날 밤, 우리 엄마는 기도했어. 나는 쑤저우하 옆으로 갔지. 가는 데 두 시간이나 걸렸어. 다음날 아침, 엄마가 약을 사러 갔다가 돌아와보니 침대와 의자 위에 콜드크림과 립스틱, 새 나무빗, 새로 산 중국식 솜저고리, 조삼罩衫*, 군청색 바지, 고무 장화, 메리야스 상하의, 가짜 유명 브랜드 의류 몇 점, 편직 반바지, 표백이나 염색하지 않은 천으로 만든 브래지어, 나일론 양말 등이 놓여 있었어. 속으로 놀라지 않을 수 없었지. 나는 하느님에게 결혼하겠다고 말했어. 하느님은 아무 말도 없으시더군. 모든 걸 내 맘대로 하라고 하는 것 같았어. 우리 엄마도 말이 없었지. 방안에는 새옷 냄새가 가득했어. 한약 냄새도 섞여 있는 것 같았지. 점심을 먹고 시간이 되자 힘이 빠진 엄마는 끙끙대면서 아무 말도 하지 않았어. 옷을 들어 내가 입는 것을 바라보면서 눈물 콧물을 흘리시더군. 모든 것이 다 준비되어 있었던 것 같았어. 아마 이 모든 것이 하느님의 조화요 하느님의 뜻이었겠지. 남자 집은 창화로昌化路 농탕에 있었어. 이미 범포로 천막을 치고 동료 기술자들

* 솜저고리 위에 걸치는 덧옷.

을 대접하기 위해 탁자* 다섯 개를 빌려 그릇과 수저를 차려놓았더군. 제3작업장의 기술자들은 황어차黃魚車** 두 대에 나눠 타고 도착했지. 장목樟木 궤짝 한 쌍과 갈사葛絲주단 이불 여섯 채, 레이스가 달린 원앙침, 용과 봉황을 수놓은 베개, 붉은 글씨로 혁명을 다잡고 생산을 촉진하자라는 구호가 수놓인 것을 포함해 베개 네 개를 마련해 가져왔더라고. 마술을 부린 것 같았어. 남자 쪽에서는 농탕 안에 모든 준비를 갖춰놓고 이웃들에게 구경시켰어. 나는 몸 안팎을 전부 새옷으로 단장하고 고개를 숙인 채 출발하지 못하고 있었어. 엄마가 말했지. 착한 우리 딸, 수레가 도착했으니 가자. 내가 물었어. 신랑도 왔나요? 엄마가 말했어. 그럼. 젊은 동료 하나가 뛰어들어와서는 신랑은 스진탕什錦糖***을 사기 위해 가서 줄을 서느라고 못 왔다고 말해주더군. 엄마가 말했어. 왜 신부를 맞으러 오지 않는 건가요? 이러면 안 되지요. 엄마는 너무나 다급하고 답답한 마음이었어. 젊은 동료가 그러더군. 일단 가서 말씀하시죠. 곧 음식을 준비할 겁니다. 나는 순순히 응하는 수밖에 없었어. 두 사람이 황어차 한 대에 함께 탔지. 나는 엄마를 이불로 꼭 감쌌어. 옆에는 산소가 든 고무튜브가 놓여 있었지. 가는 길에 찬바람이 불어 우리 엄마는 숨도 쉬기 어려웠어. 나는 엄마에게 산소 튜브를 건네고는 내내 극도로 조심하면서 창화로에 도착했어. 범포

* 보통 혼례나 설 명절 등의 잔치에서는 탁자 하나에 열 명의 손님이 앉기 때문에 하객의 수를 탁자 수로 계산하기도 한다.

** 대형 짐을 싣거나 사람들을 태울 수 있도록 자전거를 개조한 수레.

*** 다양한 원료를 이용하여 만든 혼례용 화려한 당과.

천막 밖에서는 커다란 화로 두 개로 음식을 하고 있더군. 천막 안에는 각종 식기에 담긴 간단한 음식들이 놓여 있었어. 신방은 아래층 맨 앞 곁채에 마련되어 있었지. 남자 쪽에서 모든 준비를 다 해놓았어. 시부모님이 묵는 객당에는 커다란 침대와 탁자가 두 개 놓여 있었지. 다른 작은 탁자들은 이웃집에서 빌려온 거였어. 내가 천막 안으로 들어서니 신랑은 이미 와서 앉아 있더군. 나도 엄마를 부축해서 자리를 잡고 앉았어. 손님들이 올 때마다 신랑은 일어서서 인사를 건넨 다음, 다시 앉아 빙긋이 웃더군. 그러면서 깍듯이 예의를 갖췄어. 모두들 희주를 먹고 난 뒤에 나는 엄마를 황어차에 태워드리고 신방으로 돌아왔어. 남자는 침대 옆에 단정하게 앉아 있다가 내가 들어오는 것을 보고는 내 옷을 벗겨줬어. 이날 밤 얘기는 하지 않을게. 다음날 아침이 되자 모든 걸 분명히 알게 되었어. 신랑은 절름발이라 한 걸음 걸을 때마다 세 번 발끝을 떼야 했어. 석 달이 지나 우리 엄마는 세상을 떠났지. 나는 화장장에서 나와 곧장 마오간산로로 도망쳤어. 그때부터 창화로의 남편 집에 가지 않았지. 샤오마오는 아무 말도 하지 않았다. 춘샹이 말했다. 장애인이 싫었기 때문이 아니라 사기를 당하고 싶지 않았기 때문이야. 이 남자는 외국에 나가 철로를 놓다가 부상을 당한 것을 영광으로 여기면서 아주 자랑스러워하더라고. 춘샹은 여기까지 얘기하고 나서 고개를 숙인 채 더이상 말이 없었다. 샤오마오가 말했다. 계속 얘기해봐. 춘샹이 말했다. 남자는 외국에 오래 나가 있으면서 산을 뚫어 철로를 놓는 작업을 했대. 쉴 때면 너무 무료하고 답답했는지 공사장 동료들이 온갖 얘기를 다 들려줬대. 남자는 기억력이 좋아 365일 매일 얘기해도 하루에 서너 가지 중복되지 않는 얘기를 들려줄 수 있다고 하더군. 낮에는 그런 얘기를 듣느라 기절할 정도였고 밤에는 머리가 어지러웠지. 구체적인 노동 상황이 정말로 놀랍더라고. 춘샹은 여기까지 말하고 나서 다시 고개를 숙인 채 입을 다물었다. 샤오마오가 말했다. 내 사저인 진메이의 남편도 비교적 놀라운 유형이지. 힘이 엄청나고 매일 저녁 냉수로 목욕을 했대. 몸에 열이 많아 너무 뜨겁기 때문에 냉수로 식혀야 했던 거지. 하지만 밤에 잠자리에서는 또 엄청나게 열을 내기 때문에 매일 밤이 태평하지 못했대. 그러다가 작업 도중에 부상을 당해 세상을 떠나고 말았지. 그렇지 않았다면 진메이도 참지 못하고 이혼을 했을 거라더군. 밤일이 마치 전쟁 같고 너무나 놀라웠대. 도저히 다 받아줄 수 없을 정도였다더라고. 춘샹이 차갑게 웃으면서 말했다. 나 같으면 그런 남편이라면 이혼하지 않았을 거야. 샤오마오가 물었다. 뭐라고? 춘샹이 말했다. 내 전남편은 입으로 모든 걸 다 해. 말로만 조반파고 실제로는 전혀 싹수가 없었어. 조그만 불꽃도 찾아볼 수 없었지. 다른 저질 방법을 찾는 수밖에 없었어. 샤오마오가 물었다. 그게 무슨 뜻이야? 춘샹이 말했다. 간단히 말하자면 아랫도리가 기형이라 세 살 아이만도 못했어. 화장실에 가서 변기에 앉아 소변을 봤다니까. 일어서서 소변을 보면 바지를 다 적셨거든. 샤오마오가 뒤로 몸을 조금 물렸다. 하마터면 의자에서 떨어질 뻔했다.

세월은 빠르게 흘렀다. 어느 날 아침 일찍 춘샹이 말했다. 여보,

그만 일어나. 샤오마오가 가볍게 몸을 움직였다. 춘상이 말했다. 얼른 일어나라고. 샤오마오가 눈을 크게 떴다. 춘상이 말했다. 어떤 변화가 있는지 좀 봐. 샤오마오가 손을 뻗었다. 춘상이 웃으면서 물었다. 배는 왜 만져? 샤오마오가 말했다. 아이가 생긴 것 같네. 춘상이 말했다. 그건 예수님한테 물어봐야 해. 나는 머리카락 색깔도 바꾸지 못하거든. 내가 주인이 아니야. 샤오마오가 물었다. 무슨 변화가 있는데? 춘상이 말했다. 입에서 나오는 대로 해본 소리야. 어서 일어나. 춘상이 침대맡에 있는 선형 스위치를 잡아당겼다. 침실 밖에 있는 전등 불빛이 침실의 작은 창문을 비췄다. 샤오마오가 옷을 챙겨 입고 일어서자 침실 밖 벽에 걸려 있는 커다란 영수의 초상이 눈에 들어왔다. 샤오마오가 말했다. 공장에서 애도대회*를 열기에 나도 한 장 받아온 거야. 춘상이 낮은 목소리로 말했다. 나는 남편 기분좋게 해주려고 그 자리에 십자가를 걸어놓았었어. 그런데 영수님 초상화로 바꿔 건 거야. 샤오마오가 물었다. 그건 왜? 춘상이 말했다. 나는 자기가 좋아하는 건 뭐든지 다 하거든. 샤오마오가 말했다. 또 대자명종에 갔던 게 틀림없군. 춘상이 말했다. 응, 맞아. 샤오마오가 물었다. 우리 엄마가 또 무슨 허튼소리를 했지? 춘상이 말했다. 어머님 말이 맞아. 사람은 도리가 있어야 해. 어느 산에 가느냐에 따라 해 오는 땔감도 달라지지. 내가 이리저리 생각해봤는데 영수님 초상을 거는 게 더 좋겠더라고. 샤오마오는 영수님 초상에 익숙해져 있잖아. 샤오마오가 말했다. 나는

* 1975년 마오쩌둥의 사망 이후 일어난 전국적 애도활동.

다 괜찮아. 춘상이 말했다. 우리 자기는 너무 예의가 바른 것 같아. 생활 습관은 아주 사소한 것이지만 사실은 영향력이 아주 크거든. 부부가 서로 잘 지내려면 서로 상대방을 존중해야 해. 그래야 갈등이 생기지 않지. 샤오마오가 말했다. 하는 얘기가 전부 신선이나 보살님 말씀이네. 난 자기 말을 다 믿어. 다 괜찮다고. 춘상이 웃으면서 말했다. 만일 샤오마오가 예수님을 믿는다면 그건 예수님이 갈릴리산에 들어간 것과 마찬가지일 거야. 가장 즐거운 일이지. 샤오마오가 웃으면서 말했다. 우리 엄마가 했던 말이 기억나네. 1953년 3월에 스탈린이 죽었을 때, 하늘이 무너지고 땅이 갈라져서 눈물 콧물이 다 쏟아진다고 하셨어. 그런데 지금 또 한번 그런 일이 일어나네. 당시에는 모든 사람들이 1자오씩 돈을 내서 검정 비단을 샀지. 공장의 작업장은 물론, 거리의 크고 작은 자동차들이 전부 경적을 울렸어. 그런데 이번에는 영수님께서 돌아가시니까 상황에 변화가 생겼어. 검정 비단을 무료로 제공하잖아. 보아하니 운동은 거의 끝난 것 같아. 조대가 바뀌고 시국이 느슨해지니까 모든 게 달라지네. 춘상이 말했다. 이전에는 정말 힘들었어. 내 교우 언니들 몇몇은 굳세게 십자가를 걸었다가 군중들이 곧장 투쟁행동에 나서서 언니에게 직접 십자가를 떼어내 연탄화로 안에 던져 태워버리게 했어. 샤오마오가 말했다. 너무 잔인하군. 춘상이 말했다. 지금은 한 집에 두 가지 장면이 나타나진 않잖아. 나는 확실히 알고 있어. 마음속에 있기만 하면 되는 거야. 내 교우 언니 하나는 근육이 위축되어 전신을 전혀 움직일 수 없게 되었고 두 눈도 전혀 보이지 않게 되었지만 마음속으로는 주님의 영광이 영원하기를 바라고 있었어. 언니는 모든 것을 볼 수 있었던 거야. 마음속으로 십자가를 그릴 수 있었지. 샤오마오가 물었다. 정말이야? 춘샹이 말했다. 예컨대 지금 천장에도 십자가가 있는 것을 볼 수 있어. 집과 도로, 창화교 난간, 유리창문의 격자 등에도 자세히 보면 십자가가 있지. 샤오마오는 아무 말도 하지 않았다. 춘샹이 몸을 기대오면서 말했다. 여보, 나 좋아하는 거 맞지? 뽀뽀 한 번만 해주라. 샤오마오가 춘샹에게 가볍게 입을 맞추며 말했다. 좋아해. 두 사람은 여기까지 얘기하고 나서 몸을 일으켰다. 춘샹은 서양풍로에 불을 붙여 밥을 하고 샤오마오는 이불을 개켜 침대 위를 정리했다. 둘이 앉아 밥을 먹으면서 샤오마오가 물었다. 미용실은 장사가 잘 돼? 춘샹이 말했다. 그런대로. 샤오마오가 물었다. 누굴 만났어? 춘샹이 말했다. 2층 아저씨. 샤오마오가 말했다. 또 누가 있었어? 춘샹이 젓가락을 내려놓으며 말했다. 맞다, 2층의 하이더와 인평 부부는 이미 거주를 배정받아 공핑로公平路로 이사했더라고. 여객선 부두에서 아주 가까워서 무척 편리하다고 하더라고. 샤오마오가 말했다. 이사를 했군. 춘샹이 말했다. 이사한 지 한 달이 좀 넘었대. 샤오마오는 말없이 고개를 파묻고 포반을 먹었다. 춘샹이 말했다. 새로 젊은 부부 한 쌍이 이사해 들어왔는데 남자는 철도경찰이래. 여자는 이름이 자오디招娣인데 방직 공장에서 일한대. 방금 아이를 낳았다고 하더라고. 샤오마오는 말이 없었다. 춘샹이 말했다. 자오디는 가슴이 아주 크더라. 젖이 넘친대. 어머님이 웃으시면서 젖이 정말 너무 많아 경찰 남편이 좀 먹어줘야 할 것 같다고 하시더라고. 샤오마오는 여전히 아무 말도 하지 않았다. 춘샹이 말했다. 2층 아저씨는 나를 볼 때나 자오디를 볼 때나 항상 눈을 가늘게 뜨고 웃더라고. 그러면서 내게 아기가 있느냐고 묻더군. 샤오마오가 웃으면서 말했다. 그 아저씨는 미용사들은 아주 싫어하지만 나한테는 줄곧 잘해줬어. 춘샹이 말했다. 아저씨가 샤오마오는 왜 안 돌아오느냐고, 요즘 잘 지내느냐고 묻더라고. 그래서 샤오마오가 직장에서 선진노동자로 뽑혔다고 말했지. 2층 아저씨가 아주 잘됐다고 하자 옆에 있는 자오디가 말했어. 그게 뭐 그리 대단하다고 그래요? 우리 남편은 이 년 연속 철로의 구간 선진분자로 뽑혀 줄곧 장거리만 달리고 있다고요. 그러니 제게 무슨 재미가 있겠어요. 당시에 나는 겉으로는 아무 말도 안 했지만 마음속으로는 여자가 독수공방하는 것은 확실히 괴로운 일이라는 것을 분명히 깨달았어. 나중에 자오디가 샤오마오란 분은 권법이 아주 뛰어나다는 소문을 들었다고 하더라고. 샤오마오가 말했다. 자오디랑 너무 많이 얘기하지 마. 춘샹이 말했다. 응, 알았어. 그때도 나는 아무 말도 안 했어. 그냥 가볍게 웃으면서 자리를 뜨려고 했지. 2층 아저씨가 자기 대신 안부 좀 전해달라고 하더라고. 샤오마오가 말했다. 너무 친절한 아저씨로군. 춘샹이 말했다. 맞아. 그럴 게 아니라 오늘 퇴근하고 나와 함께 옛집으로 어머님을 뵈러 가는 게 어때? 샤오마오가 말했다. 나는 됐어. 춘샹이 말했다. 샤오마오, 대자명종농탕 3층 건물에 자주 가서 어머님도 뵙고 그래. 결혼하고 난 뒤로는 좀처럼 모습을 나타내지 않았잖아. 이웃들이 이게 전부 내가 못 가게 해서 그런 거라고 생각할지도 모른단 말이야. 그러면 안 되잖아. 샤오마오는 아무 말도 하지 않았다.

시간은 빠르게 흘러갔다. 샤오마오가 결혼한 지 이 년 반이 되자, 춘샹은 임신 사 개월째에 접어들었다. 당시에는 갑자기 결혼을 했고 샤오마오도 마음이 안정되어 있지 않았던 터라 혼례를 치르면서 친구나 동료들을 하나도 초대하지 않았다. 이에 대해 샤오마오 엄마는 늘 마음에 부담을 느끼면서 잔치를 마련해 이런 유감을 해소하고 싶어했다. 이번에 샤오마오는 먼저 시계 공장의 판 사부와 예자자이의 권법 사부, 진메이, 젠궈, 샤오룽싱 등을 초대하기로 마음먹었다. 이웃집에서 둥근 탁자를 빌리고 이들을 전부 초대해서 점심식사를 대접하기로 한 것이다. 진메이는 털실로 짠 옷 한 벌을 선물로 가져왔고 젠궈 형제는 맥유정 두 근을 가져왔다. 판 사부는 조금 복잡했다. 중앙상가에 가서 자동차 핸들 네 개를 사다가 공장에서 개인적으로 뭔가를 만들어 모간산로로 가져가려 했다. 핸들은 전부 사이즈가 작았다. 얼핏 보기에는 뭔지 알기 어려웠다. 십 분 남짓 지나자 유모차 한 대가 완성되었다. 다들 무척 좋아했다. 춘샹은 뱃속의 태아를 보호하느라 손님들과 어울려 한담을 나누고 음식은 전부 샤오마오 엄마가 도맡아 했다. 샤오마오가 옆에서 거들고 진메이도 도왔다. 모두 음식을 앞에 놓고 자리에 앉자 샤오마오 엄마가 먼저 판 사부에게 황주 한 사발을 올리며 말했다. 판 사부님께서 도와주신 덕분에 급하게나마 이처럼 훌륭한 혼사를 치를 수 있었어요. 두 사람이 황주를 마시자 옆에 있던 권법 사부가 약간 계면쩍은 표정을 지었다. 그는 당시 샤오마오가 주저하고 있었지만 마지막으로 예자자이로 와서 사부와 진메이의 적극적인 권고로 마침내 결혼을 결정하게 됐다고 생각하고 있었다. 진메이가 말했다. 저는 적극적으로 지지했어요. 이런 인연은 쉽지 않거든요. 맨 처음에는 샤오마오 얼굴에 내키지 않아하는 표정이 역력했어요. 판 사부가 빙긋이 웃었다. 샤오마오 엄마는 약간 궁색해졌다. 춘상이 일어서며 말했다. 사부님들, 이 자리에서 저의 마음속 깊은 곳에서 우러나는 최고의 감사와 감격을 표하고 싶습니다. 지금 아주 진지하게 여러 사부님들과 진메이 언니께 존경의 뜻으로 술을 한 잔 올리고 싶어요. 춘상이 술을 반잔 마셨다. 판 사부와 권법 사부도 술을 마시면서 기분이 조금 좋아졌다. 나중에는 술이 많이 들어가자 서로 호형호제하면서 각자 샤오마오와 춘상에게 가정을 잘 유지하고 직장에서도 잘 나갈 수 있는 이치를 알려주면서 덕담도 잊지 않았다. 잔치가 거의 마무리될 때쯤 젠궈가 한 가지 특별한 소식을 전했다. 장쑤성에 어느 회사가 공장을 설립하여 전문적으로 상하이 기술자들의 임시지원을 촉구한다는 것이었다. 이틀 일하고 40위안을 벌 수 있는 기회라는 것이었다. 40위안이면 보통 노동자 월급의 절반에 달했다. 이는 상하이 노동자들에게는 가장 대단한 뉴스였다. 자리가 파하고 사람들이 흩어지자 손님들을 배웅하고 돌아온 샤오마오는 아내의 설거지를 돕고 집안을 정리했다. 샤오마오 엄마도 오후 네시가 넘어서야 서둘러 집으로 돌아갔다. 집안에는 샤오마오만 남게 되었다. 춘상이 안에 들어가서 낮잠을 자다가 깨어나보니 이미 한밤중이었다. 샤오마오의 눈앞이 온통 칠흑 같은 어둠이었다. 춘상이 몸을 일으키며 말했다. 여보! 샤오마오는 말이 없었다. 춘상이 전등을 켰다. 샤오마오가 춘상을 바라보면서 혼자 멍한 표정을 지었다. 춘상이 말했다. 여보, 무슨 생각 하고 있어? 샤오마오는 아무 말도 하지 않았다. 춘상이 말했다. 무슨 안 좋은 일이라도 있어? 샤오마오가 말했다. 아니야, 난 아주 기분좋아. 술을 약간 마셨더니 기분이 아주 좋네. 춘상이 말했다. 알았어. 샤오마오는 말이 없었다. 춘상이 물었다. 샤오마오, 무슨 생각 하고 있어? 샤오마오는 대답하지 않았다. 춘상이 말했다. 친구들 생각 하고 있지? 샤오마오는 여전히 말이 없었다. 춘상이 말했다. 후성 씨랑 아바오 씨를 생각하고 있네. 맞지? 샤오마오가 말했다. 쓸데없는 소리 하지 마. 춘상이 말했다. 오늘 오전 식사 자리에 자기 사부님이랑 동문의 사형제들밖에 없었잖아. 마음속으로 자기 친구들 생각을 했어. 좋은 친구들이잖아. 샤오마오가 말했다. 친구들이 너무 바빠서 초대하지 못한 거야. 춘상이 말했다. 남자에게는 가장 좋은 친구들이 있어야 해. 한번쯤 초대하면 얼마나 좋겠어. 샤오마오는 아무 말도 하지 않았다. 샤오마오는 다섯 달 뒤 자신이 가장 중요한 단계에 이르렀을 때, 춘샹도 마찬가지로 그 단계에 이르게 된다는 사실을 전혀 예상하지 못했다. 당시 춘샹은 산기에 이르렀지만 태아의 위치가 줄곧 정상이 아니었다. 갑자기 하혈이 심해져 병원 응급실로 실려갔다. 산문이 열리지 않아 수술을 해야 할 것 같았다. 하지만 조치가 늦어져 먼저 산모를 구하고 그다음에 아기를 구하기로 했다. 결국 둘 다 구하지 못했다. 목숨이 위태해지자 춘상이 죽은 사람처럼 창백한 얼굴로 샤오마오를 향해 웃으면서 말했다. 샤오마오, 이제 알고 싶어. 주 예수께서 감람산에서 승천하셨어, 아니면 갈리리산에서 승천하셨어? 샤오마오는 가슴이 찢어지는 듯 아파왔다. 오장이 뒤집히는 것 같았다. 춘샹이 말했다. 여보, 샤오마오, 울지 마. 천국이 가까워졌어. 내가 천국에 가서 예수님께 기도할게. 나는 조금도 슬프지 않아. 샤오마오는 말이 없었다. 춘샹이 말했다. 걱정하지 마. 샤오마오가 눈물을 흘렸다. 춘샹이 말했다. 단지 내가 간 다음에 자기가 너무 외로울까봐 걱정이야. 내 교우 자매들이 몇몇 있으니까 자기랑 좋은 친구로 지냈으면 좋겠어. 샤오마오는 계속 눈물을 흘렸다. 춘샹이 말했다. 여보, 약속해줘. 옛친구들을 잊지 않겠다고 말이야. 샤오마오는 말이 없었다. 슬픔이 극에 달해 실신 직전인 그는 두 손으로 춘샹을 꼭 끌어안았다. 손등에 눈물방울이 떨어졌다. 한 방울 한 방울 차갑게 떨어져내렸다. 샤오마오가 춘샹의 얼굴을 응시했다. 갈수록 창백해졌다. 원래 무척이나 발랄하고 활기 넘쳤던 춘샹이 결국 담담한 모습으로 변했다. 백지장 같았다. 쑤저우하에서 한줄기 바람이 불어왔다. 춘샹은 조금씩 눈앞의 세상에서 멀어져가고 있었다. 마리아에게 만복이 있기를! 아멘.

24장

1

타오타오는 자주 옌칭로를 찾았다. 황혼 무렵이든 밤이든 기회만 되면 샤오친을 만나러 갔다. 마음속에 사람이 있으니 겉모습도 몹시 바쁜 것 같았다. 접대하는 자리가 있어도 서둘러 약속 장소로 가서 여섯시까지만 앉아 있다가 적당한 구실을 생각해내 작별인사를 던지고 얼른 빠져나왔다. 택시를 잡아타서 곧장 옌칭로로 갔다. 문을 열고 들어서면 샤오친이 달려나왔다. 한번은 재래시장의 잘 아는 형제의 생일 모임에 가게 되었다. 타오타오는 술 석 잔을 올리고 병원에 가봐야 한다고 둘러대고는 황급히 빠져나왔다. 뜻밖에도 복도에서 잔뜩 꾸미고 으스대며 걸어가는 여자와 마주쳤다. 가는 체크무늬 투피스 차림에 머리를 파도 모양으로 커다랗게 부풀려 파마한 모습이었다. 얼굴에 술을 마신 기색이 역력했다. 타오타오는 한번 더 쳐다보지 않을 수 없었다. 여자가 갑자기 멈춰 서더니 보통화로 말했다. 어머, 저 모르시겠어요? 타오타오는 놀라지 않을 수 없었다. 알고 보니 판징이었다. 타오타오가 보통화로 말했다. 정말 오랜만입니다. 그동안 잘 지내셨지요? 판징이 빙긋이 웃었다. 술을 마신 기색이 뚜렷했다. 두 사람 사이의 거리가 가까워지자 예전과 마찬가지로 진한 향수 냄새가 타오타오의 코를 자극했다. 판징이 말했다. 저는 그런대로 잘 지냈어요. 그런데 무슨 일로 그렇게 바쁘세요? 타오타오가 말했다. 늘 해오던 자질구레한 일들이죠 뭐. 판징이 말했다. 요 며칠 타오타오 씨 생각이 났었는데 공교롭게도 오늘 이렇게 만나게 되네요. 타오타오가 슬쩍 시계를 들여다보며 말했다. 제가 급한 일이 있어서, 다음에 다시 연락하지요. 타오타오는 판징에게서 벗어나 곧장 앞으로 달려갔다. 판징이 뒤에서 멈춰 선 채 그를 불러댔다. 타오타오 씨! 타오타오 씨! 타오타오가 차문을 열고 말했다. 옌칭로로 가주세요. 차문을 닫은 그는 눈을 감았다. 차가 십 분쯤 달렸을 때 판징에게서 전화가 걸려왔다. 판징이 말했다. 타오타오 씨, 제가 사람을 잡아먹기라도 하나요? 제게 너무하시는 거 아니에요? 저를 너무 존중해주지 않는군요. 타오타오가 말했다. 정말 급한 일이 있어서 그래요. 판징이 물었다. 정말이에요? 타오타오가 말했다. 원래는 저도 오랜만에 만난 터라 얘기를 좀 나누고 싶었어요. 판징이 말했다. 그렇게 말해주시니 다행이네요. 그럼 우리 내일 만나요. 장소를 말해봐요. 타오타오가 말했다. 내일은 시간이 안 돼요. 판징이 말했다. 그럼 언제 시간이 되나요. 모레는 되나요? 타오타오가 말했다. 모레, 모레 말인가요? 판징이 말했다. 밤이라도 상관없어요. 저희 집도 괜찮고요. 타오타오가 말했다. 그게 말이에요, 술을 많이 드신 것 같네요. 판징은 아무 말도 하지 않았다. 타오타오가 말했다. 제가 시간이 나면 전화드릴게요. 판징이 갑자기 흥분하여 말했다. 제 인생은 너무 실패한 것 같군요. 저 같은 여자는 뜻밖에도 또 거절을 당하고 마네요. 있잖아요, 도대체 저를 어떻게 생각하시는 건가요? 진실한 마음을 말해주면 안 되겠어요? 타오타오가 말했다. 분명히 말했잖아요? 안 그래요? 판징이 말했다. 난 잘 모르겠어요, 잘 모르겠다고요. 미워요, 정말 밉다고요. 전화가 끊어졌다. 타오타오는 몸을 뒤로 기대고 연달아 탄식처럼 한숨을 내쉬었다. 이날 밤 타오타오는 샤오친을 꼭 껴안고 한 마디도 하지 않았다. 눈치 빠르고 주도면밀한 샤오친도 덩달아 아무 말도 하지 않았다. 농탕 밖까지 타오타오를 배웅하면서 샤오친이 말했다. 최근에는 술을 많이 안 드시네요. 마음속에 무슨 고민이라도 있으면 제게 전부 말해줘요. 타오타오는 말이 없었다. 집으로 돌아오니 문이 열려 있었다. 팡메이가 문 바로 맞은편에 앉아 있었다. 그를 쳐다보는 눈빛이 몹시 날카롭고 매서웠다. 잔뜩 독이 올라 있었다. 팡메이가 말했다. 돌아왔군요. 타오타오는 그녀의 말투가 왠지 석연치 않다는 생각이 들었다. 대꾸하는 것도 귀찮아진 그는 아무 말도 하지 않았다. 팡메이가 말했다. 안색이 정상이 아니네요. 방금 몇 번이나 하고 온 거예요? 타오타오가 물었다. 하긴 뭘 했다는 거야? 팡메이가 말했다. 자기가 한 짓이니 자기가 잘 알 것 아니에요. 바지 지퍼는 제대로 채우고 다녀야죠. 타오타오가 바지 사타구니 부분을 힐끗 내려다보았다. 팡메이가 말했다. 교문이 항상 열려 있으면 교장이 쉽게 감기에 걸려 기침을 하게 된단 말이에요. 타오타오가 물었다. 무슨 뜻으로 그런 헛소리를 늘어놓는 거야? 팡메이가 말했다. 내가 그동안 남편에게 너무 관대했던 것 같아요. 암캐가 꼬리 치지 않으면 수캐도 덤비지 않는 법이라고 하던데 당신은 줄곧 밖에 나가 꽃을 꽂을 생각만 하고 있으니 말이에요. 집에서는 흐물흐물하다가 밖에만 나가면 딱딱해지면서 뭐든지 남 탓만 하잖아요. 타오타오가 말했다. 밤중이라 이웃 사람들 모두 조용하니까 좀 작은 소리로 얘기하지 그래. 팡메이가 말했다. 남이 듣든지 말든지 내가 상관할 게 뭐예요? 듣고 싶으면 마음껏 들으라지요 뭐. 무슨 체면이 남아 있다고 그래요? 나는 지금 얼굴도 블라우스 속도 깡그리 드러나버렸다고요. 오늘은 무슨 일이 있어도 얘기를 끝내야겠어요. 밤에 어디 가서 어떤 여자랑 놀다 온 거예요? 타오타오가 말했다. 이봐, 정신병이 또 도진 거야? 난 아무 말도 하고 싶지 않아. 팡메이가 말했다. 좋아요, 말을 안 하는 게 맞겠지. 그럼 내가 말할 테니까 날 장님 취급하지나 말아요. 나는 줄곧 의심해왔고 줄곧 다 알고 있었어요. 다시 한번 물을게요. 내가 이름을 댈까요, 아니면 당신이 자진해서 말할래요? 타오타오는 대꾸하지 않았다. 마음속으로 적이 놀라기는 했지만 입으로는 끝까지 강경하게 나갔다. 그래, 대봐. 어서 이름을 대보라고. 팡메이가 말했다. 좋아요, 계속 그렇게 얼렁뚱땅 넘어가겠다 이거지요? 이름이 타오타오인 이유가 따로 있었네요.* 한 가지만 물을게요. 오늘 저녁 당신 허리띠를 풀고 애교를 떨면서 온갖 수작을 다 부리고 온몸에 땀을 흘린 여자의 이름이 뭐예요? 타오타오가 말했다. 모르겠어. 팡메이가 말했다. 그럼 정말로 이름도 성도 없는 길거리 창녀랑 놀다 왔단 말이에요? 내가 다 기억해두었으니까 어서 말하란 말이에요. 어서 말하라고요. 타오타오가 물었다. 어떤 사람을 말하라는 거야? 팡메이가 차갑게 웃으면서 말했다. 그럼 내가 말하지요. 타오타오 말했다. 그래, 말해봐. 팡메이가 말했다. 또 누가 있겠어요, 당연히 그 여자지. 타오타오가 말했다. 그 여자가 누구냐니까? 팡메이가 말했다. 그 불여우, 외지 여자 말이에요. 타오타오가 흠칫 놀라며 되물었다. 알았어. 그러니까 그게 도대체 누군데? 팡메이가 말했다. 판징 말고 또 누가 있겠어요? 그 이름을 듣는 순간 타오타오는 마음속으로 안도의 한숨을 내쉬면서 예수님에게 감사했다. 팡메이가 말했다. 말 안 하겠다 이거군요? 그럼 이 일을 지금 당장 내가 아주 분명하게 얘기해줄게요. 앞으로 어떻게 할 건지나 준비하라고요. 타오타오가 말했다. 정말 화가 나기도 하고 우습기도 하구먼. 나랑 그 여자 사이에 도대체 무슨 일이 있었다는 거야? 복도에서 두 마디 주고받고 전화 한 통 한 것밖에 없다고. 술을 좀 마신 것 같긴 했지만 나는 그 여자의 정신과 의식이 어땠는지 전혀 모른단 말이야. 팡메이가 말했다. 아주 요리조리 잘도 둘러대는군요. 이치와 정리에 아주 잘 맞아요. 설서 선생 같네요. 타오타오가 말했다. 나는 정말로 아무 말도 하지 않았단 말이야. 나중에. 팡메이가 말했다. 그래요. 나중에, 나중에 방을 잡았겠지요. 타오타오

---

* 타오타오의 이름인 '陶'에 버무린다는 뜻이 있다.

가 물었다. 뭐라고? 팡메이가 말했다. 긴장할 것 없어요. 방을 잡은 영수증을 판징이 곧 내게 보내올 거니까요. 일찌감치 이런 결말이 오리라고 굳게 믿고 있었어요. 타오타오는 마음속으로 다시 한 번 놀라지 않을 수 없었다. 팡메이가 말했다. 판징이 방금 전화를 걸어 모든 걸 다 털어놓았어요. 두 사람이 몇 번 했는지, 마음속으로 했는지 실제로 했는지 다 말했다고요. 정상 체위로 세 번, 여자가 위에 올라타는 체위로 두 번 했고 갑자기 흥분해서 한번 더 하고 69체위로도 했다고 말하더군요. 나팔을 불었는지 오보에를 불었는지 색소폰을 불었는지 다 얘기했단 말이에요. 그래요, 찰싹 달라붙어 애교를 얼마나 부려댔는지도 말하더군요. 온갖 민망한 얘기를 다 털어놓았단 말이에요. 타오타오가 펄쩍 뛰면서 말했다. 이런 염병할, 나를 아주 양아치로 만들고 있군! 애당초 엉터리로 지어낸 헛소리를 아주 침착하고 저질스럽게 늘어놓고 있네. 진짜 설서 선생은 그 외지 여자로군. 나는 그 여자 털 한 가닥 보지 못했다고. 이 사회에는 공리라는 게 있단 말이야! 팡메이가 펄쩍 뛰면서 네모난 의자를 넘어뜨렸다. 뚫린 입이라고 말은 잘하네요. 여자들이랑 사통하고 다니면서 공리를 따지는 거예요? 타오타오가 말했다. 이봐, 머리 좀 제대로 쓰지 그래. 팡메이가 갑자기 울음을 터뜨리며 말했다. 청두로 레이저디스크 브로커의 집에서 이미 사통을 했고 이제 목적이 다 이루어졌으니 허리를 곧게 펴고 사생아를 기를 작정이네요. 타오타오가 버럭 소리를 질렀다. 그렇게 막무가내로 있지도 않은 일을 지어내지 말란 말이야! 팡메이가 더 거칠고 요란하게 울어대기 시작했다. 이때, 갑자기 전화벨이 울렸다.

두 사람 모두 깜짝 놀랐다. 타오타오가 수화기를 들자 판징의 목소리가 들렸다. 심야 인기방송 프로의 소리가 희미하게 섞여 있는 가운데 판징이 보통화로 말했다. 미안해요, 타오타오 씨. 조금 전에는 제가 기분이 좀 안 좋아서 그랬어요. 타오타오 씨는 별로 기분 나쁘지 않았죠? 지독한 무력감과 외로움에 젖더라도 너무 괴로워하지 말아요. 제가 노래를 한 곡 불러 위로해드릴게요. 그대의 마음은/ 지금 괜찮은가요?/ 그대의 얼굴에는/ 아직 희미한 미소가 남아 있나요?/ 자고로 인생에는 엄청난 근심과 고통이 있는 법/ 고민은 좀 적게 하세요/ 그대가 평안하기 빌게요/ 아, 그대가 평안하길.* 이 순간 타오타오는 갑자기 분노와 흥분이 가라앉는 것을 느꼈다. 판징의 정공靜功 수련이 효력을 발휘한 것 같았다. 한순간에 타오타오는 마음이 차분히 가라앉았다. 그렇게 계속 몸과 마음이 가라앉더니 온몸이 마비되는 것 같았다. 마음속에서 인생의 단맛과 쓴맛, 신맛과 매운맛이 조용히 솟아나오는 것 같았다. 팡메이가 갑자기 수화기를 가로채더니 큰 소리로 말했다. 저질스럽고 음탕한 년, 또다시 전화하면 경찰에 신고할 테니까 그런 줄 알아! 팡메이가 수화기를 내려놓자 타오타오는 엉덩이를 소파 깊숙이 파묻었다. 팡메이가 말했다. 사태가 분명해졌으니 이제 어떻게 할 건지 말해봐요. 타오타오가 고개를 가로저으며 말했다. 난 정말 억울하다니까! 팡메이가 말했다. 애초에 내가 판징에게 말했어요. 열 번 스무 번 한 거라면 말로 잘 해결하자고요. 그런데 이제 와서 보니까 열

* 가수 쑨웨(孫悅)의 〈그대가 평안하길〉이라는 제목의 중국 대중가요.

번 스무 번 한 게 아니라 내가 철저하게 패배했네요. 타오타오가 말했다. 진상은 반드시 정확히 밝혀지기 마련이야. 팡메이가 말했다. 뭐하는 거예요? 아무래도 이 놀라운 사회는 소인배들만 만들어낼 뿐이에요. 마누라들이 할 수 있는 일이라고는 기껏해야 소리 한번 지르는 게 전부지요. 난 이런 상황을 너무 많이 보아왔어요. 오늘밤에는 완전히 해결하고 넘어가야겠어요. 타오타오가 물었다. 뭘 해결하자는 거야? 아예 나랑 얘기할 생각도 없으면서. 팡메이가 말했다. 얘기 안 하는 게 맞겠지요. 용기가 있다면 용기 있게 떠나요. 나가라고요. 타오타오가 물었다. 나더러 어디로 가라는 거야? 팡메이가 차갑게 웃으며 말했다. 그걸 왜 나한테 물어요? 문을 열고 그 음탕한 년 집으로 돌아가란 말이에요. 타오타오가 말했다. 다시 한번 말해봐! 팡메이가 말했다. 내가 뭐 두려워할 줄 알아요? 용기 있게 일어서요. 일어서라고요. 머리 움츠린 거북이 되지 말고 당당하게 하고 싶은 대로 하란 말이에요. 상하이 남자잖아요. 팡메이가 장롱을 활짝 열고 옷을 몇 가지 꺼내 트렁크 하나에 쑤셔 넣었다. 그러고는 방문을 열었다. 쾅하는 요란한 소리와 함께 트렁크가 복도에 내던져졌다. 타오타오가 일어서서 몇 번 이리저리 두리번거리다가 말했다. 좋아, 잘됐어. 이렇다 할 감정이 하나도 남아 있지 않다 이거지? 팡메이가 두 눈을 동그랗게 뜨고서 말했다. 용기 있잖아요. 그렇게 자신 있으면 나가라고요. 둘 다 끝내자고요. 타오타오가 밖으로 나갔다. 등뒤로 쾅하고 문이 닫히더니 찰칵 자물쇠가 채워졌다. 트렁크를 끌고 농탕을 나선 타오타오는 한동안 길가에 멍하니 앉아 있었다. 택시 한 대가 다가오더니 기사가 말했다. 홍차오 안 가세요? 타오타오는 말이 없었다. 차가 몇 발짝 가다가 후진해 돌아왔다. 기사가 말했다. 손님, 30퍼센트 할인해 드릴게요. 교대가 늦어서 그래요. 타오타오는 여전히 말이 없다가 일어서서 차문을 열고 트렁크를 밀어넣으며 말했다. 옌칭로로 갑시다.

운명의 장난이었다. 이날 밤, 머릿속이 몹시 혼란한 상태로 옌칭로로 돌아온 타오타오는 방안에 들어서자마자 놀라움을 금치 못했다. 방안에는 난로가 뜨거운 열기를 뿜어대고 있고 테이블 위에는 화과火鍋*와 얇게 썬 양고기, 훈돈, 콩나물, 죽순, 두부채 등이 놓여 있었다. 술잔 두 개와 젓가락 두 벌, 화과용 소스 두 접시도 놓여 있었다. 샤오친은 여기저기 투명무늬가 아로새겨진 후저우湖縐** 잠옷 차림이었다. 젖무덤이 반쯤 드러나 있었다. 얼굴은 분을 발라 연한 살굿빛이었다. 타오타오가 물었다. 샤오친 지금 뭐하고 있었던 거야? 누굴 기다리고 있는 거야? 샤오친은 빙긋이 웃기만 할 뿐 대답이 없었다. 타오타오가 물었다. 시골에서 언니가 오는 모양이군? 샤오친이 말했다. 다음달에 와요. 타오타오가 물었다. 그럼 이건 다 뭐야? 샤오친이 말했다. 친구를 기다리고 있었어요. 타오타오가 말했다. 친구라고? 샤오친이 되물었다. 지금 호

* 얇게 썬 고기나 해산물, 각종 채소를 끓는 육수에 담가 살짝 익힌 다음, 소스에 찍어 먹는 중국 요리.

** 저장성 후저우에서 생산되는 실크 제품으로 삶은 후 염색을 하면 펴지지 않는 주름이 선명하게 드러나기 때문에 이런 이름이 붙었다.

구조사하시는 거예요? 타오타오가 또 물었다. 친구가 남자야, 여자야? 샤오친이 말했다. 남자예요. 타오타오는 아무 말도 하지 않았다. 샤오친이 가까이 다가와 말했다. 바보! 타오타오 씨를 기다리고 있었단 말이에요. 타오타오가 억지웃음을 지으며 트렁크 위에 걸터앉아 말했다. 깜짝 놀랐잖아. 제갈량이랑 지모를 겨뤄도 되겠네. 샤오친이 말했다. 타오타오 씨가 올 줄 알았어요. 타오타오가 말했다. 그랬군. 샤오친이 말했다. 이제 알았으니 됐어요. 타오타오가 말했다. 응, 그래. 샤오친이 말했다. 타오타오 씨한테 무슨 일이 생길 줄 예감하고 있었어요. 타오타오는 대꾸하지 않았다. 샤오친이 말했다. 밤중에 집을 나올 때는 거울을 좀 보세요. 사람 놀라게 하지 말고요. 타오타오는 말이 없었다. 샤오친이 말했다. 저는 타오타오 씨가 집에 돌아가면 언니랑 싸우려 하지 않더라도 언니가 타오타오 씨에게 도발해올 거라는 걸 알았어요. 타오타오는 여전히 말이 없었다. 샤오친이 말했다. 그래서 얼른 일어나 속살이 다 비치는 이런 옷으로 갈아입고 서둘러 음식을 준비한 거예요. 처음에는 완전히 투명한 옷을 입었었는데 별로 안 예뻐서 이걸로 다시 갈아입었어요. 타오타오가 말했다. 보기 좋네. 샤오친이 말했다. 만약에 타오타오 씨가 돌아온다면 아이스크림을 사달라고 해야겠다고 생각했어요. 여자들은 결정적인 순간에 죽은 물고기 같은 모습을 보이면 안 되거든요. 맛이 있어야 하죠. 여자들이 왜 자신을 꾸미는지 알아요? 남자에게 보이기 위해서예요. 눈요기를 시켜주려는 거죠. 우리 우선 좀 먹으면서 기분전환하기로 해요. 타오타오가 말했다. 샤오친은 별로 말이 없는 편이지만 한번 했다 하면 끝이 없는 것 같네. 샤오친이 말했다. 저 화내요! 타오타오가 몸을 일으켜 트렁크를 발로 툭 차서 한쪽으로 밀어버렸다. 얘기는 그만하자고. 지금 나는 재산을 다 빼앗기고 집에서 쫓겨난 처지야. 농민공이나 마찬가지라고. 샤오친이 말했다. 함부로 그렇게 말하지 마요. 언니가 순간적으로 화가 나서 그랬을 거예요. 내일 아침이면 다시 좋아질 거예요. 타오타오는 고개를 가로저었다. 샤오친이 말했다. 남남이 된다는 건 쉽지 않은 일이에요. 우선 배부터 채우고 내일 아침 일어나면 가서 언니한테 사과하도록 하세요. 타오타오가 말했다. 세상에 그렇게 간단한 일이 어디 있다고 그래? 마누라 성깔은 내가 가장 잘 알아. 샤오친이 말했다. 정말 화가 났나보군요. 제게 한 가지 방법이 있어요. 링즈 언니를 찾아가 중간에 좀 나서달라고 부탁하는 거예요. 그러면 좀 원만하게 마무리될 수 있지 않겠어요? 타오타오가 말했다. 잘 모르겠어. 샤오친이 물었다. 왜요? 타오타오가 말했다. 이런 상황에서는 샤오친이 내 편을 들어주고 나를 보살펴주는 게 이치에 맞는 일일 것 같아. 내가 뒤로 완전히 물러설 수 있게 말이야. 샤오친이 말했다. 우선 앉아요. 먹으면서 얘기해요. 이리하여 두 사람은 음식을 앞에 놓고 앉았다. 눈앞에는 술잔과 음식 접시, 희미한 전등, 김이 모락모락 나는 냄비가 놓여 있었다. 안개 속에서 꽃을 감상하는 듯한 분위기였다. 산과 물이 있어 지금이 어떤 세월인지 잊을 수 있을 것 같았다. 샤오친이 황주가 담긴 술잔을 받쳐들면서 말했다. 이렇게 골치 아픈 일을 만났을 때는 회혼주回魂酒*를 한 잔 마시는 게 최고예요. 자, 안주도 좀 드시고요. 정신이 아득해진 타오타오가 덩리쥔의 노래가

사를 흉내내며 말했다. 이 잔을 마시고 안주도 좀 드세요. 샤오친이 받아서 그다음 가사를 읊었다. 자, 마셔요. 근심이 쌓여 눈가의 웃음을 지우고, 눈물은 그리움 위에 흩뿌려지네요.** 두 사람은 이렇게 오붓하게 앉아 술을 마시기 시작했다. 샤오친이 말했다. 제가 왜 뒤로 물러서라고 잡아당기지 못하는지 말해봐도 될까요? 타오타오가 말했다. 응, 말해봐. 샤오친이 말했다. 링즈 언니가 오래전에 타오타오 씨는 절대로 보통 남자가 아니라고 알려주더군요. 타오타오가 말했다. 나는 상하이탄 전체에서 기껏해야 한 마리 작은 벌레에 지나지 않아. 작은 나비나 바퀴벌레에 불과하다고. 샤오친이 말했다. 크기를 따지는 건 적합하지 않아요. 나비보다는 물고기가 더 크고 물고기보다는 고양이가 더 크고 고양이보다는 독수리가 더 크겠지요. 가장 큰 건 비행기일 거예요. 하지만 모기가 아무리 작아도 날아다니는 데는 아무런 문제가 없잖아요. 타오타오가 말했다. 나는 그냥 비유를 든 것뿐이야. 샤오친이 말했다. 링즈 언니는 줄곧 저에게 타오타오 씨를 조심하라고 주의를 주더군요. 타오타오를 만나도 절대로 마음이 움직여선 안 된다면서 말이에요. 얼마나 많은 여자들이 타오타오 씨에게서 상처를 입었는지 모른대요. 타오타오가 말했다. 너무 억울하군. 샤오친이 말했다. 하지만 또 보통 남자들에게는 여자들이 만족하지 못한대요. 여자는 촛

* 숙취를 해소하기 위한 술로 환혼주(還魂酒) 혹은 회룡주(回籠酒)라고도 부른다. 해장술과 같은 개념이지만 술로 인해 발생한 문제도 해결한다는 미신적 의미를 담고 있다.

** 덩리쥔의 대표곡 〈님은 언제 또 오시나〉의 가사 일부.

불이나 마찬가지라 불을 붙이지 않으면 빛을 내지 못하기 때문이라고 하더군요. 하지만 타오타오를 만나면 촛농이 되고 만대요. 그리고 타오타오 씨는 촛농을 보고도 상관하지 않고 그냥 발을 빼서 가버릴 거라고 하더군요. 타오타오가 말했다. 대단하군. 내 타이어에 구멍을 낸 셈이군. 샤오친이 말했다. 저는 줄곧 그 촛농이라는 단어가 뇌리를 맴돌면서 몹시 두려웠어요. 타오타오가 말했다. 정말 듣기 싫은 소리만 하고 있군. 여자들의 삼위三圍, 허리와 허벅지가 기름으로 변해버린다니 너무 두렵군. 샤오친이 말했다. 제가 다른 남자들을 만났다면 링즈 언니는 전혀 신경쓰지 않았을 거예요. 그래서 제가 타오타오 씨의 허리를 받쳐주고 뒤에서 잡아당겨주지 못하는 거예요. 저는 그저 옆에서 지켜볼 뿐이지요. 타오타오가 말했다. 그래 좋아. 샤오친이 말했다. 타오타오 씨는 저를 보고도 아예 흥분하지도 않았어요. 마음속 생각을 한마디도 말하지 않았고요. 타오타오가 물었다. 내가 샤오친의 이것도 좋고 저것도 좋다고 말하면서 미사여구를 잔뜩 늘어놓았다면 샤오친은 그걸 다 믿었을까? 샤오친은 아무 말도 하지 않았다. 타오타오가 말했다. 샤오친이 어떤 남자를 만났는데 처음부터 자기 마누라 욕을 해댄다면 그런 사람이야말로 조심해야 할 상대라고. 샤오친이 물었다. 그건 왜요? 타오타오가 말했다. 남녀의 결혼은 마음과 생각으로 하는 거야. 지금 당장 마누라가 전혀 가치가 없다고 말한다면 그는 정말로 인정이 없는 사람이지. 여자가 정말로 촛농으로 변하는 것은 수시로 얼굴을 바꾸는 남자 앞에서란 말이야. 샤오친이 고개를 끄덕이며 말했다. 명심할게요. 단지 타오타오 씨가 과거에 링즈 언니와의 관계를 왜 끝내게 되었는지 궁금하네요. 타오타오가 말했다. 유도심문을 하려는 거로군. 샤오친이 애교를 떨면서 슬그머니 엉덩이를 타오타오의 몸 위에 얹으며 말했다. 듣고 싶어요. 타오타오가 말했다. 그런 얘긴 안 하는 게 좋아. 남 흉을 보는 게 되거든. 샤오친이 말했다. 말해줘요. 타오타오가 샤오친의 잠옷 치마를 들추며 얘기를 시작했다. 당시 링즈에게는 남편이 있었어. 내가 문 앞으로 대갑게를 배달하러 갔더니 링즈가 지금 샤오친이 입고 있는 것처럼 아주 유혹적인 옷을 입고 나와 문을 열어주더라고. 여자가 결혼을 하면 중국에서는 마누라老婆라고 말하지. 일본에서는 아내妻라고 하고 말이야. 나는 청년이고 상하이의 숫총각이었어. 문을 밀고 들어가 남의 아내의 이런 모습을 보고서 그냥 넘어갈 수 있는 남자가 어디 있겠어? 당연히 그냥 넘어가지 못하지. 샤오친이 웃으면서 말했다. 네, 숫총각님, 인정해드릴게요. 타오타오가 말했다. 얘기 그만할래. 샤오친이 몸을 꼬면서 물었다. 그다음에는 어떻게 됐는데요? 타오타오가 말했다. 그다음에는 링즈가 비틀거리면서 넘어지는 척하더라고. 말로는 하이힐을 신고 조심하지 않았기 때문이라면서 말이야. 내가 부축해서 몸을 일으켜 세워주었더니 링즈가 이번에는 배가 아프다는 거야. 그러면서 드렁허리처럼 몸을 비비꼬더라고. 교태가 이만저만이 아니었어. 샤오친이 말했다. 너무 저질이네요. 타오타오 씨가 임기응변으로 지어낸 얘기지요? 제가 유일하게 아는 것은 당시 링즈 언니가 기분이 별로 좋지 않았다는 거예요. 몸은 가냘프지만 항상 당당하고 떳떳한 언니란 말이에요. 타오타오가 말했다. 마를수록 능력이 대단한 법이지. 알아?

상하이 양아치들 사이에 유행하는 속어에 '황금으로 된 창도 갈비뼈를 싸고 있는 가죽은 당해내지 못한다'는 말이 있지. 무슨 말인지 알지? 샤오친이 말했다. 참 저질이네요. 어차피 그날 링즈 언니는 정장 차림에 깃이 높은 양모 블라우스는 입고 있었어요. 아래에는 긴 바지를 입었지요. 그런데도 결과적으로 타오타오 씨가 다 벗겼잖아요. 타오타오가 말했다. 그래서 내가 얘기하지 않겠다고 했잖아. 분명히 더운 날인데 겨울로 옮겨오니까 입만 쉴새없이 움직이고 있네. 샤오친이 웃으면서 말했다. 저는 그 얘기를 듣고도 마음이 움직이던걸요. 타오타오가 말했다. 그래서 옷을 이렇게 입은 거로군. 샤오친이 말했다. 언젠가는 저도 정장 차림에 안에는 깃이 딱딱한 치파오와 조끼를 입을 거예요. 또 그 안에는 온몸을 철저히 동여매고 지퍼와 단추를 꽉 잠글 거예요. 아래에는 두꺼운 스타킹을 신고 고탄력 청바지를 입을 거예요. 타오타오 씨가 벗길 수 있는지 두고 봐야겠어요. 타오타오가 말했다. 정말 변태로군. 샤오친이 타오타오를 꽉 끌어안으며 말했다. 솔직히 말하자면 저는 제갈량이 아니에요. 방금 링즈 언니한테서 전화가 왔었어요. 타오타오 씨가 집을 나오는 바람에 팡메이 언니가 울고불고 난리가 났대요. 언니가 소개해준 사람이니까 책임지고 당장 사람을 찾아내라고 하더래요. 팡메이 언니는 타오타오 씨가 외지 여자랑 안 좋은 일을 벌이고 있다고요. 어쩌면 이미 아이를 낳았을지도 모른다면서 말이에요. 조급해진 링즈 언니가 이리저리 생각해보고는 틀림없이 저일 거라고 생각하고 은밀하게 전화를 했던 거지요. 저더러 불을 다 끄고 문을 잠가 타오타오 씨를 하룻밤 머리 잘린 파리가 되게 하라고 하더군요. 타오타오 씨가 하는 수 없이 기차역으로 농민공들과 함께 차가운 바닥에서 밤을 보내게 한 다음, 내일 아침에 자세한 사정을 알아보라는 거였어요. 저는 그 말을 한 귀로 흘려버리고 곧장 음식을 준비하기 시작했지요. 그런데 또 전화가 오더군요. 불을 켜도 된다는 거였어요. 타오타오 씨와 바람이 난 외지 여자의 실명이 판징이라고 하더라고요. 사장급 여자인데 성욕이 강하고 고집이 아주 세다고 하더군요. 그 얘기를 듣고 물론 저는 질투했지요. 목욕을 하고 여러 번 옷을 갈아입었지만 여전히 서글픈 마음을 지울 수 없더군요. 타오타오 씨는 정말 대단해요. 매주 저랑 몇 번씩 하고 집에 돌아가 언니에게도 세금을 바치면서 그것으로도 모자라 판징이라는 여자랑 물결 위에 흰 줄을 그리니 말이에요. 불과 얼음이 겹친 날이었어요. 생각할수록 눈물이 나더라고요. 제가 타오타오 씨를 만족시키지 못하는 것 같아 답답하면서도 정말로 타오타오 씨 몸이 걱정돼요. 계속 이런 식으로 생활하는 건 특급 쾌속열차를 타고 돌아다니는 거나 마찬가지잖아요. 상하이에서 안후이로, 안후이에서 허베이로 갔다가 다시 상하이로, 상하이에서 다시 안후이로 갔다가 또 허베이로, 이렇게 세 지역을 계속 도는 거죠. 그러다가 언젠가는 바퀴에 불이 붙어 열차가 산산조각나고 말겠지요. 타오타오는 아무 말도 하지 못했다. 샤오친이 물었다. 판징 언니에게는 어떤 비법이 있고 제게는 어디가 맞지 않는건지 듣고 싶네요. 타오타오가 긴 한숨을 내쉬었다. 이 순간, 창밖에서는 고양이 두 마리가 포효하면서 다투고 있었다. 요란한 울음소리가 그치지 않았다.

2

전화로 링즈가 후성에게 물었다. 최근에 타오타오 씨 만났지요? 후성이 말했다. 서로 연락 안 한 지 오래됐어요. 링즈가 말했다. 샤오친과 타오타오 씨가 눈이 맞아 야반도주를 했대요. 후성이 말했다. 아, 그래요? 링즈가 말했다. 수요일 저녁에 후성 씨도 와서 식사 같이 해요. 쑤저우의 판 사장이 사는 거예요. 만나서 다시 얘기하자고요. 후성은 그러겠다고 약속했다. 그날 저녁, 후성은 아바오와 함께 예둥징으로 갔다. 테이블은 세팅되어 있고 거 선생은 평소처럼 신문을 보고 있었다. 링즈가 물었다. 타오타오 씨에 관한 무슨 새로운 소식 좀 있어요? 후성이 고개를 가로저으며 말했다. 아예 전화도 없었어요. 링즈가 말했다. 팡메이는 타오타오 씨가 판징이라는 못된 여자랑 관계를 갖고 있다고 의심하면서 청두로의 명孟 선생을 찾아가 주소를 달라고 했어요. 그런 다음 판징의 회사로 찾아가 대판 소란을 피웠지요. 그 결과 또 한번 크게 놀라고 말았어요. 두 사람은 애당초 아무런 관계도 아니었던 거예요. 그러고 나서 갑자기 익명의 전화를 한 통 받았지요. 타오타오와 샤오친이 동거를 시작했다는 소문이었어요. 죽일 년! 팡메이는 화가 머리끝까지 나서 가게로 저를 찾아왔어요. 샤오친은 제가 돌보는 동생이었으니까 제게도 책임이 있다고 할 수 있으니까요. 저는 곧장 팡메이를 데리고 화팅로로 찾아갔어요. 샤오친은 이미 가게를 다른 사람에게 맡기고 자취를 감췄더라고요. 그래서 다시 옌칭로로 찾아갔더니 사람은 사라지고 집은 비어 있었어요. 팡메이는 저를 잡아끌고 다시 관상을 보는 종 대사를 찾아갔지요. 농탕에 들어서자 개를 산책시키고 있는 종 대사와 마주쳤어요. 팡메이가 종 대사에게 물었어요. 타오타오 씨는 어디로 갔나요? 종 대사가 말했지요. 전화를 걸어 물어보지 그래요. 팡메이가 말했어요. 타오타오가 전화를 받지 않아요. 종 대사가 말했어요. 그렇다면 방법이 없네요. 타오타오는 계속 헛수고를 하고 다니는군요. 두 마리 말을 타다가 한 마리는 그만 놓아줘도 될 것 같은데 말이에요. 그러면서도 꽃나비가 미처 꿀은 따지 못한 것 같군요. 상황이 그리 좋지 못하네요. 팡메이가 물었어요. 그래서 도대체 어디로 갔다는 건가요? 대사가 말했어요. 단정하기 어려워요. 타오타오의 운명은 태상노군太上老君*도 알아맞히기 어려울 겁니다. 팡메이가 말했어요. 그 죽일 놈의 개같은 운명이 좋은지 나쁜지는 중요하지 않아요. 제가 묻고 싶은 것은 지금 그 사람이 어디에 가 있느냐 하는 거라고요. 대사가 말했어요. 알아맞히기 어렵네요. 저는 개인 사무실을 열고 있지도 않잖아요. 제가 지금의 이런 상황을 점괘로 맞혀낼 수 있다면 공안국은 진즉에 문을 닫았겠지요. 팡메이가 말했어요. 평소에 죽은 사람들의 나반羅盤이나 받쳐들고 이리저리 살피면서 도처에서 허풍을 떨면서 사기를 치고 다니더니! 종 대사가 말했어요. 이봐요, 그 입 좀 깨끗이 하고 다닐 수 없나요? 팡메이가 말했어요. 늙은이 주제에! 종 대사가 말했어요. 어허, 정화精華를 버리고 쭉정이만 취하시는군. 오강사미五講四美**는 알 듯도 한데 말이야! 남을 함부로 욕

* 장자와 함께 도교의 창시자로 알려진 노자를 신격화한 말.

하면 쓰나! 흰 개가 마구 짖으며 달려들었다. 팡메이가 개를 걷어차려는 것을 종 대사가 저지했다. 팡메이는 땅바닥에 쪼그려앉아 하늘이 무너지고 땅이 꺼지도록 큰 소리로 울어댔다. 관세음보살님, 주민위원회 동지, 멀쩡하던 제 남편이 이 늙은 관 장수한테 속아 완전히 망가졌어요. 백구가 요란하게 짖어댔다. 농탕 안은 구경하러 나온 사람들로 가득찼다. 종 대사가 말했어요. 고매하신 이웃 여러분, 이 여자의 면상을 잘 봐주시기 바랍니다. 무시무시한 얼굴이지요. 법령선法令線 두 줄기가 지나가고 있어 호랑이 이빨 같은 상입니다. 사람을 해치고도 목숨으로 대가를 치르지도 않을 얼굴이지요. 남편을 철저하게 망가뜨릴 상입니다. 그러니 남편이 도망치지 않을 수 없었겠지요. 대체 어디로 도망쳐야 할까요? 아무리 생각해봐도 귀신들만이 알 수 있을 것 같습니다. 상하이 서북 방향이 괜찮을 것 같군요. 루양교綠楊橋 입구에 쓰레기통이 두 개 있습니다. 그 방향과 위치에서 능력이 있는 사람이라면 그 사람을 찾아낼 수 있겠지요. 망할 놈의 여편네 같으니!

링즈가 여기까지 말했을 때 쑤저우 판 사장이 음식점 안으로 들어섰다. 옆에 미스 위를 대동하고 있었다. 판 사장이 말했다. 지금은 미스 위가 저의 주인입니다. 제가 위 이사장이라고 부르지요. 미스 위가 말했다. 별로 듣기 안 좋군요. 북방 사람들은 저를 어동魚凍***이나 부레, 해분회어두蟹粉燴魚肚****라고 생각할 거예요. 모두

** 중국에서 전개되었던 사회계몽 운동의 내용으로 오강은 문명과 예의, 위생, 질서, 도덕을, 사미는 영혼과 언어, 행위, 환경의 아름다움을 말한다.

*** 생선 국물이 엉겨 굳어진 것.

들 웃음을 터뜨렸다. 미스 위가 말했다. 듣자하니 타오타오 씨가 다른 여자랑 눈이 맞아 야반도주했다면서요? 후성은 아무 말도 하지 않았다. 바로 이때, 링훙이 남자를 하나 데리고 들어왔다. 링훙이 말했다. 이분은 제 일본인 친구예요. 저 앞 화원호텔에 묵고 있지요. 일본인 친구가 모두에게 고개를 숙여 인사를 건넸다. 정자간 아주머니가 미나리를 한 다발 들고 들어왔다. 거 선생이 신문을 내려놓으면서 말했다. 미나리는 매끈매끈하면서 연하지요. 아주 좋아요. 링즈가 정자간 아주머니를 힐끗 쳐다보면서 말했다. 맞아요, 정말 매끄럽고 연하지요. 물도 나오고요. 화장품이 필요 없어요. 정자간 아주머니는 고개를 숙인 채 몸을 돌려 주방으로 들어갔다. 마지막으로 릴리와 한 중년 남자가 함께 들어왔다. 기사가 와인과 와인 잔을 한 상자씩 안으로 옮겨주었다. 릴리가 말했다. 이분은 제 사업 친구인 한韓 사장님이에요. 투자회사를 운영하고 있지요. 이리하여 열 사람이 테이블에 둘러앉자 룸이 꽉 찼다. 찬 음식이 상에 오르자 다들 술잔을 들고 젓가락을 움직이기 시작했다. 판 사장이 새로운 회사의 계획을 소개했다. 릴리와 한 사장은 자세히 경청하면서 시간 내서 쑤저우에 한번 가겠다고 했다. 링즈가 링훙을 힐끗 쳐다보고 나서 말했다. 중국인들끼리 식사하는 자리에 왜 동양 사람을 데리고 오는 거예요. 나이를 스물여덟이나 먹어가지고. 링훙이 말했다. 왜 안 된다는 거예요? 곧은 자세로 앉아 있는 일본인 친구에게 링훙이 가볍게 몸을 기댔다. 링즈가 말했다. 중국

**** 게살가루와 생선살, 두부 등을 주재료로 몇 가지 채소와 전분을 넣고 끓인 음식.

어를 한 마디도 알아듣지 못하네요. 링훙이 말했다. 상하이 음식을 좀 즐기는 건 괜찮겠죠. 링즈가 말했다. 이번에는 일 년인가요 이 년인가요? 정자간 아주머니가 말했다. 어머, 눈 깜짝할 사이에 링훙 씨에게 남자가 생겼네요. 아바오가 말했다. 장아이링張愛玲*이 말했지요. 여자는 일찌감치 기댈 수 있는 남자를 구해야 한다고 말이에요. 링훙이 웃으면서 말했다. 저는 아바오 사장님의 입담이 참 맘에 들어요. 정자간 아주머니가 말했다. 거 선생님에게 조카가 한 분 있어요. 조건이 나쁘지 않지요. 방금 해외에서 돌아왔어요. 링훙이 말했다. 무슨 일을 하시나요? 거 선생이 말했다. 회계사예요. 500대 대기업을 위해 일하지요. 링훙이 말했다. 군침이 도네요. 관심 있어요. 지금 당장 전화 좀 해주세요. 정자간 아주머니가 걱정스럽다는 듯한 표정으로 말했다. 일본인 친구가 바로 옆에 있잖아요. 링즈가 말했다. 이번에는 무성無性 보양이니까 걱정할 것 없어요. 미스 위가 물었다. 그게 무슨 뜻이에요? 릴리가 환하게 방긋 웃었다. 링훙이 말했다. 그러니까 지금 당장 남자가 저를 껴안고 얼굴에 입을 맞춘다 해도 일본인 친구는 아무렇지 않을 거라는 뜻이지요. 후성이 말했다. 그럴 리 없어요. 링훙이 말했다. 그럼 시험해봐야겠네요. 일본인들은 절대로 질투를 하지 않아요. 일제히 일본인 친구를 쳐다보았다. 릴리가 웃으면서 말했다. 한번 시험해봐요. 링훙이 몸을 일으켰다. 미스 위가 말했다. 모두 좀 교양 있게

* 중국 현대문학을 대표하는 작가. 작품에서 상하이 사람들의 생활과 심리, 상하이 시내 풍경 묘사를 많이 담고 있다.

행동합시다. 특히 새 친구인 한 사장님이 앞에 계시잖아요. 한 사장이 말했다. 저는 괜찮습니다, 다 이해해요. 링훙이 말했다. 한 사장님은 아주 똑똑하고 눈치가 빠르신 분이에요. 판 사장이 말했다. 좋아요, 아주 좋습니다. 식탁에는 단 음식도 있고 신 음식도 있어야 하지요. 육류도 있고 채소도 있어야 하고요. 링훙이 말했다. 껴안는다는 말을 들으니 저도 누군가를 껴안고 싶어지네요. 이런 말 하니까 제가 좀 저질로 여겨질지도 모르지만 일반적으로 결혼이라 함은 껴안는 것 아닌가요? 아바오가 말했다. 좋은 말이에요. 미스 위가 말했다. 하지만 법률상으로는 다르지요. 링훙이 웃으면서 말했다. 맞아요. 저는 법률과 교양을 가장 중시하는 편이에요. 그래서 남녀관계를 갖지 않지요. 저는 성별도 없고 욕망도 없어요. 하지만 몸을 좀 기대는 건 언제든지 괜찮겠지요? 이렇게 말하면서 링훙이 일본인 친구에게 가볍게 몸을 기댔다. 링즈가 웃으면서 말했다. 저 꼴 좀 보라고요. 스물여덟이나 먹은 여자가 전혀 진중한 구석이 없잖아요.

다들 음식과 술을 어지간히 먹고 마신 터였다. 릴리가 말했다. 링훙 언니는 입을 열었다 하면 특별한 얘기만 하네요. 링훙이 말했다. 나는 남들이 안 하는 짓을 하고 남들이 안 하는 얘기를 하지요. 일반적인 일은 천년만년 얘기해봤자 다 재미없는 스토리잖아요. 그런 얘기를 아무리 많이 한들 무슨 의미가 있겠어요. 거 선생이 차갑게 웃으면서 말했다. 상하이에는 어느 정도 놀랍고 위험한 얘기들이 필요해요. 정자간 아주머니가 말했다. 얘기는 좀 적게 하고 음식을 더 즐기는 게 어떨까요? 거 선생이 말했다. 내가 얘기 좀 해도 될까요? 링즈가 말했다. 그럼요, 해보세요. 거 선생이 말했다. 예전에 어느 외국 노선생이 세상을 떠나자 옆에 있던 노부인은 이불을 머리까지 뒤집어쓰고 같은 침대 위에서 같은 베개를 베고 잠을 잤어요. 그렇게 죽은 사람과 산 사람이 함께 여러 해를 보냈지요. 그런데 며칠 전에 이 도시에도 그런 일이 일어났어요. 어느 노부인이 세상을 떠나자 옆을 지키던 노선생은 아무 말도 하지 않고 화장장에 알리지도 않았어요. 매일 밤 산 사람과 죽은 사람이 함께 침대에 누워 반년을 보냈지요. 그러다가 이웃에게 발각되고 말았어요. 이상한 냄새가 나는 바람에 진상이 드러났던 것이지요. 이건 텔레비전 뉴스에 나온 이야기예요. 저녁 여섯시에 방영되었지요. 이 노선생은 카메라에 대고 노부인이 떠난 뒤로 마음이 공허하고 매일 악몽을 꾸었지만 노부인의 몸을 만지기만 하면 마음이 안정되었다고 말했다더군요. 미스 위가 말했다. 가장 전형적인 정신병이에요. 릴리가 말했다. 전 무서워요. 거 선생이 말했다. 나는 마음이 아프더군요. 정자간 아주머니가 말했다. 식사하는 자리에서 마음 상하는 얘기는 하지 말자고요. 거 선생이 말했다. 요즘은 남녀 사이에 이 정도 깊이의 정분을 찾아보기 어려운 것 같아요. 정말 드문 일이지요. 정자간 아주머니가 말했다. 어머나! 우리 옆집에도 노부부가 살고 있는데 한 분이 돌아가시고 한 분만 남게 된다면 정말 무서울 것 같아요. 링훙이 차갑게 웃었다. 링즈가 말했다. 맞아요. 어떤 여자들은 겉으로는 늙은 영감에게 아무런 관심도 없는 것 같아 보이기도 하지만 사실은 깊은 정이 남아 있어요. 정자간 아주머니는 말이 없었다. 아바오가 말했다. 저희 아버지는 사람이 늙으면 고생할 준비를 해야 한다고 말씀하시더군요. 온갖 고생을 할 각오가 되어 있어야 한대요. 링홍이 말했다. 꼭 그런 건 아니에요. 저는 예전에 화원호텔에 갔다가 여든이 넘은 노선생을 만난 적이 있어요. 원래부터 복을 누려오신 분이라 그런지 머리는 완전히 백발이었지만 몸은 여전히 꼿꼿했지요. 노선생이 저를 보고는 천천히 다가왔어요. 등뒤에는 일본인 수행원이 베개를 하나 들고 따라왔지요. 노선생이 말했어요. 아가씨는 일본어를 할 줄 아시겠군요. 제가 고개를 끄덕였지요. 노선생이 또 묻더군요. 앉아서 얘기를 좀 나눌 수 있을까요? 저는 또 고개를 끄덕였어요. 노선생이 로비 소파에 앉자 일본인 수행원이 재빨리 다가와 등에 베개를 받쳐주었어요. 노선생이 말했지요. 나는 이제 늙어서 복을 누릴 생각만 하고 있어요. 저는 또 고개를 끄덕였지요. 노선생이 또 말했어요. 지금 아가씨와 함께 저 앞에 있는 정원을 좀 걷고 싶은데 그래주실 수 있겠어요? 저는 그러겠다고 대답했어요. 그러고는 둘이 함께 일어섰지요. 노선생이 팔을 구부렸을 때 제가 얼른 손을 뻗어 부축해드렸어요. 노선생이 제 외할아버지가 될 수도 있겠다는 생각이 들었어요. 아주 위엄이 있으셨지요. 일본인 수행원은 베개를 들어 가방처럼 옆구리에 끼고는 옆에 서 있었어요. 함께 로비를 나선 노선생과 저는 앞에 있는 정원으로 가서 산책을 했어요. 둘이서 구불구불한 오솔길을 말없이 걸었지요. 새들의 울음소리와 나뭇잎 스치는 소리를 들으면서 두세 바퀴 돌았어요. 사십오 분 정도 걸었더니 하이힐을 신은 발이 더 버틸 수 없을 것 같아 로비로 돌아왔지요. 노선생이 말했어요. 날씨도 좋고 미스 링도 좋았어요. 큰 복을 누린 것 같네요. 제가 빙긋이 웃었지요. 노선생은 가볍게 고개를 숙여 인사를 하더니 한 가지 부탁이 있다고 말했어요. 저도 가볍게 고개를 숙이면서 기탄없이 말씀해보시라고 했지요. 노선생이 말했어요. 미스 링이 괜찮으시다면 내일 오후 두시에 또 함께 산책을 했으면 합니다. 저는 고개를 끄덕였어요. 노선생이 말했어요. 미스 링은 전화가 있으시지요? 저는 숫자에 아주 능해요. 번호를 말해주면 곧장 암기하지요. 저는 전화번호를 알려주고 곧장 자리를 떴어요. 다음날 점심을 먹고 있는데 노선생에게서 전화가 와서 두시에 함께 산책을 하기로 약속했어요. 나흘째였지요. 링즈가 끼어들어 물었다. 다 합쳐서 며칠이라고요? 링훙이 말했다. 나흘째 되던 날 오후 두시에 산책을 했고 그전과 마찬가지로 두시 사십오분에 마쳤어요. 네 번이나 산책을 함께 한 거죠. 노선생이 말했어요. 나는 곧 일본으로 돌아갑니다. 혹시 요구사항이 있다면 다 말해주세요. 저는 아무 말도 하지 않았어요. 당시 저는 정신이 좀 나가 있었거든요. 제가 결국 뭐라고 말했을지 후 선생님이 한번 맞혀보세요. 후성이 말했다. 그야 간단하지요. 소원을 말해보라고 했으니 일본에 가고 싶다고 하지 않았을까요? 링훙은 대답하지 않고 눈길을 다른 사람에게로 돌렸다. 아바오가 말했다. 중일 양국의 우호가 영원하기를 기원합니다. 다음에 또 봬요, 라고 하지 않았을까요? 링훙이 이번에는 한 사장을 쳐다보았다. 릴리가 말했다. 밤에 배를 타러 가는 건 어떠세요? 황푸강 유람을 하는 거예요 라고 했겠네요. 한 사장이 잠시 생각에 잠겼다 말했다. 가게를 하나 열고 싶어요. 유명 브랜드의 대리점을 열고 싶은데 가능할까요? 다들 까르르 웃음을 터뜨렸다. 이때 링즈는 사람들의 대화를 계속 일본인 친구에게 통역해주고 있었다. 모두 일제히 일본인 친구를 쳐다보았다. 링즈가 말했다. 일본 친구가 방금 시를 한 수 들려줬어요. 오늘 아침 화려하게 핀 벚꽃, 내일 아침은, 또 그다음날은 어떻게 될까 라는 내용이에요. 모두 말이 없었다. 거 선생이 말했다. 내가 말해볼게요. 아주 간단하지요. 저는 낮이나 밤이나 어르신의 시중을 들 준비가 되어 있습니다 라고 했을 것 같아요. 이번에는 모든 눈길이 정자간 아주머니에게 모아졌다. 정자간 아주머니가 미간을 찌푸리며 말했다. 전 얘기 안 할래요, 판 사장님이 하세요. 판 사장이 말했다. 정원에 네 번이나 가서 산책을 했으니 겸양할 것 없이 시간에 따라 일정한 비용을 청구하는 거예요. 그런 다음 쑤저우 창랑정으로 가서 마지막 산책을 즐기자고 제안하는 거지요. 아바오와 후성이 세 번이나 큰 소리로 웃어댔다. 미스 위가 말했다. 그건 너무 황당해요. 가족도 아니고 친척도 아닌데 노인네와 함께 정원을 산책하다니 시간이 너무 많나보네요. 링즈가 말했다. 그러게요! 링훙은 아무 말도 하지 않았다. 얼굴이 빨개지더니 눈가에 눈물이 맺힌 것 같았다. 그러더니 또 웃으면서 말했다. 다들 다양하게 틀린 답만 말하고 있네요. 당시 제 대답은 아주 간단했어요. 화원호텔이 건설되는 과정을 직접 눈으로 보아왔어요. 그래서 그 높고 아름다운 모습을 가장 좋아하지요. 그런데 맨 꼭대기 층은 어떤 모습인지 정말 궁금해요. 노선생은 빙긋이 웃더니 저를 데리고 엘리베이터로 가서는 34층의 디럭스 룸을 보여주었어요. 일본인 수행원이 문을 열고는 우리가 안으로 들어가자 다시 가볍게 닫았어요. 방안에는 우리 둘밖에 없었지요. 저는 너무 흥분되어 죽을 것 같았어요. 제가 그 꼭대기 층 방에 와 있다니 실감이 나지 않았지요. 눈앞이 전부 상하이였어요. 사면이 전부 상하이였지요. 제가 정말로 그 자리에 와 있다는 것이 꿈만 같았어요. 링훙은 여기까지 말하고 나서 입을 다물었다. 정자간 아주머니가 물었다. 그다음에는 어떻게 되었어요? 링훙이 말했다. 그러고 나서 저는 그 방을 나왔어요. 노선생은 석 달 뒤에 다시 상하이로 돌아오면 전화하겠다고 말하더군요. 저는 좋다고 했지요. 그후로 줄곧 전화를 기다렸어요. 하지만 제가 상하이와 도쿄 사이를 여러 번 왔다갔다하고 일본인 승려와 결혼했다가 다시 이혼하고 상하이로 돌아올 때까지 노선생한테서는 전화가 한 통도 걸려오지 않았어요. 거 선생이 말했다. 노선생이 세상을 떠나신 게 틀림없겠네요. 링훙이 말했다. 아마 그럴 거예요. 그렇지 않다면 제게 꼭 전화를 했을 거예요. 모두 아무 말도 하지 않았다. 링훙이 말했다. 하지만 저는 아직도 기다리고 있어요. 기다림에 익숙해져 있지요. 한평생 죽도록 한 통의 전화를 기다리면서 사는 여자가 바로 저예요. 미스 위가 말했다. 저는 좀 의심이 드네요. 두 사람이 방에 들어간 것이 그저 풍경을 감상하기 위해서였다는 것이 논리에 부합하지 않잖아요. 릴리가 말했다. 저는 그 말을 믿어요. 정자간 아주머니가 말했다. 만일 노선생이 링훙 씨에게 선심을 썼다면 손이 아주 컸을 거예요. 링훙이 냉소하며 말했다. 그래요, 맞아요. 대부분의 사람들은 그렇게 생각하겠지요. 제가 무슨 창녀라도 된 것처럼 말이에요.

진셴로로 커다란 트럭 한 대가 지축을 흔들면서 들어왔다. 다들 아무 말도 하지 않았다. 후성이 말했다. 한 가지 묻지 않을 수 없네요. 그게 한바탕 꿈이었나요, 아니면 한 편의 영화였나요? 한 사장이 말했다. 처음부터 끝까지 커다란 정원에 노인과 젊은이 두 사람이 왔다갔다했다는 건 너무 단조롭잖아요. 아바오가 말했다. 두 명의 미녀가 어느 노인과 춤을 추기로 약속하는 이야기를 다룬 영화가 한 편 있어요. 한 무리의 젊은이들이 방에 들어가 노선생의 예복을 빼앗았지요. 노선생이 간신히 방에 들어가보니 남아 있는 것이라고는 빈 옷장과 벽 한구석에 놓인 종이 쇼핑백이 전부였어요. 쇼핑백 안에는 우편배달부 제복이 들어 있었어요. 노선생은 주름이 가득한 우편배달부 제복을 입고 무도장의 홀에 오르지요. 수많은 남녀 무객들이 노선생을 본 순간, 갑자기 불이 켜지면서 음악이 전부 멈춰버렸어요. 링훙이 물었다. 그다음에는 어떻게 되었나요? 아바오가 말했다. 기억이 잘 안 나네요. 링훙이 말했다. 그 얘기야말로 정말 꿈같네요. 아바오 사장님에게 문제가 있는 것 같아요. 링즈가 말했다. 제가 들은 바로는 아바오 사장님 마음속에는 어린 아가씨 하나밖에 없다고 하던데요. 아바오는 대꾸하지 않았다. 거선생이 말했다. 노선생 얘기가 나와서 하는 말인데, 몇 년 전에 내가 일본인 친구와 함께 사이판섬에 놀러가서 여자를 하나 부른 적이 있어요. 현지에는 중국 여자들이 적지 않더군요. 말이 아가씨지 대부분 마흔이 넘은 여자들이었어요. 불빛이 어두워서 아가씨가 가까이 다가와서야 마흔이 넘은 여자라는 걸 알게 되었지요. 울상을 하고 있기에 기분이 별로 좋지 않았지요. 내가 일본어로 물었어요. 아가씨, 무슨 고민이라도 있나요? 여자가 일본어로 말하더군요. 부모님이 중병에 걸렸는데 치료비가 모자라 이렇게 괴로워하고 있는 거예요. 나는 아무 말도 하지 않았지요. 여자가 말을 이었어요. 선생님은 제가 괴로운 게 좋으신 거로군요. 제가 우는 게 좋으신 거죠? 내가 물었어요. 여긴 어떤 서비스 항목들이 있나요? 여자가 말했지요. 바로 옆에 방이 있고 그 안에서 어떤 서비스든지 다 가능해요. 이곳을 찾는 손님들은 비교적 특별해서 아가씨에게 따귀를 때려달라는 사람도 있고 머리칼을 잡아당겨달라는 사람도 있고 발뒤꿈치를 빨아달라는 사람도 있어요. 손님을 만족시킬 수만 있다면 뭐든지 다 할 수 있지요. 내가 입을 다물자 옆에 있던 일본인 노선생이 빙긋이 웃더군요. 여자가 또 말했어요. 어떤 나이드신 손님은 죽은 척하면서 아가씨에게 옆에서 십 분 정도만 울어달라고 했어요. 그걸로 만족한다면서 말이에요. 여자가 여기까지 말했을 때 내가 한마디했지요. 천박한 년! 그랬더니 여자가 흠칫 놀라더군요. 내가 도대체 어떤 자극을 받고 어떤 악몽을 꾼 건지, 그리고 중국의 부모님의 병이 정신병 아닌지 물었어요. 여자가 우는 얼굴로 말했지요. 선생님, 선생님, 정말 죄송해요. 제가 잠시 정신이 나갔었나봐요. 일본 친구가 말했어요. 솔직히 말해봐요, 도대체 왜 그런 거예요? 여자는 아무 말도 하지 못하더군요. 내가 여자의 얼굴을 세게 꼬집으며 말했어요. 말해보라니까. 여자가 아악 비명을 지르면서 우는 얼굴로 말하더군요. 마음이 괴로워서 그랬어요. 저의 부모에게 큰 병이 있는 것은 분명한 사실이에요. 존경하는 선생님, 제 빰을 몇 대 때려주세요. 엉덩이나 허벅지를 때리셔도 좋아요. 맞고 나면 마음이 편해질 것 같아요. 나는 아무 말도 하지 않고 여자의 얼굴을 꼬집은 손을 놓지 않았어요. 여자가 말했지요. 제가 정신이 없다보니 헛소리를 지껄인 것 같아요. 용서해주세요. 정말 실례했습니다. 내가 큰 소리로 마담을 부르자 뚱뚱한 여자 하나가 황급히 뛰어들어오더군요. 나는 여자의 볼을 잡고 있던 손을 풀었어요. 이곳에서는 이처럼 열악한 태도로 손님들을 대하면서도 책임감은 있었나봅니다. 마담은 울상을 지으면서 모기만한 목소리로 말했어요. 전심전력으로 손님들에게 서비스하여 모든 손님이 만족감을 느끼게 하는 것이 저희 가게의 최대 임무입니다. 내가 말했어요. 손님이 즐거워야 한다면서 왜 부모의 일을 일터로 가져와 이렇게 우거지상을 하고 있는 거요? 이래도 되는 거예요? 당시 나는 마담의 얼굴도 비틀어주고 싶었지만 뜻밖에도 마담이 이미 눈치채고는 가까이 다가오더니 자발적으로 얼굴을 내밀더군요. 대충 살펴보니 얼굴 살이 두껍고 분이 너무 진하게 칠해져 있는 것 같아 손을 대지 않았어요. 마담은 곧장 무릎을 꿇더니 머리를 바닥에 부딪치면서 사과하더군요. 내가 말했어요. 나이가 많은 사람들이 가장 두려워하는 것이 바로 젊은 사람들이 누가 죽기라도 한 것처럼 울상을 하고 있는 거란 말이야. 당장이라도 누가 죽어서 추도회라도 열고 화장장에 가야 하는 것 같잖아. 마담은 바닥에 엎드린 채 엉덩이를 들어올리며 연신 사과했어요. 내가 말했지요. 이 더러운 여자는 당장 상하이로 쫓아버려요. 다시는 이렇게 천박한 여자와 마주치고 싶지 않으니까. 마담은 알았다면서 누누이 약속하고는 엉덩이를 더 높이 치켜올리며 바닥에 머리를 찧고는 다시 일어서서 고개 숙여 인사했어요. 입술이 씰룩거리더군요. 옆에 있던 여자는 고개를 숙이고 잰걸음으로 황급히 마담을 따라나갔지요. 두 여자가 절반쯤 갔을 때 일본인 친구가 그들을 다시 불러 세웠어요. 잠깐! 두 여자는 그 자리에 멈춰 서서 움직이지 않더군요. 친구가 수표를 꺼내면서 말했어요. 이리 와봐! 여자는 울상을 하고서 몸을 돌려 돌아왔어요. 친구가 말했지요. 천박한 년, 부모 병을 치료하는 데 얼마나 필요한 거야? 여자가 고개를 숙인 채 아무 말도 하지 않았어요. 내가 말했지요. 빨리 말해보라고! 여자는 울상으로 여전히 말을 하지 않았어요. 그러고는 다시 엉덩이를 높이 들고 머리를 땅에 찧으면서 사과했지요. 친구가 한숨을 내쉬면서 안경을 쓰더니 전등 쪽으로 가까이 다가가 액면가 60만 엔짜리 수표를 끊어 바닥에 던지면서 말했어요. 이거 가지고 빨리 꺼져! 여자는 손가락 두 개를 뻗어 수표를 집어들고는 마담과 함께 허리를 구부려 절을 하고 엉덩이를 뒤로 빼면서 천천히 물러갔어요.

모두 말이 없었다. 거 선생이 말했다. 고대에는 이렇게 즐겁지 못한 상황을 몇 가지로 귀납하기도 했지요. 대충 열 가지가 되는데, 등불이 어두운 것, 시끄러운 것, 주객이 전도되는 것, 집안일과 나랏일을 거론하는 것, 중간에 인사말도 없이 도망치는 것, 음악이 형편없는 것, 지나칠 정도로 간드러지게 노래하는 것, 여자의 얼굴이 못생긴 것, 제멋대로 노는 것 등이지요. 한 사장이 말했다. 그게 다 뭔가요? 거 선생이 말했다. 쉽게 말해서 술자리에 함께하는 여자가 마땅히 즐거워야 할 자리에서 분위기를 깨거나 규정을 지키지 않는 것, 전체적인 조화를 맞추지 못하는 것, 나태한 것, 오만방자한 것 등을 말하는 겁니다. 판 사장이 말했다. 그 일본 친구분의 수표는 화장실의 화장지나 마찬가지였네요. 마음 내키는 대로 마구 찢어주니 말이에요. 링즈가 말했다. 그 여자는 정말 떼돈을 벌었네요. 후성이 말했다. 연극 밖에 또 연극이 있을지도 몰라요. 돈을 뜯어내는 기술이 최고의 경지에 오른 것인지도 모르지요. 아바오가 말했다. 거 선생님은 잘 즐기셨겠네요. 링훙이 말했다. 아바오 사장의 눈은 정말 날카로운 것 같아요. 정자간 아주머니가 말했다. 술집은 장의사나 마찬가지네요. 링즈가 정자간 아주머니를 힐끗 노려보고 나서 말했다. 노인들은 말이에요, 마흔이 넘은 나이 지긋한 여자들을 가장 좋아한다니까요. 일본에서는 이웃집 여자를 친근하게 형수라고 부른대요. 정자간 아주머니는 아무 말도 하지 않았다. 링즈가 말했다. 그 나이의 중국 여자들은 얼굴이 타이어처럼 아주 두꺼워지지요. 일본인에게 얼굴을 만지라고 해놓고 손님의 전화를 빌려 국제전화를 건다니까요. 정자간 아주머니가 말했다. 그런 중국 여자는 대나무 상앗대를 휘둘러 배에 탄 사람들을 전부 물에 빠트리고 말 거예요. 링즈가 말했다. 그런 여자들은 일본인들이 중국어를 알아듣지 못할 거라고 생각하고는 소파에 몸을 깊이 파묻고 전혀 움직이지 않아요. 방귀를 뀔 때나 몸을 약간 비틀 뿐이지요. 그러면서 전화로 계속 얘기를 해요. 여보, 중국은 날씨가 아주 좋지? 샤오밍小明은 말 잘 들어? 먹고 싶은 것 있으면 다 말해봐. 내가 다 사다줄게. 들려요? 설에는 집에 돌아갈 수 있을 거야. 내가 얼마나 힘들게 돈 버는지 알지? 내가 돌아가면 철저히 검사할 테니까 그런 줄 알아. 샤오밍이 말을 안 듣는다거나 방에서 여자의 긴 머리카락이 발견된다거나 하면 인정사정 봐주지 않을 거라고. 대답을 안 하네, 안 들려? 미스 위가 말했다. 확실히 설이 다가오면 '전일본공수' 비행기에서 내리는 중국 여자들이 화려한 옷차림에 크고 작은 짐보따리를 들고 요란하게 떠들더라고요. 그러면서 다도의 도자기를 언급하거나 생활의 정취 운운하지요. 그렇고 그런 사람들이 남들이 아무것도 모를 거라고 생각하는 거예요. 한 사장이 말했다. 일부 여자들만 그럴 거예요. 전부 그렇다고 싸잡아 얘기하는 건 좀 아닌 것 같아요. 정자간 아주머니가 목소리를 높이면서 말했다. 상하이 여자들 중에도 똑똑하고 품위 있는 여자들이 얼마든지 있다고요. 링즈는 아무 말도 하지 않았다. 거 선생이 술잔을 단정하게 받쳐들고 말했다. 아주머니, 그렇게 화낼 것 없어요. 과거의 중화中華공사의 무비 스타 저우원주周文珠는 '미지근한 물'이라는 별명을 갖고 있었어요. 영원히 화를 내는 일이 없었기 때문이지요. 덕분에 그녀를 좋아하는 사람이 얼마나 많았는지 몰라요. 여자들은 이런 사람을 본받는 것이 바로 정도를 걷는 거예요. 오늘날의 화법으로 말하자면 겸손하고 신중하게 마음으로 세계를 품고 사람들에게도 봄바람 같은 따스함을 품는 거예요. 정자간 아주머니처럼 말이에요. 정자간 아주머니가 술잔을 받쳐들고 가볍게 한 모금 마셨다. 거 선생이 말했다. 링즈 씨한테도 내가 한 잔 올릴게요. 음식점 운영하느라 수고가 많아요. 건강 잘 챙기세요. 링즈는 아무 말도 하지 않았다. 거 선생이 말했다. 항상 즐겁게 지내야 해요. 정자간 아주머니가 차갑게 웃으며 말했다. 흥, 즐겁지 않은 사람은 바로 저예요. 링즈는 천금을 줘도 아깝지 않은 소중한 사람이고 저는 하녀다 이런 말이잖아요. 끝까지 날 욕보이시네. 링즈가 말했다. 아줌마, 말 좀 깨끗하게 합시다. 정자간 아주머니가 냉소하며 말했다. 나는 예둥징 개업에서 거 선생님이 좌장이고 자금도 전부 거 선생님이 댔다는 사실을 최근에야 알았어요. 이처럼 여우 같은 일이 상하이에도 있었네요. 거 선생이 말했다. 말을 좀 줄입시다. 링즈가 말했다. 식사 자리에 함께 앉으면 모두 다 친구예요. 서로 기분좋은 말만 하자고요. 후성이 말했다. 말은 그만하고 술이나 마십시다. 링훙이 말했다. 말을 하지 말라고요? 정자간 아주머니가 말했다. 또 일본 창녀가 얘기에 끼어드네요. 링훙이 말했다. 이봐요 할망구, 주둥이가 타호인가보군요. 나한테 따귀 맞고 싶지 않으면 말 좀 조심하라고. 정자간 아주머니가 자리에서 벌떡 일어서며 말했다. 내가 뭘 두려워하겠어! 도쿄에서 온 창녀 둘이랑 상하이 건달 둘, 전부 덤비라고. 양갓집 출신인 내가 두려워할 줄 알아? 링훙이 자리에서 일어서려고 하자 일본인 친구가 어깨를 눌러 다시 앉혔다. 정자간 아주머니가 말했다. 나랑 거 선생님이 죽마고우라고 할 수는 없겠지만 어려서부터 줄곧 이웃으로 지내왔다고요. 링즈가 말했다. 좋아요, 맨손으로 덤비겠다면 거 선생님한테 물어봐요. 당시에 왜 돈을 내서 내게 음식점을 열게 했는지 말이에요. 거 선생님이 자발적으로 날 찾아와 돈을 건네면서 마음대로 쓰라고 한 이유가 뭔지 물어보라고요. 링훙이 말했다. 늙은 화냥년 주제에 질투를 하다니, 어림도 없지. 정자간 아주머니가 말했다. 음식점을 오늘까지 운영하면서 어떤 수입이 있었는지, 비용을 전부 어디에 썼는지 모두 짐작하실 거예요. 링즈가 말했다. 그렇게 구질구질한 얘기를 꺼내려면 신분도 있어야 하고 명분이 있어야 할 거예요. 거 선생님은 혼자 일을 다 꾸미시고 모든 걸 독점하려 하셨으니 자격이 있겠네요. 링훙이 말했다. 거 선생님은 서양 가옥을 한 채 갖고 계세요. 부러워서 눈이 간지러울 정도라니까요. 정말 간지러워서 온몸이 꼬일 정도인데 제가 어떻게 하겠어요? 거 선생이 말했다. 그만 얘기해요, 입들 좀 다물라고요. 정자간 아주머니가 말했다. 저는 앉으나 서나 항상 바르게 처신해왔어요. 링즈는 받아치고 싶었지만 거 선생이 테이블을 탁 내려치며 말했다. 그만! 다들 깜짝 놀랐다. 거 선생이 말했다. 테이블 가득 앉아 있는 친구들 앞에서, 특히 한 사장도 있고 외국 손님인 일본 친구도 있는 자리 아니오. 국가도 체면이 있고 나도 체면이 있어요. 부끄러운 얘기까지 계속 다 까발리는 것은 스스로 자기 뺨을 후려치는 행위란 말이에요. 여기까지만 하도록 합시다. 한 사장이 말했다. 괜찮습니다, 별로 중요한 일도 아니잖아요. 우리가 말을 좀 줄이면 되겠지요. 판 사장이 술잔을 받쳐들고 상냥한 어투로 말했다. 거 선생님, 여러분, 제가 링즈와 링훙, 정자간 아주머니를 대신해서 한 잔 마시겠습니다. 후성이 말했다. 그럼 저는 거 선생님을 대신해서 한 모금 마셔도 될까요? 릴리가 말했다. 한 모금은 너무 적어요. 후성이 말했다. 지금은 제가 거 선생님이 되는 거잖아요. 거 선생님은 주량이 얼마 안 된단 말이에요. 아바오가 말했다. 한 잔 다 마셔. 릴리가 말했다. 제가 정자간 아주머니를 대신해도 될까요? 거 선생이 빙긋이 웃었다. 정자간 아주머니는 말이 없었다. 거 선생이 말했다. 아주머니, 좀 웃어요. 정자간 아주머니는 여전히 말이 없었다. 거 선생이 다시 말했다. 좀 웃으라고요. 정자간 아주머니는 그래도 입을 열지 않았다. 거 선생이 말했다. 아주머니가 한번 웃었다 하면 얼마나 달콤하고 예쁜지 몰라요. 가장 운치 있고 매력적인 웃음이란 말이오. 정자간 아주머니는 여전히 아무 말도 하지 않았다. 거 선생이 말했다. 오늘 이 미나리는 정말 야들야들하네요. 한 근에 얼마나 줬어요? 정자간 아주머니가 말했다. 3위안 5마오요. 거 선생이 말했다. 에구, 바가지 썼네, 바가지 썼어! 다구로大沽路에 가면 3위안 4마오밖에 안 하는데 말이에요. 정자간 아주머니가 마침내 씨익 웃으면서 말을 받았다. 그렇게 확실하지 않은 얘기 함부로 하지 마세요. 제가 가봤지만 다구로에는 미나리는 없고 셀러리만 있더라고요. 모두들 기분이 조금씩 풀렸다. 링즈가 화제를 다른 데로 돌리며 환한 얼굴로 말했다. 릴리 씨의 다이아몬드 사업은 규모가 아주 크겠네요. 한 사장이 말했다. 바닥이 안 보일 정도로 아주 깊이 들어가 있어요. 링즈가 말했다. 얼핏 겉모습만 보면 릴리 씨는 항상 배시시 웃으면서 말을 거의 안 하는 것 같지만 사실은 몸 전체가 중심을 잘 잡고 속을 잘 드러내지 않아요. 다이아몬드의 찬란한 모습은 전혀 찾아볼 수 없지요. 한 사장이 말했다. 심신의 수행이 깊고 재무상태가 좋은 덕분이지요. 저는 릴리 씨가 마련한 연회에 참석한 적이 있는데 아주 작은 접시에서 14인치 대형 접시까지 전부 웨지우드 본차이나더라고요. 릴리가 그건 별것 아니라는 듯이 말했다. 그냥 사람들을 놀라게 하려고 준비한 것뿐이에요. 이 세상은 허세로 돌아가잖아요. 전부 겉모습에 의지한다고요. 다들 아시겠지요? 제가 가장 좋아하는 것은 이곳의 진실이에요. 한 사장이 말했다. 제가 예를 하나 들어보겠습니다. 릴리가 말했다. 그런 얘긴 그만하세요. 한 사장이 말했다. 마카오 카지노에서 일하는 제 친구가 한번은 내지로 도박 빚을 받으러 간 적이 있어요. 릴리가 어쩔 수 없다는 듯이 말했다. 한 사장님! 한 사장이 웃으면서 말했다. 결국, 이 사람들한테 문제가 생기고 말았어요. 전부 잡혀들어간 거죠. 제가 나서서 사태를 해결해주었더니 상대방은 정말 감격하면서 제게 6캐럿짜리 다이아몬드 반지를 하나 꺼내 주더라고요. 카지노의 저당 가격에 따르면 30만 위안에 해당하는 물건이었어요. 저는 그걸 받아 이번에 상하이로 가지고 와서 릴리 씨에게 손가락 사이즈를 좀 바꿔달라고 부탁했지요. 릴리 씨가 대충 보더니 사이즈를 바꿀 필요가 없다는 거예요. 릴리가 말을 끊었다. 이런 얘기를 하면 재미는 있겠지만 그래도 하지 마세요. 링훙이 물었다. 그래서 어떻게 됐나요? 한 사장이 말했다. 릴리 씨가 가격을 제시해서 120만 위안을 받았어요. 모두 말이 없었다. 릴리가 말했다. 제게 돈이 있어서 그러는 게 아니라 사업을 좀 아는 것뿐이에요. 다들 아무 말도 하지 않았다. 릴리가 비웃듯이 말했다. 제가 하는 일은 벽돌을 옮기는 것과 마찬가지예요. 작은 현상을 통해 큰 사실을 볼 수는 있지만 큰 현상을 통해 작은 사실을 발견하리라고는 보장할 수 없어요. 가격만 들으면 항상 놀라울 수밖에 없지요. 어제 받은 팩스를 보니까 다이아몬드 반지 하나 가격이 1억 위안인 것도 있고 10억 위안인 것도 있더군요. 반지 케이스 가격만 얼마인지 한번 맞혀보세요. 한 사장이 물었다. 얼마나 하는데요? 릴리가 말했다. 4만 달러예요. 모두 입을 다문 채 말이 없었다. 예둥징 밖에는 겨울비가 추적추적 내리고 있었다. 그

가운데 일부는 이미 우박으로 변한 것 같았다. 링즈가 말했다. 채소탕면을 한 그릇씩 더 할까요? 아니면 채소국밥도 괜찮고요. 몸을 좀 따스하게 하자고요. 링훙이 말했다. 저는 춥지 않아요. 링즈가 말했다. 링훙 씨가 뭐라고 하든지 몇 걸음만 가면 화원호텔이에요. 건물 전체의 난방이 24도로 고정되어 있지요.

이십오장

일

확성기에서 5호실 아주머니의 우렁찬 목소리가 들렸다. 아바오, 지금 빨리 집으로 가보세요. 집에 손님이 오셨대요. 어서 집으로 가보세요, 빨리요. 아바오가 서둘러 집으로 돌아가 문을 열어보니 방안에 꽃무늬 셔츠 차림의 남자와 꽃무늬 블라우스 차림의 여자가 서 있었다. 방안에 낯선 향기가 번지고 있었다. 짙은 남색과 검은색, 회색에 익숙해 있던 눈이 화려한 색상의 옷차림을 보니 상대방의 생김새를 눈여겨볼 겨를이 없었다. 아바오가 눈을 비비면서 말했다. 아니, 이건! 화려한 꽃무늬 셔츠 차림의 남자가 다가와 아바오를 꽉 껴안으며 말했다. 아바오, 형이다. 방금 홍콩에서 돌아왔어. 어제 가오란로로 찾아갔었는데 오늘에야 마침내 동생을 만나게 되는구나. 아바오는 가슴이 뜨거워지는 것을 느꼈다. 형이 팔을 풀고는 몸을 돌리며 여자를 소개했다. 이 사람은 내 아내야. 형수가 말했다. 도련님, 어서 형수라고 불러봐요. 아바오가 고개를 끄덕였다. 형수가 가까이 다가와 아바오의 손을 부여잡았다. 옆에서 이런 모습을 보고 있던 이모의 두 눈이 눈물에 젖었다. 아바오가 말했다. 형, 형수, 우선 좀 앉으세요. 그 순간, 창밖에는 이미 이웃들의 얼굴이 가득 나타나 이리저리 집안을 들여다보고 있었다. 이모가 말했다. 미리 전화를 했으니까 엄마 아빠도 곧 돌아오실 거야. 우선 다들 좀 앉자고. 아, 이게 얼마나 기쁜 일이야! 아주 오래 얼굴을 보지 못했으니 어떻게 알아볼 수 있겠어. 우선 좀 앉아. 내가 가서 수보단水潽蛋* 두 그릇 만들어 올게. 설탕물도 좀 마시고. 아바오가 이모를 한쪽으로 슬쩍 잡아끌며 눈짓을 보냈다. 이모가 말했다. 그것도 좋겠다. 내가 가서 찬거리 좀 사 올게. 얘기는 저녁 먹으면서 실컷 하자고. 세상에서 가장 가까운 게 혈육이야. 우린 정말 벌을 받는 것 같은 세월을 견디고 있었지. 이모가 자리를 떴다. 형은 창밖의 사람들을 바라보면서 아무 말도 하지 않았다. 아바오가 말했다. 신경쓸 것 없어요. 얘기 계속해요. 형이 말했다. 내가 편지를 적지 않게 써 보냈는데 줄곧 답장을 받지 못했어. 아바오는 아직도 우표 수집하지? 아바오가 말했다. 그만둔 지 오래됐어요. 형이 말했다. 외지에서는 대륙 우표가 인기가 많은데 이곳에서는 외지 우표를 구경할 수가 없네. 형수가 가죽가방을 하나 들고

* 계란 반숙에 설탕을 약간 뿌린 음식으로 피로 회복에 좋아 상하이에서는 반가운 손님이 왔을 때 만들어 대접하곤 한다.

왔다. 아바오가 창가로 다가가보니 밖에 2호실 아주머니와 1호실 할머니, 그리고 어린애 둘, 품에 아기를 안고 있는 위층의 산둥 여자 등이 방안을 들여다보다가 뒤로 몇 걸음 물러섰다. 아바오가 큰 소리로 말했다. 구경할 게 뭐가 있다고 이러는 거예요? 아바오가 거친 동작으로 커튼을 쳤다. 형수가 우표첩 세 권과 구리 징이 박힌 청바지, 라운드넥 티셔츠 두 장을 꺼내놓았다. 형이 말했다. 이건 오리지널 미국 청바지야. 대륙에서는 입기 어려운 물건이지. 아바오는 얼른 옷을 입어보았다. 형수가 구식 상하이 사투리와 광둥 사투리를 섞어가며 말했다. 이 셔츠 두 장은, 참, 아바오 도련님도 아내가 있지요? 대륙에서는 '애인'이라고 한다면서요. 그래요? 아바오가 말했다. 여자친구예요. 형수가 말했다. 여자친구가 날씬하든 뚱뚱하든, 어떤 체격이든 다 맞을 거예요. 스판 섬유로 만든 옷이거든요. 지금 한창 유행하는 스타일이지요. 아바오는 아무 말도 하지 않았다. 형이 우표첩을 뒤적이며 말했다. 아바오는 한눈에 나비우표 세트를 알아보았다. 두 장은 코스타리카 파랑날개나비 도안이었다. 갑자기 베이디가 생각났다. 형이 말했다. 대부분이 보통 우표야. 두 권은 소인이 찍힌 우표들이지. 아바오가 말했다. 난 이제 우표 수집 안 해요. 형이 말했다. 외국의 보통 우표는 인쇄 수준이 아주 좋아. 아바오가 우표첩 한 페이지를 펼치며 말했다. 전부 '중화민국 타이완 우표'네요. 깜짝 놀랐어요. 형이 창문 커튼을 힐끗 쳐다보고 나서 말했다. 우선 우표첩이랑 옷을 잘 치워둬. 아버지가 보시면 놀라실지도 모르니까. 아바오는 아무 말도 하지 않았다. 형이 말했다. 들리는 소문에 의하면 나이든 대륙 사람들은 전부 담이 아주 작아졌다고 하더구나. 아바오가 서랍을 열고 스판 티셔츠를 평평하게 내려놓고 우표첩을 오래된 책들 사이에 끼워넣었다. 형이 천천히 창문 커튼을 걷으면서 낮은 목소리로 물었다. 아바오는 홍콩에 가고 싶지 않아? 아바오가 물었다. 뭐라고요? 형수가 말했다. 대륙 사람들이 홍콩으로 이주하는 게 이미 큰 흐름이 되었어요. 형수인 내가 방법을 마련해볼게요. 내 여동생은 이미 수속을 마쳤어요. 사정이 많이 좋아졌거든요. 아바오는 아무 말도 하지 않았다. 형이 말했다. 먼저 친지방문으로 출국을 신청하고 나서 그다음 방법을 생각해보는 거야. 일단 홍콩에 오면 일할 기회는 많으니까. 내 회사에 와서 일을 돕고 저녁에는 학교에 다닐 수도 있지. 광둥어를 배우거나 영어를 배워 무역을 할 수도 있고 말이야. 상하이 사람들은 아주 똑똑하잖아. 아바오는 여전히 말이 없었다. 잠시 후 이모가 찬거리를 사가지고 돌아왔다. 이어서 아바오 아빠가 도착했다. 형과 형수가 얼른 일어섰다. 형이 말했다. 아버지! 형수가 말했다. 아버님! 아바오 아빠는 아무 말도 하지 않고 자리에 앉아 담배를 피우기 시작했다. 형이 말했다. 아버지, 그동안 건강하셨지요? 아바오 아빠는 말이 없었다. 형수가 초콜릿 사탕 한 상자와 555 담배 두 보루, 약병 몇 개를 꺼내놓았다. 홍콩 노포인 싼얼씨三耳氏에서 만든 질타홍담즙跌打紅膽汁과 현각위산蜆殼胃散, 싱가포르의 남양금노호맹호십팔사천리추풍유南洋金老虎猛虎十八蛇千里追風油 등이었다. 이와 별도로 형은 홍콩 상하이 후이펑匯豊은행의 두툼한 봉투를 하나 꺼내놓았다. 아바오 아빠가 물었다. 이게 다 뭐냐? 형이 말했다. 저의 작은 성의예요. 부모님께 조금이라도 효도하고 싶어서요. 연세가 많아질수록 건강에 특별히 유념하셔야 하잖아요. 아바오 아빠가 말했다. 약은 뭐하러 사왔어? 형이 말했다. 외지에 전해지는 얘기에 의하면 대륙 사람들은 육체노동을 많이 한다고 하더라고요. 강바닥을 준설하고 방공호를 파고 벽돌을 만드느라 고생하면서도 먹는 건 부실하다고요. 그래서. 아바오 아빠가 말했다. 전부 가지고 돌아가! 형이 말했다. 네? 이모가 말했다. 형부, 왜 그러시는 거예요? 아바오 아빠가 말했다. 말끝마다 대륙, 대륙하는데, 대륙이 어때서 그래? 중국은 서고동저西高東低의 지형에 땅이 크고 물산이 풍부해 누구나 잘 먹고 잘살고 있단 말이야. 모든 사람들 얼굴에 미소가 넘치지. 너의 생각을 의심하지 않을 수가 없구나. 형이 말했다. 무슨 말씀인지 이해가 안 되네요. 아바오 아빠가 말했다. 내가 지하공작을 한 경력이 있어 항상 경계심을 갖고 있다는 사실을 잊지 마라. 형이 말했다. 그건 저도 알아요. 아바오 아빠가 웃으면서 말했다. 상세한 정보를 얻지 못하면서 어떻게 알았지? 나는 위병도 있고 류머티즘도 있어. 어깨에도 지병이 있지. 아바오가 말했다. 아빠! 아바오 아빠가 말했다. 지금의 형세가 어떤지, 해외 사정은 어떤지는 나도 다 알고 있다. 형이 말했다. 저는 작은 회사를 운영하면서 무역을 하고 있어요. 아프리카 사업을 하고 있지요. 형수가 말했다. 대디의 말씀에 저는 정말 놀랐어요. 홍콩의 백성들은 먹고사는 것도 힘들고 생활을 발전시키는 것도 힘들어요. 그런 정보나 괴상한 일들을 생각할 여유가 없지요. 아바오 아빠가 말했다. 그렇겠지. 형수가 말했다. 저희 세대의 홍콩 사람들은 아주 힘들어요. 일자리를 찾기도 어렵고요. 그래서 현실을 생각하는 수밖에 없어요. 예컨대 남의 집에는 냉장고가 있는데 우리 집에는 왜 없을까 하는 생각에 냉장고를 들여놓기 위해 더 열심히 일해야겠다고 다짐하는 것이지요. 형이 말했다. 맞아요. 형수가 말했다. 어떤 사람은 한 병에 몇만 위안 하는 와인을 마시지만 또 어떤 사람은 판잣집에서 가난하게 살 수밖에 없어요. 어쩌다 복권에 당첨된다 해도 잔돈에 지나지 않지요. 100이나 200홍콩달러 정도의 위로상이 대부분이거든요. 홍콩은 지출 규모가 아주 커요. 평소에도 관음觀音상은 3만 개, 황모皇母상도 3만 개, 여래如來상도 3만 개씩 팔려 나가지요. 먹을 게 있으면 우선은 마음을 놓을 수 있어요. 예전에는 안 해본 일이 없지요. 차로 콜라를 배달하면서 작은 인형이나 구슬 장식, 플라스틱 조화, 손가위 등을 선물로 뿌리기도 했어요. 형이 말했다. 저의 홍콩 의부를 저는 라오더우老竇라고 불러요. 중학교만 나와 공장 일자리를 찾으려면 누군가 가게 주인에게 보증을 서야 했지요. 온갖 업종에서 사람을 구하고 있는 상황이었거든요. 대륙의 용어로 표현하자면 저는 무산계급이지요. 아바오 아빠가 말했다. 어려움이 있기 때문에 정보가 필요한 거지. 형이 물었다. 그게 무슨 뜻이에요? 아바오 아빠가 말했다. 긴말해봤자 아무 의미 없을 것 같구나. 형은 말이 없었다. 아바오 아빠가 말했다. 당시에 업무상의 필요 때문에 내가 너의 의부에게 부탁했던 것은 분명한 사실이야. 홍콩에서 살려면 두 가지 마음, 두 가지 노선이 필요하지. 그것 말고는 거론할 만한 게 없어. 이게 역사야. 지금은 모든 것이 원래 자리로 돌아가고 있지. 길은 다시 길이 되고 다리는 다시 다리가 되는 거야. 좋지? 아바오 형은 아무 말도 하지 않았다. 아바오 아빠가 편지봉투를 탁탁 치면서 물었다. 안에 얼마나 든 거냐? 아바오 형수가 말했다. 5천 홍콩달러요. 아바오 아빠가 형수의 가죽가방을 잡아당기더니 편지봉투와 담배, 약품 등을 전부 도로 넣었다. 바로 그때 손에 그릇을 하나 받쳐들고 있던 이모가 화를 내며 탁자 위에 그릇을 던지듯이 내려놓았다. 그릇이 탁자에서 미끄러져 바닥으로 떨어지면서 산산조각나고 말았다. 모두가 깜짝 놀랐다. 이모가 말했다. 형부, 정신병이 도지기라도 한 거예요? 언니는 아직 집에 돌아오지 않아 혈육을 만나지도 못했는데 형부는 정말 철석같은 심장을 과시하고 있네요. 머리가 자동차 타이어에 눌리기라도 한 거예요? 아바오 아빠는 아무 말도 하지 않았다. 이모가 말했다. 조카는 잠깐 자리를 비켜줘. 아바오 아빠는 천천히 가방 지퍼를 당겼다. 이모가 말했다. 그냥 가면 안 돼. 나는 아무래도 좋아. 내가 나가 죽으면 되겠네. 아바오 아빠가 핸드백을 들어 아바오 형수에게 건네며 말했다. 미안하다. 아무래도 그냥 돌아가는 게 좋겠구나. 돈을 준비한 성의만 받도록 하마. 가져가도록 해. 아무래도 나는 이걸 받을 수가 없구나. 효도라고 해도 좋고 활동경비라고 해도 좋아. 광둥 사람들이 말하는 '파이탕派糖'*이라고 해도 좋겠지. 나는 이대로 견디는 게 더 좋아. 날 용서해주기 바란다. 아바오 형은 아무 말도 하지 않았다. 아바오 아빠가 말했다. 아바오, 어서 손님들을 버스 정류장까지 배웅해드리도록 해라. 울음을 터뜨린 이모가 바닥에 주저앉으며 말했다. 인심을 개한테 줘버

* 세금 환급, 선의의 공여 등을 의미하는 광둥어.

렸군요. 이 정도까지 정나미가 떨어질 줄이야. 부처님, 지장보살님, 저들을 어려움에서 구해주십시오! 아바오 형이 말했다. 이모, 바닥에 그릇 깨진 조각이 있으니 조심하세요. 이만 일어설게요. 저희는 괜찮아요. 아바오는 아무 말도 하지 않았지만 마음속으로 눈물을 흘리고 있었다. 아바오 아빠가 말했다. 아바오, 내 말 안 들려? 아바오는 대답이 없었다. 아바오 아빠가 다가와 아바오 머리에 꿀밤을 먹이며 말했다. 너 지금 반항하는 거야? 빨리 손님 배웅해드리란 말이야, 안 들려?

거울 속에서 두 장의 홍콩 스판 티셔츠가 이리저리 움직였다. 둘 다 화려한 꽃무늬 도안이었다. 한 장은 흰색 바탕에 분홍 무늬고 한 장은 회색 바탕에 옅은 파란 무늬였다. 쉐즈는 둘 다 몸에 가져다대고 이리 보고 저리 보기를 반복했다. 쉐즈가 말했다. 흰색 입을까, 파란색 입을까? 아바오는 아무 말도 하지 않았다. 쉐즈가 물었다. 아바오 지금 무슨 생각 해? 아바오가 말했다. 체크무늬가 나을 것 같아. 비교적 대담하잖아. 쉐즈가 말했다. 저녁에 같이 밥 먹자. 란란이랑 후성도 올 거야. 전부 잘 아는 사람들이야. 5호실 아주머니랑 샤오전도 올 거야. 나는 얼굴만 한 번 보았을 뿐이지만 말이야. 샤오전의 남자친구만 모르는 사람이야. 아바오가 말했다. 너무 유행을 따르는 건 안 좋아. 조금 소박한 게 좋지. 쉐즈가 말했다. 내가 입을 거잖아. 아바오는 말이 없었다. 쉐즈가 말했다. 어떤 승객이 입고 있는 걸 본 적 있는데, 애당초 사람들의 이목을 끌지 못하더라고. 아바오가 말했다. 지나치게 화려하면 사람들의 눈에 띄기 쉬워. 쉐즈가 말했다. 아바오는 색맹이구나. 내가 입을게. 아바오가 머뭇거리며 말했다. 그럼 파란색을 입는 걸로 해. 아바오는 일어서서 자리를 피해주려 했다. 쉐즈가 손을 잡아끌면서 말했다. 남도 아니면서 뭘 그래! 아바오는 말이 없었다. 쉐즈가 등을 돌리고서 가슴 단추를 풀었다. 아바오가 슬쩍 거울을 훔쳐보자 쉐즈가 고개를 숙였다. 동작이 무척이나 느렸다. 블라우스 단추 하나 푸는데 삼십 초는 족히 걸리는 것 같았다. 아바오가 자리를 비키자 쉐즈의 하얀 블라우스가 천천히 의자 등받이로 미끄러져 흘러내렸다. 그녀의 몸은 눈부셨다. 몸에서 열기가 솟아났다. 스판 티셔츠가 천천히 몸을 덮으면서 거울 속으로 쉐즈의 액모와 늑골이 보이더니 셔츠가 완전히 몸을 감쌌다. 두 손을 아래로 당기자 옷이 그럴듯한 맵시를 드러냈다. 평평하게 미끄러질 곳은 미끄러지고 주름이 잡힐 곳은 주름이 잡혔으며 볼록 솟을 곳은 볼록 솟았다. 원단의 수축과 착용감이 무척이나 자연스러웠다. 쉐즈가 물었다. 예쁘지? 아바오는 대답하지 않았다. 쉐즈가 거울을 보면서 말했다. 아바오도 청바지를 입으면 더 좋았을 것 같아. 승객 중에 이런 바지를 입은 사람이 있어서 몇 정거장 내내 뚫어져라 쳐다본 적이 있거든. 아바오가 말했다. 일할 때 입을 생각이야. 출근할 때만 입는 거지. 쉐즈가 말했다. 아깝네. 아바오는 아무 말도 하지 않았다. 쉐즈가 말했다. 차라리 바지를 여기에 놓아두고 밖에 나가 놀 때마다 입는 게 어때? 먼저 이리로 와서 갈아입고 나가면 되잖아. 아바오가 눈을 깜빡이면서 말했다. 왔다갔다하다보면 문제가 생길 수 있어. 쉐즈가 빙긋이 웃으면서 가까이 다가와 아바오를 가볍게 때리려는 듯한 몸짓을 했다. 두 사람은 잠시 서로 몸을 감았다가 쉐즈가 테이블로 가서 펜을 들고는 간단한 쪽지를 한 장 남겼다. 저 밖에 나가서 저녁 먹을 거예요. 두 사람은 천천히 농탕을 빠져나왔다. 아바오는 거리에서 벌써 여러 사람이 쉐즈를 쳐다보고 있는 것을 알아차렸다. 두 사람은 얼마쯤 걷다가 전차를 타고 네 정거장을 가서 차오자두 종점에 이르렀다. 길 건너편에 후시반점滬西飯店이 있었다. 이전에는 후시장원루滬西狀元樓라고 불리던 곳이었다. 2층으로 올라가니 5호실 아주머니와 샤오전, 그리고 샤오전의 남자친구가 이미 도착해 있었다. 종업원이 다가오자 아바오가 물었다. 이 집만의 특색 있는 음식으로 어떤 것들이 있나요? 종업원이 말했다. 편육과 간절干切*, 백참계, 청창清搶** 같은 것들이 있습니다. 아바오가 음식을 몇 가지 주문했다. 잠시 후 장원루에서만 맛볼 수 있는 냉채와 각종 음식이 옛날식 나무 쟁반에 실려 상에 올랐다. 조화糟貨***와 상하이 요리 네 가지, 토당肚檔****, 시건時件*****, 솔수甩水******, 독권

---

* 소고기를 크게 잘라 차가운 물에 생강과 정종 등을 넣고 끓인 다음 얇게 썰어 채소를 곁들여 먹는 음식으로 우리의 수육과 유사하다.

** 기름기를 뺀 생선구이.

*** 장쑤와 저장, 상하이 일대에서만 사용되는 옛날 방식을 채용한 냉채 요리 조리법으로 만든 음식.

**** 청어의 가운데 부분 살을 간장과 항주 등을 섞은 조미료를 뿌려 구운 음식.

***** 상하이식 닭 내장 볶음.

****** 청어 꼬랑지 조림. 청어는 물속에서 헤엄칠 때 꼬리로 물을 휘젓기 때문에 이런 이름이 붙었다.

禿卷*, 사자두獅子頭** 등이었다. 바로 이때 후성도 도착했다. 아바오가 물었다. 란란은 왜 안 와? 후성이 말했다. 감기 걸려서 나오기 싫대. 기분이 좋지 않다는 것이 후성의 얼굴에 그대로 드러났다. 한차례 소개가 이루어졌다. 샤오전은 옆에 남자친구가 앉아 있어서 그런지 약간 조심스러운 모습으로 5호실 아주머니와 마찬가지로 연신 쉐즈를 머리에서 발끝까지 힐끔힐끔 쳐다보고 있었다. 쉐즈가 웃으면서 물었다. 제가 뭐 잘못한 거라도 있나요? 5호실 아주머니가 말했다. 아니에요, 눈이 좀 간지러워서 그래요. 젊다는 게 얼마나 좋아! 정말 신나는 일이지! 쉐즈가 말했다. 아주머니도 젊으세요. 샤오전이 말했다. 쉐즈 씨가 입고 있는 저 옷은 틀림없이 수입품일 것 같네요. 쉐즈가 말했다. 홍콩 외삼촌이 보내준 거예요. 테이블 아래로 아바오가 쉐즈의 다리를 가볍게 눌렀다. 쉐즈가 영문도 모르고 말했다. 아, 아파, 아프단 말이야! 샤오전이 말했다. 아바오가 뭘 어떻게 했는데? 아바오가 말했다. 입고 나와 팔려는 게 아닌데 방금 종착역의 배차원이 물어보더라고요. 쉐즈가 홍콩에 가려는 게 아니냐, 홍콩으로 시집가는 게 아니냐고 말이에요. 샤오전이 말했다. 그럴 수도 있겠네요. 쉐즈가 말했다. 제 동료도 이 옷을 가지고 이러쿵저러쿵 시비를 걸더라고요. 5호실 아주머니가 말했다. 전민기업에 다니는 사람이라 유행에 민감하네요. 게다가 노동보험과 당직비, 공짜 월표月票도 두둑이 있잖아요. 식사도

* 청어와 각종 채소를 넣고 끓인 일종의 찌개 요리.

** 커다란 고기완자로 모양이 사자 머리 같아서 이런 이름이 붙었다.

회사 식당에서 하고요. 자산계급 사회인 홍콩으로 가면 낙모풍落帽風*을 잡는 거나 마찬가지인데 무슨 의미가 있겠어요? 너무 애석한 일이지요. 쉐즈가 빙긋이 웃었다. 5호실 아주머니가 말했다. 아바오는 어린 아가씨들에게 말을 걸 때 온갖 화려한 기술을 구사하는 것 같아. 확실히 능력이 있어. 샤오전이 부탁하듯이 말했다. 쉐즈에게 잘해줘야 해, 알았지? 아바오가 빙긋이 웃었다. 이날 저녁식사에는 모두들 무척이나 진지한 모습이었다. 밥과 음식을 먹는 모습이 집에서 먹는 것과 같은 분위기였다. 옆 테이블에서 식사하는 사람들도 진지하게 식사에만 열중했다. 당시의 정경은 이랬다. 인원수가 적은 일행은 다른 손님들과 원탁에 합석하는 데 익숙해져 있었다. 이때 나이가 쉰 남짓 되어 보이는 남자가 위층으로 올라와 바로 옆에 앉아 있던 젊은 부부와 합석했다. 종업원이 다가가 무얼 드실 거냐고 물었다. 남자가 말했다. 녹두소綠豆燒** 넉 냥 주시오. 종업원이 물었다. 안주는요? 남자는 대답하지 않고 중산복 왼쪽과 오른쪽 주머니를 더듬어 유리병 두 개를 꺼내더니 조심스럽게 테이블 위에 내려놓았다. 유리병 하나에는 장황두醬黃豆***가 들어 있고 다른 병에는 무말랭이가 들어 있었다. 종업원이 힐끗 쳐다보고는 아래층을 향해 외쳤다. 녹두소 넉 냥요! 남자는 유리병을 비틀

* 원인과 방향을 알 수 없는 바람처럼 사람이 눈 깜짝할 사이에 사라져버리는 것을 말함.

** 녹두로 빚은 술.

*** 집에서 흔히 만들어 먹는 염장 음식으로 주요 재료는 황두와 소금, 간장, 첨면장(甜面酱) 등이다.

어 열고는 젓가락 통에서 젓가락을 꺼냈다. 술이 올라왔다. 맞은편의 젊은 부부는 돼지콩팥 볶음, 홍소 솔수, 고로육咕咾肉* 등 세 가지 음식을 주문했다. 남자는 눈앞에 놓인 음식을 내려다보다가 유리병에서 장황두 한 알을 꺼내 술 한 모금과 함께 입에 넣었다. 그런 다음 주변을 두리번거리다가 눈길을 아바오의 테이블에 고정하고 천천히 그의 앞에 놓인 음식을 바라보았다. 아바오는 고개를 숙인 채 그를 쳐다보지 않았다. 남자는 술을 한 모금 마시고는 다른 테이블에 놓인 음식들을 잠시 바라보다가 무말랭이를 한 점 집어 먹었다. 쉐즈가 낮은 목소리로 말했다. 아바오, 나 말이야. 아바오가 물었다. 응, 뭐? 쉐즈가 말했다. 황두를 먹고 싶어. 아바오가 말했다. 뭐라고? 쉐즈가 말했다. 나 저거 먹고 싶다고. 아바오가 남자를 힐끗 쳐다보면서 말했다. 저기요, 동지. 쉐즈가 화난 목소리로 말했다. 뭐하려고 그래? 남자가 얼굴을 돌렸다. 쉐즈가 황급히 고개를 숙이며 말했다. 아바오 왜 그러는 거야? 아바오가 남자에게 말했다. 죄송합니다, 제가 사람을 잘못 봤네요. 정말 죄송해요. 남자는 술을 한 모금 머금고는 아바오 옆에 놓인 육사초년고肉絲炒年糕**를 쳐다보았다. 그러고는 옆 자리에 놓인 돼지콩밭 볶음을 쳐다보았다. 쉐즈가 낮은 목소리로 말했다. 깜짝 놀랐잖아. 미워. 난 그냥 해본 소리였단 말이야. 아바오는 말이 없었다. 그 자리에 모인 사람들 모두 각자 오렌지주스를 한 병씩 마시면서 음식을 깔끔

* 다양한 고기에 튀김가루를 묻혀 겉은 바삭하고 속은 부드럽게 튀긴 다음, 새콤달콤한 소스를 뿌려 먹는 음식으로 탕수육과 매우 흡사하다.

** 얇게 썬 떡과 고기 채, 작게 썬 닭고기, 시금치 등을 양념과 함께 볶은 음식.

하게 먹어치웠다. 후성은 줄곧 말이 없었다. 모두 젓가락을 내려놓고 얘기를 몇 마디 주고받기 시작했다. 후성이 갑자기 입을 열었다. 다 먹은 거지? 나 먼저 일어날게. 5호실 아주머니가 말했다. 다 같이 일어나자고. 이리하여 모두가 함께 자리에서 일어났다. 5호실 아주머니가 말했다. 아바오에게 음식값을 다 내게 해서 미안해. 아바오가 말했다. 당연한 걸 가지고 뭘 그러세요! 다들 계단을 내려갔다. 후성도 서둘러 작별인사를 건네고 자리를 떴다. 5호실 아주머니가 말했다. 쉐즈, 또 만나. 자주 놀러오라고. 쉐즈는 그러겠다고 했다. 샤오전이 몸을 돌려 말했다. 쉐즈, 차오양 신촌에도 자주 놀러와. 또 만나. 쉐즈가 빙긋이 웃었다.

아바오와 쉐즈는 사람들을 눈으로 배웅하고는 어깨를 나란히 하여 한참을 걸었다. 차오자두에는 차량의 행렬이 끊이지 않고 사람들의 왕래도 무척 많았다. 건너편 음식점에서는 밤새 화덕에 구운 만두와 계압혈탕을 팔고 있어 환한 불빛이 눈을 자극했다. 전차 종점에서는 벨이 울리면서 44번 전차 한 대가 정거장을 나서고 있었다. 쉐즈가 말했다. 아마 후성과 란란은 서로 기분이 상해 있는 상태인 것 같아. 아바오가 말했다. 맞아, 후성이 좀 우울한 모습이더군. 두 사람은 차량 행렬을 따라 후시영화관 근처까지 걸었다. 몇 마디 얘기를 주고받는 사이에 뒤에서 누군가 부르는 소리가 들렸다. 이봐요, 잠깐 멈춰봐요. 거기 서라고요. 고개를 돌린 아바오는 그 자리에서 깜짝 놀라고 말았다. 남자가 눈앞으로 자전거를 밀면서 다가왔다. 중요한 순간이었다. 10분의 1초밖에 안 되는 찰나에 아바오는 남자가 안면이 있는 사람이라는 것을 직감했다. 쉐즈가 놀란 얼굴로 말했다. 아빠! 아바오는 아무 말도 하지 않았다. 쉐즈 아빠가 말했다. 정말 공교롭구나. 내가 널 찾으려고 자전거를 타고 한 시간 넘게 난징로와 화이하이로를 전부 뒤지면서 쉴새없이 두리번거렸는데 결국 여기서 이렇게 만나게 되었구나. 아바오는 여전히 말이 없었다. 쉐즈 아빠가 물었다. 이분이 아바오 씨 맞지? 아바오가 고개를 끄덕였다. 쉐즈 아빠가 말했다. 아바오 씨, 아무래도 내가 연장자겠지요? 아바오가 고개를 끄덕였다. 쉐즈 아빠가 말했다. 나이 어린 사람이 연애를 하면서도 도리를 중시할 줄 아는군요. 아바오는 아무 말도 하지 않았다. 쉐즈 아빠가 말했다. 연장자가 한 가지 태도를 밝혀도 되겠지요? 아바오는 여전히 말이 없었다. 쉐즈 아빠가 말했다. 솔직히 말하자면 나는 내 눈앞에서 벌어지고 있는 이런 연애관계에 절대로 동의할 수가 없어요. 왜냐고요? 내가 쉐즈의 아빠이기 때문이에요. 아바오는 여전히 아무 말도 하지 않았다. 쉐즈 아빠가 말했다. 쉐즈가 엄마 뱃속에서 나온 이래 처음으로 밖에서 저녁을 먹는데 내가 마음을 놓을 수 있겠어요? 다른 이유는 길게 얘기하지 않겠어요. 아바오는 말이 없었다. 쉐즈 아빠가 말했다. 남자라면 무슨 일을 하든지 질서를 중시해야 하고 인지상정에 따라야겠지요. 연장자들의 동의를 얻으려면 함부로 행동해선 안 될 거예요. 지금의 차오자두처럼 신호등의 지휘가 부재한 상태가 되어서는 안 된다는 말이에요. 쉐즈는 아무 말도 하지 않았고 아바오도 대꾸하지 않았다. 쉐즈 아빠가 말했다. 이 문제에 관해서는 내가 쉐즈에게 절대로 동의할 수 없다고 여러 차례 말한 바 있어요. 그리고 지금 이 자리에서 마지막으로 한

번 더 얘기하는 겁니다. 아바오는 아무 말도 하지 않았다. 쉐즈 아빠가 말했다. 이걸로 끝이라고요. 세 사람 모두 말이 없었다. 쉐즈 아빠가 말했다. 쉐즈는 지금 나와 함께 돌아가자. 옷차림이 이게 뭐야! 쉐즈가 가볍게 어깨를 움츠리며 말했다. 저는 좀더 할 얘기가 있으니까 아빠 먼저 가세요. 금방 따라갈게요. 쉐즈 아빠가 잠시 머뭇거리다가 말했다. 그래, 그럼 나 먼저 가마. 아바오 씨, 우리 이 일은 여기서 마무리하는 걸로 합시다. 시대의 흐름을 알아야 준걸이 되는 법이에요. 아바오는 여전히 말이 없었다. 쉐즈도 입을 굳게 다물었다. 쉐즈 아빠는 자전거를 몰고서 천천히 멀어져갔다. 아바오는 아무 말도 하지 않았다. 쉐즈가 한동안 입을 굳게 다물고 있다가 말했다. 나는 정말 생각지도 못한 일이야. 아바오가 말했다. 생각지 못했다고? 쉐즈는 대답이 없었다. 아바오가 말했다. 무슨 말을 해야 좋을지 모르겠군. 쉐즈가 한숨을 내쉬며 말했다. 나도 잘 모르겠어. 아바오가 말했다. 쉐즈, 우선 집으로 돌아가도록 해. 다음에 다시 얘기하자. 쉐즈는 아무 말도 하지 않았다. 두 사람은 천천히 전차 종점을 향해 걸어갔다. 아바오는 전차에 오르는 쉐즈를 배웅하고 나서 앞을 향해 몇 걸음 걸어갔다. 그러다가 문득 고개를 돌려 바라보니 쉐즈가 전차 문에 몸을 기댄 채 그를 바라보고 있었다. 아바오는 더이상 고개를 돌리지 않고 혼자 산관당교 방향으로 걸었다. 순간, 아바오의 귀에 쉐즈가 달려오면서 외치는 소리가 들렸다. 아바오, 난 아빠를 두려워하지 않아. 나는 평생 아바오를 쫓아갈 거야. 정말이야. 쉐즈가 달려와 아바오를 꼭 껴안는 것 같았다. 하지만 아바오는 쉐즈가 전차 문에 기대어 미동도 하지 않고 눈빛으로 천천히 멀어져가는 자신을 배웅하고 있다는 사실을 모르지 않았다. 쉐즈가 달려오면서 외치는 동작과 목소리는 전부 환각이고 환청이었다. 아바오는 천천히 산관당교에 올랐다. 그의 등뒤로 펼쳐진 풍경 속으로 무수한 집들의 지붕이 잠겨들고 있었다. 발밑의 쑤저우하는 제지 공장의 시큰한 냄새를 토하고 있었다. 물은 간장처럼 온통 시커먼 가운데 간간이 누런 기름띠가 떠 있었다. 따스하면서도 장엄한 모습이 왠지 친밀한 느낌을 주었다. 아바오는 조용히 걸음을 멈추고 다리 난간에 몸을 기댔다. 북쪽 하안은 62번 전차 종점이었다. 빈 차가 한 대 멈춰 서서 검은 입을 쫙 벌리고 있었다. 아바오를 삼켜 아주 먼 곳으로 데려다줄 수 있을 것 같았다. 머나먼 루양교綠楊橋로 데려다주면 밤의 밭두렁에서도 수세미 울타리와 토마토밭이 보일 것 같았다. 이날 깊은 밤, 아바오가 차오양 신촌으로 돌아오니 이모가 대문 앞에 멍하니 앉아 있는 모습이 눈에 들어왔다. 아바오도 당의를 하나 끌어다놓고 아무 말없이 앉았다. 이모가 낮은 목소리로 말했다. 아바오도 알지? 아빠가 복권되셨어. 아바오는 아무 말도 하지 않았다. 이모가 말했다. 소금에 절여 말린 물고기가 몸을 뒤집은 셈이지. 아바오가 말했다. 그렇네요. 이모가 말했다. 엄마 아빠는 신바람이 나서 저녁을 먹자마자 친구 집으로 놀러갔는데 아직도 돌아오지 않고 있어. 아바오는 말이 없었다. 이모가 말했다. 앞으로는 모든 일이 다 좋아질 거야. 아바오는 몸을 뒤로 눕힌 채 아무 말도 하지 않았다.

한 달 뒤 어느 날, 아바오는 안위안로로 달려갔다. 쉐즈가 고개를 숙인 채 문을 열어주고는 식당으로 들어갔다. 아바오가 따라 들어갔다. 안에는 중년의 부인 하나가 앉아 있었다. 바로 옆 홍목 탁자 위에는 수박이 담긴 커다란 쟁반이 놓여 있었다. 쉐즈가 소개했다. 우리 엄마야. 아바오가 말했다. 아주머니, 안녕하세요? 쉐즈 엄마가 말했다. 아바오, 수박 좀 들어요. 아미타불! 아주 멋진 청년이네. 어서 앉아요. 아바오가 앉아 수박을 한 조각 집어들었다. 쉐즈 엄마가 말했다. 요즘 잘 지냈지요? 아바오가 말했다. 네, 그런대로요. 쉐즈 엄마가 말했다. 정말 아바오를 난처하게 했네. 좋은 일에는 항상 방해요소가 많기 마련이에요. 꼭 이해해줘야 해요. 아바오가 말했다. 저는 이해합니다. 쉐즈 엄마가 말했다. 지금은 확실히 약간 골치 아픈 상황이긴 해요. 아바오는 아무 말도 하지 않았다. 쉐즈 엄마가 말했다. 쉐즈는 언니랑 오빠가 합쳐서 다섯이나 돼요. 전부 시골로 삽대되어 농사를 지으면서 혹독한 고생을 했지요. 그러다보니 원망도 많았어요. 그래서 쉐즈가 아바오랑 사귄다는 얘기를 듣고는 청천벽력 같은 소식에 펄쩍펄쩍 뛰면서 일제히 반대하고 나선 거예요. 며칠 동안 계속 편지를 보내 쉐즈를 욕하고 나를 원망하기도 했어요. 그러면서 아바오가 양심 없고 흉악하며 문화수준도 낮고 하는 일도 형편없다고 근거 없는 비난을 퍼부었지요. 쉐즈 아빠는 원래는 반대했지만 지금은 패를 고르고 있는 상태예요. 아바오, 정말 미안해요. 아바오는 아무 말도 하지 않았다. 쉐즈 엄마가 말했다. 아바오, 나를 믿어줘요. 나는 줄곧 쉐즈 편이에요. 이렇게 직접 만나보니 아바오가 훌륭한 청년이라는 걸 확실히 알겠어요. 사실은 나도 마음이 편치 않았어요. 아바오가 말했다. 아주머니, 제가 죄송하다고 말씀드려야 맞는 것 같아요. 쉐즈 엄마가 말했다. 쉐즈가 그동안 얼마나 울었는지 몰라요. 아바오는 말이 없었다. 쉐즈 엄마가 말했다. 내게 끝까지 견디면서 밀고 나가겠다고 약속해줘요, 아바오. 아바오는 대답하지 않았다. 쉐즈 엄마가 말했다. 계속 밀고 나가는 거예요. 겁낼 것 없어요. 영감과 언니, 오빠들은 끝까지 저항하겠지만 말이에요. 쉐즈 엄마는 여기까지 말하고 나서 눈물을 보였다. 아바오가 말했다. 아주머니, 정말 죄송해요. 쉐즈는 아무 말도 하지 않았다.

이

어느 가을날 저녁 무렵, 아바오 아빠가 밖에서 돌아왔다. 기분이 몹시 좋지 않은 것 같았다. 아바오 엄마가 물었다. 어우양歐陽 선생님 만났군요? 아바오 아빠가 말했다. 응. 아바오 엄마가 물었다. 많이 좋아지셨던가요? 아바오 아빠는 대답하지 않았다. 아바오 엄마가 또 물었다. 어우양 선생님은 장애가 있는 거예요, 아니면 치매인 거예요? 아바오 아빠가 말했다. 퉁런로銅仁路 상하이 카페에 들어가자마자 놀라지 않을 수 없었어. 괴인을 보는 것 같았거든. 관을 뚫고 기어나온 시체 같더라고. 아바오 엄마가 말했다. 그렇게 함부로 얘기하지 마요. 이모가 말했다. 저녁 드셔야지요. 아바오 아빠가 식탁 앞에 앉으며 말했다. 땅에서 출토된 고대의 문물이 나를 만나자고 한 것 같았어. 아바오 엄마가 말했다. 농담하지 말아요. 이모가 말했다. 식사들 하세요. 아바오 아빠가 말했다. 몇 마디 얘기를 주고받는 사이에 나는 어우양 선생님이 책도 읽지 못했고 신문 보는 것조차 허락되지 않았다는 사실을 알 수 있었어. 정치 학습에도 참가하지 않으면서 이십몇 년째 감금되어 있었던 거야. 이제 석방되긴 했지만 괴상한 모습에 애당초 세상일을 전혀 알지 못하시더라고. 아바오 엄마는 아무 말도 하지 못했다. 아바오 아빠가 말했다. 온통 1940년대 상하이 사투리만 쓰시더군. 입을 열자마자 형제나 다름없는 감정을 느꼈지. 정말 형제 같은 분이었으니까. 샤오창小昌이라고 당시의 내 이름을 부르시면서 이제야 풀려났다고, 다시 돌아왔다고 말씀하시더라고. 내가 한마디 물었지. 선생님, 몸은 아무 문제도 없으시지요? 선생은 고개를 끄덕이시더군. 아바오가 말했다. 어우양 선생님이란 분이 어떤 분이세요? 아바오 엄마가 말했다. 아빠의 옛 직장 상사분이셔. 아바오 아빠가 말했다. 선생님은 지금이 1950년이고 상하이가 막 해방된 걸로 알고 계시더라고. 정말 이상하지. 얘기를 주고받을 때도 여전히 정보공작을 화제의 중심에 두시는 거야. 아바오 엄마가 상심한 듯 고개를 가로저었다. 아바오 아빠가 말했다. 낡은 트렁크 몇 개가 여전히 이십몇 년째 자물쇠에 잠겨 있었지. 정책이 착실하게 실행되어 모든 봉인을 풀고 원래의 물건을 환원시켜야 할 텐데 걱정이야. 자물쇠는 이미 녹이 슬어 있을 거야. 선생은 그 트렁크 안에 들어 있던 옛날 옷들을 꺼내 입고 오셨더군. 늙은 바보 같았어. 발에는 옛날식 샴페인 구두를 신고 있었어. 양복은 내가 1943년 가을에 보았던 거야. 쥐색 펠리스 원단으로 지은 양복으로 앞에 단추를 세 개 다는 게 유행이었을 당시의 스타일 그대로였어. 구식이라 가슴 왼쪽 주머니에 노란 손수건이 꽂혀 있고 안주머니에는 가는 금테 안경이 들어 있더군. 역시 이십 년 넘게 방치되었던 물건들이었어. 이제는 노안 때문에 시야가 흐릿해서 제대로 보이지도 않지. 나이 여든이 넘은 노인이 마흔몇 살 때의 안경을 쓰고 있었어. 바지와 모자 등 트렁크 안의 모든 옷들이 너무 오래되다보니 온통 쪼글쪼글 주름이 잡혀 있는데도 그걸 그대로 입고 집을 나서서 밖에 나와 카페에 들어온 거지. 아바오 엄마가 긴 한숨을 내쉬었다. 아바오 아빠가 말했다. 커피잔을 받쳐들고 있는 모습은 옛날과 다름없이 우아하고 고상했어. 우리는 옛날 모습과 분위기 그대로 정치와 시국에 관한 얘기를 나눴지. 1945년의 정세와 1949년의 정세를 얘기했어. 이모가 말했다. 정치 얘기를 할 때는 작은 불꽃도 조심해야 해요. 아바오 아빠가 말했다. 구체적인 디테일을 거론하면서 선생은 오랜 습관대로 천천히 내게 다가와 귀에다 대고 들릴 듯 말 듯 모깃소리보다 작게 소곤소곤 속삭이시더군. 내가 예전에 DDS 카페에서 선생을 만났을 때도 역시 목소리가 무척 작았지. 하지만 지금은 거의 알아들을 수 없을 정도로 목소리가 작고 희미했어. 이야기 내용은 대부분 내가 여러 해에 걸쳐 상소했던 것들이었어. 내가 수백 번이나 썼던 이야기들이라 별로 재미도 없었지. 선생은 정말 안됐어. 변절한 사람은 나라고 하는 게 맞겠지. 선생은 여전히 과거의 기질 그대로셨어. 나는 말없이 자료를 쓰는 데 익숙해져 있는데 말이야. 혼자 끙끙거리며 생각만 할 뿐, 입을 열어 담론을 펼치는 데는 익숙하지 않아. 나중에 선생은 화제를 돌려 또다른 문제

몇 가지를 거론하시더군. 가장 복잡한 배경에 관한 세부사항들이었어. 나는 가슴이 철렁 내려앉는 느낌이었어. 선생은 당시 자신의 손을 거쳐간 사건 내용들을 나보다 몇 배는 더 깊이 알고 계시더라고. 책임도 몇십 배는 더 무거웠을 거야. 뱃속 가득 오래된 골동품을 담고 계신 셈이지. 삼각, 사각의 정보교역이 모든 민감한 사건과 민감한 인물에 두루 연루되어 있었어. 선생이 마음 내키는 대로 얘기를 꺼내 늘어놓는데, 나는 겉으로는 아무 반응도 보이지 않았지만 속으로는 놀라서 심장이 마구 뛰더라고. 선생은 기억이 아주 선명하셨어. 혼란스러워하는 부분도 적지 않았지만 그건 연세가 많아서 그럴 거야. 오랫동안 정치와 접촉하지 않고 학습도 받지 않았으니 완전히 지나간 시대의 사람이 된 거지. 늙은 바보나 마찬가지야. 지금도 선생이 공개적으로 얘기할 수 있는 부분은 아주 제한적이야. 대부분의 내용은 앞으로 한 글자도 입 밖에 내면 안 될 거라고. 백 년이 지난 뒤에도 거론해선 안 되는 일이 아주 많지. 선생이 얘기한 것들 중에는 나도 분명하게 알고 있는 사실들도 있고 전혀 알지 못하는 내용들도 있었어. 또 선생이 잘못 알고 있는 내용도 있었지. 물론 내가 잘못 알고 있는 것도 있었어. 아, 이번 만남은 말로 다 설명할 수 없을 것 같아. 아바오 엄마가 말했다. 정말 괴롭네요. 아바오 아빠가 말했다. 내가 선생에게 말했어. 선생님, 현실을 직시하셔야 해요. 지금은 1949년이 아니라는 사실을 잊지 마시라고요. 이제는 누군가와 타협할 필요도 없어요. 지금은 완전히 사회주의사회예요. 모두들 늙어서 아예 이런 정보활동을 하지 않아요. 좌판을 걷었다고요. 아시겠지요? 완전히 다 끝난 거예요.

불을 끄고 문을 닫았다고요. 아시겠지요? 그래도 선생은 내게 가까이 다가와 작은 목소리로 소곤소곤 들릴 듯 말 듯 끊임없이 얘기를 이어가시더라고. 내가 선생에게 말했어. 이미 문자는 간체자를 쓰기 시작한 지 오래예요. 상하이 파리대극원은 아직 그대로 남아 있지요. 그 카페 기억하세요? LA RENA—SSANCE라는 네온사인 간판이 걸린 카페 말이에요. 지금도 있어요. 셜리반은 기억하시나요? 맥시언 왕王과 맥시언 리李, 맥시언 류麦는요? Job연반烟盘*도 아직 있을 거예요. 코카서스 담배와 홍석포紅錫包, 백석포白錫包**, 양철통에 든 게릭 담배***도 아직 있지요. 장삼과 창박령槍駁領**** 더블 양복, 남녀의 우아하고 고상한 모습도 있을 거예요. 선생은 아무 말이 없더군. 내가 말했어. 지금 이곳은 DDS 카페가 아니라 퉁런로, 난징시로예요. DDS 기억하시죠? 선생이 말했어. 샤페이로와 성모원로聖母院路, 그리고 김신부로金神父路도 있었지요. 아래층에는 슬롯머신이 있고 위층에는 사람들이 가득 들어차 있었고요. 얘기를 주고받으면서 아래층에서 나는 슬롯머신 소리를 들을 수 있었지요. 내가 말했어. 선생님, 그건 르네상스 카페예요. DDS는 두 군데가 있었지요. 하나는 난징로에 있었고 다른 하나는 샤페이로 위양리漁陽里 근처에 있었어요. 선생이 말했어. 맞아요,

---

* 아편 도구를 담는 쟁반.

** 둘 다 중화민국 시기 중국 최고 등급의 담배 이름이다.

*** 중화민국 초 영국에서 직수입되었고 상하이와 톈진에서도 생산된 영국의 담배 브랜드.

**** 중화민국 시기 양복 형태로, 중후하면서도 고상하고 우아한 예복이다.

생각나네요. 르네상스 건너편에는 백러시아의 〈자르야보〉 신문사가 있었지요. 정보활동의 오랜 아지트였어요. 내가 말했어. 맞아요. 앨버트로도 아시겠네요? 지금은 산시난로라고 부르지요. 선생이 빙긋이 웃으면서 말하더군. 그 거리에는 바르셀로나 카페가 있었어요. 내가 말했어. 네, 맞아요. 스페인 사람이 운영하던 카페였지요. 선생이 말했어. 맞아요, 건너편에 하이알라이* 경기장이 있어서 아주 복잡했지요. 각양각색의 사람들이 드나들어 이들을 구분하는 것은 전적으로 감각에만 의존해야 했어요. 아바오가 물었다. 그게 무슨 뜻이에요? 아바오 아빠가 말했다. 신분이 백러시아에 속하는지 적赤러시아**에 속하는지, 혹은 스코틀랜드 친일분자인지 분간하기 어려웠다는 뜻이야. 당시에는 프랑스 사람이나 독일 스파이 등이 상하이에 침투해 들어와 일본을 위한 스파이로 활동했거든. 아바오는 아무 말도 하지 않았다. 아바오 아빠가 말했다. 내가 말했어. 바르셀로나는 유명한 여권 교역소였지요. 선생은 내게 몸을 밀착하면서 정말 그랬다고 맞장구를 치더군. 내가 말했어. 선생님, 지나간 얘기 너무 많이 하지 마세요. 지금은 전부 완전히 문을 닫았어요. 바르셀로나와 DDS 모두 문 닫은 지 오래되었어요. 몇십 년 전에 전부 문을 닫고 외국 놈들도 전부 자기들 나라로 돌아갔어요. 전부 문을 닫았다고요. 아시겠지요? 더이상 영업이나 활동을 하지 않는다는 뜻이에요. 커피도 팔지 않고 전부 집에 돌아

* 스페인의 대표적인 실내 경기. 삼면이 벽으로 둘러싸인 경기장에서 행해지며 딱딱한 고무공을 사용한다.

** 백러시아에 상대되는 용어로, 소련을 의미했다.

가 잠이나 자고 있다고요. 아시겠지요? 선생은 아무 말도 하지 않더군. 내가 또 말했어. 지금은 말이에요, 알아들으시겠지요? 지금은 과거가 아니라 현재예요. 이곳은 이제 과거가 아니란 말입니다. 아시겠지요? 카페에는 두 사람밖에 남지 않았어. 하나는 선생이고 하나는 나였지. 선생이 말했어. 알아들었어요, 완전히 이해했다고요. 1942년, 베이쓰촨로의 일본헌병사령부를 아직 기억하겠죠? 감옥 밖에서 앳된 일본 병사 하나가 왔다갔다하면서 입으로는 연신 〈볼가강의 뱃노래〉를 흥얼거렸어요. 기억나지요? 내가 말했어. 어떻게 잊을 수가 있겠어요? 일본 학도병이 러시아 원어로 노래를 불렀잖아요. 과거에 저는 그게 이해가 되지 않았어요. 일본 병사가 러시아어를 할 줄 아는 것도 그렇고 공산주의 소련의 노래를 부르는 것도 그렇고 말이에요. 하지만 선생님, 이런 한가한 얘기들은 전부 몇십 년 전에 다 지나간 얘기예요. 여기는 이제 현재라고요. 현재요. 아시겠지요? 선생님은 이제 떳떳하고 당당하게 처신하셔도 돼요. 말씀도 좀 크게 하셔도 되고요. 선생님은 양쪽을 살피면서 한두 마디 말도 아주 낮은 목소리로 들릴 듯 말 듯하게 하시면서, 그것도 어깨를 가까이 붙여 귀에 대고 소곤소곤 속삭이시잖아요. 제가 아무리 귀를 세우고 들어도 도대체 무슨 말씀을 하시는 건지 알아들을 수가 없어요. 중요한 디테일은 반복해서 말씀하시지만 그 부분에서는 저는 바보나 마찬가지예요.

이모가 푸짐한 음식을 받쳐들고 들어왔다. 아바오 엄마가 감개에 젖어 말했다. 삼십 년 전만 해도 어우양 선생님은 바람을 부르고 비를 호령하는 능력을 갖고 계셨잖아요. 얼마나 고상하고 잘생긴 남자였는지 몰라요. 위엄과 품위를 두루 갖추고 계셨지요. 아바오 아빠는 말이 없었다. 아바오 엄마가 말했다. 어쨌든 간에 정책이 실행되면서 실효를 거둔 셈이에요. 아무래도 몇 년 전보다는 많이 나아졌으니까 말이에요. 아바오 아빠가 말했다. 맞아, 기본적인 상황은 아주 좋아졌지. 직위 등급도 정해졌어. 상부에서 회를 열게 되면 내게 통지를 보내는 것은 물론이요, 차를 보내 모시러 올 거야. 하지만 선생은 대회장에 들어오셔도 사람들은 전혀 알아보지 못하실 것 같아. 그다음부터는 오지 않으시겠지. 이모가 말했다. 식사부터 하시고 얘기는 나중에 하세요. 아바오 아빠가 말했다. 돌아오는 길 내내 기분이 좋지 않았어. 과거에 선생과 함께 마이청麥城*을 구경했던 일과 베이쓰촨로 일본헌병사령부에 갇혔던 일을 회상하는 수밖에 없었지. 당시에는 관리가 상당히 엄격했어. 선생이 수의를 입고 내가 수감되어 있던 방 옆을 지나가던 모습이 잊히지 않아. 해맑은 표정에 정말로 멋진 모습이셨지. 1942년에 뭔가 잘못되어 나랑 선생은 난처잔로南車站路의 왕웨이汪偽僞** 감옥으로 이송되었어. 중국 감옥인데 꼭 재래시장에 들어간 것 같았어. 아바오가 물었다. 재래시장이 뭘 의미하나요? 아바오 아빠가 말했다. 너무 시끄럽고 지저분하고 고약한 냄새가 나는 아수라장을 의미하지. 성황보살城隍菩薩로 불리는 감옥장이 수감자들 급식비를 횡령하는 바람에 수감자들이 먹는 음식이라고는 하루에 멀건 죽 두 그

---

* 후베이성 당양(當陽)시 량허진(兩河鎮) 경내.

** 1940년 3월부터 1945년 8월까지 존립했던 왕징웨이(汪精衛) 국민정권을 말한다.

릇에 갓으로 만든 장아찌 몇 조각이 전부였어. 감옥 밖으로부터의 지원은 일절 허락되지 않았지. 나랑 선생은 피골이 상접한 상태였지. 옆방에 수감된 영국 화교는 털실로 짠 옷에 난 작은 구멍마다 하얀 이가 한 마리씩 숨어 있어 몸 전체가 잿빛 먼지에 덮여 있는 것 같았어. 이모가 젓가락으로 밥그릇을 두드리면서 말했다. 형부, 그런 얘기 좀 하지 마세요. 식사시간에 밥맛 떨어진단 말이에요. 아바오가 말했다. 그 재래시장은 어디에 있었어요? 아바오 아빠가 말했다. 수감자들 손에 지폐가 들려 있으니 마음대로 물건을 살 수 있었지. 음식과 술을 주문하는 것도 마음대로였어. 장사꾼들이 직접 감옥 안으로 음식이 든 증롱을 싣고 들어와 장사를 했지. 고기만두도 팔고 수정대포水晶大包*와 새우 혼돈도 팔았어. 아예 혼돈을 만드는 간이 조리기구 일체를 통째로 메고 들어와 감옥의 천정에 부엌을 차려놓고 선호면鱔糊面**이나 광둥식 차소반叉燒飯***도 팔았지. 고기며 생선이며 없는 음식이 없었어. 천정의 간이 부엌에 기름 솥을 얹고 춘권이나 작은 조기를 튀기면 냄새를 맡은 감옥 안의 수감자들은 일제히 눈을 휘둥그레 뜨고 천정 쪽을 바라보았지. 하지만 수중에 돈이 없는 사람들은 입맛만 다시는 수밖에 없었어. 돈을 꺼내 내밀면 김이 모락모락 나는 고기만두를 철창 안으로 밀

* 푸젠성의 전통 음식으로 만두피가 얇아 속에 든 소가 훤히 보이는 만두.

** 후저우와 쑤저우 등 강남 지역에서 흔히 먹는 국물국수의 일종.

*** 중국 광둥과 홍콩, 타이완, 싱가포르, 말레이시아 등지에서 흔히 먹는 음식으로 밥 위에 직화로 구운 후 조미한 돼지고기를 얇게 썰어 얹고 계란과 마늘, 생강, 데친 청경채 등과 함께 먹는다.

어넣어주었지. 이모가 말했다. 그런 일도 있었군요. 아바오 아빠가 말했다. 잡혀 들어온 죄수들 중에는 중국인도 있고 붉은 완장을 찬 유대인도 있었어. 미국인과 영국인, 프랑스인도 있었지. 남자도 있고 여자도 있었지만 규칙은 똑같았어. 자기 능력껏 살 사람은 살고 죽을 사람은 죽는 거였지. 의지할 것이라고는 돈밖에 없었어. 돈이 있으면 하얀 밀가루도 살 수 있고 싸구려 창녀를 들일 수도 있었어. 아바오 엄마가 말했다. 어디 가서 얘기할 때 조심하세요. 아바오 아빠가 말했다. 수감자들은 감옥에 들어와도 수의를 입지 않아도 돼. 그 정도로 제멋대로였어. 고급 수감자들, 즉 고위 인사들은 감옥에 들어와서도 멋진 생활을 유지했어. 에어컨이 있는 방에서 고급 양모 스웨터를 입고 있었지. 실크 셔츠에는 보석이 박힌 커프스버튼이 달려 있었어. 양모 조끼에 양모 양말, 개버딘 양복에 외투까지 입을 수 있었지. 여자들은 감옥에 들어와도 위에서 아래까지 멋을 부릴 수 있었어. 부드러운 실크 롱스커트를 입을 수 있었지. 나일론 양말과 은여우 털모자, 비버 가죽은 흔히 볼 수 있었어. 친칠라 가죽 외투나 자수가 가득한 비단 치파오, 백여우 털 망토 등은 모피점에서도 품목이 가장 많은 물건들이지. 양가죽은 눈주嫩珠와 자고紫羔, 나복사蘿卜絲, 직두直頭, 청봉青鋒, 은구銀勾 등 유형에 따라 다양한 이름으로 불렸고 친칠라 가죽은 첩천鑽天, 여우가죽은 타창拖槍, 담비 가죽은 천덕天德이라 불렸지. 이모가 말했다. 호랑이 가죽은요? 아바오 아빠가 말했다. 전당포에서는 '일반一斑'이라 불렀어. 얼룩무늬라는 뜻이지. 이름이 좀 이상하지. 아바오가 물었다. 그 사람들이 감옥에 들어가서 나중에는 어떻게 되었나요? 아바오 아빠가 말했다. 옷이 무슨 소용이 있겠어. 주머니에 돈 한푼 없고 빈손이면 매일 제사를 지내는 수밖에 없었지. 아바오가 물었다. 그게 뭔데요? 아바오 아빠가 말했다. 감옥 밥을 먹는 걸 말하지. 멀건 죽 한 그릇이 전부였어. 이런 음식을 어떻게 먹겠어. 하는 수 없이 옷을 벗어 전당포에 맡기는 수밖에 없었지. 감옥 밖에는 중고 의류점이 있어서 가게에서 부탁한 심부름꾼이 일찌감치 나와 기다리고 있었지. 보통 노랑늑대 가죽 외투는 털색이 좋으면 시가가 황금 20냥이나 됐어. 그런데 그곳에서 저당을 잡히면 형편없는 액수의 돈을 받게 되지. 울며 겨자 먹기로 밥 몇 끼 먹으면 없어지는 거야. 밥때가 될 때마다 주머니를 뒤져 동전 한 닢 나오지 않으면 옷을 한 점씩 벗는 거야. 그러다가 엄동설한이 찾아오면 몸을 데울 옷이 없는 거지. 반팔 셔츠에 반바지 하나씩만 남는 사람도 있어. 이들은 아침 일찍 해를 잔뜩 삼키고 한밤중에는 이슬을 핥는 멍청이나 마찬가지지. 복도 한구석에 웅크리고 앉아 부들부들 몸을 떨면서 담배를 피우는 흡연자들과 아편중독자 남녀들은 낮이나 밤이나 울어대지. 결국에는 추위를 견디지 못하고 볏짚 속으로 기어들어가 말도 하지 않고 몸을 움직이지도 않아. 건물 안으로 혹한의 찬바람이 윙윙 소리를 내면서 거세게 몰려오면 얼어죽거나 굶어죽는 사람이 부지기수지. 그러면 보선산장普善山莊*의 시신운반 마차가 들어오지. 죽은 사람들이 수레에 실리면 따가닥따

* 조계지 시절부터 존재하면서 역사의 변천을 따라 운영 방법을 달리했던 자선활동 기관.

가닥 말발굽소리와 함께 수레는 다시 끌려나가지. 이런 사람들을 누가 관리하겠어? 이모가 짜증을 내며 말했다. 얘기는 그만해요. 마음 편하게 밥 좀 먹자고요. 아바오 아빠가 말했다. 다행히 친구들이 중요한 기관에 줄을 댄 덕분에 나랑 선생을 감옥에서 빼내 병원에 입원시켰지. 안 그랬으면 우리 두 사람은 마차에 실려 황천길을 갔을 거야. 왕웨이 감옥에서 죽는 것은 중국인의 손에 죽은 것이라 억울함을 하소연할 데도 없다니까. 아바오 엄마가 말했다. 됐어요, 그만 얘기해요. 이제 복권되었잖아요. 뒤로 한 걸음 물러서면 바다와 하늘이 넓어지는 법이에요. 그동안 잘 참았으니 신사회에서는 모든 것이 좋아질 거예요. 아바오 아빠는 아무 말도 하지 않았다. 온 가족이 밥을 먹기 시작했다. 식사를 마치고 아바오 아빠가 주소가 적힌 종이를 한 장 꺼내며 말했다. 아바오, 내일 퇴근하면 자전거 타고 푸싱중로에 한번 다녀와야겠다. 아빠 대신 어떤 분을 좀 만나고 오도록 해.

삼

푸싱중로의 한 구식 아파트였다. 아바오가 3층으로 올라가 문을 두드렸다. 여자가 문을 열고는 아바오를 위아래로 훑으면서 물었다. 누구를 찾아오셨나요? 아바오가 말했다. 2호실 리黎 선생님요. 여자는 손으로 오른쪽을 가리키고는 커다란 엉덩이를 씰룩거리며 슬리퍼를 끌고 후다닥 몸을 돌려 안으로 들어갔다. 아바오가 안으로 따라 들어갔다. 복도가 남북으로 이어져 있었다. 여자가 남쪽으로 향한 방의 주렴을 걷어주었다. 정면에 부엌과 화장실이 이어져 있고 북쪽에는 문을 닫아둔 방이 하나 있었다. 아바오가 문을 두드리며 리 선생을 불렀다. 리 선생님! 안에서는 아무 대답이 없었다. 아바오가 다시 문을 두드렸다. 리 선생님! 여자가 남쪽 방의 주렴을 들추고는 안을 자세히 살펴보았다. 아바오는 천천히 문을 밀어 열고 안으로 들어가자마자 놀라움을 금치 못했다. 곰팡이 냄새가 가득한 방 한가운데 사각 테이블이 하나 놓여 있고, 그 옆에 백발의 노부인이 앉아 있었다. 아바오가 그녀를 불렀다. 리 선생님! 테이블 위에는 낡은 천 신발 한 켤레와 신발 밑창, 남은 음식 반 그릇, 타구 덮개, 화장지, 홍유부紅乳腐* 반 병, 모기향, 국 숟가락, 해진 양말, 법랑 찻잔, 비스킷 통, 비누, 무쇠솥, 약병, 몇 입 베어먹고 남은 정승고定胜糕**, 말라서 쪼글쪼글해진 사과, 퍼런 곰팡이가 핀 귤 등이 놓여 있었다. 도처에 먼지가 가득했다. 아바오가 노부인을 불렀다. 리 선생님! 하얀 머리칼이 미동도 하지 않았다. 아바오가 가까이 다가가 자세히 살펴보았다. 노부인은 이미 두 눈의 시력을 잃은 뒤였다. 아바오가 목소리를 높여 그녀를 불렀다. 리 선생님! 하얀 머리칼이 약간 흔들렸다. 아바오가 물었다. 들리시지요? 노부인이 물었다. 주민위원회 샤오천小陳인가요? 아바오가 말했다. 저는 샤오천이 아니에요. 저는 아바오라고 합니다. 리 선생

* 두부를 발효시켜 만든 저장 식품으로 보양 식품으로 상용된다.

** 쑤저우의 전통 간식으로 분홍색을 띠는 부드러운 찹쌀떡이다.

이 물었다. 아바오요? 아바오가 말했다. 편지를 한 통 가져왔어요. 어우양 선생님 아시지요? 어우양 선생님 말이에요. 리 선생이 잠시 생각에 잠겼다가 입을 열었다. 그런 사람이 있었지요. 알아요. 아바오가 말했다. 어우양 선생님께서 저더러 먼저 가서 리 선생님을 좀 보살펴드리라고 하셨어요. 어우양 선생님은 최근에 석방되셨어요. 리 선생이 물었다. 제가 아바오 씨라고 부르면 될까요? 아바오가 말했다. 네, 저는 아바오라고 합니다. 리 선생이 말했다. 아바오 씨가 방금 뭐라고 하신 거죠? 제가 꿈을 꾸고 있는 건가요? 아바오가 말했다. 꿈이 아니라 실제예요. 어우양 선생님께서 정말로 제게 선생님께 가보라고 하셨어요. 리 선생이 말했다. 그럴 리가 없어요. 어우양 선생은 이미 진압되었단 말이에요. 아바오는 아무 말도 하지 않았다. 리 선생이 말했다. 이십몇 년 전에 선생은 공개적으로 진압됐어요. 아바오가 말했다. 그건 유언비어예요. 어우양 선생님은 이십 년 넘게 구금되어 계시다가 최근에야 석방되셨어요. 정말이에요. 리 선생이 말했다. 그랬군요. 아바오가 말했다. 선생님은 옛날 그대로예요. 금테안경을 쓰고 펠리스 원단 양복을 입으셨지요. 손에는 스틱을 하나 들고 계셨어요. 오리지널 영국 제품이더군요. 정신도 또렷하세요. 리 선생이 말했다. 세상에 이런 일도 다 있군요! 아바오가 타구 뚜껑을 치우고 과자 상자와 과일 바구니를 테이블 위에 펼쳐놓았다. 리 선생이 말했다. 진압대회에서는 구호도 외치고 아주 요란했어요. 제 눈앞에서 벌어진 일인데 어떻게 헛소문일 수가 있겠어요? 아바오가 말했다. 선생님은 정말로 석방되셨어요. 이미 나오셨다고요. 리 선생은 말이 없었다. 아바오가 말했다. 이는 확실한 사실이에요. 리 선생은 여전히 말이 없었다. 아바오가 말했다. 연세가 많으셔서 길을 걷는 게 불편하기 때문에 저더러 먼저 과자와 과일을 가져다드리라고 하셨어요. 며칠 있다가 리 선생님을 만나러 오신대요. 리 선생은 아무 말도 하지 않고 손으로 과자 상자를 더듬었다. 손가락 관절이 변형되어 많이 굽어 있고 닭 발톱 모양의 반점도 나 있었다. 손가락은 회백색으로 길게 자라 구부러져 있었다. 그런 손가락으로 과일 바구니를 더듬었다. 아바오가 물었다. 리 선생님, 사과 드시겠어요? 리 선생이 물었다. 아바오 씨라고 부르면 되겠지요? 아바오가 말했다. 네, 맞아요. 리 선생이 말했다. 목소리가 샤오천과 아주 비슷하시네요. 아바오가 말했다. 저는 아바오예요. 리 선생이 말했다. 아바오 씨도 귤 하나 드세요. 테이블 위에 있어요. 리 선생이 손을 앞으로 내밀어 정확하게 곰팡이가 핀 귤을 하나 집어 아바오 앞에 놓아주었다. 아바오가 말했다. 감사합니다. 리 선생이 말했다. 제 남편은 지식인이었어요. 돌아가신 지 삼십 년 가까이 되었지요. 그런데 어우양 선생은 살아 있다니 정말 생각지도 못한 일이네요. 아바오가 말했다. 그건 저도 잘 모르는 일이에요. 리 선생이 말했다. 모든 사람이 선생과 우리 남편이 해방이 되고 얼마 지나지 않아 한간漢奸 간첩 혐의로 진압대회에서 철저하게 진압되었다는 사실을 다 알고 있어요. 그런데 어째서 어우양 선생은 살아남고 제 남편은 죽어야 했던 건가요? 아바오는 대답하지 못했다. 리 선생이 기침을 하면서 말했다. 저는 한평생 지식인에게 시집가고 싶어했어요. 정말로 지식인과 결혼하고 싶었어요. 아바오가 말했다. 네, 그러셨군요.

리 선생이 말했다. 둘이 아주 조용하고 편안하게 살고 싶었어요. 제가 대나무 피리를 불면 지식인 남편은 퉁소를 불어 〈평호추월平湖秋月〉을 연주하겠지요. 이 얼마나 아름다운 정경이에요. 두 사람이 결혼하고도 여러 가지 이유로 동거하지 못하다가 처음 잠자리를 갖게 된다면, 잠시 사패詞牌를 읽다가 술을 한잔하겠지요. 밤이 되면 달빛도 좋고 공기도 신선할 거예요. 아바오가 말했다. 그렇겠네요. 리 선생이 목소리를 낮춰 말했다. 그런데 제가 한간에게 시집가게 되리라고는 꿈에도 생각지 못했어요. 아바오가 앞에 놓인 귤을 쳐다보며 말했다. 그러셨군요! 리 선생이 말했다. 당시 저는 멋진 지식인을 한 사람 만났어요. 장삼 차림에 목에는 영국제 얇은 실크 머플러를 두르고 있었지요. 양복 대신 장삼을 입고 영국제 가죽구두를 신고서 저를 보자 빙긋이 웃더군요. 저도 방긋 웃어주었어요. 지식인이 말했어요. 여기저기 수없이 돌아다니면서 평생의 반려자를 찾았는데 이제야 인연을 만난 것 같군요. 저는 또 방긋 웃었어요. 지식인이 말했어요. 정말 공교롭군요. 저는 줄곧 제가 어떤 노래를 부르면 아내가 피리를 불어주는 장면을 상상해왔어요. 서늘한 가을바람이 불면, 달이 점점 둥글게 차오르겠지요.* 둘이 시 얘기를 나누면서 책을 읽다가 여아홍女兒紅**을 한잔 마시는 거예요. 쟁반에는 월병月餠도 있겠지요. 창밖에는 달이 떠 있고요. 이런 날이 온다면 얼마나 좋을까요. 아바오는 아무 말도 하지 않았

* 송나라 시인 막륜의 사(詞) 「생사자」의 한 구절.

** 딸이 태어나자마자 술을 담가 시집갈 때 혼례 연회에 내놓는, 딸의 나이만큼 오래 숙성된 사오싱주를 말한다.

다. 리 선생이 말했다. 결혼하던 날 저녁에 지식인이 꽃이 수놓인 휘장을 걷으면서 제게 말했어요. 리리黎黎, 애국이란 두 글자는 마음 깊숙한 곳에 넣어둬요. 애국이란 보석이나 장신구를 넣어두는 상자나 마찬가지예요. 쓰지 않고 잘 넣어두어야 보석함이 되는 거예요. 마음대로 꺼내서 테이블 위에 늘어놓아선 안 돼요. 자물쇠를 채워서 겉을 부드럽게 싼 다음, 장롱 맨 아래에 깊이 넣어주어야 해요. 알았죠? 위에 뭔가를 얹어 눌리게 하는 건 중요하지 않아요. 표면도 중요하지 않아요. 중요한 건 바닥이에요. 저는 고개를 끄덕였어요. 다음날, 지식인은 저를 데리고 나가 어우양 선생을 소개해주더군요. 선생이 말했어요. 제수씨, 걱정하실 것 없어요. 업무가 다소 복잡하고 힘들긴 하지만 밝은 날이 올 거예요. 저 앞에 희망이 보여요. 머지않아 곧 보게 될 거예요. 밝은 날이 오고 있어요. 아바오가 물었다. 그다음에는 어떻게 됐나요? 리 선생이 말했다. 그다음에는 정말로 밝은 날이 왔어요. 일본인들은 투항했고 방송국에서는 천황의 항복 선언을 방송했지요. 일본 조계지에서는 일부 사람들이 일본 깃발을 태우기 시작했어요. 이상하지요. 자신이 일본인이 아니라 조선 통역원 아니면 타이완 사람이라는 사실을 증명하려는 거였어요. 당시에는 일부 상하이 사람들이 쳐들어가 일본인들의 가산을 탈취하기도 했어요. 소파와 구리침대, 피아노, 카펫, 다다미 같은 것들을 전부 들고 나왔지만 일본인들은 아무 말도 못했어요. 그날 밤 중국인들은 허리를 꼿꼿하게 펴고 온몸에 잔뜩 힘을 주었지요. 입을 열었다 하면 일본 애새끼, 일본 개자식, 일본 양아치, 일본 머저리, 왜동양矮東洋, 왜동과矮冬瓜*라고 놀려댔어요. 영국 수상 애틀리는 전국에 이틀간의 공휴일을 선포했지요. 미국도 이틀간의 공휴일을 선포했어요. 중국은 사흘을 경축하면서 모든 정부 기관이 하루를 쉬었어요. 이날 저녁, 저는 지식인과 어우양 선생을 따라 셋이서 함께 아주 즐거운 기분으로 거리 구경을 했어요. 진정한 밤의 상하이를 누렸지요. 도시 전체에 음악소리가 가득한 것이 지금의 상하이와는 완전히 달랐어요. 크고 작은 신문들이 트루먼의 연설을 게재했어요. 신문마다 대문짝만한 글씨로 오늘부터 우리는 신기원으로 접어든다라고 쓰여 있었어요. 샤페이로는 정말로 사람들의 목소리로 가득 들끓었어요. 앨버트로, 그러니까 지금의 산시로와 화이하이로가 만나는 곳에서는 백러시아 남녀들이 춤을 추면서 손풍금을 켰어요. 수용소에 사 년이나 갇혀 있던 영국 화교들과 미국 화교들도 전부 석방되어 무리를 이루어 샤페이로로 가두행진을 했지요. 저는 한 미국 화교가 부르는 경쾌한 〈릴리 마를렌〉 노래에 귀기울였어요. 모든 것이 안개 속에 묻혀 있지요, 저는 창가에 몸을 기대고 오래 서 있었어요, 릴리 마를렌, 릴리 마를렌. 눈물이 흘러내렸어요. 그날 밤, 셋이서 얼마나 즐거웠는지 몰라요. 그러다가 마음 가는 대로 시구西區의 어느 낯선 철문을 열었어요. 커다란 서양식 주택이었지요. 당시 상하이에는 빈 서양식 주택이 얼마나 많았는지 몰라요. 사람이 떠나고 건물은 비어 있었어요. 세 사람이 더듬어 들어가 전등을 켰더니 장식장에 양주가 가득 들어 있더라고요. 저는 대청으로 가서 유성기를 틀었어요.

* 덩치가 작은 일본인들을 모욕하는 말.

뜻밖에도 〈릴리 마를렌〉의 독일어 레코드판을 찾아냈지요. 모두들 레코드판을 들으면서 노래하고 춤을 추었어요. 그러다가 울음을 터뜨렸어요. 그날 밤, 저는 적잖은 술을 마셨어요. 세 사람은 정원의 잔디밭 울타리 안으로 뛰어들어갔어요. 공기가 아주 좋았어요. 시원하고 맑고 청아했지요. 저는 노래를 불렀어요. 모든 것이 안개 속에 묻혀 있지요, 저는 창가에 몸을 기대고 오래 서 있었어요, 릴리 마를렌, 릴리 마를렌. 눈물이 흘러내렸어요. 너무 기뻐서 울었던 거예요. 그러다가 나중에 제게 문제가 생겼어요. 술에 취해 하이힐을 벗어던지고 카펫 위를 뒹굴었어요. 상하이가 정말 해방된 거였어요. 날이 밝아왔어요. 상하이는 정말 밝아졌어요. 밤이 깊도록 떠들썩하게 놀았어요. 아, 그야말로 노래가 바람이 되고 땀이 비가 되는 그런 상황이었지요. 지식인과 어우양 선생은 술에 취해 인사불성이 되었어요. 그러다가 다음날 오후가 되어서야 다들 그 집을 나왔지요. 아바오가 말했다. 얘기만 들어도 기분이 좋아지네요. 그다음에는 어떻게 되었나요? 리 선생이 말했다. 각자 중요한 일들을 하러 갔어요. 예컨대 9월에는 미국 제7함대가 상하이에 도착했지요. 정부는 작은 깃발을 나눠주면서 수천 명의 노동자 시민들에게 와이탄으로 가서 해군 제독 킨케이드를 환영하게 했어요. 그 결과, 모종의 공작이 이루어져 환영행위가 가두시위로 바뀌었지요. 할일이 정말로 많았어요. 너무 많아서 다 처리할 수 없을 정도였지요. 미친듯이 일을 하는 와중에 결국 상하이에 또다시 군대가 들이닥쳤어요. 지식인이 제게 말했어요. 리리, 하늘이 더 밝아졌어요. 희미하게 밝은 것이 아니라 곧 거대한 광명이 찾아올 것 같아요. 세상이 빛을 찾는 일이 곧 실현될 것 같아요. 당시 저는 또 술에 취해야겠다고 생각했어요. 너무 기분이 좋았어요. 술에 취해 물을 감상하는 것은 가을에 어울리고, 술에 취해 달을 즐기는 것은 높은 누각이 어울리지요. 상하이에 또 적지 않은 빈집들이 생겨났어요. 그날 밤도 상하이에서 세 사람이 또 하룻밤 내내 거리를 돌아다니면서 신나게 광명을 경축하고 노래하고 춤출 수 있었다면 얼마나 좋았을까요? 그런데 상황이 달라졌어요. 그날 아침 일찍부터 거리고 서양식 가옥 잔디밭이고 할 것 없이 도처에 군인들 천지였어요. 선생은 정말 바빴고 지식인도 바빴어요. 너무나 바빴어요. 다 하지 못한 일이 너무 많았고, 열지 못한 회의도 너무 많았어요. 선생이 제게 말했지요. 리리, 모두들 얘기를 끝내면 제대로 경축합시다. 제대로 웃고 제대로 취하는 거예요. 저는 그러겠다고 약속하고 나서 마음속으로 줄곧 그날을 기다렸어요. 그다음에 어떻게 됐을까요? 큰일이 터지고 말았어요. 채색구름이 마구 흩어져버리고 밝은 달은 둥근 모습을 되찾기 어렵게 된 거예요. 모든 게 다 변해버렸어요. 아바오가 말했다. 그랬군요. 리 선생이 낮은 목소리로 말했다. 적지 않은 사람들이 잡혀갔어요. 형세가 아주 심각했지요. 수갑을 마댓자루에 담을 정도였으니까요. 리 선생이 입을 다물었다. 아바오도 말이 없었다. 방안에는 잿빛 먼지 위에 또 잿빛 먼지가 쌓인 것이 선명하게 보였다. 벽면이 죄다 일어나 둥그렇게 말려 있었다. 방 전체의 벽면이 일어나 돌돌 말린 페인트 잔해로 가득했다. 네 벽과 천장도 온통 회백색 대팻밥 같은 페인트 잔해였다. 밤에 전등을 켜면 모골이 송연해질 것이 분명했다. 리 선생이 물었다. 방이 너무 낡았지요? 아바오가 대답했다. 네. 리 선생이 말했다. 저는 십여 년 동안 전등을 켜지 않았어요. 전기를 절약해야 했거든요. 장님이라 눈에 광선이 보이지 않아요. 붉은색도 보이지 않고 초록색도 보이지 않아요. 짙은 파란색만 볼 수 있지요. 그리고 덩어리로 뭉쳐 있는 검은색을 볼 수 있어요. 아바오가 물었다. 리 선생님, 지금 무슨 말씀을 하시는 건가요? 리 선생이 말했다. 나는 아바오 씨가 지금 눈으로 뭘 보고 있는지 마음속으로 다 알아요. 내 방을 둘러보고 있지요. 휘장을 보고 있잖아요. 아바오는 아무 말도 하지 않았다. 리 선생이 말했다. 결혼할 때 쓰는 꽃을 수놓은 커튼과 침대 휘장에는 주로 쑤저우 자수를 사용했어요. 침대 둘레 장식을 과거에는 '친지두襯池頭'라고 했는데 여기에도 쑤저우 자수를 사용했지요. 문에 다는 커튼을 과거에는 '협춘夾春'이라고 했지요. 역시 쑤저우 자수를 사용했어요. 의자 등받이에 걸치는 장식을 '고자靠子'라 하고 테이블보는 '횡파橫坡'라고 했는데 역시 전부 쑤저우 자수를 사용했지요. 이것들 외에 저는 아무것도 필요하지 않았어요. 부부가 헤어지고 나면 치마의 허리 치수가 확 줄기 마련이지요. 혼자 생활해야 할지도 모르는 상황이었어요. 저는 단기 대리 교사로 일하기 시작했어요. 눈이 멀 때까지 그 일을 했지요. 저는 항상 혼자 달을 바라보았어요. 나중에는 점점 시력이 나빠지기 시작했지요. 어느 날 갑자기 일본의 『다케토리 이야기』*에 여자가 달을 너무 많이 바라보면 액운이 닥친다는 얘기가 있다는 것이 생각

* 일본 헤이안 시대의 이야기책.

났어요. 저는 속으로 너무 놀랐어요. 눈이 점점 흐려지더니 나중에는 아무것도 보이지 않게 되었지요. 저는 지식인과 어우양 선생이 곧 날이 밝을 거라고 말하는 걸 들었어요. 날은 이미 밝았지요. 거대한 광명이 찾아온 거예요. 하지만 저는 모든 것이 어둡게만 느껴졌어요. 날이 계속 어두웠지요. 애당초 아무것도 보이지 않았어요. 전등을 켜도 빛이 보이지 않았어요. 아바오가 말했다. 말씀은 이제 그만하시고 사과를 좀 드세요. 리 선생은 아무 말도 하지 않았다. 방안은 고요했다. 천장의 벗겨진 칠 잔해들이 미세하게 흔들렸다. 꽃을 수놓은 휘장에는 무수한 구멍이 나 있고 먼지가 가득 내려앉아 있었다. 리 선생이 말했다. 결혼하고 나서 지금까지 저는 줄곧 저 휘장을 사용하고 있어요. 죽을 때까지 쓰게 될 것 같아요. 아바오는 아무 말도 하지 않았다. 리 선생이 말했다. 저는 하루빨리 죽고만 싶었어요. 그러면 우리 남편 지식인과 어우양 선생을 만날 수 있을 테니까요. 남자 둘, 여자 하나, 이렇게 셋이서 저승의 잔디밭에 가서 술도 마시고 노래도 하고 텔레비전 방송도 듣고, 마를레네 디트리히가 부르는 〈릴리 마를렌〉도 들을 수 있을 테니까요. 인생은 술에 한 번 취하는 것에 지나지 않아요. 가장 재미있는 것은 전혀 생각지도 못했는데 오늘 아바오 씨가 소식을 갖고 찾아온 거예요. 어우양 선생과 제 남편은 한 사람은 죽고 한 사람은 살아 서로 아무런 왕래가 없었던 거로군요. 제가 죽는다 해도 세 사람이 함께 웃고 떠들면서 거리를 활보하고 해방을 경축하는 장면은 지금으로서는 불가능한 일이군요. 완전히 불가능한 일이에요. 한 사람이 빠졌으니까요. 아바오는 아무 말도 하지 못했다. 리 선생이 말했다.

아바오 씨, 사람으로 산다는 게 얼마나 난처한 일인지 몰라요. 도화부桃花賦는 그대로지만 통소는 누가 부나요?* 이 얼마나 난처한 일이에요? 아바오는 말이 없었다. 리 선생이 목소리를 낮추며 말했다. 옆집 사람들은 계속 관리소와 담판을 벌이고 있어요. 제가 빨리 죽으면 문을 독립적으로 사용하면서 편하게 살 수 있거든요. 그래서 온 가족이 매일 저를 욕하면서 제가 하루빨리 지옥에 떨어지기를 간절히 바라고 있어요. 한간의 마누라라 편안한 죽음을 맞지는 못할 거라면서 말이에요. 아바오는 여전히 아무 말도 하지 않았다. 리 선생이 말했다. 제가 할 수 있는 것은 아무 말도 하지 않는 거예요. 우리 남편도 그 일을 하면서 절대로 입을 열지 않았거든요. 한 글자도 입 밖에 내지 않았어요. 저도 오래전부터 말을 하지 않았으니 계속 입다물고 있는 수밖에 없어요. 아바오가 말했다. 네, 그러셨군요. 방안에는 정적이 흘렀다. 창틀 위를 폴짝폴짝 뛰어다니는 참새 울음소리밖에 들리지 않았다. 아바오는 영화 몽타주만이 눈앞의 이런 황량함을 회복시켜 낡고 해진 휘장과 벽이 전부 몇십 년 전의 깨끗하고 맑은 모습으로 돌아갈 수 있을 것 같다는 생각이 들었다. 당시 이 부부가 빛나는 외모로 어깨를 나란히 하여 창가에 서서 달을 바라보는 장면이 한적하고 황량하지만 멋진 한 편의 흑백영화로 펼쳐지는 것 같았다. 모퉁이가 분명한 테이블 위에는 월병과 계화고桂花糕**, 그리고 맑은 차 한 주전자가 놓일

* 명나라 때 시인 당인의 「도화부」의 일부.

** 우리의 다식과 유사한 중국의 전통 주전부리.

도화부는 그대로지만 퉁소는 누가 부나요?

것 같았다. 젊은 리 선생은 약간 취한 모습을 보이면서 한밤중까지 촛불을 켜놓았을 것이다. 그러다가 촛불이 꺼지면서 휘장 안으로 들어가 아름다운 밤을 보냈을 것이다. 아바오는 자리에서 일어나 작별인사를 건네려 했다. 리 선생이 손을 뻗으면서 말했다. 아바오 씨, 날 좀 도와줄 수 있어요? 아바오가 말했다. 네, 선생님. 리 선생이 말했다. 샤오천이 줄곧 내 손톱을 깎아줘야겠다고 했어요. 아바오가 말했다. 맞아요, 손톱이 너무 길어서 돌돌 말리기 시작했어요. 리 선생이 말했다. 아바오 씨가 좀 깎아줄 수 있겠어요? 아바오는 아무 말도 하지 않았다. 리 선생이 말했다. 맞은편 서랍 안에 작은 가위가 하나 있어요. 샤오천이 가져다놓은 거예요. 아바오가 리 선생의 손을 쳐다보았다. 열 손가락이 파처럼 어렴풋하게 보였다. 퉁소 소리가 높아졌다 낮아지기를 반복하면서 멀고 아득하게 들려왔다. 아바오가 잠시 망설이다가 말했다. 그런데요. 리 선생이 물었다. 가능하겠지요? 아바오가 말했다. 그런데 저는 손톱을 깎을 줄 몰라요. 잘 못 깎으면 어떻게 하지요? 리 선생은 아무 말도 하지 않았다. 아바오가 망설이다가 말했다. 제가 지금 주민위원회에 가서 샤오천을 불러올게요. 리 선생의 머리에 온통 서리가 내려앉는 것 같았다. 리 선생이 손을 거둬들이면서 말했다. 그것도 괜찮을 것 같군요. 이때, 아바오는 더이상 한 마디도 할 수 없었다. 마음 한구석이 너무나 아파왔다. 아바오가 몸을 일으키며 말했다. 얼른 가서 샤오천을 찾아볼게요. 리 선생이 말했다. 그래요, 좋아요. 아바오는 몸을 돌려 방문을 당겨 열었다. 하마터면 몰래 엿듣고 있던 엉덩이 큰 여자와 부딪칠 뻔했다. 상대방은 깜짝 놀라며 황급히 엉덩이를 움츠렸다. 아바오는 황급히 계단을 뛰어내려갔다. 하마터면 눈물을 쏟을 뻔했다.

26장

1

그동안 아바오는 아침 일찍 난창로를 벗어났다. 리리는 잠에서 깨지 않고 행인들도 드문 시각이었다. 루이진로 사거리에 오면 대개 국수를 한 그릇 먹으면서 조간을 읽은 다음, 천천히 거리를 걸어 회사로 출근했다. 어느 날 정오에 아바오가 리리에게 전화를 했다. 아무도 받지 않았다. 오후에 다시 전화를 걸었지만 역시 받지 않았다. 이어서 고객 둘이 찾아와 오후 네시가 되어서야 업무를 마쳤다. 아바오는 다시 리리에게 전화를 걸었다. 리리가 말했다. 전화 정말 많이 했네요. 아바오가 말했다. 저녁에 같이 식사해요. 리리가 웃으면서 물었다. 왜요? 아바오가 말했다. 지금 나는 주도적인 모습을 보이고 있는 거예요. 리리가 말했다. 못 믿겠어요. 아바오가 말했다. 정말이에요. 리리가 말했다. 최근에 저랑 왕래가 잦아서 그러는 거겠지요. 부담 가지실 필요 없어요. 절 마음에 두지 않으셔도 돼요. 괜찮아요. 아바오가 말했다. 나는 진심입니다. 리리가 말했다. 헛된 감정과 거짓된 생각일 거예요. 아바오가 말했다. 진심이고 진정이란 말입니다. 리리가 말했다. 좋아요. 다 같이 좋은 친구로 지내자고요. 저는 이걸로 충분히 만족해요. 아바오가 말했다. 나는 진심이라고요. 리리가 말했다. 저는 지금 너무 바빠요. 저녁에 또 친구들이 몇 테이블 예약되어 있어요. 나중에 얘기해요. 두 사람은 그렇게 전화를 끊었다. 밤 아홉시가 되고 열시가 지나자 아바오는 리리에게 다시 한번 전화를 걸었다. 전화기가 꺼져 있었다. 문가 가까이 서 있던 리리의 뒷모습을 생각하면서 아바오는 약간 상실감에 젖었다. 새벽 한시에 리리가 전화를 걸어 말했다. 미안해요, 내가 깨웠죠? 아바오가 말했다. 내가 지금 그리로 갈게요. 리리가 말했다. 전화로 얘기해요. 아바오가 하품을 하면서 물었다. 무슨 얘기를 하려는 건데요? 리리가 물었다. 남자가 진심인지 거짓인지 어떻게 구별하죠? 아바오가 말했다. 나는 분명히 진심이에요. 리리가 말했다. 우리 함부로 엮이지 마요. 제게는 최근에 사정이 있어요. 아바오가 말했다. 상황은 내가 결정해요. 리리가 웃으면서 말했다. 계속 낭만적인 노래를 부를 준비만 하고 있군요. 아바오는 아무 말도 하지 않았다. 리리가 말했다. 방안이 너무 추워요. 아바오가 말했다. 내가 당장 갈게요. 리리가 말했다. 그러지 말고 윈난로雲南路로 와요. 뜨거운 양고기나 먹자고요. 아바오가 말했다. 좋아요. 리리가 말했다. 상의할 일이 있어서 그래요. 아바오가 말했다. 좋아요.

2

삼십 분쯤 뒤에 아바오는 윈난로의 어느 양고깃집에 들어가 가반주 두 근과 뜨거운 김이 모락모락 나는 양고기 한 접시, 양 간 한 접시, 계란 교자, 시금치 등을 주문했다. 리리가 들어왔다. 얼굴이 창백하고 입술이 메말라 있었다. 아바오가 메뉴판을 가리키며 말했다. 온몸에서 추위가 뿜어져나오네요. 우선 몸보신부터 해야겠어요. 양 허리도 한 접시 주세요. 리리가 낮은 목소리로 말했다. 죽을 것 같아요. 아바오 씨는 요 며칠 계속 같은 모습이네요. 저는 놀랐어요. 아무리 몸을 보양한다고 해도 제가 이런 상황을 어떻게 처리하겠어요? 이렇게 지저분한 음식은 그만 먹어요. 구리 냄비에서 뜨거운 김이 솟아올랐다. 두 사람은 양고기를 몇 덩이 먹으면서 가반주를 두 잔씩 마셨다. 리리가 말했다. 이제 더워졌네요. 리리가 아바오의 손을 어루만지며 빙긋이 웃었다. 리리의 손은 차갑고 눈처럼 희었다. 새로 만들어 붙인 네모난 손톱은 한창 유행하는 우윳빛이었다. 아바오가 말했다. 장미 금장시계네요. 낯설어요. 리리가 시무룩한 표정으로 말했다. 적금赤金이나 홍금紅金이라고 말해주면 안 돼요? 다른 이름은 듣기 싫어요. 아바오가 말했다. 내부 기계가 다 들여다보이고 천문 성좌를 나타내는 다이아몬드가 박혀 있네요. 18K의 양이 대단하겠어요. 리리가 옷소매를 걷어올리며 말했다. 술이나 마셔요. 아바오가 물었다. 남자가 바래다줬나요? 리리가 말했다. 눈이 정말 매섭군요. 아바오가 말했다. 결혼할 상대인가요? 리리가 말했다. 어떤 남자가 집요하게 말을 걸어와요. 만날 때마다 선물을 주더라고요. 아바오가 말했다. 아주 잘됐네요. 리리가 말했다. 반년 넘게 제게 집적댔지만 저는 확실한 태도를 표명하지 않았어요. 아바오가 말했다. 어쩐지 창수에 갔을 때도 리리 씨는 줄곧 넋이 나간 척하고 있더군요. 알고 보니 마음속에 남자가 있었던 거였네요. 리리는 아무 말도 하지 않았다. 아바오가 말했다. 쉬 사장은 하는 수 없이 방향을 바꿔 미스 왕을 공격했지요. 그 자리에 있던 사람들 모두가 바로 앞에서 지켜보는데도 결국 금지구역의 법규를 어겨 페널티킥 처벌을 받았어요. 단 한 골에 문제가 생기고 만 거예요. 리리가 주위를 살피며 말했다. 그런 저질 얘기는 제발 그만해요. 아바오가 말했다. 괜찮아요, 여기는 지저분한 얘기를 맘껏 할 수 있는 공간이에요. 실컷 얘기해도 돼요.

아바오가 주위를 둘러보니 열두시가 넘은 한밤중이라 엄동설한의 가게 안은 따스하고 좁고 느끼하고 제멋대로였다. 바로 옆 테이블에는 한 쌍의 남녀가 끊임없이 이야기를 이어가고 있었다. 여자는 하층 부녀자 같아 보였다. 눈썹 문신을 하고 요염한 눈매에 머리 가득 플라스틱으로 된 헤어 롤러를 달았다. 몸에는 자디잔 꽃무늬 잠옷을 입고 발에는 말조개 껍데기 모양의 솜 신발을 신었다. 남자는 넓적하게 압축한 금목걸이를 건 목이 벌겋게 달아올라 있었다. 어깨에는 비듬이 잔뜩 내려앉아 있었다. 엄지손가락에만 손톱을 길게 남겨 얘기를 하면서 똑똑 소리가 나도록 연신 손톱을 깎았다. 구두 위에는 진흙이 잔뜩 묻어 있고 빈 황주병 네 개가 벽에 붙어 나란히 줄 서 있었다. 피우던 담배꽁초는 곧장 바닥에 던진 다음 발로 비벼 껐다. 바닥에는 온통 일회용 젓가락과 티슈, 채소 부스러기 등이 가득했다. 허공의 숯냄새만 아득한 섣달그믐날의 기억을 되살려주고 있었다. 리리가 말했다. 제 얘기를 하자면 남자들이 끊이지 않았던 것 같지만 사실은 그저 잠시 연애를 한 것뿐이라 아바오 씨와의 관계처럼 발전할 수가 없었어요. 아바오는 아무 말도 하지 않았다. 리리가 말했다. 제가 아무리 결혼을 하고 싶다고 해도 쉬 사장에게는 차례가 돌아가지 않을 거예요. 앞으로 아바오 씨도 그런 농담은 하지 말아줬으면 해요. 아바오가 말했다. 알았어요, 약속할게요. 리리가 말했다. 제가 아는 몇몇 남자 친구들 가운데 홍콩 남자는 비교적 여색을 밝히는 편이고 타이완 남자는 속이 좁아요. 뼛속 깊이 대륙사람들을 무시하지요. 아바오가 물었다. 그럼 싱가포르 남자는 어떤가요? 리리가 말했다. 싱가포르 사람은 문화가 부족하다고 할 수 있지요. 홍콩과 상하이도 이미 문화의 사막이 되었다고들 하죠. 저를 반년이나 관찰하고 있는 남자가 바로 싱가포르 남자예요. 아바오는 아무 말도 하지 않았다. 리리가 말했다. 자칭 명문세가의 후예라고 하는데 태도가 고상하고 세련되었더군요. 맨 처음에는 상하이 여자랑 결혼하고 싶다고 하면서 제게 상하이 여자를 소개해달라고 했어요. 아바오가 말했다. 여자가 상하이에 오면 상하이 여자가 되는 것 아닌가요. 리리가 말했다. 저는 북방의 미스 친을 소개해줬어요. 싱가포르 사람도 고상하고 미스 친도 고상한 부류니까요. 게다가 미스 친은 대단한 인물이잖아요. 처음 상하이에 와서 일을 할 때는 입술이 두껍고 가슴이 볼록 솟은 모습이 겉으로 보기에는 의사나 지식인 혹은 지식인 노선을 걷는 사람 같았어요. 아바오가 물었다. 무슨 노선이라고요? 그런 노선은 못 들어봤는데요. 리리가 말했다. 테가 굵은 안경을 쓰고 소박한 차림에 밑창이 납작한 천 신발을 신고 있었거든요. 꼭 초등학교 선생님 같았지요. 그런데 직장인 항구 구역 부두사무소에 가면 사업을 전혀 알지 못하는 우아하고 조용한 모습을 보이는 거예요. 예컨대 전화를 걸 때도 무의식적으로 영문 시나 일본의 하이쿠 구절을 내뱉더군요. 사실 전화는 없는 번호로 건 거였어요. 사무실 남자들로 하여금 여자인 자신을 애지중지하면서 서로 앞다투어 도우려 나서고 앞뒤에서 감싸고 지켜주게 만들려는 의도에서 나온 일종의 계략이었지요. 이것저것 가르쳐주면서 메모를 대신 써주고 전화도 대신 걸어주는 등 각종 업무를 남자들이 도와주는 거예요. 아바오가 말했다. 아주 영리하군요. 리리가 말했다. 일부 여자들은 확실히 이런 방법을 좋아하지요. 또 어떤 부류의 여자들은 아무한테나 애교를 부려 씨를 넓게 뿌리지만 수확은 빈약한 경우도 있어요. 내공에 의지하여 우아하고 조용한 모습만으로 겉으로는 아무 말도 하지 않고 청아하고 순결한 모습을 고수하는 여자들도 있고요. 사실 남자들의 마음을 가장 효과적으로 끌어당기는 방법은 어디를 가든지 신변에 남자들을 몰고 다니는 거예요. 하나같이 꽃에 미친 사람들처럼 여자를 따라다니지만 마지막에는 남자들을 담장에 오르게 한 다음 사다리를 치워버리지요. 목적이 달성되면 여자는 떠나버리는 거예요. 담장 위에 올라간 남자들은 난감해질 수밖에 없지요. 일반적으로 비즈니스의 세계에서 이런 일을 하는 보통 여자들은 대부분 타고나길 낯짝이 아주 두꺼워요. 경박하고 지저분한 몸 냄새만으로 온갖 재주를 부려 누구에게나 예쁘고 능력이 뛰어난 것처럼 보이게 하려고 발버둥치지요. 이런 식으로 고기든 채소든 가리지 않고 먹을 수 있는 건 다 먹어치우는 것이나 마찬가지지요. 에이, 그런데 이 미스 친은 꽉 막힌 지식인 이미지인데도 비즈니스의 전장에서 또다른 내공이 있어 큰돈을 벌었더군요. 완전히 다른 사람이 되었지요. 아바오가 말했다. 지난번에 창수에 갔을 때는 이 미스 친이란 분에게서 지식인 분위기를 전혀 느끼지 못했어요. 리리가 말했다. 그게 아니에요. 지금은 이미 상당한 성공을 거두고 이미지를 바꿨기 때문에 굳이 지식인인 척할 필요가 없어진 거예요. 뭔가를 가장하는 것은 아무래도 힘이 들거든요. 다시 처음 얘기로 돌아가요. 싱가포르 남자가 상하이 여자친구를 원했는데 제가 왜 미스 친을 소개했을까요? 원래 이 여자가 먼저 제게 남자를 소개해달라고 부탁했기 때문이에요. 서로 만나는 그날 미스 친은 여전히 지식인 분위기로 꾸미고 나왔지만, 이날은 너무 지나쳤어요. 너무 힘을 주었지요. 마오 주석의 여성 통역원처럼 꾸미고 나왔더라고요. 단발머리에 굵은 검정 테 안경을 쓰고 나왔지요. 정말 끔찍했어요. 싱가포르 남자도 놀라고 저도 놀랐어요. 그 자리에서는 많은 얘기를 하지 않았지만 나중에 싱가포르 남자가 전화를 걸어와, 그 여성 간부를 보는 순간 혁명운동이 생각났다고 말하더군요. 제가 싱가포르 사람이 어떻게 혁명운동을 아느냐고 물었어요. 싱가포르 남자가 웃으면서 말했지요. 외모는 맘에 들지만 이렇게 꾸미는 것은 진정한 상하이의 맛이 아니잖아요. 제가 말했어요. 검정 테 안경에 칼로 오린 듯이 가지런한 단발머리가 바로 1970년대 상하이의 멋이에요. 때로는 앞머리가 눈썹에 맞춰져야 하고 뒷머리가 어깨에 나란히 닿아야 하지요. 하얀 블라우스와 조삼, 그리고 회색이나 카키색 바지에 천 신발을 신어야 해요. 싱가포르 남자가 말했어요. 오늘날의 시각으로 보자면 중성적인 옷차림이라고 할 수 있겠네요. 몸매도 보이지 않고 표정도 너무 엄숙하고 말이에요. 저는 옛날 상하이 여자들이 좋아요. 부드러운 성격에 모든 것이 가능한 여자 말이에요. 제가 말했지요. 옷차림만 바꾸면 돼요. 아주 편리하지요. 물론 미스 친도 그걸 알아요. 제가 데리고 가서 치파오를 골라줄게요. 제 말뜻은 서양식 원단으로 만든 치파오가 비교적 운치가 있다는 거예요. 미스 친은 인단트렌 염색 천으로 치파오를 맞춰 입고 그 위에 조끼도 곁들이려 했어요. 빨간색 스카프 혹은 흰색 스카프를 두르려고 했지만 제가 그건 어울리지 않는다고, 전혀 적합하지 않다고 말했어요. 린다오징林道靜* 이나 장제江姐**의 모습을 하면 사람들이 놀랄 거라고 했지요. 싱가포르 남자는 필경 자산계급 매판 출신이자 배우자가 될 사람이잖아요. 영화를 찍는 것도 아닌데 이처럼 진보적인 여성으로 꾸미면 장제가 '평화롭게 변신하여' 정신적인 형벌을 받는 것 같아 별로 공경스럽지 못하지요. 미스 친은 종종 오늘날의 고통스러운 유행을 즐거움으로 삼는다고 말하더라고요. 제가 냉소하며 말했지요. 아예 볼록한 것을 오목하다고 하면서 정세에 따라 유리하게 이끌다가 대립의 통일을 이룬다고 해요. 이날 우리 둘은 한참이나 얘기

* 영화화된 장편소설 『청춘의 노래』의 주인공으로 청춘의 빛을 발산하는 전형적인 여성 지식인 캐릭터다.

** 쓰촨성 출신의 혁명열사.

를 주고받으면서 고르고 또 골랐지요. 미스 친은 결국 남색 꽃무늬가 아로새겨진 치파오를 골랐어요. 여기에 남색 바탕에 꽃무늬가 있는 핸드백과 단향 부채, 진주 목걸이 등을 곁들였지요. 머리는 옛날식 파도 모양으로 파마를 했어요. 거울 앞에 서서 약간 매만졌지만 역시 이것도 아니고 저것도 아닌 모양이었지요. 두번째 만났을 때는 그래도 무척이나 친근하게 얘기를 나눌 수 있었어요. 싱가포르 남자가 미스 친에게 왜 상하이 말을 쓰지 않느냐고 묻더군요. 미스 친이 대답했지요. 저희 아빠는 상하이로 남하한 고위 간부고 엄마는 상하이 자본가의 후손이에요. 저만 어려서부터 보통화에 익숙해서 상하이 말은 아무래도 어색해요. 그 대신 보통화는 표준에 가깝게 구사할 수 있지요. 아니면 제가 상하이 간부 자제들의 '플라스틱 보통화'를 해볼까요? 양푸楊浦 상하이 사투리나 푸단復旦 상하이 사투리, 화동사대華東師大 상하이 사투리를 써도 되겠지요? 싱가포르 남자는 빙긋이 웃으면서 아무 말도 하지 않았어요. 미스 친이 말했지요. 외부 세계에서는 홍콩과 상하이가 얼마나 천박하고 아취雅趣가 없는지 모른다고 말하고 있어요. 문풍文風도 천박해지고 학풍學風도 시장의 거간꾼에 가까워지고 있다면서 말이에요. 대도시 상하이가 엄숙한 책상 하나 받아들일 공간이 없어 문화의 사막이 되어버렸다는 거예요. 싱가포르 남자가 물었어요. 미스 친의 관점으로 말하면 중국에서 문화가 남아 있는 지역이 도대체 어디인가요? 미스 친은 잠시 생각에 잠기더니 사막 밖에 없다고 말했지요. 싱가포르 남자가 말했어요. 사막에서는 〈아라비아의 로렌스〉라는 영화를 찍은 적이 있고 대륙에서는 이전에 〈사막추비기〉라는 영화를 찍은 적이 있지, 안 그래요? 미스 친이 멍한 표정을 짓다가 가볍게 웃으면서 말했어요. 저는 남양의 청년들과 함께 사막에 들어간 적이 있어요. 그때 진정한 자유 같은 것을 느꼈지요. 낙후된 지역일수록 문화 수준이 높더군요. 싱가포르 남자가 말했어요. 그 말은 이해하기 어렵군요. 미스 친에게는 이미 남자친구가 있는 건가요? 미스 친이 말했어요. 제 꿈속의 남양 친구가 정말로 가까이에 있다면 저는 싼마오三毛*가 되어 진정한 사막 생활을 경험해보고 싶어요. 싱가포르 남자는 아무 말도 하지 못했지요. 미스 친이 말했어요. 상하이는 끝났어요. 1930년대 상황을 회복하지 못할 거예요. 정자간 풍경이 되어버렸지요. 저 같은 부류만 문예 귀족의 외로운 싹으로 남아 있는 거예요. 싱가포르 남자는 빙긋이 웃으면서 아무 말도 하지 않았어요. 미스 친이 갑자기 가볍게 노래를 부르기 시작했어요. 사막에 내가 있으니/ 영원히 적막하지 않네/ 청춘의 꽃송이가 만개하네/ 내가 큰 소리로 노래를 부르면/ 그대가 가벼운 목소리로 화음을 맞추며/ 사막의 작은 사랑의 강에 도취하네.** 싱가포르 남자는 노래를 들으면서 빙긋이 웃기만 할 뿐, 아무 말도 하지 않았어요. 저녁 여덟시 반이 되자 미스 친이 손가락으로 난화지를 만들고 단향 부채로 부채질하면서 말했어요. 저는 이만 돌아갈래요. 싱가포르 남자가 시계를 들여다보았지요. 미스 친

* 타이완의 유명 여성작가로 스물네 살부터 세계 각국을 떠돌다가 1973년 북아프리카의 서사하라에서 스페인 남자 호세와 결혼하여 정착했다. 우리나라에는 『사하라 이야기』 『포근한 밤』 등이 번역되어 있다.

** 중국 가수 위청칭(庾澄慶)이 부른 〈열정의 사막〉이라는 노래.

이 말했어요. 상하이의 단정한 집안 3층에 사는 큰딸은 저녁 여덟 시가 되면 반드시 집으로 돌아가야 해요. 엄마가 화를 내시거든요. 싱가포르 남자는 아무 말도 하지 않았지요. 그때 제가 목소리를 낮춰 보통화로 말했어요. 뭔가 억압을 받는 것으로 가장하고 있군요. 계속 그렇게 가장하고 살아요. 미스 친이 깜짝 놀라더니 환한 얼굴이 갑자기 변하면서 단향 부채를 탁 하고 바닥에 떨어뜨리더라고요. 아바오가 말했다. 확실히 여성 지식인으로 가장하면서 문예강文藝腔*을 늘어놓으며 이론서 몇 권을 뒤적이는 격이로군요. 리리가 소리 없이 웃었다. 아바오가 물었다. 그다음에는 어떻게 됐나요? 리리가 말했다. 싱가포르 남자가 손님을 문밖까지 배웅해주고 돌아와서는 제게 말하더군요. 이 여자는 1930년대 싼마오로군요. 뼛속 깊이 연극을 하고 있어요. 연극 학교 강사 같아요. 그 말을 듣고 저는 속으로 웃는 수밖에 없었지요. 미스 친은 정말로 악착같이 생활의 멋을 추구했던 거예요.

이때, 두 사람은 이미 황주를 한 병 넘게 마신 터였다. 아바오가 말했다. 리리 씨와 미스 친은 정말로 대학 연극과에서 강의를 해도 될 것 같군요. 리리가 말했다. 저는 연극이 싫어요. 아바오가 말했다. 사람으로 산다는 것이 곧 연극을 하는 것 아닌가요. 사람이라면 어느 정도 연극을 할 수밖에 없어요. 리리가 말했다. 저는 그런 게 싫어요. 아바오가 말했다. 연극을 할 줄 아는 사람이 마음속 자

* 원래는 1930년대 중국 문학청년들의 생경하고 서구화되거나 일본화된 언어를 지칭했지만, 지금은 부자연스러운 문어체나 현실 언어와 거리가 있는 언어방식을 의미한다.

질도 좋고 무대 매너도 훌륭하고 대사도 좋다면 연극을 아주 오래 이어갈 수 있을 거예요. 50회는 거뜬히 이어갈 수 있겠지요. 100회도 가능할 거예요. 심리적 자질과 얼굴, 그리고 언사가 진정한 능력이에요. 사실 사람은 아무리 나태해도 연극을 하지 않을 수 없어요. 말단 단역이나 하녀, 청소부 같은 배역은 성격이 거칠고 불량하기 때문에 무대 위에서는 수명이 아주 짧지요. 리리는 말이 없었다. 이때 여주인이 구리로 된 주전자를 가져다가 냄비에 물을 더 부어주었다. 아바오가 물었다. 싱가포르 남자와는 연극을 하는 건가요, 아니면 다른 걸 하고 있는 건가요? 리리가 물었다. 다른 거라니 뭘 말하는 거예요? 아바오가 말했다. 반년이나 지났으니 여러 번 했겠지요. 리리가 말했다. 저질! 입을 열었다 하면 지저분한 얘기만 하네요. 제가 그렇게 쉬운 여자였다면 일찌감치 '공공버스'*가 되었을 텐데 무엇하러 음식점을 열었겠어요? 적어도 둥완東莞에서 잘나갔다면 중국에서 가장 위대하고 가장 인정미 넘치는 마담이 되어 형제자매들이 정말로 즐겁게 놀 수 있는 카바레를 열었을 거라고요. 그리고 이를 위해 목숨을 걸고 이상을 실현했겠지요. 아바오가 말했다. 좋아요, 내가 말을 잘못한 걸로 칩시다. 리리가 말했다. 제가 싱가포르 남자에게 한 가지 얘기를 들려줬어요. 예전에 네덜란드 남자가 상하이에 와서 급하게 결혼을 하려고 했던 적이 있어요. 싱가포르 남자와 마찬가지로 제게 상하이 여자친구를 소개해달라고 했어요. 당시 저는 미스 장을 소개했어요. 아바

* 아무 남자하고 쉽게 잠자리를 가지면서 즐기는 여자를 말한다.

오가 말했다. 기억나네요. 창수에 같이 갔던 진정한 상하이 아가씨 말이죠? 리리가 말했다. 싱가포르 남자가 제 얘기를 듣고 상하이 여자라고 하니까 정신이 확 드는 것 같더라고요. 저는 이 이야기가 '상하이 전설 1호'라고 명명했어요. 싱가포르 남자의 눈이 초롱초롱해지더군요. 제가 웃으면서 당시에 네덜란드 사람과 구이두貴都호텔 로비에서 만나기로 약속했다고 말해주었어요. 네덜란드 사람들은 조상이 전부 해적이었다고 하더군요. 때문에 성격이 몹시 거칠고 옷도 마음대로 입고 다닌다고 하더라고요. 저와 만나던 날 그는 팔이 다 드러난 파란 셔츠 차림이었어요. 노동자들 작업복 같았지요. 과거에는 상하이의 부랑아들이 민소매 셔츠에 넥타이를 매고 맨발에 가죽구두를 신고 다녔어요. 이 오빠는 넥타이는 생략하고 단추를 두 개 풀어 가슴 부위의 누런 털을 다 드러냈더군요. 시계도 차지 않아 소매 입구에도 누런 털이 그대로 드러나 있었어요. 영어를 할 줄 아는 미스 장은 몇 마디 주고받더니 이내 자리를 떠버리더라고요. 나중에 미스 장은 저를 몹시 원망하면서 대단히 불쾌한 모습을 보였어요. 제가 남자 쪽이 돈이 많아 결혼만 하면 미스 장의 인생이 완전히 달라질 텐데 왜 그렇게 불만이 많냐고 따졌지요. 미스 장은 그렇게 거칠고 무례한 사람은 아무리 돈이 많아도 싫다고 하더라고요. 느낌이 정말 안 좋았다는 거예요. 저는 아무 말도 하지 않았지요. 둘이 화제를 옮겨 다른 얘기를 나누는 동안 옆에 있던 젊은 가정부가 다 듣고 있다는 것을 미처 생각지 못했어요. 다음날, 가정부가 가게로 절 찾아와서는 자기 집안 얘기를 털어놓더라고요. 오 년째 상하이 물을 마시고 있기 때문에 상하이 여자랑 아무런 차이도 없다는 거예요. 제가 빙긋이 웃으면서 살펴보았더니 가정부의 이목구비가 뚜렷하고 피부에서는 빛이 나더라고요. 제가 그랬지요. 아주 좋아. 능력이 있으면 자기가 알아서 위로 올라가는 거지. 가정부가 말했어요. 언니, 저 좀 밀어주세요. 예전에 영어를 약간 배운 적이 있기 때문에 사전 한 권만 들고 가면 돼요. 제가 말했지요. 좋아, 공격적인 자세가 아주 맘에 드네. 정말 대단해. 가정부가 묻더군요. 그 노란 털이 묵고 있는 호텔이 포트맨인가요, 힐튼인가요? 제가 말했지요. 그런 고급 호텔에 묵을 정도라면 판단력이 떨어지는 중생이나 마찬가지라 브래지어를 한 대갑게들이 줄줄이 따라다니면서 서로 차지하려고 주야로 덤벼들 텐데 동생 차지가 될 수 있겠어? 가정부가 서툰 상하이 사투리로 묻더군요. 그럼 그 외국인이 도대체 어디에 묵고 있는 거예요? 제가 말했지요. 외국? 어디? 상하이 발음이 정확하지 않네. 외국인이 알아채지 않도록 조심해. 가정부가 말했어요. 언니, 외국 남자들은 대부분 멍청하기 때문에 그런 것까지 구별하진 못해요. 제가 웃으면서 말했지요. 독한 계집애, 정말로 찾아가고 싶은 모양이구나. 주소는 푸젠로福建路야. 쑤저우하 옆에 있는 청년여관이지. 내 이름을 대면 될 거야. 가정부는 알았다고 하면서 잘 기억해두겠다고 했어요. 제가 말했지요. 둘이 만나서 얘기를 나누게 되면 태도가 아주 자연스럽고 활발해야 해. 가정부가 묻더군요. 언니가 보시기에 제 모습이 자연스럽지도 못하고 활발하지도 못한 것 같아요? 차라리 브래지어를 하지 말고 슬리퍼를 신고 갈까요? 제가 말했지요. 중국에 브래지어를 하지 않고도 예뻐 보이는 여자가 어디 있어? 가정부는 아무 말도 하지 않더군요. 제가 또 말했어요. 가슴이 크건 작건 간에 브래지어 상점에 들어가 커튼을 치고 나면 여자 점원이 다가와서 도와주겠다고 말하지. 왠지 알아? 손님을 위해 앞뒤 양쪽에서 밀고 당겨 브래지어를 착용한 몸의 맵시를 잡아주기 위해서라고. 가정부가 깔깔대고 웃더군요. 맞아요, 맞아. 브래지어를 착용해보려고 하면 점원 아가씨가 다가와 손으로 밀고 당기고 하면서 젖무덤을 가슴 한가운데로 모아주는 게 정상이지요. 리리가 말했다. 하지만 저는 그렇게 안 해요. 가장 좋은 방법은 몸을 구부려 모든 내용이 전부 앞으로 집중하게 하는 거지요. 제 말뜻은 이런 방법을 사용하면 브래지어를 하지 않고도 문밖에 나갈 수 있다는 거예요. 더워서 머리가 어지럽네요. 가정부가 또 묻더군요. 그럼 슬리퍼를 신고 나가는 건 어때요? 괜찮겠지요? 제가 말했어요. 어디서 그런 소릴 들었어? 왜 얌전한 아가씨가 길거리 창녀처럼 보이려고 애를 쓰는 거야? 가정부는 놀라움을 금치 못하더군요. 제가 그랬어요. 마오밍난로에 있는 술집 앞에 가봐. 밤 아홉 시가 지나면 그렇게 슬리퍼를 신은 창녀들이 모습을 드러내기 시작할 거야. 유리문이 열리고 외국인 손님이 나오면 휘파람을 불고 애교를 부리면서 외국인들을 유혹하려고 달려들지. 가정부가 말했어요. 그렇군요. 그럼 제가 어떻게 해야 할까요? 제가 대단히 신중해야 한다고 하면서 미스 장의 평소 모습을 기억하느냐고 물었어요. 가정부는 당연히 기억한다고 대답하더군요. 제가 말했어요. 어렵지 않아. 저녁에 만나러 갈 때 미스 장에게서 옷을 빌려 입고 가면 될 거야. 가정부가 말했어요. 빌릴 필요 없어요. 제가 옷장을 열어 적당한 옷으로 한 벌 고르면 될 거예요. 그래도 미스 장 언니는 모를 테니까요. 제가 말했어요. 사람이 살아가는 것은 연극을 하는 것과 같아. 텔레비전 연속극 보지? 처녀 가정부는 입을 아주 크게 벌리더군요. 제가 말했어요. 그 외국인을 만나면 자신을 미스 장의 동생이라고 소개하도록 해. 사전에 미스 장이 어떤 향수를 사용하고 어떤 일을 하며 어떤 말을 하는지 잘 생각해두라고. 평소에 애교 부리는 모습도 잘 기억해두고 말이야. 가정부가 가볍게 웃으면서 말했어요. 아 참, 미스 장 언니는 남자친구랑 통화할 때 애교가 넘치는데다 잠자리에서는 몸을 얼마나 격렬하게 움직이는지 머리와 발의 위치가 뒤바뀐대요. 제가 말했어요. 그거 잘됐네. 알고 보니 미스 장에게 남자친구가 있었군. 그러면서 나한테 남자친구를 소개해달라고 했던 거야. 가정부가 말했어요. 어머! 큰일났네. 비밀을 다 말해버렸네요. 제가 말했어요. 그 노란 털 외국인은 미스 장에 대한 인상이 나쁘지 않았어. 가정부가 말했다. 좋아요, 인정해요. 저는 장 언니 동생이에요. 제가 말했지요. 똑똑하군! 가정부가 말했어요. 옷이 준비됐으니 세 시간 휴가를 내야겠어요. 21번 전차를 타고 푸젠로에서 내릴게요. 제가 말했어요. 기회는 항상 준비된 여자의 것이야. 가정부가 고개를 끄덕이며 알겠다고 말하더군요. 제가 가정부에게 알려주었지요. 이 네덜란드 남자는 길거리 노점에서 파는 매운 콩장과 고압만두를 좋아한대. 만두에 콩장을 얹어 먹으면 돈이 들지 않는다는 거야. 보통 여덟시 반에 저녁을 먹고 나면 좀처럼 문밖에 나가지 않는대. 가정부가 말했지요. 그렇군요. 그럼 매운 콩장에 만두 두 개, 그리고 칭다오 맥주를 두 병사가지고 여덟시에 찾아가면 되겠네요. 제가 말했어요. 맘대로 해. 참깨 탕단湯團* 스무 개랑 충밍崇明 백주 두 근을 함께 사가는 것도 괜찮을 거야. 가정부가 까르르 웃으면서 제가 연극 대사 같은 말을 잘한다고 하더군요. 제가 그랬어요. 삶의 수준을 높이려면 중요한 순간에 용기를 갖고 앞으로 치고 나아갈 수 있어야 해. 하지만 치고 나아간다고 해서 매춘부들처럼 뻔뻔한 모습을 보여선 안 될 거야. 자기만의 방법과 전략이 있어야 하지. 가정부는 제게 그런 걸 좀 가르쳐달라고 하더군요. 제가 그랬어요. 아무리 잘 가르쳐줘도 상대방을 비참하게 만들 수 있어. 때문에 모든 걸 자신이 직접 터득해야 해. 가정부가 말했어요. 사랑하는 언니, 확실히 알 것 같아요. 제가 그랬지요. 좋아, 담대하면서도 신중해야 해. 가정부는 고개를 끄덕이면서 눈물을 흘리더군요. 제가 말했어요. 이런 작은 여관은 방들이 서로 붙어 있고 공간이 작기 때문에 두 사람이 관계를 가지기에는 느낌이 좋을 거야. 서로 말이 통하면 좀 대담해질 수도 있지. 여관 입구에 앉아 인도 경계석 위에서 음식을 먹으면서 얘기를 나눌 수도 있을 거야. 남녀관계의 진정한 공력은 주로 말에 있는 법이거든. 중국인 둘이 거리에 앉아 매운 콩장을 얹어 만두를 먹는다면 거지나 정신병자, 부랑아로 간주되겠지. 할일 없는 사람이나 거리의 떠돌이, 전국적인 수배범으로 오인될 수도 있을 거야. 하지만 외국 남자와 함께 앉아 어깨와 등을 맞대고 있으면 낭만적

* 중국의 전통 주전부리의 하나로 찹쌀떡과 비슷하고 안에 검정깨로 만든 달콤한 소가 들어 있다. 모양은 새알과 흡사하다.

인 모습으로 받아들여지지. 아주 그럴듯해 보일 거야. 와이탄의 풍경 알지? 이국의 정취이자 파리의 정취인 셈이야. 때문에 똑똑한 여자라면 부끄러운 것을 두려워하지 않는 법을 먼저 터득해야 해. 모든 일을 아주 대담하고 호방하게 처리할 수 있어야지. 옆에 외국인이 있다는 것은 누군가 뒤에서 등을 받쳐주는 것이나 마찬가지야. 체면도 중요하지만 겨드랑이 속의 위엄도 중요하거든. 가정부가 고개를 끄덕이더군요. 제가 말했어요. 이 일이 결국 어떤 결과를 맺게 될지는 아무도 몰라. 무례한 행동을 유발하여 아랫도리에 상처를 입거나 강간당하는 일이 있을 수도 있고, 서로 헤어져 죽어도 연락을 안 하게 될 수도 있겠지. 언니는 어떤 예측도 할 수가 없어. 네가 알아서 파악하는 수밖에 없다고. 나는 보험사가 아니거든. 가정부가 말했어요. 언니, 걱정하지 말아요. 사랑하는 언니, 제게 행운이 찾아오든 악운이 덮치든 저는 언니의 은덕에 꼭 보답할 거예요. 제가 언니를 끝까지 책임질 거라고요. 지금 확실하게 약속할 수 있어요. 앞으로 제가 언니의 양로와 장례를 다 책임질게요. 리리는 여기까지 말하고 나서 고개를 가로저으며 말했다. 젊은 가정부는 나름대로 생각이 있더군요. 당시 싱가포르 남자는 이 얘기를 듣고 지금 아바오 씨와 똑같은 표정을 지으면서 아무 말도 하지 않았어요. 제가 한숨을 내쉬고 나서 말했지요. 이런 시골 아가씨한테 제가 말해줄 수 있는 게 뭐가 있겠어요? 그저 속으로 부처님과 보살님이 지켜주시기를 기도할 뿐이지요. 나무아미타불, 아제아제, 바라아제, 바라승아제. 저는 정말 짝이 맞지 않는다고 생각했지만 열정만은 철저하게 인정하기로 했지요.

테이블 위에 있던 황주 두 병 반이 이미 두 사람의 뱃속에 들어간 터인데도 아바오가 여주인을 불렀다. 구리 주전자로 다시 냄비에 물을 붓자 치지직 소리가 났다. 리리가 물었다. 방금 여주인이 어떻게 하는지 봤지요? 아바오가 말했다. 네. 리리가 말했다. 다음에 또 아바오 씨가 즈전위안에 식사하러 오면 더이상 저를 여사장님이라고 부르지 말아주세요. 아바오가 빙긋이 웃었다. 리리가 말했다. 제가 가게에 들어서면 동쪽에서도 저를 여사장님이라고 부르고 서쪽에서도 저를 여사장님이라고 부르지요. 정말 가슴이 답답해요. 제가 무슨 가게 사장의 마누라가 된 것 같잖아요.* 남편이 있는 것처럼 들린단 말이에요. 아바오가 가볍게 웃었다. 리리가 말했다. 상하이에는 여사장이 얼마든지 있어요. 물을 따르는 여주인의 못마땅한 듯한 표정을 보고 무슨 생각 안 들어요? 아바오가 말했다. 글쎄요. 리리가 말했다. 엉덩이가 넓적하게 퍼진데다 해진 구두가 그 뒤를 따라가고 있잖아요. 아바오가 말했다. 됐어요, 본론으로 돌아갑시다. 그 젊은 가정부는 결국 어떻게 됐나요? 리리가 말했다. 저더러 또 얘기를 하라고요? 아바오가 물었다. 결론이 있으면 얘기를 해줘야 하는 것 아닌가요? 리리가 말했다. 가정부가 가고 나니 함부로 풀 수 없는 고급 상품의 포장을 푼 기분이었어요. 그뒤로는 소식을 들을 수 없었지요. 저도 굳이 묻지 않았어요. 저랑 미스 장은 원래 왕래가 많지 않았거든요. 그 네덜란드 사

* 원문은 '老板娘'으로 '주인의 아내' 혹은 '주인 아주머니'라는 뜻이다.

람도 친구의 친구인데다 강호를 떠도는 인물이라 거기서 인연이 끝났어요. 제가 여기까지 얘기하고 나니까 싱가포르 남자가 묻더군요. 리리 씨, 이걸 상하이의 1호 전설이라고 할 수 있을까요? 제가 얘기를 이어갔지요. 그렇게 성급하게 굴지 마요. 눈 깜짝할 사이에 여덟 달이 지났어요. 어느 날, 갑자기 가정부가 전화를 걸어 말했어요. 언니, 저녁에 저랑 같이 식사해요. 제가 깜짝 놀라서 말했지요. 어머나! 결국 모습을 드러내는군. 꿈을 꾸다가 깬 것 같네. 가정부가 킥킥대며 웃더군요. 제가 물었어요. 가죽 지갑을 줍기라도 했어? 가정부가 말했어요. 저녁에 꼭 같이 식사해요. 언니랑 형부랑 같이 나오세요. 제가 말했지요. 나한테 형부가 어디 있다고 그래? 가정부가 말했어요. 그럼 미스 장 언니랑 같이 나오세요. 제가 장소는 어디냐고 물었지요. 가정부는 저더러 맞혀보라고 하더군요. 저는 대답하지 않았어요. 원래는 맥도날드 아니면 구이린桂林 쌀국숫집* 아니냐고 말하려 했었거든요. 가정부가 말했어요. 저녁 일곱시 반에 포트만호텔 지하에 있는 다원茶園 레스토랑에서 만나요. 오실 때까지 기다릴 거예요. 저는 깜짝 놀랐어요. 이 뷔페식당은 지금도 상하이에서 가장 비싼 음식점으로 꼽히거든요. 제가 말했지요. 동생, 나 심장 발작이 일어날 것 같아. 도대체 무슨 뜻이야? 가정부가 말했어요. 사랑하는 언니, 저 그 네덜란드 사람, 그러니까 그 노란 털과 결혼한 지 이미 반년이 넘었어요. 저는 그 말을 듣고 정말 놀라서 기절할 뻔했어요. 가정부가 말했지요. 미스

---

* 가격이 상대적으로 저렴한 식당이다.

장 언니가 어제 왔었어요. 제가 물었어요. 왔었다고? 어딜 왔었다는 거야? 가정부가 말했어요. 저희 집에요. 포트만 리츠칼튼 31층에 있어요. 미스 장 언니는 너무 일찍 왔더군요. 제가 또 물었어요. 미스 장이 뭐라고 해? 가정부가 말했어요. 미스 장 언니는 몸도 좋지 않고 기분도 좋지 않으면서 너무 일찍 왔어요. 언니가 31층에 도착했을 때, 저는 마침 아래층에서 리츠칼튼 수지요법을 받고 있던 터라 황급히 옷을 입고 후다닥 올라갔지요. 리리는 계속 이야기를 이어갔다. 가정부가 여기까지 얘기했을 때, 저는 더 할말이 없었어요. 싱가포르 남자는 여기까지 듣고서 한숨을 내쉬면서 말했어요. 정말 전설 같군요. 가정부가 말했지요. 사랑하는 언니, 저를 보러 꼭 오셔야 해요. 저는 아무 말도 하지 않았어요. 눈앞에 매운 콩장과 고압만두가 어른거리면서 흥분이 되더라고요. 가정부가 또 말했어요. 사랑하는 언니, 꼭 오셔야 해요. 저는 알았다고 했어요. 가정부가 말했지요. 사랑하는 언니, 제가 언니 드리려고 남보석이 박힌 브로치를 하나 샀어요. 동생의 작은 성의라고 생각해주세요. 사랑하는 언니, 꼭 받아주셔야 해요. 가정부는 여기까지 얘기하고 나서 수화기 너머로 울음을 터뜨리더군요. 저는 꼭 가겠다고 약속하면서 가슴 한구석이 뜨거워지는 것을 느꼈어요. 어린 아가씨가 착한 마음씨를 갖고 있었던 거예요. 전화를 끊고서 저는 미스 장과 연락을 취해봤어요. 미스 장은 전화에서 성의 없는 어투로 말하더군요. 그래요, 그래. 흥! 그 뻔뻔한 년이 눈 깜짝할 사이에 암탉에서 오리로 변신했더라고요. 포트만호텔에 갔었어요. 계집애 말투나 차림새, 신분이 완전히 변했더라고요. 경대 위의 화장품이 전부 프랑스제 랑콤이고 손가락에는 다이아몬드 반지를 끼고 있더군요. 아주 잘 나가더라고요. 이런 것들이 나를 화나게 하지는 않았어요. 정말로 나를 화나게 한 것은 뜻밖에도 그 네덜란드 사람의 조건이 너무나 우월하다는 사실이었어요. 대규모 회사를 경영하고 어로 선단을 소유하고 있으며 개인 헬리콥터까지 보유했더라고요. 아무리 돈을 많이 써도 이슬비에 지나지 않는다는 거예요. 저는 빙긋이 웃으면서 아무 말도 하지 않았어요. 미스 장이 말했어요. 내가 집안에 들어서자마자 도대체 그 네덜란드 사람이 어떤 사람이냐고 물으면서 자세히 소개 좀 해달라고 반나절이나 졸라댔지만 요 계집애는 끝까지 입을 굳게 다물고 말해주지 않더라고요. 이제는 그가 어떤 사람인지 잘 알고 있지만요. 제가 웃으면서 미스 장에게 말했어요. 눈앞에서 남이 큰 기회를 잡았다고 해서 자신이 포기한 걸 후회해선 안 돼요. 미스 장이 말했지요. 나는 조금도 후회하지 않아요. 내게는 원칙이 있거든요. 나는 그런 외국 시골 남자를 안 좋아해요. 리리는 여기까지 말하고 나서 황주 반잔을 단숨에 비워버렸다. 아바오가 물었다. 싱가포르 남자가 그 얘기를 듣고 뭐라고 하던가요? 리리가 말했다. 싱가포르 남자는 생각을 속으로 감추면서 아무 말도 하지 않다가 나중에 제게 말했어요. 전설은 전설이네요. 하지만 상하이 전설 1호라고 하기에는 수준이 좀 떨어지는 것 같아요. 아바오가 말했다. 신문에 나오는 낯간지러운 표현을 빌리자면 화려한 변신이라 할 수 있겠군요. 리리가 말했다. 싱가포르 남자가 제게 이런 인생의 기적을 목도하면서 눈이 뜨거워지거나 마음이 움직이지 않더냐고 묻더군요. 저는 정말 기뻤다고 말했어요. 젊은 가정부의 성공에 무척 즐거웠다고 했지요. 아바오가 물었다. 그다음에는 어떻게 됐나요? 리리가 짜증을 내며 말했다. 그다음은, 그다음은, 또 그다음은, 저는 이미 온몸에 열이 나고 있단 말이에요. 아바오 씨, 자꾸 저를 다그치지 마요. 꼭 범인 신문하는 것 같잖아요! 아바오가 말했다. 아니, 나랑 상의할 중요한 일이 있다고 말하지 않았나요? 황주에 양고기를 먹으면서 젊은 가정부의 결혼 얘기만 했잖아요. 본론을 잊은 건가요?

이때, 옆자리에 있던 하류계층으로 보이는 여자와 구두를 신은 지저분한 남자 하나가 얼큰하게 취한 모습으로 유리문을 밀어 열고 서로 몸을 기대면서 몇 마디 주고받았다. 남자가 여자의 엉덩이를 한 대 탁 쳤다. 그러고는 각자 헤어져 자기 갈 길을 갔다. 리리가 말했다. 간단히 말하자면 이 싱가포르 남자는 이때부터 적이 놀랐는지 상하이 아가씨에 관해서는 한 마디도 하지 않더군요. 매주 저랑 만날 때마다 저를 바라보면서 저를 유혹하기 시작했어요. 이상하지요. 말하자면 그 사람도 그런대로 점잖은 인상이었어요. 대륙 남자들에 비하면 생각도 깊은 편이고요. 만날 때마다 선물을 주고 제가 자리에 앉을 때면 뒤에서 의자를 받쳐주곤 했지요. 자리에서 일어날 때면 외투를 입혀주고 어쩌다 담배를 한 대 피우려고 하면 얼른 불을 붙여주곤 했어요. 만날 때마다 먼저 음식점으로 꽃바구니를 보내주기도 했지요. 맨 처음에 제가 싫어하는 꽃을 보내왔을 때는 그 자리에서 처리해버렸어요. 그다음에는 장신구를 보내오더군요. 그리고 그다음부터는 선물과 함께 긴고주緊箍咒*를 외워대는 거예요. 저랑 결혼하고 싶으니 결혼하자는 말을 무한 반복하는데 정말 머리가 아프더라고요. 제가 확답만 해주면 당장 둘이 가서 혼인신고를 한 다음에 싱가포르에 돌아가서 아름답고 멋진 생활을 하고 싶다는 거였어요. 생각 좀 해보겠다고 그랬지요. 곰곰이 생각해보니 정말 결혼을 하려면 해결해야 할 문제가 적지 않더라고요. 음식점과 관련해서도 해결하기 어려운 문제들이 한 무더기나 남아 있고 상환해야 할 부채도 있었어요. 싱가포르 남자는 자기가 전부 해결해주겠다고, 모든 걸 자신과 상의하자고, 더이상 기다리기 어렵다고 말하더군요. 남자의 이처럼 저돌적인 기세와 추진력에 보통 여자 같았으면 틀림없이 머리를 숙이고 들어가 남자 품에 폭 안기면 그만이었을 거예요. 저는 주저하기 시작하다가 마음이 지난주부터 움직였어요. 그리고 변호사와 상담도 했지요. 가게를 양도하는 문제를 포함해서 갖가지 법적인 문제들을 상의하고 결혼 준비를 하고 싶었지요. 그런데 마음 한구석이 찜찜한 거예요. 그래서 이 문제에 관해 아바오 씨에게 물어봐야겠다고 생각했어요. 싱가포르 남자가 진심으로 저를 좋아하는 건지, 아니면 한바탕 꿈에 지나지 않는 건지 말이에요. 아바오가 말했다. 좋은 기회이긴 하네요. 리리 씨도 나이가 적지 않으니까요. 저는 나쁘지 않다고 생각해요. 리리가 말했다. 너무 쉽게 대충 얘기하시는 거 아니에요? 저에 대해 일말의 책임감도 없는 것 같군요. 정말 짜증나요. 아바오가 말했다. 나는 격려해주고 싶은 쪽이에요. 중요한 혼사에

---

* 『서유기』에서 삼장법사가 손오공의 머리에 씌운 금테를 조일 때 사용하는 주문.

재를 뿌리고 싶지 않거든요. 나는 동의하는 쪽입니다. 리리가 말했다. 아바오 씨는 정말 못됐어요. 애당초 저에 대해 진실한 마음이 없었던 것 같네요. 아바오가 말했다. 진심이에요. 리리가 물었다. 제가 서둘러 시집가도 전혀 질투하지 않는다는 거예요? 조금도 마음이 아프지 않단 말인가요? 아바오는 아무 말도 하지 않았다. 리리가 말했다. 아바오 씨가 결정해요. 동의해요 안 해요? 아바오가 물었다. 진심으로 이러는 거예요 아니면 날 떠보려는 거예요? 리리가 말했다. 저는 진심이라고 생각해요. 아바오가 잠시 생각해보고 나서 말했다. 이 문제는 나와 연결시키지 말아요. 함부로 행동하고 싶지 않으니까요. 아니면 내가 뭐라고 말할 수 있겠어요? 리리가 말했다. 말하고 싶은 대로 말하면 되잖아요. 아바오는 아무 말도 하지 않았다. 리리가 말했다. 아바오 씨는 저의 가장 좋은 친구예요. 솔직히 말할게요. 싱가포르 남자에게 확실히 마음이 움직인 적이 있었어요. 그 사람과의 관계에 어떤 문제가 있을지 생각해보았지요. 모든 것이 오케이라면 이번주에 확답을 할 예정이었어요. 아바오는 말이 없었다. 리리가 말했다. 말해봐요. 아바오가 말했다. 말하고 나면 기분이 좋지 않을 것 같아요. 리리가 말했다. 말해줘요. 아바오가 말했다. 나를 탓하지 말아요. 리리가 말했다. 그럴 리 없을 거예요. 아바오가 말했다. 한 가지만 물어볼게요. 여러 번 만나는 사이에 싱가포르 남자의 행동에 변화가 있었겠지요? 리리가 말했다. 언제나 고상하고 점잖은 얼굴에 신사의 기질이었어요. 아바오가 물었다. 손은 몇 번 잡았나요? 리리가 물었다. 뭐라고요? 아바오가 또 물었다. 몇 번 잤어요? 리리는 고개를 숙인 채 말이 없었다. 아바오가 또 물었다. 방을 몇 번이나 잡았냐고요? 리리가 말했다. 말 안 할래요. 아바오가 말했다. 지금은 내가 친정 식구인 셈이잖아요. 내가 친정 외삼촌인 셈이니까 자세히 물어볼 수 있잖아요. 리리가 고개를 옆으로 숙이면서 말했다. 손은 몇 번 잡았지만 다른 행동은 일절 없었어요. 아바오가 놀란 표정으로 잔을 밀어놓고 자리에서 일어서며 말했다. 그랬군요. 리리가 말했다. 술을 너무 많이 마신 것 같아요. 좀 작은 목소리로 얘기해요. 아바오가 말했다. 이건 뭔가 맞지 않아요. 잠자리를 한 번도 하지 않았다는 건 이치에 맞지 않아요. 리리가 말했다. 앉아요. 목소리 좀 낮춰서 얘기해요. 바보. 아바오가 다시 자리에 앉으면서 말했다. 정말 담도 크네요. 가장 중요한 일을 하지 않고서 혼인신고부터 하겠단 말이에요? 리리가 말했다. 네, 맞아요. 아바오가 말했다. 나중에 큰 문제가 생길 수 있어요. 리리는 고개를 숙인 채 말이 없었다. 아바오가 낮은 목소리로 말했다. 남자가 여자를 반년이나 지켜보면서 잠자리를 갖지도 않고 껴안지도 않았다면 남자의 눈에는 이 여자가 갈수록 더 아름답게 보이기 마련이에요. 아름다움이 극에 달하게 되지요. 왠지 알아요? 손에 넣을 수 없고 머릿속에만 있기 때문에 상상력이 극대화되기 때문이에요. 이렇게 반년을 지냈다면 싱가포르 남자의 눈에는 리리 씨가 최고상품인 거예요. 슈퍼 미녀이다보니 기대치도 비현실적으로 커지지요. 그러다가 동방에 들어 화촉을 밝히고 하룻밤을 보내고 나면 여자들마다 몸과 언어와 성격이 다르기 마련이라 리리 씨의 솜씨가 아무리 뛰어나고 마음씀씀이가 아무리 섬세하다 하더라도 남자의 상상력에 미치지 못할 수도 있지요. 리리는 말이 없었다. 아바오가 말했다. 다음날 아침에 신랑이 일어나 얼굴이 굳어 있고 즐거운 마음이 아니라면 어떻게 하겠어요? 리리는 아무 말도 하지 않았다. 아바오가 말했다. 기대가 많으면 실망도 큰 법인데, 어떻게 문제를 해결할 거예요? 리리 씨는 이부자리를 말아 싸들고 다시 상하이로 돌아와 '팔리지 않은 두부가 다음날 다시 매대에 오르는' 처지가 되고 말 것이고, 모든 과정이 또다시 시작될 거란 말이에요. 리리는 말없이 아바오를 한 대 툭 쳤다. 아바오가 말했다. 죽기 살기로 덤비는 단계라면 얼른 뱃속에 넣지 못해 한이니 혼인신고를 해야겠지요. 남은 건 감정을 확인하는 일이겠지요. 혼사 전문가들이 흘리는 얘기에 의하면 감정을 키우는 것은 말로 해결되지 않기 때문에 큰 화를 당할 수도 있다고 하더라고요. 말을 잘하는 것이 행동을 잘하는 것만 못하다는 거예요. 리리가 한참을 침묵하다가 말했다. 그러고 보니 아바오 씨는 저랑 한 번 했을 때 전혀 만족하지 못한 것 같군요. 그렇죠? 아바오가 말했다. 또 시작이네요. 그렇게 함부로 단정하지 마요. 지금 나는 친정 외삼촌의 입장이잖아요. 안 그래요? 리리는 말이 없었다. 아바오가 말했다. 싱가포르 남자가 아무리 돈이 많고 잘생겼다 해도 그런 남자들은 대부분 요괴일 가능성이 커요. 반년이나 애국 강연만 하면서 아무 일도 하지 않는다면 이것도 놀라운 일이 아닐 수 없지요. 홍콩의 고급 사교계에서도 이런 부분을 경고하고 있어요. 돈 많고 잘생긴 남자들을 만나면 여자들의 얼굴에 화색이 돌고 미소가 넘치지만 이런 남자들은 심리적인 문제가 있거나 생리적인 문제가 있는 사람일 경우가 아주 많다고 하더군요. 리리가 말했다. 저도 과거에 그런 남자친구들이 아주 많았어요. 대부분 덜렁대고 일을 대충 처리하는 바람에 짜증이 많이 났지요. 싱가포르 남자는 아무것도 하지 않기 때문에 태평무사한 편이에요. 아바오가 말했다. 그래요. 태평무사한 신사가 결혼한 뒤에도 여전히 아무런 일을 하지 않고 은행 입구의 구리 사자처럼 장식품같이 살아가는 것도 가능할 거예요. 리리는 아무 말도 하지 않았다. 아바오가 말했다. 서로 보물처럼 아끼는 사람들끼리 평생 미소 띤 얼굴로 서로를 바라보는 것이 정상적인 남녀의 모습이겠지요.

이십칠장

일

아바오가 말했다. 저 홍콩에 가고 싶어요. 앞으로 무역을 해볼 생각이에요. 아바오 아빠가 말했다. 자본주의에는 가까이 다가갈 생각을 말아야 해. 아바오가 말했다. 무역을 하고 싶어요. 아바오 아빠가 말했다. 안 된다. 아바오가 말했다. 주민위원회에서도 이미 가공무역을 하고 있잖아요. 모든 아줌마들이 부엌칼을 하나씩 들고 대야 앞에서 고구마를 깎아 여러 조각으로 잘라 물에 담그는 일을 하고 있어요. 그걸 전부 일본으로 수출한다고요. 아바오 아빠가 말했다. 집단으로는 할 수 있지만 개인적으로는 불가능해. 두 사람이 여기까지 말했을 때, 밖에서 문을 두드리는 소리가 들렸다. 이모가 문을 열자 여자 둘과 남자 하나가 들어왔다. 셋 다 젊은이들이었다. 남자 청년이 안경을 쓴 채 잠시 방안을 둘러보고 나서 말했다. 아바오 씨 아버님 되시지요? 아바오 아빠가 말했다. 그렇소만. 남자 청년이 아바오를 쳐다보면서 말했다. 이분이 아바오 씨로군요. 아바오가 말했다. 그렇습니다만. 남자 청년이 말했다. 저는 쉐즈의 오빠입니다. 남자 청년이 뒤에 서 있는 안경 낀 두 여성 청년을 가리키며 말했다. 이 두 사람은 쉐즈의 언니들이고요. 아바오 아빠가 물었다. 그런데 무슨 일로 오신 건가요? 남자 청년이 말했다. 아바오 씨는 먼저 자리를 좀 피해주시면 안 되겠습니까? 아바오 아빠가 말했다. 무슨 얘기인지 모르지만 그냥 있는 데서 해도 됩니다. 비밀을 만들 필요는 없어요. 남자 청년이 말했다. 저는 한 가지 분명한 태도를 표명하러 왔습니다. 아바오 씨가 제 여동생 쉐즈와 연애를 하고 있거든요. 저의 부모님과 다섯 형제자매들 모두 두 사람의 관계에 동의하지 않습니다. 아바오 아빠가 아바오를 힐끗 쳐다보고 나서 말했다. 또 연애를 했구나. 아바오는 아무 말도 하지 않았다. 아바오 아빠가 물었다. 얼마나 됐니? 아바오가 말했다. 일 년 반요. 아바오 아빠가 말했다. 저는 세 분이 찾아오신 의도가 좀 우습다는 생각이 드는군요. 남자 청년이 말했다. 아바오 씨의 부모님으로서 마땅히 통제하셔야 한다고 생각합니다. 아바오 아빠가 말했다. 보아하니 쉐즈 양의 오빠 되시는 분은 공부깨나 하신 분 같은데 언제 학교를 다니셨나요? 남자 청년이 말했다. 1967년도에 고등학교에 입학했다가 안후이로 삽대되어 갔다 왔습니다. 아바오 아빠가 물었다. 두 분 언니는요? 쌍둥이이신 것 같습니다만. 땋은 머리를 늘어뜨린 여자 청년이 말했다. 쌍둥이 맞아요. 1968년도에 중학교에 입학했어요. 저희 위의 두 언니도 쌍둥이인데 1968년도에 고등학교에 입학했지요. 아바오 아빠가 말했다. 부모님이 무척 힘드셨겠네요. 큰오빠가 67학번으로 외지로 삽대된데다 이어서 각각 학교에 들어간 네 자매가 한창 잘나갈 나이에 당시 정책에 따라 전부 시골로 내려가야 했으니 말이에요. 남자 청년이 말했다. 그렇습니다. 아바오 아빠가 물었다. 쉐즈는 막내라 상하이에 남았던 거로군요. 남자 청년이 물었다. 방금 우습다고 하셨는데 뭐가 우습다는 건가요? 아바오 아빠가 말했다. 지금은 대학에 들어갈 수 있을 텐데 시험을 준비하고 계시진 않나요? 남자 청년이 고개를 끄덕이며 말했다. 정책에 따라 방금 상하이로 돌아왔습니다. 저는 줄곧 고등학교 수업 내용을 복습하고 있고 여동생들 역시 대입을 준비하고 있습니다. 아바오 아빠가 말했다. 공부를 해야 운명을 바꿀 수 있겠지요. 남자 청년이 말했다. 이건 저 개인의 문제인데 지금의 주제와 무슨 관련이 있는 건가요? 아바오 아빠가 말했다. 상당히 관련이 있지요. 한 가정에서 지금까지 농사를 짓던 청년 다섯이 방금 상하이로 돌아왔다는 것이 어떤 개념일까요? 남자 청년이 말했다. 잘 모르겠습니다. 아바오 아빠가 말했다. 가정 성분이 문제겠지요. 혁명 간부나 혁명군인 가정은 두말할 필요도 없겠지만 노동자계급이라면 빈하중농貧下中農 성분의 청년이라면 몇 년 전에 일자리를 배정받았을 겁니다. 도시로 돌아온 지 한두 달 만에 말입니다. 내 말이 맞지요? 남자 청년이 화를 내며 물었다. 성분 문제는 쉐즈와 아바오의 일과는 아무런 연관도 없지 않습니까! 아바오 아빠가 말했다. 성분이 좋지 않을 경우, 특히 지주나 자본가 가정 출신의 자제들은 봉건 부패사상의 영향을 받아

평생 포판혼인包辦婚姻*을 주장하게 되지요. 이는 역사적인 원인에 의한 겁니다. 대입시험을 준비하고 있는 학생들이 왜 봉건사상에 젖어 여동생의 연애에 관여하는 건가요? 남자 청년은 아무 말도 하지 못했다. 아바오 아빠가 말했다. 지금 내가 대학입시 복습문제를 하나 낼게요. 부모의 명령과 중매쟁이의 말을 어떻게 해석해야 할까요? 봉건통치계급이 남녀의 자유연애의 구체적인 방식에 관여하는 것이 어떤 표현일까요? 한번 대답해보세요. 청년은 멍한 표정을 지었다. 아바오 아빠가 말했다. 아바오와 쉐즈는 정상적인 연애를 하고 있어요. 누구도 간섭할 수 없고 나도 관여할 도리가 없습니다. 여자 청년이 물었다. 그런 말씀을 하실 수는 있습니다. 하지만 자꾸 같은 말을 반복하는 것이 무슨 의미가 있을까요? 남자 청년이 손으로 땅바닥을 가리키면서 말했다. 성분 문제를 말씀하셨는데, 이곳이 어떤 곳입니까? 제가 신촌주민위원회에 가서 조사해봤는데, 이 집은 반혁명가정이자 일본인 및 국민당과 내통한 반동가정이라고 하더군요. 아바오 아빠가 말했다. 맘대로 떠들어요. 아바오가 말했다. 이미 복권되었어요, 알아요? 청년이 차갑게 웃으면서 말했다. 우리 여동생이랑 중심을 잡지 못하고 말만 이어가는 것은 역사 반혁명 성분의 단계 아닌가요? 아바오 아빠는 말없이 웃기만 했다. 남자 청년이 말했다. 이렇게 쓰레기 같은 곳, 쓰레기 같은 집에서 사는 사람들과 농탕 가공조 사람들이 중안위안로中安遠路 신식 농탕의 집들을 구경도 못해보고 우리 여동생에게

* 남녀 쌍방의 동의를 거치지 않고 제3자가 강제로 진행하는 혼인.

반해 연애를 한다는 것은 정말 웃기는 얘기예요. 아바오 아빠가 말했다. 됐어요, 더 얘기해봤자 아무 의미도 없겠네요. 내가 마지막으로 한 마디만 더 하지요. 나는 대자본가 출신이에요. 단지 영원히 자본가를 무시할 뿐이지요. 집이나 지역을 들어 감정을 저울질하지 말아요, 알았어요? 남자 청년은 아무 말도 하지 못했다. 아바오 아빠가 말했다. 대학에 들어가려면 가서 복습이나 잘하세요. 개인적 자질은 대학입시와 별로 관계가 없기 때문에 시험성적을 올리는 게 쉽지 않을 겁니다. 대입공부를 한다는 것은 '대덕大德의 욕실'에 들어가 목욕하는 것이 아니라 몸에 더러운 것들을 잔뜩 묻히는 것이라 일반적인 약물이나 비누로는 깨끗이 닦아내기도 어렵지요. 이 점은 반드시 경계해야 할 겁니다. 이에 두 여자 청년이 남자 청년을 잡아끌고 밖으로 나가면서 말했다. 정신병자, 멍청이! 이모가 말했다. 거 입 좀 깨끗이 하고 다녀요. 대학에 간다면서 무슨 창녀나 양아치들이 다니는 대학에 들어갈 작정인가? 세 사람은 그렇게 물러갔다. 아바오 아빠는 아무 말도 하지 않았다. 이모가 아바오를 불렀다. 아바오! 아바오는 말이 없었다. 이모가 말했다. 괴로워하지 마. 아버지 일은 잘 해결됐어. 집 문제도 곧 해결될 거야. 형부, 내 말이 맞죠? 아바오 아빠가 말했다. 가오란로의 집은 주거관리소 소유가 됐어. 이사를 가려면 아마 다른 곳으로 가야 할 거야. 이모가 말했다. 쓰난로의 옛집은 형부한테도 어느 정도 지분이 있을 거예요. 아바오 아빠가 말했다. 관심 없어. 이모는 아무 말도 하지 않았다. 아바오 아빠가 말했다. 아바오가 결혼을 한다면 모를까. 아바오가 말했다. 그건 얘기할수록 더 요원해지는 일이에요.

아바오 아빠가 말했다. 엄연한 현실이기도 해. 연애는 결혼을 위해서 하는 거잖아. 아바오가 말했다. 저는 결혼을 한 번도 생각해보지 않았어요. 아바오 아빠가 말했다. 주택공급이 부족하긴 하지만 어쩌면 나도 분배받게 될지 몰라. 그렇다고 넓은 집이 배정되리라는 보장은 없지. 그래서 아바오도 이 점을 염두에 두라는 거야. 그 아가씨랑 결혼했는데 이런 집에 들어와 살게 된다면 무슨 재미가 있겠니? 아바오는 아무 말도 하지 않았다.

이

후성은 아바오의 전화를 받았다. 우딩로에 와서 며칠 지내고 싶다고 했다. 후성이 말했다. 그래, 와. 후민 형은 원저우에 오래 머물고 있거든. 아바오가 쉐즈를 데리고 올 거라면 방을 하나 내줄 수도 있어. 아바오가 말했다. 농담하지 마. 나 혼자 갈 거야. 그날 저녁, 아바오가 우딩로에 도착해보니 집안이 이미 잘 정리되어 있었다. 후민 형의 침대보는 유난히 깨끗했다. 베개도 아주 단정하게 놓여 있었다. 후성이 씩 웃으면서 말했다. 마오 주석님 어록에 인민을 위해서 항상 만반의 준비를 갖추라는 말이 있잖아. 아바오가 물었다. 후민 형은 형편이 어때? 후성이 말했다. 원저우 여자를 하나 만나더니 상하이에 돌아오지 않고 일 년에 절반은 거기서 살아. 아바오가 또 물었다. 부모님은 소식이 있지? 후성이 고개를 가로저었다. 두 사람은 남쪽 창문으로 다가갔다. 후성이 말했다. 들리는 소문에 의하면 정책이 조금 느슨해져 가족의 면회는 허용될 거라고 하더라고. 어쩌면 석방될 수도 있을 텐데 복권은 불가능하대. 아바오는 아무 말도 하지 않았다. 후성이 말했다. 한 가지 묻지 않을 수가 없네. 혁명에는 희생자가 있기 마련이라고 했으니, 혁명이 계속 이어지는 거라면 희생자도 계속 늘어나야 하는 것 아닌가? 아바오가 말했다. 중국의 문자는 참으로 교묘해. 어떤 사람은 희생犧牲*이 되고 어떤 사람은 희생물이 되지. 글자 하나가 더 많을 뿐인데 의미가 확 달라지잖아. 우리 아빠가 평생 희생물이었는지 희생이었는지 아직도 잘 모르겠어. 후성이 말했다. 한 국민의 자유는 또다른 국민의 자유를 경계선으로 삼는 법이야. 아바오가 말했다. 『93년』**에 나오는 구절이지. 아바오는 말없이 침대 위에 놓인 헌책 몇 권을 뒤적였다. 방바닥에는 라더 아파트에서 가져온 낡은 라디오가 놓여 있었다. 스위치를 돌려 켜자 얼후二胡 악곡인 〈이천영월〉이 흘러나왔다. 채널을 바꾸니 이번에는 연속극 〈대서양에서 온 사람〉***을 편집한 내용이 흘러나왔다. 다시 채널을 돌리자 위훙셴余紅仙****의 창으로 탄사 〈접연화〉의 도입부가 흘러나왔다. 갑자기 사람들이 국민당 반동파를 무너뜨렸다는 소식이 들리니, 두 열사의 충혼이 기쁨의 눈물을 비처럼 흘리네. 마지막 구절은 '비'였다. 줄곧 비가 내렸다. 빗물이 구불구불, 그치지 않고 흘렀다. 후

* 고대에 제사를 지낼 때 재물로 사용된 가축.

** 빅토르 위고의 소설.

*** 미국의 공상과학 연속극 〈The Man from Atlantis〉(1977).

**** 항저우 출신의 탄사 공연가.

성이 다가가 찰칵 하고 라디오를 꺼버렸다. 방안이 고요하고 썰렁했다. 두 사람은 창문을 통해 남쪽을 바라보았다. 밤바람이 시원하게 불어왔다. 눈앞에 펼쳐진 수많은 지붕과 방산장房山墻*, 겹겹이 중첩되면서 멀리까지 펼쳐진 상하이 지붕의 기와들이 짙은 갈색과 어두운 회색으로 경계를 구분할 수 없이 남쪽으로 이어지다가 마침내 검은 점으로 변해 밤의 어둠 속으로 사라졌다. 부근 인가의 대나무 장대에 널어놓은 반바지 몇 점이 바람에 흔들리고 있었다. 몇 쌍의 회백색 날개가 멀리 난징시로를 향해 날아가는 것 같았다. 이 위치에서 보면 등불이 무척 어두워 핑안영화관의 윤곽이 제대로 보이지 않았다. 화이언당에서는 다시 예배를 할 수 있었지만 전혀 빛을 노출하지 않았다. 상하이전람관의 소련식 첨탑만 외롭게 한밤중의 허공에 보일 듯 말 듯 모습을 드러냈다. 탑의 맨 꼭대기에는 누런 오각형별이 갑자기 밝아졌다가 다시 어두워지기를 반복하고 있었다. 아바오가 말했다. 나 임시로 한 일주일만 묵었다 갈게. 후성이 말했다. 얼마든지 묵어. 그런데 꽤 늦은 시각이니 우선 어디 가서 뭐 좀 먹자고. 두 사람은 건물을 내려가 시캉로 근처로 가서 어느 음식점에 들어가 몇 가지 간단한 음식과 맥주 세 병을 주문했다. 후성이 물었다. 신변에 부모님이 계시면 어떤 갈등이 생기지? 무엇 때문에 언쟁을 하게 되는 거야? 아바오가 말했다. 남들이 찾아와 말싸움을 거는 바람에 도망쳐나오는 수밖에 없었어. 후성이 물었다. 그게 무슨 말이야? 아바오가 말했다. 정부는 자본

* 지붕보다 높게 쌓아올린 지붕 양쪽의 측벽.

주의 정책을 착실히 실행하고 있으면서도 가택수색을 해서 자금을 찾아내고 있잖아. 우리 큰아버지랑 작은아버지는 재산분할 때문에 다툼이 벌어져 홍싱로까지 갔었어. 두 사람이 다투는 바람에 할아버지까지 차오양 신촌으로 도망쳐와 땅바닥에 자리를 깔고 자야 했지. 그래서 나도 도망쳐나올 수밖에 없었어. 일종의 피난인 셈이지. 후성은 아무 말도 하지 않았다. 두 사람은 말없이 술만 마셨다. 아바오가 맥주를 두 병 더 주문하는 순간, 뜻밖에도 눈앞이 환해지더니 란란이 음식점 안으로 들어왔다. 온몸에서 향기가 발산되고 있었다. 아바오는 잠시 멍한 표정을 지었다. 후성이 손목시계를 들여다보면서 말했다. 두 시간이나 늦었는데 이제 와서 뭘 하겠다는 거야? 란란이 방긋 웃었다. 온몸과 얼굴에 애교가 넘쳤다. 허리가 움푹 파이고 주머니가 네 개나 달린 새빨간 정장 재킷에 금빛 단추가 달려 있었다. 안에는 연갈색 라운드 스판 티셔츠를 입고 아래는 검정 고리바지를 입었다. 발에는 예쁜 빨간색 바탕에 금빛 테두리를 두른 플랫슈즈를 신고 있었다. 후성이 말했다. 바삐 들락거리는 모습이 꼭 '낙모풍'을 잡으려는 것 같네. 언젠가 어딘가로 가버릴 것 같군. 란란이 웃으면서 말했다. 거의 다 준비됐어. 아바오가 말했다. 오랫동안 못 봤더니 새색시가 되었네. 란란이 말했다. 아바오는 정말 못됐어. 보자마자 하는 말에 뼈가 있네. 후성이 말했다. 우선 좀 앉아. 아바오가 맥주를 한 잔 따라주었다. 란란이 자리에 앉았다. 후성이 말했다. 홍콩 사람들에게는 여자가 화병과 같아. 란란이 후성을 한 대 탁 치면서 말했다. 듣기 싫은 소리 좀 하지 마! 후성이 물었다. 구체적인 시간이 언제야? 란란이 말했다. 술자리는 다음주로 정했어. 먼저 사진을 찍을 거야. 후성이 말했다. 인민사진관에서? 란란이 말했다. 징안静安공원에 가서 컬러사진을 찍을 거야. 홍콩에서 특별히 후지 컬러필름을 가져왔거든. 상하이보다 훨씬 싸대. 색도 잘 나오고. 아바오가 말했다. 갈수록 알아듣기 어려운 얘기만 하네. 홍콩은 뭐고 술자리는 뭐야? 후성은 아무 말도 하지 않았다. 란란이 맥주를 한 모금 죽 들이켰다. 후성이 말했다. 란란이 직접 말해. 란란이 시계를 들여다보고 나서 말했다. 틀림없이 쉐즈가 다 말했을 텐데 내가 더 설명할 게 뭐가 있겠어? 아바오는 말이 없었다. 란란이 갑자기 고개를 옆으로 숙이며 말했다. 나도 신바람이 난 것 같지만 사실은 불만이 많아. 아바오가 말했다. 나는 쉐즈랑 연락하지 않은 지 아주 오래됐어. 란란이 말했다. 어쩐지 그제 쉐즈를 만났는데 아무 말도 하지 않더라고. 아바오가 말했다. 쉐즈랑 끝낼 생각이야. 란란이 말했다. 아니야, 그건 안 돼. 후성이 말했다. 소름 끼치는 얘기 좀 작작하라고! 란란이 후성의 손등을 만지면서 말했다. 후성, 마음을 좋게 좋게 가지면 안 되겠어? 후성은 아무 말도 하지 않았다. 아바오가 맥주를 두 병 더 주문했다. 란란은 한 잔을 다 비우고는 한결 귀엽고 앙증맞아졌다. 얼굴이 약간 발그스름해졌다. 란란이 시계를 들여다보더니 자리에서 일어나면서 말했다. 미안해, 먼저 갈게. 다음주에 술자리를 마련할 테니까 아바오는 쉐즈랑 함께 와. 후성, 꼭 와야 해! 후성이 말했다. 나중에 얘기해. 아바오가 말했다. 그래, 다음주에 봐. 란란이 자리에서 일어서며 아바오를 향해 방긋 웃어주었다. 붉은 빛덩어리 하나가 음식점을 빠져나갔다. 두 사람은 란란의 뒷모습을 바라보았다. 후성이 말했다. 나는 쉐즈가 일찌감치 아바오 너한테 말한 줄 알았어. 아바오는 아무 말도 하지 않았다. 후성이 말했다. 나랑 란란은 완전히 끝났어. 아바오는 아무 말도 하지 않았다. 후성이 말했다. 라더 아파트에서 이사해 나온 뒤로 란란 엄마가 얼굴을 바꾸더니 줄곧 여기저기 다니면서 사람들에게 홍콩 사위를 소개해 달라고 하더라고. 그러다가 지난달에 홍콩 남자가 하나 왔는데 사실은 신제新界 주유소의 노동자야. 하지만 일반 상하이 사람들에게는 홍콩 사람이라면 어떤 신분이라도 체면이 서는 법이지. 아바오는 아무 말도 하지 않았다. 후성이 말했다. 란란이 여러 번 내게 물었어. 내가 반대하면 절대로 홍콩 남자에게 가지 않겠다면서 말이야. 내가 동의해야 홍콩 남자와 결혼을 전제로 한 접촉을 시도하겠다는 거였지. 아바오가 말했다. 그래도 젊은 아가씨가 양심은 있네. 후성이 말했다. 양심이라는 게 뭐지? 란란은 내 방에 와서 두 번이나 서럽게 울더라고. 울 때는 울더라도 홍콩이 상하이보다 낫다는 건 분명한 사실이지. 나도 그걸 모르진 않아. 나는 충분히 이해해. 사람은 높은 곳을 향해 올라가려고 노력하는 법이니까. 당연한 거야. 결국 란란은 홍콩 남자를 두 번 만나고 나서 곧장 혼인신고를 했어. 아바오가 물었다. 그다음엔 어떻게 됐는데? 후성이 말했다. 그다음이 바로 지금이야. 방금 봤잖아? 이리저리 바쁘게 돌아치는 것 말이야. 결혼을 준비하고 있지. 란란 엄마는 나를 결혼식에 초대할 생각까지 하더라고. 웃기는 얘기지. 아바오가 이제야 뭔가 알겠다는 듯한 표정으로 말했다. 쉐즈도 내게 그렇게 물었다면 좋았을 텐데. 후성이 말했다. 집안에서 허락하지 않는데 쉐즈가 무슨 말을 할 수 있겠어? 아바오가 말했다. 쉐즈는 줄곧 아무 말도 하지 않았어. 분명하게 태도를 표명하지 않더라고. 후성이 말했다. 보온병은 겉은 차가워도 속은 뜨거운 법이야. 아바오는 아무 말도 하지 않았다. 두 사람은 음식점이 문을 닫을 때까지 이런저런 얘기를 나누다가 천천히 걸어서 집으로 돌아왔다. 후성이 말했다. 모간산로에 안 좋은 소식이 하나 있어. 들리는 소문에 의하면 샤오마오의 아내가 작년에 세상을 떠났대. 아바오는 말이 없었다. 머리가 좀 어지러워 길가 오동나무에 몸을 기댔다. 후성이 말했다. 인생은 일장춘몽인 것 같아. 아바오는 아무 말도 하지 않았다. 후성이 말했다. 샤오마오에 관한 얘기가 나올 때마다 아바오는 항상 마음이 편치 않았다. 아바오가 아무 말도 하지 않자 후성이 말했다. 뭐라고 말 좀 해봐. 아바오가 가볍게 웃으며 말했다. 나는 아무것도 모르고 있었어. 그러다가 어제야 이모가 슬그머니 알려주더라고. 나와 쉐즈의 모든 관계를 포함하여 내가 이전에 자주 가던 대자명종 미용실에서 후성과 샤오마오, 샤오전, 따메이메이, 란란 등과 왕래했다는 사실을 어떤 사람이 아주 자세하게 다 알고 있었다는 거야. 후성이 물었다. 그게 누군데? 아바오가 말했다. 한번 알아맞혀봐. 후성이 말했다. 5호실 아주머니 아니면 샤오전 아빠겠지. 아바오가 말했다. 그럴 리는 없어. 후성이 말했다. 쉐즈 아빠겠네. 자전거를 타고 상하이 절반을 돌아다니다가 결국 차오자두에서 밥 먹고 나오다가 제대로 마주쳤잖아. 아바오가 탄식하며 말했다. 그 사람은 다름아니라 바로 우리 아빠였어. 후성은 놀라움을 금치 못했다. 아니, 어떻게! 아바오가 말했다. 당시 나의 모든 활동을 우리 아빠는 전부 이해하고 직접 목격하고 있었어. 후성이 말했다. 그랬었구나. 아바오가 말했다. 정보원 출신이잖아. 내가 집밖에 나와 누군가를 만났다는 한 가지 사건을 알게 되면 곧이어 모든 것을 소상하게 알게 되지. 후성은 아무 말도 하지 않았다. 아바오가 말했다. 한동안은 아빠가 나를 미행하기도 했어. 때문에 내가 미용실로 들어가는 것을 다 보았던 거지. 내가 샤오마오랑 희희낙락 멋대로 웃고 떠든 것, 샤오전을 데리고 농탕을 드나들던 것, 쉐즈를 데리고 전차를 타고 돌아오던 것 등등 일거수일투족을 다 관찰하고 있었던 거야. 후성이 말했다. 세상에 그런 아빠도 있구나. 아주 스파이 노릇을 했네. 아바오가 말했다. 겉으로는 아무 말도 안 하다가 어제야 아빠가 다 얘기하는 것을 듣고서 이모가 재빨리 내게 알려준 거야. 너무나 난처해져버렸어. 후성은 아무 말도 하지 않았다. 아바오가 말했다. 할 수 있는 말이 뭐가 있겠어? 후성은 여전히 말이 없었다. 이날 저녁 두 사람은 길을 가는 내내 말이 없었다. 우딩로로 돌아오자 후성은 곧장 잠자리에 들었고 아바오는 술기운에 스탠드 불빛에 의지하여 편지를 한 통 썼다.

쉐즈, 잘 지냈지? 오늘 후성을 만났어. 그제야 란란이 홍콩 남자와 결혼하게 되었다는 사실을 알았지. 나도 모르게 후성과 란란의 지난 일이 생각났어. 우리의 지난 일들도 생각나더군. 남녀관계는 결국 현실을 피할 수 없는 것 같아. 온갖 변화가 발생하는 것은 아주 정상적인 일이야. 이제 후성은 란란과 완전히 헤어졌어. 이제 우리의 관계도 끝내야겠지. 너무 슬퍼하지 마. 이 말은 내가 나 자신에게 하는 말이기도 해. 지난 추억들은 마음속에 잘 간직할게. 너의 모든 일이 순조롭기만을 기원해. 아바오가.

삼

어느 날 오후, 아바오가 차오양 신촌 입구로 들어서자마자 샤오전이 달려와 말했다. 아바오, 큰아버지가 어떤 낯선 남자와 말다툼을 하시다가 유리창을 깼어. 아바오가 집안으로 뛰어들어가보니 정말로 유리창 두 장이 완전히 박살나 있고 이모가 깨진 유리를 빗자루로 쓸고 있었다. 큰아버지는 제자리를 왔다갔다하고 있었다. 다림질이 잘된 중산복에 단추 두 개가 떨어져나가고 없었다. 작은아버지는 이미 가버려 자리에 없고, 고모는 고개를 숙인 채 침울한 표정으로 앉아 있었다. 할아버지는 침대에 몸을 기댄 채 두 눈을 꼭 감고 있었다. 큰아버지가 망설이는 듯 느린 어투로 말했다. 아바오 왔구나. 아바오는 아무 말도 하지 않았다. 큰아버지가 말했다. 방금 하마터면 사람 목숨 하나가 날아갈 뻔했다. 나쁜 놈이 나를 때리려 했거든. 아바오가 물었다. 유리창은 왜 깨뜨리신 거예요? 비가 오면 어떻게 하라고요? 큰아버지는 머뭇거리며 천천히 말했다. 이런 상황을 가리켜 개가 화가 나면 담장을 넘는다고 하는 거야. 돈 몇 푼 때문에 막내 녀석이 먼저 나를 치더니 유리창을 깨더구나. 아바오는 아무 말도 하지 않았다. 창문 밖에는 공짜 구경에 나선 이웃들의 수많은 머리가 어른거렸다. 이모가 말했다. 저리 좀 가요. 구경할 게 뭐가 있다고 그래요? 할아버지가 탄식하며 말했다. 내가 다 늙어서 고생이구나! 이모가 말했다. 불효자가 따로 없네요. 부모가 죽든지 말든지 재산을 혼자 독차지하겠다고 형제를 속이다니, 눈에 뵈는 게 돈밖에 없나보네요. 큰아버지가 말했다. 이봐요, 말을 한 마디도 안 하고 있으면 벙어리가 되기라도 한답니까? 이 일에 외부 사람들은 관여하지 않으면 좋겠어요. 이모가 말했다. 저는 한식구니까 얼마든지 관여할 수 있잖아요. 큰아버지가 말했다. 어서 가서 밥이나 해요. 이모가 말했다. 흥, 이제는 돈이 생겨 어엿한 신세가 되니까 다 떨어진 적삼을 벗어버리고 붉은 두루마기 차림으로 잔뜩 허세를 부리고 계시네요. 먹는 것에도 요구가 많아지고 말이에요. 여기선 더이상 음식을 해드리지 않으니 차오자두 장원루에 가시든지 그럴듯한 음식점을 찾아가세요. 큰아버지가 웃으면서 말했다. 이모가 해주시던 그 맛있는 음식들을 어떻게 잊을 수 있겠어요? 이모가 말했다. 음식을 아무리 많이 해드려도 소용이 없을 것 같네요. 욕심이 많아서 닭과 오리를 다 잡아 음식을 해대도 혼자 다 드시려고 할 테니 말이에요. 정말 놀라워요. 큰아버지가 말했다. 바보 같은 소리! 이모가 말했다. 먹는 것만 밝히면서 아무 일도 안 하고 평생을 놀면서 살아왔으니 위만 커지고 음덕陰德을 훼손하게 된 거지요. 큰아버지가 느린 어투로 말했다. 이모, 정책을 알아요? 우리 아버지는 연세가 많으시기 때문에 상부에서 정책을 실행하면서 집문서에 내 이름으로 서명하게 한 거예요. 내가 그러고 싶어서 그런 게 아니라고요. 고모가 말했다. 참 공평하군요! 이모가 말했다. 자기 자랑만 늘어놓으면서 스스로 훌륭하다고 하는 사람이 평생 돈타령만 하다가 어르신 행세를 하고 있네요. 진정한 자본가는 침대 위에 누워 계신 어르신이라고요. 큰아버지는 말이 없었다. 옆에 있던 고모가 말했다. 자기는 쓰난로 대저택의 주인이 되고 동생들은 전부 손님이 된다는 게 우스운 일이잖아요. 난 반드시 고소할 거예요. 큰아버지가 느린 어투로 말했다. 성분을 따질 때 자본가라는 이름은 있어도 샤오카이라는 호칭은 없어. 물론 나는 자본가지. 자본가로서의 고통을 충분히 맛보았으니까 이제 자본가로서의 복을 누리는 건 당연한 일이야. 지극히 타당한 일이라고. 그러니 공연히 시샘하면서 덤비지 않도록 해. 고모가 말했다. 말은 참 잘도 하네요. 아버지를 위해 돈 한푼 벌어준 적도 없고 사업을 한 적도 아예 없잖아요. 큰아버지가 자리에서 일어서며 말했다. 됐다, 됐어! 총 액수에서 내가 조금 양보하도록 하지. 내가 8할 반을 갖는 걸로 하자. 그러면 되겠지? 고모가 말했다. 더위 먹어서 머리가 어떻게 된 모양이군요. 나는 작은오빠와 함께 끝까지 투쟁할 거니까 그런 줄 알아요! 큰아버지가 느린 어투로 말했다. 쓰난로 집이 반환되면 집문서에는 당연히 내 이름을 쓰게 되어 있어. 동생들이 들어와 같이 살고 싶다면 돈 한푼 안 내고 살 수 있지. 이게 얼마나 흐뭇한 일이야? 고모가 벌떡 일어서며 말했다. 이 문제는 소송을 걸지 않으면 안 될 것 같네요. 금고 열쇠랑 쓰난로 집문서는 전부 아버지 거라고요. 큰아버지가 말했다. 내가 아버지를 모시잖아. 할아버지가 몸을 일으켜 자리에 앉으면서 말했다. 그만들 싸워. 지금은 우선 총 액수가 얼마나 되는지나 말해봐라. 큰아버지가 말했다. 그게 얼마나 되겠어요? 할아버지가 말했다. 얼만데 그래? 사실대로 말해보란 말이야!

큰아버지는 대답하지 않았다. 할아버지가 말했다. 불효자식! 큰아버지가 말했다. 가택수색에서 빼앗아간 황금은 당시의 공시가격으로 회수할 수 있어요. 가격은 같아요. 1그램에 2위안 정도지요. 한 냥이 32.5그램이니까 16냥이겠네요. 할아버지가 말했다. 그건 나도 알아. 큰아버지가 말했다. 지금의 정책에서는 공시가격에 따라 한 냥에 95위안씩 반환하는 모양이에요. 흥, 하루만 지나도 시중의 금 가격이 한 냥에 138위안으로 오르는데 말이에요. 놀라운 일이지요. 할아버지가 말했다. 정상적인 일인데 뭐가 이상하다는 게냐? 내 뱃속에 장부가 다 있어. 금 한 냥이 원나라 초기에는 은 넉 냥에 해당했지. 그러다가 명나라 영락永樂 연간에는 은 7냥 5전이 되었다가 청나라 건륭乾隆 연간에는 14냥 9전 2분, 광서光緖 2년에는 17냥 8전 7분으로 올랐다가 광서 33년에는 은 33냥 9전 1분이나 됐어. 그뒤로 은 가격이 외국의 시세에 따라 상승하여 민국 34년 3월에는 황금 한 냥이 2만 법폐法幣*에 해당했지. 그러더니 하룻밤 사이에 3만 5천 법폐로 올랐어. 화폐가치가 75퍼센트 절하된 거지. 큰아버지는 아무 말도 하지 못했다. 할아버지가 물었다. 액수를 말하지 못하겠다는 거냐, 아니면 제대로 알지 못하는 거냐? 큰아버지는 여전히 입을 다물고 있었다. 할아버지가 말했다. 이제 많이 좋아졌지만 자신의 과거를 좀 생각해봐라. 해진 조끼를 입고 부랑아처럼 변기를 비우고 다니던 때를 생각하란 말이다. 빨리 말해, 도대체 얼마야. 다 합쳐서 얼마냐고? 내가 직접 나눠줄 테니까. 큰아

* 1953년 이후 국민당 정부가 발행한 지폐.

버지가 잠시 주저하다가 느린 어투로 말했다. 아버지, 다 제가 한 일이잖아요. 제가 알아서 할 테니까 아버지는 관여하지 마세요. 할아버지가 눈을 부릅뜨고 말했다. 뭐라고? 다시 말해봐! 큰아버지가 말했다. 집문서에 제 이름이 올라가 있으니 모든 일을 제가 알아서 하겠다는 거예요. 쓰난로 집에 동생들이 들어와 살 수는 있어요. 하지만 집문서와 재산증명서에는 한 사람 이름만 올릴 수 있다고요. 고모가 테이블을 손바닥으로 탁 내려치며 말했다. 더 얘기할 것도 없어요. 법정에서 봐요. 할아버지는 두 눈을 꼭 감은 채 아무 말도 하지 않았다. 이모가 탄식하듯 말했다. 정부가 자본가들에 대해 보살님의 마음을 갖게 된 것만 해도 이미 대단한 특혜예요. 돈을 돌려주고 집도 돌려주잖아요. 우리 친정도 대지주이자 부농이었어요. 재산이 얼마나 많은지 가구와 세간이 전부 순금과 백은白銀으로 되어 있었다고요. 과거에는 관아의 돈은 연기처럼 날아가고, 장사해서 번 돈은 육십 년을 가며, 농사 지어 번 돈은 영원히 간다는 말이 있었지요. 논밭을 있는 그대로 등록할 뿐 아니라 대나무 정원과 물고기 연못도 따로 계산하지 않고 밭과 함께 있는 크기 그대로 등록했어요. 그런 기록 덕분인지 깡그리 몰수해 갔던 것들을 이제 인민정부가 보상해주고 있잖아요. 정책이 제대로 실행되고 있는 거예요. 하지만 언감생심 우리 친정은 그럴 수도 없게 되었어요. 이십여 년 전에 지독하게 재수가 없어서 단명한 혁명운동에 희생되고 말았거든요. 결국 아주 작은 집 한 칸만 남게 되었지요. 제 죽일 놈의 파출소 남편은 감옥에서 풀려나와 집에서 며칠 묵더니 그나마 남아 있던 가구와 문틀, 지붕의 기와까지 전부 팔아먹어버렸어요. 집은 이리저리 기울어져 밤에는 귀신이 나올 정도였지요. 이런 걸 패가敗家라고 하지요. 완전한 패가였어요. 집안의 재산을 전부 탕진하고 아침에 저녁 일을 보장할 수 없는 처지가 되었지요. 이런 낭패가 세상 또 어디 있겠어요? 큰아버지가 말했다. 함부로 끼어들어 그렇게 아무 상관도 없는 얘기를 왜 늘어놓는 거예요? 그런 시골의 수백 년 전 골동품 같은 얘기는 듣고 싶지도 않아요. 아바오가 말했다. 왜 안 듣겠다는 거예요. 저는 들어야겠어요. 이모가 말했다. 사람이라면 만족할 줄 알아야 해요. 돈 몇 푼 때문에 얼굴을 붉히는 것은 제가 아주 맛있는 밥과 음식을 상에 올렸을 때 어떤 이상한 사람이 한 마디 말도 없이 젓가락을 뻗어 다른 사람들은 먹지 못하게 하고서 혼자 게걸스럽게 먹어대는 것과 다르지 않다고요. 아바오가 말했다. 맞아요, 저도 다 봤어요. 이모가 말했다. 나이 많은 어른들은 옛날에 장모들이 약탈과 살인을 저지르면서 한바탕 휩쓸고 지나간 뒤에 일본놈들이 또 한바탕 휩쓸고 지나가더니 그다음에는 토지개혁이 한바탕 휩쓸고 지나가더라고 회고하곤 하지요. 큰아버지가 차갑게 웃으며 말했다. 제멋대로 반동 무궤전차를 모는군! 이모가 말했다. 당시 우리 엄마는 건더기 없는 멀건 국처럼 죄다 빼앗기고 남은 것이 하나도 없었어요. 집안이 극도로 궁핍해졌지요. 하지만 한 가지 비밀을 남겼다고 하더군요. 위로 몇 세대 어른들이 보물이 가득 든 항아리 하나를 천정에 묻어두었다는 거예요. 후손 삼대가 충분히 먹고 살 수 있을 정도의 재산이 들어 있는 항아리였지요. 결국 마지막날 사진四進 구조의 커다란 저택이 텅텅 비더니 그다음날 가난뱅이들이 대거

들어와 점거해버렸어요. 저랑 엄마 둘만 남아 유채기름 등잔에 의지하여 천정을 파기 시작했지요. 한밤중에 탕 하는 소리와 함께 부엌칼이 항아리에 닿았어요. 더 파보니까 항아리가 하나 나오더군요. 뚜껑이 하얗게 삭아 있었어요. 등잔을 들어 비춰보고는 엄마와 저 둘 다 놀라서 뒤로 세 걸음 물러서서는 눈물 콧물 다 흘리며 한바탕 소리 내 울었어요. 아바오가 물었다. 목숨을 구할 황금이 나온 거로군요? 이모는 아무 말도 하지 않았다. 고모가 물었다. 은덩어리였나요? 정말 흥분됐겠네요. 큰아버지가 잠시 생각에 잠겼다가 말했다. 적금赤金 한 냥으로 작은 원보를 하나 만들었지. 할아버지가 두 눈을 꼭 감은 채 말했다. 황친국척皇親國戚이 아니고서야 어떻게 그런 황금이 있을 수 있겠나? 이모가 말했다. 저랑 엄마는 재빨리 발을 빼서 달아났어요. 정말 혼비백산했지요. 아바오가 물었다. 항아리 안에 뭐가 들어 있었는데요? 이모가 말했다. 조상들이 남긴 은화와 도장, 하얀 은괴 등이 들어 있었지요. 그런데 아예 피를 토할 지경이었어요. 마술을 부린 것처럼 항아리에는 절반쯤 붉은 뱀이 들어 있었어요. 일제히 혀를 내밀고 마구 기어오르고 기어다니기 시작했지요. 저랑 엄마는 미친듯이 울었어요. 토지보살님이 눈이 멀었는지 모녀 둘을 지독한 액운에 빠뜨린 거였어요. 액운에 액운이 더해 은덩이가 뱀으로 변하는 지경에 이른 거예요. 최악의 제비를 뽑은 것이지요. 제비에 철저하게 운이 없다고 쓰여 있었나봐요. 신변에 있던 황금은 구리로 변하고 눈 깜짝할 사이 모든 게 전부 사라지리라. 아바오가 물었다. 그다음에는 어떻게 되었나요? 이모가 말했다. 날이 밝자 이 굶주린 가난뱅이들이 우르르 이사해 들어와서는 천정에 빈 항아리가 하나 있는 것을 발견했지요. 또 큰 일이 터지고 말았어요. 한밤중에 보물을 파내 갔다면서 우리 모녀에 대한 비판투쟁을 벌이는 거예요. 이렇게 다 합쳐서 세 번이나 지독한 수모를 당했지요. 그런데 뜻밖에도 이 수십 마리의 뱀들이 하루 동안 오래된 집 여기저기를 파고들더니 황혼 무렵이 되자 전부 기어나와 항아리 안으로 들어가는 거예요. 원래 모습 그대로 항아리 절반이 뱀으로 채워졌지요. 시골 노인 하나가 쇠 작대기를 하나 들어 내리찍자 붉은 뱀들은 일제히 대나무 장대로 기어오르더니 노인의 몸을 타고 오르는 거예요. 뱀도 도망치고 사람도 도망치는 형국이 되고 말았지요. 아바오가 말했다. 그다음에는 어떻게 됐어요? 이모가 말했다. 나중에는 가세가 완전히 기울었지. 남은 재산이 없었어. 엄마가 돌아가시고 나서 나는 상하이로 도망쳐왔어. 매일 물건을 팔고 빨래하고 밥을 하다가 결국 파출소의 그 저질 남자랑 결혼했지만 한 마디도 원망을 내뱉지 않았어. 단 한 마디도 하지 않았지. 그래서 사람이라면 마음을 다스릴 줄 알아야 한다는 거야. 돈과 재물을 보고서 이를 독차지하여 자기만 부자가 되려고 하다가는 손에 정말 순금과 백은이 가득 들어온다 해도 나중에는 그게 다 뱀으로 변해버릴지도 모르지. 사람은 언젠가는 서천으로 돌아가기 마련인데 어떻게 욕심 때문에 입과 눈을 닫을 수 있겠어? 큰아버지가 말했다. 그게 무슨 뜻이에요? 이모가 말했다. 다음 세대 자손들도 다 보고 따라 하게 된다는 말이에요. 모두들 재산을 독차지하려고 덤비게 되지요. 현세의 응보가 대대로 이어지는 거라고요. 큰아버지가 느릿느릿 말했다. 말을 얼음이나 서리처럼 차갑게 하시는구려. 쓸데없는 소리 그만해요. 나는 모든 걸 인민정부의 정책에 따라 처리하는 거란 말이오. 인민정부가 하라는 대로 따를 뿐이라고요. 할아버지가 침대 가장자리를 내려치며 말했다. 정말 화가 나서 견딜 수가 없구나. 숨도 제대로 못 쉴 것 같아. 지난 십 년, 이십 년 동안 이 불효자식에게 모든 걸 맡긴 게 잘못이지. 밤새 그렇게 무릎 꿇고 있어라. 내일 다시 얘기할 테니까.

사

기계 박선 소리가 멀리서 가까이 다가오면서 조개탄 화로 냄새가 날아왔다. 모간산로 농탕 뒷문에서 어린애의 울음소리가 당초 냄새와 갈치를 말리는 비린내에 뒤섞여 들려왔다. 난마로南馬路로 향한 철문이 열리면서 공장 안으로 차가 들어오는 것을 알리는 전기벨 소리가 세 번 울렸다. 샤오마오 엄마가 찻잔을 내려놓고 벽에 걸린 십자가를 바라보며 물었다. 영수님 초상은 어디로 갔지? 샤오마오가 말했다. 춘샹의 어린 자매 하나가 십자가를 걸어두면 하느님이 춘샹을 지켜줄 거라고 해서요. 샤오마오 엄마가 말했다. 그래, 이제는 종교 신앙을 갖는 것이 자유로워졌지. 사실은 나도 신앙의 대상을 바꿀 수 있어. 단지 습관이 돼서 이러고 있을 뿐이지. 샤오마오는 아무 말도 하지 않았다. 샤오마오 엄마가 물었다. 춘샹의 여동생은 이혼을 한 거야, 아니면 남편이 먼저 간 거야? 나이는 어떻게 되지? 샤오마오가 소리쳤다. 엄마! 샤오마오 엄마가 말했

이 책은 2013년에 처음 출판되었다. 뱀의 해였다. 뱀을 그림으로써 과거를 기억하고자 한다.

다. 옆에 여자가 하나 있으면 적어도 더운물 걱정은 하지 않을 것 아니냐! 이번에 엄마가 찾아온 것도 중요한 일에 관해 너한테 물어보기 위해서야. 샤오마오는 아무 말도 하지 않았다. 샤오마오 엄마가 말했다. 결혼한 뒤로 샤오마오 너는 줄곧 옛집에 돌아오지 않고 있지. 춘샹이 세상을 떠난 뒤에도 날 보러 오지 않고 말이야. 하지만 최근에 듣자 하니 네가 자주 대낮에 엄마가 출근하는 틈을 타서 대자명종 옛집에 와서 2층 자오디의 방으로 들어간다고 하더구나. 정말 그런 일이 있었니? 샤오마오가 말했다. 미용실 사부가 허튼소리를 지껄였나보네요. 샤오마오 엄마가 말했다. 남들이 무슨 얘기를 하든지 간에 조심할 건 조심해야지. 자오디의 남편은 인민경찰이잖아. 무슨 말인지 알겠지? 경찰은 인민을 전문적으로 통제하는 조직이야. 만에 하나 무슨 일이라도 생기면 샤오마오 네가 험한 꼴을 보게 된다고. 샤오마오는 말이 없었다. 샤오마오 엄마가 말했다. 또 들리는 소문에 의하면 네가 다시 이사해 들어올 거라고 하더라고. 모간산로의 집은 형 장가갈 때 쓰라고 하고 말이야. 샤오마오가 물었다. 누가 그래요? 샤오마오 엄마가 말했다. 그런 계획이 있었다면 엄마인 나도 알고 있어야 마땅하지. 샤오마오 말했다. 누군지 모르지만 정말 근거 없는 소리를 마구 지껄여놨네요. 샤오마오 엄마가 말했다. 나도 다 믿진 않았어. 네 형 여자친구는 직장에서 원앙방鴛鴦房*을 제공해준다고 하더라고. 샤오마오가 말했다. 갈수록 말이 맞지 않네요. 샤오마오 엄마가 말했다. 어차피

* 신혼부부가 첫날밤을 보내는 동방.

샤오마오 네가 대자명종을 찾아가는 건 맞는 일이야. 하지만 가장 좋은 건 몰래 드나들지 말고 정정당당하게 와서 저녁도 먹고 그러라는 거지. 여자 이웃들이랑 단독으로 접촉하는 건 금기를 범하는 것이지만 착실한 여자를 하나 골라 모간산로에 있는 집의 여주인으로 들여 행복하게 살 수 있으면 얼마나 좋겠니? 샤오마오가 물었다. 제가 자오디의 방에 갔던 것은 할 얘기가 있어서인데 왜 안 된다는 거예요? 샤오마오 엄마는 말이 없었다. 샤오마오가 말했다. 사실은 자오디가 저한테 나이든 아가씨를 하나 소개해줬어요. 직장의 당 지부 서기인데 2층에서 만나기로 되어 있었어요. 차를 마시면서 얘기를 나눈 게 전부예요. 샤오마오 엄마가 말했다. 여자친구를 소개받는 것도 정정당당하게 하란 말이야. 남들 보기에도 떳떳하게 말이야. 둥하이東海 카페처럼 사람들이 다 아는 곳에 가서 커피 한잔 마시면서 얘기하면 얼마나 좋니! 비용을 좀 절약하려면 쓰루춘四如春 같은 음식점에 들어가 얼음을 넣은 박하녹두탕 같은 걸 마시면서 얘기를 나누는 것도 나쁘지 않겠지! 샤오마오가 말했다. 나이든 아가씨는 별로 관심 없어요. 제가 자오디에게 인펑이나 춘샹을 닮은 여자라면 받아들이겠다고 말했지요. 그랬더니 자오디는 쉽지 않은 일이라고 하더군요. 샤오마오 엄마가 짜증을 참지 못하고 말했다. 인펑과 자오디도 가장 일반적인 여성 노동자이자 보통 농탕의 여자들이었어. 물론 춘샹 같은 여자는 등롱을 켜들고 찾아다녀도 찾기 힘들겠지만 말이야. 샤오마오는 아무 말도 하지 않았다. 샤오마오 엄마가 말했다. 엄마가 한 가지만 더 물어볼게. 겉으로는 여자친구를 소개해달라고 하면서 실제로는 네가 자오디를 마음에 두고 있는 건 아니겠지? 자오디를 꼬셔서 모간산로로 데려가 육체관계를 가지려는 것 아니냐고? 그런 거지? 샤오마오가 탁자를 내려치면서 벌떡 일어나 말했다. 엄마 얘기를 듣고 있자니 누군가 뒤에서 시비를 부추기고 있는 게 틀림없군요! 샤오마오 엄마는 아무 말도 하지 않았다. 샤오마오가 말했다. 자오디가 잘못 들은 게 분명해요. 제가 연극 대사 같은 말을 한마디하긴 했어요. 자오디가 인평이나 춘샹 같은 직장 여동생을 소개했다면 직접 모간산로로 데려갈 수 있었을 거예요. 그리고 바로 당일에 결혼을 했을 거라고 했지요. 내 의도는 이런 거였어요. 샤오마오 엄마가 말했다. 그게 그거네. 하지만 인평 같은 여자가 어디가 좋다는 건지 모르겠구나. 죽도록 고생할 상이잖아. 이제 와서 생각해보면 춘샹은 박명할 상이긴 했지만 정말 좋은 여자였어. 하늘나라에 올라갔지만 말이야. 이 사회는 정말 복잡해. 다른 보통 여자들도 당장 동방으로 끌어들일 수 있다는 생각은 하지 않도록 해라. 생활태도에 문제가 있으면 사류분자가 되고 마는 거야, 알겠지? 일단 '불량배' 딱지가 붙으면 정말 골치 아파진단 말이야. 샤오마오는 골패 모양의 네모난 의자를 발로 걷어차고는 아무 말도 하지 않고 밖으로 나가려 했다. 샤오마오 엄마가 말했다. 화내지 마. 엄마가 정말 걱정이 돼서 하는 말이란 말이야. 에이, 도무지 힘 안 드는 일이 없네. 엄마가 지금 목숨을 걸고 한마디하겠는데, 앞으로 자오디에 대해 절대로 딴생각 품지 않도록 해, 알았지! 샤오마오는 아무 말도 하지 않았다. 샤오마오 엄마가 벽에 걸린 십자가를 바라보며 말했다. 나는 매일 춘샹을 위해 기도하고 있단 말이다. 샤오마오가 말했다. 늦었어요, 그만 돌아가세요. 샤오마오 엄마는 재빨리 가슴에 십자가를 긋고는 문을 나섰다. 샤오마오가 의자에 앉자 날이 점점 어두워지기 시작했다. 벽에 걸린 십자가가 점점 흐릿해지면서 그 위로 춘샹의 얼굴이 나타났다. 춘샹의 얼굴은 이내 인평의 얼굴에 덮여버렸다. 두 여인 모두 눈빛에 원망이 가득 담겨 있었다. 멀리 쑤저우하 위를 항해하는 박선들이 내는 소리가 점점 가깝게 들리면서 조개탄 난로 냄새가 날려 왔다. 샤오마오는 흐트러진 마음을 다잡을 수가 없었다. 마음이 들떠 집중이 되지 않았다. 탁자 앞에는 또 권법 사부님과 진메이, 자오디, 판 사부 등의 얼굴이 어른거렸다. 벽에 걸린 인평과 춘샹은 아무 말이 없었다. 가까이 다가왔던 박선이 다시 멀어져갔다. 부엌에서는 당초 냄새가 났다. 조기 굽는 냄새와 함채초모두鹹菜炒毛豆* 냄새도 났다. 건너편 방직공장의 전기벨이 또 세 번 울렸다. 자오디가 묻는 소리가 들렸다. 샤오마오는 인평이 더 예쁘대요, 아니면 저 자오디가 더 매력이 있대요? 옆에서 진메이가 말했다. 샤오마오가 왜 이미 결혼한 여자를 좋아하겠어? 자오디가 말했다. 이 나이든 아가씨는 정말 착하고 영리해요. 직장의 당 지부 서기라고요. 겉으로는 점잖은 여자지만 밤만 되면 그냥 점잖게 있지만은 않을 거라고요. 벽에 걸린 인평과 춘샹은 아무 말이 없었다. 자오디가 샤오마오에게 가까이 다가갔다. 몸에서 땀냄새가 희미하게 났다. 자오디가 말했다. 나이든 아가씨든 젊은 아가씨든 아가씨는 아가씨잖아요. 판 사부가 말했다.

* 함채를 잘게 썰어 고추, 감장, 백설탕 등의 양념을 넣고 청대콩과 함께 볶은 음식.

그러게. 샤오마오가 접촉하고 있는 아가씨는 약간 젊어. 그러니 비교가 되는 거지. 권법 사부가 말했다. 나는 왜 다들 나이가 어릴수록 좋다고 하는지 이해할 수가 없어. 판 사부가 말했다. 차를 마실 때 왜 찻잎이 어린 것일수록 좋다고 하는 걸까요? 겨울 죽순이나 오이, 마란두馬蘭頭, 봄배추, 수홍릉水紅菱 등 모든 식물이 다 어릴수록 좋잖아요. 오래된 식물을 좋아하는 사람들은 그런 것들을 다 소화할 만큼 치아가 튼튼하겠지요. 늙은 게나 오래된 햄, 오래된 죽순은 힘주어 씹고 물어뜯어야 하는데다 잇새에 끼기 일쑤죠. 이쑤시개로 파낸들 무슨 의미가 있겠어요. 중국인들은 야들야들한 걸 좋아한다니까요, 알아요? 샤오마오는 아무 말도 하지 않았다. 판 사부가 수건을 한 장 꺼내 땀을 닦으면서 말했다. 당시에 사부인 나는 입장이 난처해서 샤오마오에게 죽어라 결혼을 권했지요. 마음속으로는 춘상은 누가 뭐래도 양두혼이라는 사실을 분명히 알면서도 말이에요. 벽에 걸린 인평과 춘상은 아무 말도 하지 않았다. 자오디가 가까이 다가와 부드러운 자태와 목소리로 말했다. 샤오마오 오빠, 내가 아가씨를 소개해줄 테니까 먼저 나한테 잘 보여봐요. 샤오마오 오빠는 촛불을 동시에 두 개 켜도 되니까요. 진메이가 말했다. 어제 내가 목욕을 하러 갔더니 제3작업장의 여우가 옷을 다 벗고서 그러더라고. 아가씨인 내가 왜 좋은지 알아요? 나는 금수강산이고 이모나 나이든 아줌마들은 늘 푸른 소나무나 잣나무이기 때문이지요. 권법 사부가 탕 하고 탁자를 내려치며 말했다. 저질! 벽에 걸린 인평과 춘상은 줄곧 아무 말 없이 점점 어두워지더니 어둠 속으로 사라졌다.

이 시기에 샤오마오는 오후 근무조였다. 제4작업장의 여성 노동자 하나가 걸핏하면 샤오마오를 찾아왔다. 샤오마오에게 다가가 진샹金相 샌드페이퍼 네 장만 달라고 졸랐다. 다음날에는 또 가는 스테인리스 용접봉을 네 개 가져와서는 샤오마오에게 뜨개바늘을 만들어 달라고 부탁했다. 나중에 판 사부가 샤오마오의 솜씨를 칭찬하며 말했다. 이 뜨개바늘은 정말 잘 만들었어. 그 아가씨가 뭐라고 하던가? 샤오마오가 말했다. 아주 맘에 들어하더군요. 정말 고맙고 미안하게 생각한대요. 제 빨래를 대신 해주고 이불 호청을 꿰매주고 싶다고 하더군요. 판 사부가 말했다. 조심해, 이미 결혼한 여자들은 그런 수작을 좋아한다고. 샤오마오가 말했다. 시계부품 작업장의 쥐펀은 나만 보면 대신 줄을 서서 밥을 좀 사달라는 부탁을 하더라고요. 꼭 제가 대신 사줘야 한다는 거예요. 어제는 훈둔을 대신 사달라고 하더군요. 판 사부가 물었다. 그래서 한 테이블에 앉아서 먹었겠군? 샤오마오가 말했다. 네, 그랬죠. 판 사부가 말했다. 샤오마오는 홀아비이기 때문에 결혼한 여자들이 다른 눈으로 바라보기 십상이야. 샤오마오가 말했다. 그럴 리가요! 판 사부가 말했다. 여러 번 얘기하지만, 여자들에게는 천천히 접근하는 게 좋아. 이 사부 생각에는 샤오마오가 젊은 아가씨를 찾는 게 더 나을 것 같아. 내가 제자들한테도 얘기해두지. 최근에 노동조합에서 구區의 교사를 초빙해서 사교댄스를 가르칠 예정이래. 샤오마오도 적극 참여해봐. 춤 배운다는 핑계로 좀 젊고 야들야들한 아가씨들을 많이 만날 수 있을 거야. 알았지? 샤오마오는 점심을 먹고서 공장 6층의 테라스에 갔다가 판 사부의 제자인 샤오쓰옌小四眼을 만났다. 서로 몇 마디 주고받고 나서 샤오쓰옌이 말했다. 먼저 '삼보三步'*를 가르쳐준 다음에 '사보四步'**를 가르쳐주고 그다음에 '지르박'을 가르쳐줄 거예요. 일주일에 두 번, 한 번에 한 시간씩 배우고 연습하는 거예요. 샤오마오가 말했다. 좋았어. 샤오쓰옌이 말했다. 아가씨들은 대부분 여성 노동자들이에요. 댄스반에도 몇 명 있는데 생긴 건 다들 그만그만해요. 먼저 춤부터 배우면서 다시 얘기해요. 인내심을 갖고 기회를 기다리는 거예요. 샤오마오는 아무 말도 하지 않았다. 샤오쓰옌이 물었다. 샤오마오 형님은 직장 여공들 중에 누가 제일 그럴듯하게 생겼다고 생각해요? 샤오마오가 말했다. 시계 부품 작업장의 쥐펀이 제일 낫지. 샤오쓰옌이 말했다. 눈썰미가 대단하시네요. 대충 말하는데도 공장 최고의 미인을 지명하시니 말이에요. 샤오마오가 빙긋이 웃었다. 샤오쓰옌이 낮은 목소리로 말했다. 결혼한 여자들 중에서는 쥐펀이 확실히 제일 예쁜 것 같아요. 하지만 제가 접촉해본 바에 의하면 성격이 좀 이상한 편이에요. 샤오마오가 말했다. 내가 보기엔 괜찮은 것 같던데. 샤오쓰옌이 말했다. 샤오마오 형님이 밥을 사려고 줄 서 있는 것을 보면 꼭 다가와서 말하지요. 샤오마오 씨, 저 대신 훈돈 좀 사주세요. 그러면서 법랑 밥그릇을 내밀고는 테이블 앞에 가서 앉아 기다리죠? 샤오마오가 말했다. 맞아, 정말 그래. 샤오쓰옌이 말

* 왈츠곡의 일종으로 혼자 추는 춤의 스텝이다.

** 사교댄스의 일종인 맘보를 말한다.

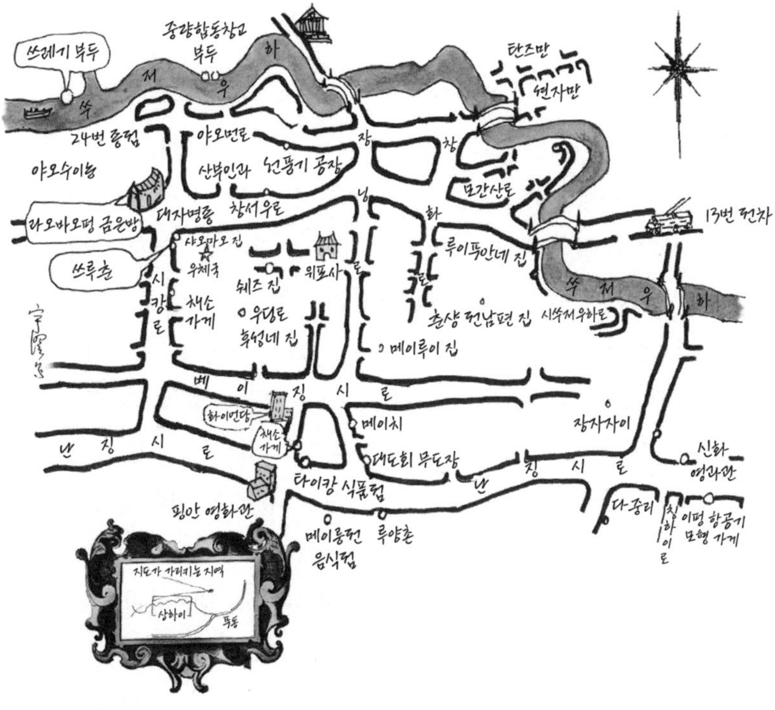

기억 속 지도의 압축판이다. 1980년대 대도회大都会 무도장의 정확한 모습은 기억나지 않는다. 단지 근처에 서장書場과 화단이 있었고 난징시로 모퉁이에 가까이 있었다는 것만 기억날 뿐이다. 이세탄백화점이 있던 자리에는 내가 자주 가던 헌책방이 하나 있었다.

했다. 그건 쥐편의 습관적인 행동이에요. 쥐편 대신 훈돈을 사주면서 국수를 들고 다가오는 남자 노동자들이 아주 많았거든요. 샤오마오는 아무 말도 하지 않았다. 샤오쓰옌이 말했다. 쥐펀은 춤을 출 때도 확실히 적극적이에요. 파트너를 꽉 끌어안고 추지요. 하지만 그렇다고 함부로 오해하시면 안 돼요. 습관적인 행동이거든요. 얼핏 보기에는 다가가기 아주 쉬울 것 같지만 사실은 정말 다루기 힘든 여자예요. 걸핏하면 흰 비둘기를 날리거든요. 샤오마오가 물었다. 흰 비둘기를 날린다는 게 무슨 뜻이야? 샤오쓰옌이 말했다. 예컨대 두 사람이 뜻이 맞아 춤을 추다가 남자가 마음이 동해 밖에 나가 춤을 추자고 제안하는 거예요. 장닝江寧 무도장이나 문화관 무도장 같은 데 말이에요. 쥐펀은 그렇게 하겠다고 약속하고는 절대로 약속 장소에 나타나지 않지요. 남자가 한 시간을 기다리고 두 시간을 기다려도 모습을 나타내지 않아요. 이런 걸 일컬어 흰 비둘기를 날린다고 하는 거예요. 그러니까 형님도 쥐펀을 만날 때는 좀 냉담하게 굴 필요가 있어요. 샤오마오는 대꾸하지 않았다. 어느 날 정오, 샤오마오는 대배면大排麵*을 먹고 쥐펀은 훈돈을 먹었다. 쥐펀이 물었다. 댄스반에 들어갔으니 틀림없이 여자친구가 생겼겠네요? 샤오마오가 말했다. 겨우 두 번밖에 안 갔어요. 쥐펀이 말했다. 공장의 예쁜 아가씨들은 전부 남자친구들에게 붙잡혀 있는데 어떻게 춤을 추러 다니겠어요? 샤오마오는 아무 말도 하지 않았다. 쥐펀이 낮은 목소리로 말했다. 샤오쓰옌이라는 남자가 있

* 국물 국수에 계란 부침과 청경채, 돼지갈비 튀김을 얹은 음식.

는데 아주 음탕해요. 나랑 춤을 출 때마다 아랫도리를 밀착해온다니까요. 나는 아무 표정도 없이 애당초 거들떠보지도 않지만 말이에요. 샤오마오가 말했다. 점심 먹고 춤추러 갔다가 다시 출근해 일을 하면 그런 날은 잠이 아주 잘 와요. 쥐펀은 말이 없었다. 한번은 샤오마오가 점심을 먹고 5층 도서실에 가서 잡지를 뒤적이고 있었다. 옥상에서 발소리가 들렸다. 샤오마오가 천천히 계단을 올라가보았다. 절반밖에 가지 않았는데 테라스에서 남녀 한 쌍이 춤 연습을 하는 모습이 눈에 들어왔다. 샤오쓰옌과 쥐펀이 댄스반에 나오지 않고 테라스에서 음악도 없이 춤을 추고 있는 것이었다. 쥐펀이 샤오쓰옌을 꼭 껴안고 있는 모습이 웬지 좀 이상했다. 두 사람은 두 바퀴 돌고 나서 기분이 좀 가라앉았는지 지르박으로 바꿔 추기 시작했다. 서로 손을 잡고 눈을 맞춘 채 말은 한 마디도 하지 않았다. 이어서 스텝이 '양보兩步'*로 바뀌었다. 샤오쓰옌은 쥐펀을 꼭 껴안고 얼굴을 가까이 댄 채 몸을 거의 움직이지 않으면서 스텝을 밟았다. 샤오마오는 조용히 아래층으로 내려왔다. 댄스반이 끝나던 마지막날, 노동조합에서는 전원 동원령을 내렸다. 샤오마오는 퇴근 준비를 하고 있었다. 판 사부가 말했다. 댄스반에 꼭 가야 해. 샤오마오는 아무 말도 하지 않았다. 판 사부가 말했다. 가서 베슥거리지 말고 열심히 춤을 추라고. 포기하는 건 너무 아깝잖아. 판 사부는 직접 샤오마오를 잡아끌고 6층으로 올라갔다. 옥상 테라스에는 채색 전등이 켜져 있고 긴 테이블에는 오렌지주스가 잔

* 두 발을 나란히 하여 허리에 무게중심을 두고 앞뒤로 가볍게 움직이는 댄스 스텝.

뜩 놓여 있었다. 남녀가 가득 모여 있는 가운데 판 사부가 어딘가로 가더니 여성 노동자 하나를 데리고 와 샤오마오와 춤을 추게 하고는 옆에 서서 한 곡이 다 끝날 때까지 지켜보다가 내려갔다. 샤오마오가 세번째 곡을 추려고 할 때 누군가 팔로 어깨를 가볍게 치는 것이 느껴졌다. 쥐펀이었다. 쥐펀이 웃으면서 말했다. 샤오마오씨, 다음 곡은 나랑 춰요. 다음 곡은 '만산慢三'*이라 쥐펀이 샤오마오보다 더 능숙했다. 두 사람은 서로 마주보고 서서 한 손을 맞잡고 한 손은 서로의 허리를 감았다. 쥐펀의 허리는 단단함과 부드러움이 조화를 이루어 무명골이 저절로 위로 솟아올랐다. 두 사람은 서로 한 사람인 것처럼 바싹 밀착한 채 순조롭게 스텝을 밟으면서 돌고 돌았다. 샤오마오는 문득 판 사부의 말이 생각났다. 과거에는 주바오산로朱葆三路의 무도장에서 춤을 추었던 데 비해 지금은 공장의 무도장에서 추고 있지만 본질적인 성격에는 차이가 없었다. 눈 속에 춤이 있고 마음속에 욕심이 없으며 적절한 방비가 있으면 되는 일이었다. 하지만 샤오마오는 쥐펀이 자신의 몸에 바싹 밀착해오자 가슴이 뛰기 시작했다. '만사慢四'를 출 때도 '만량慢兩'을 출 때와 다르지 않았다. 주위에는 온통 사람들이었다. 샤오마오는 쥐펀의 몸에서 부채표 비누의 맑은 향기를 느낄 수 있었다. 몸이 너무 밀착되어 있었기 때문이다. 쥐펀의 부드러운 목소리와 뜨거워진 귀밑머리가 샤오마오의 마음을 움직였다. 쥐펀이 샤오마오의 손을 꼭 쥐면서 물었다. 무슨 생각 하고 있어요? 샤오마오가 말

* 왈츠를 간략하게 축소한 무곡으로 다른 춤들의 기초가 되는 가장 기본적인 형태.

했다. 사람들이 너무 많은 것 같아요. 쥐펀이 말했다. 난 벌써 배고파요. 샤오마오 씨가 한턱내요. 혼돈을 먹든지 폭어면爆魚麵*을 먹든지 하자고요. 샤오마오는 아무 말도 하지 않았다. 옆에서 어떤 사람이 몸을 돌리다가 가볍게 부딪칠 때면 쥐펀은 슬그머니 샤오마오의 어깨를 끌어당겼다. 그러면서 손을 놓았다가 다시 잡기를 반복했다. 쥐펀이 말했다. 가장 좋은 것은 저한테 밥을 사주는 거예요. 샤오마오가 빙긋이 웃었다. 쥐펀이 말했다. 아니면 무도장에 데려가줘요. 샤오마오가 말했다. 쥐펀 씨는 생각나는 대로 다 하고 싶어하는군요. 쥐펀이 말했다. 제가 좀 제멋대로이긴 하지요. 샤오마오가 말했다. 여자가 그렇게 제멋대로면 안 돼요. 쥐펀이 웃기 시작했다. 몸을 앞뒤로 숙였다 젖혔다 하면서 격하게 웃어대다가 하반신이 앞으로 덮쳐오는 바람에 샤오마오는 쥐펀의 허리를 안을 수밖에 없었다. 쥐펀이 말했다. 이 자리에서 누가 가장 미인인 것 같아요? 샤오마오가 말했다. 시계 부품 작업장의 쥐펀 씨요. 쥐펀이 말했다. 샤오마오 씨도 아주 멋진 남자예요. 샤오마오는 아무 말도 하지 않았다. 쥐펀이 물었다. 상하이에서 가장 좋은 무도장이 어딘지 알아요? 샤오마오가 말했다. 난징시로에 있는 대도회겠지요. 쥐펀이 말했다. 맞아요, 거기예요. 천장이 오리알 모양으로 되어 있어 수백만 개의 휘장이 매달려 있는 것 같잖아요. 등불이 꼭 달빛 같고요. 샤오마오가 말했다. 정말 그렇네요. 쥐펀이 말했다.

* 상하이의 유명한 전통 면 음식으로 생선 우린 육수에 생선살과 푸른 채소를 얹어 먹는다. 강한 생선 맛에 약간 시큼한 맛이 어우러지는 것이 특징이다.

휘장 안에 들어가 잠을 자는 느낌이에요. 아주 곤하게 잠들어 때마침 꿈을 꾸면 아주 좋은 꿈이 될 것 같아요. 샤오마오가 물었다. 샤오쓰옌과 몇 번이나 갔었어요? 쥐펀이 되물었다. 뭐라고요? 샤오마오 씨는 여자친구랑 벌써 가봤나보네요? 샤오마오는 대답하지 않았다. 쥐펀이 말했다. 그럼 내일 둘이 같이 가기로 해요. 아니면 다음주에 가든지요. 샤오마오가 잠시 생각해보고 말했다. 다음주에 갑시다. 쥐펀이 말했다. 마지못해 승낙하는 듯한 말투네요. 샤오마오가 말했다. 아니에요, 정말 가고 싶어요. 다음주 월요일에 가는 걸로 정합시다. 쥐펀이 샤오마오의 어깨를 살짝 꼬집으며 말했다. 좋아요. 샤오마오가 말했다. 대도회 문 앞에서 만나요. 쥐펀이 씨익 웃었다. 이때 마침 음악이 멈췄다. 두 사람은 서로 떨어져 다른 사람들과 마찬가지로 박수를 쳤다. 월요일 오후, 샤오마오는 대도회 문 앞에 도착했다. 어느새 날이 무척 쌀쌀해져 있었다. 하지만 무도장 입구에는 뜨거운 바람을 몰고 온 남녀가 잔뜩 모여 있었다. 봄꽃이 핀 것 같았다. 적지 않은 사람들이 이 자리에서 만나기로 약속을 한 모양이었다. 샤오마오는 옷깃을 당기며 장닝로 쪽을 바라보았다. 저 앞에 난징시로가 보였다. 삼십 분쯤 기다리자 거리에는 왕래하는 사람들이 부쩍 많아졌다. 샤오마오는 문득 낯익은 남자 하나가 자전거를 타고 대도회 앞 장닝로를 지나가는 것을 보았다. 속도는 그다지 빠르지 않았고 북쪽으로 가고 있었다. 샤오마오는 속으로 가슴이 뛰었지만 겉으로 반응하지는 않았다. 차가운 바람 속에서 샤오마오는 이 사람을 생각했다. 아바오였다. 샤오마오의 마음이 갑자기 무겁게 가라앉았다. 하지만 사람을 기다리고 있는 터라 눈길은 여전히 대로에 집중하고 있었다. 그러면서 오랫동안 만나지 못했던 아바오를 다시 만나고 싶다는 생각을 했다. 하지만 아바오는 휙 지나가버리고 없었다. 샤오마오의 마음이 두 갈래로 갈라졌다. 양다리 걸치는 풍류 여인 쥐펀이 언제라도 23번 전차 정거장 쪽에서 걸어올 것 같았다. 샤오마오가 한 시간 남짓 기다렸지만 쥐펀은 오지 않았다. 샤오쓰옌의 말이 맞았다. 쥐펀은 이번에도 흰 비둘기를 날렸다.

오

이날 오후, 아바오는 마지막으로 쉐즈를 만나러 갈 작정이었다. 두 사람의 관계는 그것으로 끝이었다. 아바오는 가는 길 내내 이런저런 생각에 빠졌다. 자전거가 빨라졌다 느려지기를 반복했다. 자전거는 차오양 신촌에서 우닝로 다리 위를 지나 다리 근처를 빠르게 미끄러져갔다. 아바오는 가슴이 두근두근했다. 반시간 전에 그는 쉐즈의 전화를 받았다. 쉐즈가 말했다. 아바오, 지금 안위안로로 좀 와줘. 아바오가 말했다. 난 출근해야 해. 쉐즈가 말했다. 편지 받았어. 아바오가 말했다. 그랬군. 쉐즈가 말했다. 편지를 받은 지 석 달이 지났지만 계속 봉투만 보면서 뜯어서 읽어보지는 않았어. 아바오가 물었다. 왜 그랬어? 쉐즈가 말했다. 만나서 얘기해. 아바오가 말했다. 난 출근해야 한다니까. 쉐즈가 말했다. 약속해줘. 아바오가 물었다. 뭘? 쉐즈가 말했다. 마지막 만남이라 하더라도 꼭 오겠다고 약속해줘. 아바오가 뭔가 말하려는 순간 전화가 끊어졌다. 아바오는 황급히 자전거 보관대에서 자전거를 꺼내 페달을 밟기 시작했다. 마음속으로 한참을 머뭇거렸다. 이때, 아바오는 편지 마지막 구절의 의미를 기억하지 못하고 있었다. 쉐즈는 매일 편지봉투를 보면서도 뜯어서 읽지는 않았다. 아마도 편지에 담긴 내용을 분명히 알고 있을 것이다. 하지만 마지막 만남을 거론하는 건 왜일까? 아바오는 너무 긴장해 쉐즈의 얼굴이 기억나지 않았다. 자전거는 여전히 빨라졌다 느려지기를 반복했다. '마지막 만남'을 말하는 쉐즈의 목소리는 비교적 평온하고 조용했다. 자신을 이해하고 있는 것이 분명했다. 자전거가 우닝로교를 지나 다리 아래를 향해 미끄러져내려갈 때, 아바오는 불현듯 자신이 기계수리공 차림이라는 것을 의식했다. 멜빵바지에 팔 토시를 하고 있고 발에는 작업용 구두를 신고 있었다. 가슴과 소매 입구에는 여기저기 기름자국투성이였다. 아바오는 약간 당황했지만 자전거는 계속 다리 아래로 미끄러져내려가 창서우로에 이르러 왼쪽으로 모퉁이를 돌았다. 아바오는 방향을 바꿔 먼저 우딩로로 가기로 마음먹었다. 후성의 집으로 가서 옷을 갈아입기로 한 것이다. 자전거가 우딩로에 이르자 아바오는 한숨을 내쉬었다. 수중에 후성의 집 열쇠를 갖고 있지 않은 것이었다. 눈앞이 캄캄했다. 작업복 차림으로 쉐즈에게 가야 할지 말아야 할지 마음을 정하지 못하고 있었다. 자전거는 계속 남쪽으로 움직여 시캉로를 지나 끝없이 펼쳐진 난징시로로 접어들었다. 핑안영화관의 포스터를 보는 순간 아바오는 놀라서 정신이 번쩍 들었다. 장닝로 사거리로 접어들어 북쪽으로 가면 쉐즈의 집으로 가는 길이었다. 이런 복장으로 그녀를 만난다 해도 출근하는 길인데다 서로 관계를 끝내는 마당이라 별로 상관없을 것 같았다. 자전거는 이미 대도회 무도장 앞을 지난 터였다. 오후 두 시가 넘은 시각이라 거리에는 사람들의 왕래가 제법 많았다. 화려한 옷차림의 남녀가 대부분이었다. 자전거를 빠르게 몰아 어떤 사람 앞을 지나쳤다. 아바오는 전방을 주시하느라 좌우를 자세히 살필 수 없었다. 길가에 서 있던 사람이 샤오마오일 줄은 꿈에도 생각지 못했다. 아바오의 눈앞에는 그저 평소와 다름없이 이동하는 사람들의 그림자와 얼굴들뿐이었다. 하지만 아바오의 얼굴은 돌연 낯익은 사람의 시선 속으로 빨려들어갔다. 너무 갑작스러워 미리 방비할 틈도 없었다. 속도는 빠르고 인상은 깊었다. 샤오마오가 눈을 비비는 사이에 옛친구는 이렇게 어깨를 스치고 지나갔다. 순간적으로 놀란 사이에 낯익은 얼굴은 갑자기 모습을 드러냈다가 눈길을 고정할 틈도 없이 사라졌다. 아바오의 옷차림이 잠시 흔들리는 것 같더니 사라지고 없었다. 바로 이 순간, 두 사람 모두 마음이 한곳에 집중되지 않고 들떠 있었다. 각자의 위치에서 서로 어떻게 할 수 없었다. 하지만 마음속 긴장과 위기는 둘 다 비슷했다.

아바오는 너무 피곤해서 주저하고 있었다. 온몸에 기름때가 묻어 있었다. 마지막으로 쉐즈가 사는 농탕에 도착하여 자전거를 세운 다음, 뒷문을 밀어 열었다. 복도 앞쪽의 방에 등을 다 드러낸 쉐즈가 고개를 돌려 그를 바라보았다. 너무나 아름답고 밝은 모습이 그의 두 눈을 사로잡았다. 면과 비단이 아우러진 솜저고리 차림이었다. 소매통과 가슴 부위에 가지런히 개켜두었던 주름이 남아 있었다. 철이 지나 트렁크에 넣어두었던 옷을 방금 꺼낸 것 같았다. 남색 바탕에 금색과 빨강, 노랑, 자주, 초록의 꽃무늬 도안이 아로새겨져 있었다. 경태람景泰藍* 같은 질감이 햇빛과 금빛을 반사했다. 아바오는 앞으로 몇 걸음 다가가면서 가슴에 코를 대고 윤활유 냄새를 맡아보았다. 샤오마오가 오래전에 종이에 베껴 적었던 시구가 생각났다. 손님의 얇은 옷에서 나는 냄새에, 젊은 과부가 눈물짓네. 공기 중에는 흐릿한 장뇌 냄새가 섞여 있었다. 가늘고 청신한 냄새였다. 쉐즈가 몸을 돌려 다가오다가 아바오를 바라보았다. 창문 앞에는 커다란 글자로 새로 쓴 대련이 걸려 있었다. 쉐즈는 이런 대련을 '당익堂翼'이나, '중익中翼' 같은 옛날 이름으로 부르는 것을 좋아했다. '요벽耀壁'이라 부르기도 했다. 종이에는 약간의 주름이 남아 있었다. 일곱 글자로 된 하련은 들어가고 나오고, 쫓고 도망가는 것이 여전히 요원하기만 하네**라는 구절이었다. 먹은 진하고 뜻은 멀었다. 한 글자 한 글자가 보물의 탑이었다. 강인하고 아름다움에 추호의 흔들림이 없었다. 쉐즈가 '책받침 부수 대련'이라고 말했던 것이 생각났다. 열네 개 글자가 전부 같은 편방偏旁으로 되어 있었다.*** 그러면서도 글에 담긴 힘과 뜻이 순조로운 것은 쉽지 않았다. 큰 글씨로 써 붙이는 것은 정말 어려운 일이었다. 시작과 끝이 분명해야 하고 제사題辭에 담긴 식견도 훌륭해

---

* 동기(銅器) 표면에 무늬를 내고 파란을 발라서 불에 구워낸 공예품.

** 원문은 '進退追遁還逍遙'로 전부 책받침 변 부수가 들어 있다.

*** 이어지는 원문은 '遠近迎送道通達'로 전부 책받침 변 부수가 들어 있다.

야 하며 글씨도 아취가 있어야 하기 때문이다. 그렇지 못하면 장사꾼의 필묵이 되기 십상이다. 아바오가 앞으로 다가가면서 상련上聯이 생각나지 않았다. 뜻밖에도 멀고 가까움, 보내고 맞음에 도가 통하고 있네였다. 통하기에 적합하다는 것인지 기억이 나지 않았다. 복도에서는 상련이 잘 보이지 않았다. 옛사람의 손바닥에는 '도망치다走'라는 한 단어만 적혀 있었을 것이다. 병가의 36계 가운데 도망치는 것이 상계이지 않던가. 글자 자체가 편방으로 '가버린다'는 뜻이다. 햇빛이 환히 비치는 가운데 쉐즈의 몸이 조금 움직이자 한창 나이의 옥 같은 아름다움이 발산되었다. 저고리 색깔이 남보석 빛으로 바뀌었다. 아주 진한 쪽빛이었다. 한순간 채색 노을빛을 드러내더니 곧이어 창밖의 햇빛처럼 천천히 꺼지면서 어두워졌다. 아바오가 걸음을 멈추고 말했다. 일부러 이런 차림으로 온 게 아니야. 출근을 해야 하거든. 쉐즈가 말했다. 나도 알아. 아바오가 말했다. 들어가진 않을게. 쉐즈가 말했다. 들어와. 아바오는 아무 말도 하지 않았다. 쉐즈가 말했다. 걱정할 것 없어. 아바오가 말했다. 출근할 때는 옷차림에 신경쓸 여지가 없거든. 그래서. 쉐즈가 웃으면서 말했다. 출근할 때는 다 그렇잖아. 괜찮아. 아바오가 말했다. 편지를 좀더 일찍 읽었어야 했어. 쉐즈는 테이블 위에 뜯지 않은 채로 놓여 있는 편지를 가리키며 웃으면서 말했다. 나는 투시안이 있어. 뜯어보지 않아도 내용을 다 알 수 있지. 아바오는 말이 없었다. 쉐즈가 말했다. 아바오, 들어와. 아바오는 여전히 말이 없었다. 쉐즈가 걸음을 옮기며 말했다. 아바오! 햇빛이 또다시 방안을 환하게 비췄다. 쉐즈의 솜저고리가 서서히 다시 청신한 아름다움을 발산했다. 장뇌 냄새가 점점 더 진해졌다. 편지 한 통이 앞에 놓여 있었다. 쉐즈는 지난 석 달 동안 받은 편지를 전혀 뜯어보지 않은 터였다. 아바오는 마음이 아파왔다. 아바오가 말했다. 안 들어갈래. 그만 가야겠어. 하지만 쉐즈는 다시 다가와 아바오를 마주보고 섰다. 아바오는 아무 말도 하지 않았다. 쉐즈도 말이 없다가 아바오의 어깨를 어루만지며 말했다. 자전거 타고 왔구나. 아바오가 말했다. 응. 쉐즈가 말했다. 나는 맨 처음과 맨 끝 배차야. 다섯시에 나가야 해. 아바오가 말했다. 내가 와서 이렇게 얼굴 한번 봤으니 됐잖아. 이만 갈게. 쉐즈는 말이 없었다. 아바오가 말했다. 나 간다. 쉐즈가 그를 다시 불러 세웠다. 아바오! 아바오가 물었다. 왜? 쉐즈가 물었다. 앞으로 전차를 탔다가 나랑 마주치게 되면 어떻게 할 거야? 아바오가 서늘해진 가슴으로 말했다. 먼저 표를 사야겠지. 월표月票를 살 거라면 월표라고 말해야 하고. 쉐즈가 그의 이름을 불렀다. 아바오! 아바오가 물었다. 왜? 쉐즈가 말했다. 꼭 기억해야 해. 아바오가 물었다. 뭘? 쉐즈가 말했다. 내 전차를 탈 때는 영원히 표를 살 필요 없어. 아바오는 목이 메어왔다. 말하고 싶지 않아. 쉐즈가 그에게 가까이 다가서서 몸을 기대려 했다. 아바오가 뒤로 한 걸음 물러섰지만 이미 그의 몸에 매달린 쉐즈는 두 팔을 뻗어 그를 꼭 껴안았다. 얼굴이 아바오의 가슴에 닿았다. 아바오가 낮은 목소리로 말했다. 이러지 마. 이거 놔줘. 쉐즈는 아무 말도 하지 않았다. 아바오가 말했다. 온몸이 기름투성이라 그래. 쉐즈는 한 마디도 하지 않고 아바오를 꼭 끌어안았다. 햇빛이 담담하게 테이블 위에 놓인 아바오의 편지를 비췄다. 쉐즈는 아바오의 기름때

전 작업복 바지에 몸을 완전히 파묻고 낮은 목소리로 말했다. 아바오, 너무 슬퍼하지 마. 마음을 편하게 가져. 쉐즈가 아바오를 꽉 껴안았다. 복잡한 공기에서 복잡한 냄새가 났다. 아바오는 천천히 쉐즈의 손을 풀고 뒤로 한 걸음 물러서서 쉐즈의 옷 앞섶과 소매끝을 자세히 살펴보았다.

28장

1

메이루이는 대형 간담회를 기획하고 있었다. 캉 사장의 도움이 적지 않았다. 마지막으로 캉 사장이 메이루이를 데리고 즈전위안으로 와서 리리와 세밀한 상담을 나누었다. 메뉴를 보고 현장 분위기를 살피고 나서 모든 것을 결정했다. 이어서 캉 사장과 리리, 후성, 아바오 등은 메이루이가 보내온 초대장을 받았다. 초대장에는 대회 소개와 일정표, 개요 및 부가설명이 적시되어 있었다. 간절한 마음으로 왕림을 기대하며 보다 많은 친구분들께 추천하여 상하이에서 함께 큰 성취를 이룰 수 있게 해줄 것을 부탁한다. 특히 친구들은 많을수록 좋으며 주최측에서 공항 영접 및 배웅, 호텔 숙식을 제공한다고 밝혔다. 리리는 초청장을 살펴보고 나서 아바오에게 전화를 걸어 물었다. 손님들 명단에 유명 인사들이 적지 않네요. 이메이 사장이란 사람은 도대체 어떤 배경을 갖고 있는 건가요? 아바오가 말했다. 잘 모르겠어요. 리리가 말했다. 여자가 사업을 이 정도까지 발전시켰다면 틀림없이 내분비계통이 정상이 아닐 거예요. 아바오가 말했다. 남이야 병원에 가서 진찰할 때 신경정신과를 찾아가든 산부인과를 찾아가든 신경쓸 것 없잖아요. 누구나 개인적인 비밀은 있는 법이니까요. 음식점을 경영하는 사람은 손님들의 식사 자리와 수입에만 관심을 갖는 것이 더 이치에 맞을 거예요. 리리가 말했다. 이 여자의 이름은 정말 마음에 안 들어요. 아바오가 말했다. 중국어로 이해하면 그나마 괜찮을 거예요. 이전에 고급 선장본線裝本 책이 있었어요. 제목이 『장미玫瑰선생집』이었지요. 리리가 말했다. 그런 얘긴 듣고 싶지 않아요. 아바오가 말했다. 전해지는 바에 의하면 『마오쩌둥 선집』도 이 책에 나오는 '송이자宋二字' 서체로 인쇄했다고 하더군요. 리리는 아무 말도 하지 않았다. 아바오가 말했다. 나중에 들은 얘기로는 1966년에 전단에 사용하던 밀랍 종이를 잘못 새기는 바람에 책 이름이 『공괴玫媿선생집』이 되고 말았대요. 리리가 말했다. 정말 시시한 얘기네요. 아바오가 말했다. 중국어로 해석하면 메이루이는 눈을 밟으며 매화를 감상한다는 뜻이에요. 아무리 봐도 괜찮은 이름 아닌가요? 리리가 말했다. 질투 나네요. 아바오가 말했다. 나는 이 여자가 과거에 전혀 알려지지 않은 대외무역 회사의 직원이었다는 것밖에 몰라요. 리리가 말했다. 아바오 씨와 죽마고우였고 한동안 연애도 했다던데 저는 그다지 믿고 싶지 않아요. 이 여자가 아바오 씨가 좋아했다는 바로 그 어린 아가씨일 리는 없겠지요? 아바오가 말했다. 오늘날의 세태는 굳이 생각할 필요가 없어요. 자기 할일만 제대로 하면 되는 거예요. 모든 사람을 우습게 봐서는 안 되겠지만 너무 소심하게 굴지 않는 게 성공하는 능력자의 태도지요. 리리가 말했다. 이 눈 속의 매화께서 큰 연회를 열어 손님들을 대접하면서 널리 선한 인연을 넓히려고 하니 제가 한 테이블을 채울 수 있는 친구들을 초대해야겠네요. 홍콩과 타이완, 싱가포르 친구들도 부르고요. 창수에 같이 갔던 친구들을 부르는 것도 괜찮지 않겠어요? 젊은 가정부를 포함해서 말이에요. 아바오가 말했다. 최대한 많이 초대하도록 해요. 손님이 많을수록 좋을 테니까요. 후성도 적지 않은 친구들을 불러모을 거예요. 사람들이 많아야 연회가 신이 나지요. 리리가 말했다. 젊은 가정부가 아이슬란드에서 팩스를 보내왔어요. 친언니는 오지 못하지만 다른 사람들은 대부분 참석할 수 있을 거라고요. 아바오가 말했다. 아주 잘됐네요.

2

대회 개막식의 만찬은 즈전위안에 마련되었다. 이날 저녁, 수많은 사람들의 목소리가 떠들썩하게 뒤엉키는 가운데 사람들의 머리가 이리저리 마구 움직였다. 메이루이 모녀와 홍콩 샤오카이는 홀 입구에 서서 손님들을 맞았다. 거리에는 커다란 현수막이 걸렸고 폭죽도 터졌다. 사자춤도 동원되어 징과 북이 쉴새없이 요란하게 울려댔다. 손님들이 연회장 안으로 들어서면 서명과 명함을 받고 행사 관련 자료를 배부했다. 메인테이블은 홀 맨 위에 배치되어 여러 분야의 주요 인사들이 자리잡고 앉았다. 전체 참석 인원은 마흔 테이블*에 달했다. 리리는 잘 아는 손님들을 특별히 위층에 있는 세 테이블 규모의 별실에 집중적으로 배치했다. 커다란 별실로 오는 사람들은 마음대로 자리를 골라 앉게 했다. 이날, 아바오가 대회 주최측에서 나눠주는 쇼핑백을 받아들고 룸 안으로 들어서자 후성과 링즈를 포함한 예둥징 식구들의 모습이 보였다. 캉 사장도 적지 않은 북방 친구들을 대동하여 참석해 있었다. 이날 저녁의 메뉴는 다음과 같았다(상하이 식객 선潘 선생이 선정한 음식들이다).

찬 음식 여덟 가지: 상하이식 샐러드, 사선고부四鮮烤麸, 함계鹹雞, 마란두부피권馬蘭頭腐皮卷, 전장효육鎮江餚肉, 저우산舟山 소라, 노초철두老醋蜇頭, 밀즙차소蜜汁叉燒.**

따뜻한 음식 열 가지: 즈전위안 일품 청증淸蒸갈치, 명전용정하인明前龍井蝦仁, 전라새육田螺塞肉, 초두권자草頭圈子, 당례어돈단塘鱧魚燉蛋, 금패홍소육金牌紅燒肉, 유민순油燜筍, 자유우육蠔油牛肉, 향고채심香菇菜心, 빙당채화갑어冰糖菜花甲魚.***

---

* 중국 연회의 인원은 통상적으로 테이블 수로 계산하며 한 테이블은 열 명이다.

** 사선고부는 전분과 겨울죽순, 목이버섯, 넘나물 등을 볶은 음식, 함계는 소금에 절인 계란, 마란두부피권은 계란과 각종 채소를 두부피나 밀가루로 싸서 기름에 튀긴 음식, 전장효육은 장쑤 지역 특유의 편육 냉채, 노초철두는 산둥식 해파리 냉채, 밀즙차소는 광둥 요리의 하나로 잘 구운 돼지 뱃살을 얇게 썰어 꿀에 찍어 먹는 것.

*** 명전용정하인은 항저우의 전통 음식으로 삶은 용정새우 살을 차와 함께 먹는 것, 전라새육은 민물소라를 껍데기에서 빼낸 다음 안에 다진 돼지고기를 넣고 소라살과 함께 후추과 황주 등 각종 양념을 넣어 볶은 상하이 전통 음식, 초두권자는 양

탕 한 가지: 춘순엄독선春筍醃篤鮮****

간식 두 가지: 여주인이 비법으로 만든 춘권春卷, 쑤베이식 닭육수 탕제채소혼돈湯薺菜小餛飩*****

디저트: 과일 칵테일

전채가 테이블에 오르기 시작했지만 사람들이 계속 입장하고 있어 약간 혼란스러웠다. 타오타오와 샤오친은 링즈와 같은 테이블에 앉았다가 갑자기 레이저디스크 브로커 멍 선생과 관상 전문가 종 내사가 들어오는 것을 발견했다. 링즈가 자리에서 일어나 그들을 부르자 타오타오는 뭔가 잘못되고 있다고 판단하고는 황급히 샤오친을 잡아끌고 자리를 떴다. 이리저리 두리번거리던 그는 다시 다른 곳에 자리를 잡았다. 이런 상황이 현장의 혼란을 가중시켰지만 다행히 리리와 캉 사장이 제때에 이들을 발견하고 갖가지 관계를 고려하여 다시 자리를 조정한 끝에 모두들 마침내 자리를 확

념을 넣고 졸인 곱창을 채소 위에 깔아 함께 싸서 먹는 상하이 음식, 당례어돈단은 순두부 형태의 계란찜 위에 간장을 위주로 한 소스를 뿌리고 그 위에 삶은 가물치를 얹은 다음, 얇게 썬 파를 뿌려 생선과 계란을 함께 먹는 음식, 금패홍소육은 두껍게 싼 돼지고기 덩어리를 삶은 다음 홍소 방식으로 조리한 음식, 유민순은 쓰촨요리의 하나로 기름에 튀긴 죽순을 간장에 찍어 먹는 것, 자유우육은 광둥 요리의 하나로 적당히 썬 소고기와 셀러리, 양파, 피망 등을 양념과 함께 기름에 볶은 것, 향고채심은 데친 청경채 위에 버섯볶음을 얹어 함께 먹는 것, 빙당채화갑어는 자라에 지방이 가장 풍부한 시기인 매년 4, 5월에 빙당과 각종 채소를 넣고 끓인 일종의 영양 자라탕.

**** 적당한 크기로 썬 삼겹살과 죽순, 버섯, 옥수수 등의 채소를 넣고 끓인 국물요리.

***** 암탉을 우린 국물로 끓인 혼돈탕.

정하고 앉았다. 세 테이블에 나눠 앉은 사람들은 각각 다음과 같았다.

11명: 리리(자리를 남겨둠), 아바오, 후성, 미스 장, 미스 우, 북방의 미스 친, 창수의 쉬 사장, 쑤안, 딩 사장, 타오타오, 샤오친.

12명: 캉 사장, 캉 부인, 훙칭, 미스 왕(자리를 남겨둠), 북방의 구 사장, 구 부인, 루 사장, 루 부인, 타이완 린 선생, 린 부인, 레이저디스크 브로커 멍 선생, 종 대사.

11명: 링즈, 쑤저우 판 사장, 미스 위, 링훙, 일본인 친구, 거 선생, 정자간 아줌마, 릴리, 한 사장, 샤오광둥小廣東 부부.

이때 리리가 일어나 유창한 보통화로 말했다. 여러분, 우리를 초대해준 메이루이 사장님께서 도착하시기 전에 제가 두 가지만 말씀드리겠습니다. 세 테이블 가운데 두 테이블에 앉으신 손님들은 제가 잘 아는 분들입니다만, 먼저 처음 뵙는 낯선 친구분들께 인사를 올리겠습니다. 방금 아바오 사장님께서 소개하셨지만 제가 있는 이 테이블은 저의 예둥징 친구들입니다. 예둥징은 상하이에서 가장 유행에 민감한 지역에 있지요. 바로 옆에 아주 유명한 란신대극장과 진장호텔이 있거든요. 과거에 마오 주석께서도 종종 회의를 열던 곳입니다. 최고급 거리지요. 제 바로 앞에 있는 이 테이블에 앉으신 분들 역시 유행에 민감하신 분들입니다. 여기까지 듣고 있던 링즈와 링훙, 릴리가 남몰래 빙긋이 웃었다. 아바오는 말없이 이 여자들을 바라보고 있었다. 젊고 옷차림도 그다지 꾸민 것 같지 않지만 사실은 잔뜩 공들인 것이 분명했다. 풍류의 눈길이 가득하고 얼굴의 붉은 기운이 옥그릇을 비추고 있었다.* 일반적인 식사 자리에서는 미녀가 한 명 나타나는 것만으로 사람들의 눈을 자극하기에 충분했다. 그런데 지금은 미녀가 세 명이 넘고 여기에 정자간 아주머니까지 검정 비로드 치파오를 입고 나타났다. 나이 쉰이 넘은 여자가 아주머니라고 부르기 어려운 모습이었다. 여전히 물뱀처럼 유연한 허리에 자늑자늑한 자태가 마치 젊은 시절로 돌아간 것 같았다. 이때 정자간 아주머니가 일어서서 차를 따르기 시작했다. 가볍게 움직이는 동작에 옆 테이블에 있던 루 사장이 훌륭하다며 탄성을 내질렀다. 옆에 있던 미스 위는 원래 눈길을 끄는 모습이 아니었지만 불빛 속에서 얇은 양모 카디건 차림을 한 그녀의 옥처럼 매끄러운 피부가 눈부시게 드러났다. 투명에 가까운 모습이었다. 미스 위는 자신의 이런 모습을 의식하지 못하고 근엄한 표정으로 한 손을 테이블 위에 올려놓고 목과 허리를 곧게 편 자세로 다른 테이블에 앉아 있는 창수의 쉬 사장을 바라보고 있었다. 아바오 옆에 앉은 후성이 눈으로 같은 테이블에 앉은 미스 장과 미스 우, 북방의 미스 친을 훑고 있었다. 겉으로는 아무런 표정도 없지만 속으로는 다들 시샘과 질투의 불길이 일고 있는 것이 분명했다. 바로 옆 캉 사장의 테이블에 앉은 네 부인은 고개를 숙이고 사적인 대화를 주고받고 있었다. 후성이 아바오의 귀에 대고 말했다. 한 가지 묻지 않을 수 없네. 옆 테이블에 앉은 네 분은 누구지? 아바오가 말했다. 풍경이 아주 좋지? 하지만 미안하네. 네 쌍의 부부야. 함부로 집적대면 안 된다고. 불꽃을 조심해야 해. 바로 이때 리

* 금나라 시인 채송년의 사(辭) 「위지배」의 한 구절.

리가 말했다. 여러분, 이제 제가 꽃을 빌려 부처님께 공양을 드릴까 합니다. 먼저 예둥징의 친구들에게 술을 한 잔 올리고 싶습니다. 이 테이블에 앉은 사람들을 잘 알아두시기 바랍니다. 아바오 사장님, 이리 와서 친구들 소개 좀 해주세요. 아바오가 자리에서 일어나 그쪽으로 다가갔다. 창수의 쉬 사장이 기회를 놓치지 않고 덩달아 일어섰다. 옆에 있던 쑤안이 만류하며 물었다. 뭐하려고 그래요? 쉬 사장은 쑤안의 만류에 대꾸하지 않고 아바오를 따라 리리가 있는 곳으로 다가가 말했다. 여러분, 잠시만 조용히 해주시기 바랍니다. 저는 이곳의 오랜 손님입니다. 먼저 한 분을 소개하고자 합니다. 이 집의 주인 리리 사장님입니다. 리리 사장님은 패션과 아름다움을 무척 중시하지요. 리리 사장님이 두패頭牌*입니다. 제가 리리 사장님과 함께 여러 미녀분들께 존경의 의미를 담아 한 잔 올리겠습니다. 리리가 미간을 찌푸리면서 억지로 웃는 표정을 짓고는 하이힐을 움직여 뒤로 반걸음 물러섰다. 이때 옆 테이블의 네 부인은 귀에 입을 대고 낮은 목소리로 소곤거리고 있었다. 눈길이 리리에게로 모였다가 다시 아바오에게로 옮겨갔다. 그러더니 창수 쉬 사장을 바라보면서 다 같이 술잔을 받쳐들고 일어섰다. 이때 네 부인과 같은 테이블에 앉아 있던 루 사장이 갑자기 자리를 벗어나 빠른 걸음으로 다가와서는 보통화로 말했다. 자, 미주美酒는 가인들이 올려야 하고 꽃은 영웅에게로 돌아가는 법이지요. 옆에 있

---

* 옛날 중국의 전통 연극 공연에서 연기자의 이름을 팻말에 써서 걸어놓는데, 그 가운데 맨 앞에 걸어놓은 팻말을 말한다.

던 창수의 쉬 사장이 하는 수 없이 이에 응하면서 말했다. 자, 리리 사장님은 키가 크시니까 조금 뒤로 물러나주세요. 링즈가 술잔을 받쳐들고 루 사장을 바라보더니 눈빛에 미소를 담은 채 보통화로 말했다. 이분은 새로 오신 어르신입니다. 루 사장이 말했다. 저는 부녀보호협회 소속입니다. 꽃을 지키는 수호천사지요. 링훙이 보통화로 말했다. 어떻게 된 거예요? 벌써 기분이 가라앉네요. 이러시면 안 되잖아요. 루 사장이 빙긋이 웃었다. 리리는 아무 말도 하지 않았다. 아바오가 사람들을 하나하나 소개했다. 사람들은 자신이 소개될 때마다 리리와 잔을 부딪쳤다. 옆에 있던 루 사장도 고개 숙여 인사했다. 아바오가 링즈와 링훙을 소개하자 루 사장이 고개를 숙여 인사하면서 정자간 아주머니를 언급했다. 루 사장은 고개를 숙여 예의를 표했지만 옆에 있는 창수의 쉬 사장은 다소 적적한 모습이었다. 모두들 잔을 부딪치고는 가볍게 입에 가져다대는 것으로 예의를 표했다. 링훙이 보통화로 말했다. 잠깐만요, 루 사장님, 쉬 사장님, 우리는 한 잔씩 더 마셔야 해요. 종업원이 와인을 따랐다. 루 사장이 웃으면서 말했다. 미스 링, 우선 우리 둘만 단독으로 한 잔 마십시다. 그리하여 두 사람만 잔을 비웠다. 이어서 링즈가 술을 올렸다. 루 사장이 웃으면서 말했다. 허허, 이제 막 시작했는데 벌써 절정에 오르는군요. 하는 수 없이 캉 사장이 다가가 루 사장을 끌고 왔다. 아바오도 창수 쉬 사장을 데리고 자리로 돌아왔다. 리리가 자리에 앉아 옆에 있는 쉬 사장을 쳐다보면서 말했다. 시작하자마자 너무 힘을 쓰시네요. 쑤안은 아무 말도 하지 않았다. 옆에 있던 딩 사장이 말했다. 예둥징 테이블에 앉은 여자들은 정말 대단해요. 북방의 미스 친이 말했다. 한눈에 좋은 물건들이 아니라는 것을 알 수 있지요. 리리가 말했다. 술이나 드세요. 능력이 있으면 얼마든지 솜씨를 발휘해도 되는 거예요. 미스 장이 말했다. 소름 끼치네요. 알랑거리는 것도 정도껏 해야지. 뭐가 유행이라는 건지 저는 아예 알아들을 수가 없어요. 타오타오가 말했다. 저 루 사장은 요괴 같은 사람이야. 샤오친이 말했다. 걱정하지 마요. 아무리 요괴 같은 남자라 해도 링즈 언니를 당해내진 못할 테니까요.

캉 사장은 루 사장과 같은 테이블이었다. 미스 왕을 제외하고 모두가 자리잡고 앉았다. 루 사장이 루 부인에게 고개 숙여 인사하면서 보통화로 말했다. 마누라 여사님, 이렇게 힘들게 와주셔서 감사합니다. 제가 한 잔 올리겠습니다. 루 부인이 보통화로 말했다. 저리 가요. 한쪽에 잠자코 앉아 있으라고요. 이때 같은 테이블의 레이저디스크 브로커 멍 선생과 종 대사가 자리에서 일어섰다. 멍 선생이 보통화로 말했다. 저희 둘이 먼저 여러분께 한 잔 올리겠습니다. 루 사장이 웃으면서 말했다. 그건 저의 임무이기도 합니다. 같이 하시지요. 루 부인이 보통화로 말했다. 저 두 분 상하이 선생들은 진심을 다하는데 당신은 방금 뭐한 거예요? 구 부인이 구 사장을 힐끗 쳐다보고는 보통화로 말했다. 제가 다 보고 있어요. 누가 저쪽 테이블로 가는지 지켜보고 있다고요. 루 부인이 말했다. 남자들은 정말 천박해요. 어쩌면 이렇게 천박할 수 있지요? 정말 천박하네요. 캉 부인이 빙긋이 웃었다. 린 부인이 타이완 표준어로 말했다. 비천하다는 뜻의 그 '천박'을 말하신 건가요? 루 부인이 말했다. 제 말이 좀 과했나요? 저 창수의 쉬 사장을 좀 보세요. 쯧쯧. 다들 보셨지요? 너무 지나치게 힘을 쓰고 있어요. 전부 다 말이에요. 갑자기 루 부인이 에이 하고 탄식 같은 한숨을 내쉬자 옆에 있던 캉 부인이 분위기를 수습하려는 듯이 보통화로 말했다. 루 부인, 우리도 홍 사장과 함께 인사를 나누는 게 어떨까요? 루 부인은 좀 난처한 표정을 지었다. 훙칭이 젓가락을 내려놓고 빙긋이 웃으면서 보통화로 머뭇거리듯 말했다. 그러니까, 그게 말이에요. 루 부인이 정신을 차리고 말했다. 미스 왕은 왜 안 오죠? 훙칭이 손목시계를 들여다보면서 말했다. 병원에서 곧장 이리로 온다고 했는데 아마 집에 먼저 들르는 모양이네요. 구 부인이 말했다. 미스 왕 몸은 이제 석 달이 좀 넘었겠네요. 그럼 좀 쉬는 게 좋을 텐데. 여기는 공기도 아주 안 좋거든요. 루 부인이 말을 받았다. 이곳은 태교에 아주 불리한 것 같아요. 우리 루 씨 집안처럼 몰락한 기업도 보통화로 말하자면, 아이를 키우는 것이 키우는 게 아니라고 할 수 있지요. 정말 놀라운 일들이 가득하거든요. 한마디로 대혼란이라고 할 수 있어요. 왕래가 적은 친척들도 저마다 머리도 있고 체면도 있지요. 연봉에 배당금도 있어야 하고요. 개인적으로 회사를 운영할 경우 안팎으로 돌아치면서 남들을 속이고, 함정에 빠뜨리고, 몰래 빼앗아야 해요. 그러면서 체면과 실리를 동시에 챙겨야 하지요. 서로 헐뜯고 배척하면서 먹고 마시고 여자를 즐기고 노름도 해야 하니 남녀 공히 뱃속에 교활한 심보를 담고 있지 않은 사람이 누가 있겠어요? 루 사장이 빙긋이 웃으면서 고개를 숙여 루 부인에게 말했다. 존경하는 마누라 대인, 존경하는 부인, 고생 많았어요. 분노를 좀 삭이시고 자, 한 잔 더 드시지요. 루 부인이 말했다. 어서 가봐요. 루 사장이 낮은 목소리로 말했다. 마누라님, 존경하는 부인, 예전에 저는 저 테이블에서 술을 조금 마셨을 뿐입니다. 마누라님께서는 화를 가라앉히시고 옥체를 잘 건사하시기 바랍니다. 저는 그저 악수만 나누면서 잠시 분위기를 띄우려 했을 뿐입니다. 캉 부인이 음식을 먹으면서 남몰래 웃었다. 루 부인이 물었다. 저게 뭐예요? 한 번은 뭐고 두 번은 또 뭔가요? 훙칭이 웃으면서 말했다. 하, 저는 구 사장님의 공연을 생각했어요. 구 사장이 보통화로 물었다. 공연이라고요? 루 사장이 말했다. 구 사장님의 유명한 노래가 있지요. 저는 들어봤어요. 구 사장이 말했다. 무슨 농담을 하시는 겁니까? 린 선생 부부가 한자리에 앉아 있으니 양안관계兩岸關係*를 조심해야 합니다. 린 부인이 말했다. 저도 몇 번 들은 적 있어요. 린 선생이 웃으면서 말했다. 노래를 N번이나 하셨네요. 구 부인이 말했다. 아주 멀리 전파하시려면 레이저디스크에 녹음하시면 되겠어요. 종 대사가 보통화로 말했다. 술을 마시고 즐기면서 노래와 술로 기분을 푸는 것은 더없이 자연스러운 일이에요. 짜증내지 마세요. 멍 선생이 말했다. 최신 노래도 있고 옛날 노래도 있어요. 레이저디스크를 적지 않게 보유하고 있습니다. 웬만한 노래는 제가 다 알아요. 구 사장님은 어떤 노래를 하실 건가요? 구 사장이 웃으면서 말했다. 하류 민요예요. 물론 반전을 주제로

* 타이완해협을 사이에 둔 중국 대륙과 타이완 사이의 정치, 경제, 문화 등 모든 관계를 총칭하는 말이다.

한 노래지요. 전쟁에 반대한다, 중국인들끼리 싸우지 말자 하는 노래예요. 네 부인이 일제히 까르르 웃었다. 훙칭이 말했다. 한 곡 더 하시는 게 좋겠네요. 구 사장이 말했다. 기분이 내키면 할게요. 린 부인이 술잔을 내려놓고 두 손으로 귀를 막았다. 구 사장이 빙긋이 웃으면서 쑤베이 사투리로 구성지게 노래를 시작했다. 국민당 병사들은/ 하나같이 아주 나쁜 놈들이라서/ 나를 수수밭으로 끌고 들어갔네/ 우리 아줌마들 어떻게 해/ 국민당 병사들은/ 하나같이 아주 음탕한 놈들이라서/ 나를 수수밭으로 끌고 들어갔네/ 우리 아줌마들 어떻게 해/ 나는 처음에는 싸웠고/ 두번째는 울었고/ 세번째 네번째는. 구 사장이 갈수록 우렁찬 목소리로 여기까지 노래했을 때, 한 여인이 박수를 치면서 말했다. 와, 멋지네요. 정말 훌륭해요! 캉 사장이 고개를 들고 쳐다보니 링즈와 링훙이 가까이 다가와 있었다. 네 부인은 아무 말도 하지 않았다. 링즈가 배시시 웃으면서 보통화로 말했다. 경애하는 루 사장님, 여러분, 제가 이 테이블에 계신 상하이 친구들을 소개하겠습니다. 이분은 점술 및 관상 전문가이신 종 대사님이시고 이분은 레이저디스크 수집가 멍 선생님이십니다. 루 사장이 말을 끊었다. 잠깐만요, 미스 링, 어째서 맨손인가요? 적절하지 않아요. 링즈가 낮은 목소리로 말했다. 저는 이미 취했어요. 종 대사가 말했다. 이런 자리에 왔으면 취하는 게 당연하지요. 링즈가 우물쭈물하면서 과장된 태도로 말했다. 더 버틸 수 없는 상태예요. 링훙이 대신 마시게 해주세요. 링훙이 손을 뻗어 술잔을 들었다. 루 부인이 엄숙한 표정으로 말했다. 동생, 기왕에 이 자리에 왔으면 마셔야 해요. 우리도 모두 다 취했다고요.

마시지 않으면 안 돼요. 링즈는 놀라움을 금치 못했다. 루 부인이 말했다. 동생, 나도 원래 술을 못 마셔요. 그런데 지금 우리 모두 마시고 있잖아요. 링즈가 당황한 표정으로 말했다. 링훙, 빨리 나 좀 도와줘. 구 부인이 말했다. 안 돼요, 한 사람씩 차례로 다 마셔야 해요. 루 부인이 씩 웃고는 두 눈을 부릅뜨고 말했다. 동생, 이 잔은 반드시 마셔야 해요. 마시지 않으면 안 되는 잔이라고요. 종업원, 술잔 좀 더 가져와요. 루 사장이 말했다. 내 잔을 써요. 루 부인이 재빨리 잔을 가로채며 말했다. 부부의 물건을 함부로 빌려주면 안 되지요. 링즈가 말했다. 이 잔을 마시면 저는 곧장 쓰러지고 말 거예요. 루 부인이 말했다. 술을 따라요. 링즈는 하는 수 없이 종업원에게서 술잔을 받아들었다. 구 부인이 말했다. 마셔요, 괜찮아요. 루 부인이 미소를 지으며 말했다. 우선 한 잔을 다 비우세요. 사실은 제가 술을 제일 못 마신다는 걸 다들 알고 있잖아요. 링즈가 말했다. 언니가 마시면 저도 마실게요. 루 부인이 열정적으로 링즈를 성원하면서 몸을 숙여 말했다. 훌륭한 부인이에요. 옆에 있던 멍 선생도 훌륭하다며 한 마디 거들었다. 두 여인은 잔을 부딪쳤다. 루 부인은 단숨에 잔을 비웠다. 링즈는 술을 천천히 목구멍으로 넘겼다. 그러고는 링훙에게 비스듬히 몸을 기댔다. 구 부인이 깡충깡충 뛰면서 말했다. 좋아요, 이제 제 차례네요. 구 사장이 말했다. 됐어요, 공평해졌군요. 이리하여 술을 가득 따라 구 부인과 링즈가 차례로 잔을 비웠다. 술 두 잔이 더 들어가자 링즈는 완전히 취해버렸다. 구 부인이 캉 부인의 어깨를 가볍게 다독이며 말했다. 캉 부인, 계속하세요. 링즈가 말했다. 여기까지만 해요, 안 되겠어요. 캉 부인은 억지로 술을 반잔 더 마셨다. 링즈는 세번째 잔을 극도로 천천히 마셨다. 술은 잔에 그대로 남아 있었다. 이어서 린 부인이 손사래를 치면서 말했다. 다들 석 잔씩이나 마셨어요. 그 정도면 충분해요. 저는 천성적으로 알러지가 있어서 술을 못 마셔요. 루 부인이 자리에서 일어서며 말했다. 아주 확실하군요. 그럼 제가 마실게요. 이리하여 루 부인은 술을 한 잔 더 마셨다. 링즈는 천천히 열 모금 넘게 마시더니 몸이 가볍게 흔들렸다. 구 부인이 부축하려 했지만 링즈는 허리가 흐늘흐늘해지면서 그대로 구 사장의 의자에 앉아버렸다. 링훙이 물었다. 심각해요? 링즈가 링훙에게 비스듬히 몸을 기댔다. 구 사장이 말했다. 종업원, 의자 두 개만 더 가져와요. 수건도 가져오고. 모두 어렵사리 제자리를 찾아 앉았다. 링훙이 손을 빼내고는 남몰래 웃으면서 말했다. 언니들, 이제 제 차례예요.

바로 이때, 쿵 소리가 나더니 좌중에 있던 루 부인이 갑자기 목을 뒤로 젖힌 데 이어 몸까지 뒤로 넘어가버렸다. 캉 부인과 구 부인이 황급히 일어나 부축해 일으켰지만 루 부인은 이미 얼굴이 잿빛이 되고 온몸이 완전히 풀린 상태였다. 루 사장이 말했다. 아이고, 부인, 착한 마누라! 캉 사장이 방안을 둘러보니 리리가 보이지 않았다. 종업원이 말했다. 아래층 룸에 소파가 갖춰져 있긴 하지만 손님들이 있어서 불편할 것 같습니다. 캉 사장이 말했다. 차가운 물수건 좀 가져다주세요. 종 대사가 말했다. 뜨거운 수건도요. 구 부인이 말했다. 술이라곤 한 방울도 입에 대지 않던 양반이 무슨 영웅이 되겠다고, 응! 루 사장이 허리를 구부리며 말했다. 마누라님, 부인, 여보, 부인! 루 부인의 두 눈은 굳게 감겨 있었다. 두 눈이 흰자위만 드러낸 채 아무 말도 하지 않았다. 루 사장이 가까이 다가가 웃으면서 말했다. 마누라 대인, 우리 둘이 더 마십시다. 자! 루 부인은 미동도 하지 않았다. 레이저디스크 브로커 멍 선생이 말했다. 몇 잔만 마셔도 쓰러지면서 무슨 술을 마신다고 그래요? 이때 옆에 있던 링즈가 두 눈을 크게 뜨고 루 부인을 쳐다보더니 넋이 나간 사람처럼 웃으면서 말했다. 어쩌다 다들 이 모양이 된 거지! 그러고는 다시 두 눈을 꼭 감았다. 루 부인은 고개를 비스듬히 비틀더니 아이 하는 신음소리와 함께 진한 술냄새를 토해냈다. 캉 부인과 구 부인이 루 부인을 양쪽에서 부축하여 안정된 자세를 취하게 했다. 린 부인이 말했다. 이러면서 남들에게 술을 먹이겠다고? 흥, 저는 이만 호텔로 돌아가야겠네요. 다들 같이 가요. 이때, 옆 테이블에 있던 쑤저우 판 사장과 일본인 손님, 릴리 등이 재빨리 다가와 링즈를 쳐다보았다. 링훙이 링즈를 불렀다. 링즈! 릴리가 말했다. 정신 좀 차려봐요! 루 사장이 릴리를 자세히 뜯어보면서 물었다. 이 아가씨는 누구신가요? 릴리가 웃으면서 말했다. 저는 아가씨가 아니에요.* 릴리라고요. 링즈가 눈을 휘둥그레 뜨고 빙긋이 웃었다. 크게 떴던 눈이 다시 감겼다. 이때, 루 부인이 갑자기 입을 동그랗게 벌리고는 목을 빼고서 토하는 시늉을 했다. 헛구역질이었다. 모두들 놀라서 실수로 두 사람의 발끝을 밟고 지나갔

* 원문은 '小姐'로 타이완에서는 아가씨 혹은 '미스'라는 의미로 쓰이지만 중국에서는 술집 접대부를 의미하기도 한다.

다. 캉 사장은 이것이 옛날 상하이 사람들 말로 '환석還席'*임을 잘 알고 있었다. 현대적인 표현으로는 '찬장 열기' 혹은 '소방서 소화전 틀기'라고 했다. 종업원이 황급히 쟁반을 가져왔다. 캉 사장이 쟁반을 루 부인의 입에 가까이 갖다대주었다. 종업원이 말했다. 저희 가게에는 구토를 전문적으로 할 수 있는 방이 마련되어 있으니 우선 그리로 모시고 가서 해결하는 게 어떻겠습니까? 현장이 무척 혼란스러웠다. 바로 이때, 별실 문이 열리면서 리리가 메이루이와 샤오카이, 그리고 바람과 비를 부르는 위풍당당한 인사 두 명을 대동하여 들어왔다. 방안이 즉시 환하게 밝아졌다. 메이루이의 구름 모양의 검은 머리가 반짝거렸다. 손에는 술잔을 들고 하얀 플랫 크레이프 베르사체 예복 치마를 입고 있었다. 가늘고 부드러운 라인에 한쪽에 높은 트임이 있고 어깨는 한쪽만 있는 디자인이었다. 사람들의 이목을 끄는 효과는 만점이었다. 발에는 역시 하얀 나비 매듭 하이힐을 신고 있었다. 가는 주름이 있는 얇은 실크 머플러가 팔까지 자연스럽게 내려와 있었다. 온몸에서 풍기는 진한 향기가 사람들을 자극했다. 옆에 있는 손님들과 마찬가지로 옷깃에 분홍색 소심란素心蘭 장식이 달려 있었다. 이들은 흐뭇한 표정으로 별실 안으로 들어섰다. 눈앞에 테이블이 세 개 놓여 있고 한 무리의 사람들이 둘러앉아 있었다. 여자 손님 둘이 술에 취해 쓰러져 속살을 드러내고 있고 의자가 이리저리 뒤죽박죽이었다. 술잔과 쟁반

* 원래의 자리로 돌려놓는다는 뜻이지만 여기서는 초대받아 먹은 음식을 토하는 것을 비유하는 말이다.

이 엉망진창으로 나뒹굴고 있는 장면을 보면 어떤 상황인지 말하지 않아도 알 것 같았다. 갑자기 메이루이의 표정이 어두워지면서 눈길이 캉 사장에게로 향했다. 이때 캉 사장은 쟁반을 받쳐들고 반쯤 바닥에 쭈그려앉아 있었다. 머리칼 일부가 아래로 흘러 축 처졌다. 더위 때문에 넥타이도 느슨하게 푼 상태인데다 태양혈에는 땀방울이 맺혔다. 여인들의 진한 분 냄새와 치맛자락 사이에 몸을 두고서도 염복豔福은 눈곱만큼도 누릴 수 없으니 이만저만한 낭패가 아니었다. 메이루이가 캉 사장을 불렀다. 캉 사장님! 옆에 있던 캉 부인이 어깨를 툭 치자 캉 사장은 고개를 들고는 놀라움을 금치 못했다. 린 부인이 쟁반을 받았다. 캉 사장이 물수건을 집어 손을 닦고는 넥타이를 고쳐 맸다. 메이루이가 보통화로 말했다. 좋아요, 정말 시끌벅적하군요. 옆에 있던 샤오카이가 서리처럼 차가운 눈빛으로 사람들을 죽 훑어보았다. 매서우면서도 위엄 있는 모습이었다. 캉 사장이 보통화로 말했다. 여러분, 잠깐만 조용히 해주십시오. 주위에 있던 다양한 유형의 사람들이 연회의 호스트가 등장했음을 알아차리고는 황급히 테이블 위에서 자신의 술잔을 찾았다. 몇몇 사람들은 잔이 없었다. 리리가 화를 참지 못하고 말했다. 지금 뭣들 하는 거예요! 메이루이가 입을 열려는 순간, 또다른 테이블에 있던 타오타오가 술잔을 받쳐들고 메이루이를 연호하며 황급히 다가왔다. 메이루이! 메이루이! 메이루이! 후성은 메이루이가 타오타오의 연호를 못 들은 척하며 의도적으로 얼굴을 돌리고는 옆에 있던 귀빈들에게 뭔가 낮은 목소리로 속삭이는 모습을 목격했다. 샤오카이가 차가운 눈빛으로 타오타오를 쳐다보았다. 캉 사장이 보통화로 말했다. 여러분, 이번 성대한 연회의 호스트인 메이 사장님과. 이때, 메이루이가 눈썹을 가볍게 들어올리면서 옥 같은 손을 높이 들어올리고서 말했다. 잠깐만요. 우선 모두들 좀더 즐기세요. 저희는 잠시 후에 다시 오겠습니다. 이때 타오타오는 메이루이에게 가까이 다가가 있었지만 메이루이는 몸을 돌려 타오타오를 등지고 실크 머플러를 뒤로 젖히면서 샤오카이와 함께 귀빈들을 안내하여 별실을 빠져나갔다. 리리는 분노가 극에 달해 술잔을 든 채로 이들을 따라 나갔다. 티오타오는 난처한 기색이 역력했다. 아바오와 후성은 자리에 앉아 아무 말도 하지 않았다. 그저 이 모든 광경을 눈으로 다 받아들이고 있었다. 장내가 십 초 정도 조용해졌다. 캉 사장은 자기 자리로 돌아갔다. 린 부인이 말했다. 우리 그만 호텔로 돌아가요. 곧 루 부인을 배웅해야 하잖아요. 이때, 어느 정도 정신을 차린 링즈가 천천히 바른 자세로 앉아 눈을 커다랗게 뜨고서 말했다. 자, 마십시다! 루 부인이 손을 비비면서 큰 소리로 웃으며 말했다. 술이 좀 깼군요. 정말 잘됐어요! 링즈가 말했다. 링훙, 아직까지 한 잔도 안 마셨네. 나이든 사장님들께 어서 술을 올려. 자, 움직이자고! 링훙이 말했다. 루 부인은 이미 인사불성이 됐는데 나더러 뭘 움직이라는 거야? 링즈가 말했다. 나는 네 분 부인들과 좀더 마셔야겠어. 구 부인이 깜짝 놀라며 말했다. 아직 안 취했네요. 어떻게 된 거예요? 링즈가 자세를 고쳐 앉으면서 말했다. 하하, 루 부인이 취하면 저는 깬다니까요. 저는 살짝 취한 거라서 그래요. 루 부인이 손을 비비며 큰 소리로 웃었다. 구 부인이 링즈를 향해 눈을 흘기며 말했다. 저는 몸이 좀 불편해요. 지금 당장 자리를 떠야 할 것 같아요. 캉 부인이 물었다. 왜 그래요? 루 사장이 말했다. 돌아가서 좀 쉬는 것도 나쁘지 않아요. 옥체의 건강이 가장 중요하니까요. 이리하여 세 부인은 루 부인을 부축하여 자리를 떴다. 종업원이 그녀들에게 길을 안내해주었다. 루 사장은 상황을 살피고 나서 공경스러운 자세로 링즈를 부축하여 예둥징 테이블로 데려다주었다. 손님들을 접대하라는 뜻이었다. 모두 각자의 테이블로 돌아가자 장내가 조용해졌다. 훙칭이 캉 사장에게 말했다. 보아하니 미스 왕은 오지 않을 것 같네요. 그게 맞는 것 같아요. 캉 사장이 땀을 닦으며 말했다. 정말 난장판이네요. 훙칭이 비밀을 전하듯 낮은 목소리로 말했다. 솔직하게 말하자면 미스 왕은 이미 제 마누라가 아니에요. 캉 사장이 물었다? 뭐라고요? 훙칭이 말했다. 오래전부터 줄곧 서로 좋지 않다가 이혼했거든요. 캉 사장이 말했다. 아, 그랬군요. 그런 일이 있었네요. 훙칭이 말했다. 저는 줄곧 의심하고 있었어요. 미스 왕이 지난번에 창수에 갔다가 돌아온 뒤로 갑자기 아이를 가졌거든요. 제가 의심하는 남자가 바로 옆 테이블에 앉아 있어요. 캉 사장은 아무 말도 하지 않고 무의식중에 옆 테이블을 쳐다보았다. 공교롭게도 아바오가 창수의 쉬 사장과 마주보고 앉아 있었다. 훙칭이 말했다. 그때 창수에 간 것은 기획자가 리리 씨였잖아요. 당시에 말은 아주 듣기 좋게 하더군요. 전부 여자 손님들이라고 말이에요. 그런데 제가 조사해보니까 거짓말이었어요. 남자가 하나 따라갔지요. 바로 아바오 사장이에요. 말하자면 아바오는 제 친구이기도 했지요. 흥! 캉 사장은 여전히 말이 없었다. 훙칭이 말했다. 들리는 바에 의하면 창수 쪽에서도 풍류 사장들 몇몇을 섭외하여 자리를 함께했다고 하더라고요. 캉 사장이 말했다. 그럴 리가요! 훙칭이 낮은 목소리로 물었다. 리리가 어떤 인물인지는 미스 왕이 일찌감치 다 얘기해줬어요. 이전에 접대부로 일한 경력이 있기 때문에 음모와 술책이 대단하다고 하더군요. 캉 사장이 말했다. 그렇게 함부로 말씀하시면 안 될 것 같네요. 훙칭이 말했다. 하여간 전 지금 정말 괜찮아요. 이혼했으니까요. 오늘 찾아온 건 그저 친구들을 좀 만나고 싶어서예요. 다른 일들은 전혀 관심이 없어요. 단지 아이가 태어나면 제 마누라 뱃속에 있는 아기가 어떤 사람의 종자인지 한번 알아볼 작정이에요. 유전자 검사를 하면 알 수 있겠지요.

아바오가 앉아 있는 각도에서 바라보면 세 테이블의 동태를 전부 한눈에 알 수 있었다. 가운데 테이블에는 네 부인의 모습이 보이지 않았다. 세 남편만 남아 썰렁한 모습으로 앉아 있었다. 하지만 얼마 지나지 않아 예둥징 테이블에 앉아 있던 링즈와 링훙이 서로를 밀치듯이 자기 자리로 돌아오는 루 사장과 함께 자리에 앉았다. 링즈는 한 차례 술에 취했다가 지금은 많이 깬 상태였다. 두 눈에 춘색을 가득 머금고 있었다. 옷차림을 압도하는 그윽한 눈빛으로 연극을 이어가듯 루 사장과 구 사장, 캉 사장, 훙칭 등과 어울려 먹고 마시면서 신나게 떠들었다. 종 대사와 멍 선생도 먹고 떠드는 데 합세했다. 아바오가 있는 테이블에서는 샤오친이 줄곧 링즈를 바라보고 있었다. 샤오친이 말했다. 타오타오 씨, 나 좀 따라와요. 링즈 언니한테 술을 한 잔 올려야 하거든요. 타오타오가 말했다. 난 안 가. 샤오친이 말했다. 가요. 타오타오가 말했다. 난 종 노인이랑 레이저디스크 브로커랑 알은척하기 싫다고. 샤오친이 말했다. 걱정할 것 없어요. 타오타오가 말했다. 내 명예를 저 두 놈이 다 망가뜨렸단 말이야. 샤오친이 빙긋이 웃었다. 후성이 물었다. 무슨 명예를 망가뜨렸다는 거야? 타오타오가 말했다. 다 알면서 일부러 묻고 있군. 후성이 말했다. 난 정말 몰라서 묻는 거라고. 타오타오는 말이 없었다. 창수의 쉬 사장이 손사래를 치면서 말했다. 샤오친, 가지 않는 게 좋아요. 난 한눈에 알 수 있어요. 이 루 사장이란 사람은 은근히 여자를 밝히는 사람이에요. 미녀가 가서 술을 올리면 루 사장은 그 자리에서 손을 잡아끌며 허리를 숙여 인사를 하고는 젖은 손으로 얼굴을 만질 게 틀림없다고요. 정말 끔찍하지요. 미스 우가 말했다. 이 루 사장이란 사람은 요괴임이 틀림없어요. 조만간 다가와서 수작을 걸 거예요. 눈이 줄곧 이쪽을 겨냥하고 있거든요. 딩 사장이 말했다. 이곳에는 미녀들이 정말 많네요. 쑤안이 흥 하고 콧방귀를 뀌었다. 쉬 사장이 말했다. 조심해요. 일단 루 사장의 눈에 들면 마음속으로 기억해두었다가 금세 공격해 들어온다고요. 허튼수작을 벌인단 말이에요. 미스 장이 말했다. 공세가 아무리 강해도 창수의 쉬 사장님을 능가하진 못하지요. 쉬 사장이 새우 한 알을 집어 젓가락 끝을 흔들자 새우가 식초 종지에 떨어졌다. 쉬 사장이 미스 왕을 거론하면서 지금 어디서 뭘 하고 있는지 물었다. 쑤안이 말했다. 이 테이블에 앉아 있는 사람들이 대부분 창수에서의 일을 기억하고 있다는 걸 잊지 마세요. 아바오가 말했다. 사람의 눈동자는 카메라와 마찬가지예요. 미스 장이 말했다. 한 번 쳐다보는 것이 셔터 한 번 누르는 것과 같지요. 창수에서 저는 적어도 수백 개의 눈빛을 보았어요. 수백 장의 사진이 찍힌 셈이지요. 미스 친이 말했다. 오늘의 루 사장님이 그날 창수의 쉬 사장님이라고 한다면 오늘의 링즈가 그날의 미스 왕이라고 할 수 있을 거예요. 샤오친이 말했다. 미스 왕에게 무슨 이야기가 있는지 저는 모르겠어요. 하지만 링즈 언니는 제 언니예요. 왜 언니를 가지고 이상한 얘기들을 하시는지 모르겠네요. 미스 친이 말했다. 나는 아무 생각 없이 얘기한 거예요. 타오타오가 말했다. 링즈 누님은 제 오랜 친구예요. 후성의 오랜 친구이기도 하고요. 그런데 왜 등뒤에서 뒷담화를 하는 겁니까? 후성이 말했다. 맞아요, 링즈는 아주 시원시원한 사람이에요. 미스 장이 차가운 어투로 말했다. 나도 잘 알아요. 지금 한 가지 유형의 여자가 있어요. 여기저기 다니면서 접대하는 걸 좋아하고 온갖 식사 자리를 만들지요. 주로 사장들을 유혹하기 위해서예요. 일반적인 사장님들을 유혹해서 잘 아는 사람의 음식점이나 가라오케로 끌고 가서 돈을 쓰게 하는 거예요. 그런 다음 가볍게 목을 날려버리지요. 약간의 피를 흘리는 것으로 충분해요. 잘나가는 대규모 기업의 사장님이나 상당한 자질과 품위를 갖춘 남자를 손에 꽉 쥐게 되면 몇 년 동안 먹고살 자금이 생기거든요. 미스 친이 갑자기 입을 열었다. 그런 얘기는 그만해요. 무서워요. 이 루 사장이란 분이 지금 또 이곳을 바라보고 있어요. 곧 이리 올 거예요. 쑤안이 말했다. 이 자리에 모인 여자들은 전부 바르고 점잖은 사람들이에요. 와서 확인해보라고 하세요. 모두 말이 없었다. 이때, 옆 테이블에서 요란한 웃음소리가 폭발했다. 링즈가 아름답고 요염한 자태로 이미 자리를 벗어나 이쪽 테이블로 가까이 다가오고 있었다. 링즈가 말했다. 미안해요, 타오타오 씨, 제가 지원병을 보내줄게요. 아바오가 빙긋이 웃었다. 링즈가 말했다. 샤오친, 언니랑 얘기 좀 해. 루 사장님은 정말 대단하시네요. 제가 막지도 못하고 감당도 못하겠어요. 샤오친은 움직이지 않았다. 링즈가 말했다. 언니 좀 도와줘. 이 몇몇 사장님들이 언니를 우울하게 하고 있거든. 샤오친이 가서 언니 대신 한 잔만 마셔주고 시골 이야기 몇 가지만 해줘. 저 엔진들이 전부 차갑게 식어 있단 말이야. 윤활유를 좀 쳐줘야 할 것 같아. 샤오친의 얼굴이 빨개졌다. 후성이 말했다. 링즈 씨, 우선 좀 앉아요. 링즈가 말했다. 제가 링훙을 데리고 와서 다 같이 마시도록 할게요. 지금은 우선 동생을 데리고 잠깐 갔다 올게요. 타오타오가 말했다. 난 허락할 수 없어요. 링즈가 웃으면서 말했다. 타오타오 씨, 정말, 말했잖아요. 날 도와주는 거라고요. 내 체면을 좀 세워달라는 것뿐이에요. 샤오친이 일어서자 타오타오가 재빨리 끌어당겨 도로 자리에 앉히면서 말했다. 못 가요! 나랑 샤오친은 저녁에 일이 있단 말이에요. 원래는 곧 자리를 뜨려던 참이었다고요. 링즈가 말했다. 정말인 것 같네. 샤오친이 말했다. 언니, 정말 일이 좀 있어요. 다음에 다시 모이도록 해요. 링즈가 못마땅한 듯한 표정으로 말했다. 다음이 어디 있어! 몸에 힘이 들어가 있다 이거로군! 후성이 일어서며 말했다. 됐어요, 그만해요! 링즈가 말했다. 나는 그 말을 못 믿겠어. 언니가 말하는데도 그냥 이대로 끝내버리겠다는 거지? 샤오친이 타오타오를 쳐다보며 말했다. 그러지 말고 제가 오 분만 갔다 올게요. 타오타오는 손을 놓아주지 않았다. 링즈가 물었다. 무슨 뜻이에요? 타오타오는 아무 말도 하지 않았다. 링즈가 말했다. 타오타오 씨가 샤오친을 알게 된 것도 이렇게 시끄럽고 어지러운 자리가 아니었나요? 내가 마련한 자리였다는 것 잊지 말아요. 지금은 아주 정숙하고 그럴듯해 보이지만 말이에요. 타오타오는 말이 없었다. 링즈가 말했다. 내가 일찌감치 말했잖아요. 모든 일이 진실이 될 수는 없다고 말이에요. 타오타오는 아무 말도 하지 않았다. 링즈가 목소리를 높였다. 이제 쓸데없는 얘기는 하지 않겠어요. 타오타오 씨, 나는 진심이라고요. 타오타오는 말이 없었다. 링즈가 낯색을 바꾸며 말했다. 아직 처녀 총각인 줄 알았나보죠? 결혼했다는 빨간 패스를 받았다면 한번 꺼내놔봐요. 내가 당장 꺼져줄 테니까요. 집에 가서 잠이나 자면 될 게 아니에요. 이때, 링훙이 다가와 말했다. 뭐하고 있었어요? 아주 즐거운 일인가보죠? 링즈가 목소리를 낮추며 말했다. 그래요. 타오타오 씨가 무슨 생각을 갖고 있든 팡메이는 지금까지 줄곧 나를 고무줄이라고 욕하고 있어요. 내가 정말 전생에 풍류의 빚을 졌는지 이생에서 계속 그 이자를 갚고 있네요. 타오타오는 말이 없었다. 링훙이 말했다. 이건 진짜예요. 지금까지도 팡메이가 걸핏하면 가게에 와서 소란을 피운단 말이에요. 타오타오는 아무 말도 하지 못했다. 링즈가 말했다. 맨 처음 익명의 전화를 건 사람이 나라고 의심하고 있는 거예요. 나는 정말 충분히 고통을 받았다고요. 말하자면 내가 소개인인데도 불구하고 고맙다는 인사 한마디 듣지 못하고 변변한 답례 한번 받지 못했잖아요. 타오타오는 말이 없었다. 링즈가 어투를 부드럽게 바꿔 말했다. 됐어요. 내가 술을 너무 많이 마신 것 같네요. 타오타오는 여전히 아무 말도 하지 않았다. 링즈가 말했다. 샤오친은 지금 나랑 같이 가야 해요. 링훙이 말했다. 타오타오 씨! 샤오친이 말했다. 타오타오 씨, 이 손 놔요. 금방 돌아올게요. 타오타오는 샤오친의 손을 잡고 갑자기 밖으로 잡아당겼다. 링즈가 샤오친의 다른 한 손을 잡아끌면서 얼굴이 빨개진 채 목소리를 높여 말했다. 반항하겠다는 거지? 이런 염병할, 나를 믿지 못하겠다는 거야? 유부남과 사통해서 사생아를 키우겠다는 거야? 그래, 그럼 가봐! 샤오친이 우는 얼굴로 말했다. 언니, 정말 듣기 거북하네요. 그만하세요! 링즈가 말했다. 이런 염병할, 내 체면은 전혀 생각해줄 수 없다는 거네! 이때, 예둥징 테이블에 앉아 있던 사람들 가운데 거 선생만 자리에 앉아 움직이지 않고 있고 나머지 사람들이 전부 몰려왔다. 멍 선생도 다가와 말했다. 타오 선생, 그만해요. 뭐 그리 대단한 일도 아니잖아요. 타오타오가 말했다. 멍청한 년이 행패를 부리고 있잖아요! 나한테 따귀 맞고 싶지 않으면 조심하라고! 종 대사가 말했다. 타오타오, 황도길일일세. 오늘 이 자리가 얼마나 중요한 자리인지 모르겠나? 기분좋은 일에 얼굴 붉히지 말고 자중하게. 타오타오는 고개를 숙인 채 아무 말도 하지 않았다. 종 대사가 말했다. 샤오친은 가서 좀 앉아 있어요. 손이 없어지지 않으면 발도 없어지지 않는 법이니까 말이에요. 술은 한 잔밖에 안 마셨잖아요? 타오타오가 갑자기 입을 열었다. 이런 양아치, 더러운 늙은이, 빨리 철판 신촌의 화장터로 꺼지든지 황푸강에 몸을 던지든지 하라고! 종 대사가 말했다. 입만 열었다 하면 욕을 하는군. 타오타오가 술잔을 집어들더니 땅바닥에 내동댕이쳤다. 파박 하고 술잔이 산산조각났다. 링즈가 눈을 휘둥그레 뜨고 말했다. 이런 양아치 새끼! 돼지만도 못한 시골뜨기 촌놈이 어디서 건방을 떠는 거야! 머리가 어떻게 된 거야? 정자간 아주머니가 말했다. 밥 먹는 자리마다 시끄럽고 소란스럽네요. 술에 취해 죄다 정신들이 나가버렸어! 엄마 뱃속에서 거꾸로 나왔는지 정말 야만스럽기 그지없네. 링즈가 고개를 돌려 욕을 해댔다. 이 화냥년은 왜 끼어드는 거야? 나한테서 좀 멀리 떨어져달라고! 서양 가옥에 들어가 조용히 시체가 되어버리든지! 미스 위가 쑤저우 판 사장을 한쪽으로 잡아끌면서 말했다. 꼴이 너무 말이 아닌 것 같아요. 여긴 너무 지저분해요. 판 사장님, 어서 나가요. 저 먼저 갈게요. 판 사장은 입이 쩍 벌어진 채 정신 나간 사람처럼 이런 광경을 바라보면서 아무런 움직임도 보이지 않았다. 옆에 있는 루 사장은 상황을 전혀 파악하지 못하고 있다가 술이 반쯤 깨고 나서야 보통화로 물었다. 이게 다 무슨 말인가요? 너무 취한 것 같으면 병원에 가서 링거라도 맞지 그래요. 일본인 친구는 멍한 표정으로 앉아 있었다. 테이블에 앉은 쑤안과 미스 장, 미스 우, 미스 친 등이 침울한 표정으로 두 팔을 앞으로 모아 팔짱을 낀 채 공짜 연극을 구경하고 있었다. 후성이 나서서 사람들을 떼어놓으며 말했다. 링즈 씨 우선 손을 놔요. 좀 놓으라고요. 타오타오 씨도 손을 놔요. 내 말 안 들려요? 링즈와 타오타오가 샤오친의 양손을 한쪽씩 잡고 끌어당겼다. 줄다리기를 하는 것 같았다. 타오타오의 힘이 더 세다보니 샤오친은 한 걸음 한 걸음 문 쪽으로 끌려갔다. 바로 이때, 리리가 메이루이를 데리고 다시 별실로 들어섰다. 메이루이는 과음한 티가 역력했다. 걸음을 뗄 때마다 단정하게 쪽찐 머리와 몸 전체가 조금씩 비틀거리며 느릿느릿 움직였다. 눈을 크게 뜬 그녀는 별실 안에서 밀고 당기며 실랑이를 벌리고 있는 사람들의 모습에 시선이 집중되었다. 사람들이 말리면서 떠드는 소리가 끓는 냄비 같았다. 어지러운 움직임이 계속되고 있었다. 메이루이가 갑자기 두 손을 놓았다. 얇은 실크 머플러 절반이 바닥에 끌리는데도 전혀 알아채지 못했다. 깜짝 놀란 리리가 보통화로 말했다. 왜 이래요? 어떻게 된 거야? 모두 좀 조용히 해봐요. 이제 메이 사장님을 모시겠습니다. 순간, 아바오는 메이루이의 눈빛이 표현을 따라가지 못하고 있는 것을 발견했다. 얼굴 근육의 모양이 미소에서 두려움으로 바뀌고 있었다. 대단히 느린 전환이었다. 리리가 메이루이의 팔을 잡고 눈앞에 펼쳐진 별실 안의 어지러운 소동을 마주하며 막 입을 열려는 순간, 메이루이가 여러 사람들을 바라보며 갑자기 두려움을 느꼈는지, 어깨가 굳어지더니 온몸이 떨리기 시작했다. 갑자기 얼어붙은 것처럼 몸이 움츠러들더니 한 마디 외쳤다. 아, 왜 이러는 거예요? 리리가 말했다. 그러게요. 메이루이가 물었다. 왜, 왜 나를 잡고 있는 거예요? 내가 무슨 잘못을 저질렀다고? 왜? 링즈에게서 벗어나 있던 사람들이 우르르 다시 돌아왔다. 캉 사장이 여러 사람들을 떼어놓고 메이루이에게 말했다. 왜 그래요? 지금 뭐하는 거예요? 메이루이가 걸음을 떼자 몸이 비스듬히 기울었다. 치마가 꽃이 피는 것처럼 펄럭였다. 뭔가에 걸려 넘어지려는 듯이 두려움이 가득한 얼굴로 메이루이가 말했다. 왜, 왜 그러는 거야? 엄마, 틀림없이 큰일이 터질 거라고요. 캉 사장이 말했다. 메이루이, 메이루이! 캉 사장이 다가가 부축하려 했지만 메이루이는 뒤로 몇 걸음 물러서더니 날카로운 목소리로 말했다. 나는 신경 안 써! 신경 안 쓴다고! 난 안 할 거야! 안 할 거라고! 캉 사장은 놀라움을 금치 못했다. 옆에 있던 리리가 메이루이의 팔을 잡아당기며 그녀의 이름을 반복해 불렀다. 메이루이, 메이루이! 메이루이가 울기 시작하더니 온몸이 아래로 축 처졌다. 이때, 타오타오는 자신도 모르게 샤오친을 잡고 있던 손을 풀었다. 메이루이가 비틀거리며 정신 나간 사람처럼 말했다. 도대체 무슨 일이 일어난 거예요? 말해보라고요. 엄마! 아빠! 도대체 왜, 왜 그러는 거야! 메이루이의 입에서 지독한 술냄새가 났다. 이 몇 마디를 내뱉고 나서 메이루이는 리리의 몸 위로 완전히 쓰러졌다. 하얀 나비매듭이 달린 하이힐이 벗겨져 옆으로 누웠다. 후성이 큰 소리로 외쳤다. 메이루이! 메이루이! 메이루이! 종업원! 종업원!

29장

1

봄비가 쉬지 않고 내리는 가운데 가로등이 희미하고 노랗게 빛나고 있었다. 모간산로의 옛 농탕은 쑤저우하와 한데 어우러져 희미했다. 샤오마오는 소금물에 적신 죽순과 황아채육사연고黃芽菜肉絲年糕*를 안주 삼아 황주를 반병 마셨다. 발바닥에 열이 났지만 속은 여전히 더부룩한 것이 그다지 편치 않았다. 텔레비전에서는 주식 시황이 방영되고 있었다. 2층의 쉐 아주머니는 부엌으로 가서 물을 데우고 있었다. 샤오마오는 뒷문이 움직이면서 무슨 소리가 나는 것을 들었다. 쉐 아주머니가 문을 열자 남자 둘이 부엌으로 들어가는 모습이 보였다. 그중 한 사람이 귀에 익은 목소리로 자

* 결구배추에 얇게 썬 죽순과 고기 채를 넣고 한데 볶은 음식.

신을 불렀다. 샤오마오! 샤오마오! 아래층을 관통한 목소리가 복도를 지나 남쪽으로 난 방으로 미끄러져들어와 샤오마오의 술병 옆까지 전해졌다. 얼른 고개를 돌린 샤오마오의 눈길이 문밖의 복도와 계단 난간, 벽에 걸려 먼지가 잔뜩 쌓인 어린애 유모차, 부서진 당의, 에너지 절약형 형광등, 깔때기 모양의 물받이 등을 관통하여 흔들리는 사람 그림자와 우산을 발견했다. 샤오마오가 중얼거렸다. 옛 마작 패거리들이 왔군. 쉐 아주머니가 말했다. 샤오마오, 손님 왔어. 샤오마오가 자리에서 일어섰다. 남자 둘이 방을 향해 곧장 다가오고 있었다. 샤오마오는 잠시 멍한 표정을 지었다. 십여 년 전에 미용실에서 마지막으로 보았던 젊은 얼굴들이 지금의 어둠 속에서도 잘 알아볼 수 있을 것 같긴 했지만 그때의 눈동자와 머리칼, 표정은 이미 사라져 점차 어긋나고 있었다. 두 장의 필름이 천천히 합쳐지면서 중첩된 영상을 만들었다. 희미한 모습이 점차 선명해졌다. 0.5초의 짧은 순간에 팍 하는 소리와 함께 갑자기 원래의 모습으로 환원하는 것 같았다. 후성이 앞서고 아바오가 뒤따라오고 있었다. 후성이 샤오마오를 불렀다. 샤오마오! 아바오도 그를 불렀다. 샤오마오! 젓가락이 바닥에 떨어지면서 샤오마오의 손이 격하게 떨렸다. 이야, 옛 형제들이 왔군! 목구멍이 혀에 조금 눌렸는지 약간 쉰 목소리였다. 술기운이 올라오면서 눈두덩이 뜨거워졌다. 샤오마오가 말했다. 어서 들어와 앉아. 두 사람이 방안으로 들어섰다. 샤오마오가 말했다. 쉐 아주머니, 커피 있지요, 커피? 후성이 말했다. 그렇게 서두를 것 없어. 우린 방금 밥을 먹고 왔거든. 아바오가 손사래를 쳤다. 샤오마오가 말했다. 우선 술을 좀 마시자고. 자, 앉아. 쉐 아주머니가 들어왔다. 샤오마오가 말했다. 죄송하지만 황주 네 병만 사다주세요. 따끈한 안주 하나 만들어주시고요. 후성이 말했다. 정말 먹고 왔다니까. 샤오마오가 말했다. 그래도 필요하니까 쉐 아주머니가 좀 사다주세요. 아바오가 말했다. 먹고 왔대도 그러네, 정말이야. 샤오마오가 말했다. 우선 앉아, 앉으라고. 두 사람은 방안을 둘러보았다. 샤오마오가 형광등을 켰다. 방안이 아주 밝아졌다. 쉐 아주머니가 탁자를 대충 치우고 차를 두 잔 우려내오며 물었다. 마작을 할 건 아니지? 샤오마오가 말했다. 저의 오랜 형제들이에요. 위층에 올라가 얘기할게요. 쉐 아주머니가 밖으로 나가자 후성이 말했다. 항상 오고 싶었지만 이제야 마음을 먹게 됐어. 비 오는 날 밖에서 술을 마시면서 네 얘기를 많이 했어. 그러다가 이렇게 찾아오게 됐지. 샤오마오가 말했다. 나는 줄곧 라더 아파트를 생각했어. 후성이 침울한 표정으로 말했다. 그게 어느 시대 얘긴데 그래. 이사해 나온 지 오래야. 샤오마오가 말했다. 어느 해인가 대도회 입구에서 아바오가 지나가는 걸 봤던 게 기억나네. 후성이 말했다. 대도회도 여러 해 전에 완전히 철거됐어. 아바오가 말했다. 뭐든 자꾸 연계시키면 안 돼. 연계시키면 결국 오늘로 이어지거든. 샤오마오가 벽에 걸린 십자가를 가리키며 말했다. 우리 마누라가 가기 직전까지 날 원망하더군. 왜 후성과 아바오 같은 사람들과 왕래하느냐면서 말이야. 두 사람은 아무 말도 하지 않았다. 샤오마오의 눈에서 눈물이 한 방울 떨어졌다. 그때는 내 성질이 못돼서 그랬어. 바로 이때, 문 밖에서 한 무리의 사람들이 계단을 오르는 소리가 들렸다. 위층에서 탁자를 끄는 소리도 들렸다. 발소리가 요란했다. 아바오가 물었다. 잘 지내는 편이지? 샤오마오가 말했다. 나는 노동자 생활을 끝내고 경비원으로 일하면서 주식투자를 조금 하고 있어. 후성이 빙긋이 웃었다. 샤오마오가 말했다. 물어봐도 되겠지? 내 주소는 어떻게 알았어? 아바오가 말했다. 후성이 변호사잖아. 당연히 방법이 있었겠지. 여기까지 말했을 때 위층에서 요란한 웃음소리가 들렸다. 세 사람은 잠시 입을 다물었다. 옛친구들이 오랜만에 만나면 이야깃거리가 끝이 없을 것 같았는데 사실은 서로 소통이 쉽지 않았다. 이는 흔히 있는 일이었다. 오랜 단절과 성격 및 습관의 차이 때문이기도 하지만 벌떼처럼 밀려오는 기억이 뇌리를 가득 메우는 바람에 머리가 어지러워 이야기의 흐름이 막히고 만감이 교차하면서 생각의 길이 흐려져버리는 것이다. 세 사람은 이렇게 무궤전차를 몰면서 산만하게 현재의 온갖 상황들을 얘기하다가 간간이 감상에 젖곤 했다. 두 친구는 이렇게 한 시간 남짓 앉아 있다가 작별인사를 하고 떠나려 했다. 후성이 말했다. 샤오마오, 건강 잘 챙겨. 앞으로 자주 만나자고. 아바오가 말했다. 건강이 가장 중요해. 조금이라도 몸에 이상이 있으면 병원에 가보는 것 잊지 마. 샤오마오가 말했다. 난 아직 건강한 편이야. 후성이 말했다. 술 좀 줄이도록 해. 샤오마오가 말했다. 그래 알았어. 아바오가 두 걸음 옮기다가 말했다. 맞다, 그리고 말이야. 샤오마오가 말했다. 무슨 말 하려는지 잘 알아. 당시에는 내가 확실히 성격이 안 좋았어. 후성이 말했다. 가자, 나중에 다시 얘기해. 아바오가 말했다. 내가 묻고 싶은 건 그게 아니라 미스 왕이라는 여자에 관해서야. 샤오마오도 그 여자 잘 알지? 샤오마오가 멍한 표정을 지었다. 후성이 말했다. 나중에 얘기하래도. 아바오가 말했다. 잠깐! 미스 왕 남편의 운전기사가 샤오마오를 소개해서 알게 되었다고 하던데, 맞아? 샤오마오가 말했다. 앉아서 얘기하자. 어서 앉아. 세 사람은 다시 자리에 앉았다. 샤오마오가 말했다. 상황은 아주 간단해. 당시 나는 미스 왕이 독신이라는 것만 알고 있었어. 우리 바로 이웃집의 조카딸이었거든. 그 이웃은 운전기사가 아니었어. 후성이 말했다. 아마 서기였을 거야. 당 지부 서기 말이야. 상하이 사투리로 말하면 발음이 비슷해 '기사'로 들리기도 하지. 샤오마오가 말했다. 조개탄가게의 퇴직 직공이 그날 내게 와서 말했어. 미스 왕이 임신을 했는데 나중에 아이의 호구를 신고할 때 어려움이 좀 있을 것 같아요. 샤오마오 씨는 줄곧 독신인데다 자녀가 없으니까 두 사람이 서로 잘해볼 수 있지 않을까요? 나는 놀라움을 금할 수 없었지. 나더러 아이를 가진 여자랑 연애를 하고, 결혼을 상의해보라는 얘기 아니야. 아주 희소한 일이지. 그럼 신혼 첫날밤에는 뭘 어떻게 하라는 거야? 내가 봉인가? 이웃이 내게 말했어. 가짜 결혼을 상의해보자는 거예요, 알았죠? 두 사람이 협력해서 빨간 패스를 발급받고 나면 그다음에는 각자 자기 길을 가는 거예요. 그러다가 아기가 세상에 나오면 호구 등록을 한 다음에 다시 이혼하고 빨간 패스를 초록 패스로 전환하는 거지요. 도장만 하나 받으면 그것으로 모든 게 마무리되는 셈이라고요. 나는 필요한 게 아무것도 없는 사람이라고 말했지. 이웃이 말했어. 이전에는 결혼을 하려면 직장에서 발급하는 증명서가 있어야 했지만 지금은 아주 간편해졌어요. 얼마를 드리면 되는지 샤오마오 씨가 액수를 한번 말해보세요. 나는 아무 말도 하지 않았어. 이웃이 또 말했지. 지금 주식시장의 상황이 나쁘지 않아요. 몇만 위안 챙겨서 주식을 산 다음에 매일 가격이 오르는 걸 보고 있으면 사는 게 재미있지 않겠어요? 게다가 이건 덕을 쌓는 일이기도 하잖아요. 여자의 배가 조금씩 불러오는데다 외국이 아니잖아. 옷을 다 벗고 사진을 찍으면 상하이의 독신 여자가 임신을 했다는 것이 얼마나 꼴불견이겠어? 아이 문제도 확실하지 않아 언제든지 봉변을 당할 수 있는 처지였던 거지. 얘기를 듣고 나서 내가 놀라움을 금치 못하며 말했지. 갈수록 놀라운 얘기만 하시네요. 이웃이 말했어. 좀 도와주세요, 너무나 다급한 상황이에요. 이 패스를 발급받지 못하면 중요한 기회를 낭비하게 되거든요. 그날은 그 문제를 대충만 상의했어. 다음날 다시 얘기를 시작했고, 자세한 상의를 거쳐 부탁을 들어주기로 약속했지. 그다음날, 세 사람이 루위안綠緣 다실에서 만나 차를 마셨어. 미스 왕은 품이 넉넉한 옷차림이었고 상당히 현혜한 인상을 풍기더군. 미스 왕이 내게 아내의 원래 이름이 뭐냐고 묻더라고. 내 이웃이 그것도 알아야 되는 거라고 말해주었어. 미스 왕이 말했어. 맞아요, 만약에 미국이었다면 더 골치 아팠을 거예요. 당국에서 직접 집에 찾아와 단독으로 조사를 진행하거든요. 남편이 무슨 치약을 쓰고 마누라가 어떤 브랜드의 브래지어를 착용하는지, 밤에는 그 일을 몇 번 하는지 시시콜콜 다 물어봐요. 이웃이 말했어. 이민수속에서는 온갖 것들을 다 묻고 요구하기 때문에 샤오마오 씨가 일일이 답변하는 것도 쉽지 않을 거예요. 미스 왕이 말했어. 샤오마오 씨, 걱정되는 게 하나 있어요. 혼인신고 단계에서는 두 사람이 아주 다정한 모습을 보여야 하거든요. 서로 손을 잡고 행복한 웃음을 지어 보여야 해요. 나는 그러겠다고 말했어. 신고 당일에 미스 왕은 진짜 부부처럼 다른 사람들 앞에서 나를 여러 번 '여보'라고 부르면서 내게 몸을 기댄 채 애교 섞인 어투로 이제 막 배가 불러오기 시작해서 그런지 너무나 긴장된다고 말하더라고. 내가 낮은 목소리로 말했지. 가짜 마누라님, 저는 가짜 남편이잖아요. 애교는 진짜 남편한테 부리세요. 미스 왕이 웃으면서 말했어. 샤오마오 씨는 정말 좋은 남자인 것 같아요. 시간이 되면 제가 찾아가도 될까요? 아바오는 아무 말도 하지 않았다. 샤오마오가 말했다. 대충 이렇게 된 일이었던 거야.

2

열흘 뒤 황혼 무렵 가로등이 켜질 때는 마침 썰물이었다. 모간산로는 쑤저우하의 수위보다 높아져 있었다. 공중에는 이른봄의 강바람이 불었다. 후성과 아바오는 조금 일찍 도착해 먼저 인근의 창화로교를 걸어 강 건너편 '탄즈만' 판자촌 일대를 거닐었다. 소년 시절, 후성은 샤오마오를 따라 이곳에 수영을 하러 온 적이 있었다. 저녁 빛이 창망한 가운데 눈앞에는 그 유명한 두 개의 만인 판자만潘家灣과 탄즈만의 거미줄처럼 밀집한 좁은 골목들이 펼쳐져 있었다. 철거이주를 앞두고 있는 터라 불빛은 희미하고 사람들의 왕래도 적었다. 소년 시절의 기억에서 완전히 벗어난 풍경이었다.

두 사람은 한참을 걸었다. 그러다가 후성이 시계를 들여다보았다. 아바오는 석간신문을 한 부 샀다. 갑자기 상하이의 역사에서 반복적으로 이곳을 찾았던 열사 구정홍顧正紅*이 생각났다. 과거의 일을 생각하니 가슴속 깊이 접어두었던 감정이 되살아났다. 두 사람이 원래 왔던 길로 되돌아가려 할 때쯤, 눈앞에 펼쳐진 강수면은 검게 변해 반짝반짝 남은 햇빛을 반사하고 있었다. 멀리서 쑤베이의 박선 한 척이 보였다. 상하이 서부 지역의 썩지 않는 혀라고 할 수 있는 박신이 교각 사이를 지나고 있었다. 타원형 선두가 저녁놀을 뚫고 다가왔다. 배 위에 강아지 두 마리가 혓바닥 위의 사탕 두 알처럼 서로 쫓고 쫓기면서 놀더니 눈 깜짝할 사이에 뭍으로 뛰어올라 희미한 어둠 속으로 사라졌다. 두 사람은 강가를 따라 걷다가 다리에 올라 먼 곳의 풍경을 바라보았다. 부드러운 바람이 몸을 스치고 뱃고동소리가 높아졌다 낮아졌다 했다. 강물이 폭이 넓어지면서 동남쪽으로 흘러가는 지점이었다. 정동正東 방향으로 멀리 보이는 기차역은 별빛의 바다인 듯 흑옥墨玉의 강물 속으로 흘러들어가 야간운항을 하는 두 개의 선대를 만나 하나로 합쳐지고 있었다. 아바오가 물었다. 바이핑은 소식이 있지? 후성이 말했다. 지난주에 호주에서 온 편지를 받았어. 자신에게 확실한 신분이 생겼고 필리핀 국적의 중국인 아이를 낳았다고 하더군. 내가 성공하고 싶다면 도

* 장쑤성 푸닝(阜寧) 출신으로 상하이 일본 기업인 내외면직 제9공장과 제7공장에서 노동자로 일했다. 1925년 5월에 일본 기업이 당국에 노동조합의 해체를 요구하면서 공장 문을 닫고 노동자들을 위협하자 이에 저항하는 운동을 조직하다가 일본 직원에 의해 살해되었다.

와주겠대. 조건은 호주에 와서 이혼을 하고 자신과 완전히 헤어지는 거라고. 아바오가 말했다. 그래도 양심은 있네. 후성이 말했다. 난 아예 답장을 하지 않았어. 나더러 혼자 멜버른으로 오라는 거야. 길가에 쭈그려앉아서 매일 자동차만 바라보게 된다면 나는 미치고 말 거야. 아바오는 말이 없었다. 다리를 내려간 두 사람은 남쪽으로 걸어 모간산로의 오래된 농탕 안으로 들어섰다.

이날 저녁 샤오마오가 술자리를 마련하여 손님들을 초대했다. 샤오마오는 전화로 춘샹에게 한 약속을 지키기 위한 자리라고 설명했다. 후성이 전화에 대고 말했다. 그래도 너무 격식에 얽매이는 것 아니야? 샤오마오가 말했다. 후성에게 얼굴이 예쁜 애인이 있다면 최대한 같이 오도록 해. 다 같이 재미있게 얘기하면서 서로 알고 지내자고. 후성이 가볍게 웃었다. 샤오마오가 말했다. 정말 어울리지 않을지도 모르겠다. 후성 주변의 친구들은 대부분 여성 변호사나 당 지부 비서, 지식인 같은 사람들이잖아. 아무래도 불편하겠지? 후성이 웃으면서 말했다. 내가 있으면 되잖아. 샤오마오가 말했다. 농탕의 일반 백성들이 모이는 자리라 차린 음식도 초라할 테니 데려오기가 미안할 거야. 난 충분히 이해해. 이건 내가 알아서 할게. 술을 마셔야 좀 신나는 분위기를 만들 수 있을 거야. 이때, 샤오마오의 방에 들어선 후성과 아바오는 놀라움을 금치 못했다. 방안에 대여섯 명의 여자들이 먼저 와 있었던 것이다. 둥그런 테이블에는 이미 음식이 차려져 있었다. 2층 쉐 아주머니가 전기포트와 몇 가지 음식을 받쳐들고 왔다. 샤오마오는 갑자기 위병이 도져 가슴에 담요를 두르고서 사람들 사이에 앉아 있었다. 손님 중에는 젠궈와 자오디, 쥐펀 외에 세 자매가 더 있었다. 샤오마오가 이 젊은 여자들을 가리키며 말했다. 내 여동생들이야. 대자명종이 철거되어 이주하기 전에 미용사들이 퇴직한 뒤로 몇 년 동안 이 세 자매가 미용실 일을 도맡아 했지. 사회에서는 헤어살롱 아가씨라고 불렀어. 상당히 무정한 명칭이라는 생각이 들어서 내가 중메이中妹, 파메이發妹, 바이메이白妹라는 이름을 붙여주었지. 무슨 뜻이냐 하면 마작을 아주 잘한다는 뜻이야.* 중메이가 말했다. 아주 듣기 싫은 이름이에요. 바이메이가 말했다. 나는 맘에 드는데. 나쁘지 않은 것 같아. 나는 피부가 아주 하얗거든. 샤오마오가 말했다. 세 자매는 정과 의리를 아주 중시하지. 평소에 무슨 문제가 있으면 뭐든지 서로 나서서 도와주는 가족 같은 사람들이야. 그래서 특별히 초대했어. 나의 옛 형제들과 어울려달라고 말이야. 술을 마시는 자리에는 여자가 있어야 하잖아. 샤오마오는 담요를 당겨 몸에 감으면서 우유와 하얀 빵을 한 조각 먹었다. 세 자매는 후성과 아바오에게 어서 들어와 앉으라며 자리를 권했다. 세 아가씨가 두 사람을 에워쌌다. 젠궈가 웃으면서 말했다. 부럽네. 양옆으로 아가씨들이 앉아 있으니 말이야. 아주 그럴듯해. 기분좋게 술을 마실 수 있겠네. 세 자매는 술을 따라주고 안주를 권하면서 후성과 아바오를 극진히 대접했다. 젠궈는 젓가락을 들지 않고 토목공사 회사 사장이라는 자기 신분을 자랑하며 백주 두 병의 주량을

* 중(中)과 파(發), 바이(白)는 전부 마작 패 이름이다.

과시했다. 샤오마오가 또다른 두 명의 여성을 소개했다. 이 친구는 자오디라고 해. 전에 살던 집 2층 이웃이지. 후성이 말했다. 2층이라면 인펑이 살던 집 아닌가? 아바오가 말했다. 인펑 얘긴 하지 말라고. 자오디가 물었다. 남자들은 왜 하나같이 인펑을 기억하고 있는 건가요? 샤오마오가 화제를 바꾸며 말했다. 자오디의 전남편은 경찰이었어. 이혼하고 독신이 된 뒤로는 남자친구가 끊이질 않아. 나이도 전부 자오디보다 어리더라고. 에이, 상하이 방직 공장이 생각나네. 천만 개나 되는 방추를 줄여서 생산 규모를 축소하더니 결국에는 완전히 철거해버렸어. 당시에 자오디는 생산의 첨병이었지. 두 손이 대단히 민첩하게 움직였어. 하지만 남의 옷가게를 봐주고 영양제품을 만들다가 나쁜 짓을 하게 되었지. 자오디가 빙긋이 웃으면서 자세한 사정을 설명했다. 두 분 오라버니의 안색을 살펴보니 건강이 별로 좋지 않은 것 같네요. 일이 너무 힘들면 영양보충을 해야 해요. 샤오마오가 말했다. 자오디, 나중에 다단계판매를 다시 시작해봐. 우선 소개부터 할게. 내 동료 쥐펀이야. 직장에서 춤의 황후로 알려졌었지. 발이 아주 빠르고 허리가 유연해서 남자 스텝과 여자 스텝을 다 밟을 줄 알았거든. 시계 공장이 문을 닫자 가도街道의 작은 무도장을 하청 받아 운영한 경력이 있어. 결혼중개업도 했지. 그래서인지 자신도 결혼을 두 번이나 했어. 지금의 남편도 세 번이나 결혼한 남자야. 세번째 결혼을 하면서 쥐펀에게는 무조건 순종하고 있지. 최근에는 마작과 장기를 두는 공간인 기패실棋牌室을 열어 쥐펀에게 힘을 실어주고 있어. 그 점에서는 나도 마음이 놓이지. 쥐펀이 가볍게 웃으면서 아주 우아하고 품위 있게 잔을 들어올리고 말했다. 전부 우리 오라버니께서 중매해준 덕분이에요. 예수님이 우리 오라버니의 건강을 지켜주실 거예요. 우리 춘샹 언니도 지켜주셔서 천국에서 아주 즐거운 나날을 보내고 있을 거예요. 샤오마오가 말했다. 여자라면 무엇보다도 자기 남편에게 잘해야 해. 설사 외부에 애인이 있어 내연관계를 유지하고 있다 하더라도 남편을 알뜰살뜰 보살피는 여자가 훌륭한 여자고 정상적인 여자이며 총명한 여자지. 쥐펀이 귀찮다는 듯이 말했다. 알았어요, 그건 내가 다 알고 있는 얘기네요. 샤오마오가 말했다. 좋아하는 사람이 아무리 많아도 남편이 최고야. 자기 입맛대로 다른 남자를 만나는 것도 좋지만 남편에게 안 좋은 영향을 미쳐서는 안 된다는 말이야. 쥐펀이 얼굴이 빨개지면서 말했다. 오라버니, 몸도 불편하실 텐데 말은 좀 줄이시는 게 어때요? 바로 이때 2층 쉐 아주머니도 들어와 자리를 함께했다. 그렇게 다 같이 테이블을 둘러싸고 앉아 음식을 먹으면서 얘기를 나눴다. 젠궈가 말했다. 샤오마오가 줄곧 두 형제에 관해 얘기하는 걸 들어왔는데 마침내 오늘 이렇게 만났네요. 아바오가 말했다. 그러게요. 옛날에 베이디의 피아노를 찾는 일로 다 같이 양수푸 가오랑교로 마터우를 찾아간 적이 있었지요. 그때 정말 젠궈 형의 도움이 컸어요. 젠궈가 눈두덩이 빨개진 채 말했다. 그 얘긴 하지 말자고요. 후성이 물었다. 지금도 권법을 연마하시나요? 젠궈가 말했다. 안 한 지 여러 해 됐어요. 자, 상하이 사람들은 경주敬酒를 안 좋아하니까 제가 알아서 석 잔을 마실게요. 후성이 잔을 받쳐드는 사이에 젠궈는 이미 반잔을 마신 상태였다. 샤오마오가 말했다. 애교 넘치는 세 자매가 목석처럼 가만히 앉아 있지 말고 대신 손님들에게 술을 좀 올려드려. 움직이라고. 중메이가 말했다. 우선 음식을 좀 먹고요. 샤오마오가 말했다. 중메이는 너무 많이 먹어서 배에 구명튜브가 생겼네. 그러다가 남자 구하기가 어려울 것 같아. 중메이가 말했다. 저질! 샤오마오가 말했다. 파메이가 먼저 한 잔 마시도록 해. 파메이가 말했다. 나는 오빠가 하라면 뭐든지 다 하지. 파메이가 고개를 뒤로 젖히면서 술을 한 잔 시원하게 들이켰다. 후성도 잔을 비웠다. 바이메이가 말했다. 둘째 언니는 뭐해. 내가 어떻게 하는 지 좀 보라고. 바이메이도 술을 한 모금 들이켰다. 아바오가 놀란 표정으로 말했다. 좀 천천히 마셔요. 샤오마오가 말했다. 걱정하지 마. 세 자매 모두 주량이 상당하거든. 아바오는 그냥 입술만 적셔도 돼. 중메이가 말했다. 안 돼요, 나는 아바오 오빠랑 한 잔 가득 마실 거란 말이에요. 자오디가 말했다. 벌써 실성했군. 쥐펀이 말했다. 착한 중메이, 언니가 벌써 머리가 어지러우니까 기패실에서처럼 난장판을 만들지 말고 좀 얌전하게 굴라고. 젠궈가 물었다. 지난번 그 여자는 왜 안 왔어? 자오디가 물었다. 누굴 얘기하는 거예요? 샤오마오가 말했다. 아, 내 가짜 마누라 말하는 거야. 쥐펀이 물었다. 맞아, 샤오마오 오빠의 가짜 애인은 왜 안 온 거예요? 자오디가 말했다. 그 여자 정말 괜찮던데. 내 물건을 산 적도 있다고. 샤오마오가 말했다. 다단계판매의 기본 지식은 이름을 잘 기억하는 거야. 미스 왕은 이미 여러 번 왔었고 물건을 적지 않게 샀는데도 이름을 기억하지 못하다니! 자오디가 말했다. 새로 알게 된 두 오라버니 앞에서 꼭 내가 다단계판매를 한다고 말해야겠어? 젠궈가 말했다. 맞아, 기억나네. 지난번에 미스 왕은 좀 취하고 싶어하는 것 같더라고. 샤오마오가 말했다. 즐거운 일이 있는 여자는 좀 취해도 되겠지. 기분전환도 하고 말이야. 이번에 내가 후성과 아바오를 초대하려고 한다는 말을 듣고는 미스 왕이 전화에서 놀란 어투로 말하더군. 어머, 저는 태기가 있어서 못 갈 것 같아요. 내가 말했지. 미스 왕, 뭘 그렇게 튕기고 그러세요? 다들 오랜 친구들이니 마음 편하게 먹고 한번 놀러오세요. 미스 왕이 말했어. 가짜 남편님, 제 배가 그런 자리에 어울리기에는 적절치 않아서 그래요. 그 말을 듣고 나는 속으로 웃었지. 미스 왕이 또 말했어. 샤오마오 씨, 제발 아바오 씨랑 후성 씨 앞에서 미스 왕이라는 제 이름 석 자는 입에 올리지 말아주세요. 사회가 너무 복잡해서 그래요. 알았죠? 약속이에요. 내가 말했어. 형제 같은 친구들을 만나는 거니까 별일 없을 거예요. 미스 왕은 그래도 자기 이름을 거론하면 절대 안 된다면서 제발 자기 얘기는 하지 말아달라고 신신당부하더라고.

2층 쉐 아주머니가 계란 교자를 한 접시 내왔다. 샤오마오가 말했다. 여자들에 관해서라면 나는 일반적으로 아무 말도 안 하는 편이야. 이유도 묻지 않았지. 여자들의 속마음은 너무나 세밀하고 섬세하기 때문에 내가 물어봤자 묻지 않은 거나 마찬가지거든. 과거에 미용실이 문을 닫자 자오디가 2층 아저씨랑 합작으로 헤어살롱을 열었을 때도 나는 아무 말도 하지 않았어. 중메이가 말했다. 오빠가 말을 안 할수록 나는 오빠의 속마음에 대해 얘기하고 싶어진단 말이에요. 쥐펀이 말했다. 애교로 사람을 죽일 작정이군. 샤오마오가 말했다. 내가 평생 탄복해 마지않는 두 남자가 있어. 정말로 말이 없는 사람들이지. 한 사람은 영수님이고 또 한 사람은 예수님이야. 그런데 우리 엄마랑 우리 마누라 춘샹은 하루종일 이 두 남자에게 얼마나 많은 일들을 털어놓는지 몰라. 혀를 너무 혹사시키는 거야. 전 세계 백성들의 무수한 고민들이 이 두 남자의 뱃속으로 들어가는데도, 에이, 이 두 남자는 한 마디도 하지 않더라고. 하층 백성들이 아무리 떠들고 외치고 울고 웃으면서 소란을 피워도 전혀 짜증내지 않고 끝까지 한 마디도 하지 않는 거야. 얼굴에도 아무런 표정이 없고 말이야. 모두들 까르르 웃어댔다. 후성이 말했다. 오래된 건물에 헤어살롱을 열 것이라고는 생각지도 못했네. 그 2층 아저씨는 나도 아주 확실하게 기억해. 아바오는 아무 말도 하지 않았다. 샤오마오가 말했다. 그 아저씨는 아주 좋은 사람이었어. 옆방의 자오디도 사람은 아주 진국이지. 하지만 경찰인 남편은 얼굴에 철판을 깔았어. 줄곧 뭔가 정보를 갖고 있는 것처럼 밖에서 몰래 만나는 애인이 있는 게 분명하다면서 계속 자오디를 의심했지. 매번 부부싸움을 할 때마다 2층 아저씨가 다 엿듣고 있다가 항상 좋은 말로 타이르곤 했대. 아바오는 여전히 말이 없었다. 자오디가 말했다. 아주 오래전 일이에요. 지독한 악몽이었지요. 더이상 그 얘기는 입에 올리지 말아주세요. 샤오마오가 말했다. 결국엔 이혼했잖아. 자오디가 말했다. 확실히 경찰들은 머리가 잘 돌아가는 것 같아요. 샤오마오가 말했다. 평소에 집에 누군가 오면 자오디가 무슨 말을 하고 무슨 짓을 했는지 낱낱이 다 알고 있는 거야. 결국 대판 말다툼을 벌이는 수밖에 없었지. 이혼 얘기가 나오자 나는 자오디에게 기왕에 이혼할 거면 생각을 너무 많이 하지 말라고 권했어. 자오디가 말했다. 맞아요, 그랬었지. 하지만 샤오마오 오빠는 나에 대해 약간의 감정이 있었을 텐데 전혀 관심을 보이지 않고 나를 만나러 오지도 않더군요. 내가 이혼해서 싱글이 된 뒤에는 우리집에 놀러올 수도 있었을 텐데 여전히 찾아오지 않더라고요. 아예 내가 사는 농탕 근처에도 오지 않았어요. 아바오는 아무 말도 하지 않았다. 후성이 웃으면서 말했다. 당시에는 밤에 미용실에 모여앉아 무슨 일이든지 다 얘기할 수 있었지. 샤오마오가 말했다. 나는 매번 아무 말도 하지 않았어. 자오디가 2층 아저씨랑 합작하게 되자 세 자매가 때를 달리하여 줄줄이 출근하기 시작했지. 손님들을 위해 발을 주물러주기도 하고 등을 두드려주기도 했어. 나중에 농탕이 철거되어 이주하게 되자 다들 떠나갔지만 나는 일절 관여하지 않았지. 자오디와 세 자매, 우리 엄마까지 제각기 무수한 얘기들을 떠들어댔지만 나는 아예 옛집과 관련된 어떤 일에도 관여하고 싶지 않았어. 파메이가 말했다. 맞아요, 그래서 제가 여기 오는 걸 좋아하는 거예요. 꼭 제 사무실 같거든요. 시골에서 친척들이 찾아올 때도 저는 여기 와서 밤을 보내면서 이런저런 얘기를 나누곤 했어요. 쥐펀이 말했다. 세 자매는 각기 다른 방식으로 이곳을 저잣거리로 삼았어. 이곳을 대중목욕탕이나 공중화장실 혹은 공용주방쯤으로 여기는 거야. 여기 와서 우렁을 볶거나 엄육을 만들거나 장어를 다듬어 말리는 등 간단한 조리도 하고 빨래도 하지. 목욕한 다음에 몸을 닦고 밤중에는 분을 바르고 연지를 찍고서 기차역에 나가 장사를 하기도 하고 말이야. 파메이가 냉소하며 말했다. 남 얘기 하지 마요. 언니 자신은 어떤데요? 젠궈가 말했다. 난 다 이해해. 살아간다는 것은 정말 어려운 일이지. 힘든 일이 얼마나 많은지 몰라. 쥐펀이 말했다. 한번은 여기 왔다가 미스 왕이 침대에 누워 신문을 읽는 모습을 보고 깜짝 놀란 적이 있었어. 한번은 방안에 유통기한이 지난 물건들이 열몇 상자나 쌓여 있더라고. 그리고 또 한번은 방안에 남녀가 가득 들어차 있었어. 무슨 다단계판매를 위한 회의를 하고 있다고 하더군. 샤오마오가 가볍게 웃었다. 자오디가 말했다. 내가 무슨 질투를 하는 건 아니야. 미스 왕이 오면 태에 있는 아기를 보호해야 하니까 휴식을 취하는 게 정상이지. 이상한 일이 아니야. 내가 파는 물건으로 인해 회의를 여는 것도 정상적인 일이라고. 누구에게나 순조롭지 않은 단계가 있기 마련이야. 물건이 너무 많아 몇 달 동안 이곳에 쌓아놓은 적도 있었지. 그것도 샤오마오 오빠가 허락한 일이라고. 샤오마오가 말했다. 싸우지들 마. 쥐펀도 마찬가지야. 다들 형제자매들이잖아. 자오디가 웃으면서 말했다. 쥐펀에게도 일이 있었을 거야. 들어보고 싶네. 쥐펀이 말했다. 나는 아주 투명하고 깨끗한 사람인데 무슨 이야기가 있겠어? 샤오마오가 말했다. 쥐펀은 춤은 아주 잘 추지만 소심하고 남들의 눈을 너무 의식하는 편이지. 쥐펀이 젓가락을 내려놓고 샤오마오의 손등을 한 대 탁 때리면서 말했다. 내가 누굴 겁낸다고 그래요? 바이메이가 따져댔다. 오빠는 병이 있는 사람인데 왜 또 때리고 그래? 젠궈가 말했다. 이건 때리는 게 아니라 여자들이 애교를 부리는 방식 가운데 하나야. 가볍게 툭 침으로써 몸을 접촉시키는 거지. 내가 다니던 시계 공장에 애교 넘치는 여자가 하나 있었어. 그녀가 이런 식으로 남자를 툭 치면 그 남자는 속으로 밤새 차를 마시면서 부채를 흔드는 풍경을 생각하게 되지. 쥐펀이 말했다. 저는 정정당당한 사람이에요. 오늘은 샤오마오 오빠가 속이 안 좋다고 해서 우유와 흰 식빵을 사서 친구와 함께 와서 엄숙하고 진지한 자세로 오빠를 만날 생각이었는데 뜻밖에도 샤오마오 오빠는 오 분 정도 앉아 있다가 곧 가버리더라고요. 마치 제가 집을 빌리러 온 것 같았어요. 저는 친구와 함께 앉아서 샤오마오 오빠가 돌아오기를 기다리는 수밖에 없었지요. 그러다가 너무 심심해서 춤을 좀 췄던 거예요. 정규 국가기준에 맞게 스텝을 연구하면서 한참을 추다보니까 나중에는 머리가 어지러워지더라고요. 그리고 그때 샤오마오 오빠가 돌아왔어요. 젠궈가 말했다. 샤오마오가 문을 열고 보니 쥐펀은 이미 온몸이 흐늘흐늘해져 있었어. 곧 혼절할 것 같았지. 남자친구가 가는 허리를 꽉 껴안고 쥐펀의 귀에 대고 뭔가 유혹하는 듯한 말을 하는 것 같았어. 멋있었지. 샤오마오는 놀라서 뒷걸음쳐서 나오는 수밖에 없었지. 쥐펀이 말했다. 적당히 해요. 그렇게 함부로 말하지 말라고요. 자오디가 차갑게 웃으며 말했다. 맞아요, 보아하니 즐기는 정도가 좀 심한 것 같아. 방을 비워주고 두 시간 넘게 자리를 피해줬으니 얼마든지 껴안고 그 짓을 했을 것 아니야. 만족할 줄 알아야지. 샤오마오가 웃으면서 말했다. 그렇게 함부로 말하지 마. 쥐펀은 아주 점잖은 여자라고. 파메이가 말했다. 맞아요, 점잖은 여자일수록 그런 부분에서는 더 대단하다니까요. 바이메이가 말했다. 겉으로는 아무 말도 안 하지만 마음속으로 하고 싶은 말이 더 많은 것을 일컬어 점잖다고 하지. 쥐펀이 웃으면서 말했다. 어린 계집애들이 주둥이가 독사 같네! 샤오마오가 말했다. 자, 됐어. 세 자매는 내 형제들과 잘 어울려봐. 움직이자고. 중메이가 빙긋이 웃고는 발그레하게 물든 열 손가락으로 술잔을 받쳐들며 말했다. 오늘 우리 오라버니께서 몸이 좀 불편하시니까 특별히 동생인 제가 아바오 오라버니를 모시겠습니다. 뭔가 요구사항이 있으시면 망설이지 말고 언제든지 말씀해주세요. 아바오도 술잔을 받쳐들자 옆에 있던 바이메이가 손을 뻗어 술잔을 가리며 말했다. 아바오 오라버니, 차라리 제가 모실게요. 저랑 잔을 몇 번 부딪치시면 돼요. 아바오가 웃었다. 바이메이는 아바오와 술잔을 부딪치고 파메이는 후성과 술잔을 부딪쳤다. 중메이가 말했다. 뭐하는 거야? 두 남자는 미동도 하지 않는데 세 자매가 한데 나서서 서로 경쟁하고 있잖아! 샤오마오가 말했다. 중메이가 제일 시끄럽군. 한 잔 마시고 나서 얘기하라고. 젊은 여자 셋이 깔깔대며 웃었다. 한 여자가 고개를 뒤로 젖히자 검은 머리칼이 마구 헝클어졌다. 젠궈가 말했다. 한 잔 마시면 움직인 걸로 쳐주지. 중메이가 말했다. 뭘 움직이라는 거예요? 저더러 남자 허벅지 위에 앉으라는 건가요? 젠궈가 말했다. 뭐라고? 바이메이가 일어서서 젠궈 앞으로 다가가서는 엉덩이를 젠궈의 몸 위에 얹으며 말했다. 이렇게 움직이라는 거야. 맞지요? 제 움직임이 적절했나요? 자오디 언니랑 쥐펀 언니는 마음속으로는 간절히 원하면서 감히 하지 못하지만 저는 하잖아요. 제가 젠궈 오빠를 남편이라고 불러야겠지요? 젠궈가 깔깔대며 큰 소리로 웃었다. 샤오마오가 웃으면서 말했다. 또 멋대로 구네. 어서 똑바로 앉아. 젠궈가 웃으면서 말했다. 아이고, 먹은 게 소화가 안 될 것 같네. 살아 있는 신선이 된 기분이야. 자오디가 말했다. 내숭 떨지 마요. 쥐펀이 키득키득 웃었다. 샤오마오가 말했다. 기왕에 그렇게 앉았으니 젠궈가 한번 안아줘. 모두들 웃음을 터뜨렸다. 바이메이가 잠시 젠궈의 얼굴을 어루만지다가 다시 제자리로 돌아와 앉았다. 중메이가 말했다. 자발적으로 몸을 갖다 바쳤는데도 엉덩이가 몸에 닿자 젠궈 오빠는 감히 움직이지 못하네요. 입이 무겁고 의지가 강해서 쉽사리 넘어가지 않는 사나이인 것 같네요.

아바오는 샤오마오를 쳐다보다가 문득 여러 해 전 미용실의 밤 풍경이 생각났다. 달빛과 등불 빛이 구식 도자기타일 바닥에 비친 모습이 마치 비단을 한 겹 깔아놓은 것 같았다. 아바오가 말했다. 미용실이 헤어살롱이 되리라고는 정말 생각지도 못했어. 샤오마오가 말했다. 세상이 너무 빨리 변하고 있어. 영수님께서도 손가락을 튕기면 먼지가 이는데, 한 해가 바로 이 먼지 같다고 말씀하셨었지. 미용실과 대자명종 농탕의 모든 사람이 전부 먼지였으니 뭐가 남아 있겠어? 파메이가 말했다. 헤어살롱은 가장 위생적인데 어디에 먼지가 있단 말이에요? 내가 처음 출근하던 날, 2층 아저씨가 위생을 가게의 첨병으로 삼아야 한다고 말했어. 매일 철저하게 먼지를 닦고 청소를 했다고요. 정말 심할 정도로 철저히 했단 말이에요. 아저씨는 상하이에서는 장기 전략과 단기 전략이 있어야 한다고 했어요. 저는 장기 단기 따지지 않고 계속할 거라고 말했지요. 아저씨가 헤어살롱을 하면서 가장 배우기 쉬운 게 뭐냐고 묻더군요. 제가 말했어요. 광둥 사람들이 말하는 '좌등坐燈'* 아니겠어요? 분홍빛 네온등을 켜고 가게 안에 앉아 있으면 밖을 지나가던 남자들이 들여다보겠지요. 그러면 말을 걸어서 손님으로 만드는 거예요. 처음 온 손님들은 단골로 만들고요. 2층 아저씨가 말했어요. 틀렸어. 가장 배우기 쉬운 것은 상하이 말이야. 상하이 말을 배우고 나면 뭐든지 다 할 수 있지. 바이메이가 웃으면서 말했다. 아저씨 입에서 나오는 말은 기본적으로 상하이 하류계층의 말이라고. 자오디가 말했다. 당시 아저씨는 정말로 생활이 어려웠어요. 이불솜가게는 정말 장사가 안 돼서 문을 닫았거든요. 가게를 임대해서 헤어살롱을 하려고 이것저것 따져보고 배우고 하다가 아래층 미용실이 문을 닫으려 한다는 것을 알고는 저랑 이 문제를 상의하게 된 거예요. 결국 미용실을 임대하여 한 칸 한 칸 칸막이를 설치하는 등 구상했던 방법들을 전부 적용하게 되었지요. 바이메이가 말했다. 내가 처음 온 날, 헤어살롱은 작은 칸막이 여러 개로 나뉘어 있었지만 장사가 잘되지 않았어요. 뜻밖에도 아저씨가 나를 어떻게 해보려고 수작을 걸더라고요. 내가 말했지요. 이봐요, 나이 많은 아저씨, 나는 그렇게 쉬운 여자가 아니라고요. 가벼운 안마를 하는 것뿐이지 본격적으로 고대배敲大背**를 하진 않는단 말이에요. 아저씨는 아무 말도 하지 못하더군요. 제가 그랬어요. 사장이라고 뭐든지 맘대로 하면 안 되지요. 장사를 하려면 대외적으로 일치단결한 모습을 보여야 하잖아요. 내부적으로 엉망진창으로 썩

* 성매매 여성들이 방안에서 손님이 찾아오기를 기다리는 것.

** 마사지 업소에서 몰래 성매매를 하는 것.

어 남몰래 안 좋은 짓을 하는 것은 대단히 불길하고 불리한 일이란 말이에요. 아저씨는 여전히 말이 없었어요. 다행히 그때 자오디 언니가 돌아왔지요. 중메이가 말했다. 맞아, 사람들은 항상 아가씨들이 문제라고 말하지만 사실은 손님들이 가장 저질이야. 2층 아저씨도 저질이고. 파메이가 말했다. 술을 많이 마셨으니 말을 좀 줄이는 게 좋겠어. 바이메이가 말했다. 중요한 일을 한 가지 얘기할게요. 한 번도 얘기한 적 없는 일이에요. 젠궈가 말했다. 이야기를 하려면 요점을 잡아서 해야 해. 바이메이는 술을 한 모금 마시고는 잠시 입을 열지 못했다. 자오디가 말했다. 일이 뒤엉켜 분명하지 않은 모양이군. 재미있을 것 같네! 바이메이가 말했다. 여러 해 동안 비밀로 지켜온 일이에요. 자오디 언니도 모르는 얘기지요. 자오디가 물었다. 무슨 비밀이 있었던 건데? 바이메이가 말했다. 가게 안에 여러 개의 칸막이가 설치되어 있었거든요. 아저씨는 사람을 시켜 맨 뒤에 있는 칸막이에 옷장을 하나 설치했어요. 문을 열고 뒤로 돌아가면 은폐가 잘되도록 했던 것이지요. 자오디가 말했다. 그 옷장은 아저씨가 이불솜을 넣어두기 위해 설치한 거야. 바이메이가 말했다. 평소에 아저씨는 찻잔을 들고 차를 마시고 있다가 손님이 가면 아가씨에게서 돈을 받고는 아무 말도 하지 않았어요. 한번은 가게에 동북 아가씨들 둘이 새로 왔어요. 가슴이 볼록하고 엉덩이가 풍만한 아가씨들이었지요. 손님들의 애간장을 녹였지요. 손님이 들어와 2층 아저씨가 아가씨를 데려다주면 아가씨는 손님을 맨 뒤칸으로 안내했어요. 아저씨는 재빨리 찻잔을 내려놓고 슬그머니 칸막이 뒤에 있는 계단 밑으로 갔지요. 새로 온 아가씨들은 손님이 올 때마다 맨 뒤칸으로 안내해 갔고 아저씨도 뒤따라갔어요. 한번은 제가 부엌으로 물을 끓이러 갔다가 계단 아래 있는 커다란 옷장 문에 한 가닥 틈이 나 있는 것을 발견했어요. 제가 자세히 살펴보려고 가까이 다가가봤더니 옷장 안에 사람이 하나 쪼그려앉아 있는 거예요. 다름아니라 2층 아저씨였어요. 자오디가 말했다. 그랬었군. 바이메이가 얘기를 이어갔다. 손님이 가고 나자 아저씨는 다시 앞으로 나와 차를 마시면서 신문을 보더라고요. 제가 작은 칸막이 안에 들어가 자세히 살펴보니 간단한 안마대 옆 벽이 판자로 되어 있고 그 위에 미녀들 화보가 여러 장 붙어 있더라고요. 미녀들 몇몇이 머리를 나란히 하고 붙어 있었어요. 자세히 살펴보니 미녀들의 여섯 개 검은 눈동자에 작은 구멍이 뚫려 있는 거였어요. 저는 몹시 화가 났지요. 당장 밖으로 나와 아저씨에게 항의했어요. 왜 몰래 옷장에 숨어 아가씨들을 훔쳐보느냐고 따졌어요. 아저씨는 씩 웃으면서 아무 말도 못하더군요. 제가 그랬어요. 광둥 사람들이 말하는 '제야睇嘢'*나 '음공陰功'**이랑 뭐가 달라요? 그렇게 여자를 훔쳐보는 것을 광둥에서는 '구지분勾脂粉'이라고 하더군요. 왜 이렇게 지저분한 짓을 하는 거예요? 아저씨는 아무 말도 못하더군요. 제가 계속 말했지요. 가게에 새로 온 두 아가씨가 제일 대담하고 호방하니까 여자 몸을 보고 싶으면 아저씨 앞에서 다 벗어보라고 하세요. 아저씨는 여전히 아무 말도 못했지요.

---

* 광둥 사투리로 '몰래 숨어서 엿본다'는 뜻.

** 원래는 남모르게 하는 선행을 의미하지만 여기서는 음탕하고 못된 짓을 의미하는 은어다.

제가 말했어요. 이건 너무 추하고 점잖지 못한 짓이에요. 아저씨는 계속 말이 없다가 나중에는 씩 웃으면서 그러더군요. 그래, 알았으니까 그만하라고. 내가 광둥어로 한마디하지. 우거러唔嘅了*, 됐지? 저는 대답하지 않았어요. 아저씨가 말했어요. 여자가 어떻게 남자들을 이해할 수 있겠어? 내가 저질 남자고 지저분한 남자라는 걸 인정할게, 됐지? 아바오는 아무 말도 하지 않았다.

바이메이가 여기까지 말했을 때, 주민위원회의 방울소리가 들렸다. 모두들 창문을 꼭 닫고 안전에 주의를 기울였다. 샤오마오가 갑자기 고개를 아래로 숙였다. 아주 낮게 수그렸다. 파메이가 물었다. 오빠, 왜 그러세요? 오빠! 샤오마오는 아무 말도 하지 않았다. 2층 쉐 아줌마가 말했다. 위통이 도져서 그래. 샤오마오가 잠시 고통스러운 표정을 짓다가 다시 평소의 표정을 되찾으며 말했다. 지병이 발작해서 그랬어. 쉐 아주머니가 약병을 가져다주었다. 바이메이가 말했다. 오빠는 꼭 바구미 같아. 알고 나니 가슴이 아프네. 샤오마오가 말했다. 방금 위에 경련이 일었는데 난 정말 이유를 모르겠어. 2층 아저씨도 그런 적이 있다고 하더라고. 아바오는 말이 없었다. 후성이 말했다. '양만호'의 뒷간에는 훔쳐보기 위한 작은 구멍이 빼곡하게 뚫려 있지. 아바오는 아무 말도 하지 않았다. 쉐 아주머니가 샤오마오에게 약을 먹을 수 있도록 더운물을 따라주었다. 쉐 아주머니가 말했다. 나는 벌써부터 기분이 좋지 않았어. 몇몇 사람들이 뒷공론을 하더라고. 다름아니라 2층 아저씨 얘기였

---

* '미안하다'는 뜻의 광둥어.

어. 이제 와서 이런저런 얘기를 해봤자 무슨 의미가 있겠어. 남들은 2층 아저씨가 내 남편인 줄 안다니까. 나도 2층에 살고 있어서 그런 모양이야. 어떻게 이곳에 그런 저질 양아치 같은 사람이 살게 된 건지 모르겠어. 젠궈가 말했다. 쉐 아주머니, 앞으로 촛불을 켜거나 밤에 발을 닦을 때, 혹은 옷을 갈아입을 때 먼저 꼭 벽과 천장을 검사하는 걸 잊지 마세요. 쉐 아주머니가 말했다. 쓸데없는 소리 하고 있네. 쥐펀이 말했다. 저는 누군가 훔쳐보는 게 제일 두려워요. 몸에 솜털이 다 일어선다니까요. 아바오는 아무 말도 하지 않았다. 바이메이가 더운 물주머니를 가져다 담요 안에 넣어주었다. 샤오마오가 탄식하며 말했다. 과거 일들은 얘기하지 말자고. 얘기해봤자 무슨 소용이겠어? 자기가 옛날에 살던 집 문을 두드리려는 것과 마찬가지지. 오래전에 재가 된 집인데 말이야. 모두 말이 없었다. 샤오마오가 말했다. 춘샹이 임종 직전에 예수교 성경을 읽어주었어. 대략적인 뜻은 삶에도 때가 있고 죽음에도 때가 있다는 거였지. 부수는 데도 때가 있고 짓는 데도 때가 있으며 싸움에도 때가 있고 잘 지내는 데도 때가 있다고 하더군. 용서하는 데도 때가 있고 용서하지 않는 데도 때가 있으며 조용함에도 때가 있고 온갖 번뇌에도 때가 있으며 말에도 때가 있고 침묵에도 때가 있다는 거야. 쥐펀이 물었다. 그게 무슨 뜻이에요? 무슨 말인지 전혀 못 알아듣겠네. 샤오마오는 대답하지 않았다. 쥐펀이 말했다. 샤오마오 오빠는 너무 고민이 많아. 그게 몸에 가장 안 좋다고요. 과거에 공장의 적지 않은 동료나 형제자매들이 시골로 내려갔다가 중병에 걸려야 상하이로 돌아올 수 있었어요. 당시에 샤오마오 오빠는 말없이 동료 가족들을 도와주었어요. 엑스레이도 적지 않게 찍었지요. 마지막 엑스레이를 찍을 때는 방사선과 여자 의사가 전등을 켜자마자 말했어요. 이봐요, 아저씨, 누군지 알 것 같네요. 아저씨는 아무 말도 안 했지만 이번 달에만 일고여덟 번이나 찍었어요. 몸이 그렇게 많은 방사선을 먹었다는 뜻이에요. 목숨을 잘 관리해야 할 것 같네요. 샤오마오는 말이 없었다. 자오디가 말했다. 샤오마오 오빠가 이렇게나 멍청하다니까요. 정말 미워. 이러니 제가 파는 영양제품을 아무리 먹어도 아무 소용이 없는 거예요. 샤오마오가 말했다. 지금 생각나는 여자가 하나 있어. 역시 말을 전혀 안 하는 여자였지. 정말 좋은 여자였어. 그런데 쉐 아주머니가 언짢아할 것 같아서 얘기를 못하겠네. 쉐 아주머니가 말했다. 2층 아저씨 얘기만 아니면 다 해도 돼. 샤오마오가 말했다. 듣고 나면 틀림없이 화를 낼 거잖아요. 쉐 아주머니가 말했다. 나는 계속 방긋방긋 웃고 있을 테니까 어서 얘기해봐. 젠궈가 말했다. 어서 얘기해보라고. 샤오마오가 말했다. 어느 날 북부역에 가서 마작을 하다가 새벽 한시가 되어서야 파장하고 흩어졌어. 집에 오려고 조용히 야간 전차를 기다리고 있다가 어떤 여자를 보게 되었지. 마흔 남짓 되어 보이는 여자가 가로등을 따라 걸어오더라고. 한눈에 양갓집 부녀자라는 걸 알 수 있었어. 청순한 모습에 손에는 쇼핑백을 두 개 들고 내가 있는 쪽으로 다가와 전차를 기다리더라고. 우린 둘 다 서로 한 마디도 하지 않았어. 십오 분쯤 기다리다가 내가 너무 무료해서 먼저 물었지. 오후반 근무 마치고 퇴근하시는 모양이군요? 여자는 아무 말도 하지 않더라고. 내가 말했지. 저는 마작을 하다가 파장하고 집에 돌아가는 길이에요. 여자는 여전히 말이 없더군. 내가 또 말했어. 따든 잃든 마작은 참 재미있는 것 같아요. 여자는 이번에도 말이 없더라고. 내가 지금 몇시쯤 됐냐고 물었어. 여자는 여전히 말이 없더군. 내가 또 말했어. 사회가 혼란해서 나쁜 사람들이 아주 많아요. 밤늦게 집밖에 나와 돌아다니다가 불쾌한 일을 당하면 몸에 이롭지 않아요. 여자는 여전히 한 마디도 하지 않았어. 내가 또 말했지. 남편과는 유쾌하지 못한 일이 있는 것이 정상이에요. 마음을 좀 넓게 가지면 되지요. 여자는 역시 말이 없었어. 내가 또 말했지. 몇 바퀴 걷다가 화가 풀리면 남편을 용서하고 돌아가세요. 어차피 애들 아빠잖아요. 젠궈가 말했다. 수작을 거는 노력이 아주 절절하군. 정말 멋있어. 샤오마오가 말했다. 여자는 아무 말도 하지 않았어. 내가 말했지. 한밤중에 밖에 나오면 딸이 깨서 놀라지 않을까요? 여자는 여전히 아무 말도 하지 않았어. 나도 지쳐서 그만 입을 다물어버렸지. 나중에 여자가 뭐라고 아주 간단히 한마디하더군. 모깃소리 같아서 제대로 듣지 못했어. 내가 물었지. 지금 뭐라고 했어요? 여자가 말했어. 빨래를 해야 해요. 내가 다시 물었지. 뭐라고요? 여자는 또 대답이 없었어. 전차는 계속 오지 않고 택시들만 전부 초록불을 켜고 있더군. 나랑 이 여자는 똑같이 야간전차를 타야 하는 부류였어. 때문에 계속 도로를 바라보고 있었지만 도로는 새까맣고 차는 한 대도 보이지 않았어. 내가 여자에게 말했지. 빨래를 해야 한다면 우리집에 가서 해도 돼요. 나는 혼자 사는데다 세탁기도 있고 물통도 있으니 아주 편리할 거예요. 2층 쉐 아주머니가 기침을 한 번 하고는 곧장 입을 다물었다. 샤오마오가 말했다. 여자는 말이 없었어. 내가 또 말했지. 쇼핑백은 우선 바닥에 내려놓아요. 팔이 아프잖아요. 여자는 움직이지 않았어. 쇼핑백을 손에 꼭 쥔 채 내려놓지 않더라고. 이런 여자를 만나면 나도 말을 좀 하는 편인데 결국 입을 다무는 수밖에 없더라고. 둘이 그렇게 십 분 남짓 기다렸을 때, 야간전차가 한 대 오더라고. 나는 앞문으로 타고 여자는 뒷문으로 탔어. 차 안에는 승객이 서너 명 밖에 없었지. 장닝로에 도착해서 내가 차에서 내리면서 고개를 돌려 뒷문 쪽을 바라보니 여자도 쇼핑백 두 개를 들고 내리더라고. 내가 북쪽으로 잠시 걷다가 뒤를 돌아보니 여자는 일고여덟 걸음 간격을 두고서 계속 나를 따라오고 있었어. 좀더 걷다가 걸음을 멈추고 그녀를 불러 세우고는 내가 짐을 들어주겠다고 말했지. 여자는 고개를 숙인 채 아무 말도 하지 않고 쇼핑백을 뒤로 감추더라고. 나도 신경쓰지 않기로 하고 아오먼로를 향해 계속 걸었어. 다시 창화로에 이르러 고개를 돌렸더니 여자는 일고여덟 걸음을 사이에 두고 계속 따라오고 있더라고. 내가 모간산로에 도착했을 때도 여자와 나 사이의 거리는 여전히 일고여덟 걸음이었어. 내가 모퉁이를 돌아 농탕 입구에 접어들면서 다시 고개를 돌려 보았더니 여자도 모퉁이를 돌아 농탕 안으로 들어서는 거야. 새벽 두시라 농탕 안에는 희미한 가로등이 남아 있었지. 나는 뒷문을 열고 들어와 전등을 켠 다음, 계단 입구를 거쳐 우리집 문을 열고 전등을 켜면서 뒤를 돌아보았어. 놀랍게도 여자가 날 따라 들어와서는 쇼핑백을 부엌 싱크대에 내려놓고는 내 방으로 들어오는 거야. 이상하게도 방안에 들어온 여자가 갑자기 기민하게 움직이더라고. 방안은 아주 덥고 갑갑해서 창문을 열고 선풍기를 틀었어. 여자가 블라우스와 치마를 벗더군. 팬티와 브래지어, 양말만 남기고 다 벗는 거야. 마치 자신이 내 마누라이기라도 한 것처럼 말이야. 그렇게 이리저리 왔다갔다하더니 발 씻는 대야와 세숫대야, 수건을 챙겨 아무 말도 없이 물을 데우더라고. 목욕을 하려는 거였어. 나는 아무 말도 하지 않고 여자가 바삐 움직이는 모습을 지켜보았어. 여자는 부엌으로 가서 가스를 틀더니 물을 데우더군. 나는 냉장고를 열어 콜라를 한 컵 따랐어. 여자가 세숫대야에 물을 반쯤 담아 받쳐 들고 들어오기에 내가 말했지. 이거부터 한 잔 마셔요, 날이 아주 덥네요. 여자는 아무 말도 하지 않고 콜라를 마셨어. 그러고는 뒷방으로 가서 힘껏 돗자리를 닦고 베개 커버를 닦더라고. 집안 구석구석을 아주 잘 알고 있는 것 같았어. 그다음에는 커다란 대야를 방 한가운데로 옮겨와 냉수와 온수를 적당히 쏟아부었어. 그러고는 슬리퍼와 수건을 챙기더니 전등을 끄면서 말했어. 먼저 씻으세요. 목소리가 모깃소리처럼 작았지. 나는 잠시 멍하니 서 있었어. 창문 건너편에는 다른 사람들의 집이 있기 때문에 목욕할 때면 나는 항상 전등을 껐거든. 여자는 그런 디테일도 완전히 알고 있었어. 나는 목욕을 하면서 부엌에서 여자가 쇼핑백을 뒤집어엎는 소리를 들었어. 내가 목욕을 끝내자 여자가 들어와서는 내 몸의 물기를 닦아주었어. 내가 말했지. 저기요, 내가 할게요. 내가 알아서 닦는다고요. 여자는 아무 말도 하지 않았어. 나는 뒷방으로 가서 돗자리 위에 편하게 누웠지. 밖에서 여자가 왔다갔다하면서 물을 버리고 새 물을 가져다 붓는 소리가 들렸어. 그런 다음 팬티와 브래지어를 벗고 목욕을 하고 몸의 물기를 닦고 수건을 짜고 물을 버리고 슬리퍼를 끄는 소리가 들리더군. 그런 다음 문을 가볍게 닫고는 평소에 내가 하는 것처럼 선풍기를 작은 방으로 옮겨 침대를 향하게 내려놓더라고. 스위치를 틀자 시원한 바람이 불어왔어. 여자가 침대 위에 앉더군. 그러고 나서 두 사람은 아주 익숙하게 한 사람인 것처럼 꼭 달라붙어 그 일을 했어. 전혀 낯설지 않았지. 그러고 나서 나는 곧장 잠이 들었어. 깨어나보니 날이 밝아오기 시작하더라고. 새벽 세시가 훨씬 넘은 시각이었지. 부엌에서 누군가 빨래하는 소리가 들렸어. 수돗물소리가 끊이질 않았지. 또다시 잠이 들었다가 깨어나 시계를 보니 새벽 다섯시였어. 밖에서는 쇼핑백에 뭔가를 담는 소리가 들리더군. 젖은 옷을 가지런히 개켜서 쇼핑백에 넣는 소리 같았어. 그러고 나서 여자가 방으로 돌아왔어. 나는 아무 말도 하지 않았지. 여자는 방에 들어와 침대 옆에 몸을 기대고 앉았지. 내가 말했어. 옷은 다 챙겼어요? 여자는 말이 없었어. 잠시 후 딱 한 마디만 하더군. 저 갈게요. 목소리가 모깃소리 같았어. 내가 말했지. 네. 여자가 그렇게 나가고 뒷문이 가볍게 닫히는 소리가 들렸어. 집 전체가 조용해졌지. 시계를 보니 다섯시 이분이었어. 샤오마오는 여기까지 얘기하고 나서 입을 다물었다. 다들 아무 말도 하지 않았다. 2층 쉐 아주머니만 얼굴이 빨개진 채 물었다. 그게 어느 해에 있었던 일이야? 샤오마오가 말했다. 그건 왜요? 2층 쉐 아주머니가 말했다. 그게 부패가 아니고 뭐야! 썩고 타락한 거지. 파메이가 말했다. 듣기 안 좋네요. 쉐 아주머니가 말했다. 흥, 어쩐지 매달 이 집 물값이 아주 많이 나오기에 나는 줄곧 계량기가 잘못됐다고 생각했지. 부속품이 마모되어 그럴 거라고 추측하면서 말이야. 그런데 알고 보니 거리의 여자가 몰래 들어와 수돗물을 훔쳤던 거로군. 생각할수록 정말 온몸이 아파오네. 그런 저질 행동을 하고서 그걸 또 입 밖에 내다니! 정말 구역질나! 샤오마오가 말했다. 다들 봤지? 분명히 화내지 않기로 약속하고는 지금 화를 내고 있잖아. 2층 쉐 아주머니가 말했다. 화를 내는 게 아니라 가슴이 답답해서 그러는 거야. 자오디가 물었다. 그런데 그 여자는 어디로 갔어요? 어디 사는 여자예요? 왜 한밤중에 빨래를 하는 걸까요? 쥐펀이 말했다. 이혼한 여자겠지. 정신병이 있거나. 바이메이가 말했다. 한밤중에 모르는 남자의 몸에 기어올라 한 마디 말도 안 하고 그 짓을 했다니 정말 대단한 능력이네요. 샤오마오가 말했다. 적지 않은 사람들이 내게 똑같은 질문을 던졌지만 나는 일절 대답하지 않았어. 한 마디도 하지 않았지. 젠궈가 물었다. 내가 한 가지만 물어볼게. 이른아침에 어딜 가서 옷을 말렸을까? 후성이 말했다. 일거일동이 오래된 집에 아주 익숙한 것으로 보아 구식 석고문 주택에 살았던 여자일 거야. 아바오가 말했다. 어쩌면 혼령이 한밤중에 거리로 날아왔던 건지도 몰라. 쥐펀이 말했다. 무서워요, 그런 얘기는 하지 마요. 아바오가 말했다. 그래, 날아다녔던 거야. 손에 쇼핑백 두 개를 들고 말이야. 자세히 살펴보았다면 발바닥이 땅 위에 떠 있는 걸 볼 수 있었을 거야. 땅바닥에 내려앉지 않고 샤오마오를 따라 날아와서는 집안까지 날아 들어온 거지. 파메이가 말했다. 무섭단 말이에요! 젠궈가 말했다. 설마 쑤저우하에 빠져 죽은 귀신이 기어올라온 건 아니겠지! 자오디가 말했다. 이런 얘기는 내가 아주 잘 알아요. 제 친구 하나가 한밤중에 택시를 탔어요. 차에 타고 보니 기사가 여자였대요. 제 친구가 말했어요. 아가씨, 마음대로 가주세요. 어디든지 가고 싶은 곳으로 가달라고요. 여자 기사가 말했대요. 아저씨, 도대체 어디로 가자는 거예요? 제 친구가 잘 모르겠다고 하자 여자 기사는 얼굴이 굳어지면서 핸드브레이크를 당기고 말했대요. 이봐요, 술을 많이 마신 것 같은데, 당장 내려요. 제 친구가 말했어요. 아가씨, 야간운행을 하기 쉽지 않을 텐데 한밤중에 대가리 없는 파리처럼 목적지도 방향도 없이 돌아다니지 말고 그냥 나랑 몇 번 하는 게 낫지 않을까요? 여자 기사는 아무 말도 하지 않았대요. 제 친구가 기사를 불렀지요. 아가씨! 여자 기사가 말했어요. 뭘 하자는 거예요? 정말 닭살 돋네. 낯간지러워 죽겠다고요. 제 친구가 말했어요. 오빠한테 잘해야지 100위안이라도 받아가지, 알아요? 여자 기사가 웃으면서 말했대요. 이런 양아치 새끼! 친구가 말했지요. 내가 어디가 양아치 같다는 거예요? 그 말에 여자 기사는 빙긋이 웃기만 했대요. 제 친구가 손을 뻗자 여자 기사가 손을 탁 내치더니 웃으면서 말했대요. 뭐하는 거야, 당장 꺼져! 이날 나중에 택시미터기를 확인해봤더니 20킬로미터밖에 달리지 않았고, 어느 녹지대 옆에 차를 세우고 불을 껐대요. 그다음은 얘기하지 않아도 되겠죠? 젠궈가 물었다. 그게 무슨 뜻이지? 자오디가 말했다. 샤오마오 오라버니는 그날 밤, 이런저런 사람들과 접촉하다가 뜻밖의 복을 만난 거예요. 빨래를 하고 수도와 전기 요금을 좀 아끼려는 여자가 제 발로 집안에 들어온 거잖아요. 샤오마오가 말했다. 됐어, 그만해. 다들 무슨 얘기를 하든지

나는 상관없어. 단지 마음이 아플 뿐이지. 바이메이가 말했다. 왜 마음이 아프다는 거예요? 샤오마오가 말했다. 여자가 목욕물을 붓고 슬리퍼를 끌고서 내 몸을 닦아줄 때, 나는 마음속으로 눈물을 흘렸어. 더 얘기 못하겠다. 바이메이가 말했다. 오빠, 마음을 좀 즐겁게 갖도록 해요. 샤오마오가 말했다. 우리 마누라가 생각나서 그래. 자오디가 말했다. 아니야, 틀림없이 인평 생각을 했을 거야. 샤오마오가 말했다. 우리 마누라 춘샹 생각을 했다고. 모두 아무 말도 하지 않았다. 샤오마오가 말했다. 여자는 내게 가까이 다가와 옆에 꼭 붙어 있었어. 그때 내가 아내의 이름을 불렀지. 춘샹. 여자는 아무런 반응도 보이지 않았어. 춘샹이 아니었던 거야. 내가 작은 스탠드 등을 켜고 살펴봤더니 춘샹의 가슴에는 아주 작은 반점이 하나 있는데 이 여자의 가슴은 아주 깨끗하고 매끄럽기만 하더라고. 춘샹이 아니었던 거야. 쥐펀이 말했다. 언니는 예수님이 지켜주실 거예요. 자오디가 말했다. 됐어, 그만해요. 이런 늙수그레한 여자들은 기차역에 가장 많다고요. 젠궈가 말했다. 그렇게 얘기하는 건 좀 빗나간 것 같네. 그 여자는 양갓집 여자였어. 돈을 한푼도 받지 않았잖아. 쉐 아주머니가 따져 물었다. 안 받았다고? 수돗물은 돈이 아니야? 젠궈가 말했다. 수돗물값이 얼마나 된다고 그래요? 쉐 아주머니가 말했다. 물값을 네 가구가 똑같이 나눠서 부담하는데 이렇게 헤프게 마구 써버리는 건 그냥 넘어갈 수 없을 것 같아. 정말로 화가 난다고. 샤오마오가 말했다. 봤지? 당시에 내가 이러저리 물으면서 많은 얘기를 했지만 상대방은 한 마디도 하지 않았어. 지금은 나도 입을 다무는 수밖에 없지. 바이메이가 말했다. 내가 계산해볼게요. 수돗물값이 도대체 얼마나 된다고 그래요? 내가 내줄게요. 쉐 아줌마가 흥 하고 콧방귀를 뀌었다. 샤오마오가 말했다. 방금 모두들 내게 물었지. 왜 아무 말도 하지 않느냐고, 왜 묻지 않느냐고, 나는 묻지 않을 것이고 입을 열지도 않을 거야. 한 마디도 하지 않을 거야. 마음속으로 이 여자가 좋은 사람이라는 걸 분명히 알았거든. 오늘날의 사회에서는 여자로 산다는 게 정말 힘들어. 쉽지 않지. 우리집에 들어와 자기 집처럼 굴고 아낌없이 세탁기를 사용한 것에 대해 겉으로는 아무 말도 하지 않았지만 마음속으로는 몹시 슬펐어. 이런 여자에게 모두가 일말의 동정심을 가져주면 좋겠어.

30장

1

1960년대의 오래된 주택 4층 한 칸 반이 타오타오와 샤오친이 동거하는 장소였다. 가스와 화장실은 공용이었다. 방에는 남향으로 더블 침대가 하나 놓여 있었다. 밖에는 작은 발코니가 있어 비록 낡긴 했지만 옌칭로의 곁채에 비하면 훨씬 개선된 편이었다. 샤오친은 여전히 옷장사를 했지만 가게 일은 사람을 고용해 맡기고 자신은 검품이나 고객 상담, 은행 업무 등만 처리했다. 그러다보니 집밖에 나가는 일이 일주일에 몇 번 되지 않았고 정해진 규칙도 없었다. 단지 팡메이가 와서 소란을 피우는 것을 피하기 위해 평소에는 찬거리를 사다가 음식을 하거나 텔레비전을 보면서 오붓하게 유유자적하는 생활을 유지했다. 옌칭로에서는 작은 테이블 하나만 옮겨다놓았고 벽에는 거울을 하나 걸었다. 그 테이블 위에서 장부 정리와 화장을 할 수 있었다. 한번은 타오타오가 한밤중에 자다가 깨서 옆에 샤오친이 없는 것을 발견하고는 얼른 작은 테이블 위의 전등을 켜고 샤오친을 찾았다. 타오타오가 말했다. 깜짝 놀랐잖아. 뭘 쓰고 있는 거야? 샤오친이 말했다. 마음속 생각을 적고 있었어요. 타오타오가 말했다. 정상적인 여자는 남들 따라 이런 것까지 할 필요 없어. 샤오친이 빙긋이 웃고는 장부를 얼른 서랍에 집어넣고 타오타오에게로 다가왔다. 불빛 속은 거의 투명했다. 타오타오가 눈을 비비면서 자세히 보려고 하는 순간, 작은 전등이 꺼졌다. 샤오친은 이미 그의 몸에 달라붙어 있었다. 두 사람은 아주 잠시 뒤엉켰다가 서로 머리를 기대고 비비면서 잠이 들었다. 생활은 아주 간단했다. 토요일 저녁에는 둘이 함께 밖에 나가 돌아다니면서 밥을 먹고 밤참을 즐겼고 일요일에는 하루종일 침대 위에서 뒹굴면서 보냈다. 상당 부분은 샤오친의 탁월한 애교 때문이었다. 타오타오는 이런 시간을 즐기면서 지겨워하지 않았다. 생활 면에서 타오타오는 외지 고객이거나 얹혀사는 사람인 셈이었다. 지난번 즈전위안 연회에서 링즈가 술기운을 빌려 울고불고하면서 소란을 피웠고, 결국 메이루이가 주저앉고 마는 바람에 분위기가 극도로 어색해졌었다. 집으로 돌아오는 길에 타오타오는 여러 번 샤오친의 유약함과 링즈의 패도를 동시에 나무랐다. 샤오친이 말했다. 저는 이해해요. 타오타오가 말했다. 나는 이해 못해. 샤오친은 빙긋이 웃으면서 반박하지 않았다. 다음날 잠에서 깼을 때도 샤오친은 여전히 방실방실 웃으면서 전날 저녁의 일을 입에 올리지 않았다. 그런 샤오친의 모습에 타오타오는 속으로 감복하고 있었다.

이곳으로 이사해 온 뒤로 대개 저녁 여덟, 아홉시가 되면 팡메이가 전화를 걸어 욕을 해댔다. 그럴 때면 샤오친은 눈치 빠르게 자리를 비켜주었다. 타오타오는 점잖은 말로 팡메이를 달래면서 좋게 만났으니 좋게 헤어질 것을 권했지만 팡메이는 욕설을 멈추지 않았고, 타오타오는 결국 전화를 끊었다. 샤오친이 다가와 위로하듯이 말했다. 팡메이 언니는 확실히 고통스러운 운명을 타고난 것 같아요. 남편이 낯선 여자를 만나 야반도주를 했으니 말이에요. 밤마다 남편이 다른 여자를 껴안고 자고 함께 목욕도 하면서 남녀관계에서 벌어질 수 있는 행위들을 하나도 빠뜨리지 않고 다 하고 있다는 걸 생각하면 정말 열불이 날 거예요. 저는 완전히 이해해요. 타오타오는 말이 없었다. 샤오친이 말했다. 낯두꺼운 소리 한마디만 하자면 저는 매일 언니한테 발로 차이고 맞고 욕을 얻어먹는 일이 있더라도 언니 집으로 이사해 들어가 작은마누라나 하녀로 살면서 땅바닥에서 잠을 자고 시간제 노동을 해도 만족할 것 같아요. 매일 밤 큰마누라의 잠자리 시중을 들고 목욕물을 버리고 타구를 비우는 등 온갖 궂은일을 기꺼이 도맡으면서도 웃는 얼굴로 지낼 수 있어요. 타오타오가 말했다. 미쳤군. 팡메이와 샤오친 사이에 뭐가 있다고 그래? 나는 이혼하기로 마음먹었어. 더이상 질질 끌지 않을 거야. 샤오친이 말했다. 서두르지 마요. 하나도 급하지 않아요. 타오타오가 말했다. 나는 급해. 주위에 맘에 들지 않는 사람들이 너무 많아. 맞다, 이번 연회에서도 내 주위에 시끌벅적하게 모여 있던 사람들 모두 더이상은 왕래하지 않을 작정이야. 전부 관계를 끊어버릴 거라고. 특히 링즈 이 여자와는 완전히 끝났어. 샤오친이 말했다. 왜 이렇게 화를 내요? 모든 일이 화를 낸다고 되는 게 아니에요. 사람이라면 은혜를 알고 보답할 줄도 알아야지요. 링즈 언니가 팡메이 언니를 소개해주지 않고, 저 샤오친을 소개해주지 않았다면 타오타오 씨는 지금까지 아무것도 이루지 못했을 거예요. 모든 일에서 남들이 잘해주었던 것만 생각하라고요. 타오타오는 아무 말도 하지 않았다. 샤오친이 말했다. 후 선생님은 변호사잖아요. 타오타오 씨랑 오랜 친구이니 처리하기 어려운 일이 생기면 도와줄 수 있을 텐데 왜 관계를 끊어버리겠다는 거예요? 친구의 인연을 끊어선 안 돼요. 좋은 말은 목도리와 같아요. 사람들을 따스하게 해주잖아요. 생파처럼 매운맛은 가위로 찌르는 것이나 마찬가지라 사람들이 전부 피하게 되지요. 샤오광둥이 한 말이에요. 타오타오는 아무 말도 하지 않았다. 샤오친이 말했다. 타오타오 씨가 이혼하든 안 하든 저는 상관없어요. 타오타오가 말했다. 샤오친은 한없이 착해빠졌어! 샤오친이 이렇게 말할수록 내가 더욱 미안해진단 말이야. 샤오친이 말했다. 저는 유쾌하지 못한 일이 있을 경우 기껏해야 일기장에 몇 자 적는 것으로 그칠 거예요. 평생 웃는 얼굴로 살면서 화내지 않는 여자로 남을 거예요. 타오타오가 말했다. 샤오친은 너무나 착한 여자야! 그래서 내가 샤오친을 더 좋아하지. 샤오친은 말없이 타오타오에게 몸을 기댔다. 4월의 날씨는 기온이 높지도 않고 낮지도 않았다. 침대 위에서 남쪽 창문 발코니 밖을 내다보면 난간이 보이고 근처 백양나무의 수관이 눈에 들어왔다. 샤오친이 말했다. 어떤 백양나무는 정말 키가 커요. 시골에는 키 큰 백양나무가 아주 많지요. 타오타오는 말을 받지 않았다.

샤오친이 말했다. 이 집을 사게 되면 발코니를 폐쇄할 생각이에요. 비가 많이 와서 난간에 녹이 슬면 집주인에게 페인트칠을 한 번 해달라고 해야겠어요. 타오타오가 말했다. 내년에 집을 살 거야. 샤오친이 하얀 다리를 뻗어 타오타오의 몸 위에 얹으면서 말했다. 전 아무래도 좋아요. 타오타오 씨, 제 다리 예쁘죠? 타오타오가 말했다. 너무 예뻐. 샤오친이 말했다. 어디가 그렇게 예뻐요? 타오타오가 말했다. 이혼하면 집을 사고 곧장 결혼할 거야. 샤오친이 말했다. 말했잖아요, 저는 앞으로 계속 결혼하지 않아도 좋아요. 타오타오가 물었다. 진심이야? 샤오친이 말했다. 제 이종사촌 오빠 중에 현장縣長이 한 분 있는데 마누라가 둘이에요. 시골에 원래 마누라가 있고 현에 또하나를 키우고 있어요. '양두대兩頭大'지요. 양쪽에 마누라를 거느리고 있는 것 말이에요. 그래서 제가 양쪽 다 받아들여도 된다고 말하는 거예요. 아니면 타오타오 씨가 양쪽으로 분주하게 왔다갔다하든가요. 타오타오는 대꾸하지 않았다. 샤오친이 말했다. 나이든 남자가 본처와 살다가 갑자기 잘 모르는 젊은 여자와 살게 되면 아무래도 익숙하지 않겠지요. 작은마누라가 똑똑한 여자라면 한마음으로 남자를 섬기겠지만 보통 질이 좋지 않은 여자들은 성깔을 드러내면서 안 좋은 행동을 하거나 대들면서 싸우게 되지요. 제 사촌오빠도 말은 양두대라고 하지만 최근에는 양쪽 모두 대들고 싸우려고 덤비는 바람에 골치가 아프고 머리가 터질 지경이라고 하더라고요. 저한테 전화를 걸어 주화산九華山에 가서 머리 깎고 중이 될 작정이라고 했어요. 제가 말했어요. 오빠가 중이 된다면 파계승이 될 텐데 산문이 평안할 수 있겠어요? 타오타오가 샤오친을 안으면서 말했다. 아, 착한 사람! 샤오친이 말했다. 저는 쉽게 만족하는 사람이에요. 타오타오 씨가 지금 당장 도망쳐 집으로 돌아가 언니랑 며칠 지내다 온다 해도 저는 상관없어요. 타오타오가 말했다. 그렇게 함부로 얘기하지 마. 샤오친이 말했다. 결국은 누구나 원래의 배우자에게로 돌아가기 마련이잖아요. 게다가 자신의 혈육인 아이도 있으니까요. 타오타오는 아무 말도 하지 않았다. 샤오친이 말했다. 저는 괜찮아요. 타오타오는 여전히 말이 없었다. 샤오친이 두 다리를 타오타오의 몸 위에 얹으며 물었다. 제 다리 예뻐요? 타오타오가 말했다. 너무 예뻐. 샤오친이 또 물었다. 어디가 그렇게 예뻐요? 타오타오가 말했다. 예쁘면 예쁜 거지 어디가 예쁘냐니? 샤오친이 말했다. 침대에 휘장을 달고 싶어요. 아래층에 나뭇잎이 많아서 곧 모기가 날아다니게 될 거예요. 타오타오가 물었다. 모기가 허벅지를 깨무는 걸 뭐라고 하는지 알아? 샤오친이 말했다. 저는 상하이 사람이 아니라서 모르겠어요. 타오타오가 또 물었다. 얼굴의 뾰루지와 허벅지의 모기 물린 자국이 빨간 점들로 변하는 걸 뭐라고 하게? 샤오친이 말했다. 모르겠어요. 타오타오가 말했다. 거 선생이 얘기하는 걸 들은 적이 있는데, 옛날에는 곡물가게에서 참깨를 '빙설冰屑'이라고 불렀대. 누에콩은 '천충天虫', 녹두는 '녹주綠珠'라고 불렀지. 그럼 팥은 뭐라고 불렀을까? 샤오친이 말했다. 모르겠어요. 타오타오가 말했다. 얼굴의 뾰루지는 '홍주紅珠'라고 불렀대. '적두赤豆' 혹은 '적두종자赤豆粽子', '적두고赤豆糕'라고 부르기도 했지. 샤오친이 말했다. 최고예요. 그런데 왜 계화적두桂花赤豆 아이스케이크라고 부르지 않는 거죠? 나는 허벅지가 이 정도까지 물리면 사람이 되고 싶지 않을 것 같아요. 타오타오가 말했다. 지금 내가 세어볼게. '홍주'가 몇 개나 되는지 말이야. 샤오친이 몸을 돌리며 말했다. 뭐하는 거예요? 간지럽단 말이에요. 맞다, 어제 상하이 민요를 한 곡 배웠어요. 한번 불러볼게요.

정월에는 제기를 차고,
2월에는 연을 날리고,
3월에는 냉이를 엮고,
4월에는 씨를 뿌리고,
5월에는 단오절 종자粽子를 먹고,
6월에는 모기를 잡고,

타오타오가 말했다. 우선 두 대를 때려야겠네. 샤오친이 허벅지를 가리면서 말했다. 그다음도 있단 말이에요.

7월에는 솜으로 방울을 만들고,
8월에는 과자瓜子를 까먹고,
9월에는 집을 짓고,
10월에는 혼사를 알리는 청첩을 보내고,
11월에는 밤을 까고,
12월에는 어린 아들을 키우네.

타오타오는 아무 말도 하지 않았다. 샤오친이 물었다. 참 듣기 좋은 민요지요? 타오타오가 물었다. 샤오친, 나랑 결혼하고 싶어? 샤오친은 빙긋이 웃기만 할 뿐 대답을 하지 않았다. 타오타오가 한숨을 내쉬며 물었다. 샤오친이 방에 들어갔는데, 휘장 안에 남자가 하나 있다면 마음속으로 어떤 생각을 할 것 같아? 샤오친이 애교를 부리면서 물었다. 타오타오 씨가 방에 들어갔는데 휘장 안에 여자가 하나 있다면 무슨 생각을 했을 것 같아요? 타오타오가 말했다. 당연히 달려들어가는 거지. 그러면 휘장이 무너지고 여자가 살려달라고 외치겠지. 샤오친이 말했다. 타오타오 씨는 정말 성질이 급하군요. 너무 급해요. 타오타오가 말했다. 나는 접촉했던 여자가 아주 많은 편이야. 하지만 지금은 조용한 밤에 휘장 안에 딱 두 사람만 함께 있었으면 좋겠어. 하나는 나고 또하나는 누굴까? 샤오친이 말했다. 잘 모르겠어요. 타오타오가 말했다. 말해봐. 샤오친이 말했다. 팡메이 언니요. 타오타오가 샤오친의 허벅지를 한 대 탁 쳤다. 샤오친이 손으로 허벅지를 가리면서 말했다. 너무 아파요! 아니면 판징 언니겠지요. 타오타오가 다시 한번 허벅지를 쳤다. 샤오친이 또 말했다. 아니면 링즈 언니겠네요. 타오타오가 말했다. 내가 가장 싫어하는 여자가 바로 그 여자야. 아주 음탕한 얼굴이지. 샤오친이 말했다. 도저히 알아맞힐 수가 없네요. 타오타오가 말했다. 샤오친에게 마음이 안 드는 점이 바로 이거야. 뻔히 알면서도 말을 빙빙 돌리고 있잖아. 샤오친이 말했다. 손이 너무 매워요. 봐요, 빨갛게 달아올랐잖아요. 타오타오가 한숨을 내쉬며 말했다. 지금 당장 휘장을 하나 설치해야겠네. 그 안에 들어가 며칠 동안 나오지 않으면 좋겠어. 단둘이만 함께 있고 싶다고. 샤오친은 아무 말도 하지 않았다. 타오타오가 말했다. 이혼하지 않고서 내가 어떻게 편안해질 수 있을까? 샤오친은 말없이 타오타오를 꼭 껴안았다. 발코니 밖에서 백양나무 향기가 날아 들어왔다. 샤오친이 말했다. 타오타오 씨, 너무 조급해하지 마요. 천천히 해도 되잖아요.

31일 아침까지는 모든 것이 정상이었다. 타오타오가 집을 나설 때, 샤오친이 문 앞까지 배웅해주었다. 그러다가 갑자기 타오타오를 꼭 껴안았다. 타오타오가 말했다. 착한 사람! 샤오친이 청아한 목소리로 말했다. 일찍 돌아오세요. 타오타오는 문을 닫고 아래층으로 내려왔다. 눈앞에 줄곧 샤오친의 모습이 꽃송이처럼 아른거렸다. 얼굴에 미소가 가득한 모습이었다. 이날, 타오타오는 법률사무소를 찾아가 후성과 합의이혼에 관해 상의했다. 샤오친은 친구가 중요하다고 말했다. 타오타오는 팡메이와 헤어진다면 후성이 중간에서 처리해주는 것이 가장 이상적이라고 생각했다. 여러 번 후성을 찾아갔지만 날이 너무 더워 그런지 후성은 이 일을 맡으려 하지 않다가 결국 억지로 승낙한 터였다. 그는 타오타오가 인내심을 갖고 팡메이의 전화를 다 잘 받아주고 부드럽고 성실한 태도를 보이면서 아울러 미안한 마음도 함께 전해 팡메이로 하여금 만회의 여지가 없게 만들어야 한다고 충고했다. 타오타오는 그러겠다고 대답했다. 어느 날 저녁 여덟시에 후성이 전화를 걸어 말했다. 전화가 올 거니까 전화기 끄지 말고 있어요. 여덟시 이십분에 팡메이가 전화를 걸어왔다. 노기등등한 목소리가 점차 평온해졌다. 그

뒤로 여러 차례 팡메이는 연달아 전화를 걸었다. 여전히 원한이 서린 태도였다. 하지만 전화가 거듭될수록 조금씩 냉정을 되찾는 것 같았다. 나중에는 슬픔과 원망이 한데 뒤섞였다. 어쩔 수 없는 단계가 된 것이다. 타오타오는 마음속으로 후성의 능력에 탄복했다. 전날 밤에 후성이 전화로 말했었다. 팡메이는 이미 포기한 것 같아요. 이혼합의 서류에 서명하는 데 동의했어요. 타오타오는 그에게 감사하고 또 감사했다. 과연 십 분쯤 지나 팡메이가 전화를 걸어와 헤어지는 문제에 관한 세부사항을 얘기했다. 그러고 나서 다시 며칠이 지나 전과 마찬가지로 여덟시 반에 후성이 전화를 걸어왔다. 샤오친은 눈치 빠르게 자리를 피해주었다. 후성이 말했다. 팡메이가 약속했어요. 아마 곧 전화가 갈 거예요. 타오타오는 후성에 대해 한없이 고마운 마음뿐이었다. 후성이 말했다. 몇 번이나 얘기했으니 팡메이가 또 우는 일은 없을 거예요. 타오타오가 말했다. 저는 팡메이를 잘 알아요. 울지도 않고 소란도 피우지 않는다면 생각이 분명해졌다는 뜻이지요. 후성이 말했다. 그렇군요. 타오타오가 말했다. 후성 형이 많이 도와준 덕분이에요. 후성이 말했다. 이는 변호사들에게 규정된 절차일 뿐이에요. 친구로서는 내키지도 않고 즐겁지도 않은 일이지요. 타오타오가 말했다. 전부 제 잘못입니다. 다 제가 잘못해서 생긴 일이에요. 후성은 아무 말도 하지 않고 전화를 끊었다. 샤오친은 아무 말도 하지 않았다. 아래층에서 익숙한 목소리가 들려왔다. 주민 동지 여러분, 문과 창문을 잘 닫으시기 바랍니다. 화재와 절도사건을 사전에 방비하세요. 뜻밖의 사고에 대비하시기 바랍니다. 누군가 건물 아래를 지나가고 있었다. 자전거에 전기 확성기가 달려 있었다. 그 소리는 멀리서 점점 가까워졌다가 다시 멀어져갔다. 타오타오가 책상 위의 자명종을 바라보는 순간 전화벨이 울렸다. 타오타오가 받았다. 여보세요! 타오타오는 팡메이가 자신을 부르는 소리를 들었다. 타오타오! 타오타오! 타오타오! 목소리가 아주 멀게 느껴졌다. 신호 상태가 좋지 않은 것 같았다. 팡메이는 폐쇄된 우물 속으로 뛰어들었다. 미망의 사막으로 들어갔다. 메아리만이 주위의 모래를 날리고 돌을 굴렸다. 타오타오가 말했다. 나야. 어서 말해. 팡메이가 말했다. 타오타오, 서명할게. 타오타오는 방금 들은 말이 잘 믿기지 않았다. 타오타오가 물었다. 지금 뭐라고 말했어? 팡메이가 말했다. 나도 이제 달리 방법이 없어. 거부할 방법이 없다고. 팡메이의 목소리가 메아리치고 되풀이되면서 지지직거리는 잡음에 뒤섞였다. 거센 모래바람이 일면서 거세졌다가 잠잠해지기를 반복하는 것처럼 온통 누런빛이었다. 타오타오가 말했다. 팡메이, 다 들었어. 타오타오가 발코니로 걸어갔다. 흥분했는지 난간이 조금 흔들리는 것을 느꼈다. 타오타오가 뒤로 몇 걸음 물러섰지만 목소리는 분명했다. 팡메이는 완전히 깨어 있었다. 팡메이가 말했다. 좋게 만났으니 좋게 헤어지자고. 주위가 쥐죽은듯 고요했다. 팡메이가 말했다. 서명할게. 타오타오가 말했다. 좋아, 나도 서명해야겠지. 팡메이가 말했다. 나 혼자 서명하는 게 더 조용하고 안전해. 타오타오는 말이 없었다. 팡메이가 말했다. 공증하는 것은 물론이요, 지금 이 순간부터 다시는 타오타오 당신이랑 마주치는 일이 없을 거야. 타오타오는 아무 말도 하지 않고 손을 난간 위에 올려놓았다. 손에 쇠의 녹이 만져졌다. 팡메이가 말했다. 후성 씨는 호구에서 몸을 빼낸 남자들이 자기가 놓은 덫에 자기가 걸리는 일이 종종 있다고 말하더군. 타오타오는 대꾸하지 않았다. 팡메이가 말했다. 앞으로 타오타오 당신에게 무슨 일이 생겨도 나와는 아무 상관 없어. 타오타오가 말했다. 머리가 어지럽군. 나는 정신에 병이 좀 있어. 아이에게는 정말 미안해. 가정에도 미안하고. 팡메이는 대꾸하지 않았다. 전화는 그렇게 끊어졌다. 타오타오는 긴 한숨을 내쉬었다. 마음 한구석이 아려왔다. 하지만 이와 동시에 가슴을 짓누르던 돌덩이 하나가 시원하게 밑으로 내려가면서 온몸이 홀가분해지는 기분을 느낄 수 있었다. 타오타오가 난간을 툭 치자 손에 녹이 가득 묻어났다. 밤바람이 백양나무의 소리를 실어왔다. 문득 샤오친이 하늘색 속옷으로 갈아입고 휘장 안에 앉아 미동도 하지 않고 있는 모습이 눈에 들어왔다. 침대와 휘장 문가에 반은 기대고 반은 앉은 자세였다. 목과 두 팔, 엉덩이의 피부가 파란색으로 칠을 한 겹 입힌 것 같았다. 차가운 공기 속에서 따스함이 느껴졌다. 온통 파란색의 들꽃이었다. 타오타오가 마음의 위안을 얻는 순간, 세상이 파란색으로 변하면서 철저하게 고요해졌다. 그날 밤 두 사람은 서로 꼭 껴안은 채 편안한 휴식의 시간을 가졌다. 새벽 다섯시에 샤오친이 갑자기 몸을 돌리더니 몇 자 써서 기념으로 삼아야겠다고 말했다. 여덟시에 타오타오는 샤오친에게 나갔다 오겠다는 인사를 건네고 집을 나섰다. 한 시간쯤 지나 후성의 사무실에서 100미터 정도 떨어진 지점에 이르자 저 앞에서 백구 한 마리가 반쯤 쪼그려앉는 모습이 눈에 들어왔다. 노인 하나가 신문지 한 장을 가져다 개의 항문 부위에 놓아주었다.

타오타오는 마음속으로 사람이라면 저 정도는 되어야 한다고 생각했다. 노인은 고개를 들어 주위를 두리번거렸다. 타오타오는 깜짝 놀라고 말았다. 노인은 다름 아닌 종 대사였다. 타오타오는 아무 말도 하지 않고 앞으로 열몇 걸음 나아갔다. 종 대사가 백구를 끌고 쫓아오면서 그를 불렀다. 타오타오! 타오타오! 거기 좀 서보게. 타오타오가 물었다. 무슨 문제라도 있습니까? 종 대사가 말했다. 오랫동안 못 봤는데, 무슨 일로 외출을 한 건가? 타오타오가 말했다. 상관하지 마요, 쓸데없는 참견 좀 그만하라고요. 종 대사가 말했다. 타오타오 자네에게 문제가 있는 것 같네. 오늘은 집밖에 나오지 않는 게 좋겠어. 타오타오가 종 대사를 힐끗 쳐다보았다. 한 손으로는 개를 끌고 다른 한 손으로는 개의 배설물을 쥐고 있었다. 그런 모습에 기분이 나빠진 그는 얼른 몸을 돌려 자리를 뜨려고 했다. 종 대사가 말했다. 타오타오, 내 말 명심하게. 타오타오가 말했다. 무슨 거지 같은 소리예요? 쓸데없는 소리 그만해요! 종 대사가 말했다. 타오타오 자네에게 문제가 있어. 큰일이 터질 것 같네. 타오타오는 아무 말도 하지 않았다. 종 대사가 말했다. 뿌리가 서로 충돌하고 팔자의 음양이 서로 맞지 않기 때문에 모든 일이 순조롭지 못하고 혼인의 인연이 또다시 어려움에 처하게 된다는 말일세! 타오타오 자네는 지금 순풍에 깃발을 들고 있는 것 같지만 사실은 비취가 털 한 가닥을 감추지 못하고 물고기가 비늘을 감추지 못하는 것과 같네. 곧 액운이 닥칠지 모른단 말일세. 집에 돌아가 팡메이에게 사과하고 빨래판을 하나 깔고 그 위에 밤새 쪼그려앉아 마누라에게 용서를 구해야 할 걸세. 타오타오가 자신의 얼굴을 감싸

쥐며 말했다. 아, 정말 재수없네! 타오타오는 거의 뛰다시피 하여 종 대사에게서 벗어났지만 여전히 기분이 개운치 않았다. 후성을 만나 차를 한 잔 마시고 나니 다시 기분이 조금 좋아졌다. 후성은 민정국에 가서 공증하는 것을 포함하여 몇 가지 자세한 뒤처리에 관해 얘기했다. 후성이 말했다. 타오타오 씨는 얼굴이 많이 변했네요. 건강에는 별문제 없지요? 타오타오가 말했다. 아주 좋습니다. 이리하여 두 사람은 작별인사를 하고 헤어졌다. 사무실을 나온 타오타오는 특별히 길을 빙 돌아가 홍보석에 가서 케이크를 하나 샀다. 아파트단지 입구 노점에서 일본 치자꽃 화분도 하나 샀다. 집 안에 들어서니 샤오친 혼자 복도에 서 있는 모습이 눈에 들어왔다. 타오타오가 말했다. 나 이혼서류에 서명했어. 샤오친이 얼굴을 돌렸다. 타오타오는 신발을 벗다가 샤오친의 눈에서 눈물이 두 방울 떨어지는 것을 목격했다. 타오타오가 말했다. 왜 그러는 거야? 샤오친이 다가와 케이크를 받고 화분을 발코니에 가져다놓았다. 그러고는 다시 문가로 와서 타오타오가 슬리퍼를 신는 것을 도와주고는 몸을 일으켜 타오타오를 꼭 껴안으며 말했다. 전 온몸이 다 떨려요. 정말 기뻐요. 타오타오가 말했다. 착하기도 하지! 샤오친이 말했다. 작은 새 한 쌍이 나뭇가지 위에서 자고 있는데 어떤 사람이 밑에서 흔들었는지 놀란 새들은 각자 헤어져 한 마리는 남쪽으로, 한 마리는 북쪽으로 날아가버렸어요. 인연이 있다면 날아다니다가 다시 짝이 되겠지요. 타오타오가 말했다. 당신은 너무나 착해! 샤오친이 말했다. 저 예쁘죠? 타오타오가 말했다. 응, 예뻐! 샤오친이 말했다. 어디가 제일 예뻐요? 타오타오가 손을 뻗어 샤오친의 허벅지를 더듬으면서 말했다. 바로 여기! 좀 보여줘. 꼭 팥 아이스케이크 같잖아. 샤오친이 말했다. 뭐하는 거예요? 간지러워요. 타오타오가 샤오친의 허벅지를 탁 쳤다. 샤오친은 까르르 웃으면서 집 안쪽으로 도망쳤다. 타오타오가 뒤쫓아갔다. 샤오친은 빨리 도망쳐 테이블과 침대를 지나쳤다. 눈처럼 흰 샤오친의 허벅지가 타오타오의 눈에 들어왔다. 침대 휘장 같았다. 손을 앞으로 뻗으면 샤오친의 몸이 만져질 것 같았다. 하지만 샤오친은 곧장 발코니까지 달아났다. 순간, 갑자기 하늘이 무너지고 땅이 꺼지는 듯한 굉음이 들렸다. 눈앞의 광경이 슬로비디오로 변했다. 철제 난간이 부러지면서 천천히 무너져내렸다. 난간은 여러 가닥으로 갈라져 흩어져버렸다. 샤오친은 두 손을 앞으로 뻗은 채 치마가 허공에 날리고 엉덩이도 허공을 날았다. 빛나는 두 다리가 보였다. 모기만 한 분홍빛 점이 보이고 하늘색 속바지가 보였다. 그런 다음 종아리와 발뒤꿈치, 발바닥의 작은 점이 보였다. 옆에 놓여 있던 치자꽃 화분도 함께 떨어졌다. 눈처럼 흰 꽃은 꽃받침이 아래를 향해 있고 화분도 바닥을 하늘로 향한 채 구멍을 드러내고 있었다. 우르르 소리와 함께 철제 난간과 철제 막대, 샤오친의 앙증맞은 발가락, 미처 피지 못하고 찢어져버린 하얀 꽃 몇 송이가 나비가 하얀 날개를 펴듯이 백양나무 아래로 줄줄이 날아 떨어졌다. 이어서 건물 아래서 우지직 소리가 들렸다. 썩은 나뭇가지가 꺾이는 소리였다. 갑자기 건물 전체가 시끌벅적해졌다. 타오타오는 발코니에 멍하니 서 있었다. 샤오친이 처연하게 외치던 소리가 귓가에 맴돌았다. 타오타오 씨!

파출소에서 즉시 경찰이 출동하여 집을 이리저리 살펴보고는 타오타오를 아래층 현장으로 데리고 내려갔다. 샤오친은 4층에서 곧장 1층 주민의 곁채로 떨어졌다. 석면 지붕을 뚫고 떨어진 것이다. 곁채 안에는 나무판자로 된 침대가 하나 있었으나 애석하게도 샤오친은 곧장 철제 틀 위로 떨어져 생명의 징후가 전혀 보이지 않았다. 타오타오는 눈물을 흘리며 경찰과 함께 밖으로 나왔다. 농탕 안은 이미 인산인해였다. 타오타오는 여러 해 전에 후성과 함께 농탕 남자의 간통 현장 급습사건에 관해 얘기했던 일이 생각났다. 두 눈에서 눈물이 솟고 마음은 찢기는 것처럼 괴로웠다. 이어서 파출소에서 진술이 이루어졌다. 샤오친이 건물에서 뛰어내린 경과와 두 사람의 감정 상태에 관해 진술했다. 샤오친에게 우울해하는 기색이 있었는지 없었는지도 타오타오는 사실대로 다 설명했다. 진술과 기록이 두 번씩 이루어졌다. 장張 경관이라는 사람이 들어와 다시 한번 물으려 하자 타오타오가 말했다. 다 말했습니다. 장 경관이 말했다. 끝까지 조사에 협조해주시기 바랍니다. 다시 한번 말씀해주세요. 타오타오는 대답하지 않았다. 장 경관이 말했다. 방안에서 도대체 어떤 일이 있었던 건가요? 정말로 숨바꼭질을 한 겁니까, 아니면 말다툼을 한 겁니까? 타오타오가 말했다. 둘이서 장난으로 치고받으면서 한 사람은 도망치고 한 사람은 뒤쫓고 그랬어요. 그러다가 발코니 난간에 부딪혔는데 철제 난간이 부식되어 있으리라고는 미처 생각 못했던 겁니다. 장 경관이 말했다. 장난으로 치고받는 게 어떤 건가요? 타오타오가 말했다. 그러니까 둘이 깔깔대고 웃으면서 제가 샤오친의 허벅지를 한 번 가볍게 쳤어요. 샤오친은 간지러운 것을 못 견디거든요. 장 경관이 물었다. 한 번 툭 친 겁니까, 아니면 한 대 때린 겁니까? 아팠던 거예요, 간지러웠던 거예요? 타오타오가 말했다. 장난치면서 한 대 툭 친 거라니까요. 장 경관이 물었다. 제가 그 말을 어떻게 믿겠어요? 두 분이 장난을 친 건지 아니면 말다툼을 동반한 가정폭력이었는지, 일부러 밀어서 떨어뜨린 건지 어떻게 알겠습니까? 타오타오가 말했다. 수사를 해보시면 될 게 아닙니까? 장 경관이 말했다. 좀 작게 말씀하세요. 좀 냉정하시라고요. 타오타오가 말했다. 분명히 장난이었습니다. 서로의 감정은 더없이 좋았고요. 우리는 한 번도 싸운 적이 없어요. 장 경관이 말했다. 모든 과정을 다시 한번 말씀해주세요. 타오타오가 말했다. 여러 번 얘기하고 여러 번 기록했습니다. 장 경관이 말했다. 이건 규칙입니다. 언제 어디서 누가 어떤 목적으로 누구를 상대로 어떤 도구를 사용하여 어떤 후과를 만들어냈는지 면밀히 따져봐야 하거든요. 이것이 이른바 '칠하七何 원칙'이라는 겁니다. 타오타오가 말했다. 이미 아주 입체적으로 구하九何 십하十何까지 다 설명했다고요. 장 경관은 대꾸하지 않았다. 타오타오가 말했다. 너무 기뻐서 그런 겁니다. 장 경관이 말했다. 그렇게 뭉뚱그리지 마시고 초 단위로 구체적으로 다시 한번 말해보세요. 타오타오는 모든 진술을 처음부터 다시 하는 수밖에 없었다. 장 경관이 말했다. 증명할 방법이 없잖아요. 두 사람이 즐거워서 장난을 한 건지 아니면 대판 말다툼을 벌인 건지 말이에요. 타오타오가 말했다. 제 변호사가 증명할 수 있을 겁니다. 아침 일찍 이혼합의서에 서명하고 돌아와 그 기쁜 소식을 전했어요. 더없이 기뻤지요. 장 경관이 말했다. 그러다가 불꽃이 튀겨 대판 말다툼을 벌였을지도 모르는 일이지요. 모든 게 혼외정사로 인해 새 애인이 아내를 걷어차게 한 것 아닙니까? 이혼할 수밖에 없게 된 터에 애인을 보자 화가 치밀었을지도 모르지요. 타오타오가 탁자를 쾅하고 내리치며 말했다. 진술하지 않겠습니다. 해봤자 헛수고잖아요! 장 경관이 말했다. 협조하는 태도를 좀 보여주세요. 이 사건에 책임이 있지 않습니까? 이때 다른 경관 하나가 팩스를 한 장 들고 왔다. 장 경관이 내용을 읽어보고 말했다. 서로의 감정이 나쁘지 않았군요. 타오타오가 말했다. 아주 좋았습니다. 장 경관이 물었다. 마지막으로 관계를 한 게 언제인가요? 타오타오가 말했다. 그런 것도 말해야 합니까? 장 경관이 말했다. 강제로 했나요, 아니면 자발적으로 했나요? 타오타오가 목청을 높이며 말했다. 말하지 않겠습니다. 장 경관이 말했다. 우선 잘 생각해보세요. 내가 다시 물을 테니까. 몇 사람이 밖으로 나가고 문이 닫혔다. 타오타오는 머리가 어리둥절하고 얼떨떨할 뿐이었다. 눈앞으로 샤오친의 꽃 같은 얼굴이 방실방실 웃으며 지나갔다. 발코니 난간에서 떨어지던 장면과 샤오친의 종아리, 백양나무 잎의 반사광도 함께 스쳐지나갔다. 일 분 일 초의 시간이 흘러갔다. 갑자기 불빛이 환해지더니 경찰 몇 명이 몰려들어왔다. 장 경관이 말했다. 돌아가서 통지를 기다리도록 하세요. 단지로 돌아온 타오타오는 집으로 들어가 여기저기를 헤집고 다녔다. 현실을 직시할 수 없었던 그는 택시를 한 대 불러 대욕장大浴場 상가로 가서 술을 몇 잔 마시고 캉캉춤을 구경했다.

아무런 느낌이 없었다. 집으로 돌아와 자고 나니 아침 일찍 파출소에서 전화가 왔다. 샤오친의 시골 형제 둘이 찾아왔다는 전갈이었다. 타오타오는 황급히 파출소로 달려가 그들을 맞았다. 약간의 말다툼을 피할 수 없었다. 그런 다음 샤오친 형제들을 음식점으로 데리고 가서 식사를 대접하고 방을 잡아주면서 들어가 좀 쉬게 했다. 오후에 후성에게서 전화가 걸려왔다. 후성이 놀란 목소리로 말했다. 타오타오 씨, 나는 지금 쑤저우에 있어요. 우선 냉정을 유지하는 게 중요합니다. 어차피 일어난 일이니 잘 수습해야 해요. 타오타오는 아무 말도 하지 않았다. 그날 저녁 타오타오는 샤오친 형제들과 저녁식사를 하면서 방 열쇠를 건네고 나서 자신은 사우나에서 밤을 보냈다. 다음날 아침 일찍 집으로 돌아와보니 집주인과 이웃들이 현장에 나와 있었다. 난간이 부서지고 1층 곁채의 지붕이 무너졌기 때문에 보상의 규모를 상의해야 했다. 관리소에서 나와 요란하게 두드리고 용접을 하여 난간을 수리했다. 두 형제는 샤오친의 유품을 뒤져 세심하게 정리했다. 그런 다음 다시 창고로 가서 샤오친이 보관해둔 물건들을 확인했다. 타오타오는 그들과 작별인사를 나눈 다음 화장장으로 가서 입관 의식에 참여했다. 모든 것이 마무리되자 타오타오는 무너지기 직전의 상태로 파출소로 가서 수사 결과를 확인했다. 장 경관이 서류를 한 장 꺼내면서 뜻밖의 사망사건이기 때문에 소송 없이 마무리할 예정이라고 말했다. 이어서 장 경관은 얇은 공책 하나를 타오타오 앞으로 내밀었다. 타오타오가 말했다. 이건 샤오친 겁니다. 장 경관이 물었다. 안에 적힌 내용을 읽어보셨겠지요? 타오타오가 말했다. 장사에 관한 세부사항과 개인적인 채무 등이 기록되어 있어 읽기 불편했어요. 장 경관이 무거운 표정으로 말했다. 가져가서 진지하게 읽어보세요. 타오타오가 공책을 받아 집으로 돌아와보니 두 형제는 쪽지를 남기고 와이탄으로 바람을 쐬러 나가 집에 없었다. 타오타오는 방안을 한 번 둘러보고 나서 사건 종결 보고서를 테이블 위에 올려놓았다. 그러고는 문을 닫고 아래층으로 내려와 택시를 한 대 불러 곧장 기차역으로 갔다. 가는 길에 그는 타이호에 사는 고객에게 전화를 걸었다. 호숫가에서 며칠 묵으면서 바람 좀 쐬고 싶다고 하자 상대방은 단번에 준비해주겠다고 말했다. 타오타오는 샤오친의 공책을 들춰보았다. 안에는 샤오친이 과거에 찍었던 촌스럽고 조잡한 모습의 사진이 몇 장 들어 있었다. 앞부분 열몇 쪽에는 주로 장사의 거래 내역과 일상에서의 생각과 단상들이 적혀 있었다. 또 몇 쪽에는 링즈와의 채무 및 거래관계와 액수 등이 적혀 있고 링즈가 제 잇속만 차리기 때문에 합작관계를 계속 유지하다가는 장사에 미래가 없을 것이라는 예측도 적혀 있었다. 작년 어느 날의 기록에는 저녁에 고향 이야기를 하면서 사실은 되는대로 대충 지어낸 이야기인데 뜻밖에도 테이블 가득 앉아 있는 바보들 모두 크게 감동했다는 이야기도 있었다. 다시 몇 쪽 뒤에는 타오타오가 줄곧 집적대면서 유혹의 몸짓을 보내고 있다. 이는 다장大江과 다름없이 수없이 보아왔던 수작이라 아무 관심도 없다고 적고 있었다. 몇 쪽을 더 넘기자 타오 아무개는 애당초 부드러움과 따스함을 모르는 사람이지만 그래도 그와 결혼하고 싶다. 우선 방법을 찾아 동거를 시작해야겠다. 둘이 한 가롭게 살고 싶다고도 썼다. 48쪽에는 냉정하게 좋은 마음을 유지해야 한다. 타오타오가 결혼 얘기를 꺼내면 반가운 티를 내지 말고 점잖은 표정을 유지해야 하지만 그럴 수 없게 된 것 같다고 썼다. 54쪽에는 아주 긴 기록이 남아 있었다. 모든 사람의 속마음을 알 수 없다. 익명의 전화를 한 사람은 자신이고, 팡메이는 자신의 상대가 되지 못한다고, 자신은 이제 타오타오뿐 아니라 누구에게도 웃는 얼굴을 보일 것이다. 표정을 드러내지 않으면서 미소를 유지하는 것이 가장 좋은 태도다라고 했다. 다시 몇 쪽을 넘기자 타오타오가 이번달 월세를 입금하는 것을 잊고서 희희낙락하고 있는데, 의도적으로 그러는 것인지 모르겠다. 다장에게서 몇 번 전화가 걸려왔다. 그는 뱃속 가득 교활한 심보와 잔꾀가 들어 있고 불구대천의 원수다. 그런 그를 좋아하긴 하지만 최근에는 그를 만나는 것이 불편하고 맘대로 연락할 수 있는 상황도 아니니 나중에 생각해봐야겠다고 했다. 또 어떤 쪽에는 웃는 얼굴을 유지해야 한다. 타오타오 씨의 이혼이 임박했다고 적고 있었다. 타오타오가 여기까지 읽었을 때, 열차가 역에 도착했다. 도처에 온통 사람들 천지였다. 타오타오는 혼자 이런저런 생각에 잠겼다. 지금이 몇시고 어느 세상에 와 있는지 실감이 나지 않았다. 만일 지금 혼자 타이호 옆으로 가서 만경창파를 바라보게 된다면 곧장 물속으로 뛰어들지도 모를 일이었다.

2

구식 축음기가 삭삭 소리를 내며 공회전하고 있었다. 하인이 축음기 헤드를 손에 들고는 양철상자에서 바늘을 하나 꺼내 헤드에 끼운 다음, 몇 번 흔들다가 〈도리쟁춘桃李争春〉 판을 얹었다. 볼륨을 약간 높이자 간드러지는 소리가 울려퍼졌다. 무척이나 추운 느낌이 들었다. 바이광이 입을 열더니 대사가 흘러나왔다. 당신 취했어요? 이어서 창이 시작되었다. 창밖에는 바다처럼 봄이 깊었는데, 묻건대 그대는 나를 사랑하오 안 하오? 묻건대 그대는 나를 사랑하오 안 하오? 후성이 일어나 전화를 받았다. 타오타오의 전화였다. 철경해당鐵梗海棠 나무 뒤쪽으로 화려한 무늬가 아로새겨진 창문 주랑에 하인의 그림자가 스치더니 금세 태호석을 돌아 양쪽에 맥문동이 심겨 있는 청벽돌 길을 따라 다양한 차와 간식을 내왔다. 간식은 단향檀香 올리브와 하얀 연근, 바람에 말려 말랑말랑한 올방개 뿌리, 백설탕에 절인 산사山楂 열매 등이었다. 후성은 전화를 받고 나서 다시 자리에 와서 앉았다. 아바오가 물었다. 창수에 있으면서 전화로는 왜 쑤저우라고 하는 거야? 후성이 말했다. 옛친구에게 아주 안 좋은 화가 닥친 모양이야. 아바오가 물었다. 어떤 사람인데? 후성이 말했다. 지금은 말하기 곤란해. 어쨌든 누군가 4층인가 14층에서 뛰어내렸대. 너무 놀라서 말도 잘 안 나오네. 쉬 사장이 말했다. 놀라운 일이군요. 쑤안이 말했다. 후 선생님이 쑤저우라고 말한 것은 창수의 소문이 안 좋아져서 그런 거예요. 후성이 가볍게 웃으면서 말했다. 당시 상황을 생각해보면, 미스 왕이 이 거대한 담장 안으로 들어와 남녀 여럿이 한데 모여 먹고 마시고 노래하며 즐기는 과정에서 자신의 비참한 운명을 슬퍼하다가 술기운에 의지하여 담력이 커졌으니 야릇한 감정을 피하기 어려웠을 거예요. 딩 사장이 말했다. 후 선생, 제가 옆에서 아주 오래 교양에 어긋나는 모습을 보인 것 같군요. 정말로 시를 읊어 이 사회를 묘사해도 될 것 같습니다. 후성은 빙긋이 웃으면서 아무 말도 하지 않았다. 딩 사장이 말했다. 사실 전족을 하고 가슴을 꽁꽁 동여맨 여자도 남자 생각을 할 수 있어요. 쑤안이 말했다. 입만 열었다 하면 빗나가는 얘기만 하시네요. 후성이 말했다. 한번은 샤오마오가 제게 그러더군요. 미스 왕은 지금 만화통이라고 말이에요. 계속 속임수의 방법을 바꾸면서 애당초 창수에 왔었다는 사실을 인정하지 않고 있대요. 쉬 사장이 물었다. 그 샤오마오란 분이 미스 왕의 남편으로 호구 등록했던 분이죠? 후성이 말했다. 네, 맞아요. 제가 미스 왕이 취해서 하는 얘기를 들은 적이 있어요. 여자의 일생은 우성의 남자를 찾는 것인데, 그게 쉽지 않다고 하더군요. 딩 사장이 말했다. 미스 왕도 우수한 종자를 찾으려고 하는데 그게 그리 쉽지 않대요. 쑤안이 말했다. 또 야한 얘기로군요. 후성이 말했다. 들리는 소문에 따르면 미스 왕은 이미 기억이 없다고 하더군요. 얼마나 많은 활동에 참가했고 얼마나 많은 종자를 찾았는지 기억하지 못한대요. 쑤안이 말했다. 부끄러움을 모르는 여자군요. 후성이 말했다. 샤오마오는 일리가 있다고 생각하더군요. 오이를 심든 수세미를 심든 좋은 종자를 구해야 한다는 거예요. 하물며 사람인데 어떻겠어요? 딩 사장이 웃으면서 말했다. 창수의 종자 상점 진열장에 아주 좋은 종자가 있지요. 쑤안이 말했다. 그런 얘긴 그만해요. 차나 마시자고요. 다들 간식 좀 드세요. 쉬 사장이 말했다. 최근에는 이곳이 확실히 썰렁해진 것 같아요. 두 분이 오셨으니 무슨 일이 있어도 저녁을 드시고 하룻밤 묵어가셔야 합니다. 후성이 시계를 들여다보면서 말했다. 말씀은 감사합니다만 저는 네시에 상하이로 돌아가봐야 합니다. 저녁은 다음 기회로 미루지요. 딩 사장이 말했다. 샤오마오 선생은 쉽지 않을 거예요. 미스 왕에 관해 또 어떤 소식이 있나요? 후성이 말했다. 태아를 보호중이라 성격이 좋아졌다 나빠졌다 하는 모양이에요. 정서가 불안정하고 걸핏하면 전화를 걸어 샤오마오를 찾는답니다. 샤오마오가 가면 먼저 나무인형처럼 서서 미스 왕이 온갖 원망과 불평을 늘어놓으면서 화를 분출하게 한대요. 그러고 나서야 샤오마오가 전해주는 이런 저런 소식과 다양한 이야기를 듣고 기분이 좋아진다고 하더군요. 쉬 사장이 말했다. 후 선생께서 이번에 돌아가실 때 저 대신 편지 한 통만 전해주세요. 샤오마오 선생에게 성의를 표해야 할 것 같습니다. 쑤안이 말했다. 그거야말로 맞지도 않고 죄를 자백하는 꼴이잖아요. 쉬 사장이 말했다. 세상에 나온 아기가 만에 하나 내 아이라면 어떻게 하겠소? 쑤안이 말을 가로챘다. 그건 만일의 경우에 다시 얘기해도 돼요. 후성이 말했다. 미스 왕은 줄곧 쉬 사장님을 미워했어요. 쉬 사장님과 쑤안 씨가 찾아와 위문을 할 수 있었다면 단 한 번이라 해도 마음이 아주 편해졌을 거라고 하더군요. 쑤안이 말했다. 꿈 깨라고 하세요. 모두 말이 없었다. 후성이 말했다. 다행히 샤오마오가 상황을 인계했지요. 샤오마오는 대단한 재주를 지니고 있어서 매번 미스 왕을 찾아갈 때마다 혀를 잘 놀려 미스 왕을 웃게 만들어요. 쑤안이 말했다. 저도 호기심이 생기는군요. 도대체 어떤 얘기를 하기에 그 못된 여자를 미소 짓게 만드는지 말이에요. 아바오가 말했다. 주로 야한 얘기를 늘어놓는 거예요. 쉬 사장이 말했다. 한번 말해보세요. 딩 사장이 말했다. 여사들이 한자리에 있을 때는 교양을 갖춰야지요. 쑤안이 말했다. 대략적인 내용은 말해보실 수 있잖아요. 후성이 말했다. 그게요. 아바오가 시계를 들여다보며 말했다. 다음에 다시 얘기하죠. 시간이 안 될 것 같아요. 상의해야 할 중요한 일이 하나 있거든요. 쑤안이 말했다. 아무리 정숙한 여자라 해도 호기심은 있는 법이에요. 대충이라도 얘기해보세요. 제가 알아서 새겨들을 테니까요. 후성은 아무 말도 하지 않았다. 쑤안이 말했다. 중요한 것은 이 타락한 여자가 어느 정도 타락했는지를 이해하는 거예요. 후성이 말했다. 샤오마오의 이야기는 민간의 전설과 자신의 경력 두 가지예요. 나중에 기회가 되면 직접 얘기해드리라고 할게요. 천정의 작은 연극무대에 경당목驚堂木*과 접이부채를 준비해놓고 직접 얘기해보라고요. 쉬 사장이 말했다. 샤오마오 선생이 혓바닥으로 연꽃을 뒤집을 정도로 화술이 뛰어나다면 봉투를 반드시 전달해야 할 것 같습니다. 딩 사장이 말했다. 그 가짜 원앙 한 쌍이 그렇게 매일 야한 얘기를 주고받다 보면 가짜가 진짜로 변하는 것 아닐까요? 후성이 말했다. 그럴 리는 없어요. 미스 왕이 임신 상태잖아요. 샤오마오도 최소한의 게임의 법칙은 알고 있거든요. 쉬 사장이 말했다. 다음에 꼭 샤오마오 선생을 모셔다가 상하이 농탕의 평화를 들어봐야겠네요. 쑤안이 물었다. 이야기의 요지와 중심사상은 어떤 건가요? 후성이 말

* 청나라 때 이후로 중국의 법정에서 법관이 탁상을 쳐서 죄인을 경고하던 막대기.

했다. 중심이라고 할 것도 없고 사상도 없어요. 그냥 멋대로 희롱하고 시시덕거리는 이야기지요. 쑤안이 말했다. 예를 들어보세요. 후성이 잠시 멍한 표정을 짓더니 입을 열었다. 당나라 때의 여제 무측천을 예로 들 수 있지요. 그녀는 태감들을 시켜 전국의 뒷간을 돌아다니며 물건이 훌륭한 남자들을 찾아 궁중으로 데려다가 수청을 들게 했어요. 한 번 맛을 보고 다음날 목을 베어버리는 식이었지요. 쑤안이 말했다. 그게 무슨 뜻이에요? 후성이 말했다. 매일 남자들을 궁으로 끌어들여 하룻밤을 같이 보내고 다음날 죽였다는 뜻이에요. 옥황대제께서는 계속 이대로 나가다가는 전국의 남자들이 하나도 남지 않고 깡그리 죽임을 당할 것 같다는 생각에 여두태세驢頭太歲*를 속세로 내려보냈지요. 딩 사장이 웃으면서 말했다. 저는 그다음 이야기를 알 것 같네요. 쑤안이 말했다. 왜 웃어요? 저는 처음 듣는 얘기란 말이에요. 후성이 말했다. 태세는 환생한 당나귀로 남다른 특징을 갖고 있었어요. 뒷간에만 가면 물건이 커지는 것이지요. 암행 태감들의 눈에 띄지 않을 수 없었겠지요. 태감들은 그의 물건을 보는 순간 놀라지 않을 수 없었어요. 황급히 그를 붙잡은 태감들은 나는 듯이 회궁하여 보고를 올렸지요. 보고를 들은 무측천이 속으로 회심의 미소를 지으면서 말했어요. 먼저 황궁의 화원에 가서 팔선탁을 차려놓고 곳감과 장기판을 준비하라. 내가 손으로 이야기할 터이다. 결과는 어떻게 되었을까요? 두 사

* 민간에 구전되는 당나귀 신. 정력이 좋은 젊은 남자로 변신시켜 무측천에게 들여보낸 결과 무측천이 임신하여 당나귀를 낳았다는 이야기가 전해진다.

람이 마주앉아 장기를 두기 시작하여 절반쯤 두었을 때 무측천이 갑자기 고개를 뒤로 젖히며 쓰러지고 말았어요. 극도로 만족한 것이지요. 이때부터 그녀는 남자들을 죽이지 않았고, 전국의 백성들이 편안하고 아름다운 생활을 영위할 수 있게 되었대요. 쑤안이 물었다. 그게 끝이에요? 후성이 말했다. 네, 끝입니다. 쑤안이 물었다. 그게 어디가 야하다는 거예요? 후성이 우물우물 얼버무리며 말했다. 대략적인 내용이 그렇다는 거예요. 샤오마오가 하는 얘기는 주로 이런 것들이지요. 쑤안이 말했다. 미스 왕에게 문제가 있네요. 이야기가 너무 허접하잖아요. 후성이 말했다. 사람들로 하여금 묻지 않을 수 없게 하려면 내용이 정교하고 재미있어야 하는데, 이는 세부적인 묘사에 달려 있지요. 쑤안이 말했다. 예를 들어 말해보세요. 쉬 사장이 말했다. 예컨대 무측천이 팔선탁에 얌전히 앉아 있었던 것 같지만 사실은 간부시험을 실시한 셈이지. 태세의 실력을 검증한 거예요. 두 사람이 서로 80센티미터 정도 떨어져 있는 상태에서 네 눈은 장기판을 보고 있지만 마음은 탁자 아래의 상황에 집중되어 있었던 거지. 결국 무측천은 소리를 지르면서 뒤로 넘어가고 만 거야. 쑤안이 갑자기 벌떡 일어서더니 얼굴이 빨개져 말했다. 그만, 그만해요. 뭔지 알겠어요. 알았으니까 한 글자도 더 말하지 마요. 정말 저질이네요. 지저분하기 짝이 없어요. 딩 사장은 히죽히죽 웃기만 했다. 쑤안이 말했다. 미스 왕이 이런 사람인 줄 진즉에 알았더라면 그날 이후로 내가 사냥개가 되었을 텐데. 쑤안이 몸을 홱 돌려 결채 안으로 들어가버렸다.

남자 넷이 약간의 간식을 곁들여 차를 마셨다. 쉬 사장이 물었다. 즈전위안 대연회의 손님들에 관해 메이 사장님에게 뭔가 새로운 계획이 있나요? 아바오가 말했다. 잘 모르겠습니다. 쉬 사장이 말했다. 제가 보기에는 리리 씨와 메이 사장의 관계가 보통이 아닌 것 같더군요. 아바오가 말했다. 한 사람은 연회의 여주인이고 한 사람은 음식점 주인이니까 지나치게 긴장됐을 거예요. 쉬 사장이 말했다. 리리 씨의 성격이 갈수록 안정적이지 못한 것 같아요. 신변의 남자들도 자꾸 바뀌고요. 최근에는 미국 국적의 중국인과 아주 다정하게 지내는 것 같더군요. 아바오가 말했다. 그건 처음 듣는 얘기네요. 쉬 사장이 말했다. 지난주에 리리 씨가 미국 고객들을 몇 명 데리고 이곳에 와서 밤을 보낸 적이 있어요. 아바오가 말했다. 그랬군요. 쉬 사장이 말했다. 제가 아주 정성껏 대접했지요. 차를 마시면서 설서 공연도 감상했어요. 리리 씨가 천정까지 와서 남자친구랑 프랑스식으로 얼굴을 맞대는 인사를 하더군요. 저녁을 먹은 뒤에는 술을 마셨어요. 두 사람은 서로 어깨동무를 하고서 제가 소개하는 옛날 레코드판으로 음악을 들었지요. 이곳 작은 무도실은 전등 조명이 아주 좋거든요. 음악이 시작되자 두 사람은 서로 꼭 껴안고 아주 느리게 춤을 추기 시작했어요. 나머지 남자 손님 둘에게는 제가 특별히 댄서 둘을 붙여주었어요. 그때 쑤안이 말했지요. 리리 커플은 이미 항구에 들어선 것 같네요. 특별히 큰 침대를 준비해줘야 할 것 같아요. 아이스박스에 샴페인도 재워두고 잔도 두 개 꺼내놓았지요. 촛불을 두 개 켜놓는 등 모든 준비를 다 해놓았는데 뜻밖에도 리리 씨가 버럭 화를 내더군요. 아바오는 말이 없었다. 쉬 사장이 말했다. 보통 남녀관계라는 것을 분명히 밝히려는 의도였지요. 쑤안도 그걸 알아채지 못한 채 각자 방으로 돌아가 쉬었어요. 리리가 쑤안과 한밤중까지 얘기를 나누고서야 진상을 알게 되었을 거예요. 아바오가 말했다. 생각지 못한 일이네요. 쉬 사장이 말했다. 다음날 리리 씨는 남자친구를 보고는 여전히 프랑스식으로 얼굴을 맞대는 인사를 하고 포옹과 입맞춤을 했어요. 그러고는 두 사람이 손을 잡고 천정의 화원으로 걸어가서는 마주앉아 아침식사를 했지요. 아바오는 시계를 들여다보면서 아무 말도 하지 않았다. 후성이 끼어들어 말했다. 시간이 꽤 늦었네요. 리리 씨 얘기는 나중에 다시 하지요. 중요한 일이 있어서 그만 가봐야 할 것 같습니다. 아바오가 말했다. 나중에 꼭 얘기해줘야 해. 딩 사장이 물었다. 14층에서 떨어진 얘기 말인가요? 아바오가 말했다. 이번에 창수에 온 것은 알려드릴 중요한 일이 있어서입니다. 이렇게 만났으니 말씀을 드려야겠지요. 후성이 말했다. 두 분께 말씀드리자면, 청동기 사진은 상당히 전문적이라 친구를 통해 청동기 감정의 권위자인 마청위안 선생께 보여드릴 예정인데 지금까지 아무런 얘기가 없네요. 출판사하고도 약정을 마친 상태입니다. 마 선생님의 제사題寫를 책 제목으로 하여 작업을 진행할까 합니다. 이래저래 기다리는 시간이 길어지다보니 저는 좀 조급해진 편입니다. 여러 차례 친구와 연락을 취한 결과 그제야 대답을 받아냈습니다. 후성이 여기까지 말했을 때, 모두 입을 다물고 있었다. 삭삭 레코드판 돌아가는 소리만 들렸다. 후성이 말했다. 결론적으로 말씀드리자면 이 골동품들은 충분한 감상 및 소장의 가치를 지니고 있습니다. 하지만 문제는 진품이 아니라는 겁니다. 엄밀히 말하자면 열몇 점은 청나라 말기의 모조품이고 나머지는 최근에 만들어진 모조품입니다. 딩 사장이 놀란 표정으로 물었다. 뭐라고요? 그러고는 갑자기 표정이 일그러지더니 두 눈을 꼭 감는가 싶더니 청벽돌 바닥으로 쓰러지고 말았다. 쉬 사장이 놀라서 그를 불렀다. 라오딩! 아바오가 다가가 딩 사장을 일으켜세웠다. 쉬 사장이 딩 사장의 인중을 톡 치자 딩 사장이 즉시 정신을 차리고는 크게 한숨을 내쉬며 말했다. 기절한 건 아닐세. 하인 둘이 달려가 딩 사장을 부축하여 일으켰다. 아바오가 말했다. 딩 사장님! 후성이 말했다. 그래도 낙관적인 소식입니다. 소장 가치가 있으면 되죠 뭐. 딩 사장이 숨을 고르면서 다소 정상을 회복했다. 하인 하나가 약을 가져왔다. 잠시 조용해지자 쉬 사장이 땀을 닦으며 말했다. 감정을 의뢰하기 전에 한 가지 고려하지 못한 게 있어요. 성의 표시를 좀 해야 했어요. 아바오가 말했다. 국제기준에 따르면 타이완의 고궁박물관 전문가를 포함하여 박물관 전문가들은 어떤 비용도 받지 않고 정식 감정도 하지 않는다고 하더군요. 마청위안 선생도 절대로 비용을 받지 않으세요. 참고로 자신의 의견을 제시할 뿐이지요. 후성이 말했다. 권위가 통하지 않았으니 마 선생님께 감정한 후에 제사를 부탁하는 일도 수포로 돌아가고 말았네요. 친구는 비용을 조금 지불하고 다른 외부 전문가에게 감정과 제사를 부탁하는 게 어떠냐고 하더군요. 어차피 현재 각 분야의 전문가와 권위자들에게는 부르는 게 값이라고 하지만 큰 비용 들이지 않고 처리할 수 있을 겁니다. 쉬 사장은 아무 말도 하지 않았다. 딩 사장도 말이 없었다.

후성이 말했다. 또다른 방법은, 잠시 접어두었다가 다시 치밀한 준비 작업을 거쳐 다시 시작하는 겁니다. 좀더 치밀하고 복잡한 계획이 필요하겠지요. 아바오가 기침을 한 번 했다. 후성이 말했다. 다른 성에 가서 활동을 벌이거나 국제 고고학술대회를 개최하는 것도 가능할 겁니다. 쉬 사장은 여전히 말이 없었다. 후성이 말했다. 어쨌든 방법은 있습니다. 쉬 사장이 물었다. 딩 사장 자네는 어떻게 생각하나? 딩 사장이 말했다. 생각을 좀 해보고 다음에 다시 얘기하세. 후성이 말했다. 딩 사장님께서는 조급해하지 마시고 우선 몸부터 잘 챙기셔야 할 것 같습니다. 쉬 사장이 말했다. 하늘이 무너져도 솟아날 구멍은 있는 법이야. 나는 딩 사장 자네의 심정을 이해하네. 결정적인 순간일수록 여유를 가져야지. 딩 사장이 몸을 조금 움직이면서 말했다. 난 먼저 가서 쉬어야겠어요. 아바오 사장님, 후 선생님, 먼저 실례하게 되어 죄송합니다. 하인 두 사람이 딩 사장을 부축하여 자리를 떴다. 모두 자리에서 일어나 눈빛으로 그를 배웅했다. 축음기는 이미 꺼져 있고 처마에서 참새들이 울어대고 있었다. 아바오는 입장이 조금 난처해졌다. 쑤안이 해당화 나무 뒤에서 걸어나왔다. 자수 레이스가 달린 장밋빛 치파오로 갈아입은 모습이었다. 발에는 매화가 수놓인 비단신을 신고 있었다. 가슴에는 산호 브로치를 달고 팔에는 산호에 상아가 상감된 팔찌를 끼고 있었다. 세 사람은 놀란 눈빛으로 그녀의 이런 모습을 감상했다. 쑤안이 웃으면서 말했다, 샤오마오 씨의 야한 이야기가 딩 사장님을 뒤흔들어 견디지 못하게 한 모양이군요. 쉬 사장이 그녀를 위아래로 훑으며 물었다. 그렇게 요염하고 아름다운 모습으로 치장한 이유가 뭔가요? 쑤안이 말했다. 외국에 있는 동창생 하나가 친지를 방문하려고 자딩에 왔어요. 모여서 함께 저녁을 먹는 자리가 있거든요. 저는 아바오 사장님 차를 타고 가기로 했어요. 아바오가 말했다. 같은 방향이잖아요. 후성이 말했다. 쉬 사장님과 딩 사장님도 함께 가세요. 셋이서 자딩에 가서 바람이나 좀 쐬고 오자고요. 쑤안이 말했다. 그건 안 돼요. 저녁 모임에는 여자 동창들이 많기 때문에 쉬 사장님이 가시면 일이 생길 게 뻔해요. 쉬 사장은 아무 말도 하지 않았다.

31장

1

아바오와 후성이 매번 병원으로 샤오마오를 찾아갈 때마다 침대 옆에는 여자 손님들이 있었다. 예컨대 2층 쉐 아주머니나 자오디, 쥐펀, 헤어살롱 세 자매 같은 사람들이었다. 어느 날 황혼 무렵, 두 사람이 엘리베이터에서 내리자 병실 복도에 두 여자가 등을 보이고 눈물을 닦고 있었다. 그러고는 총총히 두 사람을 향해 다가왔다. 뜻밖에도 란란과 쉐즈였다. 두 여자는 아바오와 후성을 보고서 잠시 몸을 떨었다. 란란은 눈썹 문신을 하고 온통 비췻빛과 푸른빛으로 치장하고 있었다. 여기저기 진주와 보석 장식도 눈에 들어왔다. 쉐즈는 몸이 풍만해져 무척이나 복스러운 모습이었다. 역시 조부潮婦*라 머리도 새로 하고 향수를 충분히 뿌린데다 명품 악어가죽 핸드백을 들고 악어가죽 플랫슈즈를 신고 있었다. 란란이 걸음을 멈추고 물었다. 쉐즈, 이 두 분은 누구야? 쉐즈는 대답하지 않고 웃기만 하면서 아바오를 뚫어지게 쳐다보았다. 후성이 말했다. 아주 오래 못 만났군요. 쉐즈가 말했다. 정말 공교롭네요. 란란이 애교 넘치는 어투로 말했다. 두 형제분은 지금도 단짝이 되어 함께 다니시네요. 밖에선 아무하고나 마구 어울리겠지만 말이에요. 겉모습은 전혀 변하지 않은 것 같아요. 정말 샘나네요. 아바오가 말했다. 두 분도 마찬가지예요. 원래의 모습 그대로예요. 란란이 말했다. 무슨 뜻으로 그렇게 말도 안 되는 소리를 하는 거예요? 저희는 감히 거울도 쳐다볼 수 없는 처지가 되었다고요. 그런 얘기는 그만하고 명함이나 꺼내보세요. 제가 저녁 살 테니까 같이 식사해요. 후성이 명함을 꺼냈다. 쉐즈는 창밖을 이리저리 두리번거리고 있었다. 아바오가 자리를 떠야 자신도 움직이려는 것 같았다. 아바오는 아무 말도 하지 않았다. 란란이 시계를 들여다보며 말했다. 미안해요, 저는 지금 급한 일이 있어서요. 나중에 다시 연락할게요. 란란이 쉐즈를 잡아끌고는 빠른 걸음으로 엘리베이터에 탔다. 아바오와 후성은 그 자리에 그대로 서 있었다. 후성이 말했다. 또 만나요. 두 여자의 향기와 표정, 낯빛, 실루엣이 엘리베이터가 있는 곳에서 단절되어 한 덩이 잿빛으로 변해버렸다.

두 사람은 병실로 들어갔다. 샤오마오가 신문을 내려놓으면서 말했다. 방금 두 자매가 간발의 차이로 떠났어. 후성이 말했다. 복도에서 만났어. 샤오마오가 말했다. 아주 오래 만나지 못했지. 이

* 결혼하고 아이도 낳았지만 여전히 패션에 민감한 부녀자를 말한다.

번에 퇴원하면 내가 주인이 되어 두 동생을 한번 초대할게. 아바오와 후성만 함께 식사하면서 얘기를 나눌 수 있게 말이야. 옛 연인들이 만나는 자리가 되겠지. 후성이 말했다. 그런 얘기는 나중에 하고 우선 몸부터 잘 보양하라고. 샤오마오가 물었다. 란란을 만나서 후성은 무슨 생각을 했어? 아바오가 말했다. 겉모습이 많이 변했더군. 샤오마오가 한숨을 내쉬며 말했다. 여인은 나이 먹는 것을 이기지 못하지. 옛날에 농탕에서 이사해 나온 뒤로 모두들 강호의 사람들처럼 서로 연락도 하지 않았어. 나중에는 대자명종이 완전히 철거되면서 모든 것이 끝나고 말았어. 십 년 전에 한번은 장닝 무도장에 간 적이 있는데, 지배인이 3월 8일 저녁에 여성 전문 무도회가 있다고 하면서 나더러 꼭 오라고 하더군. 명단에 이름을 올려놨다는 거야. 내가 왜 꼭 와야 하는지 물었더니 지배인이 말했어. 무도회를 조직한 쪽에서는 남자 손님 동원을 전적으로 무도장에서 책임져야 한다고 해요. 남자 손님이 많아야 여성 무객들이 썰렁한 테이블에 앉아 있지 않고 즐거운 시간을 보낼 수 있거든요. 샤오마오 씨는 꼭 와야 해요. 나는 그러겠다고 대답하는 수밖에 없었어. 그날 저녁에 나는 여자들 몇 명과 춤을 추는 임무를 맡았어. 이리저리 스텝을 밟으면서 삼십 분쯤 춤을 추었을 때, 그 자리에서 란란과 마주치게 된 거야. 정말 뜻밖이었지. 란란 옆에 쉐즈도 있었어. 그날 저녁 다들 허심탄회한 얘기를 나누면서 춤을 추었어. 그러고 나서 야참도 먹었지. 정말 즐거웠어. 덕분에 나도 후성과 아바오의 지나간 사랑을 알게 되었지. 이 두 여자와 나눴던 과거의 정분 말이야. 세상은 너무 좁아. 두 동생은 옛날을 상당히 그리워하더군. 젊었을 때의 혼인은 순조롭지 못했지만 어쨌든 결국에는 합자기업 사업가의 부인이 되어 복을 누리고 있더군. 늦게 찾아온 복이라고 할 수 있지. 여러 차례 특별히 모간산로로 날 찾아오기도 했어. 연락도 자주 했지. 지난번에는 내가 식사를 대접해야겠다고 마음먹고 이 두 동생을 생각했는데 애석하게도 발리섬으로 놀러가고 없더라고. 아바오가 말했다. 얘기를 너무 많이 한 것 같아. 우선 좀 쉬도록 해. 후성이 물을 따라주며 샤오마오에게 약을 먹였다. 샤오마오가 말했다. 이제는 몸이 많이 좋아졌어. 하루가 다르게 좋아지고 있지. 아주 좋아졌어. 란란은 내가 퇴원하면 나를 일본에 데려가 온천욕을 즐기게 해주겠다고 하더군. 후성이 물었다. 따메이메이 소식은 없어? 샤오마오가 말했다. 따메이메이는 과거에 나비처럼 여기저기 마구 날아다녔지. 결국 안후이로 날아가 날개가 잘리고 말았어. 평범하고 도덕적인 생활을 하고 있지. 아이를 둘 낳고 몇 년 전에 상하이로 다시 배정되었어. 모습이 완전히 변했더군. 과가루 밑에 작은 탁자 하나에 의자 두 개 놓고 욕심 없이 혼돈과 소룽포 장사를 하고 있었어. 브래지어도 하지 않고 앞치마만 하나 둘렀더라고. 아주 넓은 바지통이 마구 주름이 잡혀 있고 지저분했어. 머리칼도 좀 엉클어져 있더군. 손가락은 꼭 장작개비 같았어. 매일 음식을 만들어 팔면서도 생활에 만족하고 있더라고. 후성이 말했다. 란란이 같이 있었더라면 쉐즈처럼 끌고 다니거나 나비처럼 이리저리 날아다녔을 거야. 샤오마오가 말했다. 맞아, 그건 그래. 이혼하고 다시 결혼했어도 마음을 편하게 먹고 기분좋게 생활하고 있으니 복이 찾아올 거야. 아바오가 말했다. 사람은 동물과 다를 게 없어. 소나 말은 매일 고되게 일을 하지. 일하지 않으면 밥을 먹을 수 없으니까 말이야. 그런데 어떤 사람들은 고양이나 나비가 되어 평생 먹고 놀면서 이리저리 구경만 다녀도 여전히 복을 누리고 살아. 샤오마오가 말했다. 란란의 남편은 사업을 크게 하고 있고 배경도 상당히 든든하대. 나란히 붙어 있는 별장을 두 동이나 소유하고 있고 가정부가 일곱 명이나 있어서 24시간 따뜻한 음식을 대령한대. 사람들이 주야로 왕래하기 때문에 주차장에는 항상 자동차들이 가득하다고 하더군. 마작을 할 수 있는 공간이 따로 마련되어 있어 지폐를 상자에 담아 나른다고 하더라고. 란란은 줄곧 나를 도와주고 싶어하면서 남편 회사에 출근하라고 하지만 나는 아무 말도 하지 않았어. 예수님이 그러셨거든. 채소를 먹으면 서로 사랑하게 되지만 살찐 소를 먹으면 서로 원망하게 된다고 말이야. 사람의 운명은 뭔가를 억지로 구하려고 하면 안 돼. 나는 지금 경비원으로 일하면서 소규모로 주식거래를 할 수 있는 것으로 만족해. 후성이 말했다. 그다음에는 어떻게 됐는데? 샤오마오가 말했다. 한번은 내가 야간근무를 하고 있는데 란란에게서 전화가 왔어. 나더러 빨리 여권 수속을 하라는 거야. 란란과 쉐즈를 포함해서 부인들 다섯이랑 태국으로 놀러가는데 같이 가자는 거였지. 내가 말했어. 나더러 다섯 부인을 안고 춤을 추라고 하면 이 늙은 몸은 서너 시간 만에 녹초가 되고 말 거야. 게다가 외국에 나가면 나는 장님이나 마찬가지라고. 란란이 말했어. 자매가 함께 바람 좀 쐬러 가려는 것은 홀가분하게 자유를 누리기 위해서예요. 신변에 믿을 만한 남자가 계속 함께 있어야 마음을 놓을 수 있잖아요. 이리저리 생각해봤지만 샤오마오 오빠밖에 없더라고요. 다른 남자들은 못 믿겠더라고요. 옆에 있던 쉐즈가 맞장구를 치더군. 모든 비용은 우리 남편 회사에서 정산해줄 거예요. 두 사람이 나를 붙잡고 반시간이나 졸라댔어. 결국 그러겠다고 약속했지. 이어서 휴가를 내고 손님들을 모시기 시작했어. 처음 비행기를 타는 터라 좀 놀라긴 했지만 나도 필경 남자잖아. 일정 내내 여자들을 안심시키면서 짐도 대신 들어주고 웃기는 얘기도 많이 해줘야 했지. 확실히 웃기는 얘기들을 적지 않게 했어. 그렇게 부인네 다섯을 데리고 아주 즐겁게 태국에 도착했지. 그날 저녁에 란란이 내게 카드가 한 장 들어 있는 봉투를 건네면서 말했어. 우리 다섯 자매는 이제 외출할 거예요. 여자들이 돈을 쓰는 곳마다 샤오마오 오빠도 같이 가서 바람 좀 쐬도록 해요. 여자를 하나 구해 재미있게 놀라고요. 내가 아무 말도 하지 않았더니 란란이 말했어. 이곳은 안전하고 편리해요. 한 번도 풍기문란 단속이 없었으니까 안심하라고요. 옆에서 쉐즈도 거들더군. 샤오마오 오빠는 숫총각 아니지요? 란란이 말했어. 숫총각일지도 몰라. 쉐즈가 말했어. 그냥 홀아비겠지. 란란이 말했어. 샤오마오 오빠가 홀아비인지 플레이보이인지 모르겠지만 춤추는 자세를 보면 오랫동안 여자 맛을 보지 못한 남자라는 걸 알 수 있지. 한 달 반 만에 여자 맛을 볼 수 있다면 그것으로 이미 대단한 거지. 내가 말했어. 다섯 자매가 밤에 외출하는데 내가 옆에 있지 않으면 정말 마음을 놓을 수가 없을 것 같아. 외국인데다 나쁜 사람도 많잖아. 납치당하지 않도록 조심해야 한다고. 란란이 냉소하면서 말했어. 멍청한 소리 작작 해요. 정말로 납치당한다 해도 우리 남편이 돈을 주고 풀려나게 할 거라고요. 돈 걱정은 말고 두 명 더 불러 즐기세요. 다섯 여자가 헤헤 웃으면서 밖으로 나갔지. 그날 저녁, 나는 혼자 문을 나섰어. 기사가 카드의 주소를 보더니 나를 어떤 곳으로 데려다주더라고. 안으로 들어서니 너무나 화려한 모습에 눈이 부실 정도였어. 얼마 후 나는 비교적 평범해 보이는 여자를 골라 방으로 들어갔지. 교태와 애교가 넘치는 태도로 정말 전심전력으로 온갖 서비스를 다 해주더라고. 다음날 아침, 다섯 자매가 함께 아침을 먹는 자리에서 나더러 어제저녁에 있었던 일을 얘기해달라고 하더군. 나는 다섯 자매에게 어제저녁에 별문제가 없었는지, 다들 어디어디에 갔었는지, 어떤 프로그램이 있었는지 물었어. 다섯 자매는 고개를 숙인 채 소리 없이 웃기만 할 뿐 아무 말도 하지 않더군. 내가 자신의 경험을 솔직하게 다 얘기해주는 동안 다섯 자매는 흥미진진한 자세로 경청했지. 그 가운데 한 동생이 말했어. 보아하니 샤오마오 씨는 여자 하나로는 부족할 것 같군요. 오늘 저녁에는 두세 명을 한꺼번에 불러보세요. 한번 황제가 되어보는 거죠. 비용은 제가 다 책임질게요. 내가 말했어. 동생, 내가 솔직하게 말할게. 쉐즈가 끼어들어 재촉하더군. 어서 말해보세요. 내가 말했지. 사실 남자는 여자만 못해. 남자로서 황제가 되는 사람들은 일반적으로 죽을 상이지. 그럴듯한 능력을 유지해야 하거든. 아무리 해도 무측천이 되지는 못한단 말이야. 여자보다 능력이 모자라는 거지. 다섯 자매가 동시에 까르르 웃음을 터뜨렸어. 쉐즈가 말했어. 황제는 그래서 일찍 죽는 거예요. 내가 말했지. 그래, 맞아. 남자가 장수하려면 먼저 오십 년 동안 독와환獨

臥丸*을 먹어야 한다고 옛날 책에도 쓰여 있잖아. 쉐즈가 듣고는 유리 탁자 위에 이 세 글자를 쓰면서 자기가 쓴 것이 맞느냐고 묻더군. 내가 맞는다고 하자 쉐즈가 말했어. 종이 휘장의 매화도 홀로 자는데 남자가 혼자 누워버리면 여자가 괴롭지요. 내가 말했어. 멍청하긴! 이건 그냥 하는 말이라고. 몇이나 되는 남자들이 감히 그런 첩약을 먹겠어? 마지막으로 쉐즈가 편지봉투를 하나 꺼내 내밀더군. 란란이 말했어. 오늘 저녁에 샤오마오 오빠는 큰마누라와 작은마누라를 동시에 방으로 불러 오랜만에 회포를 풀어보세요. 내가 깜짝 놀라면서 받지 않으려 하자 란란과 쉐즈가 화를 내더군. 쉐즈가 말했어. 오빠, 돈은 손에 쥐고서 땀에 젖게 하라고 있는 게 아니라 쓰라고 있는 거예요. 나는 아무 말도 하지 못했지. 그날 저녁, 다섯 자매는 또 함께 외출했어. 나는 다시 어제 그 평범한 여자를 찾아가기로 마음먹었지. 가보니까 여자들이 정말로 많더군. 화려한 꽃들의 세상이라 눈이 너무 어지러워 그냥 되는대로 한 명 부르는 수밖에 없었어. 방에 들어오자마자 야릇한 향기가 진동하더군. 모든 걸 다 갖췄더라고. 만남이 끝날 무렵, 여자가 갑자기 보통화로 나를 사장님 오빠라고 부르는 거야. 그 자리에서 깜짝 놀라고 말았지. 여자가 말했어. 한번 말씀해보세요. 이곳이랑 중국 둥관東莞 중에 어디가 더 좋아요? 나는 빙긋이 웃고 말았지. 다음날 아침 식사 자리에서 나는 또 사실대로 보고했어. 뜻밖에도 다섯 자매 모

* 『삼국야사』에 나오는 약 이름으로 남성이 장기간 성욕을 절제할 수 있도록 도와주는 보조 약물이다.

두 일제히 화를 내면서 내 안목이 형편없다는 둥, 머리에 병이 있냐는 둥, 왜 그런 중국 여자를 불렀냐는 둥 질책을 하는 거야. 내가 국내 여행을 한 거나 마찬가지라면서 공연히 여권을 만드느라 큰 손해를 봤다고 하더라고. 어쨌든 다섯 자매는 내게 너무나 잘해줬어. 상하이로 돌아오니 경비실의 몇몇 동료들이 나를 옛 창고로 끌고 가더니 외국에 나가서 있었던 일들을 얘기해달라고 조르더라고. 솔직하게 다 얘기해주었지. 그랬더니 빙 둘러앉아 얘기를 듣던 사람들이 아무 말도 하지 않아 창고 안이 놀라울 정도로 고요했어. 내가 이제 가도 되겠냐고 물었는데도 다들 아무 말도 하지 않는 거야. 내가 조용히 일어서서 나오려는 순간 경비팀장이 한마디 하더군. 샤오마오, 자넨 정말 사람답게 사는군. 나는 아무 말도 하지 않았어. 팀장이 또 말했어. 나도 그런 호사 한번 누려봤으면 죽어도 여한이 없겠네. 내가 말했지. 태국에 한번 가보세요. 비용도 그리 많이 들지 않아요. 경비팀장이 말했어. 어림없는 소리 말게. 샤오마오 자네는 얼마든지 그런 호사를 누려도 전혀 부담이 없지 않나? 아이도 없으니 말이야. 여기 있는 이 말없는 남자들의 궁상을 좀 보라고. 애들 먹여야지, 입혀야지, 학비 대야지, 게다가 집도 사야 하지 않나? 내가 태국에 좀 다녀와야겠다고 입을 열었다가는 우리 마누라가 달려들어 내 목부터 자른 다음에 얘기하자고 할 걸세. 팀장은 여기까지 말하고 나서 눈물을 흘리더라고. 다른 사람들도 일제히 벙어리가 된 것처럼 말이 없더군. 내가 말했어. 정말 미안해요. 내가 얘기를 잘못했어요. 사실 저는 자산계급 부호의 후광을 입어서 갔던 거예요. 예수님도 말씀하셨지요. 미색을 탐하지 말고 여인의 눈을 유혹하지 말라고 말이에요. 이번 출국은 사람답게 놀다 온 게 아니라 귀신이 되었던 거예요. 완전히 무뢰한이 되어 놀다 온 거죠. 장차 이에 대해 마땅한 보응이 있을 거예요. 죽어서 지옥에 가게 될 거라고요. 모두 말이 없었지만 분위기는 조금 나아진 것 같았어. 나는 마음속으로 정말 괴로웠어. 생각해보니 춘샹이 죽지 않았다면 나도 가정이 있는 남자이고 공장은 일찌감치 문을 닫은 상태일 텐데 이런 돈을 받았다면 아마도 부부가 매일 말다툼을 했을 거야. 그러니 어떻게 정분을 찾고 어떻게 외국에 나갈 수 있었겠어? 머리도 일찌감치 백발이 됐을 텐데 말이야.

샤오마오가 여기까지 얘기했을 때, 후성과 아바오는 말이 없었다. 옆 병상에는 환자를 보기 위해 찾아온 가족들이 있었다. 노인은 경직이 시작된 시신처럼 일어서보려고 애썼지만 손이 침대에 묶인 상태라 꼼짝도 못했다. 노인이 소리쳤다. 엄마! 엄마! 후성이 말했다. 얘기가 아주 아기자기하고 재미있지만 사실은 아주 슬프네. 샤오마오가 말했다. 며칠 전에 팀장이 나를 만나러 와서는 태국 얘기를 또 꺼내면서 사람 노릇을 제대로 하고 왔다고 하더군. 내가 태국에 가서 아주 만족스럽게 즐기고 왔으니 입과 눈을 닫고 화장터로 가도 억울하지 않을 것 같다는 거야. 아바오가 말했다. 그런 헛소리는 무시해버리고 앞으로는 생각을 적게 하고 최대한 휴식을 취하도록 해. 샤오마오가 말했다. 의사는 내게 조용한 휴양을 권하더군. 후성이 말했다. 안색이 좀 좋아진 것 같아. 샤오마오가 말했다. 수술이 순조롭게 이루어졌고 기분도 아주 좋아. 며칠 후에는 퇴원할 수 있을 것 같아. 후성이 말했다. 아직 너무 일러. 샤오마오가 말했다. 병상이 모자란 실정이야. 퇴원한 뒤에 날 보살펴줄 사람이 없으면 요양원에 연락해서 일단 입주해 천천히 보양하면 된대. 후성이 말했다. 집으로 돌아가도 조용히 보양할 수 있을 거야. 2층 쉐 아주머니에게 좀 보살펴달라고 하면 되잖아. 아바오가 말했다. 내가 보기에 쉐 아주머니는 아주 현혜한 여자인 것 같더군. 샤오마오가 말했다. 너희 둘이 웃는 건 두렵지 않지만 우리 엄마가 여러 차례 경고하셨어. 2층에 사는 여자들은 절대 조심해야 한다고 말이야. 과거에 2층에 살았던 인펑과 자오디, 지금의 쉐 아주머니를 엄마는 계속 의심의 눈초리로 보고 있어. 아바오는 아무 말도 하지 않았다. 후성이 말했다. 어머니가 생각이 너무 복잡하시군. 쉐 아주머니는 나이가 있는데 무슨 일이 일어날 수 있겠어? 아바오가 말했다. 2층 여자들 전부 문제가 있다면 상하이 전체가 반란을 일으키고 말 거야. 후성이 말했다. 2층이건 1층이건 간에 홀아비나 과부는 슬쩍 스치기만 해도 불이 붙기 마련이지. 샤오마오가 목소리를 낮춰 말했다. 나는 그럴 리 없어. 쉐 아주머니는 예순이 넘은 여자라고. 후성이 말했다. 보기에는 갓 쉰 넘은 것 같던데. 샤오마오가 말했다. 아주머니는 남편이 일찍 세상을 떠났기 때문에 여러 번 연애를 했지. 마지막으로 퇴역 간부랑 연애를 했는데 역시 심하게 말다툼한 뒤로 마음을 접은 상태야. 후성이 말했다. 남녀가 감정을 따지는 단계가 되면 문제가 생기기 마련이지. 샤오마오가 말했다. 그래, 맞아. 원로 간부라면 빈손이라는 뜻이잖아. 진지하게 계산해보면 아무리 해도 집안에 남은 게 가래통 하나밖에 없을 거라고. 국가에서는 돈을 쓸 데가 여전히 아주 많거든. 그런데도 쉐 아주머니는 그가 마음에 든다고 계속 사귀기로 하고 그다음에 또 만났어. 아주 무더운 날이었지. 쉐 아주머니가 돌아와서는 피부가 너무 민감해서 감당이 안 되어 그만 끝내야겠다고 하더라고. 후성이 물었다. 두 사람이 수영을 하러 갔었나 보군? 샤오마오가 말했다. 밤에 공원에 갔대. 쉐 아주머니가 치마를 입고 아주 단정한 모습으로 가서 함께 나무 아래 앉았대. 원로 간부는 사상이나 정서를 얘기하지도 않고 혁명 이야기도 하지 않았대. 앉은 지 오 분 정도밖에 안 됐는데 팔로 쉐 아주머니의 허리를 감으면서 쉐 아주머니의 피부가 아주 매끄럽다고 하더래. 아주머니는 깜짝 놀라서 농탕으로 도망쳐 왔다고 하더라고. 쉐 아주머니 말로는 아주 오랫동안 태평했던 허리 부위의 피부에 원로 간부의 손이 스르르 뱀처럼 휘감아오자 온몸에 땀이 나더래. 이 늙은이는 말은 일찌감치 혁명에 참가했다고 하면서 머릿속은 온통 여자밖에 없었던 거야. 후성이 말했다. 원로 간부들 중에는 여러 가지 유형과 등급이 있어. 이런 행동을 한다는 것 자체가 감정과 사상이 있다는 것을 의미한다고. 샤오마오가 말했다. 허리가 사상과 무슨 관계가 있다고 그래? 쉐 아주머니가 너무 쉽게 긴장해서 그런 거지. 나중에. 후성이 말했다. 아, 그래, 그다음이 또 있군. 샤오마오가 목소리를 낮춰 말했다. 이때부터 왠지 허리가 편치 않더래. 아바오가 말했다. 설서 선생께서 최대한 더 지어내봐. 샤오마오가 말했다. 진짜야. 내가 오랜 형제들 앞에서 양춘면陽春麵*을 팔면서 어

* 중국 강남지역에서 흔히 볼 수 있는 가장 간단한 형태의 국수.

떻게 고명을 얹어 팔지 않을 수 있겠어? 고명이 없으면 너무 재미가 없잖아. 어느 날 점심식사를 마쳤을 때쯤 쉐 아주머니가 내 방에 와서 말했어. 샤오마오, 내 허리가 불편한데 안마 좀 해줄 수 있겠어? 내가 안마를 할 줄 모른다고 하자 아주머니가 또 말했지. 누구나 다 하는 걸 왜 모른다는 거야? 샤오마오는 권투를 배운 적도 있잖아. 농탕 안에서 아저씨들의 뻣뻣해진 목 근육을 풀어주고 어깨 관절을 눌러 통증을 없애주는 일도 많이 했잖아. 이 아주머니는 처음이잖아. 왜 내 몸은 시원하게 해주지 못하겠다는 거야? 샤오마오가 이렇게 튕기는 걸 보니 나한테 다른 요구사항이 있는 것 같네. 내가 고개를 가로저으면서 말했지. 아무런 요구도 없어요. 저는 세 발 고양이처럼 어설프게 흉내만 내는 거라서 그래요. 확실한 전문 지식이나 방법을 갖추고 있지 못하다고요. 나는 이렇게 말하면서 얼른 자리에서 일어섰어. 이날은 건물을 통틀어 나랑 아주머니 두 사람밖에 없었지. 건물 사이를 가로지르는 바람이 시원하게 불어왔어. 나는 아주머니가 먼저 집에 들어가는 것이 정상이라고 생각했어. 하지만 탁 하고 아주머니 집의 문이 닫히는 순간, 이게 아닌데 하는 생각이 들더라고. 아주머니가 뒷문으로 들어가기에 나도 재빨리 따라 들어갔어. 방이 너무 좁아 큰 침대 옆에 두 자 정도의 빈 공간이 있더군. 내가 물었어. 아주머니, 어디가 불편하다고 그랬죠? 아주머니가 블라우스를 들추며 허리부터 허벅지까지 전부 쑤시고 아프다고 하더라고. 내가 말했지. 아주머니, 차라리 저 바깥쪽 큰방으로 가서 네모 의자에 바로 앉으세요. 괄사刮痧*를 해드릴까요, 아니면 안마를 해드릴까요? 아주머니가 말했어. 밖은 너무 밝아서 좀 불편해. 그냥 여기서 해줘. 아주머니의 말에도 일리가 있었어. 뒤채는 좀 어두워서 침대 위에 돗자리를 하나 깔면 아주 조용하고 시원하거든. 내가 좋다고 했더니 내 말이 떨어지자마자 아주머니는 상의를 가슴 위로 끌어올리고 치마를 종아리까지 내리더라고. 내가 놀라서 말했지. 아니, 아주머니, 아주머니! 아주머니는 아무 말도 하지 않고 침대에 그대로 엎드리더라고. 내게 등을 보인 채로 전신을 평평하게 폈어. 견갑골에서 무릎까지 전부 매끄럽고 빛이 나더군. 나는 놀라서 기절할 뻔했어. 작은 방은 어둡고 돗자리는 간장색이었지. 그런 가운데 눈처럼 흰 몸이 엎드려 있는 거야. 한밤중에 광주리 안에 산둥 흰 무나 칼로 썬 하얀 만두가 놓여 있는 것 같았지. 온몸이 눈처럼 하얀 것이 반점 하나 찾아볼 수 없었어. 나이를 가늠할 수 없었지. 나는 겉으로는 아무런 티를 내지 않았지만 속으로는 가슴이 몹시 뛰고 있었어. 내가 아주머니에게 물었지. 쑤시는 데가 어디예요? 아주머니가 말했어. 손으로 눌러봐. 내가 손으로 한 곳을 누르면서 물었지. 여기군요. 맞아요? 그러면서 속으로 물었어. 이제 어떻게 하지? 어떻게 하나! 스스로 무덤을 팠네! 후성이 물었다. 그래서 어떻게 했어? 아바오도 물었다. 어떻게 하는지 몰랐다고? 후성이 물었다. 그다음에는 어떻게 되었는데? 샤오마오가 주위를 둘러보고는 목소리를 낮춰 말했다. 이리저리 생각하다가 자신에게 말했어. 나 샤오마오는 그런 사람

* 급성 위장염 따위에 쓰이는 중국의 민간요법으로 동전에 물 또는 기름을 묻혀 환자의 가슴이나 등을 긁어서 국부를 충혈시킴으로써 위장의 염증을 경감시키는 것.

이 아니야. 보이는 게 많아도 침착해야 해. 나 샤오마오는 경험이 많은 남자야, 진짜 남자라고. 그러면 안 돼, 안 된다고. 후성이 말했다. 갈수록 목소리가 작아지네. 좀 크게 얘기해봐. 샤오마오가 침을 한 번 삼키고 주위를 둘러보고 나서 말했다. 사람이 이런 지경에 처하면 사나흘을 굶었는데 눈앞에 희고 말랑말랑한 만두를 누군가 칼로 먹기 좋게 썰어놓은 것을 보고 있는 것과 같지. 볼 수도 있고 만질 수도 있고 먹을 수도 있는 거야. 하지만 나는 절대 먹을 수 없었어. 사상에 변화가 있어야 했거든. 절제해야 했어. 정말로 쉽지 않더군. 너무 힘들어서 이를 앙다물었어. 눈앞에 새하얀 만두가 있는데 생각을 바꿔야 했기에 한 덩이 동유석회桐油石灰, 석고상, 백시멘트가 놓여 있는 것으로 억지 상상을 해야 했어. 고생을 할 만큼 했는데 이런 상황은 정말 참기 힘들더군. 아바오는 믿을 수 있겠지? 아바오가 말했다. 믿어. 샤오마오가 물었다. 후성은 믿어? 후성이 말했다. 정말 난처하네. 이런 이야기는 지어낼 수 있는 게 아니잖아. 샤오마오가 말했다. 나는 아주머니의 등을 한참이나 누르고 주물렀어. 아주머니는 콧노래를 부르더군. 내가 말했어. 아주머니, 아무 말도 하지 마요. 소리 좀 내지 말라고요. 밖에서 들으면 어떻게 하려고 그래요? 아주머니가 말했어. 건물 전체를 통틀어 우리 둘밖에 없는데 흥얼거리지 않으면 좀 불편해서 그래. 후성이 말했다. 죽겠네. 현장법사도 이런 고된 시험은 견뎌내지 못할 거야. 샤오마오가 말했다. 나는 그저 입을 다무는 수밖에 없었어. 마음을 분산시키려고 옆에 있는 쑤저우하를 생각하고 한동안 피웠던 담배 상표를 생각하고 수호전의 백팔 장수들 이름을 하나하나

외웠지. 호보의呼保義를 생각하면서 한 번 누르고 구문룡九紋龍을 생각하면서 한 번 주무르는 식이었어. 나중에는 위아래로 안마를 하면서 척추에서 허벅지까지 규칙에 따라 두 번씩 했지. 마오 주석님 어록을 생각하니까 고통스러운 것도 두렵지 않고 죽음도 두렵지 않았어. 우리 엄마는 영수님을 생각하기만 하면 눈이 밝아진다고 하셨거든. 춘샹은 훔친 물은 달고 훔친 떡은 맛있다면서 어려움 속에서 의지할 수 있는 것은 하느님밖에 없다고 말했지. 내게 무슨 방법이 있겠어? 계속 그렇게 해나가야 했지. 마음속으로 하느님의 말씀 두 구절을 외우면 두려울 것이 없었어. 안마를 하다보니 온몸에 땀이 나더군. 아주 쉬웠어. 아주 좋았어. 광명을 찾은 느낌이었어. 사상이 변화된 거야. 레이펑이 될 수 있었어. 얼마든지 여색을 멀리할 수 있었지. 안마 의사는 세상에서 가장 힘든 직업인 것 같아. 결국 삼십 분 정도 안마를 하는 쉴새없이 누르고 주무르고 질문을 하면서 아주머니의 체면을 세워주었어. 나중에는 아주머니가 아무 소리도 내지 않더군. 내가 말했어. 아주머니, 됐어요. 이제 일어나셔도 되요. 아주머니는 아무 말도 하지 않더군. 내가 밖으로 나와 좀 쉬고 있는데 아주머니가 옷을 다 입고 나오더라고. 여전히 아무 말도 하지 않았어. 별로 좋지 않은 안색으로 고개를 숙이더니 문을 열고 밖으로 나갔지. 쾅하고 문이 닫히더니 그렇게 가버렸어. 고맙다는 말 한마디 안 하더군. 그뒤로 사흘 동안 쉐 아주머니는 나를 보고서도 아예 본체만체했어. 샤오마오는 얘기를 멈추고 물을 한 모금 마셨다. 후성은 아무 말도 하지 않았다. 아바오도 말이 없었다. 간호사가 들어와 약을 나눠주었다. 옆 병상의 노인에게로 다가가자 노인이 굳은 시신처럼 일어나 앉으려고 몸부림치면서 손이 침대에 묶인 채 소리를 질렀다. 엄마! 엄마야! 후성이 말했다. 샤오마오가 참지 않았으면 어떻게 됐을까? 사실 나이는 문제가 되지 않아. 샤오마오가 말했다. 쉐 아주머니는 딸이 넷이나 돼. 하나같이 대단한 딸들이지. 친정에 자주 와. 넷째 사위도 함께 말이야. 나를 보고도 완전히 얼굴에 철판을 깔더군. 본체만체하면서 드나드는 거야. 만약에 어떤 일이 있었다면 아주머니의 성격도 잘 알지 못하는데 매일 안마를 해주고, 그럴 때마다 애교를 부리면서 신음소리를 냈을지 모르지. 매일 그 짓을 한다면 나는 돌절구를 머리에 이고 전통극의 창을 하는 꼴이 되었을 거야. 딸과 사위가 합쳐서 여덟 명인데다 농탕에 남녀노소가 있는데 그 많은 사람들이 어떤 반응을 보이게 되고 어떤 결과가 나오게 될까? 나는 우리 엄마한테 뭐라고 얘기해야 할까? 그뒤로 사람답게 사는 건 불가능한 일이었겠지.

2

후성이 전화를 받았다. 메이루이가 말했다. 후성 씨 지금 바빠요? 후성이 말했다. 메이 사장님이시군요? 메이루이가 말했다. 낯선 사람도 아닌데 그냥 메이루이라고 불러요. 후성이 물었다. 무슨 분부하실 일이라도 있으신가요? 메이루이가 말했다. 한 가지 사적인 일로 문의를 좀 할까 해서요. 음, 그러니까 제 이혼과 관련된 후

속문제예요. 시간 좀 내주실 수 있으시죠? 후성이 물었다. 자녀 문제인가요? 메이루이가 말했다. 그렇다고 할 수 있어요. 후성이 말했다. 그건 만나서 얘기해야 할 것 같네요. 메이루이가 말했다. 우선 몇 가지만 물어볼게요. 후성이 말했다. 지금은 제가 좀 바빠서요. 오후에 제가 그리로 갈게요. 방향이 같으니까 가는 길에 들르면 돼요. 삼십 분 정도 얘기할 수 있을 거예요. 메이루이가 물었다. 정말 만나서 얘기해야 하나요? 후성이 말했다. 네, 자문료는 안 받을게요. 메이루이가 가볍게 웃고는 잠시 망설이다가 물었다. 밖에서 만나면 안 될까요? 후성이 말했다. 제가 지금 좀 바빠서요. 메이루이가 가벼운 신음소리와 함께 또 잠시 망설이다가 말했다. 그럼 세시에 만나요. 후성이 말했다. 좋아요, 장소를 말해주면 제가 그리로 갈게요. 메이루이가 한참을 침묵하다가 말했다. 그럼, 훙커우 톈어天鵝호텔에서 만날까요? 후성은 좀 멀다는 생각이 들었지만 결국 그렇게 하겠다고 대답했다.

이날 오후 두 사람이 만났을 때, 메이루이는 기분이 몹시 처져 있었다. 온몸에 명품을 휘감고 있었지만 눈빛이 무척이나 어두웠다. 후성이 말했다. 오는 길에 차가 좀 막혔어요. 메이루이가 말했다. 미안해요, 이곳으로 정한 것은 아이를 보기 위해서였어요. 전 남편이 저 앞에 있는 베이쓰촨로에 살거든요. 후성이 말했다. 그랬군요. 메이루이가 말했다. 결혼할 때, 저는 베이쓰촨로에 있는 남편 집으로 들어갔다가 관계가 안 좋아져서 신자로로 이사 나왔어요. 후성이 말했다. 그건 저도 알고 있어요. 메이루이가 말했다. 그 다음에는 신자로의 집을 팔고 옌안로에 집을 사서 이사했지요. 아이를 남편에게 넘기고 나서 최근에 다시 생각을 해봤어요. 저는 아무것도 챙기지 못하고 몸만 나왔다는 생각이 들어 좀 억울하더라고요. 후성이 물었다. 전남편은 일반 회사 직원이고 장기간 병가를 낸데다 개인 사업을 하는 사장도 아닌데 집 말고 무슨 재산이 또 있겠어요? 메이루이가 말했다. 전남편의 집을 분할하고 싶어요. 후성이 말했다. 시기적으로 맞지 않고 타당한 이유도 없잖아요. 메이루이가 말했다. 후성 씨가 저 대신 방법을 좀 생각해주세요. 후성이 물었다. 지금 메이루이 씨의 상황에서 그러는 것이 꼭 필요할까요? 메이루이가 말했다. 저는 여자예요. 도저히 못 참겠어요. 후성이 말했다. 지난번 대규모 연회 때 캉 사장이 메이루이 씨에게 집 파는 문제와 인테리어 상황에 대해 언급하더군요. 아주 상세히 이해하고 있던데 캉 사장과 무슨 얘기를 한 건가요? 메이루이가 말했다. 그 사람 얘기는 하고 싶지 않아요. 후성이 말했다. 연회는 엉망진창이 되었다고 하더군요. 들리는 소문에 의하면 메이루이 씨가 술이 깨서는 캉 사장님과 한바탕 말다툼을 벌였다고 하더라고요. 메이루이가 손을 내저으며 말했다. 그 일에 대해서는 얘기만 들어도 머리가 어지러워요. 얘기 안 해도 되겠죠? 후성이 말했다. 당시 음식점 선정과 테이블 배치를 캉 사장이 했는데 자리에 앉으면서 손님들 사이에 약간의 혼란이 있었던 모양이더군요. 부분적으로 말이에요. 전체적으로는 아주 순조로웠던 것 같고요. 메이루이가 말했다. 그날 있었던 일과 그 사람에 대해서는 한 마디도 하고 싶지 않아요. 후성이 물었다. 혹시 캉 사장이 비용 일부를 착복한 건 아니겠죠? 메이루이가 망설이다가 말했다. 비교적 사적인 화제 한 마디만 얘기할게요. 이 캉 사장이란 사람은 이전에도 여러 차례 저를 골치 아프게 한 적이 있어요. 첫번째 사건은 봄 야유회 때였어요. 당시에 저는 캉 사장을 알게 되어 둘이서만 단독으로 산책을 했어요. 멀리 떨어진 들판까지 가게 되자 캉 사장이 제게 이상한 짓을 하려 하더군요. 다행히 때마침 친구가 와서 별 불상사는 없었어요. 상하이로 돌아와서도 여러 번 약속을 하고 만났어요. 겉으로는 편하게 얘기를 나누는 것 같았지만 사실은 줄곧 저를 유혹하려 했어요. 후성이 물었다. 그런 줄 알면서 왜 계속 왕래하고 있는 건가요? 메이루이가 말했다. 그 사람은 수완이 정말 대단해요. 걸핏하면 제게 미혼탕을 먹이거든요. 겉으로는 자연스러운 것 같지만 사실은 '포타청包打聽'* 노릇을 하는 거예요. 제 집 문제와 엄마의 일, 사업에 관한 일, 제가 안고 있는 모든 갈등을 일일이 말하고 싶지 않았어요. 하지만 그는 물어서는 안 되는 것들을 저를 만날 때마다 치약 짜듯이 조금씩 물어서 알아내는 거예요. 매번 그에게 그렇게 희롱을 당할 때마다 후회하곤 했지요. 후성이 말했다. 남자가 여자를 좋아하는 건 지극히 정상적인 일이에요. 메이루이가 말했다. 저는 그런 남자랑 사귀고 싶지 않아요. 지금 저는 후성 씨에게 제 전남편의 재산에 대해 추소追訴가 가능한지, 제게 그럴 권리가 있는지 묻고 싶은 거예요. 후성이 말했다. 이미 종결된 사건이에요. 만보 양보한다 해도 상대방이 도의적으로 고려해서 일부 분할해주기를 기대할 수 있을 뿐이지요. 그것도 쌍방의 조건을

* 상하이 조계(租界) 경찰의 밀정.

따져봐야 하고요. 메이루이가 말했다. 도의라는 게 뭔가요? 후성이 말했다. 함께 산 부부로서 일말의 동정을 기대하는 거예요. 하지만 메이루이 씨 본인과 가족의 상황을 고려하면 전남편에게 20 내지 30제곱미터의 분할을 요구한다는 얘기가 전해지면 웃음거리가 되기 십상이에요. 메이루이는 말이 없었다. 후성이 말했다. 한 가지 생각하지 않을 수 없어요. 전남편도 자기 요구를 제시할 수 있다는 겁니다. 메이루이 씨는 회사에 재산이 있잖아요. 다시 말해서 이혼 이후에 부동산 거래 기록이 있고 여자 명의의 집이 있다는 거예요. 남자 쪽에서는 아이의 부양을 책임지고 있고요. 이 모든 조건들이 마구 얽히면 아무런 의미도 없어지지요. 메이루이가 말했다. 만약에 저의 옌안로 집이 존재하지 않는다면 어떻게 되나요? 후성이 말했다. 이미 말했잖아요. 첫째는 기록이 있고, 둘째는 이혼한 상태라는 겁니다. 불가능한 일이에요. 메이루이 씨가 사업을 잘해서 맘대로 바람과 비를 부를 수 있는데 이런 가랑비 같은 문제를 제기한다는 것은 심리적인 문제가 있다고 봐야 할 겁니다. 메이루이가 말했다. 이해가 안 되네요. 후성이 말했다. 몇 대에 걸쳐도 재산을 다 쓰지 못할 정도의 부잣집 아가씨나 사모님도 밖에 나가면 도둑질을 즐기곤 합니다. 양말을 훔치거나 립스틱을 훔치지요. 며칠 도둑질을 하지 않으면 손이 근질근질해요. 이는 일종의 병이에요. 이치대로 말하자면 지금 메이루이 씨도 집을 탐내지 말아야 할 뿐만 아니라 오히려 재산을 더 나눠줘야 해요. 말하자면 이혼은 했지만 그래도 아이 엄마잖아요. 자기가 낳은 아이에게 집 한 채 정도는 남겨줘야 하지 않겠어요? 메이루이가 말했다. 캉 사장도 그렇게 말하더군요. 후성이 말했다. 캉 사장에게도 그런 걸 물어봤군요. 메이루이가 말했다. 전화 한 통 한 것뿐이에요. 캉 사장은 일반적인 이치를 말한 거고요. 후성 씨와 마찬가지예요. 후성이 말했다. 여자들은 업무 스트레스가 너무 클 경우 우선 마음을 차분히 가질 필요가 있어요. 유산소운동이나 요가를 하는 게 큰 도움이 되지요. 메이루이가 고개를 숙이더니 갑자기 눈물을 흘리며 말했다. 캉 사장이 전에는 제게 줄곧 웃음을 보이면서 잘 대해주었어요. 당시 사직과 이혼 단계에 있던 저를 자주 위로해주었지요. 지금은 얼굴을 뒤집는 것이 마작 패 뒤집는 것보다 더 빠르다니까요. 후성은 아무 말도 하지 않았다. 메이루이가 말했다. 양갓집 여자를 유혹하려다가 뜻대로 안 되니까 태도를 바꿔 벙어리인 척하는 거지요. 후성이 말했다. 어떤 말이든 증거가 있어야 유효합니다. 메이루이가 말했다. 후성 씨는 저랑 캉 사장 사이에 육체관계가 있었던 것으로 의심하고 있군요? 후성이 말했다. 저는 변호사예요. 추측은 절대 하지 않습니다. 증거만 믿을 뿐이지요. 메이루이가 말했다. 흥! 남자들은 아주 가볍게 떠다니지요. 절대로 책임을 지지 않아요. 후성 씨도 마찬가지고요. 후성이 물었다. 무슨 뜻이에요? 메이루이가 말했다. 과거에 저랑 카페도 가고 영화관도 가서 손발을 놀렸던 것 잊었어요? 나중에 신자로 집에서 여러 번 머리가 어지러운 일을 했던 것도 다 잊었군요. 후성이 물었다. 잠깐, 지금 우리 메이루이 사장님 전남편과 집에 관해 얘기하고 있는 겁니까, 저에 관해 얘기하고 있는 겁니까? 메이루이가 말했다. 제가 얘기를 잘못 했군요. 후성이 말했다. 그런데 왜 저랑 헤어지려

했었는지 말해봐요. 메이루이는 아무 말도 하지 않았다. 후성이 물었다. 아바오에게 다가가기 위해서 아니었나요? 그렇죠? 메이루이가 몸을 뒤로 기댄 체 손사래를 치면서 말했다. 함부로 얘기하지 마요. 말 안 할래요. 아, 정말 무정한 세상이군요. 여자들은 정말 힘들어요. 사방이 온통 빙설천지네요. 서북풍을 몸으로 맞는 수밖에 없어요. 후성이 말했다. 아마 '조갱早更'이라 그럴 거예요. 갱년기가 앞당겨 찾아온 거지요. 메이루이는 말이 없더니 갑자기 고개를 숙이고 한참을 울다가 티슈를 꺼내 눈물을 닦으면서 말했다. 미안해요. 후성이 한숨을 내쉬며 말했다. 집 문제는 전혀 승산이 없어요. 그냥 잊어버려요. 메이루이가 말했다. 저는 최근 한 달을 일 년처럼 보냈어요. 지난 일들을 다 털어놓을게요. 후성은 말이 없었다. 메이루이가 말했다. 후성 씨, 솔직히 말하자면 저 메이루이는 이제 완전히 망가져버렸어요. 서북 지역의 생산라인과 몇 가지 합작사업 항목, 샤오카이의 융자금 등 자금을 둘러싼 모든 상황에서 이미 바람이 새고 있어요. 적지 않은 사람들이 잡혀들어갔고 아마 십 년 넘게 콩밥을 먹게 될 거예요. 후성은 놀라움을 금치 못했다. 메이루이가 눈물을 훔치며 말했다. 이제 저는 완전히 망가져버렸어요. 겉에 입고 있는 옷이 다 벗겨져 알몸이 되어버렸어요. 후성이 놀란 어투로 말했다. 변화가 아주 빠르군요. 메이루이가 말했다. 돌아갈 집이 없는 처지예요. 그래서 전남편의 집으로 들어가 잠시 머무르는 수밖에 없어요. 제 아이와 시어머니는 매일 제게 나가달라고 요구하고 있어요. 후성이 물었다. 옌안로의 집은 어떻게 되었나요? 메이루이가 말했다. 한마디로 설명하기 어려워요. 제가 우는 것도 바로 이 집 때문이에요. 두 달 전이었어요. 당시 회사는 아무 문제 없이 모든 것이 순조로웠지요. 엄마가 제게 말했어요. 모녀 사이의 갈등이 끊이질 않아 우선 상하이로 돌아가기로 했다, 상하이에 있는 작은 집은 팔아치우고 면적이 큰 양로원을 하나 살 생각이다. 당시 저는 말했지요. 맘대로 하세요, 전 괜찮아요. 결국 엄마는 상하이로 오자마자 곧장 싼값에 옌안로 집을 팔아버렸어요. 그리고 저축했던 돈까지 지하 브로커를 통해 전부 일본으로 보냈지요. 그러고는 자신은 곧장 홍콩 병원으로 외할아버지를 만나러 갔어요. 엄마는 머리를 굴려 외할아버지를 퇴원시켜 동향회 양로원으로 보냈어요. 그런 다음 저축과 부동산을 포함한 외할아버지의 재산 전부와 엄마의 신혼집을 전부 현금화했어요. 말은 그럴듯했지요. 외할아버지를 대신해 보관하면서 이윤이 좋은 곳에 투자하겠다는 거였어요. 그렇게 자금을 전부 도쿄로 옮겼지요. 그런 다음 엄마는 그냥 가버린 거예요. 엿새 후 서북 지역의 회사가 무너졌지요. 후성이 말했다. 대단하시네요. 메이루이가 말했다. 저는 나중에야 이런 사실들을 알게 되었고 엄마는 아무것도 말해주지 않았어요. 예감이 있기는 했어요. 이 사건은 한동안 암암리에 조사를 거쳐 진행되었지만 저랑 샤오카이는 아무것도 모르고 여전히 방실방실 웃으면서 여기저기 사람들을 만나러 돌아다녔어요. 엄마는 회사가 등롱의 껍데기에 불과하고 조만간에 다 타버릴 것이라는 것을 직감하고 있으면서 겉으로는 전혀 내색하지 않고 몰래 발을 빼기로 결심했던 거예요. 혈육도 무시해버리고 모든 재산을 다 휩쓸어가버린 거죠. 메이루이는 잠시 쉬었다가 말을 이었다. 외할아버지는 양로원에 누워 있어 사는 게 죽는 것만 못한 실정이에요. 그저께 전화가 왔는데 이리저리 생각해보니 엄마가 평생 외할아버지에 대해 마음속으로 품었던 감정은 미움밖에 없었던 것 같대요. 외할아버지가 관계를 회복해보려고 아무리 노력해도 부녀가 이십년 넘게 떨어져 있다보니 저희 엄마는 감정이 완전히 메말라 있었던 거죠. 남은 건 원망뿐인데 저마저도 도리를 모르고 샤오카이와 너무 가까워졌던 거예요. 후성이 말했다. 한 가지 묻지 않을 수 없군요. 어느 정도까지 가까워졌다는 건가요? 메이루이가 말했다. 이런 개인적인 얘기를 듣는 것이 재미있겠지요. 하지만 얘기하고 싶지 않아요. 말 안 할래요. 후성은 더이상 묻지 않았다. 메이루이가 말했다. 이전에 저희 엄마가 한번 울었던 것이 생각나네요. 엄마가 울자 샤오카이가 마누라 또 시작이다 하면서 저를 착한 딸이라고 하면서 데리고 나갔어요. 저는 샤오카이를 따라 화려한 곳을 돌아다니며 사치스럽고 방탕한 생활을 했어요. 새 옷을 한 번 입고 버리기도 했지요. 이런 모습이 전부 엄마의 눈에 들어갔어요. 그래서 엄마는 일찌감치 모든 사람을 믿지 못하게 되었지요. 물론 지금은 소식이 감감하지만 말이에요. 누가 죽어도 신경쓰지 않고 자기 자신만 생각하는 거예요. 홍콩 양로원에서는 외할아버지가 매일 눈물을 흘리고 있지만 아무 소용이 없지요. 사람답게 산다는 게 참 난처하더라고요. 후성이 말했다. 회사 쪽 상황은 어떤가요? 메이루이가 말했다. 주요 인물들이 대거 잡혀들어갔어요. 평소에는 아주 높은 자리에 앉아 그럴듯하게 허세를 부리면서 시끄럽게 떠들어대던 남자들이 감옥에 들어간 뒤에는 일제히 연약한 모습을 보이더군요. 가장 강경한 태도를 보인 건 저였어요. 핵심적인 순간에 저는 한 마디도 하지 않았지요. 캉 사장은 제가 멍청하다고 하더군요. 지금 문제가 생긴 것이 제가 여전히 고집이 세고 제멋대로이기 때문이라는 거예요. 후성이 말했다. 주요 인사들이 잡혀들어가 죄를 인정하고 참회를 하면 조직에서는 내부선전 영상을 찍어 수많은 간부들을 모아놓고 이를 상영하지요. 영상 속에서는 잡혀들어온 모든 사람들이 눈물을 흘리면서 애당초 그러지 말아야 했다고 후회해요. 메이루이가 말했다. 맞아요. 제가 가장 이해할 수 없었던 건 원래 그렇게 위풍당당하던 남자들이 한순간에 얼굴이 변해 수의를 입으면 누가 누군지 알아보지도 못하겠더라는 거예요. 후성이 말했다. 감옥에서 주는 콩밥은 맛이 없지만 외지의 어떤 감옥은 구사회와 별 차이 없다고 하더군요. 범인들이 허세를 부리면 당장 '혼돈을 먹을 수 있다'는 거예요. 메이루이가 물었다. 그게 무슨 뜻인가요? 후성이 말했다. 손발이 몸과 하나로 묶인 채 사흘이 지나면 울게 되지요. 그게 꼭 혼돈 같다는 거예요. '손근육을 훈련시키기' 위해 식사 때도 수갑을 풀어주지 않고 밤에는 '금붕어를 보게' 하지요. 메이루이가 물었다. 무슨 뜻이에요? 후성이 말했다. 밤부터 아침까지 고약한 냄새가 나는 소변통을 꼭 껴안고 있게 하는 거예요. 메이루이가 말했다. 한참을 들어도 후성 씨가 무슨 얘기를 하는지 모르겠네요. 후성이 말했다. 고위 인사들이 감옥에 들어가면 당연히 대우가 상대적으로 좋은 편이지요. 하지만 감옥밥을 먹기 전에 거쳐야 하는 몇 가지 통과의례는 수백 년째 변화가 없어요. 어김없이 '퇴향堆香'과 '파금擺金'을 거쳐야 하지요. 메이루이가 미간을 찌푸렸다. 후성이 말했다. 대변과 소변을 본인이 깨끗하게 해결하는 것을 말합니다. 그런 다음 옷을 다 벗고 과거 티란교 감옥에서와 마찬가지로 머리를 양팔 사이에 끼고 냄새나는 소독약을 뿌리지요. 그다음에는 쪼그려앉아 엉덩이를 하늘을 향해 높이 치켜드는 거예요. 항문을 아주 세밀히 검사하기 위해서예요. 메이루이가 물었다. 뭘 한다고요? 후성이 말했다. 사람의 몸은 움푹 파인 부분이 많아서 마약이나 작은 칼을 포함해 갖가지 물건들을 숨길 수 있거든요. 메이루이가 말했다. 말도 안 되는 얘기 그만해요. 후성이 말했다. 사람이 감옥에 수감됐는데 첫날 밤 자살해버린다면 이만저만한 골칫거리가 아니겠지요. 때문에 기세등등한 고위 인사나 엄청난 거부가 들어오면 옷을 전부 벗고 '후정화後庭花'를 철저히 검사하는 거예요. 남자로서 이런 지경에 이르면 무슨 자존심이 남아 있겠어요? 위세는 사라지고 눈물만 남는 거죠. 메이루이가 탄식하듯 한숨을 내쉬며 말했다. 저는 그나마 다행이었군요. 우아한 편이었으니까요. 두 번인가 조사하더니 내보내주더라고요. 후성이 탄식하며 말했다. 메이 사장님의 처지는 저도 충분히 이해해요. 현실에 직면해서는 초조해해봤자 아무 소용이 없지요. 재기할 방법을 생각해볼 수 있을 거예요. 다시 대외무역을 할 수도 있고요. 아바오에게 방법을 좀 생각해보라고 할게요. 메이루이가 말했다. 황푸강에 뛰어들고 싶어요. 후성이 말했다. 전남편을 만나면 옛 정으로 감동시켜야 해요. 전남편도 아내가 있을 것 아니에요. 메이루이가 말했다. 몸이 안 좋은데 어떻게 아내가 있겠어요. 후성이 한숨을 내쉬며 말했다. 지금 메이루이 씨는 아이의 생각을 따르는 엄마가 되어야 해요. 욕을 해도 대들지 말고 맞아도 받아치지 말아야 한다고요. 꼬랑지를 내리고 우선 사람이 되는 거예요. 나중에 다시 일어설 기회가 있을 거예요. 상하이는 갖가지 기적이 다 일어나는 곳이니까요. 메이루이가 몸을 떨더니 일어서면서 날카로운 목소리로 소리를 질렀다. 뭐라고요? 이때 호텔 로비에는 두 테이블에만 손님이 있었다. 경비원이 곧장 다가왔다. 후성이 말했다. 좀 작은 소리로 말해요. 메이루이가 말했다. 저의 화려한 시절은 어디로 갔나요? 제가 익숙했던 풍요로운 생활은 다 어디로 간 거예요? 제가 이제 뭘 어떻게 할 수 있나요? 후성이 말했다. 목소리를 좀 낮추라고요! 메이루이가 말했다. 저는 왜, 지금, 매일 발큰 하녀처럼 찬거리를 사다 밥을 하고 기저귀를 갈고, 베이쓰촨로 일가를 보살펴야 하는 건가요? 손을 펴보면 오래된 생강처럼 변해버렸어요. 그냥 죽고 싶어요. 후성이 말했다. 아이고, 기저귀까지 갈아야 하는군요. 전남편과의 사이에서 낳은 아이가 아직 어리군요. 메이루이가 말했다. 전남편은 병으로 자리보전한 지 오래되었어요. 대소변도 스스로 처리하지 못해요. 후성은 한숨을 내쉬고는 잠시 생각에 잠겼다가 가방에서 편지봉투를 하나 꺼내면서 말했다. 제가 방법을 좀 생각해볼게요. 얼마 안 되지만 우선 받아둬요. 메이루이가 편지봉투를 받아 후성의 몸 위로 다시 내던지며 말했다. 그렇게 오래 시장을 주도하고 그렇게 많은 돈을 주물렀던 제가 지금은 이런 악몽 속에서 살게 되었네요. 정말 살고 싶지 않아요. 메이루이가 갑자기 블라우스 단추를 풀기 시작했다. 후성이 몹시 당황하여 말했다. 지금 뭐하는 거예요? 메이루이가 말했다. 몸에서 열이 나요. 온몸에서 땀이 난다고요. 후성이 말했다. 좀 작은 소리로 얘기해요. 메이루이가 말했다. 저는 죽어야겠어요. 더 살고 싶지 않아요. 저는 멍청이가 되어버렸어요. 지금은 죽고 싶은 생각밖에 없어요. 후성 씨, 저는 이 상하이에서 가장 놀라운 여자 부랑아가 되어버렸어요.

에필로그

오전 열시, 모두들 줄줄이 상하이 교외의 한 비구니 암자로 들어섰다. 때마침 우기라 공기가 견디기 어렵도록 습했다. 사람들은 접견실에 앉아 기다렸다. 얼마 지나지 않아 아바오도 도착했다. 암자의 분위기는 무척이나 부드럽고 따스했다. 리리가 문 앞에서 손을 흔들었다. 아바오는 마음속으로 울고 싶었다. 캉 사장이 일찌감치 전화를 걸어 아바오에게 체도剃度의식에 참석할 것을 알렸다. 자다 일어난 아바오는 눈을 비비면서 캉 사장이 농담하는 것이라고 생각했다. 리리의 모습을 보니 표정이 차분하고 청초한 모습이었다. 운동복 차림인 그녀는 청초하고 가냘픈 모습에 머리칼이 어깨까지 내려와 있었다. 아바오는 아무 말도 하지 않았다. 리리가 웃으면서 말했다. 들어가서 앉아요. 다들 와 있어요. 아바오가 머뭇거리다 물었다. 왜 출가하려는 거예요? 리리가 말했다. 좀 편해지고 싶어서요. 아바오가 말했다. 너무 갑작스럽네요. 리리가 미소를 지으면서 말했다. 정말 미안해요. 규정에 따라 가족과 친척들이 와야 하지만 제게는 상하이 친구들밖에 없잖아요. 아바오 씨는 가족이나 마찬가지지만 말이에요. 아바오는 대꾸하지 않았다. 리리가 말했다. 그리고 내빈들은 각자 50위안씩 축의금을 내야 해요. 이미 말했지만 의식이 끝나면 모두 남아 간단한 식사를 하게 되거든요. 아바오가 말했다. 전화를 받았을 때, 나는 아무런 생각도 없었어요. 최근에 줄곧 출장을 다녔는데 리리 씨 상황을 어떻게 알겠어요? 리리가 말했다. 제가 싱가포르에 갔다가 남자친구와 함께 파리나 베니스로 갔다고 추측하는 사람들도 있었어요. 아바오가 말했다. 쉬 사장이 전화로 리리 씨가 한 달 반 동안 실종됐었다고 말해주더군요. 리리는 말이 없었다. 아바오가 말했다. 내게는 일찌감치 말해줬어야 하는 것 아닌가요? 그리고 말이에요. 머리를 깎지 않고 수행하는 방법도 있잖아요. 수녀가 될 수도 있고요. 적어도 머리칼은 남겨둘 수 있잖아요. 리리가 말했다. 제 부모님과 동생이 독실한 불교 보살들이에요. 아바오 씨는 잘 아시잖아요. 아바오가 말했다. 출가한다는 것은 재물과 이성과 잡념을 멀리한다는 뜻이지요. 리리가 말했다. 홍진紅塵세계는 사람들로 하여금 사랑하게도 하고 도피하게도 해요. 아바오는 말이 없었다. 리리가 청초하고 담담한 모습으로 말했다. 얘기는 그만해요. 이곳은 제가 이전에도 자주 찾던 곳이에요. 체도 스님께 절도 올린 상태예요. 아바오가 말했다. 오늘 출가하기로 결정했으면 내게 먼저 알렸어야지요. 리리가 말했다. 갑작스럽게 생각을 정한 거예요. 아무런 예감도 없었어요. 미국 친구들 몇 명을 데리고 창수에서 상하이로 돌아왔어요. 그날은 등불은 짧고 밤은 아주 길더라고요. 갑자기 숨을 쉬기가 힘들었어요. 밤 열두시가 넘어 제가 아바오 씨한테 전화를 걸었지만 전화기가 꺼져 있더군요. 아바오가 말했다. 그랬군요. 리리가 말했다. 사실 통화가 됐다 하더라도 별 효과는 없었을 거예요. 저는 다시 캉 사장님한테 전화했어요. 통화가 되어 몇 마디 하긴 했지만 필경 그다지 친하지 않은 사이라 할말도 별로 없었어요. 마음속으로 이 일이 압박해오고 있다는 생각이 들었어요. 아바오가 물었다. 무슨 일인데요? 리리가 말했다. 출가하는 일요. 여러 번 생각했어요. 그날 밤, 결정을 내리지 않으면 죽을 것만 같더라고요. 그래서 당장 일어나 문을 나섰어요. 택시를 한 대 불러 마음을 달래려고 이곳저곳을 돌아다녔지요. 훙차오공항에도 갔다가 딩산호淀山湖, 칭푸청샹青浦城廂에도 갔었어요. 다시 자딩으로 가자고 하니까 기사가 놀라더군요. 이유를 알지 못하는 기사는 제가 미친 여자가 아닌지 의심했대요. 새벽 네시 반까지 돌아다니다가 이곳을 지나는 순간, 갑자기 목숨을 건질 수 있는 지푸라기를 잡은 듯한 느낌이 들었어요. 마음을 정하고 나니 날이 밝아오더군요. 택시비를 두 배로 내고 내려서 문을 두드렸더니 비구니 한 분이 문을 열어주더라고요. 얼른 암자 안으로 들어갔더니 모든 것이 평안해 보였어요. 그래서 때가 왔다는 걸 알았지요. 아바오는 말이 없었다. 리리가 말했다. 암자에 와서 한 달이 지나니까 매일 전화를 할 필요도 없었어요. 새벽 네시에 일어나 염불을 하고 채소밭에 나가 일했어요. 식욕도 좋아지고 잠도 잘 오더군요. 저는 모든 준비를 끝냈어요. 아바오는 아무 말도 하지 않았다. 리리가 말했다. 자세한 해명은 하고 싶지 않아요. 때문에 캉 사장님에게 모든 분들께 대신 통지해달라고 부탁했던 거예요. 미스 왕이나 창수의 쉬 사장님 등 다른 분들은 초대하지 않기로 했어요. 아바오 씨가 바쁘다는 건 잘 알아요. 이런 일은 보통 사람들은 피하는 편이잖아요. 하지만 아침 일찍 일어나니 그래도 아바오 씨가 생각나더군요. 아바오 씨는 저의 가장 친한 가족이니까 당연히 와야 한다는 걸 알았지요.

이때 어린 비구니 하나가 다가와 리리와 몇 마디 얘기를 나눴다. 리리가 말했다. 아바오 씨, 저를 위해 좀 즐거운 마음을 가져주세요. 차가 왔대요. 저는 가서 츠이慈一 방장님을 맞아야 해요. 아바오는 암자 문을 나서는 리리를 눈으로 배웅하고 접대실 안으로 들어갔다. 후성과 캉 사장 부부, 미스 친, 미스 장, 미스 우 등이 와 있었다. 캉 사장이 말했다. 정말 이해할 수가 없어요. 출가해서 비구니가 되는데 왜 나이 많은 스님을 모시는 건지 모르겠네요. 후성이 말했다. 여자 학교에 남자 교장이 왜 있겠어요? 미스 친이 말했다. 머리칼을 남겨 홍진의 길을 밟다가 남편을 만나 시집가면 외롭지도 않을 텐데. 아바오가 말했다. 함부로 얘기하지 맙시다. 불가의 일은 선불리 예단하면 안 돼요. 모두 입을 다물었다. 아바오는 다탁 위에 커다란 꽃바구니가 하나 놓여 있고, 빨간 장미가 가득 꽂혀 있는 것을 발견했다. 눈부시게 고운 자태였다. 아바오가 놀란 표정으로 물었다. 이게 뭔가요? 미스 우가 말했다. 리리가 특별히 제게 사다달라고 했어요. 아바오가 물었다. 꽃을 잘못 고른 것 아닌가요? 리리 씨는 카네이션을 좋아하잖아요. 캉 사장이 말했다. 리리 씨가 꽃바구니를 보더니 흐뭇한 표정으로 웃더군요. 아바오가 말했다. 제가 꿈을 꾸고 있는 것 같군요. 미스 친이 말했다. 이곳이 바로 꿈을 표현하는 곳이잖아요. 미스 장이 낮은 목소리로 말했다. 친구들의 수다를 들은 적이 있는데, 몇 년 전에 외지의 한 암자에서 살림을 도맡아 하던 큰비구니가 갑자기 야반도주를 했대요. 이 비구니는 어려서부터 고아였고 스물다섯 살까지 암자에서 성장했대요. 그러다가 우연히 중년의 배낭여행객을 만나게 되었지요. 둘이서 이런저런 얘기를 주고받더니 다음날 아침 일찍 비구니가 배낭여행객을 따라 암자를 떠났대요. 일반적으로 남녀가 서로에게 빠져 이성을 잃는 시기는 구 주 반 정도래요. 암자에서 성장한 여인은 사실 홍진세계에 적응하기가 쉽지 않지요. 사 주가 지나 비구니는 남자와 헤어졌지만 껍질을 잃은 소라가 되어버렸으니 얼마나 외롭고 쓸쓸하겠어요? 결국 다시 암자로 돌아갔지만 산문은 굳게 닫혀 있고 다시는 열리지 않았대요. 캉 사장이 말했다. 죄과네요. 후성이 물었다. 아바오, 내가 구사회 얘기를 좀 해도 되겠지? 아바오는 아무 말도 하지 않았다. 미스 우가 말했다. 해보세요. 미스 친이 말했다. 후성 씨가 거들먹거리는데요? 후성이 이야기를 시작했다. 샤오마오에게서 들은 얘기예요. 청규清規를 잘 지키는 비구니를 구사회에서는 '청포단清蒲團'이라고 불렀대요. 그럼 청규를 잘 지키지 않는 비구니들은 뭐라고 불렀을까요? 미스 친이 말했다. '육보단肉蒲團'이겠죠. 후성은 대답하지 않았다. 미스 친이 말했다. 비구니에게 좋아하는 사람이 생기는 걸 '호인好人'이라 하고 남자 승려와 사랑을 약속하는 것을 '수례收禮'라고 하며 사생아가 생기는 것을 '장원공狀元公'이라고 하지요. 아바오가 버럭 화를 내며 말했다. 이봐요, 예의를 좀 지킵시다. 그렇게 한계를 넘는 지저분한 이야기는 적어도 오늘 아침에는 좀 삼가자고요. 모두 입을 다물었다. 미스 장이 말했다. 깜짝 놀랐네요. 왜 저러는 거죠? 생파처럼 매섭게 구시네요. 아바오는 아무 말도 하지 않았다. 삼십 분쯤 지나 리리가 여든의 고령인 츠이 방장을 모시고 들어오자 다들 자리에서 일어섰다. 방장은 사람들에게 가볍게 인사를 건네고는 사람들과 함께 간단한 좌담을 나누면서 여러 친구들의 상황을 이해하고자 했다. 리리가 손님들을 일일이 소개하면서 아바오와 후성, 캉 사장의 신분을 언급했다. 방장이 엄숙한 표정을 지으며 보통화로 말했다. 여러분, 오늘 있을 일은 외부에 전하실 필요 없습니다. 본승이 설명해드리지요. 리리 보살의 출가는 저와 아무런 관련도 없습니다. 여러분께서는 이번 출가가 자원에 의한 것임을 분명히 알아주시기 바랍니다. 물론 공문空門에 들어서면 불도를 널리 퍼뜨리는 것을 가무家務로 삼고 중생을 이롭게 하는 것을 과업으로 삼아야 합니다. 네 가지 서원을 잊지 말고 도심을 배양하되 초심을 잊지 말고 초심에서 물러서지도 말아야 합니다. 이러쿵저러쿵 많은 얘기를 하면서 방장은 리리를 한 번도 쳐다보지 않았다. 각자 특별히 할말이 없다보니 사방이 고요하기만 했다. 바늘 하나가 바닥에 떨어지는 소리도 들을 수 있을 것 같았다. 곧이어 아바오의 핸드폰이 울렸다. 미스 장에게도 전화가 왔는지 밖으로 나가 전화를 받았다. 방장도 도포 소매에서 핸드폰을 꺼내 전화를 받았다. 이어서 노승 하나가 가까이 다가와 낮은 목소리로 몇 마디 건네자 방장이 말했다. 시간이 됐습니다. 그리하여 전부 일어나 꼬챙이에 꿴 생선처럼 줄줄이 접견실을 나서 암자의 정전正殿으로 갔다. 문지방을 넘자마자 보광寶光이 장엄했다. 모두들 똑바로 서고 비구니들이 양쪽에 나란히 늘어서서 큰 소리로 찬불가를 부르며 향을 태웠다. 종과 북 소리가 요란했다. 구도자인 리리가 먼저 연좌에 헌화하고 불상에 절을 올렸다. 활짝 핀 장미 한 바구니가 불에 타는 듯 농염한 자태를 뽐냈다. 리리는 사방을 향해 감사의 인사를 한 다음, 남쪽을 향해 네 번 절을 올리고 다시 북쪽을 향해 네 번 절을 올렸다. 이렇게 하나하나 모든 의례를 마치자 방장이 한가운데 서고 리리가 그 뒤를 따랐다. 또다시 불악이 연주되기 시작했다. 중얼중얼 경을 외우는 소리가 계속 사람들의 귓전을 맴돌았다. 어린 비구니 하나가 나무 쟁반을 받쳐들고 왔다. 쟁반 위에는 가위가 하나 놓여 있었다. 방장이 침착하면서도 태연한 자세로 리리를 향해 몸을 돌렸다. 방장은 서고 리리는 앉아 있었다. 방장은 조금 전에 했던 얘기를 여러 번 반복하고 나서 정식 체도의 단계로 들어갔다. 아바오는 다른 사람들과 함께 전당 입구에 서 있었다. 방장이 하는 말이 선명하게 들리지 않았다. 눈앞의 장면이 서양 영화 장면과 뒤섞이는 가운데 리리의 대답을 기다렸다. 원합니다. 다시 한번 대답하세요. 원합니다. 현실은 어쩌면 더 간결하거나 더 복잡한 것인지도 몰랐다. 아바오의 자리에서는 리리의 입술이 보이지 않았다. 바구니 가득 장미만 요염하게 활짝 피어 있었다. 향냄새가 매화의 계절에 부는 더운 바람 속으로 섞여들어 전당을 메우면서 들판의 냄새를 휘감아왔다. 나무 위에서 새 울음소리가 들렸다. 아바오는 말없이 서서 이런 상황을 몸으로 느끼려 애썼다. 이어서

범음梵音이 요란하게 울리더니 점점 커져갔다. 후성이 발을 가볍게 움직였다. 방장이 가위를 들고 리리의 정수리 쪽 머리칼을 한 움큼 쥐고는 다시 몇 가지 물었다. 경문과 타악기 소리가 점점 높아가는 가운데 승려들의 합창이 시작되었다. 그 가운데 한 구절이 선명하게 귀에 들어왔다. 황금 칼로 부모가 준 머리칼을 자르고, 속세의 먼지를 지워 깨끗하지 못한 몸을 닦네. 방장이 푸른 실 같은 머리칼을 잘라 쟁반 위에 놓았다. 가위도 쟁반 위에 내려놓았다. 그러고는 자리를 떴다. 비구니 둘이 리리를 부축하여 정전 동쪽으로 데리고 가서 자리에 앉혔다. 불경을 외우는 소리가 비처럼 쏟아졌다. 이때 손에 전동 이발도구를 들고 한참을 서 있던 나이든 비구니가 리리를 도와 흰 천을 둘러주었다. 오 분쯤 지나 모든 번뇌가 깎여나가고 병풍 안에서 옷을 갈아입은 리리는 다시 비구니들의 부축을 받으며 연대蓮臺 앞에 무릎을 꿇고 앉아 절을 올렸다. 여러 비구니들이 불경을 외우는 가운데 북과 경쇠가 크게 울렸다. 아바오의 눈길이 계속 리리의 뒷모습과 옆모습을 좇았다. 부처와 보살의 연대 앞에 피처럼 붉은 장미 꽃송이가 흩어졌다. 리리의 아름다운 자태와 옷은 이미 아주 멀리 떠나갔다. 의례가 끝나는 걸 보고서 다들 퇴장했다. 리리는 대전 한가운데 서 있었다. 몸매가 약간 통통해 보였다. 키도 좀 작아진 것 같았다. 가까이 다가오는 모습도 익숙한 걸음걸이가 아니었다. 그녀는 낮은 목소리로 사람들에게 식당으로 가서 소찬을 들 것을 권했다. 아바오와 리리의 눈이 마주쳤다. 아바오가 말했다. 때로는 시간이 모든 것을 해결해줄 수 있어요. 리리가 냉담한 어투로 말했다. 여자는 봄빛이 너무 오래되었다고 느끼는데 남자는 봄빛이 아직 이르다고 말하네요. 아바오는 아무 말도 하지 않았다. 리리가 두 손을 모아 합장하면서 보통화로 말했다. 아바오 사장님, 건강하세요. 아바오는 넋 나간 듯이 멍한 표정을 지었다. 리리도 몸을 돌려 혼자 복도를 걸어갔다. 아바오는 움직이지 않았다. 가벼운 바람이 불어와 희미한 향기가 코를 자극했다. 아바오는 그렇게 리리의 뒷모습이 점점 더 멀어져 희미해지는 것을 바라보고 있었다. 한 마리 새가 몸을 움츠렸다가 잿빛 날개를 펴고는 천천히 먼 곳을 향해 날아가는 것 같았다. 옛말에 새가 바다에 들어가면 조개가 된다고 했다. 아바오는 리리가 미백색 조개로 변한다면 손에 꼭 쥐고 다시는 놓지 않으리라고 생각했다. 하지만 지금 아바오의 두 손은 텅 비어 있다. 암자 밖에서는 새들이 좋은 계절을 노래하고 있었다. 꽃은 화려하고 나무는 무성했다. 어둠 속에서 복도를 걸어가는 리리의 모습이 점점 희미해지더니 왼쪽으로 모퉁이를 돌아 사라졌다. 아바오의 눈에 복도 맨 끝이 잠시 환해지는 것이 보였다. 장미의 붉은빛이었다. 모든 것이 평온하게 가라앉았다. 리리는 그렇게 사라졌다.

암자에서는 버섯 국수를 제공했다. 소금이나 기름이 들어가지 않은 국수가 한 사람 앞에 한 그릇씩 놓였다. 모두들 탁자 가득 자리잡고 앉았다. 미스 우는 조미료 병을 찾지 못하자 어떤 자리인지 잊고서 여러 차례 종업원을 불러대기도 했다. 식사가 끝나자 모두 암자를 나섰다. 캉 사장 회사의 버스는 이미 오래 기다린 터였다. 사람들이 차에 오르자 버스는 시내를 향해 출발했다. 후성이 감탄을 금치 못하며 말했다. 세상사가 전부 예상하기 어렵다고 하지만 이건 너무 뜻밖이군. 아미타불! 캉 부인이 말했다. 저는 음식이 전혀 입에 들어가지 않더라고요. 계속 눈물만 나는 거예요. 캉 사장이 캉 부인의 어깨를 토닥여주었다. 모두 말이 없었다. 차가 한동안 달렸을 때쯤 해가 떠올랐다. 후성이 말했다. 작년에 고객을 데리고 푸퉈산普陀山에 올라 묘당에 묵은 적이 있어요. 사흘 동안 채식만 했지요. 산문을 나서는 순간 어디선가 향기가 날아오더군요. 미스 우가 말했다. 푸퉈산에는 미녀들이 구름처럼 많아요. 그러니 향기가 충분하지요. 후성이 말했다. 정말 좋은 향기였어요. 골수에 사무치는 향기였지요. 미스 우가 말했다. 향촉의 향이 더해지니 정말 향기로웠겠네요. 후성이 말했다. 이리저리 향기의 근원을 찾아왔지만 끝내 찾지 못했어요. 미스 친이 말했다. 묘령의 여자 향객香客이었을 거예요. 미스 우가 말했다. 그 여자 향객은 미스 친이었어요. 후 선생을 구하기 위해서 왔지요. 고통과 어려움에서 구해주려는 것이었어요. 후성이 말했다. 묘당 입구에서 그리 멀지 않은 곳에 향장香腸을 구워 파는 노점이 하나 있었어요. 그 향기에 저는 그 자리에서 다섯 개를 사서 다 먹어치웠어요. 만족스러우면서도 죄책감을 느꼈어요. 사흘 동안 소식을 하다보니 기본적인 틀이 잡힌 터인데 말이에요. 미스 장이 말했다. 그 얘기를 들으니 배가 고파지네요. 차를 세우고 뭐 좀 먹는 게 최선일 것 같아요. 캉 사장이 말했다. 그러죠 뭐. 캉 부인이 말했다. 얘기는 나중에 다시 해요. 미스 우가 아바오를 불렀다. 아바오 사장님! 아바오는 아무 말도 하지 않았다. 미스 친이 말했다. 아바오 사장님은 기분이 안 좋아요. 저도 몹시 슬프고요. 작년 가을이 생각나네요. 모두 신이 나서 창수에 갔었잖아요. 반년 남짓밖에 안 된 일이에요. 아바오는 아무 말도 하지 않았다. 미스 장이 허탈하게 웃으면서 말했다. 유희이기도 하고 아픔이기도 하네요! 아바오는 여전히 말이 없었다. 미스 장이 말했다. 저는 그래도 창수에 또 가보고 싶어요. 쉬 사장님이 그랬잖아요. 4월이 되면 황매黃梅가 익는데, 이를 속칭 '수재秀才'라고 한다고요. 여자들이 가장 좋아하는 건 황매철에 매실을 따서 설탕 매실을 만드는 거예요. 한입 깨물면 처음에는 단맛이 나다가 조금 있으면 신맛이 나지요. 아주 맛있는 신맛이에요. 미스 친이 웃으면서 말했다. 벌써 신 게 먹고 싶어지네요. 아주 좋아요. 이른아침에 속이 더부룩하고 목구멍으로 신물이 올라오는 건 가슴이 부어 있기 때문이에요. 미스 장의 얼굴이 굳어졌다. 미스 친이 말했다. 우선 화원에서 매실을 몇 개 먹고 내친김에 쉬 사장님 건물 위층으로 올라가 태를 보호하도록 하지요. 미스 장이 말했다. 아바오 사장님, 훙창칭께서 관리를 좀 해주시는 게 어때요? 지금은 전혀 관리가 안 되고 있잖아요. 두 여자가 저를 속이고 있다고요. 아바오는 말이 없었다.

교외의 한 요양원에서 샤오마오가 지내는 이인실에는 개별 화장실이 있고 텔레비전도 설치되어 있었다. 아바오와 후성이 들어서자 샤오마오가 일어나 앉으며 말했다. 이러지 말고 아래로 내려가지. 정원에 가서 앉아 얘기하자고. 아바오가 말했다. 움직이지 마. 일어서면 안 돼. 샤오마오가 옷을 주워 입고는 나이 여든이 넘은 옆 침대의 노선생을 가리키며 말했다. 너무 겁주지 마. 정원에 나가서 앉고 싶어. 아바오가 말했다. 쉿! 샤오마오가 말했다. 이 노선생은 이미 치매가 심해졌어. 머릿속이 전부 풀이나 마찬가지야. 후성이 노선생을 힐끗 쳐다보았다. 샤오마오가 말했다. 걸핏하면 갑자기 벌떡 일어나 손뼉을 치고 웃곤 하지. 그럴 때마다 나는 깜짝 놀라곤 해. 후성이 말했다. 그렇군. 샤오마오가 말했다. 방에 사람이 늘어났다 하면 손뼉을 치면서 놀리듯이 웃는다니까. 어제 란란과 쉐 아주머니가 나를 만나러 왔었어. 방안에 사람들이 들어온 것을 보자 노선생이 또 벌떡 일어나 박수를 치면서 웃어대더군. 후성이 말했다. 회의를 너무 많이 여는군. 그렇게 회의를 자주 여는 것도 병이야. 샤오마오가 말했다. 난 정말 방을 바꾸고 싶어. 텔레비전은 아예 볼 생각도 못한다니까. 텔레비전 화면에 사람들이 많이 나오면 노선생이 박수를 치거든. 특히 각종 대회가 있어 요란한 장면이 나오고 주석대에 사람들이 가득 앉아 있는 것을 보면 노선생은 갑자기 얼굴이 환해지면서 벌떡 일어나 박수를 친단 말이야. 텔레비전 안팎이 온통 박수 소리지. 정말 참기 어려워, 짜증난다고. 후성이 노선생을 향해 말했다. 아예 발광하는 게 낫지. 여기는 간부병동도 아닌데 어디서 이런 보물이 들어온 거야? 노선생은 아무 말도 하지 않았다. 두 사람은 샤오마오를 부축하여 병실을 나섰다. 셋이 아래층으로 내려가 화원 옆의 벤치에 앉았다. 아바오가 말했다. 샤오마오는 조용히 요양을 해야 해. 샤오마오가 말했다. 그래, 알았어. 병이 정말 빼저린 교훈을 가져다주더군. 한 달 정도 더 있다가 퇴원할 생각이야. 사실 지금도 건강이 거의 회복된 상태거든. 후성이 기침을 했다. 목구멍이 간지러운 모양이었다. 아바오는 말이 없었다. 샤오마오가 말했다. 과거를 생각해보니 내 생활수준이 너무 낮았던 것 같아. 수세식 변기는 있어야겠지. 퇴원하면 모간산로의 집을 세주고 독신자용 공공주택을 임대해 들어가야겠어. 수세식 변기에 욕조도 구비되어 있는 곳으로 말이야. 나도 복을 좀 누려야지. 주식투자도 하고 있으니까 말이야. 신변에 보살펴줄 여자가 하나 있으면 더 편안하게 지낼 수 있을 것 같아. 아바오가 물었다. 쉐 아주머니가 돌봐줄 수 있지 않을까? 샤오마오가 말했다. 농담으로 말할 순 있지만 현실적이지 못해. 내게는 좋아하는 여자가 있어. 후성이 말했다. 여기에 좀더 머물다가 가을에 다시 생각해보자고. 샤오마오가 말했다. 집 얘기를 하니까 한 가지 일이 생각나네. 입원하기 전에 프랑스인 둘이 우리 농탕에 들어와서는 이리저리 둘러본 적이 있어. 남자는 이름이 르네라고 하더군. 중국 이름은 루이푸안芮福安이래. 여자는 안나라고 하고. 남자는 중국어가 꽤 유창한 편이었어. 두 사람이 부엌에 들어와 대충 둘러보기에 사람을 찾는 줄 알고 다가가서 말을 걸었지. 루이푸안은 상하이 주민들의 생활상을 보고 싶다고 하더군. 나는 두 사람에게 안으로 들어오라고 했어. 루이푸안은 이리저리 둘러보더니 내게 방세가 얼마나 되는지 묻더라고. 나는 프랑스인들이 말하는 주민 생활이 사실은 집을 말한다는 것을 알았지. 그날 같이 차를 마시면서 루이푸안은 줄곧 내 얘기에 귀기울이고 있더군. 마지막에는 전화번호를 하나 남겨주면서 반년 뒤 다시 상하이에 와서 연락하겠다고 하더라고. 7월에 다시 만나서 차를 마시기로 약속했지. 후성이 말했다. 별로 중요한 일은 아니로군. 샤오마오가 말했다. 프랑스인들이 나이도 어린데 불원천리하고 상하이에 와서는 기존의 서양식 가옥에 묵지도 않고 샴페인도 마시지 않고 캉캉춤도 보지 않고, 이 초라한 구석을 찾아와 시쭈저우로의 한 과가루過街樓에 묵고 있더라고. 매일 강 양안의 좁은 범위 안을 돌아다녔었지. 쑤저우하 일대는 이미 아주 훤했어. 쉽지 않은 일이야. 방세 문제는 내가 좀 양보할 수 있다고 말했지. 퇴원하면 가서 환경을 좀 바꿔놔야겠어. 아바오는 아무 말도 하지 않았다.

요양원 화원 옆에는 철망으로 울타리가 쳐져 있었다. 밖에는 폐기된 철로가 있고 침목 사이로 들풀들이 어지럽게 자라나 있었다. 녹슨 철로를 감춰주려는 것 같았다. 들고양이 몇 마리가 돌아다녔지만 이상하리만치 조용했다. 샤오마오가 말했다. 최근에 꿈에 자주 과거의 일들이 나타나. 꿈에서 수화도 만나고 라더 아파트에도 갔었지. 깨고 나면 온갖 어지러운 생각을 다 하게 된다니까. 꿈에서 베이디도 보고 양수푸의 어린 양아치 마터우도 만났어. 후성 아빠의 서가에서 처음으로 여자들의 하반신 그림을 보았던 일도 아주 자세하게 재현되더군. 어지러운 꿈이 쌓이면서 옛날에 베껴두었던 시구가 생각나더라고. 봄날의 병과 근심 가운데/ 어떤 일들이 해마다 찾아오나/ 절반은 베개 앞의 사람이고/ 절반은 아름다운 여인들 사이에서 마시는 술이네.* 이제는 이 시의 내용이 무슨 뜻인지 알 것 같아. 세 사람은 말이 없었다. 검정고양이 한 마리가 철로 위를 걷고 있었다. 잡초 사이에서 노랑고양이 한 마리가 또 나

---

* 송나라 시인 손광헌의 시 「생사자」의 일부.

타났다. 샤오마오가 말했다. 베이디는 여전히 꼬마 아가씨의 모습이더군. 아무 말도 하지 않고 눈동자만 검게 빛나더라고. 수화 누나는 꼬마 아가씨가 철로 위의 이 들고양이들을 황푸강으로 데려가면 밀물 때 강수면이 노랗게 변한다고 말했었지. 건너편 조선소와 주위에는 사람 그림자 하나 보이지 않고 바람이 거세게 불었다. 아무런 소리도 들을 수 없었다. 아바오가 말했다. 샤오마오는 충분한 휴식이 필요할 것 같군. 꿈 얘기는 좀 줄이고 말이야. 샤오마오가 말했다. 인간의 뇌는 말하자면 피와 살의 덩어리라고 할 수 있지. 사실은 사진첩 한 권에 지나지 않아. 무성영화를 보는 것과 같지. 황푸강 강변의 르후이항에는 고양이 꼬리 두 개와 물고기 꼬리 두 개가 있었어. 앞에는 도크가 있고 기중기선이 있었지. 하늘에는 구름이 빠르게 흘러가고 강수면에는 새 한 마리가 앉아 날개를 움직이지 않고 있었어. 흑백사진 효과를 내고 있었지. 줄곧 가는 비가 내려 바스락바스락 소리가 났지. 꿈에서 깨면 오래된 영화를 본 것 같은 느낌이었어. 수화 누나는 줄곧 맨 처음의 여성 청년 모습 그대로였어. 옆구리에 오래된 시집을 한 권 끼고 멍하니 거리를 바라보다가 천천히 몸을 돌려 나를 바라보더군. 그윽한 눈빛과 소박한 옷차림이었어. 영화 속에서는 아무 말도 하지 않고 몸을 조금도 움직이지 않았어. 그런 상태로 꿈에서 깼지. 후성이 말했다. 베이디는 흰 치마를 입고 레이스가 달린 짧은 양말에 천으로 된 고리가 달린 검정 구두를 신었을 거야. 말도 하지 않고 웃지도 않았겠지. 옆에는 피아노가 놓여 있었을 거야. 농탕 입구와 좁은 거리에 검은색 피아노가 놓여 있었겠지. 농도가 다양한 색깔의 피아노들,

작품에서 미동도 하지 않는 강 갈매기에 관해 언급하고 있지만 시종 정확한 위치를 찾을 수 없었다. 어디에 그려야 좋을지 몰라 결국 이런 그림이 되고 말았다.

좋은 피아노 나쁜 피아노들이 빼곡하게 늘어서 있었을 거야. 거리에는 사람이 별로 없고 나뭇잎은 미동도 하지 않았을 거야. 아바오가 말했다. 흑백영화의 타이틀 같네. '1966년'이라는 자막을 넣으면 돼. 꼬마 아가씨 하나가 피아노의 미궁 속으로 걸어들어가 이리저리 둘러보다가 피아노 뚜껑을 열고 잠시 연주하다가 뚜껑을 닫는다. 또다른 피아노 뚜껑을 열고 연주한다. 주위에는 아무런 소리도 없다. 오후 두시, 작은 거리는 극도로 조용하고 사람 그림자 하나 보이지 않는다. 피아노는 영락한 모습이 선명하다. 아주 고귀한 모양의 물건이 길가에 늘어선 구식 변기통과 물받이, 쓰레기통과 함께 섞여 있다. 인력거 한 대가 다가온다. 후성이 말했다. 이건 상하이의 문예영화라고 할 수 있겠군. 아바오가 말했다. 영화가 상하이를 말해주는 거지. 이런 꼬마 아가씨가 있고 피아노가 있는 것으로 충분해. 누군가 이를 영화로 찍는다면 이런 스토리만 가지고도 훌륭한 영화가 될 것 같네. 내가 자금을 융통할 수 있을 것 같아. 후성이 말했다. 그건 돈을 태워버리는 거나 마찬가지야. 결국에는 허가를 받지 못하고 영화는 총살당하고 말 거라고. 아바오가 말했다. 미국 영화 중에도 꼬마 아가씨가 독일 유대인 구역으로 들어가는 것으로 시작되는 작품이 하나 있지. 빨간 옷에 빨간 모자를 썼지만 주위는 전부 회색으로 변해. 유대인은 전부 회색이고 독일 친위대도 전부 회색이지. 도처에서 건물을 불태우고 가택조사를 하지. 그런 와중에 양장본 책 한 권이 서양식 가죽 트렁크와 함께 건물에서 내던져져. 영화 전체가 검은색과 흰색, 회색뿐이야. 완전 흑백영화지. 오로지 꼬마 아가씨만 컬러로 나와. 빨간색으로 말이야. 빨간 모자가 회색 나무 숲속으로 걸어들어가지. 후성이 말했다. 꼬마 아가씨를 영화로 찍는다면 예닐곱 살 정도가 적합할 거야. 열한 살은 너무 크고. 아바오가 말했다. 상하이의 충칭로重慶路나 창러로 같은 구식 거리는 분위기가 아주 복잡하지. 과가루와 길가에 빼곡하게 늘어서 있는 피아노, 검은색과 회색, 꼬마 아가씨의 하얀 치마와 파란 치마. 왜 당시에는 붉은 치마가 불가능했을까? 이런 정취는 영화에서 보기 쉽지 않아. 후성이 말했다. 시골 사람들은 상하이를 촬영하는 것을 두려워해. 그래서 항상 와이탄만 찍는 거지. 하지만 십리양장十里洋場*은 서양인들의 천하라 상하이와는 별로 관계가 없다고. 아바오가 말했다. 타고르가 맨 처음 상하이에 왔을 때 하룻밤을 보내면서 루쉰과 만났지. 타고르가 신문기자들에게 말했어. 저는 일본에 있다가 상하이에 왔습니다. 일본은 군자의 나라라 아주 깨끗하고 예의가 있더군요. 중국 기자가 물었지. 그럼 상하이는요? 상하이는 어떻습니까? 상하이에 대한 인상이 어떠신가요? 타고르가 대답했어. 상하이는 말이에요, 서양인들의 천국이자 중국 노예들의 지옥인 것 같습니다. 후성이 말했다. 늙은이가 대단하군. 눈이 아주 매섭네. 아바오가 말했다. 그뒤로 남방 사람들이건 북방 사람들이건 전부 상하이를 촬영하기 시작했지. 카바레와 캉캉춤, 도끼당斧頭黨**과 인력거를 촬영하고 이고당梨膏糖*** 장수와 치파오, 장님의

---

* 와이탄의 별명으로 조계지 시절 서양의 각종 건축양식이 망라된 대형 건축물들이 늘어선 황푸강 강변 10리 구역을 지칭한다.

** 상하이에서 활동한 안후이 노동자 출신 폭력조직으로 조직원들이 허리춤에 손도끼를 차고 다녀 이런 이름이 붙었다.

측자탄測字攤**** 노점 등을 두루 촬영했어. 배우 쉬원창許文強은 원래 홍콩 사람인데도 모든 걸 자세한 고증 없이 대충 찍더라고. 후성이 말했다. 진짜 상하이 사람과 상하이의 사건을 찍은 영화 관련 인물로는 산둥의 마용전馬永貞*****과 상하이의 바이라리白癩痢******를 들 수 있지. 사람들은 쑤저우하는 완전히 철거되어 주거단지로 변했는데 계속 그곳을 영화에 담는 이유가 뭐냐고 묻지 않을 수 없을 거야. 그다음에는 또 어떻게 할 건지도 궁금하겠지. 아바오가 말했다. 사람들의 담력이 갈수록 커지는 것 같아. 어떤 영화는 문화대혁명의 무력투쟁을 찍기도 한다니까. 정말로 바그너의 〈발퀴레〉*******와 어울릴 만하지. 강경한 태도로 밀고 나아가는 거지. 후성이 말했다. 1967년에 화공대학의 두 '조반파' 조직은 정세를 장악하기 위해 서둘러 영수상을 제작하려고 했어. 그 결과 11월에 '홍기紅旗'파가 먼저 영수상을 제작하자 '신화공新化工'파는 반동이 극도에 이르렀고 담도 너무 커졌지. 아홉 달이나 영수상 앞에서 지시를 받거나 회의를 하지 않은 거야. 아바오가 말했다. 문화대혁명에서 가장 얻기 힘든 장면은 정말로 요란하게 싸우는 장면이 아니라 조용함이야. 진정한 조용함과 우아함을 찾기 어렵지. 1972년에

*** 배에서 짜낸 즙에 꿀을 타서 끓여 반고체 상태로 만든 사탕.

**** 한자의 편방과 형태, 이합집산의 양상 등을 기초로 길흉을 점치는 노점상.

***** 청나라 말 산둥 출신의 권법사부로 상하이의 경마장에서 기마술로 외국 기수들을 압도하면서 상하이 전역에 이름을 날려 민족 영웅으로 추앙되었다.

****** 상하이 출신 배우.

******* 바그너의 오페라 〈니벨룽겐의 반지〉 중 2악장극.

나는 매번 자베이 훙싱로를 떠날 때마다 인근에 있는 상하이 북부역이나 바오산로 삼층각으로 가서 나이 많은 누나를 하나 만나곤 했어. 한번은 건물에 올라가자마자 누나의 문예강이 들려오더라고. 보통화로 시를 낭송하는 거였어. 더이상 방황의 세월은 없을 것이다/ 내가 물에 빠져 죽을 때 나의 잘못된 유년은 후성이 말했다. 무단의 시로군. 즐거울 것이고 또 무성할 것이다/ 각양각색의 죄악 위에/ 오래 쌓인 미덕은 나이 어린 사람들만을 위한 것이다. 아바오가 말했다. 그래, 맞아. 매주 수요일이 되면 누나는 『제인 에어』 얘기를 들려주었어. 해가 서쪽으로 기울 때면 땅바닥에서는 바삭바삭 소리가 났지. 정말로 고요했어. 『사촌 베트』와 『93년』에 대해서도 얘기했지. 『93년』은 옛날 판본이었어. 위고를 음역하여 '샤오어'라고 불렀지. 누나는 거의 다 암기하고 있는 것 같았어. 뜨개질을 하면서 천천히 얘기를 들려주었지. 나는 지금까지도 '슈들리 숲'을 기억하고 있어. 병사 하나가 아주 조심스럽게 걸음을 옮기는데 사방에 붓꽃과 늪지식물인 창포, 초원 수선화, 좋은 날씨를 예고하는 데이지꽃, 봄에 피는 샤프란 같은 들꽃이 가득 피어 있고 새 울음소리가 그치지 않지. 후성이 말했다. 『93년』에서는 파리를 출발한 지원병들이 단두대에 머리가 잘려 피를 뚝뚝 흘리지. 1만 2천 명 가운데 8천 명이나 그렇게 목숨을 잃었어. 아바오가 말했다. 『사촌 베트』에서는 브라질 사람들이 객청에 들어서는데 눈과 눈썹, 옷과 문신이 반은 사람 같고 반은 양 같아. 겉으로는 무섭고 음침해 보이지만 사실은 무척이나 부드럽고 착한 사람이었지. 여자에게 사기를 당하고 나서 몹시 화를 내더라고. 파란 상의가 허리에 착 달라붙어 있었어. 속까지 꽉 찬 금단추에 검정 바지와 검정 구두를 신고 하얀 셔츠는 약간 풀어헤친 채로 값이 10만 프랑이나 나가는 다이아몬드 반지를 끼고 있었지. 이런 이야기를 들려주는 장면은 정말 영화 같았어. 붉은 석류치마 아래서 두세 명의 문학 소년이 조용히 아인슈타인의 이론에 귀기울이는 것 같았어. 그런 시간이 아주 길게 이어졌어. 나중에 누나는 여기저기 돌아다니기 시작했지. 상하이영화기술공장 부근이나 톈통안로天通庵路 농탕에서 우밍스無名氏의 소설 얘기를 했지. 『북극풍정화』나 『탑 속의 여인』 같은 소설 얘기를 했어. 화장도 하지 않고 옥처럼 아름다운 몸으로 곧게 서서. 부근은 일본인들이 폭파해버린 옛 자베이 지역이라 여기저기 시멘트 구조물이 세워지고 이미 판자촌으로 변해 있었지. 후성이 말했다. 우밍스의 소설은 지나치게 어두워서 별로 재미가 없어. 책 속에서 묘사하는 사람들도 결국에는 전부 얼음 같은 화산華山으로 기어올라가잖아. 죽으러 가는 거지. 아바오가 말했다. 우밍스 본인은 명이 긴 편이었어. 문화대혁명 이후 해외로 출국할 수 있었으니까 말이야. 하지만 최근에 들리는 바에 의하면 명문을 하나 남기고 타이완에서 죽었다고 하더라고. 내가 확실하게 기억해두었어. 열세 자밖에 안 되거든. 우리 시대는 부패와 죽음뿐이다.

아바오는 더 얘기하고 싶었지만 옆에 있는 샤오마오가 두 눈을 감고 꿈속에 들어가 있는 것을 발견했다. 후성이 말했다. 약기운 때문일 거야. 아바오는 아무 말도 하지 않았다. 샤오마오는 조금도 움직이지 않았다. 몸은 성냥개비처럼 비쩍 말랐지만 입은 오히려 더 커진 것 같았다. 마치 호흡을 멈춘 한 구의 시신 같았다. 담장 밖의 들고양이들은 황량한 풀더미 위로 기어올라와 있었다. 꼬리만 두 개 보였다. 가벼운 바람이 불자 나뭇잎들이 흔들렸다. 잠이 깬 샤오마오가 말했다. 몇시나 됐지? 온몸이 아프네. 등도 아프고 말이야. 아바오는 아무 말도 하지 않았다. 샤오마오가 주먹을 뻗으며 말했다. 지난날들을 생각하면 무척 낯설 때가 있어. 옛날에는 책을 베껴 쓰고 권술을 배웠었는데 지금의 나를 자세히 살펴보면 손도 이미 내 손이 아니야. 내 주먹이 아닌 것 같아. 옛날에 석쇄를 들어올리던 힘이 다 어디로 갔는지 모르겠네. 아바오가 말했다. 쑤저우하나 황푸강처럼 동쪽으로 흘러가버려 다시 돌아오지 않은 것 같아. 샤오마오가 정신이 몽롱해진 채 끊어졌다 이어지기를 반복하면서 덩리쥔의 노래 〈만엽천성〉을 흥얼거렸다. 헤어진 뒤에는 그대가 멀리 있는지 가까이 있는지 알지 못하네/ 눈에 보이면 처량한 마음에 얼마나 애가 탈까/ 갈수록 더 멀어지고 소식도 끊어지니/ 바다는 드넓고 물고기들은 깊은 곳에서 헤엄치니 어디 가서 물어볼까나. 샤오마오가 말했다. 수화 누나의 말이 맞는 것 같아. 나의 일생은 몸에 헛된 무공만 남겼어. 후성은 아무 말도 하지 않았다. 들고양이 두 마리는 완전히 사라져버렸다. 잡초와 철로만 푸른 배경을 이룬 가운데 적갈색 물체 둘이 띄엄띄엄 나타났다 사라졌다. 샤오마오가 눈물을 흘리며 말했다. 아무것도 이룬 것이 없지만 그래도 죽는 게 나아. 세 사람이 여기까지 얘기했을 때 간병인이 다가와 말했다. 23번 환자분, 식사하세요. 곧 배식이 시작될 거예요. 후성이 샤오마오를 부축하여 일으켜세웠다. 세 사람은 앞에 있는 작은 식당으로 들어갔다. 안에는 커다란 원탁 세 개가 놓여 있었다. 샤오마오가 여든이 넘은 노부인 옆에 앉자 아바오와 후성은 문가로 물러났다. 세 개의 원탁은 점점 노인들로 가득 채워졌다. 샤오마오와 쉰이 갓 넘어 보이는 곱사등이 여자를 제외하면 자리를 채운 사람들은 전부 여든 내지 아흔이 넘은 노인들이었다. 눈빛에 얼마 남지 않은 세월의 창상이 그대로 남아 있었다. 샤오마오는 노인들과 잘 어울렸다. 치아가 다 빠진 노부인 하나가 환하게 웃으면서 아바오와 후성을 향해 고개를 끄덕였다. 사람들은 일제히 젓가락을 들고 아주머니들이 밥과 반찬을 가져다주기를 기다렸다. 아바오와 후성은 식당 밖으로 나왔다. 들고양이 몇 마리가 벽에 바싹 붙어 다가오더니 꼬리를 가볍게 움직이고는 식당 안으로 들어갔다. 후성이 말했다. 외국 양로원에는 '죽음의 검정고양이'가 있어. 괴상한 고양이지. 환자의 베개 옆에만 자리를 정하고 올라가 앉는대. 그러면 그 사람은 세 시간 안에 죽게 된대. 고양이가 의사보다도 영험한 거지. 아바오는 아무 말도 하지 않았다.

9일 오후, 후성이 택시를 타고서 업무와 관련된 전화를 몇 통 걸었다. 문득 차가 즈전위안 앞을 지나가고 있는 것을 발견했다. 가게 문은 이미 어두워져 있고 부분적으로 공사를 위한 그물망이 쳐져 있어 완전히 예전 모습이 아니었다. 즈전위안은 정말로 막을 내린 것이다. 후성이 시계를 보니 네시 십오분이었다. 차는 진셴로의 예둥징 앞에 이르렀다. 예둥징도 가게 앞에 약간의 변화가 있었다. 칠이 전부 미색으로 바뀌었고 유리문에는 크레이프 천으로 된 가리개가 달려 있었다. 문 양쪽에 화초가 놓여 카페 같았다. 문을 열고 들어서자 가게 안도 전부 미색으로 페인트칠이 되어 있고 둥그런 테이블이 하나 놓여 있었다. 나머지는 전부 이인용 테이블이었다. 링즈가 아침 일찍 전화를 걸어왔다. 저녁에 손님들을 초대할 예정이니 후성이 조금 일찍 와서 얘기를 좀 나눌 수 있으면 좋겠다고 했다. 하지만 가게 안에는 아무도 없었다. 후성이 말했다. 누구 안 계세요? 조용하기만 하던 가게 안에서 갑자기 누군가 대답하는 소리가 들렸다. 2층 다락방이었다. 작은 미색 유리창이 천천히 열리더니 베개가 보였다. 이어서 팔이 보이고 노랑머리와 검정머리의 두 젊은 아가씨가 보였다. 하얀 어깨가 눈을 자극했다. 팔을 걷어붙이고 웃통을 거의 다 드러낸 모습이었다. 노랑머리 여자가 보통화로 말했다. 후 선생님이신가요? 후성이 보통화로 대답했다. 그렇습니다만. 노랑머리 여자가 말했다. 언니는 곧 도착할 거예요. 후성이 물었다. 아가씨는 누구신가요? 노랑머리 여자가 말했다. 저는 신시아라고 해요. 옆에 있던 검정머리 여자가 보통화로 말했다. 저는 가요코加代子예요. 후성이 물었다. 여기는 음식점이 아닌가요? 신시아가 말했다. 음식점 맞아요. 상하이에서 가장 좋은 음식점이지요. 후성이 말했다. 너무 이른 시각이네요. 나중에 다시 올게요. 신시아가 말했다. 우선 앉으세요. 언니가 곧 올 거예요. 후성이 마지못해 자리를 잡고 앉았다. 가요코가 다시 작은 창문 안으로 몸을 움츠리더니 신시아의 말에 응응 하고 몇 번 대답하고는 창문에서 분홍 베개가 움직였다. 맨살이 보였다. 신시아가 옥처럼 하얀 두 팔을 뻗어 담배에 불을 붙이며 말했다. 피우실래요? 후성이 손사래를 쳤다. 신시아가 말했다. 몇 모금 피우고 일어날 거예요. 신시아가 몸을 낮춰 가슴으로 베개를 눌렀다. 머리칼이 마구 엉클어져 있고 어깨끈 한쪽이 풀려 아래로 내려와 있었다. 가요코가 몸을 앞으로 내밀며 물었다. 후 선생님, 저 앞에 있는 '공룡 바' 아세요? 후성이 물었다. 어디요? 쥐루로와 마오밍로가 만나는 지점에 있는 것 말인가요? 가요코가 말했다. 맞아요. 후성이 고개를 가로저었다. 가요코가 말했다. 그 집 정말 재미있어요. 한밤중에는 스탠드 바 위에 키우는 커다란 앵무새가 뛰어다니다 서다 하거든요. 저희 둘은 새벽 두시 넘어서까지 앉아 있다가 화과 집에 들러 배를 좀 채우고 다섯시에 돌아왔어요. 신시아가 말했다. 다섯시 전에 돌아왔어요. 가요코가 말했다. 제가 시계를 봤다니까요. 두 아가씨는 이러쿵저러쿵 구슬처럼 맑은 목소리로 떠들어대다가 다락방에서 내려왔다. 두 송이 부용꽃 같았다. 후성이 몸을 일으키며 말했다. 이만 갔다가 다시 올게요. 신시아가 말했다. 그러지 마시고 조금만 더 기다려보세요. 언니는 곧 올 거예요. 제가 일어날게요. 신시아가 안쪽을 향해 말했다. 일어나자, 가요코. 그만 자. 이때 문쪽에서 소리가 나더니 낯선 남자가 채소 보따리를 안고 들어와서는 위쪽에 대고 소리쳤다. 어휴, 이 게으름뱅이들! 가요코가 말했다. 에휴, 시끄러워 죽겠네! 두 아가씨가 금세 쪼르륵 다락방에서 내려왔다. 신시아는 초미니스커트 차림이었다. 하얀 허벅지가 빛났다. 굽이 높은 슬리퍼를 끌고 다가와서는 후성에게 차를 우려주었다. 가요코는 바닥에 질질 끌리는 장포 차림이었다. 구겨진 주름이 가득했다. 두 사람은 옆에 아무도 없는 것처럼 향기를 풍기면서 이리저리 몸을 움직이다가 카운터에 있는 경대 앞으로 가서는 머리를 가다듬고 화장실을 드나들고 다락방을 오르내렸다. 그렇게 우당탕거리며 한참을 바쁘게 돌아치던 아가씨들은 결국 연회색 투피스 정장으로 갈아입고 나왔다. 그리고 바로 이때, 링즈가 돌아와 가게 안의 큰 등을 켜면서 후성에게 말했다. 어머나, 정말 미안해요. 너무 늦었네요. 저 두 아가씨는 틀림없이 방금 일어났을 거예요. 후성이 말했다. 가게 안이 많이 바뀌었네요. 링즈가 물었다. 보기 좋지요? 후성이 물었다. 거 선생님은요? 링즈가 말했다. 이 가게는 이제 완전히 저랑 링훙의 소유가 되었어요. 거 선생님은 관 속에 들어가서도 손을 뻗어 돈을 세려 할 거예요. 하지만 끝났어요. 관계가 아주 깔끔해졌지요. 그러지 않았더라면 정자간 아주머니가 매일 인력거에서 눈을 떼지 못했을 텐데 얼마나 골치가 아프겠어요. 후성이 물었다. 저녁에 식사자리는 다 합쳐서 몇 명이나 모이나요? 링즈가 물었다. 아바오 사장님은요? 후성이 말했다. 마음이 편치 않은데다 일이 바쁜지 전화기가 꺼져 있더라고요. 링즈가 말했다. 어머나, 제가 특별히 여자친구들 몇 명을 불렀는데. 일곱시에 식사를 시작할 예정이에요. 후성이 말했다. 좀 일찍 말해주지 그랬어요? 시간이 너무 촉박하네요. 링즈가 말했다. 바쁘긴 누구나 다 마찬가지죠. 제 친구들은 약속을 잡기도 어렵지만 하나같이 다 미인인데다 문화수준도 높아요. 아직 훌륭한 남자를 만나지 못했을 뿐이라고요. 얘기를 다 해놨어요. 저녁에 멋진 남자 세 분이 오실 거라고 말이에요. 후 선생님이랑 아바오 사장님, 그리고 일본상사의 장張 선생님, 이렇게 세 분이죠. 제 친구들이 이 말을 듣더니 전부 좋아서 헤헤 웃더라고요. 지금쯤 틀림없이 미용실에 가서 머리를 하고 옷을 사러 다니느라 정신없이 바쁠 거예요. 후성이 웃으면서 물었다. 무슨 뜻인가요? 여자친구를 소개해준다는 건가요? 저는 마누라가 있는 사람이에요. 링즈가 말했다. 알았어요. 바이핑 같은 여자도 마누라로 치는군요. 빨리 해결해버리세요. 후성이 말했다. 한 가지 묻지 않을 수 없네요. 알고 보니 친구들이었군요? 링즈가 웃으면서 말했다. 경쟁을 거쳐서 추려낸 사람들이에요. 나중에 저는 거 선생이 정자간 아주머니를 키워서 정식 사방채私房菜*로 만들려고 한다는 사실을 알았지요. 가능한 일이잖아요. 후성은 말이 없었다. 링즈가 말했다. 과거에 상하이의 부잣집들은 큰 부엌과 작은 부엌을 구분했어요. 큰 부엌에는 종종 원래 일하던 음식점을 나와 부잣집으로 들어온 유명 요리사가 있었어요. 때문에 부잣집 주인은 첩이나 첩을 겸한 하녀를 키우면서 매일 유명 요리사의 솜씨를 몰래 배우게 했지요. 그리고 작은 부엌에 가서 배운 솜씨를 실습하게 했어요. 그렇게 만들어진 음식을 정통 사방채라고 하지요. 이렇게 음식을 배운 여자들은 평생 그 집을 떠나지 않아요. 거 선생은 예둥징을 거 씨 집안의 작은 부엌으로 생각했어요. 자신이 상하이의 터줏대감이라는 생각에 예둥징을 개인의 작은 공관公館으로 만들 작정이었지요. 그게 가능했을까요? 불가능했어요. 정자간 아주머니의 존재는 뭘까요? 넷째 첩일까요, 아니면 첩이면서 하녀인 걸까요? 정말 수준 떨어지는 일이지요. 후성

* 가정집에 테이블 서너 개를 놓고 특색 있는 요리를 선보이는 것을 말한다.

은 빙긋이 웃기만 할 뿐 아무 말도 하지 않았다. 링즈가 말했다. 그래서 아예 거 선생에게 정자간 아주머니를 데리고 그 오래된 서양식 저택으로 들어가 매일 쌀밥을 먹으면서 단둘이 마작을 하든지 마사지를 하든지 맘대로 하고 제 일에는 일절 관여하지 못하게 한 거예요. 후성은 아무 말도 하지 않았다. 링즈가 말했다. 제가 아끼던 동생 샤오친과 타오타오 씨는 그렇고 그런 사이가 되어버렸죠. 놀라운 일이지요. 이 일 때문에 저는 샤오광둥을 만났다가 역시 놀라고 말았어요. 남녀의 사사로운 감정이 사람의 목숨을 좌우하기도 하더군요. 저는 패배를 인정했어요. 항상 채소 부스러기 같은 사람들을 상대로 말다툼이나 하고 있으니 말이에요. 후성이 물었다. 그게 무슨 뜻이에요? 링즈가 말했다. 팡메이는 완전히 채소 부스러기가 되고 말았어요. 얼굴이 누렇게 떴더군요. 이런 상황도 다 감당해내야겠지요. 그래서 전부 단절해버리기로 했어요. 쑤저우의 판 사장인가 뭔가 하는 '심장 없는 시골 영감'과 '호두가 세 근인데 껍질이 네 근인' 실속 없는 부류들, 분란만 일으키는 물건 미스 위, '돈은 없고 빈 쌀자루만 있는' 빈대 같은 친구들 전부 다 끊어버렸어요. 릴리와 한 사장은 아주 바쁘지요. 뛰어나면서도 바쁜 사람들이에요. 상하이에서는 다이아몬드 장사가 갈수록 더 잘되고 있대요. 아예 얼굴 한 번 볼 수 없는 상황이에요. 생각해보니 전부 다 끝내버리는 게 좋을 것 같더군요. 예둥징은 다시 태어나는 거예요. 제게는 남자든 여자든 친구들이 얼마든지 있거든요. 후성이 물었다. 링훙의 일본인 친구는 어디 있나요? 링즈가 말했다. 도쿄로 다시 발령이 나서 링훙을 데려가려고 해요. 링훙은 지금은 상하이가 너무나 좋다고, 능력도 있고 수준도 있고 남녀들이 전부 상하이를 향해 달려오고 있다고 하더군요. 후성이 물었다. 저 다락방에 있는 두 분은 누군가요? 링즈가 말했다. 저의 먼 친척이에요. 지식청년 자녀들이지요. 저를 도와 서빙도 하고 손님 접대도 하기로 했어요. 이때 링즈가 보통화로 말했다. 가요코, 신시아, 이리 와봐. 두 아가씨가 다가왔다. 링즈가 물었다. 몇시에 일어났니? 가요코가 말했다. 오후 두시 반이요. 링즈가 말했다. 너무 늦잖아. 앞으로는 제발 철 좀 들도록 해. 신시아가 말했다. 알았어요. 가요코가 말했다. 후 선생님, 그 커다란 앵무새는 어떻게 새벽 두시에 춤을 출 수 있을까요? 주위가 그렇게 시끄러운데 어떻게 자지 않는 걸까요? 후성이 말했다. 앵무새는 괴조怪鳥라서 떠들썩한 것을 좋아해요. 아주 요란한 걸 좋아하지요. 가요코가 말했다. 저는 약을 먹인 줄 알았어요. 스케이트는 어떻게 타죠? 후성이 말했다. 앵무새는 원래 떠들썩한 걸 좋아하는 괴조예요. 거대한 무리를 이루어 날아다니지요. 링즈가 말했다. 이 두 동생은 앵무새랑 다를 바 없어요. 시끌벅적한 걸 좋아하고 춤추는 걸 좋아하거든요. 손님들 앞에서는 제법 점수를 따는 편이에요. 가요코가 애교를 섞어 말했다. 언니, 그렇게 함부로 말하지 마요. 저녁 먹고 나서 후 선생님이랑 궈타이영화관에 가요. 화이하이로에도 가고요. 링즈가 말했다. 야! 우선 테이블부터 정리해. 텔레비전도 켜고. 후 선생님한테 타이핑차太平茶를 맛보게 해드리라고. 후성이 빙긋이 웃었다. 링즈가 말했다. 아바오 사장님은 사업이 잘돼서 바쁜 모양이네요. 아니면 무슨 우울한 일이라도 있나요? 왜 전화기를 꺼놓은 거죠? 후성이 고개를 가로저었다. 링즈가 말했다. 제가 지금 다시 걸어볼게요. 아바오 사장님이 안 오면 안 된단 말이에요.

어느 날 오후, 쉬 사장이 자세한 상황을 알아보기 위해 아바오를 데리고 산부인과를 찾아갔다. 당직 의사가 말했다. 문제가 좀 복잡합니다. 이 임신부는 몇몇 병원에서 B모드 초음파검사를 한 결과 처음에는 자궁 내 단일 태아로 판명되었다가 나중에는 쌍둥이로 판명되었어요. 또 한번은 삼쌍둥이로 판명되기도 했지요. 결론은 하나뿐입니다. 오후에 컬러 초음파검사를 해서 전문가들의 회진을 통해 결론을 내릴 텐데, 아무래도 삼쌍둥이일 가능성이 큽니다. 머리가 두 개인 단일 태아일 가능성도 완전히 배제할 수 없고요. 만일 머리가 두 개인 태아라면 척추도 두 개지만 소화계통은 하나입니다. 일단 확진되면 길보다 흉이 훨씬 비중이 클 겁니다. 쉬 사장이 놀라움을 금치 못하며 말했다. 그럼 뭘 더 기다립니까? 당장 낙태를 해야죠. 의사가 말했다. 그건 임신부 본인의 의견에 따라야 하지만 산기가 가깝기 때문에 상당히 위험합니다. 쉬 사장은 얼굴에 먹구름이 가득한 채 아바오를 이끌고 미스 왕의 개인 병실로 들어갔다. 병실 안은 병풍으로 두 개의 공간으로 나뉘어 있었다. 아바오는 주저하면서 병풍 뒤에 섰다. 미스 왕이 애교를 섞어서 말했다. 이 원수! 귀하신 손님이 결국 찾아오셨네요. 쉬 사장이 물었다. 상태는 좋은 편이죠? 출산 예정일이 언제예요? 미스 왕이 물었다. 의사가 뭐라고 하던가요? 이 한 마디를 듣는 순간 아바오는 문득 비린내를 느꼈다. 커다란 구렁이가 꿈틀거리며 기어가면서 내는 냄새였다. 냄새는 점점 진해지면서 병풍 아래로 번져왔다. 손으로 코를 막아야 할 정도였다. 미스 왕이 웃으면서 말했다. 저는 말이에요, 모든 것이 순조롭지 못했어요. 혼인도 순조롭지 못했고, 수태도 순조롭지 못했고, 임신도 순조롭지 못했어요. 유일하게 순조로웠던 것은 아마 이혼을 못한 거였을 거예요. 들리는 소문에 의하면 새 남편이 곧 세상을 떠날 것 같대요. 저는 또다시 과부가 되는 셈이지요. 아이가 태어나면 명목상으로는 유복자가 되는 거예요. 쉬 사장은 아무 말도 하지 않았다. 미스 왕이 목소리를 낮춰 말했다. 원수 같은 사람에게 한 가지 묻고 싶네요. 도대체 어떤 조상의 신공을 부렸기에 내 뱃속에 이런 괴태怪胎를 들어앉혀놓은 건가요? 쉬 사장이 말했다. 먼저 자신에게 물어봐요. 이 보물 같은 배에게 물어보라고요. 왜 그런 속임수로 사람을 놀라게 했는지 말이에요? 미스 왕이 씩 웃으면서 말했다. 아, 제 배가 정말로 화려하게 많이 부풀어올랐어요. 한번 볼래요? 쉬 사장이 놀란 어투로 말했다. 뭐하는 거예요? 미스 왕이 웃으면서 말했다. 처음 보는 것도 아니면서 뭘 그래요? 바삭바삭 소리가 나면서 비릿한 냄새가 계속 병풍 아래 사방으로 흩어졌다. 냄새는 갈수록 진해졌다. 구렁이가 꿈틀거리면서 병풍이 어두워졌다. 산속 동굴 속의 습기와 열기가 전해져오는 것 같았다. 아바오는 입과 코를 꼭 막고 황급히 병실 밖으로 나가려 했다. 미스 왕이 물었다. 옆방에 누가 있나요? 아바오가 움직임을 멈췄다. 미스 왕이 빙긋이 웃으면서 말했다. 틀림없이 쑤안이겠네요. 들어와요, 어서 들어오라고요. 아바오는 숨을 죽이고 다시 몸을 돌려야 했다. 개인 병실이라 커튼이 창문을 완전히 차단하고 있어 방안은 더 어두웠다. 작은 전등 하나만 켜져 있었다. 미스 왕은 덮고 있던 이불을 반쯤 걷은 상태였다. 복부가 높이 융기되어 있고 피부가 어둡게 변해 있었다. 작은 산 같기도 하고 무덤 같기도 했다. 표면에 푸른빛과 자줏빛의 넝쿨이 잔뜩 엉켜 있는 것 같았다. 물고기 비늘이 잔뜩 쌓여 있는 것 같기도 했다. 냄새가 진했다. 미스 왕이 독일에서 직수입한 독일제 비비썸 크림을 꺼내 쉴새없이 배에 바르면서 말했다. 아바오 사장님, 저 같은 사람을 잊지 않고 이렇게 와주셔서 정말 고마워요. 이 사회에는 우아한 얼굴을 가진 사람들이 종종 생활은 엉망진창인 경우가 많지요. 아바오 사장님처럼 온갖 생각이 가득해 보이는 얼굴을 가진 사람들이 더 진실한 것 같아요. 아바오가 억지로 가볍게 웃었다. 미스 왕이 탄식하며 말했다. 아직 친구로서의 우정이 조금이나마 남아 있겠지요? 아무 말도 안하면서 공격도 하지 않는 사람도 있거든요. 아바오는 아무 말도 하지 않았다. 냄새 때문에 숨을 쉬기 어려웠다. 미스 왕이 쉬 사장의 손등을 탁탁 치면서 말했다. 저는 지금 완전히 편안해졌어요. 아주 즐거워요. 약간 걱정이 되긴 하지만요. 뱃속에서 계속 소리가 들려요. 한밤중에도 들리지요. 뱃속에서 노래를 부르고 있어요. 전위적인 음향기기를 설치해놓은 것처럼 자꾸 소리가 나요. 우는 소리와 싸우는 소리, 술 마시는 소리, 인사불성이 되도록 술에 취한 소리도 들려요. 정말 짜증난다니까요. 미스 왕이 몸을 조금 움직이자 이불이 미끄러져 떨어지면서 배가 완전히 드러났다. 쉬 사장과 아바오가 황급히 몸을 돌렸다. 미스 왕이 말했다. 들리죠? 음악이 또 들리네요. 메아리도 있어요. 들어봐요. 쉬 사장은 말이 없었다. 미스 왕이 말했다. 저는 이제 기다리는 수밖에 없어요. 아바오는 숨을 죽이고 아무 말도 하지 않았다. 이때, 특별히 음산한 비린내가 슬금슬금 기어올라오더니 위로 솟아오르기 시작했다. 아바오는 당장이라도 숨이 막힐 것만 같았다. 혼절하여 쓰러질 것 같았다. 미스 왕이 말했다. 배가 하루가 다르게 불러오고 있어요. 하루가 다르게 커지고 있다고요. 배 위의 무늬는 화원인 셈이에요. 갈수록 화려해지고, 갈수록 특별해지고 있어요. 무도장 바닥이 스프링인데 색소폰 소리가 울리고 누군가 춤을 추고 있는 것 같아요. 밤늦게까지 레코드판을 틀어놓고 잔뜩 애교를 부리고 사랑을 나눴어요. 저는 두려우면서도 기뻤어요. 사나흘 밤낮을 잠을 자지 못했지요. 이때 아바오는 방을 나가기로 결심했다. 쉬 사장이 기침을 했다. 미스 왕이 말했다. 저는 천명에 따르는 수밖에 없어요. 의사 마음대로예요. 하지만 어찌됐든 저는 엄마가 되고 싶어요. 일반적인 태든, 용이나 봉황의 태든, 아니면 머리가 둘 달린 괴태든, 아이를 낳고 싶어요. 저는 두려울 게 없어요. 아기가 나오면 웃을 거예요. 아바오가 말했다. 나가서 전화 좀 받고 올게요. 미스 왕이 말했다. 가면 안 돼요! 아바오가 밖으로 나갔다. 미스 왕이 쉬 사장을 한쪽으로 끌어당기며 말했다. 의사가 매일 청진기를 대고 몸을 만져보고 그래요. 하루에도 몇십 번씩 나를 가지고 논다고요. 원수, 이제 절반이라도 좀 봐요. 관심을 좀 가지라고요. 인상을 좀 남기란 말이에요. 여자들이 당하는 고통이 어떤 건지 알아보는 것도 괜찮지 않겠어요? 쉬 사장이 몸부림치면서 말했다. 난 가야 해요. 불편해서 차마 볼 수가 없어요. 잘 이해가 되지 않아요. 가서 의사한테 물어봐야겠어요.

샤오마오의 임종 때 병상 앞에는 진메이와 자오디, 쥐펀, 2층 쉐 아주머니, 헤어살롱의 세 자매, 란란, 쉐즈 등이 다 모여 있었다. 대부분 치마 차림에 진주와 비취로 몸을 치장한 여자들이었다. 이때, 아바오가 샤오마오 엄마를 부축하여 복도로 나왔다. 샤오마오 엄마는 숨을 좀 돌리면서 가슴에 대고 성호를 그었다. 이때 밖에서 검정 블라우스 차림의 중년 여인 하나가 총총히 뛰어왔다. 샤오마오 엄마가 즉시 여자를 데리고 병실로 들어와 사람들을 한쪽으로 비켜나게 했다. 검정 블라우스 차림의 여인이 낮은 목소리로 샤오마오를 불렀다. 샤오마오! 샤오마오는 말이 없었다. 침대 머리의 유리 산소병이 계속 거품을 쏟아내는 가운데 샤오마오는 성냥개비처럼 비쩍 마른 몸으로 눈을 크게 떴다. 여인이 다시 그를 불렀다. 샤오마오! 샤오마오가 여자를 잠시 쳐다보았다. 여자가 말했다. 나 알아보겠지. 샤오마오가 고개를 끄덕였다. 여자는 갑자기 사람들에게서 벗어나 복도 한구석으로 뛰어가서는 등을 보인 채 서럽게 울기 시작했다. 병상 옆에서는 자오디와 2층 쉐 아주머니가 입을 굳게 다물고 서 있었다. 헤어살롱 세 자매의 눈에서는 쉬지 않고 눈물이 흘러내렸다. 샤오마오가 가볍게 몸을 움직이면서 힘없이 말했다. 하느님이 아무 말씀도 안 하시는 걸 보니 모든 걸 나더러 결정하라는 뜻인 것 같아. 나는 아무래도 더 버티지 못할 것 같아. 여러분, 울지 마요. 먼저 갈게요. 아바오가 말했다. 샤오마오, 마음속으로 뭘 생각하고 있는지 말해봐. 뭐든지 다 말해도 돼. 샤오마오가 가는 목소리로 말했다. 춘샹이 그랬어. 인생은 헛되게 왔다가 헛되게 가는 것이라고. 후성이 물었다. 뭐라고? 모두 아무 말도 하지 않았다. 샤오마오가 말했다. 상류계층 사람들은 필연적으로 허위의식이 강하고 하류계층 사람들은 필연적으로 공허하다고 하지만 나는 이 말을 믿지 않아. 나는 조금도 공허하지 않으니까. 진메이가 말했다. 동생, 차를 한 모금 마시자. 한 모금만 마시자고. 샤오마오 엄마가 슬픈 목소리로 말했다. 샤오마오, 지금 뭐 먹고 싶어? 엄마한테 말해봐. 샤오마오가 말을 끊었다 잇기를 반복했다. 나는 겁나지 않아요. 단지 술자리를 마련해서 사람들 불러놓고 맘대로 먹고 마시면서 얘기를 나누고 싶어요. 쥐펀이 울음을 그치고 웃으면서 말했다. 그것도 좋겠네. 한 테이블이면 되겠지? 샤오마오는 말이 없었다. 이때, 밖에서 여자 둘이 황급히 뛰어들어왔다. 나이가 쉰 전후쯤 되어 보였다. 다들 자리를 비켜주었다. 샤오마오가 몸을 조금 움직였다. 그 가운데 한 여자가 가까이 다가와 말했다. 샤오마오, 나야. 장닝 무도장의 '톈퉈바오天拖寶'가 왔어. 또다른 여자가 가까이 다가서며 말했다. 너의 댄스파트너가 왔어. 대화병大花瓶 톈퉈바오 기억하지? 대화병이라고 말한 여자가 상대방을 툭 치면서 말했다. 농담이야. 란란과 쉐즈가 귓속말을 주고받았다. 샤오마오의 목소리가 갈수록 작아지더니 갑자기 두 눈을 휘둥그레 뜨면서 말했다. 남자는 즐거워야 하고 여자는 꾸며야 하는 법이야. 모두 아무 말도 하지 못했다. 샤오마오가 말했다. 꾸미면 예뻐지니까 말이야. 또 한 가지 장점은 남편에게 좋다는 거지. 샤오마오 엄마가 말했다. 샤오마오는 신의 은총을 받아서 사람들을 어여삐 여길 줄 알아. 복받을 거야. 틀림없이 영수님께서도 불쌍히 여기실 거야. 모두 말이 없었다. 샤오마오 엄마가 말했다. 샤오마오, 할말이 있으면 엄마한테 전부 다 말해. 2층 쉐 아주머니가 소리 내어 울었다. 샤오마오 엄마가 말했다. 나가서 우는 게 좋지 않겠어요? 울지들 마요. 샤오마오가 후성을 뚫어지게 쳐다보며 물었다. 내가 했던 모든 일들이 나와 함께 사라지겠지? 후성은 아무 말도 하지 않았다. 샤오마오가 말했다. 내가 했던 모든 일들, 내가 만났던 사람들은 다 진실이었겠지? 후성이 입을 열려는 순간, 샤오마오가 눈을 감으며 말했다. 인펑, 춘샹. 샤오마오 엄마가 말했다. 샤오마오, 천국이 가까이 왔어. 샤오마오는 회개해야 해. 샤오마오의 호흡이 허공에 나풀거리는 거미줄만큼이나 가늘어졌다. 얼굴이 땀에 젖은 채 온몸이 뻣뻣해지는 것 같더니 갑자기 움직이지 않았다. 모두 일제히 소리쳐 샤오마오를 불러댔다. 샤오마오! 샤오마오! 샤오마오! 복도에서는 검정 블라우스 차림의 여자가 흑흑 소리 내어 울더니 빠른 걸음으로 자리를 떴다. 여자는 걸음을 옮기면서도 계속 울고 있었다. 울음소리가 점점 멀어져갔다. 샤오마오 엄마가 눈물을 두 방울 떨궜다. 헤어살롱의 세 자매가 소리쳤다. 사랑하는 오빠! 오빠! 오빠! 간호사와 의사가 뛰어들어와 사람들을 전부 밖으로 내보냈다. 후성이 한숨을 내쉬며 물었다. 참, 옆 침대에서 박수 치던 노선생은 어떻게 됐지? 란란이 말했다. 사흘 전에 돌아가셨어. 후성은 아무 말도 하지 않았다. 모두들 잠시 서 있다가 천천히 건물 아래 정원으로 내려갔다. 자동차들이 가득 세워져 있었다. 아바오가 차문을 열었다. 마지막으로 후성과 란란, 쉐즈가 올라타 자리를 잡았다. 차가 움직이기 시작하자 울타리 옆 철도의 황량한 풀더미 속에 노랑고양이 한 마리가 나타났다. 모두들 아무 말도 하지 않았다. 란란이 말했다. 검정 블라우스 차림의 여자는 아무 말도 하지 않던데 어떻게 온 거지? 후성이 말했다. 한 가지 묻지 않을 수 없네. 혹시 인평이 아니었을까? 란란이 말했다. 그럴 리가 없어. 인평 언니는 내가 아주 잘 안다고. 쉐즈가 말했다. 2층 쉐 아주머니가 그러는데, 몇 년 전 어느 날 새벽 한시에 잠옷 치마를 입은 여자가 샤오마오의 방에서 슬그머니 미끄러져내려와 농탕 입구로 달려가서는 택시를 타고 가버렸대. 후성이 말했다. 그런 일이 있었군. 쉐즈가 말했다. 방금 쉐 아주머니가 가까이 다가가 검정 블라우스 입은 여자를 특별히 자세히 살펴봤는데 전혀 닮지 않았대. 인평이 아니었던 거지. 아바오가 말했다. 샤오마오는 너무 일찍 가버렸어. 란란이 말했다. 샤오마오 엄마가 줄곧 감추고 있었던 거야. 그래서 샤오마오는 줄곧 병이 그다지 위중하지 않으니까 퇴원을 해도 될 거라고 생각했던 거지. 그러다가 더이상 속일 수 없게 되자 의사가 털어놓고 말았던 거야. 한 달을 넘기기 힘들다고 말이야. 샤오마오 엄마는 그제야 마오간산로의 집이 생각나 서둘러 세를 놓았대. 샤오마오의 호구만 남아 있을 경우, 그가 죽고 나면 주택관리소에서 집을 몰수하게 되거든. 샤오마오는 개인 계좌에 10만 위안 정도의 주식을 소유하고 있었대. 그가 죽으면 비밀번호를 알 수 없으니 골치 아픈 일이지. 이 문제를 놓고 자오디와 상의한 끝에 결국 샤오마오에게 말해서 조카가 들어오는 데 동의하는 서명을 받아내고 주식 계좌 비밀번호도 정확히 알아냈대. 샤오마오도 흐뭇한 웃음을 지었다고 하더군. 란란은 여기까지 얘기했다. 다들 아무런 반응도 보이지 않았다. 차는 줄곧 앞으로 달려나갔다. 후성이 말했다. 어쨌든 샤오마오는 결국 인생의 고뇌에서 벗어난 셈이네. 란란이 말했다. 골치 아픈 일이 다 끝난 건 아니었어. 모든 서명을 끝낸 직후에 또 커다란 사건이 하나 터졌거든. 샤오마오 엄마가 호구부户口簿 안에서 왕 씨 성을 가진 또다른 여자를 발견한 거야. 호주와의 관계가 부부로 되어 있었지. 아바오가 말했다. 정말 짜증나네! 란란이 말했다. 이는 대단히 불길한 일이었지. 샤오마오 엄마는 그 자리에서 울고불고 난리를 치면서 자오디를 마구 욕하더니 마오간산로로 쳐들어갔어. 자오디를 만나서도 마구 욕을 해댔지. 후성이 물었다. 그건 왜? 란란이 말했다. 먼저 2층의 쉐 아주머니를 욕하고 다시 농탕의 모든 이웃들을 욕하면 반드시 누군가는 올가미를 만들어 샤오마오가 걸려들게 할 거라고 생각했던 거지. 결국 샤오마오의 가짜 마누라인 왕 여인의 병원을 찾아가 거칠게 말다툼을 벌였어. 다시 돌아와서는 또 샤오마오와 말다툼을 벌였지. 그 바람에 옆 병상에서 박수 치는 노선생이 먼저 세상을 뜨고 말았어. 아바오가 말했다. 엎친 데 덮친 격이로군. 란란이 말했다. 샤오마오는 하는 수 없이 변호사 앞에서 가짜 혼인의 경과에 관한 진술서를 쓰고 서명함으로써 조카의 호구로 이주하는 데 동의했어. 이런 소란이 벌어지는 동안 샤오마오는 줄곧 배시시 웃기만 할 뿐 아무 말도 하지 않았지. 들리는 바에 의하면 샤오마오 엄마는 서명한 서류를 들고 요양원을 나와 나무 전봇대를 꼭 끌어안고는 큰 소리로 통곡했다더군. 쉐즈가 말했다. 사람답게 산다는 건 정말 어려운 것 같아. 그까짓 돈과 초라한 집 때문에 그 고생들을 하니 말이야. 정말 딱하네. 후성이 말했다. 샤오마오가 한 마디도 하지 않았다는 것은 그가 대단한 강골임을 말해준다고 할 수 있어. 이런 태도는 신문에 종종 등장하는 애도사에서도 볼 수 있지. 샤오마오는 아주 오래 온갖 시련을 견뎌온 무산계급의 전사였던 거야. 아바오가 말했다. 농담 좀 그만해. 후성은 아무 말도 하지 않았다. 아바오가 탄식하며 말했다. 에이, 샤오마오는 죽고 싶어했고 미스 왕은 살고 싶어했어. 하지만 둘 다 너무나 힘든 일이었지.

이 주 후 어느 날 저녁, 후성과 아바오는 루이푸안이 준 주소에 따라 시쑤저우로로 가서 창서우로교에 인접한 한 농탕을 찾았다. 바로 옆이 쑤저우하였다. 바람이 옷소매를 들추고 들어왔다. 달빛이 낮처럼 밝고 날씨는 무척이나 시원하고 상쾌했다. 루이푸안이 사는 과가루는 창문 네 개를 다 열어도 불빛 하나 보이지 않았다. 후성이 소리쳐 불렀다. 루이푸안, 루이푸안! 앞에 보이는 제방 옆에서 누군가 하이! 하고 외치는 소리가 들렸다. 두 사람이 고개를 돌려보니 가로등 아래 프랑스 청년 루이푸안과 안나가 걸어오고 있었다. 두 사람은 후성과 아바오를 부르며 와서 앉으라고 말했다. 역시 강둑 옆이었다. 거리 옆에 장방형 의자가 놓여 있었다. 근처에서 더위를 식히고 있는 주민들과 마찬가지로 의자 위에는 찻잔과 찻주전자가 놓여 있고 대나무 의자 두 개와 등받이 없는 작은 의자도 두 개 놓여 있었다. 네 사람은 자리에 앉아 보통화로 대화를 시작했다. 후성이 소개했다. 이분은 아바오예요. 샤오마오의 친구지요. 안나가 말했다. 미스터 후 전화를 받고서 샤오마오 씨가 세상을 떠났다는 것을 알았어요. 너무나 안타깝다는 생각이 들었어요. 후성이 말했다. 샤오마오가 두 분 얘기를 많이 했어요. 쑤저우하 극본을 쓸 준비를 하면서 두 분에게 큰 관심이 생겼지요. 루이푸안이 말했다. 오신 걸 환영합니다. 우린 지난번에 샤오마오 선생이랑 많은 얘기를 나누었고 과거에 살던 집에도 가봤어요. 그는 우리가 찾던 분이었어요. 안나가 말했다. 저희 아빠는 1970년대에 중국에 오셨어요. 아빠는 중국인들의 화법에는 벽돌을 조합하는 것 같은 규칙이 있다고 하셨어요. 아주 미세한 변동도 세심하게 구별해낼 수 있다고 하셨지요. 저희 아빠는 중국에는 아마도 사랑과 감정에 대한 이야기가 부족하고 사회논리학 분야의 담론도 결여되어 있는 것 같다고 생각하셨어요. 하지만 저는 동의하지 않았지요. 샤오마오 선생을 안 덕분에요. 그분은 쑤저우하 옆에 살지만 아주 넉넉하고 특별한 성격을 가진 분이었어요. 정말 아쉽네요. 아바오가 말했다. 샤오마오의 말로는 두 분이 영화를 준비하고 있다고 하더군요. 루이푸안이 말했다. 맞아요. 1930년대의 중국 이야기를 영화로 만들려고 해요. 역시 쑤저우하 옆에 사는 프랑스 공장 주인이 상하이 방직 공장의 여성 노동자를 사랑하게 된다는 이야기지요. 안나가 말했다. 방직 공장 여성 노동자 이야기예요. 루이푸안이 말했다. 저희는 창작기금을 받아 처음 상하이에 왔어요. 이번이 두번째지요. 저희는 쑤저우하를 수없이 가봤어요. 안나가 말했다. 차를 타지 않고 항상 걸어서 갔지요. 아바오가 말했다. 쑤저우하 옆에는 공장 사장과 여성 노동자들밖에 없어요. 루이푸안이 말했다. 맞아요. 아바오가 물었다. 무슨 공장인가요? 안나가 말했다. 면화방직 공장이에요. 아바오가 말했다. 쑤저우하 옆에는 프랑스 방직 공장이 없었어요. 일본 방직 공장들만 있었지요. 도요타 방직 공장과 중국 방직 공장이 바로 일본인들이 운영하던 공장이에요. 안나가 말했다. 자료에는 '내외면內外棉'이라는 이름이 남아 있더군요. 어떤 소설에서는 후장沪江 방직 공장에 관해 서술하고 있고요. 저희는 프랑스인이기 때문에 프랑스인에 관해 쓰려는 거예요. 쑤저우하 강변에 이런 공장이 있었다고 가정하면서 말이에요. 후성이 말했다. 과거에 상하이에는 영국 자본과 프랑스 자본이 합작하여 만든 전차 회사가 있었어요. 프랑스 전차 회사의 사장이라면 전차의 여성 노동자를 사랑할 수 있었을 거예요. 루이푸안이 말했다. 방직 공장이 쑤저우하 옆에 있었다는 설정이 전차 회사보다는 더 재미있을 것 같네요. 후성이 빙긋이 웃으면서 말했다. 이 아바오 씨의 옛날 여자친구가 전차 회사의 매표원이었어요. 아주 미인이었지요. 안나가 말했다. 1949년 이전에는 상하이에 전차 회사에서 일하는 여성 노동자가 없었어요. 아바오는 아무 말도 하지 않았다. 후성이 물었다. 당시에 샤오마오는 뭐라고 하던가요? 루이푸안이 말했다. 한번 기억을 더듬어볼게요. 그분이 뭐라고 했더라? 안나가 말했다. 샤오마오 선생은 아주 신이 나서 방직 공장 여성 노동자들이 아주 많았다고 말했어요. 수가 많다보니 특별한 성격의 소유자들도 적지 않았다고요. 아바오가 물었다. 여성 노동자가 프랑스인 사장과 왕래하는 것이 특별하다는 건가요? 루이푸안이 말했다. 보통 상하이 소녀들은 보통 상하이 소녀들의 복장으로 퇴근하여 작은 배를 몰고 쑤저우하 상류로 돌아가 빈민굴에서 생활했대요. 아바오가 말했다. 그건 쑤저우하가 밀물일 때는 배를 저어 상류로 가고 썰물일 때는 역류해서 올라간다는 말이 되니까 합리적이지 못한 것 같네요. 안나가 말했다. 알겠어요. 아바오가 말했다. 여성 노동자에게 개인 소유의 배가 있었다는 것도 불가능한 일이에요. 강을 거슬러 작은 배를 저어 집으로 돌아가는 것도 있을 수 없는 상황이지요. 루이푸안이 말했다. 저희는 소녀와 여성 노동자, 배로 이루어진 화면이 아주 근사하다고 생각해요. 아주 멋지잖아요. 공장 주인은 강가의 다리 위에 서 있고 배는 천천히 멀어져가는 거예요. 후성이 물었다. 샤오마오는 어떻게 생각하던가요? 안나가 말했다. 그분은 아주 가슴 아픈 장면이라고 하시더군요. 루이푸안이 말했다. 시나리오의 구상은 그들이 솜이 가득 실려 있는 박선 위에서 사랑을 나누는 거예요. 배는 줄곧 흔들리지만 주위에 솜이 가득하거든요. 그들은 키스를 하면서 배 위에서 밤을 보내지요. 후성이 말했다. 배에 실린 일반 솜을 옛날에는 '백충白虫'이라고 불렀어요. 상등품 하얀 솜은 '은릉자銀菱子', 상등품 누런 솜은 '금앵자金櫻子라고 불렀지요. 아주 귀중한 물건이라는 의미예요. 그래서 갑판 위에 무서운 개를 키웠지요. 사람이 배에 오르면 먼저 개들이 요란하게 짖어댔어요. 안나가 물었다. 왜 개를 키우는데요? 아바오가 말했다. 사람들이 솜을 훔쳐가는 것을 방지하기 위해서지요. 루이푸안이 말했다. 그거참 운치 있네요. 아바오가 말했다. 옛날에 이런 상황을 묘사한 노래가 하나 있었어요. 내가 한번 외워볼게요. 대충 이런 내용이었어요. 낭군을 다리 서쪽으로 보내니/ 권하건대

누이는 개나 닭을 키우지 마시길/ 서로 만나 껴안으려 하면 개가 와서 물고/ 헤어질 때는 닭이 울어댈 테니. 안나가 웃으면서 물었다. 그게 전통 상하이 설서인가요? 후성이 몇 가지 생각을 말하자 안나가 고개를 끄덕이며 말했다. 아주 중요한 의견이네요. 물론 저희에게는 허구와 상상도 필요하지만 말이에요. 아바오가 물었다. 여성 노동자는 열여섯 살인가요? 루이푸안이 말했다. 열일곱 살이에요. 샤오마오 선생이 들려준 이야기에서는 여성 노동자가 서른여섯 살이지요. 후성이 말했다. 샤오마오도 얘기했군요. 안나가 말했다. 아, 맞아요. 그분은 아주 많은 이야기를 갖고 있더군요. 후성이 물었다. 어떤 얘기를 하던가요? 안나가 말했다. 어느 방직 공장 여성 노동자를 예로 들어 얘기했어요. 아바오가 말했다. 그랬군요. 안나가 말했다. 상하이의 평범한 여성 노동자가 있었어요. 그녀는 어쩌다 서양의 색정 화보를 보게 되었지요. 그뒤로 그녀는 남편을 갈망하여 화보의 방식대로 남자를 찾았어요. 하지만 그녀가 찾은 남편은 그런 행동을 아주 지저분한 것으로 여겼지요. 보통 아주 늦은 시각에 이 여성 노동자는 몰래 잠자고 있는 남편을 두고 문을 나서 택시를 타고 어느 독신 남자의 집으로 갔어요. 그녀는 입구를 더듬어 열쇠를 찾아낸 다음, 문을 열고 안으로 들어갔지요. 독신 남자가 곤히 자고 있는 사이에 그녀는 남자의 가슴 위로 올라타 남자의 얼굴을 조준했어요. 남자가 깨자 약정된 방식대로 행동했지요. 얼마 지나지 않아 여자는 곧 쓰러졌지요. 아주 짜릿했어요. 그런 다음, 그녀는 잠옷을 입고 재빨리 남자 집에서 나왔지요. 택시는 길가에서 기다리고 있다가 그녀가 타자 남편이 자고 있는 곳으로 돌아갔어요. 후성이 말했다. 샤오마오에게도 그와 비슷한 일이 있었어요. 아바오가 잠시 망설이다 말했다. 그렇게 말하자면 영화 속의 여성 노동자는 서른 살이 넘어야 비교적 합리적이겠네요. 루이푸안이 말했다. 확실히 나이 문제를 고려할 필요가 있을 것 같아요. 복선을 하나 설정할 수도 있겠지요. 아니면 나이가 더 많아도 될 것 같아요. 여성 노동자의 어머니를 주인공으로 설정하는 거예요. 후성이 물었다. 프랑스에서는 이런 이야기를 영화로 찍을 수 있나요? 루이푸안이 말했다. 재미있는 내용이면 뭐든지 찍을 수 있어요. 영화의 전개가 나뭇가지 구조를 탈피한 것은 이미 오래전의 일이지요. 계속 미분화되고 있어요. 우리 프랑스에서는 어떤 구도의 이야기든 다 찍을 수 있어요. 전체적인 구도가 계속 갈라져 미분화되고 있지요. 예컨대 잔가지가 많은 관목도 건강한 생명의 활력을 지니고 있잖아요. 키는 작지만 빽빽하게 자라지요. 서로 연결될 수도 있고 분리될 수도 있어요. 모든 것이 가능하지요. 예컨대 저와 안나처럼 두 명의 프랑스인이 쑤저우하 근처에 와서 샤오마오 선생을 만난다면 이는 누구나 다 이해할 수 있는 사건이 되지요. 혹은 지금 우리가 저녁에 차를 함께 마시는 장면으로 돌아올 수도 있고요. 그런 다음 다시 1930년대로 돌아갈 수도 있겠지요. 더 이전으로 돌아갈 수도 있을 거예요. 그래도 사람들은 다 이해할 수 있어요. 후성이 얼떨떨한 표정으로 말했다. 과거 상하이의 배경으로 돌아가면 디테일을 좀 고쳐야 할 것 같군요. 여성 노동자가 하얀 치파오를 입고 한밤중에 농탕을 빠져나와 택시가 아니라 인력거에 올라타는 거예요. 안나가 말했다. 그거 재미있네요. 루이푸안이 빙긋이 미소 지으면서 말했다. 한 프랑스인은 머릿속의 영화가 실제 영화보다 훨씬 더 생생하고 활기가 넘친다고 말한 바 있지요. 대본에서 죽어버리긴 하지만 촬영 단계에서 다시 살아났다가 결국 필름 속에서 죽게 되는 디테일을 편집 단계에서 다시 살려낸다는 얘기예요. 하지만 상영 단계에서 다시 죽는다고 하더군요. 후성이 말했다. 살아 있는 것은 죽은 것을 이기지 못해요. 안나가 가볍게 미소 지었다. 모두 아무 말도 하지 않았다. 강바람이 쉬지 않고 불어왔다. 아바오는 차를 한 모금 마셨다. 인근의 가로등 아래에 적지 않은 사람이 모여 카드놀이를 하고 있었다. 그 모습을 구경하는 사람들도 적지 않았다. 네 사람은 열시 반까지 얘기를 나누다가 아바오와 후성이 먼저 일어나 작별인사를 건네고는 곧장 시쑤저우로를 따라 남쪽으로 말없이 걸어가다가 하이팡로海防路에 이르러 오른쪽으로 모퉁이를 돌았다. 후성이 말했다. 쑤저우하 옆에 있는 이 도로는 아마 프랑스와 관련 있을 거야. 아바오가 말했다. 프랑스인들은 상하이를 너무 몰라. 그러면서도 마구 찍어댈 뿐이지. 후성이 말했다. 들리는 바에 의하면 프랑스의 대학에는 기숙사와 화장실에 남녀 구분이 없다더라고. 여기서 한 가지 묻지 않을 수 없군. 프랑스인들의 머릿속에는 도대체 어떤 생각들이 들어 있는 거지? 아바오는 말이 없었다. 후성이 말했다. 샤오마오를 생각하면 죽어서 만날 수도 없고 살아서 볼 수도 없게 되어 버렸어. 메이옌팡梅艷芳*의 노래가 생각나네. 다시 웃으며 얘기하다보면 또다

* 홍콩의 유명 배우이자 가수이며 자선사업가.

시 슬퍼지네. 끝없는 세월이 바람 속에 날리네. 지금 나는 뒤로 한 걸음 물러서더라도 안정과 실질을 추구하는 수밖에 없어. 아바오는 아무 말도 하지 않았다. 후성이 말했다. 링즈는 내게 줄곧 이런 말을 하더군. 아바오 씨는 정말 이상해요. 평생 아무 말도 하지 않고 결혼도 하지 않잖아요. 겉으로는 웃지만 속으로는 웃지 않는 것 같아요. 모든 말이 연극 대사 같아요. 아바오 씨는 마음속으로 무슨 생각을 하고 있는지 모르겠더라고요. 아바오가 웃으면서 말했다. 링즈는 후성 너에 대해서도 똑같은 말을 했어. 후성 씨 이 남자는 줄곧 이혼도 하지 않고 그냥 웃기만 하네요. 아니면 "사람들은 묻지 않을 수 없다"라는 문혁강文革腔*을 말하는 건가요? 저 링즈는 완전히 이해할 수가 없어요. 후성 씨가 마음속으로 무슨 생각을 하는지 도무지 모르겠다고요. 후성은 빙긋이 웃기만 할 뿐, 아무 말도 하지 않았다. 아바오가 말했다. 당시에 내가 링즈에게 말했어. 이 사회에 직면하여 사람들이 할 수 있는 일은 그저 웃는 것뿐이에요. 기적이 있을 리는 없으니까요. 여자들은 남자들의 마음속을 알고 싶어하고 남자들의 내면 생활을 이해하고 싶어하는데, 서점에 가보세요. 소설 몇 권만 읽어보면 될 거예요. 남자들의 마음속 생각과 심리묘사 등이 적지 않게 담겨 있으니까요. 소설을 읽어보면 전부 이해할 수 있을 거예요. 후성은 웃기만 할 뿐 아무 말도 하지 않았다. 이때 강바람이 가볍게 불어왔다. 아바오는 낯선 전화를 한 통 받았다. 여자 목소리가 말했다. 여보세요? 여보세요? 아바오가

* 문화대혁명을 옹호하는 어투나 표현.

말했다. 네, 아바오입니다. 여자 목소리가 말했다. 저 쉐즈예요. 아바오가 네, 하고 가볍게 대답했다. 마음 깊은 곳에서 옛 기억의 응어리가 솟구쳐올라왔다. 아바오가 낮은 목소리로 말했다. 지금은 전화 받기 곤란하니까 나중에 얘기해요. 다시 연락할게요. 아바오는 전화를 끊었다. 저녁 바람이 시원했다. 두 사람은 말없이 길을 걸었다. 어느 슈퍼마켓에서 황안黃安*의 노랫소리가 은은하게 들려왔다. 원앙이나 나비와 같은 생각을 해서는/ 안 될 것 같은 이 시대에/ 어느 누가 인간 세상의 슬픔을 떨쳐버릴 수 있을까요/ 화려하고 번잡한 이 세상에/ 원앙과 나비는/ 인간 세상에 있는 것만으로도 제정신이 아닐 텐데/ 뭘 그리 어렵사리 파란 하늘로 오르려 하는지/ 따스하고 부드럽게 함께 자는 것만 못할 텐데.

* 타이완 신주 출신의 가수.

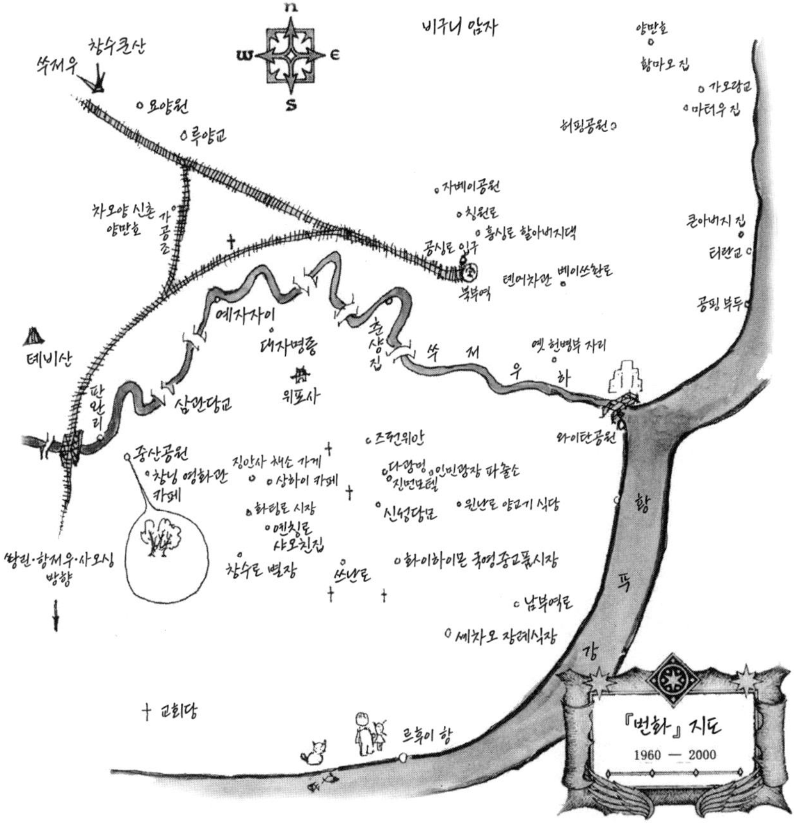

이 책에서 서술하는 사람과 사건들은 전부 이 도시의 범주 안에 있다. 대략적인 위치와 방향은 지도와 같다. 후항 철로는 경궤經軌로 바뀌었다.

백 년 상하이의 데카메론

소설은 풍경이다. 그래서 인간의 삶을 가장 구체적으로 체감할 수 있는 문학 장르는 단연 소설이다. 우리가 소설을 읽어야 하는 가장 중요한 이유 가운데 하나는 우리의 삶을 구성하고 있는 모든 현상이나 사실에 대해 모호하고 추상적인 이론화의 과정 없이 산 위에서 아래를 내려다보듯이 사람들의 삶의 풍경과 생각들을 객관적이고 구체적인 시선으로 '구경'할 수 있다는 것이다. 어떤 지식이나 논리를 얻어내려고 머리를 싸매고 긴장하여 내려다보든, 편안한 마음으로 관조하든, 풍경은 그런 시각의 차이를 의식하지 못한다. 풍경은 풍경으로 그칠 뿐이다. 하지만 그 풍경 안에는 무한한 삶의 진실과 페이소스가 담겨 있다.

인생 전체로 상하이를 대변하는 작가 왕안이王安憶의 대표작 『장

한가』는 이른바 '비둘기의 시각'이라고 알려진 도시 풍경의 묘사로 시작된다. 비둘기 한 마리가 상하이 상공을 선회하면서 황푸강과 도시 전역의 고층빌딩, 대로와 농탕 구석구석, 오래된 집의 창문과 창문 안에 있는 사람의 고단함이나 설렘까지 세필화처럼 섬세하게 묘사한다. 이런 상하이의 밑그림 위에 펼쳐진 처연한 사랑의 서사가 소설 『장한가』다. 이 소설은 상하이의 도시 경관을 가장 극명하게 보여주는 작품이라고 평가되지만 아쉽게도 상하이의 속살을 드러내진 못한다. 그래서 우리가 아는 상하이는 여전히 수박 껍질에 불과하다.

이 소설 『번화』는 역자에게 지난한 고통과 도전의 대상이었다. 백 년 상하이의 데카메론을 중국 강남 지방의 다양한 사투리와 은어, 시구와 전고를 지나칠 정도로 현란하게 구사하면서 상하이의 진국을 우려내고 있기 때문이다. 게다가 수많은 거리와 건물, 음식의 이름, 과거로부터 소환된 무수한 민담과 문학적 편린들이 황매우처럼 쏟아지고 있다. 소설임에도 불구하고 박사학위 논문에 버금갈 정도로 많은 주석을 달아놓은 이유도 이런 황매우의 세례를 독자들에게 좀더 핍진하게 전달하기 위해서였다. 소설의 위상과 서사의 범주를 극한까지 몰고 간 이 소설은 한 편의 유형화되지 않은 민속지ethnography라고 할 수 있다. 적어도 우리가 상하이라는 도시와 민간 생활과 관련하여 갖고 있던 윤리와 신앙, 습관, 풍속, 기술, 전승 문화 등에 대한 인식을 몇 배는 더 심화시키기에 충분하기 때문이다.

이 소설은 세 청년의 유년 시절부터 중년까지의 삶의 역정을 날줄로 서술한다. 이들을 둘러싼 수많은 여인들의 이야기는 씨줄이 된다. 서사의 동력은 『데카메론』과 마찬가지로 욕망과 상실이라고 할 수 있다. 요컨대 '음식남녀의 이야기'다. 중국 유가의 고전에서는 "먹고 마시고 생육하는 것은 인간의 가장 기본적인 욕망이다飮食男女, 人之大欲也"라고 가르친다. 이런 유가의 명제를 충실히 따르는 상하이 사람들의 삶의 모습이 이 책에 다양한 풍경으로 펼쳐진다. 어쩌면 작가는 이 작품을 쓰면서 '음식남녀'라는 단어를 되뇌었는지도 모른다. 그래서 소설임에도 불구하고 그토록 많은 음식이 거론되고 있는 건지도 모른다.

또 한 가지 주목해야 할 요소는 주인공들의 기억을 통해 재현되는 상하이의 역사다. 봉건왕조시대의 종언과 외세의 침략, 조계지, 문화대혁명과 그 상흔, 신시기의 개혁개방 등 방향이 완전히 다른 역사와 시대의 동력들이 이 한 편의 소설 안에 착종하면서 혼란한 배경을 이룬다. 특히 문화대혁명은 소설에 등장하는 수많은 사람들의 가치관과 삶의 논리를 마구 뒤흔드는 외부의 절대적인 힘으로 작용했다. 작가도 어느 매체와의 인터뷰에서 이 소설에서 문화대혁명이 갖는 종합적인 전환점으로서의 의미를 강조하면서 문화대혁명이 상하이를 밑바닥부터 완전히 뒤집어놓았다고 한탄한 바 있다.

민초들의 삶을 이끄는 동력은 심오한 철학이나 거창한 역사담론 따위가 아니라 순수한 욕망이다. 우리의 삶은 숭고한 도덕이나 사회적 가치에 의해 전개되는 것이 아니라 욕망에 의해 이루어진

다. 부와 명예 등 커다란 사회적 성취를 이룬 사람들도 자세히 따져보면 역시 욕망을 삶의 에너지로 삼고 있다. 하지만 욕망이 반드시 일정한 결실을 가져다주는 것은 아니다. 욕망에는 결실보다 상실이 더 많다. 상실의 처연한 아름다움을 이 소설은 보여준다. 상실의 가장 대표적인 형태로 나타나는 것이 다양한 유형의 이별이다. 샤오마오와 인펑, 춘샹의 이별, 아바오와 쉐즈, 리리의 이별 등 소설 도처에 가슴을 허전하게 만드는 이별들이 복병처럼 독자들을 엄습한다. 모든 아픈 이별은 불가항력적이다. 이 소설이 아름다운 것은 이러한 이별들 때문인지도 모른다.

요컨대 이 소설은 빛나거나 위대하지 않지만 진실하고 아름다운 상하이 사람들의 삶의 역사다. 이것이 역사가 아니면 무엇이 역사란 말인가?

김태성

옮긴이 **김태성**
한국외국어대학교 중국어과를 졸업하고 동 대학원에서 타이완 문학 연구로 박사학위를 받았다. 중국학 연구공동체인 '한성문화연구소'를 운영하면서 중국 문학 및 인문 저작 번역과 문학 교류 활동에 주력하고 있다.『레닌의 키스』『침묵과 한숨』『풍아송』『사람의 목소리는 빛보다 멀리 간다』『인민을 위해 복무하라』『일광유년』 등 130여 권의 중국 저작물을 우리말로 옮겼다. 2016년 중국 신문광전총국에서 수여하는 '중화도서특별공헌상'을 수상했다.

문학동네 세계문학
번화 2

초판 인쇄 2023년 10월 23일 | 초판 발행 2023년 10월 30일

지은이 진위청 | 옮긴이 김태성
책임편집 양수현 | 편집 박인숙 오동규
디자인 김유진 이원경 | 저작권 박지영 형소진 최은진 서연주 오서영
마케팅 정민호 서지화 한민아 이민경 안남영 왕지경 황승현 김혜원 김하연
브랜딩 함유지 함근아 고보미 박민재 김희숙 정승민 배진성
제작 강신은 김동욱 이순호 | 제작처 천광인쇄사

펴낸곳 (주)문학동네 | 펴낸이 김소영
출판등록 1993년 10월 22일 제2003-000045호
주소 10881 경기도 파주시 회동길 210
전자우편 editor@munhak.com | 대표전화 031) 955-8888 | 팩스 031) 955-8855
문의전화 031) 955-1927(마케팅) 031) 955-2684(편집)
문학동네카페 http://cafe.naver.com/mhdn
인스타그램 @munhakdongne | 트위터 @munhakdongne
북클럽문학동네 http://bookclubmunhak.com

ISBN 978-89-546-9604-3 04820
978-89-546-9602-9 (세트)

잘못된 책은 구입하신 서점에서 교환해드립니다.
기타 교환 문의 031) 955-2661, 3580

www.munhak.com